Fête des Pères 2000 : de Frédéric

DAN SIMMONS

LES FORBANS DE CUBA

roman traduit de l'anglais (É.-U.)
par Jean-Daniel Brèque

IMAGINE
Flammarion

Collection « Imagine »
dirigée par Jacques Chambon

Titre original de l'ouvrage :
The Crook Factory

Éditeur original :
Avon Books, New York
ISBN : 0 380 97368-5

ISBN : 2 08 067823-X

LES FORBANS DE CUBA

DU MÊME AUTEUR

Romans

Le Chant de Kali, J'ai lu, 1989

Hypérion, Robert Laffont, 1991

La Chute d'Hypérion, Robert Laffont, 1992

Nuit d'été, Albin Michel, 1993

L'Échiquier du mal, Denoël, 1992

Les Fils des ténèbres, Albin Michel, 1994

Les Larmes d'Icare, Denoël, 1994

L'Homme nu, Albin Michel, 1994

Endymion, Robert Laffont, 1996

Les Feux de l'Éden, Albin Michel, 1996

L'Éveil d'Endymion, Robert Laffont, 1998

Nouvelles

L'Amour, la mort, Albin Michel, 1995

Le Styx coule à l'envers, Denoël, 1997

Le Conseiller, Librio, 1999

Ernest rassembla aussitôt un équipage de huit personnes parmi ses acolytes les plus dignes de confiance. Le nom de code de cette opération était *Sans-ami*, le nom de l'un de ses chats préférés à la Finca. Pour le seconder, il choisit Winston Guest, un milliardaire athlétique qui avait récemment séjourné à la Finca. Le colonel Thomason recruta un sergent des marines affecté à l'ambassade américaine pour lui servir d'artilleur. Il s'appelait Don Saxon, et il était capable de démonter et de remonter une mitraillette en quelques secondes dans le noir. Aucun des autres n'était américain : il y avait Juan Dunabeita, un grand Basque élancé aux yeux rieurs qui connaissait si bien la mer qu'on l'avait surnommé Sinbad le Marin, Sinsky par la suite ; Patchi, l'un des frères Ibarlucia, pelotari de renom, qui fréquentait la Finca depuis des années et battait souvent Hemingway au tennis ; Gregorio Fuentes, un homme originaire des îles Canaries, capitaine en second et bosco attitré du Pilar ; Fernando Mesa, un Catalan en exil qui avait jadis été garçon de café à Barcelone ; un Hispano-Cubain trapu au visage pâle nommé Roberto Herrera, dont le frère aîné, Luis, avait été chirurgien pour les Loyalistes ; et un homme taciturne, connu sous le seul nom de Lucas, dont les origines demeurent obscures.

Carlos Baker
Ernest Hemingway : A Life Story

1

Il a fini par passer à l'acte le dimanche 2 juillet 1961, en Idaho, dans une maison neuve qui, je pense, ne signifiait pas grand-chose pour lui, mais avait une vue imprenable sur les sommets dominant la vallée, sur la rivière qui coulait au fond de celle-ci et, de l'autre côté, sur un cimetière où étaient enterrés certains de ses amis.

J'étais à Cuba quand j'ai appris la nouvelle. Ce qui n'était pas sans ironie, car je n'avais pas remis les pieds à Cuba depuis dix-neuf ans, depuis l'époque où je fréquentais Hemingway. Plus ironique encore, ce 2 juillet 1961 était le jour de mon quarante-neuvième anniversaire. Je l'ai passé à suivre un petit homme crasseux dans des petits bars tout aussi crasseux, puis j'ai roulé toute la nuit – toujours en filature –, tandis qu'il parcourait trois cent cinquante kilomètres en pleine campagne, au-delà du point où le train blindé de Santa Clara signale la route de Remedios. J'ai passé un jour et une nuit de plus parmi les plantations de cannes à sucre et les forêts de palmiers avant d'en avoir fini avec le petit homme crasseux, et je n'ai entendu la radio qu'à Santa Clara, lorsque je me suis arrêté à l'hôtel Perla pour y boire un verre. La radio diffusait de la musique triste – quasiment funèbre –, mais je n'y ai pas prêté attention et je n'ai parlé à personne. Je n'ai appris la mort d'Hemingway qu'une fois de retour à La Havane le soir venu, en réglant ma note à l'hôtel, un hôtel situé près du bâtiment qui abritait l'ambassade des États-Unis jusqu'à ce que Castro foute les Américains dehors, quelques mois plus tôt, en janvier.

« Vous êtes au courant, *señor* ? a demandé le chasseur septuagénaire en portant mes bagages sur le trottoir.

— Pardon ? » Pour ce vieillard, je n'étais qu'un homme d'affaires colombien. S'il avait des nouvelles à m'annoncer, elles risquaient d'être très mauvaises.

« L'écrivain est mort. » Ses joues émaciées tremblaient sous sa barbe grise.

« Quel écrivain ? » ai-je demandé en consultant ma montre. Mon avion décollait à huit heures du soir.

« *Señor Papa* », a dit le vieux chasseur.

Je me suis figé, le bras toujours levé. L'espace d'un instant, j'ai eu du mal à me concentrer sur le cadran de ma montre. « Hemingway ?

— Oui. » Le vieil homme a dodeliné de la tête un long moment après avoir prononcé cette syllabe.

« Comment ?

— Une balle. Dans la tête. De sa propre main. »

Évidemment. « Quand ? ai-je demandé.

— Il y a deux jours. » Le chasseur a poussé un grand soupir. J'ai senti l'odeur de rhum dont son haleine était chargée. « Aux États-Unis », a-t-il ajouté, comme si ce détail expliquait tout.

« *Sic transit hijo de puta* », ai-je dit à mi-voix. Ce qui, en termes polis, peut se traduire par : « Fin de la vieille fripouille. »

La tête du vieux chasseur s'est redressée sur son cou étique comme si on venait de le gifler. Ses yeux serviles, d'ordinaire chassieux, étaient éclairés par une soudaine colère, à la limite de la haine. Il a reposé mes valises sur le sol comme pour se préparer à m'affronter à mains nues. J'ai compris que ce vieil homme avait peut-être connu Hemingway.

J'ai levé la main droite en un geste d'apaisement. « Du calme. C'est ce que disait l'écrivain. C'est ce qu'a dit Hemingway quand on a chassé Batista, lors de la Glorieuse Révolution. »

Le chasseur a hoché la tête, mais la colère se lisait toujours dans ses yeux. Je lui ai donné deux pesos et je suis sorti, laissant mes bagages près de la porte.

Ma première impulsion fut de retrouver la voiture que j'avais utilisée – je l'avais abandonnée quelque part non loin du quartier colonial – et d'aller jusqu'à la *finca*. Celle-ci ne se trouvait qu'à une quinzaine de kilomètres. Mais je me suis rendu compte que ce n'était pas une bonne idée. Je devais gagner l'aéroport et quitter le pays au plus vite, pas me balader un peu partout comme un crétin de touriste. En outre, la ferme avait été confisquée par le gouvernement révolutionnaire. En ce moment même, des soldats montaient la garde devant ses portes.

Que peuvent-ils garder ? pensai-je. Ses milliers de livres, qu'il n'avait pas pu faire sortir du pays ? Ses douzaines de chats ? Ses fusils, ses carabines et ses trophées de chasse ? Son bateau ? Où était le *Pilar* ? me demandai-je. Toujours à quai à Cojímar ou bien réquisitionné au service de l'État ?

Quoi qu'il en soit, je savais que la Finca Vigía était fermée depuis un an et qu'on y dispensait une formation militaire à un bataillon d'orphelins et d'ex-mendiants. À en croire la rumeur, les membres de cette milice de miséreux n'avaient pas le droit d'entrer dans la maison – ils dormaient dans des tentes près des courts de tennis –, mais leur *commandante* avait pris ses quartiers dans le cottage réservé aux invités et dormait très certainement dans le lit même que j'avais occupé alors que ce bâtiment servait de PC à l'Usine à forbans. Et dans le double-fond de ma valise se trouvait une pellicule prouvant sans ambiguïté que Fidel avait fait installer une batterie anti-aérienne dans le patio de la maison des Steinhart, au sommet de la colline avoisinant la ferme d'Hemingway – seize canons 100 mm soviétiques destinés à protéger Cuba d'une attaque venue du ciel. Il y avait sur le site quatre-vingt-sept artilleurs cubains et six conseillers russes.

Non, pas la Finca Vigía. Pas par cette chaude soirée d'été.

Je me suis engagé dans la calle Obispo, franchissant à pied les onze pâtés de maisons me séparant du Floridita. Dix-huit mois à peine s'étaient écoulés depuis la révolution, mais les rues me semblaient désertes comparées à celles que j'avais connues au début des années 40. Quatre officiers de l'Armée rouge sont sortis d'un bar sur le trottoir d'en face, visiblement ivres et chantant à tue-tête. Les passants cubains – les jeunes hommes en chemise blanche, les jolies filles en jupe courte – ont tous détourné les yeux, comme si les Russes étaient en train d'uriner en public. Pas une seule prostituée ne les a abordés.

Le Floridita était lui aussi devenu propriété de l'État, je ne l'ignorais pas, mais il était ouvert ce mardi soir. J'avais entendu dire que la salle avait été climatisée durant les années 50, mais soit mon informateur était mal informé, soit le coût de l'air frais était devenu prohibitif après la révolution, car ce soir-là, tous les stores étaient levés et le bar débordait sur le trottoir, comme à l'époque où Hemingway et moi-même venions y boire un verre.

Je ne suis pas entré, bien entendu. Abaissant mon feutre sur mon crâne, je me suis efforcé de détourner les yeux, ne jetant qu'un seul regard vers l'établissement, quand je me fus assuré que mon visage était dans l'ombre.

Le tabouret préféré d'Hemingway – à l'extrême gauche du

comptoir, tout près du mur – était inoccupé. Ce n'était pas une surprise. Le propriétaire actuel du bar – l'État – avait ordonné que personne n'y prenne place. Lieu saint ! Sur le mur, au-dessus du tabouret, se trouvait un buste de l'écrivain, l'air sombre, amorphe, ridicule. Les flatteurs qui se pressaient autour d'Hemingway le lui avaient offert, à ce que j'avais entendu dire, lorsqu'il avait reçu le prix Nobel pour cette stupide histoire de poisson. Un barman – pas Constantine Ribailagua, le *cantinero* que j'avais connu, mais un homme plus jeune, un quadragénaire qui portait des lunettes à monture noire – essuyait le comptoir devant le tabouret d'Hemingway comme s'il s'attendait à ce que celui-ci revienne du *baño* d'un instant à l'autre.

J'ai emprunté l'étroite calle O'Reilly pour reprendre la direction de l'hôtel. « Doux Jésus », ai-je murmuré en épongeant la sueur sur mon front. Sans doute les indigènes allaient-ils transformer Hemingway en une sorte de saint procommuniste. J'avais déjà observé ce genre de phénomène dans les pays catholiques à l'issue d'une révolution marxiste. Bien que chassés de leurs églises, les fidèles avaient toujours besoin de leurs fichus *santos*. L'État socialiste s'empressait toujours de leur en fournir – bustes de Marx, fresques de Fidel, posters de Che Guevara. Hemingway, saint patron de La Havane. J'ai souri en me jetant dans une ruelle afin de ne pas être écrasé par un convoi de camions militaires conduits par des chauffeurs russes.

« *La tenía cogida la baja* », ai-je murmuré, fouillant mes souvenirs à la recherche de cette expression argotique havanaise. Cette ville, plus que toute autre, avait intérêt à « connaître ses points faibles » – à percevoir le code sous la surface des choses.

Quand j'ai décollé de La Havane ce soir-là, je me souciais davantage du camp camouflé que j'avais visité au sud de Remedios, et de ce qu'il impliquait, que des détails de la mort de l'écrivain, mais durant les semaines, les mois et les années qui ont suivi, ce sont ces détails, cette mort solitaire, qui sont devenus pour moi une obsession.

À en croire les premières dépêches d'Associated Press, Hemingway était en train de nettoyer un de ses fusils lorsque celui-ci était parti accidentellement. J'ai tout de suite su que c'était un bobard. Hemingway nettoyait ses armes à feu lui-même depuis sa prime jeunesse et n'aurait jamais commis une pareille erreur. Comme les dépêches suivantes le confirmèrent, il s'était fait sauter la cervelle. Mais comment ? Dans quelles circonstances ? Je me suis rappelé que la seule fois où nous nous étions battus à mains nues, c'était à la *finca*, juste après qu'il m'avait fait la démonstration de la meilleure façon de se flinguer. Il avait placé la crosse de son Mannlicher .256 sur le tapis en crin de sa salle à manger, approché le canon de ses lèvres, dit : « Dans la bouche, Joe ; le palais est la partie la plus tendre du crâne », et avait pressé la détente avec son gros orteil. Le percuteur avait claqué à vide et Hemingway avait levé la tête et souri, comme en quête de mon approbation.

« C'est complètement con », avais-je déclaré.

Hemingway avait calé le Mannlicher contre son hideux fauteuil à fleurs, s'était dressé sur la pointe de ses pieds nus, avait agité les doigts et lâché : « Qu'avez-vous dit, Joe ?

— C'est complètement con, avais-je répété. Et quand bien même ce ne serait pas le cas, il n'y a qu'un *maricón* pour se fourrer le canon d'un fusil dans la bouche. »

Traduire *maricón* par « tante » ou « pédé » serait encore trop poli. Ensuite, nous étions sortis pour aller nous battre au bord de la piscine – pas selon les règles du Noble Art, mais à coups de poings et à coups de dents.

Hemingway n'avait pas eu besoin de s'enfoncer le canon dans la bouche ce matin de juillet 1961, en Idaho. Quelques jours à peine après que sa dernière femme eut rapporté sa mort accidentelle, il devint évident qu'il s'était tué avec un fusil de chasse ; un calibre douze à deux canons, même si les rapports ultérieurs devaient diverger sur sa marque. Leicester, le frère d'Hemingway, écrivit plus tard que l'écrivain avait choisi un Richardson calibre douze à canons argentés. Selon son premier biographe, il s'agissait du Boss calibre douze à canons superposés anti-dispersion, l'arme préférée d'Hemingway pour le tir au pigeon. Je penche pour le Boss. Le Richardson aux canons reluisants était un superbe fusil d'apparat, mais trop tape-à-l'œil pour se faire sauter le caisson. Je me rappelle qu'un jour, à bord du *Pilar*, Hemingway avait éclaté de rire en lisant dans un *New York Times* vieux de quinze jours un article sur les deux pistolets à crosse de nacre que portait le général George Patton. « Patton va être furax. Il n'arrête pas de dire à ces crétins de journalistes de revoir leur copie. Ce sont des pistolets à crosse *d'ivoire*. Il dit qu'il n'y a que les maquereaux pour se trimbaler avec des pistolets à crosse de nacre, et je suis d'accord. » À mon avis, le Richardson aux canons argentés se rapprochait trop de ces joujoux pour une entreprise aussi sérieuse.

Mais à mesure que passaient les semaines, les mois et les années, j'ai compris que la nature de l'arme qu'il avait utilisée ce matin-là n'était pas le détail le plus important.

Au cours des mois ayant précédé sa mort, Hemingway avait acquis la conviction que le FBI * avait mis son téléphone sur table d'écoute, l'avait pris en filature et organisait en collaboration avec le Trésor public une enquête fiscale destinée à le ruiner. Plus que toute autre raison, ce fut ce délire de la persécution, ou prétendu tel, qui poussa sa quatrième femme à conclure qu'il était devenu paranoïaque. C'est à cette époque qu'avec le soutien de certains de ses amis, elle le conduisit à la clinique Mayo pour lui faire subir une série d'électrochocs.

Si ce traitement eut raison de ses souvenirs, de ses pulsions sexuelles et de son talent d'écrivain, il ne le libéra pas pour autant de sa paranoïa. La veille de son suicide, sa femme et ses amis l'avaient emmené dîner au Christiana, un restaurant de Ketchum. Hemingway insista pour s'asseoir le dos au mur et regarda d'un œil soupçonneux deux hommes assis à une table voisine. Lorsque son épouse et son ami George Brown appelèrent la serveuse, une dénommée Suzie, pour s'enquérir de l'identité des deux inconnus, elle leur répondit : « Ce sont sans doute des VRP de Twin Falls.

— Non, répliqua Hemingway. Ce sont des agents du FBI. »

A.E. Hotchner, autre ami d'Hemingway, raconte un incident similaire survenu dans le même restaurant, mais huit mois plus tôt, en novembre 1960. Hemingway lui avait expliqué qu'il était filé par le FBI, que son téléphone était sur table d'écoute, sa voiture et sa maison truffés de micros. Hotchner et Mary, la femme d'Hemingway, l'avaient emmené dîner au restaurant Christiana. Il était parti dans une anecdote amusante sur Ketchum à l'époque de la ruée vers l'or quand il s'arrêta soudain au milieu d'une phrase et annonça qu'ils devaient tous partir. Le repas n'était pas fini. Lorsque son épouse lui demanda ce qui le tracassait, il répondit : « Ces deux agents du FBI accoudés au comptoir. »

Hotchner s'était dirigé vers une table toute proche, où l'une de ses connaissances demeurant à Ketchum – Chuck Atkinson – dînait en compagnie de sa femme, pour lui demander s'il connaissait les deux hommes en question. « Bien sûr. Ce sont des

---

* Pour les termes et les acronymes en usage dans les services d'espionnage et de contre-espionnage, voir le glossaire en fin de volume, p. 536. *(N.d.T.)*

voyageurs de commerce. Ça fait cinq ans qu'ils passent ici une fois par mois. Ne me dis pas qu'Ernest s'inquiète *d'eux*. »

Je sais à présent que ces deux hommes venaient effectivement à Ketchum une fois par mois depuis cinq ans, et qu'ils faisaient du porte-à-porte pour vendre des encyclopédies. Et que *c'étaient* des agents du FBI, dépendant de l'antenne de Billings. Tout comme les deux hommes qu'il avait vus au Christiana le samedi 1er juillet 1961. Ils filaient bel et bien Hemingway. Ils avaient placé son téléphone sur table d'écoute et il y avait des micros dans sa maison – mais pas dans sa voiture. Durant l'hiver et le printemps précédents, d'autres agents du FBI l'avaient suivi quand un avion privé l'avait conduit à Rochester, dans le Minnesota, où il devait subir ses électrochocs. Lors du premier voyage, en novembre 1960, quinze jours à peine après la crise de « délire paranoïaque » dans le restaurant, les agents du FBI avaient atterri dans leur avion privé quelques minutes après que le Piper Commanche transportant Hemingway et son médecin s'était posé. Mais quatre autres agents, dépêchés par l'antenne de Rochester, filaient déjà l'écrivain à bord de deux Chevrolet banalisées – la première précédant et la seconde suivant la voiture transportant Hemingway et le Dr Saviers.

Lors de ce voyage de novembre 1960, selon le rapport « non classé » du FBI – un parmi les milliers que contenaient les Dossiers personnels O/C de J. Edgar Hoover (« O/C » signifiant « Officiel/Confidentiel ») « égarés » durant les mois ayant suivi le décès du directeur du FBI en mai 1972 –, les agents chargés de la filature avaient suivi l'écrivain à l'hôpital Saint-Mary, où il avait été admis sous le faux nom de George Saviers, mais ils n'avaient pas pu pénétrer dans la clinique Mayo quand Hemingway y avait été transféré. Les portes ne leur restèrent pas fermées longtemps. Des rapports ultérieurs prouvent que le FBI a interrogé le Dr Howard P. Rome, consultant en chef de la section Psychiatrie et responsable du « programme de psychothérapie » d'Hemingway. Ces mêmes fichiers prouvent que le Dr Rome et les agents du FBI avaient envisagé la possibilité d'une électrothérapie avant même que cette solution soit présentée à l'écrivain ou à son épouse.

Comme je l'ai mentionné plus haut, les Dossiers O/C personnels de J. Edgar Hoover – qui occupaient vingt-trois armoires – furent « égarés » au cours des jours et des semaines qui suivirent le décès du directeur à l'âge de soixante-dix-sept ans, le

2 mai 1972. Ce matin-là, moins d'une heure après avoir appris la nouvelle, Richard Kleindienst, ministre de la Justice, eut un entretien avec le président Nixon, convoqua à son bureau John Mohr, directeur adjoint du FBI, lui ordonna de placer le bureau de Hoover sous scellés et de veiller à ce qu'aucun document contenu dans ce bureau ne soit détruit. Le même jour, en début d'après-midi, John Mohr envoya au ministre le mémo suivant :

« Conformément à vos instructions, le bureau privé et personnel de Mr. Hoover a été placé sous scellés aujourd'hui à 11 h 40. Afin d'accomplir cette tâche, il s'est avéré nécessaire de changer la serrure d'une porte.

« À ma connaissance, le contenu de ce bureau est exactement tel qu'il aurait été si Mr. Hoover s'y était rendu ce matin. J'ai en ma possession la seule clé de ce bureau. »

Moins d'une heure plus tard, Kleindienst informait le président Nixon que « les dossiers étaient à l'abri » – il s'agissait bien sûr des « dossiers secrets » que le tout-Washington soupçonnait d'être archivés dans le bureau de Hoover.

Ce que John Mohr n'avait pas dit au ministre de la Justice, c'est que Hoover ne conservait aucun dossier dans son bureau. Les archives les plus secrètes du FBI se trouvaient dans le bureau de Miss Helen Gandy, secrétaire de Hoover depuis cinquante-quatre ans. Et ce matin-là, alors même que l'on isolait le bureau de Hoover, Miss Gandy avait déjà entrepris d'examiner les Dossiers personnels O/C du directeur, les triant, les classant, en détruisant une bonne partie et rangeant le reste dans des cartons destinés à être planqués dans la cave de la maison de Hoover, sise 30e Place Nord-Ouest.

Six semaines plus tard, ces cartons devaient être déménagés une nouvelle fois, et ni le tout-Washington ni le tout-FBI ne devaient jamais les revoir.

Mais n'anticipons pas. Ce qui nous importe pour le moment, ce sont les événements survenus le matin du 2 juillet 1961, jour de mon quarante-neuvième anniversaire et des derniers instants d'Ernest Hemingway en ce bas monde. C'est à cause de ces événements que je me suis juré d'accomplir deux tâches avant de mourir. La première – retrouver et libérer les dossiers secrets du FBI relatifs à Hemingway et à son réseau de contre-espionnage sur Cuba – devait me prendre dix années d'efforts et mettre en danger ma vie comme ma liberté. Mais la seconde des promesses que je me fis en juillet 1961 devait être, je le savais déjà à l'époque, infiniment plus difficile à tenir. Il s'agissait d'écrire le présent récit. En dépit des milliers de rapports que j'avais rédigés au fil des décennies, rien ne m'avait préparé à raconter cette histoire, de la manière dont elle devait être racontée. Hemingway l'écrivain aurait pu m'y aider – en fait, il aurait été amusé de me voir enfin contraint de raconter une histoire en utilisant tous les trucs et toutes les ficelles d'un auteur de fiction. « La fiction est une façon de raconter les choses d'une façon plus vraie que nature », m'avait-il dit cette nuit-là, sur la côte, alors que nous attendions l'apparition de l'U-Boot allemand. « Non, avais-je alors rétorqué. La vérité, c'est la vérité. La fiction, c'est un tissu de mensonges déguisé en vérité. »

Nous verrons bien.

Les événements survenus le matin du 2 juillet 1961 à Ketchum, Idaho... Seul Ernest Hemingway a connu la vérité de ces quelques instants, mais les conséquences semblaient évidentes.

Selon le témoignage de sa quatrième femme et de ses nombreux amis, il avait fait plusieurs tentatives de suicide, toutes maladroites, au cours des mois ayant précédé et suivi sa deuxième série d'électrochocs en mai et en juin. Un jour, alors qu'il revenait de la clinique Mayo, il avait tenté de se placer à proximité de l'hélice tournoyante d'un petit avion en train de faire chauffer ses moteurs sur le tarmac. Un autre jour, à son domicile, un de ses amis avait dû lui enlever de force le fusil chargé qu'il tenait à la main.

En dépit de tout cela, si Mary Hemingway avait enfermé les armes de l'écrivain dans le cellier du sous-sol, elle avait laissé les clés dudit cellier bien en évidence sur le rebord de la fenêtre de la cuisine, car « personne n'a le droit de refuser à un homme l'accès à ses possessions ». J'ai médité sur cette déclaration des années durant. Ils – Miss Mary et compagnie – s'étaient senti le droit d'autoriser l'administration d'une série d'électrochocs qui ont quasiment détruit le cerveau et la personnalité d'Ernest Hemingway, mais elle a décidé qu'elle ne pouvait pas lui interdire l'accès à ses armes alors que sa dépression le mettait dans un état suicidaire.

Le matin de ce dimanche 2 juillet 1961, Hemingway se réveilla tôt, comme à son habitude. Le temps était splendide, le ciel sans nuages. Miss Mary, seule autre occupante de la maison de Ketchum, faisait chambre à part. Elle ne se réveilla pas lorsque son époux descendit l'escalier moquetté sur la pointe des pieds, prit les clés sur le rebord de la fenêtre de la cuisine, descendit au cellier et choisit – je le crois – son fidèle Boss calibre douze. *Puis il remonta au rez-de-chaussée, traversa la salle de séjour pour se rendre dans le vestibule au pied de l'escalier, chargea les deux canons, cala la crosse du fusil sur le sol carrelé, plaqua les gueules des deux canons contre son front, je pense – pas dans sa bouche – et pressa les deux détentes.*

Si j'ai souligné ce qui précède, c'est parce qu'il est important à mes yeux qu'il ne se soit pas contenté de charger son fusil dans le cellier et d'accomplir son acte au sous-sol, où le bruit des détonations lui-même aurait été étouffé par les portes, le sol moquetté et les murs en béton. Il a emporté le fusil dans le vestibule, au pied de l'escalier, dans le seul endroit de la maison où Miss Mary, qu'elle aille ouvrir la porte ou décrocher le téléphone, ne pourrait pas manquer d'enjamber son cadavre ainsi que la flaque de sang, d'éclats d'os et de cervelle en bouillie d'où étaient sortis tous ces romans, toutes ces nouvelles, tous ces mensonges qu'il avait jadis tenté de me présenter comme plus vrais que nature.

Quelques mois plus tôt, on avait demandé à Hemingway de rédiger une ou deux phrases pour un livre édité en l'honneur de la prise d'investiture de JFK. Après des heures de vains efforts, Hemingway s'était effondré en sanglots devant son médecin : le grand écrivain était incapable d'achever une seule phrase.

Mais il pouvait encore communiquer avec autrui, et je pense que le lieu et la méthode de sa mort constituaient son ultime message. Ce message était adressé à Miss Mary, bien entendu, mais aussi à J. Edgar Hoover, au FBI, à l'OSS... ou plutôt à la CIA, comme on l'appelait désormais... au souvenir de ceux qui étaient à ses côtés cette année-là, entre la fin avril et la mi-septembre 1942, quand l'écrivain avait joué à l'espion et s'était retrouvé mêlé à des agents nazis, des espions du FBI, des barbouzes britanniques, des politiciens et des policiers cubains. Sans parler des prêtres et des nobles espagnols, des agents secrets de dix ans et des U-Boots allemands. Ce serait me flatter moi-même que de croire qu'Hemingway pensait à moi en son dernier matin, mais si son message était bien tel que je l'interprétais – un dernier coup, un coup violent destiné à achever par un pat une partie vieille de plusieurs décennies plutôt que de concéder l'échec et mat à un ennemi aussi patient qu'impitoyable –, peut-être avais-je eu ma place dans la trame de ses pensées ce matin-là, tel un figurant dans un motif baroque.

J'espère que ce matin-là, le matin de mon quarante-neuvième

anniversaire, le matin des derniers instants d'Hemingway, il pensait peut-être, si tant est que le chagrin et la dépression lui aient permis d'avoir des pensées cohérentes, non seulement à son ultime geste de défi, à sa décision d'en finir par calibre douze interposé, mais aussi aux victoires qu'il avait pu remporter dans la longue guerre qu'il livrait à des ennemis invisibles.

Je me demande s'il pensait à l'Usine à forbans.

2

Mr. Hoover me convoqua à Washington fin avril 1942. Le câble que je reçus à Mexico City m'ordonnait de me présenter devant le directeur « le plus rapidement possible ». Voilà qui incitait à la réflexion, car tout le monde au Bureau savait à quel point Mr. Hoover pouvait être radin. Normalement, une convocation à Washington, même si vous la receviez à Mexico ou à Bogotá, vous amenait à voyager par *burro*, voiture, bateau et train, tout en gardant l'œil sur votre note de frais.

J'ai atterri à l'Aéroport national de Washington le matin même du jour où j'avais rendez-vous avec Mr. Hoover, après être passé par le Texas, le Missouri et l'Ohio. Ce fut avec une certaine curiosité que j'examinai le paysage derrière le hublot de mon DC-3 au fuselage argenté. Non seulement la journée était splendide, la lumière printanière faisant étinceler le dôme du Capitole et le monument de Washington, mais l'aéroport était flambant neuf. Lors de mes précédents séjours à Washington, j'avais atterri à Hoover Field, le vieil aérodrome municipal qui se trouvait de l'autre côté du Potomac, en Virginie, non loin du Cimetière national d'Arlington. Je me trouvais à l'étranger depuis l'été dernier, mais j'avais appris que l'armée – avant même Pearl Harbor et sans la moindre autorisation présidentielle – avait entamé sur le site de l'aérodrome la construction d'un nouveau quartier général, un gigantesque édifice à cinq côtés.

Alors que l'avion faisait un dernier tour avant d'atterrir, je vis que le nouvel Aéroport national était situé beaucoup plus près du centre ville, ce qui était nettement plus pratique. De toute évidence, les bâtiments ultramodernes n'étaient pas encore achevés : le terminal tout neuf était entouré d'une fourmilière d'ouvriers s'agitant autour des échafaudages. J'aperçus également le nouveau

QG de l'armée alors que l'appareil reprenait un peu d'altitude. La presse l'avait déjà baptisé « le Pentagone » et, à trois mille pieds de haut, ce terme semblait des plus appropriés car, bien que seule la moitié de cette monstruosité ait été construite, ses fondations et ses murs extérieurs dessinaient nettement un polygone à cinq côtés. À eux seuls, les parkings recouvraient la totalité de l'emplacement de Hoover Field et du parc d'attractions voisin, et je distinguai plusieurs files de camions de l'armée roulant vers la partie achevée de l'édifice, y livrant sans doute les bureaux, machines à écrire et autres détritus bureaucratiques destinés à la nouvelle armée en cours d'expansion.

Je me carrai sur mon siège lorsque les deux moteurs changèrent de régime en prélude à l'atterrissage. J'aimais bien ce vieux Hoover Field, même si ce n'était rien de plus qu'une bande de gazon coincée entre un parc d'attractions et une décharge publique. Military Road, une route locale, traversait la piste d'atterrissage – j'ai bien dit *traversait* – et, quelques années plus tôt, j'avais lu que le directeur de l'aérodrome avait été arrêté et inculpé pour avoir tenté d'y placer un feu rouge afin de stopper la circulation lors de l'atterrissage des vols commerciaux. Le Service de l'équipement du comté s'était empressé d'arracher ce feu illégal. Cela n'avait apparemment pas d'importance ; lorsque je m'étais posé sur cette piste, les pilotes m'avaient paru suffisamment compétents pour minuter leurs manœuvres en fonction du trafic routier. Je me rappelai que l'aérodrome n'avait même pas de tour de contrôle digne de ce nom et que la manche à air était plantée au sommet des montagnes russes du parc d'attractions voisin.

L'avion s'est posé, s'est rangé, et j'ai été le troisième à en descendre, ajustant mon .38 à ma ceinture tandis que je dévalais l'échelle et posais le pied sur le tarmac brûlant. J'avais un sac de voyage contenant des sous-vêtements de rechange, une chemise propre et mon second costume sombre, mais je ne savais pas si j'aurais le temps de trouver un hôtel, louer une chambre, me doucher, me raser et me changer avant d'aller retrouver Mr. Hoover. Cela n'était pas sans m'inquiéter. Mr. Hoover ne supportait pas les agents spéciaux qui ne se présentaient pas devant lui sur leur trente et un, même si lesdits agents venaient de passer trente-six heures à sauter d'un avion à l'autre sur toute l'étendue du Mexique et des États-Unis.

En traversant le terminal tout neuf qui sentait encore le plâtre mouillé et la peinture fraîche, je me suis arrêté pour jeter un coup d'œil au kiosque à journaux. L'une des manchettes du *Washington Post* proclamait : IL N'Y AURAIT PAS ASSEZ DE PLACE DANS LE STADIUM POUR ACCUEILLIR TOUS LES HABITANTS DE WASHINGTON VICTIMES DE MALADIES VENERIENNES. J'ai tenté de me rappeler la capacité du vieux Griffith Stadium. Au moins trente mille personnes. En parcourant du regard la foule d'uniformes flambant neufs qui m'entourait – armée de terre, marine, MP, SP, corps des marines, gardes-côtes, la plupart occupés à faire leurs adieux à une fille –, j'ai été surpris que le problème des maladies vénériennes ne se soit pas aggravé depuis la déclaration de guerre.

Je me suis ensuite dirigé vers les cabines téléphoniques situées près de la sortie. Ma seule chance de pouvoir me doucher et me changer serait de contacter Tom Dillon, un ami qui m'avait accompagné lors de ma formation à Quantico et au Camp X, avant que nous ne soyons transférés, lui à Washington et moi au SIS. Tom était toujours célibataire – ou du moins il l'était la dernière fois que je l'avais vu, dix mois plus tôt – et son appartement n'était pas loin du ministère de la Justice. J'ai inséré une pièce de cinq *cents* dans la fente et demandé à l'opératrice de me passer son domicile, espérant que c'était son jour de repos et sachant que, dans le cas contraire, comme il s'agissait d'un agent de terrain, il n'était sans doute pas à son bureau. Au bout de plusieurs sonneries, on n'avait toujours pas décroché. Découragé, je cherchais une autre pièce lorsqu'une main velue a jailli par-dessus mon épaule, s'est emparée de l'écouteur et l'a raccroché.

J'ai pivoté sur moi-même, prêt à étendre le soldat ou le marin qui avait commis l'erreur de me chercher des crosses, pour découvrir le visage souriant de Tom Dillon à quelques centimètres du mien.

« Je t'ai entendu demander mon numéro, Joe, a-t-il dit. Je ne suis pas chez moi.

— Tu n'y es jamais », lui ai-je retourné en souriant. On s'est serré la main. « Qu'est-ce que tu fais ici, Tom ? » Je ne croyais pas aux coïncidences.

« C'est Mr. Ladd qui m'envoie. Il m'a dit que tu avais rendez-vous au ministère à onze heures et demie et que je devais t'y conduire. Ça te donne le temps de faire un peu de toilette chez moi si tu en as besoin.

— Formidable. » Mr. Ladd n'était autre que D. M. Ladd – « Mickey » pour ses amis du Bureau –, un des assistants du directeur, à présent à la tête de la *Domestic Intelligence Division*, le service où travaillait Tom. Celui-ci n'avait pas précisé que j'avais rendez-vous avec le directeur et sans doute cette information ne lui avait-elle pas été communiquée. Ce n'était pas à moi d'éclairer sa lanterne.

« Ton vol était en avance, dit Tom, comme pour s'excuser de ne pas m'avoir retrouvé à ma descente d'avion.

— Plus besoin d'attendre qu'il n'y ait pas de voiture sur la piste. Allons-y. »

Tom s'empara de mon sac de voyage et se fraya un chemin dans la foule pour rejoindre son coupé Ford, garé tout près des portes principales. Comme il avait abaissé la capote, il n'eut qu'à jeter mon bagage sur la banquette arrière, puis il fit le tour de sa voiture au petit trot, faisant montre de la même énergie juvénile que je lui avais connue à Quantico. Je me suis calé sur le siège capitonné tandis qu'on roulait vers le centre ville. L'air était chaud et humide, mais beaucoup moins qu'au Mexique et en Colombie, où j'avais passé le plus clair des dernières années. La saison était trop avancée pour qu'on puisse savourer la floraison des célèbres cerisiers japonais de Washington, mais des traces de leur parfum flottaient encore sur les grandes avenues, mêlées à la riche senteur des magnolias qui donnaient à la ville son allure sudiste si familière.

Je dis « familière » mais en fait, cette ville ne ressemblait plus du tout à la Washington où j'avais vécu en 38 et 39 et que j'avais brièvement visitée l'été précédent. Cette Washington-là était une ville sudiste assoupie, dont les boulevards n'étaient pas envahis de voitures, dont l'ambiance était plus détendue que celle de maints villages sud-américains où j'avais passé du temps depuis lors. À présent, tout avait changé.

Les « préfabriqués » dont j'avais entendu parler étaient partout : des bâtiments lugubres, aux murs d'amiante gris, longs comme la moitié d'un pâté de maisons et pourvus de cinq ailes, édifiés en une semaine pour abriter des hordes d'ouvriers et de bureaucrates pendant toute la durée de la guerre. Ces préfabriqués occupaient les deux rives du Bassin réfléchissant devant le mémorial Lincoln, et non seulement ces structures hideuses empêchaient de voir ce bassin, mais elles étaient reliées par des ponts couverts mal fichus qui en enjambaient les eaux. D'autres préfabriqués proliféraient le long de Constitution Avenue, oblitérant un petit parc bien agréable où j'avais jadis l'habitude d'aller manger sur le pouce, et d'autres encore encerclaient le monument de Washington tels des charognards gris, scabreux et agressifs attendant de passer à la curée.

Les avenues étaient aussi larges que dans mes souvenirs, mais désormais encombrées de voitures et de camions, y compris des convois de camions militaires vert olive, dans lesquels j'apercevais les bureaux, les chaises, les machines à écrire et les meubles classeurs que je n'avais fait qu'imaginer depuis l'avion. L'Amérique partait en guerre. En triple exemplaire. Les trottoirs étaient bondés et, même si l'on y voyait encore pas mal d'uniformes, la majorité des piétons étaient vêtus de l'uniforme civil de l'époque – costumes et tailleurs noirs ou gris anthracite, les jupes portées par les femmes étant plus courtes que dans mon souvenir, les costumes, tant masculins que féminins, pourvus d'épaulettes bien visibles. Tous semblaient jeunes, en bonne santé et pressés de se rendre à quelque réunion de la plus haute importance. Les mallettes étaient omniprésentes ; même certaines femmes en portaient.

Les trolleys étaient toujours là, en dépit de l'importante circulation automobile, mais je remarquai que, pour une raison inconnue, ils me semblaient *antiques*. Il me fallut une minute pour me rendre compte que cette impression était fondée, que la ville avait dû récupérer des trolleys mis au rancart pour transporter ce surplus de population. Sous mes yeux, une relique du XIXe siècle passa en grinçant, carrossée de bois et pourvue d'une cabine à ses deux extrémités, avec une rangée de vitres courant le long de son toit et ses marchepieds envahis de passagers accrochés à des poignées en cuir et à des mains courantes en cuivre. La plupart d'entre eux étaient des Noirs.

« Ouais, a fait Tom Dillon en suivant mon regard. Il y a encore plus de nègres en ville qu'avant la guerre. »

J'ai hoché la tête. Si l'un des passagers de ces trolleys nous avait examinés, il aurait pu conclure que nous étions des frères, voire de faux jumeaux. Tom était âgé de trente et un ans alors que je n'en avais que vingt-neuf, mais il avait une peau plus lisse et le nez encore parsemé de taches de rousseur. Contrairement au mien, d'ailleurs, son nez n'avait jamais été cassé. Nous étions tous deux vêtus du costume sombre exigé par Mr. Hoover, d'une chemise blanche – quoique, je dois bien l'admettre, celle de Tom fût plus nette que la mienne – et de chapeaux à bord souple quasiment identiques. Nous avions tous deux la nuque rasée cinq centimètres au-dessus du col, comme le spécifiait le règlement, et si un coup de vent avait emporté nos couvre-chefs, un observateur aurait remarqué que nos cheveux étaient soigneusement coiffés afin d'éviter « cette saleté de pointe sur le front » que Mr. Hoover détestait tant. Conformément aux usages du Bureau, chacun de nous avait dans la poche droite de son pantalon un mouchoir blanc afin de pouvoir s'essuyer avant de serrer une main, au cas où nous serions nerveux ou sortirions d'une séance de gymnastique. Mr. Hoover détestait toucher les « paumes moites » et tenait à ce que ses agents spéciaux ne soient pas frappés de ce stigmate. Tom et moi étions armés d'un revolver Police Positive de calibre .38 glissé dans un holster noir fixé à notre ceinture, légèrement décalé sur la droite afin de passer plus ou moins inaperçu sous le veston. Si Tom n'avait pas reçu une augmentation, nous gagnions tous les deux soixante-cinq dollars par semaine ; ce qui, en 1942, représentait un salaire confortable, quoique plutôt modique vu les diplômes que nous avions dû décrocher pour satisfaire aux critères de recrutement du Bureau. Nous étions tous les deux nés au Texas, dans une famille catholique, avions fréquenté des universités sudistes de second rang et poursuivi des études de droit.

Mais les ressemblances s'arrêtaient là. Tom Dillon avait conservé la voix traînante et l'accent du Texas. Comme ma famille avait déménagé en Californie quand j'avais trois ans, puis en Floride alors que j'en avais six, je pensais n'avoir aucun accent identifiable. C'étaient les parents de Tom qui lui avaient payé ses études supérieures. Je les avais financées grâce à une bourse que m'avaient value mes performances sportives, complétée par un emploi à temps partiel. Tom avait été recruté après avoir reçu son diplôme et satisfait aux critères de Mr. Hoover, mais je représentais une exception à la règle, ayant été approché lors de ma deuxième année de droit, au moment où je songeais à laisser tomber les études faute d'argent et de motivation. Les raisons pour lesquelles j'avais été recruté par anticipation étaient toutes simples : je parlais couramment l'espagnol et Mr. Hoover avait besoin d'agents spéciaux hispanophones pour le *Special Intelligence Service* qu'il était en train de mettre sur pied – des contre-espions capables de se fondre dans la foule, de discuter avec des informateurs et de leur dire « Merci » comme l'aurait fait un Latino-Américain, c'est-à-dire sans prononcer ce mot comme « *grassy-ass** ». J'étais donc qualifié.

* Littéralement : cul herbeux. *(N.d.T.)*

Mon père était mexicain, ma mère irlandaise. Ce qui entraînait une autre différence entre Tom Dillon et moi.

Quand Dillon avait dit : « Il y a encore plus de nègres en ville qu'avant la guerre », j'avais refoulé l'envie de lui enserrer la nuque des deux mains et de lui cogner la tête contre le volant. Je n'en avait rien à fiche qu'il insulte les Noirs – je n'en avais connu aucun, ni dans le cadre du travail ni ailleurs, de façon suffisamment poussée pour renoncer aux préjugés que nous inspiraient ces citoyens américains de quatrième classe – mais quand Tom Dillon prononçait le mot « nègre », j'entendais quant à moi « graisseux » ou « espingouin ».

Mon père était mexicain. J'avais la peau relativement claire, et suffisamment hérité les traits et la charpente osseuse de ma mère pour passer pour un Anglo-Saxon protestant ordinaire, mais j'avais grandi dans la honte de l'héritage mexicain de mon père, allant jusqu'à me battre contre quiconque me traitait de « Mexicain ». Et comme mon père était mort alors que je n'avais que six ans, ma mère décédant un an plus tard, j'avais honte de ma honte – jamais je n'avais pu dire à mon père que je lui pardonnais de ne pas être un Américain de souche, pas plus que je n'avais pu supplier ma mère de me pardonner pour lui en avoir voulu d'avoir épousé un Mexicain.

Bizarrement, plus je vieillissais, plus je regrettais de ne pas avoir mieux connu mon père. Je n'avais pas tout à fait cinq ans quand il était parti pour la Grande Guerre, et je venais d'en avoir six lorsque nous avons appris qu'il était mort en Europe – il avait succombé à la grippe trois mois après l'armistice. Comment quelqu'un que je n'avais jamais vraiment connu pouvait-il me manquer à ce point ?

Il existait d'autres différences entre Tom Dillon et Joe Lucas. Le travail que Tom effectuait à la *Domestic Intelligence Division* était celui de la majorité des agents du FBI – un travail d'enquêteur. Le Bureau, comme Mr. Hoover le répétait inlassablement aux élus du peuple trop enthousiastes, n'avait pas pour vocation de faire un travail de police. C'était une agence d'*investigation*. Tom passait le plus clair de son temps à interroger des gens, à rédiger des rapports, à établir des corrélations entre des indices et, de temps en temps, à filer des suspects. Il avait une certaine expérience dans des domaines plus douteux, pose de micros cachés et autres techniques de surveillance illégales, mais dans la majorité des cas, ce genre de tâche était laissé aux soins des experts. J'étais l'un de ces experts.

Et Tom n'avait jamais tué personne.

« Alors, a-t-il dit comme nous passions devant la Maison-Blanche. Toujours avec le SIS ?

— Mouais. » Je remarquai qu'une barrière de sécurité était en place dans Pennsylvania Avenue, devant l'entrée de la Maison-Blanche. Le portail était toujours ouvert, mais le policier en faction avait une tête à vous demander de montrer patte blanche avant de vous laisser passer. L'été précédent, quand j'avais visité la ville, n'importe qui pouvait se promener dans le parc en toute tranquillité, bien qu'un marine ait été chargé de filtrer les personnes pénétrant dans les bureaux présidentiels. La première fois que j'étais venu à Washington, vers le milieu des années 30, la Maison-Blanche n'avait pas de portail et plusieurs sections du parc étaient dépourvues de barrière. Cet été-là, j'avais joué au base-ball sur la pelouse sud.

« Toujours au Mexique ? a demandé Tom.

— Mmm », ai-je fait. Nous nous sommes arrêtés à un feu rouge. Des fonctionnaires traversaient la chaussée, portant pour la plupart un petit sac repas. « Dis-moi, Tom, que s'est-il passé à la DID depuis Pearl Harbor ? » S'il venait à être interrogé, Tom Dillon déclarerait probablement que nous avions échangé des confidences depuis le début, parlant sans contrainte de tout et de rien. En vérité, lui seul m'avait fait des confidences. « Vous avez capturé des espions nazis ou japonais ? »

Tom a gloussé, passant en prise lorsque le feu a viré au vert. « Tu parles, Joe, on est tellement occupé à espionner les nôtres qu'on n'a pas le temps de s'occuper des nazis ou des japs.

— Que veux-tu dire ? » Je savais que Tom adorait lâcher des noms. Un de ces jours, cela lui coûterait sans doute son boulot. « Qui le Bureau surveille-t-il depuis le début de la guerre ? »

Il a dépiauté un chewing-gum Wrigley et s'est mis à le mâcher bruyamment. « Oh, le vice-président, par exemple », a-t-il répondu sur un ton détaché.

J'ai éclaté de rire. Le vice-président, Henry Agard Wallace, était un idéaliste parfaitement honnête. Il avait également la réputation d'être un idiot et une dupe des communistes.

Tom parut blessé par ma réaction. « Je parle sérieusement, Joe. On est sur ce coup-là depuis le printemps dernier. Micros, tables d'écoute, filatures, coups fourrés... ce type ne peut pas aller pisser sans que Mr. Hoover reçoive une analyse de ses urines.

— Mouais. Wallace représente une véritable menace... »

Le caractère ironique de cette réplique échappa complètement à Tom. « Et comment ! dit-il. Nous avons la preuve que les communistes envisagent de l'utiliser comme agent actif, Joe. »

J'ai haussé les épaules. « Les Russes sont désormais nos alliés, tu l'as oublié ? »

Tom m'a jeté un regard en coin. Il était si choqué qu'il en oubliait de mâcher son chewing-gum. « Bon Dieu, Joe... ne plaisante pas sur ce sujet. Mr. Hoover ne...

— Je sais, je sais. » Les Japonais avaient attaqué Pearl Harbor, Adolf Hitler était l'homme le plus dangereux de la planète, mais Mr. Hoover était connu pour son désir de lutter avant tout contre la menace communiste. « Qui d'autre occupe vos journées en ce moment ?

— Sumner Welles. » Tom plissa les yeux pour se protéger du soleil comme nous nous arrêtions devant un nouveau feu rouge. Un tramway est passé devant nous dans un concert de crissements. Nous n'étions qu'à quelques rues de l'appartement de Tom, mais le flot de véhicules était ininterrompu.

J'ai relevé le bord de mon chapeau, répétant : « Sumner Welles ? » Sous-secrétaire aux Affaires étrangères, Welles était en outre un ami personnel et un proche conseiller du président. Son expertise dans le domaine de la politique latino-américaine faisait de lui un élément clé des opérations de renseignement dans cette région ; son nom était intervenu une bonne douzaine de fois à l'ambassade de Bogotá dans le cadre de décisions qui m'avaient affecté personnellement. À en croire certaines rumeurs, Sumner Welles avait été rappelé de son poste à ladite ambassade plusieurs mois avant mon arrivée, pour des raisons dont personne n'était tout à fait sûr.

« Est-ce que Welles est communiste ? » ai-je demandé.

Tom a secoué la tête. « Non. C'est une tante.

— Pardon ? »

Il s'est tourné vers moi, me gratifiant du sourire en coin qui lui était familier. « Tu as bien entendu, Joe. C'est une tante. Une tarlouze. Un pédé. »

J'ai attendu la suite.

« Tout a commencé il y a presque deux ans, Joe. En septembre 1940. À bord du train présidentiel qui revenait de l'Alabama après les funérailles de Speaker Bankhead. »

À en juger par l'expression de Tom, il s'attendait à ce que je lui pose des questions pressantes. J'ai continué d'attendre.

Le feu est passé au vert. Nous avons avancé de quelques mètres, stoppant peu après derrière une masse de camions et de voitures. Tom a élevé la voix pour couvrir le vacarme des klaxons et des moteurs. « Welles avait sans doute bu un coup de trop, il a sonné pour avoir un garçon... plusieurs d'entre eux se sont pointés... et... eh bien, il s'est exhibé à eux et leur a proposé... enfin, tu vois, Joe, des trucs de pédé. » Tom avait le rouge aux joues. C'était un G-Man, un dur de dur, mais au fond de son cœur, il était resté bon catholique.

« Est-ce que ceci a été confirmé ? » ai-je demandé, pensant aux répercussions sur le SIS d'un éventuel remplacement de Welles.

« Je veux, oui. Mr. Hoover a mis Ed Tamm sur le coup, et ça fait un an et demi que le Bureau surveille Welles. Quand elle a un peu trop bu, cette vieille tante drague les petits garçons dans les jardins publics. On a des rapports d'agents, des témoignages oculaires, des dépositions, des enregistrements de conversations téléphoniques... »

J'ai rabaissé le bord de mon chapeau pour dissimuler mes yeux. Selon les membres du personnel de l'ambassade qui avaient toute ma confiance, Sumner Welles était l'homme le plus intelligent du ministère des Affaires étrangères. « Est-ce que Mr. Hoover a avisé le président ?

— En janvier de l'année dernière. » Tom a craché son chewing-gum sur la chaussée. La circulation reprenait. Nous avons tourné à droite dans Wisconsin Avenue. « Selon Dick Ferris, qui travaillait avec Tamm sur ce dossier, Mr. Hoover n'a fait aucune recommandation... on ne le lui avait pas demandé... et le président n'a pas dit grand-chose. Toujours d'après Dick, Biddle, le ministre de la Justice, a par la suite essayé d'aborder le sujet avec le président, et FDR s'est contenté de lui dire : "Eh bien, il ne fait pas ça pendant les heures de travail, hein ?" »

J'ai hoché la tête. « Toute sollicitation de nature homosexuelle est un délit, ai-je dit.

— Ouais, et d'après ce que m'a raconté Dick, qui le tenait de Tamm, Mr. Hoover a souligné ce point quand il a vu le président, lui faisant remarquer que Welles était vulnérable à un chantage.

Pour l'instant, le président garde cette affaire sous le coude, mais ça ne va pas durer...

— Pourquoi ? » J'ai aperçu le pâté de maisons où j'avais vécu quatre ans plus tôt, partageant un appartement avec deux autres agents spéciaux. Le domicile de Tom se trouvait trois rues plus à l'ouest.

« Bullitt en a après Welles en ce moment », a dit Tom en tournant le volant des deux mains.

William Christian Bullitt. Un homme naguère qualifié de « Iago entre tous les Iago » par un éditorialiste politique. Je n'avais jamais lu Shakespeare, mais j'avais compris l'allusion. Mr. Hoover avait également un dossier sur Bullitt et, lors d'une de mes premières missions à Washington, j'avais été contraint de le lire et de le résumer. William Christian Bullitt, encore un vieux pote de FDR, était un ambassadeur qui se faisait des ennemis dans tous les pays où il était en poste, le genre d'opportuniste capable de tringler un tas de bûches au cas où il s'y serait trouvé un serpent. À tout le moins, selon son dossier, il avait séduit Missy LeHand, la secrétaire de FDR, aussi naïve qu'enamourée de son patron, à seule fin de pouvoir accéder plus facilement au bureau présidentiel.

Si Bullitt avait décidé de s'attaquer à Sumner Welles, il réussirait tôt ou tard à le discréditer... en organisant des fuites en direction des ennemis politiques de FDR, en distillant des confidences à la presse, en faisant part de son indignation à Cordell Hull, le ministre des Affaires étrangères. Bullitt allait détruire Welles, quoi qu'il lui en coûte, réduisant à néant le service du ministère en charge des affaires latino-américaines, ainsi que la politique de bon voisinage qui avait fait les preuves de son efficacité dans cette région, et affaiblissant du même coup la nation en temps de guerre. Mais un homme qui succombait à ses penchants homosexuels sous l'emprise de la boisson ne pouvait pas décemment travailler pour le gouvernement, et Mr. William Christian Bullitt verrait ainsi grandir son rôle dans la sempiternelle comédie du pouvoir.

Ah ! Washington...

« Qui d'autre est surveillé par le Bureau ? » ai-je demandé d'une voix lasse.

À mon grand étonnement, il y avait une place libre devant l'immeuble de Tom. Il a glissé le coupé dans le minuscule espace disponible, puis serré le frein à main sans couper le moteur. Il s'est frotté le nez. « Tu ne le devineras jamais, Joe. Je suis moi-même affecté à ce dossier. C'est sur lui que je dois travailler ce soir. Je te laisse les clés... peut-être qu'on se verra demain. »

Sans doute ne serai-je plus ici demain, ai-je pensé. « Formidable.

— Vas-y, devine. » Tom était toujours d'humeur joueuse.

J'ai poussé un soupir. « Eleanor Roosevelt. »

Tom a tiqué. « Merde. Tu es au courant pour l'enquête ?

— Tu plaisantes, nom de Dieu ! » Mr. Hoover avait un fichier Officiel/Confidentiel sur la plupart des personnes les plus importantes de Washington – des États-Unis tout entiers – et la haine que lui inspirait Eleanor Roosevelt était de notoriété publique, mais jamais le directeur n'irait s'attaquer à un membre de la famille d'un président en exercice. Il tenait bien trop à préserver son propre emploi.

Tom vit que j'étais dans le noir. D'un geste plein d'assurance, il a relevé le bord de son chapeau et posé un bras sur le volant pour me faire face. « Ce n'est pas une blague, Joe. Bien entendu, nous ne filons pas Mrs. Roosevelt elle-même, mais...

— Tu m'as bien eu, Tom.

— Non, non. » Il s'est rapproché de moi et j'ai senti son haleine parfumée à la menthe. « Cela fait trois ans que la vieille s'est entichée d'un gars du nom de Joe Lash... »

Je savais tout de Lash, ayant consulté son dossier en 1939 dans le cadre d'une enquête sur le Congrès de la jeunesse américaine, et je l'avais même interrogé en personne, me faisant passer pour un étudiant intéressé par son organisation. Lash, qui à cette époque était secrétaire national du Congrès de la jeunesse américaine, était ce qu'on appelle un étudiant à perpète, un type qui, quoique plus âgé que moi, souffrait d'un manque de maturité patent dans les domaines qui comptent – un adolescent dans un corps d'homme, proche de la trentaine mais doté de la sagesse et de la sophistication d'un gosse de dix ans. Le Congrès de la jeunesse américaine était un club de débats de tendance gauchisante, exactement le genre d'organisation que les communistes adoraient financer et infiltrer, et Mrs. Roosevelt faisait partie de ses sympathisants.

« Ils sont amants..., disait Tom.

— Foutaises. Elle a soixante ans et...

— Cinquante-huit. Lash en a trente-trois. Mrs. Roosevelt a un pied-à-terre à New York, Joe. Elle a *refusé la protection du Service secret*.

— Et alors ? Ça ne prouve rien, excepté que la vieille a encore tout son bon sens. Qui aurait envie d'être bichonné par ces connards du Trésor vingt-quatre heures sur vingt-quatre ? »

Tom secouait la tête. « Mr. Hoover sait que ça veut dire quelque chose. »

J'avais la migraine. L'espace de quelques secondes, je fus à nouveau pris d'une violente envie d'agripper Tom par sa cravate et de lui cogner la tête contre le tableau de bord jusqu'à ce que son nez retroussé soit réduit à l'état de masse amorphe et sanguinolente. « Tom, ai-je articulé à voix basse, est-ce que tu es en train de me dire que nous sommes en train d'espionner Mrs. Roosevelt ? De lire son courrier en loucedé ? »

Il a secoué la tête une nouvelle fois. « Bien sûr que non, Joe. Mais nous photographions le courrier de *Lash*, et nous avons placé des micros dans son appartement et une table d'écoute sur son téléphone. Tu devrais lire les lettres que notre chère Première Dame, cette amie des nègres, écrit à cet empaffé de coco... c'est chaud, très chaud, Joe.

— Je n'en doute pas. » L'idée que cette vieille dame si ordinaire puisse écrire à ce gamin des missives passionnées m'attristait profondément.

« C'est pour ça que je suis pris ce soir, a dit Tom en rajustant son chapeau une énième fois. Lash s'est fait incorporer il y a quinze jours, et nous repassons l'enquête au CIC.

— Normal. » Le *Counter-Intelligence Corps*, une section de la *Military Intelligence Division* dirigée par le général John Bissell, avait la réputation – méritée – d'être aussi efficace qu'une tribu de chimpanzés bourrés. Certains qualifiaient aussi le groupe de Bissell de ramassis de connards d'extrême droite, mais pas moi. Pas ce jour-là. Mais une chose était sûre : le CIC n'hésiterait pas un instant à infliger à Mrs. Eleanor Roosevelt un régime intensif de filatures, de micros cachés, de tables d'écoute et autres coups fourrés. Et je savais aussi que FDR, même s'il se montrait indulgent avec des pauvres types comme Sumner Welles, ferait muter Bissell dans le Pacifique sud en moins d'une minute s'il apprenait que l'armée s'attaquait à son épouse.

Tom m'a lancé ses clés. « Il y a de la bière fraîche au frigo. Mais rien à bouffer, désolé. On peut aller dîner ensemble demain soir, quand j'aurai fini mon service.

— Je l'espère bien. » J'ai agité les clés dans mon poing. « Merci pour tout, Tom. Si je dois repartir avant qu'on se revoie...

— Planque-les au-dessus de la porte, comme au bon vieux temps. » Tom s'est penché pour me serrer la main au-dessus de la portière brûlante. « À bientôt, mon pote. »

Je l'ai regardé quitter sa place et s'insérer dans la circulation avant de monter le perron de l'immeuble. Tom Dillon était le parfait agent du FBI – impatient de plaire mais fondamentalement paresseux, prêt à bouffer de la merde si Mr. Hoover ou ses adjoints le lui demandaient, rapide dans l'exécution des ordres mais lent en matière de réflexion personnelle, un défenseur de la démocratie qui détestait les nègres, les youpins, les niaquoués et les espingouins. Il ne faisait nul doute que Tom fréquentait assidûment les séances d'exercice de tir dans le sous-sol du bâtiment du ministère de la Justice et qu'il était aussi à l'aise dans le maniement du .38 que dans celui de la mitraillette, du fusil à pompe et de la carabine à haute vélocité, sans parler du combat à mains nues Sur le papier, c'était un tueur compétent. Sur le terrain, dans le cadre d'une opération du SIS, il n'aurait pas survécu trois jours.

Je l'ai chassé de mon esprit, pensant à la douche revigorante qui m'attendait.

3

L'entrée principale du gigantesque bâtiment du ministère de la Justice se trouvait au carrefour de la 9e Rue et de Pennsylvania Avenue. Ses portiques de style classique, pourvus chacun de quatre colonnes massives sur chaque façade, prenaient naissance au-dessus du premier étage pour s'élever jusqu'au toit, quatre niveaux plus haut. Du côté Pennsylvania Avenue, près du coin de l'immeuble, on ne remarquait qu'un seul et unique balcon, situé au quatrième étage à gauche de ces colonnes. C'était le balcon personnel de Mr. Hoover. Nous étions en 1942 et, au cours des dix-huit années précédentes, il s'y était posté pour voir passer maints présidents, que ce soit lors d'un défilé de victoire ou d'une procession funèbre.

Je connaissais ce bâtiment, bien entendu, mais je n'y avais jamais occupé de bureau, ayant été affecté à diverses missions de terrain, parfois clandestines, durant mes séjours dans le District de Columbia. C'était pour moi un atout, car j'arrivai avec dix minutes d'avance à mon rendez-vous de onze heures et demie, douché, rasé et bien peigné, vêtu d'un costume et d'une chemise propres, chaussé de souliers cirés, tenant mon chapeau dans des mains qui n'étaient pas moites. L'endroit était gigantesque et je risquais d'y croiser quelques personnes que je connaissais et qui, à leur tour, auraient pu me reconnaître, mais je n'en avais vu aucune lorsque je sortis de l'ascenseur au quatrième étage pour me diriger vers le saint des saints du directeur.

Loin d'être situé au centre de l'édifice, le bureau de Mr. Hoover semblait presque dissimulé dans un coin. Pour s'y rendre, on devait remonter un long corridor, puis traverser une vaste salle de conférence meublée d'une table cirée où s'alignaient les cendriers et, finalement, franchir un bureau annexe où Miss Gandy montait la garde avec la vigilance d'un dragon de légende protégeant une vierge. En 1942, Miss Gandy était elle-même devenue une légende : c'était le seul de ses employés que Hoover considérait comme indispensable, un mélange de gouvernante et de protectrice, la seule personne autorisée à voir, cataloguer, indexer et lire les Dossiers personnels de Hoover. Elle était âgée de quarante-cinq ans le jour où je me présentai devant elle, mais Hoover, quand il s'adressait à ses amis ou à ses assistants les plus proches, parlait déjà d'elle comme d'une « vieille dinde ». Et en effet, elle avait quelque chose d'un gallinacé.

« agent spécial Lucas ? dit-elle en levant les yeux vers moi, qui tenais toujours mon chapeau dans mes mains. Vous avez quatre minutes d'avance. »

J'acquiesçai.

« Veuillez vous asseoir. Le Directeur respecte son emploi du temps. »

Je refoulai un sourire en l'entendant prononcer le D majuscule de « Directeur » et m'assis bien sagement. La pièce offrait un confort quasi douillet – deux fauteuils bien rembourrés et un sofa contre un mur. Je choisis le sofa. Je savais que la plupart des agents spéciaux ne voyaient jamais rien d'autre du bureau de J. Edgar Hoover : d'ordinaire, le directeur (je ne mettais jamais de majuscule à ce mot) rencontrait ses subordonnés dans la salle de conférence ou dans le présent bureau. Je parcourus les lieux du regard, m'attendant à découvrir le scalp de John Dillinger sur l'une des étagères de l'armoire vitrée placée en face de moi, mais le trophée que m'avaient amoureusement décrit Tom et mes autres amis du Bureau brillait par son absence. Je ne vis que quelques plaques et une coupe couverte de poussière. Peut-être que le scalp était en cours de nettoyage.

À onze heures et demie tapantes, Miss Gandy me déclara : « Le Directeur va vous recevoir, agent spécial Lucas. » Je le confesse, mon cœur battait plus vite que d'ordinaire lorsque je franchis le seuil de la porte intérieure.

Mr. Hoover se leva d'un bond, fit le tour de son bureau d'un pas vif, me serra la main au centre de la pièce et me fit signe de m'asseoir dans un fauteuil placé à droite de son bureau pendant qu'il regagnait son propre siège. D'après ce que m'avaient confié certains des rares élus ayant rencontré le directeur dans son saint des saints, c'était là le rituel d'usage.

« Eh bien, agent spécial Lucas », dit Mr. Hoover en se reposant sur son trône. Je dis « trône » sans la moindre intention sarcastique, car la disposition des lieux appelait immédiatement cette image – bureau et fauteuil directoriaux étaient placés sur une estrade, ledit fauteuil était bien plus imposant que celui sur lequel je venais de m'asseoir, et il se trouvait devant la baie vitrée dont les rideaux étaient grands ouverts, de sorte que, si le soleil brillait, Mr. Hoover n'apparaissait que comme une massive silhouette en ombre chinoise. Mais le temps s'était quelque peu gâté depuis le matin, la lumière du jour était plutôt pâlotte, et je distinguais sans peine les traits du personnage.

J. Edgar Hoover avait quarante-six ans en cette journée de printemps de l'an de grâce 1942 – le jour où je le rencontrai pour la première et dernière fois –, et j'entrepris de le jauger alors même qu'il me jaugeait. Lorsque je voyais un homme pour la première fois, j'avais pour habitude – peut-être était-ce une faiblesse de ma part – de me demander quelle serait l'issue d'un combat à mains nues nous opposant, et de le juger en conséquence. Sur un plan purement physique, Hoover ne m'aurait guère posé de problème. Il était petit pour un agent spécial – nous avions exactement la même taille, comme je l'avais remarqué en lui serrant la main – et, alors que j'aurais été classé dans la catégorie des mi-lourds, il me rendait facilement une dizaine de kilos. J'estimais sa taille à 1 m 78 et son poids à 83 kg, ce qui l'aurait empêché de satisfaire aux critères qu'il avait lui-même édictés pour les agents du FBI. De prime abord, il donnait l'impression d'être trapu, impression encore accentuée par le contraste entre son torse large et ses pieds minuscules, les plus petits pieds masculins que j'aie jamais vus. Hoover était fort bien vêtu ; son costume sombre et croisé sortait du bon faiseur, sa cravate en soie laissait apparaître des motifs roses et violets qui auraient fait frémir un agent spécial, et j'avais remarqué la pochette en soie rose assortie glissée dans sa poche de poitrine. Ses cheveux semblaient noirs, et ils étaient si fermement plaqués sur son crâne qu'on aurait pu attribuer son rictus et ses yeux plissés, deux détails caractéristiques de son allure, à une perruque mal ajustée.

Les caricaturistes aimaient à croquer Hoover sous les traits d'un bouledogue – les yeux plissés ou exorbités, le nez épaté, les mâchoires massives et crispées – et cette représentation me sembla appropriée durant quelques instants, mais j'en vins bientôt à le comparer à un pékinois. Hoover était vif – il lui avait fallu moins de quinze secondes pour bondir jusqu'au centre de la pièce, me serrer la main et regagner son siège –, mais sa vitesse trahissait une énergie nerveuse et déterminée. Si j'avais dû l'affronter à mains nues, j'aurais tenté de l'atteindre au ventre – son principal point faible, de toute évidence, excepté ses organes sexuels – et j'aurais veillé ensuite à ne pas lui tourner le dos une fois qu'il se serait retrouvé à terre. Ces yeux et cette bouche volontaire étaient ceux d'un homme capable de vous tuer d'un coup de dents après que vous lui aviez coupé bras et jambes.

« Eh bien, agent spécial Lucas », répéta-t-il en ouvrant un épais dossier personnel qui, j'en étais persuadé, n'était autre que le mien. Hormis quelques autres dossiers et un épais livre relié de cuir noir placé à quelques centimètres de son coude gauche – la Bible que lui avait offerte sa mère, un artefact dont nous avions tous entendu parler –, son bureau était vide. « Avez-vous fait un bon voyage, Lucas ?

— Oui, monsieur.

— Savez-vous pourquoi je vous ai convoqué à Washington, Lucas ? » La voix de Hoover était sèche, précise, saccadée.

« Non, monsieur. »

Le directeur opina, sans toutefois éclairer ma lanterne. Il parcourut l'histoire de ma vie comme s'il la découvrait, bien que, je n'en doutais pas une seconde, il l'eût sûrement étudiée avec attention avant mon arrivée.

« Je vois que vous êtes né en 1912, dit-il. À... euh... Brownsville, Texas.

— Oui, monsieur. » Il était inutile que je cherche à deviner la raison de cette convocation, mais cela ne m'avait pas empêché d'y réfléchir durant le voyage qui m'avait fait venir du Mexique. J'étais trop lucide pour me croire sur le point de recevoir une promotion ou une mention pour services rendus. Cette année-là, ce qui me distinguait de la plupart des quatre mille et quelques agents spéciaux travaillant pour J. Edgar Hoover, c'était le fait que j'avais tué deux hommes... trois, si l'on comptait Krivitsky, mort l'année précédente. Le dernier membre du FBI à avoir joui d'une réputation de tueur était l'agent spécial Melvin Purvis, auquel on avait attribué la mort de John Dillinger et celle de Pretty Boy Floyd, et, même si tout le Bureau savait pertinemment que Purvis n'avait abattu ni l'un ni l'autre, on savait tout aussi pertinemment que Hoover avait obligé Purvis à lui présenter sa démission en 1935. Purvis était devenu célèbre... plus célèbre que son directeur, qui n'avait de sa vie ni abattu ni même arrêté un seul truand. Le public ne devait associer qu'un seul nom au FBI :

J. Edgar Hoover. Purvis devait disparaître. C'était une des raisons pour lesquelles j'avais résolu de ne jamais réclamer le crédit de certains de mes actes – l'élimination des derniers agents de l'Abwehr présents sur le sol mexicain, les deux fusillades dans cette maison ténébreuse où Schiller et son tueur à gages avaient tenté d'avoir ma peau, l'affaire Krivitsky.

« Vous avez deux frères et une sœur, reprit Hoover.

— Oui, monsieur. »

Il leva les yeux du dossier pour les fixer sur moi. « Une famille peu nombreuse pour des Mexicains catholiques.

— Mon père est né au Mexique. Ma mère était irlandaise. » C'était une autre possibilité : le Bureau venait seulement de découvrir la nationalité de mon père.

« Mexico-irlandais, dit Hoover. Alors, c'est un miracle qu'il n'y ait eu que quatre enfants dans cette famille. »

Un miracle placé sous le double patronage de la grippe et de la pneumonie, pensai-je en conservant un visage inexpressif.

Hoover examinait de nouveau le dossier. « Est-ce qu'on vous appelait José à la maison, agent Lucas ? »

Mon père m'avait appelé José. Il n'était devenu citoyen américain qu'un an avant sa mort. « Le prénom figurant sur mon acte de naissance est Joseph, Mr. Hoover. »

Si c'était pour cela que l'on m'avait convoqué à Washington, j'étais prêt à affronter l'épreuve. Le Bureau ne pratiquait certes pas la discrimination raciale. En 1942, il comptait 5 702 agents spéciaux noirs – j'avais lu ce chiffre dans un rapport transmis à l'antenne de Mexico moins d'une semaine plus tôt. Environ 5 690 d'entre eux avaient été recrutés durant les six derniers mois – il s'agissait dans tous les cas de chauffeurs, de concierges, de cuisiniers et de grouillots noirs que Hoover ne souhaitait pas voir mobilisés. Il n'avait pas ménagé ses efforts pour éviter ce sort aux agents spéciaux du FBI tout en leur faisant savoir, durant les semaines qui avaient suivi Pearl Harbor, qu'ils avaient le droit de s'engager si ça leur chantait mais qu'il n'y aurait plus de place pour eux au Bureau à leur retour – si retour il y avait.

Je savais qu'il existait au moins cinq G-Men de race noire avant Pearl Harbor : les trois chauffeurs de Mr. Hoover, évidemment, ainsi que John Amos et Sam Noisette. Amos était fort vieux. Il avait été le valet de chambre, le garde du corps et l'ami de Theodore Roosevelt – TR était mort dans les bras d'Amos, littéralement –, et en 1924, lorsque Hoover était devenu directeur du

Bureau of Investigation, Amos y était déjà salarié. J'avais croisé le vieux Noir un jour au stand de tir, où il avait pour tâche de nettoyer les armes à feu.

Sam Noisette était un élu noir de plus fraîche date, un agent spécial affecté au bureau personnel de Mr. Hoover – j'avais été surpris de ne pas le voir à mon arrivée –, dont l'exemple était souvent mis en avant pour illustrer la politique raciale du Bureau. On m'avait un jour montré un article dans le magazine *Ebony* louant l'amitié qui unissait l'agent spécial Noisette à Mr. Hoover, et je n'avais pu m'empêcher de sourire en lisant la phrase suivante : « Les liens existant entre ces deux hommes symbolisent la position de l'agence fédérale en matière de relations inter-raciales. » Ceci était rigoureusement exact, mais sans doute pas dans le sens où l'entendait le plumitif d'*Ebony*. Noisette – « Mr. Sam », comme l'appelaient Hoover et le reste du Bureau – était l'assistant personnel et le majordome du directeur, et ses responsabilités étaient de tendre une serviette éponge au directeur quand celui-ci émergeait de sa baignoire privée, de l'aider à enfiler son manteau et – tâche importante entre toutes – d'écraser les mouches, pour lesquelles J. Edgar Hoover éprouvait un dégoût passionné n'ayant d'égal que la haine et la crainte que lui inspiraient les communistes.

Est-ce qu'on vous appelait José à la maison ? Hoover me faisait comprendre qu'il savait... que le Bureau savait... que mon père n'était pas citoyen américain quand j'étais né, que, théoriquement, j'étais le fils d'un graisseux, d'un espingouin.

J'ai regardé droit dans les yeux cet homme aux allures de pékinois et attendu la suite.

« Je vois que vous avez beaucoup bougé durant votre enfance, agent spécial Lucas. Le Texas. Puis la Californie. Puis la Floride. Et de nouveau le Texas pour vos études supérieures.

— Oui, monsieur. »

Hoover examinait toujours le dossier. « Votre père est mort en 1919, en France, je vois. Des blessures de guerre ?

— La grippe.

— Mais il était dans l'armée ?

— Oui, monsieur. » *Dans un régiment affecté à la reconstruction. Le dernier à être rapatrié. Ce qui explique pourquoi il a chopé la grippe au plus fort de l'épidémie.*

« Oui, oui », fit Hoover, chassant mon père de ses pensées sans même lever les yeux. « Et votre mère est morte la même année. »

Cette fois-ci, il me regarda, et je vis l'un de ses sourcils s'arquer légèrement.

« D'une pneumonie. » *D'un cœur brisé.*

Hoover agita quelques feuillets. « Mais on ne vous a pas envoyés à l'orphelinat, vous et vos frères et sœur ?

— Non, monsieur. Ma sœur est allée vivre dans la famille de ma tante. » *Au Mexique*, ajoutai-je mentalement, priant pour que ce détail ne figure pas dans mon dossier. « Quant à mes deux frères et à moi-même, nous avons été recueillis par le frère de mon père, qui vivait en Floride. Il n'avait qu'un seul fils pour l'aider sur son bateau. Nous avons pêché avec lui pendant plusieurs années, pendant que nous suivions notre scolarité – je suis retourné l'aider chaque été lorsque j'étudiais à l'université.

— Donc, vous connaissez bien la mer des Caraïbes ?

— Pas vraiment, monsieur. Nous pêchions seulement dans le golfe du Mexique. Durant un été, j'ai travaillé à bord d'un cargo qui faisait la route de Miami et s'est rendu à Bimini, mais nous n'avons jamais abordé les autres îles.

— Mais vous connaissez bien les bateaux. » Hoover me fixait de ses yeux noirs, légèrement exorbités. Je ne voyais absolument pas où il voulait en venir.

« Oui, monsieur. Suffisamment pour me débrouiller à bord de l'un d'eux. »

Le directeur replongea dans mon dossier. « Parlez-moi de l'incident de Veracruz, agent spécial Lucas. »

Je savais qu'il avait sous les yeux mon rapport de dix pages, dactylographié en simple interligne. « Je présume, monsieur, que vous connaissez tous les détails de l'opération jusqu'au point où Schiller a été contacté par un informateur de la police mexicaine ? »

Hoover acquiesça. Le soleil venait de percer les nuages et, grâce à son éclat, le directeur était dans la situation qu'il préférait. J'étais désormais incapable de distinguer ses yeux – je ne voyais plus que la silhouette de ses larges épaules débordant de la masse obscure de son fauteuil... et le reflet du soleil sur ses cheveux brillantinés.

« J'étais censé les rencontrer à onze heures du soir, dans la maison de la calle Simón Bolívar, pour effectuer ma livraison, poursuivis-je. Comme je l'avais déjà fait une douzaine de fois. J'arrivais toujours au moins une heure en avance pour examiner les lieux. Sauf que, cette fois-ci, ils m'avaient précédé d'une demi-heure. Ils m'attendaient dans l'obscurité quand j'ai franchi la porte d'entrée. J'ai pris conscience de leur présence à la dernière minute.

— Qu'est-ce qui vous a mis la puce à l'oreille, agent spécial Lucas ? dit la silhouette enténébrée.

— La chienne, monsieur. Il y avait dans le quartier une vieille chienne jaune qui aboyait toujours à mon arrivée. En général, les chiens mexicains n'ont guère l'instinct territorial, mais cette chienne appartenait au paysan mexicain qui surveillait la maison pour le compte de Schiller. Elle était enchaînée dans la cour. Le paysan avait été capturé lors du coup de filet que nous avions effectué deux jours plus tôt, et la chienne était affamée.

— Donc, vous l'avez entendue aboyer ?

— Non, monsieur. Je ne l'ai *pas* entendue. Je pense qu'elle n'avait pas arrêté d'aboyer depuis l'arrivée de Schiller et que celui-ci avait ordonné à son complice de l'égorger. »

Hoover gloussa. « Comme dans cette enquête de Sherlock Holmes. Le chien dans la nuit.

— Je vous demande pardon, monsieur ?

— Vous n'avez jamais lu Sherlock Holmes, agent spécial Lucas ?

— Non, monsieur. Je ne lis jamais de livres inventés.

— Des livres inventés ? Vous voulez dire : des romans ?

— Oui, monsieur.

— Très bien, continuez. Que s'est-il passé ensuite ? »

Je lissai le bord de mon chapeau, toujours posé sur mes cuisses. « Pas grand-chose, monsieur. Ou plutôt, pas mal de choses, mais très vite. J'étais déjà sur le seuil quand je me suis rendu compte que la chienne n'aboyait pas. J'ai décidé d'entrer. Ils ne s'attendaient pas à me voir si tôt. Ils n'avaient pas encore trouvé de bonnes positions de tir. Je suis entré en courant. Ils m'ont tiré dessus, mais il faisait noir et ils m'ont raté. J'ai riposté. »

Hoover croisa les doigts comme pour prier. « D'après le rapport de balistique, ils ont tiré plus de quarante balles à eux deux. Du calibre neuf millimètres. Des Luger ?

— Lopez, le tueur à gages, avait un Luger. Schiller était armé d'un Schmeisser.

— Un pistolet mitrailleur. Ça devait faire du bruit dans cette petite pièce. »

J'acquiesçai.

« Quant à vous, agent spécial Lucas, vous étiez armé d'un .357 Magnum et vous n'avez tiré que quatre fois, c'est ça ?

— Oui, monsieur.

— Vos deux adversaires ont reçu chacun une balle dans la tête, et l'un d'eux a en outre été atteint à la poitrine. Vous étiez dans une position malaisée. Dans le noir. Et il y avait tout ce bruit, toute cette confusion.

— L'éclat des coups de feu les a trahis, monsieur. Je ne visais pas nécessairement leurs têtes, je visais au-dessus de leurs armes. Dans le noir, on tire en général un peu plus haut que d'ordinaire. Et je pense que Schiller a été perturbé par le bruit des détonations. Lopez était un professionnel. Schiller, un amateur et un crétin.

— Un crétin mort, à présent.

— Oui, monsieur.

— Et vous êtes toujours armé d'un .357 Magnum, agent Lucas ?

— Non, monsieur. Je porte le calibre .38 réglementaire. »

Hoover considéra de nouveau le dossier. « Krivitsky », dit-il à voix basse, comme pour lui-même.

Je restai muet. Si j'étais ici à cause d'un problème précis, c'était peut-être celui-ci. Hoover tournait les pages de l'épais dossier.

Le général Walter Gregorievitch Krivitsky avait dirigé le NKVD, les services secrets soviétiques en Europe de l'Ouest, jusqu'à la fin de 1937, période à laquelle il était sorti de l'ombre à La Haye, demandant asile à l'Occident et déclarant aux journalistes qu'il avait « rompu avec Staline ». Personne ne survit à une rupture avec Staline. Krivitsky était un disciple de Trotski, qui avait illustré cette maxime à Mexico.

L'Abwehr, les services de renseignements de l'armée allemande, s'intéressait aux informations détenues par Krivitsky. Un agent d'élite de l'Abwehr, le commandant Traugott Andreas Richard Protze – naguère expert en contre-espionnage de la *Marine Nachrichtendienst*, les services secrets de la marine allemande – avait confié à ses agents la mission de retourner Walter Krivitsky, qui savait que sa présence bien visible à Paris garantirait sa sécurité. Il n'existe pas de garantie en matière de sécurité. Menacé par l'arrivée imminente d'assassins du Guépéou dépêchés par l'Union soviétique et entouré de toutes parts par les agents de Protze – l'un d'eux avait réussi à l'approcher en se faisant passer pour un réfugié juif traqué à la fois par les nazis et par les communistes –, l'ex-agent du NKVD savait que sa vie ne tenait plus qu'à un fil de plus en plus ténu.

Krivitsky s'empressa de quitter Paris pour les États-Unis, où le

FBI et l'*Office of Naval Intelligence*, les services de renseignements de la marine américaine, se joignirent à l'Abwehr et au Guépéou pour filer le train à ce petit homme émacié aux sourcils broussailleux. Krivitsky décida une nouvelle fois que sa meilleure défense était la visibilité. Il écrivit un livre – *J'ai été l'agent de Staline* –, publia des articles dans le *Saturday Evening Post* et alla jusqu'à témoigner devant la Commission Dies sur les activités anti-américaines. Lors de chacune de ses apparitions publiques, Krivitsky déclarait à qui voulait l'entendre qu'il était traqué par les assassins du Guépéou.

Ce qui, bien entendu, était parfaitement exact – le plus dangereux d'entre eux, un tueur connu sous le sobriquet de « Hans le judas rouge », venait de débarquer d'Europe après avoir assassiné Ignace Reiss, un vieil ami de Krivitsky qui venait lui aussi de déserter des services secrets soviétiques. En 1939, lorsque la guerre éclata en Europe, Krivitsky ne pouvait plus aller acheter *Look* au kiosque à journaux du coin sans qu'une douzaine de barbouzes, américaines ou étrangères, le lisent par-dessus son épaule.

Ma mission n'était pas de suivre Krivitsky – il m'aurait fallu pour cela prendre un ticket et faire la queue – mais de filer « Hans le judas rouge », l'agent de l'Abwehr qui suivait Krivitsky. Cet ancien marxiste, de son vrai nom le Dr Hans Wesemann, un Européen aussi sophistiqué que débonnaire, s'était spécialisé dans l'enlèvement et l'assassinat d'anciens émigrés. Wesemann était entré aux États-Unis grâce à un passeport de journaliste, mais bien que le FBI ait été informé de sa présence dès son arrivée sur le sol américain ou presque, le Bureau avait ignoré Wesemann jusqu'à ce qu'il commence à serrer Krivitsky d'un peu trop près.

Et voilà comment, en 1939, je revins aux États-Unis pour participer à une opération conjointe du FBI et de la *British Security Coordination* dont le but était de retourner cette situation à notre avantage. Wesemann dut sentir que ses projets d'enlèvement étaient un peu trop menacés par la foule d'espions qui l'entourait, car l'agent de l'Abwehr demanda à son supérieur, le commandant Protze, l'autorisation d'aller se planquer à l'étranger. Nous ne l'avons appris que plus tard, grâce aux Britanniques qui, ayant déchiffré le code allemand, daignaient de temps à autre nous jeter des miettes d'information. Protze s'entretint alors avec le directeur de l'Abwehr, l'amiral Canaris, et, fin septembre 1939, Wesemann voguait vers Tokyo à bord d'un navire japonais. Nous ne pouvions pas le suivre là-bas, mais la BSC et l'équivalent britannique de l'ONI le pouvaient – ce qu'ils firent –, et ils nous avisèrent que Wesemann n'avait débarqué à Tokyo que pour recevoir un câble de Protze lui ordonnant de regagner les États-Unis.

C'est à ce moment-là que je suis entré en jeu. Si j'étais venu à Washington l'automne précédent, c'est parce que nous espérions que Wesemann irait se planquer au Mexique, le centre névralgique de l'Abwehr pour la plupart de ses opérations sur le continent américain. Au lieu de cela, l'Allemand passa les mois d'octobre et de novembre 1940 au Nicaragua en attendant de revenir aux États-Unis. L'Abwehr n'était pas très bien implantée au Nicaragua et Wesemann en vint à craindre pour sa sécurité à peu près autant que Krivitsky. Un soir, le débonnaire Wesemann fut agressé par trois voyous et n'échappa à de graves blessures que grâce à l'intervention d'un marin américain expatrié et déchu qui se jeta dans la mêlée et chassa les assaillants au prix d'un nez cassé et d'une profonde entaille au flanc. La BSC et le SIS avaient payé ces truands pour attaquer Wesemann, espérant que ma maîtrise du combat à mains nues me permettrait de triompher. Ces trois crétins ont bien failli me trucider.

Ma couverture était aussi simple qu'élaborée : j'étais un marin plutôt costaud, pas très futé mais souvent brutal, un ex-boxeur qui avait été renvoyé à terre pour avoir frappé son maître d'équipage, s'était débrouillé pour perdre tous ses papiers, y compris son passeport américain, et pour se mettre à dos la police de Managua, et était prêt à faire n'importe quoi pour sortir de ce trou à rats et rentrer au pays. Durant les deux mois que j'ai passés au service de Wesemann, j'ai effectivement fait un peu n'importe quoi – y compris servir de courrier aux agents de l'Abwehr désabusés en poste à Panama, qui surveillaient le canal depuis deux longues années, et de garde du corps à l'aristocrate, le protégeant cette fois-ci d'une attaque bien réelle, celle d'un agent soviétique plutôt maladroit – jusqu'à ce que Wesemann finisse par dépendre de moi et par s'exprimer librement en ma présence. Cet empêché du bulbe de Joe comprenait à peine l'anglais, mais l'agent spécial Lucas maîtrisait parfaitement l'allemand, l'espagnol et le portugais, autant de langues utilisées par le groupe.

En décembre 1940, lorsque Wesemann a reçu le feu vert pour s'introduire aux États-Unis, j'ai été le seul de ses acolytes à l'accompagner. L'Abwehr avait eu l'obligeance de me fournir un faux passeport.

Je vis J. Edgar Hoover tourner les dernières pages de son rapport Officiel/Confidentiel. C'était Hoover lui-même qui avait créé le SIS – le *Special Intelligence Service* – début 1940, le concevant comme une division du FBI ayant pour mission de gérer le contre-espionnage en Amérique latine en coopération avec la BSC. Mais, par ses méthodes de travail, le SIS était plus proche des services secrets de l'armée britannique que du FBI, ce qui n'avait sans doute pas manqué d'inquiéter Hoover. Un exemple entre mille : les agents du FBI doivent être disponibles vingt-quatre heures sur vingt-quatre ; Tom Dillon aurait été renvoyé si son bureau n'avait pas pu le joindre au bout de deux heures maximum. Quand je travaillais sur l'affaire Wesemann au Nicaragua, à New York et à Washington, il m'était arrivé de perdre le contact pendant parfois plus d'une semaine avec mes supérieurs et mes contrôleurs. C'est la nature même d'une mission de contre-espionnage.

Quoi qu'il en soit, j'avais passé la nuit du nouvel an 1940 à New York, en compagnie du Dr Wesemann et de trois autres agents de l'Abwehr. Pendant que le bon docteur et ses potes faisaient la tournée des meilleurs night-clubs de la ville – ne se souciant guère d'adopter le profil bas qui sied à un espion sérieux –, ce vieux Joe faisait le pied de grue près de la bagnole, de la neige jusqu'aux genoux, écoutant les cris de joie en provenance de Times Square et espérant que les Boches iraient se coucher avant qu'il ne se gèle les miches. À ce moment-là, le malheureux Walter Krivitsky était devenu plutôt embarrassant, non seulement pour le NKVD et Joseph Staline, mais aussi pour l'Abwehr et le FBI. Comme l'agent terrorisé avait déblatéré tout ce qu'il savait sur les réseaux d'espionnage soviétiques en Europe, qui, en cinq ans, avaient eu le temps de se réorganiser, il comptait désormais assurer sa sécurité en disant tout ce qu'il savait sur les réseaux allemands qu'il avait eu jadis pour tâche de démanteler. Les tueurs de la Guépéou en avaient toujours après lui. Et Canaris transmit via Protze de nouvelles instructions au Dr Wesemann : Krivitsky ne devait plus faire l'objet d'un enlèvement et d'un interrogatoire, mais d'une élimination pure et simple.

Wesemann confia cette mission au plus fiable, au plus naïf, au plus ignare et au plus violent de ses tueurs à gages. À savoir moi-même.

Fin janvier, Krivitsky quitta New York et partit en cavale. Je le suivis jusqu'en Virginie, où je pris contact avec lui, me présentant comme un agent du FBI et du SIS capable de le protéger de l'Abwehr et du Guépéou. Nous sommes allés ensemble à

Washington, DC, où – le soir du dimanche 9 février 1941 – il a pris une chambre à l'hôtel Bellevue, près de la gare d'Union Station. La nuit était glaciale. Je me suis rendu au café le plus proche et en suis revenu avec des sandwiches et deux cafés plutôt rances. Nous avons mangé ensemble dans sa chambre du quatrième étage.

Le lendemain matin, la femme de chambre trouvait Krivitsky mort dans son lit, avec près de sa main une arme qui n'était pas la sienne. La porte de la chambre était verrouillée et il n'y avait pas d'escalier de secours. La police de Washington conclut à un suicide.

Le Dr Hans Wesemann tint parole ; il m'avait promis de me faire sortir du pays et c'est ce qu'il fit – je me suis retrouvé au Mexique à l'issue d'un voyage à pied, en train et en voiture, avec ordre de me présenter à un dénommé Franz Schiller. Ce que je fis. Durant les dix mois qui suivirent, avec l'aide de la BSC et de l'antenne locale du FBI, j'ai contribué à l'élimination de cinquante-huit agents de l'Abwehr, démantelant ainsi son réseau d'espionnage dans ce pays.

Hoover leva les yeux du dossier. « Krivitsky », répéta-t-il en me fixant. Les nuages occultaient de nouveau le soleil, et je voyais nettement les yeux sombres du directeur en train de me scruter. Dans mon rapport, j'expliquais que j'avais passé trois jours à discuter avec Krivitsky, le persuadant du caractère désespéré de sa situation. L'arme qu'on avait retrouvée près de lui était la mienne, évidemment. Je n'avais aucune peine à lire la question dans les yeux de Hoover : *L'avez-vous tué, Lucas ? Ou bien lui avez-vous donné un pistolet chargé, sans savoir s'il allait le tourner contre vous ou contre lui-même, et l'avez-vous regardé quand il s'est fait sauter la cervelle ?*

L'instant se prolongea. Puis le directeur s'éclaircit la gorge et se remit à tourner les pages.

« Vous avez suivi l'entraînement du Camp X.

— Oui, dis-je, même si ce n'étais pas là une question.

— Qu'en avez-vous pensé ? »

Le Camp X était un centre d'opérations spéciales que la BSC avait établi au Canada, près d'Oshawa, sur la berge nord du lac Ontario, dans les environs de Toronto. En dépit du côté mélodramatique de son nom – « Camp X » m'avait toujours évoqué un *serial* bon marché –, on y effectuait un travail mortellement sérieux : les experts britanniques en matière de guérilla et de contre-espionnage subissaient un entraînement poussé et partageaient leur expérience avec des membres du FBI qui ignoraient tout des cruelles réalités de l'espionnage. Tous les agents affectés au SIS avaient été entraînés au Camp X. On y enseignait les arcanes du détournement de courrier – comment intercepter une lettre, la photographier et la remettre dans le circuit postal sans se faire repérer – ainsi que l'art et la science des coups fourrés ; les techniques de surveillance physiques, photographiques et électroniques ; le combat rapproché à mains nues ; la cryptographie avancée ; le maniement des armes exotiques ; les procédures radio ; et bien d'autres choses.

« J'ai trouvé cet entraînement fort efficace, monsieur, répondis-je.

— Plus efficace que celui dispensé à Quantico ?

— Différent.

— Vous connaissez personnellement Stephenson.

— Je l'ai rencontré à plusieurs reprises, monsieur. » William Stephenson, un milliardaire canadien, dirigeait toutes les opérations de la BSC. En 1940, Winston Churchill l'avait envoyé aux États-Unis avec deux objectifs : le premier, de nature publique, consistait à monter une opération d'envergure du MI-6 pour surveiller les agents de l'Abwehr présents sur le sol américain ; le second, de nature privée, était de pousser l'Amérique à entrer en guerre, à n'importe quel prix.

Je n'avais pas dû jouer au devin pour connaître ces objectifs. Lors de mon séjour au Camp X, j'avais entre autres pour mission d'espionner les Britanniques, ce que j'avais fait – la tâche la plus difficile et la plus dangereuse que j'avais eu à accomplir jusque-là –, photographiant non seulement les notes adressées à Stephenson par Churchill mais aussi les détails d'un projet élaboré au centre, dont le but était de faire assassiner Reinhard Heydrich, le chef de la Gestapo, par des guérilleros que l'on comptait introduire en Tchécoslovaquie en 1942.

« Décrivez-le, ordonna sèchement Hoover.

— William Stephenson ? » dis-je stupidement. Je savais que le directeur Hoover connaissait Stephenson, qu'il avait travaillé avec lui lors de sa première visite en Amérique. Hoover se vantait parfois d'être l'auteur de la dénomination *British Security Coordination*.

« Décrivez-le, répéta le directeur.

— Bel homme. Petit. Un poids-coq. Aime les costumes trois-pièces de Savile Row. Tranquille mais plein d'assurance. Ne se laisse jamais photographier. Il était multimillionnaire avant son trentième anniversaire... il a inventé un procédé permettant de transmettre des photographies par radio. Aucune formation en matière d'espionnage, mais il est naturellement doué, monsieur.

— Durant votre séjour au Camp X, vous l'avez affronté sur le ring, dit Hoover en se repenchant sur le dossier.

— Oui, monsieur.

— Qui a gagné ?

— Il ne s'agissait que de quelques rounds d'entraînement, monsieur. En fait, ni lui ni moi n'avons gagné car...

— Mais à votre avis, agent Lucas, qui a gagné ?

— Mon allonge était supérieure à la sienne, monsieur. Ainsi que mon poids. Mais il était meilleur boxeur. Si un arbitre avait été présent, il aurait gagné tous les rounds aux points. Il semblait capable d'encaisser sans broncher les coups les plus violents, et il aimait le combat rapproché. C'est lui qui a gagné. »

Hoover grogna. « Et en tant que directeur d'une agence de contre-espionnage, vous pensez qu'il est bon ? »

C'est sans doute le meilleur du monde, pensai-je. « Oui, monsieur.

— Connaissez-vous certaines des célébrités américaines qu'il a recrutées, Lucas ?

— Oui, monsieur. Errol Flynn, Greta Garbo, Marlene Dietrich... un écrivain de romans policiers nommé Rex Stout... et il utilise Walter Winchell et Walter Lippman pour répandre des informations sur les ondes. Deux mille personnes travaillent sous ses ordres, dont à peu près trois cents amateurs américains comme ceux que je viens de mentionner.

— Errol Flynn, marmonna J. Edgar Hoover en secouant la tête. Allez-vous au cinéma, Lucas ?

— De temps en temps, monsieur. »

Hoover se fendit de son petit sourire en coin. « Les histoires inventées ne vous dérangent pas tant qu'elles sont racontées en images plutôt qu'en mots, hein, Lucas ? »

Comme je ne voyais pas comment répondre à cela, je restai muet.

Hoover se carra sur son siège et referma l'épais dossier. « agent spécial Lucas, j'ai du travail pour vous à Cuba. Je veux que vous preniez l'avion demain matin.

— Oui, monsieur. » *Cuba ?* Qu'y avait-il donc à Cuba ? Je savais que le FBI y était présent, car il était présent dans tout cet hémisphère, mais il ne devait pas s'y trouver plus d'une vingtaine d'agents. Je me rappelai que Raymond Leddy, attaché juridique à l'ambassade de La Havane, était la principale liaison du Bureau avec l'île. À part ça, j'ignorais tout des opérations sur le sol cubain. L'Abwehr n'y était guère active – du moins à ma connaissance.

« Que savez-vous d'un écrivain du nom d'Ernest Hemingway ? » demanda Hoover en se penchant vers la droite sur son fauteuil. Il avait les mâchoires tellement crispées que j'aurais juré l'entendre grincer des dents.

« Uniquement ce que j'ai lu dans les journaux. Il chasse le gros gibier, n'est-ce pas ? Il gagne beaucoup d'argent. Marlene Dietrich est de ses amies. On tire des films de ses livres. Je crois qu'il demeure à Key West.

— Plus maintenant. Il s'est établi à Cuba il y a quelques années. Il y avait un bail qu'il y allait régulièrement. Lui et sa troisième épouse demeurent dans les faubourgs de La Havane. »

J'attendis la suite.

Hoover soupira, tendit la main pour toucher la Bible posée sur son bureau, puis soupira de nouveau. « Hemingway est bidon, agent spécial Lucas. C'est un menteur et probablement un communiste.

— En quoi est-il un menteur, monsieur ? » *Et en quoi cela concerne-t-il le Bureau ?*

Hoover eut un nouveau sourire. Un infime plissement des lèvres, un bref aperçu de ses petites dents blanches. « Vous verrez son dossier dans une minute. Mais pour vous donner un exemple... eh bien, ce Hemingway était conducteur d'ambulance en Italie, pendant la Grande Guerre. Un obus de mortier a explosé près de lui et l'a envoyé à l'hôpital criblé de grenaille. Au cours des années qui ont suivi, Hemingway a déclaré à la presse qu'il avait également été atteint par un tir de mitrailleuse – notamment dans la rotule ; après quoi il aurait transporté un soldat italien blessé sur une distance de cent cinquante mètres, le conduisant à un poste de commande avant de s'effondrer. »

Je me contentai d'acquiescer. Si Hemingway avait bien déclaré ceci, *c'était* un menteur. Rien n'est plus insoutenable qu'une blessure au genou. Si ce Hemingway était capable de transporter un soldat, voire seulement de faire quelques mètres, après avoir reçu de la grenaille dans la rotule, c'était bel et bien un dur à cuire. Mais les balles de mitrailleuse sont des horreurs aussi rapides que massives, conçues pour pulvériser l'os, les muscles et l'ardeur au combat. Si cet écrivain prétendait avoir transporté un camarade sur une distance de cent cinquante mètres après avoir été atteint au genou par une rafale de mitrailleuse, c'était un menteur. Bon. Et alors ?

Hoover sembla lire dans mes pensées, bien que mon visage, j'en suis sûr, n'ait exprimé qu'une attention polie.

« Hemingway veut organiser un réseau de contre-espionnage à Cuba, reprit le directeur. Lundi, il en a discuté avec Ellis Briggs et Bob Joyce à l'ambassade, et vendredi, il doit s'entretenir avec Spruille Braden pour lui faire une proposition en bonne et due forme. »

Je hochai la tête. Nous étions mercredi. Hoover m'avait envoyé son câble mardi.

« Vous connaissez l'ambassadeur Braden, je crois.

— Oui, monsieur. » J'avais travaillé avec Braden l'année précédente, quand il était en poste en Colombie ; à présent, il était ambassadeur des États-Unis à Cuba.

« Vous avez une question ? demanda Hoover.

— Oui, monsieur. Pourquoi un civil... un écrivain... a-t-il été autorisé à importuner l'ambassadeur afin de lui proposer cette idée stupide d'un réseau d'espions amateurs ? »

Hoover se frotta le menton. « Hemingway a beaucoup d'amis sur l'île. Nombre d'entre eux sont des vétérans de la guerre d'Espagne. Hemingway affirme qu'il a déjà organisé un réseau d'opérateurs clandestins à Madrid, en 1937...

— Est-ce exact, monsieur ? »

Hoover tiqua à cette interruption, ouvrit la bouche, puis secoua la tête avant de dire : « Non. Hemingway se trouvait bien en Espagne, mais seulement en tant que correspondant de guerre. Ce réseau semble n'avoir existé que dans son imagination, bien qu'il ait été en contact avec plus d'un agent communiste. Les communistes se sont servis de lui sans scrupules pour diffuser leur propagande à l'étranger... et il s'est laissé utiliser sans en avoir honte. Tous les détails sont dans le dossier que vous lirez tout à l'heure. »

Hoover se pencha au-dessus de son bureau et croisa de nouveau les doigts. « agent spécial Lucas, je veux que vous vous rendiez à Cuba et que vous serviez d'officier de liaison avec Hemingway et sa grotesque opération. Vous aurez une couverture, car l'ambassade vous affectera auprès d'Hemingway mais vous ne représenterez pas officiellement le FBI.

— Qui serai-je censé représenter, monsieur ?

— L'ambassadeur Braden dira à Hemingway que votre présence à ses côtés est une condition *sine qua non* pour que son projet soit approuvé. Vous lui serez présenté comme un agent du SIS spécialiste du contre-espionnage. »

Je ne pus m'empêcher de sourire. Hoover venait de parler de couverture, mais ceci était ma véritable identité. « Hemingway ne sait pas que SIS et FBI, c'est la même chose ? »

Le directeur secoua sa tête massive, faisant luire ses cheveux brillantinés. « Nous ne pensons pas qu'il comprenne quoi que ce soit aux principes les plus élémentaires de l'espionnage et du contre-espionnage, encore moins aux détails de l'organisation et des compétences de nos services. En outre, l'ambassadeur Braden lui assurera que vous ne recevrez vos ordres que de lui – d'Hemingway, je veux dire – et que vous ne ferez aucun rapport à l'ambassade, ou à d'autres contacts, sans la permission d'Hemingway.

— Et à qui ferai-je mes rapports en réalité, monsieur ?

— Vous serez contacté une fois à La Havane. Nous opérerons en dehors de l'ambassade et de la chaîne de commandement de l'antenne du FBI. Pour me résumer, il n'y aura qu'un seul et unique contrôleur entre vous et moi. Les détails figurent dans le briefing que Miss Gandy va vous remettre. »

Mon expression ne s'altéra pas d'un iota, mais j'étais profondément choqué. Si cette mission était si importante, comment se faisait-il qu'il n'y ait qu'un seul intermédiaire entre le directeur et moi-même ? Hoover adorait le système qu'il avait créé et détestait ceux qui le contournaient. Qu'est-ce qui pouvait bien justifier une telle violation de la chaîne de commandement ? Je gardai le silence et attendis la suite.

« Vous avez une réservation sur le vol de demain à destination de La Havane via Miami, dit le directeur. Demain, vous entrerez brièvement en contact avec votre contrôleur, et vendredi, vous serez présent quand Hemingway exposera son projet à l'ambassadeur. Ce projet sera approuvé. Hemingway sera autorisé à jouer à son jeu grotesque.

— Oui, monsieur. » Peut-être était-ce la sanction à laquelle je m'étais attendu – on m'aiguillait vers une voie de garage, on me confiait un jouet de gosse jusqu'à ce que, cette situation me paraissant insupportable, je décide de démissionner ou de m'engager dans l'armée.

« Savez-vous comment Hemingway a décidé de baptiser son

organisation, à en croire ce qu'il a confié à Bob Joyce et à Ellis Briggs ? demanda Hoover d'un ton pincé.

— Non, monsieur.

— L'Atelier du crime. »

Je secouai la tête.

« Voici quels sont vos ordres, dit Hoover en se penchant un peu plus vers moi. Devenez un proche d'Hemingway, agent spécial Lucas. Dans vos rapports, dites-moi qui est cet homme. *Ce* qu'il est. Utilisez tous vos talents pour découvrir la vérité sur ce menteur. Je veux savoir ce qui le motive et ce qu'il veut vraiment. »

J'acquiesçai, attendant la suite.

« Et tenez-moi au courant des activités de sa ridicule organisation à Cuba, Lucas. Je veux des détails. Des rapports quotidiens. Des diagrammes si nécessaire. »

Le directeur semblait avoir fini, mais je sentis qu'il y avait autre chose.

« Cet homme fourre son nez dans une zone où sont peut-être envisagées des opérations délicates ou des initiatives relevant de la sécurité nationale », déclara le directeur en se carrant dans son siège. Derrière lui, le tonnerre gronda dans le ciel. « Hemingway risque de nous gâcher le travail. Votre mission est de nous tenir informés de ses activités afin que nous puissions limiter les dégâts que cet amateur ne manquera pas de causer. Et – si nécessaire – intervenir au plus haut afin de l'empêcher de nuire. Mais tant que vous ne recevrez pas d'ordre dans ce sens, votre rôle sera celui que l'on vendra à Hemingway : celui d'un conseiller, d'un aide, d'un assistant, d'un observateur sympathisant et d'un fantassin. »

Je hochai la tête une dernière fois et pris mon chapeau entre mes mains.

« Vous aurez besoin de lire aujourd'hui le dossier O/C sur cet écrivain, dit le directeur. Mais vous serez obligé de le mémoriser. »

Cela allait sans dire. Aucun dossier O/C ne quittait jamais ce bâtiment.

« Miss Gandy va vous confier le dossier en question pendant deux heures et vous conduire dans un lieu où vous pourrez le consulter en toute tranquillité. Je pense que le Directeur adjoint Tolson n'est pas dans son bureau aujourd'hui. C'est un dossier plutôt épais, mais deux heures devraient vous suffire si vous lisez vite. » Le directeur se leva.

Je fis de même.

Nous ne nous sommes pas serré la main. Hoover contourna son bureau, faisant montre de la même rapidité que lorsqu'il m'avait accueilli, mais il se contenta de traverser la pièce, d'ouvrir la porte, et de demander à Miss Gandy de lui apporter le dossier, gardant une main sur le bouton de porte et tripotant sa pochette de l'autre.

Je franchis le seuil, avançant de façon à ne pas tourner le dos au directeur.

« agent spécial Lucas, dit Hoover alors que Miss Gandy s'approchait.

— Oui, monsieur ?

— Ce Hemingway est bidon, mais on dit qu'il a un certain charme, dans le genre fruste. Ne vous laissez pas charmer, vous risqueriez d'oublier pour qui vous travaillez et ce que vous risquez d'avoir à faire.

— Oui, monsieur... je veux dire : non, monsieur. »

Hoover hocha la tête et referma la porte. Je ne devais plus jamais le revoir.

Je suivis Miss Gandy dans le bureau de Tolson.

4

Le lendemain, j'effectuai le trajet Washington-Miami à bord d'un avion aussi bondé que bruyant, mais celui qui me conduisit à La Havane était presque vide. Avant que Ian Fleming ne vienne s'asseoir à côté de moi, je disposai de quelques minutes pour réfléchir à J. Edgar Hoover et à Ernest Hemingway.

Miss Gandy s'était attardée dans le bureau du directeur adjoint le temps de vérifier que je prenais place sur l'un des sièges réservés aux invités plutôt que sur celui de Mr. Tolson, puis elle s'était discrètement éclipsée, refermant doucement la porte derrière elle. J'ai pris une minute pour parcourir la pièce du regard : la tanière typique du bureaucrate washingtonien – sur les murs, un tas de photos montraient Clyde Tolson serrant la main à tout le monde, de FDR à une très jeune Shirley Temple, recevant divers diplômes des mains de J. Edgar Hoover, et même se tenant près d'une énorme caméra hollywoodienne, agissant de toute évidence en tant que conseiller d'un film ou d'un documentaire approuvé par le FBI. Le bureau de Hoover représentait une exception à cette pléthore de photos dans les lieux de pouvoir : je me rappelais n'y avoir vu qu'une seule image – un portrait officiel de Harlan Fiske Stone, l'ancien ministre de la Justice qui, en 1924, avait recommandé Hoover pour le poste de directeur du *Bureau of Investigations*.

Dans le bureau du directeur adjoint, on ne voyait aucune photo de Clyde Tolson et J. Edgar Hoover s'embrassant ou se tenant par la main.

Dès les années 30, il y avait eu des rumeurs, des insinuations et même quelques articles tendancieux – en particulier dans *Collier's*, sous la signature de Ray Tucker – pour suggérer que Hoover était une tante et qu'il y avait quelque chose de pas net entre lui et Clyde Tolson, son plus proche associé. Celles de mes connaissances qui fréquentaient les deux hommes depuis longtemps jugeaient ces allégations complètement grotesques. Moi aussi. J. Edgar Hoover était un fils à sa maman – il avait vécu auprès d'elle jusqu'à sa mort, survenue alors qu'il avait quarante-deux ans, et Tolson et lui avaient la réputation d'être timides et mal à l'aise en société – mais bien que je n'aie passé que quelques minutes en compagnie du directeur, j'avais senti en lui une rectitude, héritée sans nul doute de son éducation presbytérienne, qui lui aurait rendu impensable l'idée d'une telle double vie.

En théorie, ma personnalité et mon entraînement d'agent du SIS faisaient de moi un expert en matière d'êtres humains – j'étais capable de percer la façade soigneusement élaborée d'un agent secret pourvu d'une couverture irréprochable et de deviner sa véritable personnalité. Certes, ce n'était pas quelques minutes en compagnie de Hoover, plus quelques autres dans le bureau de Tolson en l'absence de celui-ci, qui pouvaient m'en apprendre beaucoup sur ces deux hommes. Néanmoins, à partir de ce jour-là, je n'ai plus jamais mis en doute la nature de la relation entre le directeur et son associé.

Après avoir admiré les murs de Tolson, j'ai ouvert le dossier d'Hemingway et commencé à le lire. Hoover m'avait accordé deux heures. Même si le dossier n'était guère épais, cette durée aurait dû être à peine suffisante pour étudier tous ces rapports dactylographiés en simple interligne et toutes ces coupures de presse. Mais il me fallut moins de vingt minutes pour les lire et les mémoriser.

En 1942, je ne connaissais pas encore l'expression « mémoire photographique », mais je me savais doué de ce talent. Sans avoir eu besoin d'un quelconque apprentissage, j'étais capable depuis mon enfance de me rappeler avec une précision absolue des pages imprimées ou des photographies complexes et de *les revoir en esprit* quand je pensais à elles. Peut-être était-ce une des raisons pour lesquelles je détestais les histoires inventées : c'était un véritable fardeau que de se souvenir de volumes de mensonges, jusqu'au dernier mot ou à la dernière image.

La lecture du dossier de Mr. Ernest Hemingway n'était pas particulièrement excitante. On y trouvait le résumé biographique habituel, un document dont l'expérience m'avait appris qu'il était souvent truffé d'erreurs : Ernest Hemingway était né le 21 juin 1899 à Oak Park, Illinois – un village qui, à l'époque, n'avait pas encore été incorporé à Chicago. Si l'on précisait qu'il était le deuxième de six enfants, les prénoms des autres n'étaient cependant pas indiqués. Identité du père : Clarence Edmonds Hemingway. Profession du père : médecin ; nom de jeune fille de la mère : Grace Hall.

Rien sur l'enfance et l'adolescence d'Ernest Hemingway, excepté une note indiquant qu'il avait obtenu son diplôme de fin d'études secondaires à la Oak Park High School, avait brièvement travaillé pour le *Kansas City Star* et tenté de s'engager dans l'armée pendant la Grande Guerre. Le dossier comportait une copie de son formulaire de réforme – acuité visuelle insuffisante. En bas de page, quelqu'un – de toute évidence un membre du Bureau – avait rédigé la note suivante : « S'est engagé dans la Croix-Rouge comme ambulancier – Italie. Blessé par un coup de mortier à Fossalta di Piave, juillet 1918. »

La biographie se concluait ainsi : « A épousé Hadley Richardson en 1920, divorce prononcé en 1927 ; a épousé Pauline Pfeiffer en 1927, divorce prononcé en 1940 ; a épousé Martha Gellhorn en 1940... »

La rubrique « Profession » était remplie de façon fort succincte : « Hemingway affirme vivre de sa plume et a publié des romans tels que *Le soleil se lève aussi*, *L'Adieu aux armes*, *En avoir ou pas* et *Gatsby le magnifique*. »

L'écrivain semblait avoir attiré l'attention pleine et entière du Bureau en 1935, lorsqu'il avait publié un article intitulé « Qui a tué les vétérans ? » dans la revue gauchiste *New Masses*. En 2 800 mots – arrachés de la revue et inclus dans son dossier O/C du FBI –, Hemingway décrivait les conséquences de l'ouragan qui avait fait rage dans les keys de Floride le jour de la Fête du travail*. Cette tempête, la plus importante du siècle, avait fait de nombreuses victimes, dont un millier d'ouvriers du *Civilian Conservation Corps*** – en majorité des anciens combattants – dans les camps des keys. De toute évidence, l'auteur se trouvait à bord d'un des premiers bateaux à avoir atteint la zone ravagée, et il semblait retirer un certain plaisir à décrire deux femmes « nues, projetées par les eaux dans les branches d'un arbre, boursouflées et puantes, aux seins gros comme des ballons, au ventre grouillant de mouches ». Mais le ton de l'article tenait surtout de la polé-

* Aux États-Unis, le premier lundi de septembre. *(N.d.T.)*

** Corps d'ouvriers affecté à des grands travaux nationaux, créé en 1933 par Franklin D. Roosevelt dans le cadre du *New Deal*. *(N.d.T.)*

mique, dirigée contre les politiciens et les bureaucrates de Washington qui, après avoir envoyé les ouvriers dans un lieu aussi dangereux, n'avaient même pas pris la peine de les secourir quand la tempête était venue.

« Les riches, les yachtmen et les pêcheurs tels que le président Hoover et le président Roosevelt évitent les keys par gros temps afin de préserver du danger leurs yachts et leurs propriétés, écrivait Hemingway. Mais les anciens combattants, en particulier lorsqu'ils sont en quête de primes, ne sont la propriété de personne. Ce ne sont que des êtres humains ; des êtres humains aux abois qui n'ont que leur vie à perdre. » Hemingway dressait là un véritable réquisitoire contre les bureaucrates.

Le dossier contenait aussi quelques rapports, mais ceux-ci n'étaient que des copies concernant d'autres personnes – pour la plupart des Américains, des agents communistes ou les deux, impliqués dans la guerre d'Espagne – où le nom d'Hemingway n'était mentionné qu'en passant. En 1937, les intellectuels de gauche avaient convergé sur Madrid comme des mouches sur un étron, et il me semblait naïf d'accorder une telle importance au rôle joué par Hemingway. Lorsqu'il avait séjourné à l'hôtel Gaylord, sa principale source d'information était Mikhail Kostov, un jeune intellectuel communiste, correspondant de la *Pravda* et des *Isvestia*, et l'écrivain semblait avoir pris tous ses propos pour parole d'Évangile.

D'autres rapports encore s'inquiétaient de l'implication d'Hemingway dans un film de propagande intitulé *Terre d'Espagne* – l'écrivain y tenait le rôle de récitant et l'avait défendu dans des discours prononcés lors de soirées de soutien –, mais cela ne me semblait guère subversif. Depuis le sommet de la Dépression, deux tiers des stars hollywoodiennes et quatre-vingt-dix pour cent des intellectuels new-yorkais s'étaient démenés comme de beaux diables pour obtenir leur certificat de marxisme ; si on pouvait reprocher quelque chose à Hemingway, c'était d'avoir pris le train en marche.

Parmi les rapports les plus récents, ayant tous trait aux contacts pris par Hemingway avec des Américains communistes ou gauchisants, on trouvait une note émise le mois précédent par l'antenne de Mexico. Hemingway et son épouse y avaient rendu visite à un milliardaire américain dans sa résidence secondaire. Cet homme était décrit de la façon suivante, dans un style digne de Tom Dillon : « Une des nombreuses dupes riches du Parti communiste. » Je connaissais bien le milliardaire en question, pour avoir enquêté sur lui deux ans plus tôt, dans le cadre d'une affaire totalement différente. Loin d'être la dupe de quiconque, c'était un homme sensible qui s'était enrichi durant la Dépression pendant que plusieurs millions d'Américains souffraient de la misère et qui cherchait encore le chemin le plus facile menant à la rédemption.

Le dernier élément du dossier était un mémo.

NOTE CONFIDENTIELLE

DE : AGENT R. G. LEDDY, LA HAVANE, CUBA

A : DIRECTEUR DU FBI J. EDGAR HOOVER, MINISTERE DE LA JUSTICE, WASHINGTON, DC

15 AVRIL 1942

> Il est rappelé que, lorsque le Bureau a été attaqué début 1940 suite à l'arrestation, à Detroit, de certains individus accusés de violation de neutralité pour avoir incité des hommes à s'enrôler dans l'Armée républicaine espagnole, Mr. Hemingway faisait partie des signataires d'une déclaration critiquant sévèrement le Bureau dans cette affaire. Alors qu'il assistait à un match de pelote basque avec Hemingway, le soussigné fut présenté par lui à l'un de ses amis comme un membre de la Gestapo. Constatant que je n'appréciais guère cette façon de faire, il s'est empressé de se corriger, déclarant que j'étais l'un des consuls des États-Unis...

J'éclatai de rire. Le mémo décrivait ensuite la proposition qu'Hemingway venait de faire à Robert Joyce, premier secrétaire de l'ambassade, relative à son réseau de contre-espionnage, mais Leddy revenait sans cesse à l'affront qu'il pensait avoir essuyé lors de ce match de pelote basque. Le FBI était l'équivalent américain de la Gestapo, évidemment, et la déclaration de l'écrivain rendait Raymond Leddy fou de rage, ce que la langue de bois en usage au Bureau ne dissimulait que maladroitement.

Je secouai la tête, imaginant l'échange parmi les cris enthousiastes des supporters et des parieurs. Mr. Hoover avait raison. Si je n'y prenais garde, je risquais de me prendre d'affection pour cet écrivain.

« Joseph ? Joseph, mon vieux, je me disais bien que je reconnaissais cette nuque. Comment allez-vous, mon cher ? »

Je reconnus tout de suite cette voix – cet accent d'Oxbridge, châtié mais un tantinet exagéré, ces intonations typiques d'un homme qui sait s'amuser.

« Bonjour, commodore Fleming, dis-je en me tournant vers cette silhouette dégingandée.

— Ian, mon cher Joseph. Au camp, nous en étions venus à nous appeler par nos prénoms, vous vous souvenez ?

— Ian », dis-je. Il n'avait pas changé depuis la dernière fois que je l'avais vu, plus d'un an auparavant : grand, mince, un accroche-cœur sur son front pâle, un long nez et une bouche sensuelle. En dépit de la saison et de la chaleur, il portait un complet en tweed typiquement british, sans nul doute acheté chez un tailleur de prix mais coupé pour un homme pesant dix kilos de plus que lui. Il utilisait un fume-cigarette, et la façon dont il serrait cet accessoire entre ses dents, dont il l'agitait pour souligner son propos, me rappela un chansonnier imitant FDR. Mon seul espoir était qu'il ne s'installe pas sur le siège vide à côté de moi.

« Puis-je me joindre à vous, Joseph ?

— Volontiers. » Je m'écartai du hublot, où le vert des eaux côtières laissait place à un bleu outremer, puis jetai un regard par-dessus mon épaule. Personne n'était assis à moins de quatre rangées de nous ; l'avion était presque vide. Notre conversation serait couverte par le bruit des hélices et des moteurs.

« Quelle surprise de vous trouver ici, mon cher. Où vous rendez-vous donc ?

— Cet avion est à destination de Cuba, Ian. Et vous, où allez-vous ? »

Il fit tomber quelques cendres dans l'allée et agita le poignet. « Oh, je rentre à la maison via les Bermudes. J'avais envie de faire un peu de lecture. »

Cuba représentait un sacré détour pour lui s'il venait effectivement du QG de la BSC, situé à New York, et se rendait aux Bermudes, mais je savais très bien ce qu'il avait l'intention de lire. Parmi les opérations menées par la *British Security Coordination* durant ces trois dernières années, la plus réussie était le centre de tri postal des Bermudes. Tout le courrier entre l'Amérique du Sud et l'Europe, y compris le courrier diplomatique de toutes les ambassades, transitait par ces îles. William Stephenson y avait établi une station d'interception où les missives étaient détournées, copiées ou photographiées, exploitées sur place par une équipe de cryptographes expérimentés et parfois altérées avant de poursuivre leur route vers Berlin, Madrid, Rome ou Bucarest.

Quant à savoir pourquoi Fleming me racontait tout ça, c'était une autre histoire.

« Au fait, Joseph, reprit-il, j'ai vu William la semaine dernière, et il m'a prié de vous saluer si jamais nos chemins venaient à se croiser une nouvelle fois. Je pense que vous étiez l'un de ses préférés, mon vieux. Le meilleur d'entre nous et tout ça. Si seulement tous vos collègues étaient aussi vifs que vous. »

J'avais rencontré le commodore Ian Fleming au Camp X de la BSC au Canada, où William Stephenson nous avait présentés. Fleming était l'un de ces amateurs doués que les Britanniques – en particulier Churchill – favorisaient au détriment des professionnels plus routiniers. Sauf que Fleming n'était pas une découverte de Churchill mais de l'amiral John Godfrey, le directeur de la *Naval Intelligence Division*, l'équivalent anglais de l'amiral Canaris et de son Abwehr. D'après ce que l'on m'avait dit, Fleming était un Londonien oisif de trente et un ans, qui rongeait son frein dans l'agence de change familiale lorsque la guerre avait éclaté en 1939. C'était aussi une sorte d'écolier british attardé, un amateur de farces qui courtisait le danger dans les stations de sports d'hiver, les bolides de course et le lit des belles femmes. L'amiral Godfrey avait vu en ce dandy un être créatif, car il lui avait accordé une commission dans la Navy et avait fait de lui son conseiller spécial. Puis il lui avait demandé de trouver des idées, lui laissant pour cela la bride sur le cou.

Certaines des idées inspirées par Fleming avaient fait l'objet de débats au Camp X. Parmi elles figurait l'Unité d'assaut n° 30 – un groupe de criminels et de réfractaires entraînés à accomplir d'improbables missions derrière les lignes allemandes. Des membres de cette unité, envoyés en France lors de l'invasion nazie, avaient réussi à dérober plusieurs cargaisons de matériel militaire de pointe. À en croire la rumeur, Fleming avait également recruté des astrologues suisses afin qu'ils persuadent Rudolf Hess, un être profondément superstitieux, que sa destinée était de combler le Führer en arrangeant une paix séparée entre l'Allemagne et la Grande-Bretagne. Ce qui avait poussé Hess à se rendre tout seul en Angleterre ; il avait échoué en Écosse, où il avait été promptement capturé, et depuis lors, il expliquait au MI-5 et au MI-6 tous les détails du fonctionnement de la hiérarchie nazie.

Et grâce aux coups fourrés que j'avais accomplis au Camp X, je savais que le commandant Ian Fleming avait été dépêché en Amérique du Nord afin d'aider Stephenson à faire entrer les États-Unis en guerre.

« Le problème avec les garçons qu'Edgar a envoyés au camp après vous, mon vieux », disait Fleming, n'hésitant pas à appeler le directeur Hoover par son prénom, « c'est qu'ils n'ont reçu aucune instruction précise excepté celle de "jeter un coup d'œil". Les garçons d'Edgar sont doués pour jeter un coup d'œil, Joseph, mais très peu parmi eux ont appris à *voir.* »

J'acquiesçai sans commentaire. J'avais tendance à partager l'opinion de Fleming et de Stephenson en ce qui concernait la compétence du FBI en matière d'espionnage. Quoique Hoover affirmât que le Bureau effectuait un travail d'*investigation* plutôt qu'un travail de *police*, il s'agissait essentiellement d'une organisation policière. Le Bureau arrêtait les espions – Mr. Hoover avait même envisagé d'arrêter Stephenson lorsqu'il était devenu évident que le chef de la BSC avait ordonné l'assassinat d'un agent nazi à New York. L'agent en question, dont la mission était de transmettre aux U-Boots les itinéraires des convois maritimes, était responsable de la perte de plusieurs navires alliés, mais Mr. Hoover ne considérait pas cela comme une raison suffisante pour violer la loi des États-Unis d'Amérique. Cependant, exception faite de quelques membres du SIS, aucun agent du Bureau ne pensait en termes d'espionnage – ne cherchait à épier, retourner ou éliminer les espions plutôt que de les appréhender.

« À propos de voir, mon vieux, dit Fleming, je vois qu'un écrivain américain résidant à La Havane a des chances d'effectuer bientôt un travail semblable au nôtre. »

Mon visage est resté impassible, j'en suis sûr, mais mon esprit était sous le choc. Cela faisait... combien de temps ?... moins d'une semaine qu'Hemingway avait exposé son projet au personnel de l'ambassade de La Havane. « Ah bon ? » fis-je.

Fleming ôta son fume-cigarette de sa bouche et me gratifia d'un sourire en coin. C'était un charmeur. « Ah ! mais c'est vrai, mon cher Joseph. J'oubliais. Nous en avons parlé au Canada, n'est-ce pas ? Vous ne lisez jamais d'œuvres de fiction, pas vrai, mon vieux ? »

Je fis non de la tête. *Pourquoi diable m'a-t-il contacté dans un lieu public pour me parler de ça ? Pourquoi Stephenson et la BSC s'intéresseraient-ils à cette mission stupide que l'on m'a confiée ?*

« Joseph », reprit Fleming d'une voix plus douce, plus sérieuse, atténuant son insupportable accent, « vous souvenez-vous de la discussion que nous avons eue à propos de l'Amiral jaune et de sa tactique préférée pour contrer la concurrence ?

— Pas vraiment. » Je me rappelais parfaitement cette conversation. Fleming se trouvait au camp lorsque Stephenson et quelques autres avaient évoqué l'incroyable habileté que manifestait Canaris – surnommé « l'Amiral jaune » – pour dresser l'un contre l'autre des services secrets qui lui étaient opposés ; en l'occurence, le MI-5 et le MI-6, les agences britanniques chargées respectivement de la sécurité intérieure et du renseignement à l'étranger.

« Peu importe, dit Fleming en faisant à nouveau tomber ses cendres. Nous avons récemment abordé ce sujet une nouvelle fois. Voulez-vous que je vous raconte toute l'histoire, Joseph ?

— Bien sûr. » Fleming avait peut-être débuté dans l'espionnage en tant qu'amateur, mais ce n'était pas un imbécile – du moins dans ce domaine – et, au bout de trois années de guerre, il était devenu un expert. C'était pour me raconter cette histoire qu'il avait, comme par hasard, pris l'avion qui m'emmenait à Cuba – j'en étais sûr.

« En août dernier, dit le commandant Fleming, je me trouvais à Lisbonne. Avez-vous déjà visité le Portugal, Joseph ? »

Je secouai la tête, persuadé qu'il savait que je n'avais jamais quitté le continent américain.

« C'est un endroit fort intéressant. Surtout en ce moment, en temps de guerre, si vous me suivez. Bref, il y avait aussi dans cette ville un Yougoslave du nom de Popov. Je l'ai croisé à plusieurs reprises. Ce nom vous dit-il quelque chose, mon cher ? Popov ? »

Je fis mine de fouiller ma mémoire et, une nouvelle fois, fis non de la tête. Cette « histoire » devait être d'une importance capitale pour que Fleming utilise le véritable patronyme d'un homme dans un lieu public comme celui-ci. La cabine était presque vide, les hélices produisaient un puissant bourdonnement, mais j'avais l'impression que nous étions en train de nous livrer à un acte indécent.

« Vraiment rien du tout, Joseph ?

— Non, désolé. »

Quoique né en Yougoslavie, Dusan Popov, dit « Dusko », avait été recruté par l'Abwehr pour accomplir des missions d'espionnage en Angleterre. Dès qu'il avait réussi à s'introduire dans l'île, ou presque, Popov avait travaillé pour les Britanniques en tant qu'agent double. À l'époque dont parlait Fleming – soit août 1941 –, cela faisait trois ans que Popov transmettait aux Allemands des renseignements où le vrai se mêlait constamment au faux.

« Enfin, peu importe. Je ne vois pas pourquoi vous auriez entendu parler de ce type. Quoi qu'il en soit, pour revenir à mon histoire – j'ai toujours été un piètre conteur, mon cher, alors soyez patient, s'il vous plaît –, ce dénommé Popov, que certains affublaient du sobriquet de "Tricycle", avait reçu soixante mille dollars de ses employeurs continentaux afin de payer ses propres employés. Saisi d'un accès de bienveillance, Tricycle a décidé de confier cette somme à notre compagnie. »

Je traduisais le bavardage de Fleming au fur et à mesure. Selon certaines rumeurs, si les Britanniques avaient donné à Popov ce nom de code, « Tricycle », c'était parce que l'agent double était un homme à femmes, qu'il se couchait rarement seul et préférait avoir deux compagnes dans son lit. Les « employeurs continentaux » n'étaient autres que l'Abwehr, toujours persuadée que Popov dirigeait un réseau en Angleterre. Les soixante mille dollars étaient destinées à payer les sources dont Popov affirmait pouvoir disposer en Angleterre. « Confier cette somme à notre compagnie » signifiait que Popov avait décidé de verser l'argent au MI-6.

« Ah ouais ? » fis-je d'une voix lasse, glissant un chewing-gum dans ma bouche. En théorie, la cabine était pressurisée, mais les changements d'altitude me donnaient des bourdonnements d'oreilles.

« Ouais, précisément, dit Fleming. Le problème, c'est que notre ami Tricycle devait trouver à s'occuper quelque temps au Portugal avant de pouvoir livrer l'argent. Comme nos amis du Six et nos amis du Cinq voulaient tous se mettre en quatre pour distraire le pauvre homme durant son séjour, on m'a donné pour mission de tuer le temps avec lui jusqu'à ce qu'il puisse rentrer à la maison. »

Traduction : le MI-5 et le MI-6 se livraient à une bataille de préséance pour avoir l'honneur de filer Popov et de vérifier que la transaction était bien effectuée. Fleming, qui travaillait pour la *Naval Intelligence Division*, dont la neutralité était plus ou moins garantie dans ce genre de conflit, avait reçu l'ordre de suivre Popov en août dernier jusqu'à ce que l'agent double puisse retourner en Angleterre et y livrer l'argent à qui de droit.

« D'accord, dis-je. Un type a trouvé un butin au Portugal et il compte en faire don à des œuvres de charité anglaises. Vous vous êtes bien amusé en lui faisant visiter le Portugal ?

— C'est lui qui me l'a fait visiter, mon cher. J'ai eu l'occasion de le suivre jusqu'à Estoril. Vous avez entendu parler de cet endroit ?

— Non, dis-je en toute sincérité.

— Une adorable petite station balnéaire portugaise, mon vieux. Les plages y sont adéquates, mais les casinos y sont plus qu'adéquats. Et notre Tricycle connaissait très bien lesdits casinos. »

Je réprimai un sourire. Popov était réputé avoir des couilles. Dans le cas présent, il avait joué l'argent de l'Abwehr après l'avoir promis à ses contrôleurs.

« Est-ce qu'il a gagné ? demandai-je, intéressé malgré la prudence que je m'imposais.

— Oui, plutôt, dit Fleming en faisant tout un cinéma pour insérer une nouvelle cigarette dans son long fume-cigarette noir. J'ai passé toute la soirée à regarder notre ami Tricycle ruiner un pauvre comte lituanien qui avait eu le malheur de lui déplaire. À un moment donné, notre camarade à trois roues a carrément posé cinquante mille dollars sur la table... notre pauvre Lituanien était incapable d'affronter un tel enjeu. Il a quitté la table tout humilié, en fait. J'ai trouvé cela très édifiant. »

Je n'en doutais pas une seconde. Entre toutes les vertus, l'audace était celle que Fleming admirait le plus.

« Et la morale de cette histoire ? » demandai-je. Le bruit des moteurs changeait d'intensité. Nous entamions notre descente vers Cuba.

Le commodore Fleming haussa les épaules en agitant son fume-cigarette. « Je ne suis pas sûr qu'elle ait une morale, mon cher. Au cas présent, la querelle opposant nos agences de renseignements m'a permis de passer une excellente soirée à Estoril. Mais il arrive parfois que les conséquences soient moins bénignes.

— Ah ?

— Connaissez-vous cet autre William aussi intéressant que Stephenson ? William Donovan ?

— Non. Je ne l'ai jamais rencontré. » William Donavan, surnommé « Wild Bill », dirigeait le COI – *Coordinator of Intelligence* –, l'autre agence d'espionnage et de contre-espionnage américaine, et c'était le principal rival de Hoover. Donovan était un favori de FDR – celui-ci l'avait consulté la nuit de Pearl Harbor – et il avait tendance à adopter des méthodes proches de celles de William Stephenson et Ian Fleming ; il préférait l'extravagance, l'audace et les actes apparemment désespérés aux processus routiniers, bureaucratiques, approuvés par Mr. Hoover et son Bureau. Je savais que Stephenson et la BSC tendaient des perches de plus en plus évidentes à Donovan et au COI à mesure que se refroidissait l'enthousiasme de Hoover à coopérer avec les Britanniques.

« Vous devriez faire sa connaissance, Joseph, dit Fleming en me regardant droit dans les yeux. Je sais que vous avez bien aimé William S. William D. devrait vous plaire pour les mêmes raisons.

— Et William D. a-t-il un rapport quelconque avec votre histoire de casino, Ian ?

— En fait, oui, dit Fleming en tendant le cou vers le hublot pour mieux voir l'île qui semblait monter vers nous. Vous savez qu'Edgar... euh... désapprouve les méthodes employées par ce William, n'est-ce pas, mon cher ? »

Je haussai les épaules. En réalité, j'en savais sans doute davantage que Fleming sur la haine que Donovan inspirait à Mr. Hoover. Entre autres coups d'éclat accomplis durant ces six derniers mois, le COI avait réussi à s'introduire dans plusieurs ambassades de Washington – alliées comme ennemies – pour dérober leurs codes secrets sans que leur personnel se rende compte de quoi que ce soit. Dans quelques semaines, Donovan avait l'intention de s'introduire dans l'ambassade d'Espagne, qui représentait un véritable trésor potentiel pour les renseignements américains vu la quantité d'informations que l'Espagne fasciste transmettait régulièrement à Berlin. D'après mes contacts au SIS, Mr. Hoover avait l'intention de se pointer en personne lors de cette opération, avec l'appui de la police de Washington – sirènes, gyrophares et *tutti quanti* –, pour arrêter les hommes du COI ainsi pris sur le fait. Encore une fois, les querelles de préséance l'emportaient à ses yeux sur l'intérêt national.

« Enfin, quoi qu'il en soit, reprit Fleming, il semble que notre ami Tricycle ait débarqué aux États-Unis peu de temps après cette délicieuse soirée que nous avons passée ensemble. »

Ceci était exact. Les dossiers que j'avais consultés rapportaient que Dusan Popov, dit « Dusko », était entré aux États-Unis le 12 août 1941, à bord d'un Boeing 314 Flying Boat, encore appelé

Pan American Clipper, en provenance de Lisbonne. Canaris et l'Abwehr l'avaient envoyé en Amérique afin qu'il organise un « réseau » similaire à celui qui connaissait tant de réussite en Angleterre. Six jour plus tard, le 18 août, Popov rencontrait Percy « Bud » Foxworth, directeur adjoint du FBI. Selon le rapport rédigé par ce dernier, Popov lui avait montré cinquante-huit mille dollars en petites coupures, que l'Abwehr lui avait donnés à Lisbonne, plus douze mille dollars qu'il prétendait avoir gagnés au casino. Popov était prêt à jouer avec les services de renseignements américains le même jeu qui lui avait si bien réussi en Angleterre.

Ce rapport mentionnait des « informations prometteuses » livrées par Popov, sans toutefois les préciser en détail – ce qui m'avait paru inhabituel dans un rapport du Bureau.

Grâce à mes amis au SIS et au FBI, section de Washington, je savais que William Donovan et ses casse-cou du COI ne cessaient d'exiger un accès à Popov et à ses informations. Donovan avait dépêché Jimmy, le fils de FDR, auprès de Hoover afin de lui arracher quelques miettes. Hoover s'était montré poli mais n'avait rien cédé. Et ces fameuses informations n'avaient pas été transmises au réseau de contre-espionnage du Bureau.

Ian Fleming me fixait attentivement. Il hocha lentement la tête, se pencha vers moi et murmura : « Tricycle a apporté un questionnaire en Amérique, Joseph. Un geste de bonne volonté de l'Amiral jaune envers ses alliés jaunes... »

Traduction : Canaris et l'Abwehr avaient transmis via Popov des questions aux agents de l'Abwehr opérant sur le sol américain, des questions dont les réponses seraient utiles aux Japonais. Ce genre d'initiative, quoique rare, n'était pas inhabituel. D'un autre côté, cela se passait quatre mois avant Pearl Harbor.

« Il s'agissait en fait d'un micro-point, chuchota Fleming. Les hommes d'Edgar... vos collègues, Joseph... ont achevé de le traduire le 17 septembre. Aimeriez-vous voir ce questionnaire, mon vieux ? »

Je regardai Fleming droit dans les yeux. « Vous savez que je suis tenu de rapporter cette conversation dans son intégralité, Ian.

— Tout à fait, mon garçon, dit Fleming sans broncher. Vous ferez ce que vous devez faire. Mais souhaitez-vous voir ce questionnaire ? »

Je restai muet.

Fleming pêcha deux feuillets dans sa poche de poitrine et me les tendit. Je les dissimulai comme l'hôtesse de l'air passait près de nous, annonçant que nous allions atterrir à l'aéroport José Martí et nous priant d'attacher nos ceintures. Elle était prête à nous assister si nous ignorions la procédure.

Fleming la congédia d'une plaisanterie et j'examinai les feuillets.

Des photocopies du micro-point agrandi. L'original en allemand. Une traduction. Je lus le questionnaire d'origine. Voici de quelle façon Popov était censé aider ses alliés japonais en août 1941 :

1. Description détaillée et croquis de State Wharf et des ateliers, générateurs électriques et réservoirs de carburant, situation du Bassin de radoub n° 1 et du nouveau bassin de radoub en cours de construction à Pearl Harbor, Hawai.

2. Description détaillée du bassin de sous-marin de Pearl Harbor (plan de situation). Quelles sont les installations terrestres existantes ?

3. Où se trouve la station de dragage ? Quel est l'état d'avancement des travaux de dégagement à l'entrée du port et aux écluses est et sud-est ? Quelle est la profondeur de l'eau ?

4. Nombre de points d'ancrage ?

5. Existe-t-il un bassin flottant à Pearl Harbor ? Le transfert d'un tel bassin est-il prévu ?

Mission spéciale : rapport sur les filets de protection anti-torpille récemment introduits dans les marines britannique et américaine. Quel est leur degré d'utilisation dans la flotte et dans la marine marchande ?

Je levai les yeux vers Fleming et lui rendis les deux feuillets comme s'il s'agissait de charbons ardents. Un agent nazi recherchant des informations de ce type – pour rendre service aux Japonais – en août 1941. Cela ne nous aurait pas forcément alertés, mais je savais pertinemment que, durant l'été et l'automne de l'année précédente, Bill Donovan avait mobilisé toute une équipe d'analystes du COI afin de percer à jour les plans ourdis par les Japonais – une énigme résolue le 7 décembre, avec pertes et fracas. Cette pièce aurait-elle complété le puzzle si Mr. Hoover avait transmis les informations recelées par ce micro-point ?

Je l'ignorais. Mais j'étais sûr que ce questionnaire – de toute évidence authentique ; les tampons et les cachets du Bureau étaient parfaitement identifiables –, aujourd'hui entre les mains de Fleming, aurait causé la déchéance de J. Edgar Hoover s'il avait été rendu public l'hiver précédent, à l'époque où l'hystérie consécutive à Pearl Harbor était à son apogée.

Je fixai Fleming. L'avion s'inclina et descendit vers l'île surchauffée, en quête d'une piste d'atterrissage. Derrière le hublot, de l'autre côté de l'allée, j'apercevais des collines vertes, des palmiers, une eau d'un bleu azur, mais mon regard ne s'écartait pas de Fleming.

« Pourquoi me racontez-vous tout ça, Ian ? »

L'homme de la NID éteignit sa cigarette et, d'un lent mouvement gracieux, glissa son long fume-cigarette dans la même poche où il venait de ranger les photocopies. « Pour vous mettre en garde à propos de ce qui peut arriver lorsqu'une agence... comment dirais-je ?... en vient à se soucier de sa propre importance au point d'oublier de partager. »

Je gardai les yeux fixés sur lui. Je ne voyais vraiment pas le rapport avec ma propre situation.

Ian Fleming posa ses doigts longilignes sur la manche de ma veste. « Joseph, si par hasard vous vous rendez à La Havane pour participer, de quelque façon que ce soit, aux aventures de cet écrivain, vous êtes-vous demandé ce qui a pu pousser Edgar à *vous* choisir comme agent de liaison ?

— Je ne vois pas de quoi vous voulez parler.

— Bien sûr que non, mon cher. Bien sûr que non. Mais vous avez un talent unique qui risque de vous être utile dans les circonstances présentes. Une certaine expérience qu'Edgar serait à même d'apprécier si, par exemple, votre ami l'écrivain découvrait quelque chose qu'il n'est pas censé découvrir. Une certaine expérience qui vous distingue des autres employés d'Edgar. »

Je secouai la tête. L'espace d'une seconde, je restai sans comprendre ce qu'il était en train de me dire. L'avion atterrit. Les roues grincèrent. Les hélices rugirent. L'air s'engouffra dans la cabine.

Au sein de tout ce vacarme, sans se rapprocher de moi de façon perceptible, Ian Fleming déclara d'une voix douce, à peine audible : « Vous tuez les gens, Joseph. Et vous les tuez sur ordre. »

5

La rencontre se déroula durant la matinée du vendredi, dans le confortable bureau de Braden à l'ambassade américaine. J'étais arrivé en avance pour pouvoir discuter de la situation avec Spruille Braden qui, m'ayant connu en Colombie comme agent du ministère des Affaires étrangères travaillant avec le SIS, savait qu'il devrait me présenter en ces termes à Hemingway. À l'issue de notre entretien privé, Robert P. Joyce et Ellis O. Briggs se joignirent à nous. Joyce, un des principaux secrétaires de l'ambassade, était un homme policé, bien vêtu, à la poignée de main ferme et à la voix douce. Briggs, qui de par son ancienneté avait dirigé l'ambassade avant l'arrivée de Braden, ne semblait entretenir nul ressentiment contre lui, et l'atmosphère dans la pièce était plutôt cordiale. Dix heures sonnèrent, heure du rendez-vous de l'ambassadeur avec Hemingway. Dix minutes passèrent. Toujours pas d'Hemingway.

Nous avons bavardé ensemble. Briggs et Joyce semblaient convaincus par ma couverture, celle d'un expert en contre-espionnage du ministère des Affaires étrangères affecté au SIS. Sans doute avaient-ils déjà rencontré mon nom dans des rapports en provenance de la Colombie ou du Mexique, des documents où mes fonctions exactes restaient toujours dans le flou. La conversation porta sur l'écrivain, et Briggs parla de leur intérêt commun pour le tir – au gibier et au pigeon d'argile, dans un club local et dans les marais proches de Cienfuegos. Je dus fouiller dans ma documentation mentale pour localiser Cienfuegos – l'image mentale d'une carte m'apparut alors que Briggs évoquait la chasse aux *yaguaras* dans la province de Pinar del Río. Cienfuegos désignait à la fois une baie, un port, une ville et une province de la côte sud.

Pendant que Briggs louait les talents de tireur d'Hemingway, je jetai en douce un coup d'œil à ma montre. Dix heures douze. J'étais surpris que l'ambassadeur Braden tolère une telle impertinence. La plupart des ambassadeurs que j'avais connus auraient annulé le rendez-vous si celui qui l'avait demandé avait eu ne serait-ce que quelques instants de retard.

La porte s'ouvrit soudain et Ernest Hemingway s'engouffra dans la pièce, s'avançant vivement à la manière d'un boxeur flottant jusqu'au centre du ring, s'exprimant d'une voix de stentor qui contrastait avec le ton feutré de notre conversation.

« Spruille, ambassadeur... désolé... vraiment désolé. C'est de ma faute. Cette putain de Lincoln était en panne sèche et j'ai dû aller jusqu'à l'université pour trouver une station-service ouverte. Bob... désolé d'être en retard. Ellis. » Le colosse serra la main de l'ambassadeur, puis fonça sur Joyce pour lui étreindre les mains et, finalement, fila vers Briggs, tapant sur l'épaule du secrétaire tout en faisant disparaître sa main dans la sienne. Puis Hemingway se tourna vers moi, me lançant un sourire et un regard intrigué.

« Ernest, dit l'ambassadeur Braden, voici Joe Lucas. Le ministère des Affaires étrangères a pensé que Joe pourrait vous être utile avec votre projet d'Atelier du crime.

— Joe, dit Hemingway. Enchanté de faire votre connaissance. » Sa poignée de main était ferme sans être douloureuse. Ses yeux étaient vifs, son sourire franc, mais je perçus dans son regard une lueur de méfiance au moment où il s'interrogeait sur la signification de ma présence en ce lieu.

Braden nous fit signe de nous rasseoir.

J'eus vite fait de jauger Hemingway. C'était, comme je l'ai dit, un colosse : plus d'un mètre quatre-vingts, sans doute un peu moins de cent kilos, mais la plus grande partie de son poids était concentrée au-dessus de la taille. Alors que nous étions tous en costume, Hemingway portait un pantalon de toile taché, des mocassins fatigués et une chemise en coton légère – ce que les indigènes appelaient une *guayabera* – dont les pans flottaient librement. Il avait des épaules massives, carrées, qui faisaient forte impression, et des bras longs et musclés. Je remarquai que son bras gauche était légèrement tordu au niveau du coude, où se trouvait une cicatrice en zigzag. Hemingway avait un torse puissant et une esquisse de bedaine, mais en dépit de son pantalon flottant et de sa chemise tout aussi flottante, on avait l'impression qu'il n'avait ni hanches ni cuisses : il était tout en torse.

Comme il s'asseyait et se tournait vers moi, je remarquai que ses cheveux étaient raides et foncés – d'un châtain tirant sur le noir – et qu'il n'y avait aucune trace de gris dans sa moustache broussailleuse mais taillée avec soin. Ses yeux étaient marron. Il avait un teint rougeaud – halé par le soleil des Caraïbes et la vie au grand air, mais rougi par les coups de soleil et l'enthousiasme – et de fines rides au coin des yeux, signe d'un tempérament rieur. Ses dents étaient d'une blancheur immaculée, ses joues creusées de fossettes. Son menton comme ses mâchoires étaient fermes, exempts de graisse et de signes de vieillissement. J'eus la nette impression qu'Hemingway pouvait charmer les dames s'il en avait envie.

Comme toujours, je ne pus m'empêcher de réfléchir au résultat d'un combat nous opposant. Lorsqu'il s'était déplacé dans le bureau, Hemingway avait eu des mouvements de combattant, se tenant, même au repos, en équilibre sur la pointe des pieds. Sa tête oscillait doucement de gauche à droite quand il parlait, et même quand il se contentait d'écouter, donnant aux autres l'impression qu'il se concentrait sur leurs propos. Tandis que Braden et lui échangeaient des banalités, je remarquai que, malgré ses années passées à l'étranger et au Canada, Hemingway avait conservé un accent du Midwest, un manque d'intonation caractéristique de Chicago. Il semblait affligé d'un léger défaut de prononciation, prononçant le *l* et le *r* un peu comme un *w*.

Hemingway était plus grand, plus lourd et plus musclé que moi, mais le début de bedaine sous sa *guayabera* suggérait qu'il n'était pas au mieux de sa forme. Son bras gauche estropié – sans doute une ancienne blessure, car il ne semblait pas lui prêter attention – réduirait son allonge et permettrait à un adversaire de trouver une ouverture sur son flanc gauche. Durant la Grande Guerre, me rappelai-je, Hemingway avait été réformé pour déficience visuelle. En dépit de ses bras relativement longs, il devait préférer le combat rapproché ; c'était un homme à saisir son adversaire à bras-le-corps et à le frapper à coups répétés, à porter l'estocade avant de perdre le souffle. Il serait payant de l'obliger à bouger, en particulier sur sa gauche, de devenir une cible mouvante, évasive, de rester hors de portée de ses poings jusqu'à ce qu'il se fatigue, puis de l'attaquer au ventre et aux côtes...

Je chassai ces idées de ma tête. Bob Joyce et Ellis Briggs éclataient de rire, Hemingway venant de plaisanter avec Braden sur l'argent que le personnel de l'ambassade perdait aux matches de pelote basque. Je souris. Cet homme dégageait indubitablement une impression de bien-être et de plaisir. La personne d'Hemingway avait une présence qu'aucun dossier, aucune photographie ne pouvaient traduire – c'était un oiseau rare, un être humain qui dominait toute pièce où il pénétrait.

« D'accord, Ernest, dit l'ambassadeur une fois que les rires se furent estompés. Parlons de votre idée d'Atelier du crime.

— J'ai changé le nom, dit Hemingway.

— Pardon ? »

Large sourire de l'écrivain. « J'ai changé le nom. Je crois que je vais appeler ça l'Usine à forbans. L'Atelier du crime sonne trop prétentieux. »

L'ambassadeur Braden sourit et se pencha sur son bureau couvert de papiers. « L'Usine à forbans, entendu. » Bref regard en direction de Joyce et de Briggs. « Ellis et Bob m'ont exposé les détails de votre proposition initiale, mais peut-être souhaiterez-vous être un peu plus précis.

— Bien sûr. » Hemingway se leva avec souplesse, remuant la tête de droite à gauche tout en parlant. Ses mains semblaient trancher, modeler l'air pour souligner ses propos. « Monsieur l'ambassadeur, cette île se trouve à cent quarante kilomètres des côtes américaines et elle grouille d'agents nazis de la Cinquième Colonne. À Cuba, le contrôle des passeports est une galéjade. Le FBI est présent ici, mais il manque de personnel, il n'a pas de mission bien définie et ses agents sont aussi discrets que des croque-morts dans un défilé de carnaval. Bob et moi estimons qu'il y a plus de trois mille sympathisants phalangistes à La Havane et que nombre d'entre eux sont dans une position idéale pour aider des agents nazis à s'introduire sur l'île et leur trouver une planque sûre. »

Hemingway faisait les cent pas dans la pièce, pivotant sur lui-même dès qu'il arrivait à un mètre de moi, ne cessant de parler des mains, mais sans que cela fût irritant. Il ne quittait pas l'ambassadeur des yeux.

« Bon sang, Spruille, la majorité des clubs espagnols de l'île sont ouvertement anti-américains. Les feuilles de chou qu'ils publient ne ratent pas une chance d'applaudir l'Axe. Avez-vous déjà eu l'occasion de lire le plus grand quotidien de l'île ?

— Le *Diario de la Marina* ? dit Braden. J'y ai jeté un œil. La ligne éditoriale ne semble guère favorable aux États-Unis.

— Son propriétaire et rédacteur en chef irait danser dans la rue si les nazis envahissaient New York. » Hemingway leva une main à la paume calleuse. « Ce ne serait pas un gros problème, je le sais, si les Caraïbes ne grouillaient pas de meutes de loups en ce moment même. Mais c'est bien ce qui se passe. Des tankers alliés coulent presque chaque jour. Bon sang, on ne peut pas aller pêcher le marlin sans se prendre l'hameçon dans un kiosque de U-Boot. » Il se fendit d'un large sourire.

L'ambassadeur se frotta la joue. « Et quelles seraient les actions que votre Atelier du crime... ou votre Usine à forbans... peu importe le nom... engagerait contre les U-Boots, Ernest ? »

Hemingway haussa les épaules. « Je ne cherche pas à vous convaincre à tout prix, Spruille. Mais j'ai un bateau, vous savez. Un superbe douze-mètres propulsé au diesel que j'ai acheté en 34. Deux hélices et un moteur auxiliaire. Si nous sommes informés de la présence de sous-marins allemands, je peux aller jeter un coup d'œil en mer. J'ai un excellent équipage.

— Ernest, intervint Bob Joyce, parlez donc à l'ambassadeur de ce réseau de renseignements que vous aviez établi en Espagne. »

Nouveau haussement d'épaules, traduisant apparemment la modestie de l'écrivain. Vu ce que j'avais lu dans son dossier, je savais que la modestie était de rigueur.

« Ce n'était pas grand-chose, Spruille. Quand je me trouvais à Madrid en 37, j'ai participé à la formation et à l'organisation d'une agence de renseignements privée. Une vingtaine d'agents à plein temps et une quarantaine de sources temporaires. Nous avons recueilli quelques informations utiles. Du travail d'amateur, je le sais, mais on aurait été abattus sur-le-champ à la première bourde. »

La voix d'Hemingway adopta une tonalité plus rude, plus saccadée, lorsqu'il se lança dans le récit de ses exploits. Avait-il l'habitude d'agir ainsi quand il mentait ? me demandai-je.

Braden hochait la tête. « Et avec qui travailleriez-vous ici, Ernest ? Ellis m'a parlé d'un prêtre. »

Nouveau sourire d'Hemingway. « Don Andrés Untzaín. Un de mes bons amis. Peut-être sera-t-il un jour évêque. Il a servi comme mitrailleur en Espagne, dans le camp des Loyalistes. Aussi disposé à abattre un nazi qu'à l'absoudre après l'avoir confessé. Sans doute ferait-il les deux s'il en avait l'occasion. »

Bien qu'Hemingway me tournât le dos à cet instant, je m'efforçai de conserver un visage inexpressif. Donner le nom d'un agent ou d'un informateur dans une rencontre informelle comme celle-ci, et ce sans même qu'on vous l'ait demandé, témoignait d'une stupidité typique d'un amateur.

L'ambassadeur Braden semblait aussi amusé que satisfait. « Qui d'autre ? »

Hemingway ouvrit les bras dans un geste large. « J'ai des douzaines de contacts fiables à Cuba, Spruille. Des centaines. Des garçons, des putains, des journalistes, des trafiquants de rhum, des joueurs de pelote basque, des pêcheurs qui voient des sous-marins nazis toutes les semaines, des nobles espagnols prêts à se venger des salauds qui les ont poussés à s'exiler... tous adoreraient entrer dans le jeu et dénoncer certains des rats nazis qui échouent sur nos rivages comme autant de débris. »

L'ambassadeur joignit les mains. « Combien cela nous coûterait-il ? »

Sourire. « Rien, monsieur l'ambassadeur. Cette opération de contre-espionnage sera la moins onéreuse de toutes celles qu'aura lancées le gouvernement américain. J'en supporterai moi-même tous les frais. Enfin, sans doute aurai-je besoin d'armes et d'équipement... des radios, peut-être, du matériel pour le *Pilar* si nécessaire... mais tout le reste sera soit bénévole, soit payé par mes soins. »

Braden plissa les lèvres et agita les doigts.

Hemingway s'appuya sur le bureau de l'ambassadeur. En observant la cicatrice sur son bras gauche, je remarquai que ses avant-bras étaient aussi velus que musclés – cela ne correspondait guère à l'idée que je me faisais d'un romancier.

« Monsieur l'ambassadeur, dit Hemingway à voix basse, je crois en ce projet. C'est une idée sérieuse. Non seulement je suis prêt à le financer en grande partie, mais je viens de refuser une invitation à me rendre à Hollywood pour écrire un script sur les Tigres volants de Birmanie dans le cadre de cette stupide série "March of Time". Quinze jours de travail. Cent cinquante mille dollars. Et j'ai dit non, parce que je pense que l'Usine à forbans est plus importante. »

Braden leva les yeux vers le colosse planté devant lui. « Je comprends, Ernest, dit doucement l'ambassadeur. Et nous pensons que ceci est important, nous aussi. Je dois en parler au Premier ministre de Cuba pour obtenir sa permission, mais ce n'est qu'une formalité. J'ai déjà reçu le feu vert des Affaires étrangères et du FBI. »

Hemingway opina, sourit et regagna son siège. « Formidable, dit-il. Formidable.

— Mais il y a deux conditions », dit l'ambassadeur Braden, considérant à nouveau les papiers étalés devant lui comme si les conditions en question y étaient imprimées.

« Bien sûr », fit Hemingway, qui s'installa à son aise et attendit la suite en souriant.

« Premièrement, reprit Braden, vous devrez m'envoyer des rapports. Ils pourront être brefs, mais ils devront être au moins hebdomadaires. Bob et Ellis trouveront avec vous une façon de vous voir en privé... en secret.

— Il y a une entrée de service à mon bureau du troisième étage, Ernest, dit Bob Joyce. Passez par le magasin au coin de la rue et prenez l'escalier, comme ça on ne vous verra pas entrer dans l'ambassade.

— Formidable, répéta Hemingway. Aucune objection, monsieur l'ambassadeur. »

Braden acquiesça. « Deuxièmement, dit-il à voix basse, vous devrez intégrer Mr. Lucas ici présent à votre organisation.

— Ah ? » Sans cesser de sourire, Hemingway me gratifia d'un regard glacial. « Pourquoi donc ?

— Joe est conseiller en matière de contre-espionnage auprès du ministère des Affaires étrangères, dit l'ambassadeur. Et c'est un homme de terrain accompli. Je l'ai connu en Colombie, Ernest. Il nous a été fort utile là-bas. »

Hemingway continua de me fixer. « Et pourquoi nous serait-il utile ici, Spruille ? » Sans attendre la réponse de l'ambassadeur, il ajouta : « Connaissez-vous Cuba, Mr. Lucas ?

— Non, dis-je.

— Vous êtes déjà venu ici ?

— Jamais.

— *¿ Habla usted español ?*

— *Si. Un poco.*

— *Un poco*, répéta Hemingway d'un ton vaguement dégoûté. Êtes-vous armé, Mr. Lucas ?

— Non.

— Savez-vous vous servir d'une arme ?

— En théorie.

— En théorie, répéta Hemingway. Mais vous savez tout des espions allemands, je suppose ? »

Je haussai les épaules. Cet entretien d'embauche ne devait pas se prolonger. De toute évidence, l'ambassadeur partageait mon opinion, car il déclara : « C'est la seule autre condition, Ernest. Le ministère a insisté. Ils veulent un agent de liaison.

— Liaison », répéta Hemingway, savourant ce mot comme s'il s'agissait d'une obscénité française. « Alors, qui vous donnera vos instructions, Joe... puis-je vous appeler Joe ? »

Je me fendis d'un sourire nerveux. « Vous et vous seul me donnerez des instructions. Du moins jusqu'à ce que l'opération ait pris fin. Ensuite, je rédigerai un rapport à l'intention de mes supérieurs.

— Un compte rendu. » L'écrivain avait cessé de sourire.

« Un rapport », répétai-je.

Hemingway se frotta la lèvre inférieure avec ses phalanges. « Et vous n'adresserez de rapports à personne d'autre pendant que nous travaillerons ensemble ? »

Je fis non de la tête.

« Ce sera à vous de le faire, Ernest, intervint l'ambassadeur. Vous contacterez Bob ou Ellis... ou moi-même si les circonstances l'exigent. Joe Lucas peut être votre commandant en second... ou remplir toute fonction que vous lui assignerez. »

Hemingway se leva brusquement pour se diriger vers moi. Me dominant de toute sa masse, il me demanda : « Montrez-moi vos mains, Joe. »

Je m'exécutai.

Hemingway les tourna la paume vers le ciel, puis les remit dans leur position initiale. « Vous avez travaillé de vos mains, Joe. Vous ne vous êtes pas contenté de taper des rapports. Ces vieilles brûlures ont-elles été causées par du fil de pêche ? »

Je fis oui de la tête.

« Vous savez vous débrouiller sur un petit bateau ?

— Correctement. »

Hemingway lâcha mes mains et se retourna vers l'ambassadeur. « D'accord. Conditions et nouvel homme d'équipage acceptés. Quand puis-je inaugurer l'Usine à forbans, Spruille ?

— Que diriez-vous de demain, Ernest ? »

Hemingway eut un sourire rayonnant. « Que diriez-vous d'aujourd'hui ? » Il se dirigea vers la porte d'un pas vif. « Bob, Ellis, je vous offre un verre avant le déjeuner. Joe... où logez-vous ?

— À l'Ambos Mundos. »

L'écrivain opina. « J'y ai vécu. J'y ai même écrit le plus gros d'un sacré bon bouquin. Mais vous ne logez plus là-bas, Joe.

— Ah bon ? »

Il secoua la tête. « Si vous devez travailler dans l'Usine à forbans, vous devez vivre au quartier général de l'usine. Faites vos bagages. Je viendrai vous chercher vers trois heures. Vous logerez à la *finca* jusqu'à ce qu'on ait capturé des espions allemands ou qu'on en ait marre de se fréquenter. » Il salua l'ambassadeur d'un signe de tête et s'en fut.

6

En sortant de l'ambassade, je pris le chemin des écoliers pour regagner l'hôtel Ambos Mundos, errant dans les rues du quartier colonial, achetant un journal dans un bureau de tabac, me promenant jusqu'au port puis descendant la calle Obispo. J'étais suivi.

Arrivé à dix rues de l'hôtel, je vis une Lincoln noire se ranger au bord du trottoir et Ernest Hemingway en descendre, accompagné de Bob Joyce et d'Ellis Briggs. Ils entrèrent dans un bar appelé le Floridita. Il était à peine onze heures du matin. Je jetai un coup d'œil dans une vitrine pour m'assurer que mon suiveur était toujours là, à un peu plus d'une rue de distance, puis je quittai la calle Obispo en tournant à droite, me dirigeant à nouveau vers le port. L'homme fit de même. Il était très fort – il y avait toujours un passant entre nous, il ne tournait jamais les yeux vers moi –, mais d'un autre côté, il ne se souciait pas d'être repéré.

Parvenu près de la place de la Cathédrale, j'entrai dans un bar baptisé La Bodeguita del Medio et pris place sur un tabouret placé près d'une fenêtre ouverte donnant sur la rue. L'homme qui me suivait fit halte devant l'établissement, s'accouda au rebord de la fenêtre et ouvrit son *Diario de la Marina*. Sa tête était à une trentaine de centimètres de la mienne. J'examinai les cheveux cuivrés au-dessus de sa nuque rasée et l'endroit, juste au-dessus du col de sa chemise blanche amidonnée, où s'interrompait son hâle prononcé.

Un garçon se précipita vers moi.

« *Un mojito, por favor.* »

Le garçon regagna le comptoir. J'ouvris à mon tour un journal et me plongeai dans les résultats sportifs américains.

« Comment ça s'est passé ? demanda l'homme.

— L'opération est lancée. Hemingway m'emmène à sa *finca* cet après-midi. Je logerai là-bas. »

L'homme hocha la tête et tourna une page de son journal. Son panama était abaissé au-dessus de son visage, plongeant dans l'ombre même la joue et le menton, qui m'étaient visibles. Il fumait une cigarette cubaine.

« J'utiliserai la planque pour les contacts, dis-je. Mêmes horaires que ceux dont nous étions convenus. »

Delgado opina une nouvelle fois, jeta sa cigarette, replia son journal, se détourna de moi et dit : « Faites gaffe à cet écrivain. *Era un saco de madarrias.* » Il s'éloigna.

Le garçon m'apporta mon *mojito*. C'était un cocktail que Delgado m'avait recommandé la veille, un mélange de rhum, de sucre, de glace, d'eau et de menthe. Ça avait un goût de pisse de cheval, et de toute façon, je buvais rarement avant midi. *Era un saco de madarrias.* Un type difficile. Nous verrions bien.

Laissant mon verre sur la table, je repris la direction de la calle Obispo et de mon hôtel.

J'avais rencontré Delgado la veille au soir, dans un quartier pauvre de la *Habana Vieja* où les maisons modestes avaient laissé place aux taudis. Des poulets et des enfants demi-nus couraient dans tous les sens parmi les hautes herbes, pour disparaître dans les brèches que présentaient les barrières en bois brut. Reconnaissant la planque grâce à la description qu'en donnaient mes ordres de mission, je localisai la clé dans sa cachette, sous la terrasse avachie, et entrai. L'intérieur était sombre, l'électricité absente. L'endroit sentait la moisissure et les crottes de rat. Je m'avançai à tâtons vers la table censée se trouver au centre de la pièce, la trouvai, identifiai une lanterne posée dessus et l'allumai avec mon briquet. Quoique douce, la lumière offrait un vif contraste avec les ténèbres qui régnaient dedans comme dehors.

L'homme se trouvait à un peu plus d'un mètre de moi, assis à califourchon sur une chaise, les bras posés sur le dossier. Dans sa main droite, il tenait un Smith & Wesson .38 à canon long. La gueule de l'arme était pointée sur moi.

Je levai la main droite pour lui montrer que je n'allais pas faire de mouvement brusque, puis la plongeai dans la poche intérieure de ma veste pour y pêcher la moitié d'un billet d'un dollar. Je posai le bout de papier sur la table.

L'homme ne daigna même pas ciller. Il ouvrit sa main gauche

et posa la seconde moitié du billet près de la première. J'abaissai ma main droite, la paume tournée vers le ciel, et rapprochai les deux moitiés. Ça collait.

« Étonnant, tout ce qu'on peut acheter ici avec ça, dis-je à voix basse.

— De quoi rapporter des cadeaux à toute la famille. » L'homme abaissa son pistolet et le glissa dans un holster sous sa veste blanche. « Delgado », ajouta-t-il. Il ne semblait nullement embarrassé par ce stupide rituel des mots de passe. Il ne s'excusa pas d'avoir braqué son arme sur moi.

« Lucas. »

Nous avons parlé de la mission. Pour Delgado, chaque mot comptait. Ses manières étaient rudes et efficaces, à la limite de la grossièreté. Contrairement à nombre d'agents du FBI ou du SIS de ma connaissance, il n'avait aucune envie de parler de lui, ni du temps qu'il faisait. Il m'indiqua la localisation d'une seconde planque, celle des boîtes aux lettres, m'expliqua pourquoi les agents et les bureaux du FBI à La Havane devaient être évités comme la peste, aborda brièvement le sujet de nos adversaires – Cuba grouillait de fascistes et de sympathisants allemands, mais il ne s'y trouvait aucun réseau nazi digne de ce nom – et me donna une description de la *finca* d'Hemingway, la situation des cabines téléphoniques les plus proches, les numéros à appeler à La Havane et ailleurs, et m'encouragea vivement à ne pas contacter la police de La Havane ni celle de Cuba en général.

Tout en l'écoutant, je l'examinai à la lueur de la lanterne. Je n'avais jamais entendu parler d'un agent du SIS nommé Delgado. Il avait l'air fort sérieux, en tant que personne et en tant que professionnel. Il avait l'air dangereux.

Étrange comme des hommes différents peuvent vous laisser des impressions différentes. J. Edgar Hoover m'était apparu comme un méchant petit garçon obèse et bien habillé – une mauviette rancunière cultivant le discours et les manières d'un dur à cuire. Quand j'ai fini par rencontrer Hemingway, j'ai aussitôt vu en lui un homme complexe, charismatique, capable d'être simultanément la personne la plus intéressante que vous ayez jamais connue et un emmerdeur de première.

Delgado était dangereux.

Son visage hâlé était aplati par la lumière : un nez tordu, de toute évidence cassé au moins une fois, des traces de cicatrices sur ses pommettes et son oreille gauche, des sourcils épais – également sillonnés de cicatrices – dominant des yeux rusés, extrêmement mobiles, des yeux de fouine, et une bouche des plus étranges. Sensuelle. Amusée. Cruelle.

Il me rendait deux ou trois centimètres, comme je m'en aperçus quand il se leva – ce qui le plaçait à mi-chemin entre Hemingway et moi-même –, et vu la façon dont tombait son costume blanc, il n'avait pas une once de graisse superflue. Mais quand il avait posé sa moitié de billet sur la table, puis rengainé son arme, j'avais distingué les muscles de ses avant-bras. Ses mouvements étaient l'inverse exact de ceux que je devais observer chez Hemingway. Delgado ne gaspillait ni gestes ni énergie, les économisant avec autant de rigueur que ses mots. J'eus la nette impression qu'il était capable, en un seul mouvement fluide, de vous plonger un couteau entre les côtes, d'en nettoyer la lame et de le rempocher.

« Des questions ? » demanda-t-il une fois que furent mis au point les horaires de nos rendez-vous.

Je le considérai. « Je connais la plupart des agents du SIS en poste ici. Vous êtes nouveau ? »

Delgado eut un petit sourire. « D'autres questions ?

— Je vous ferai des rapports, mais qu'obtiendrai-je en échange ?

— Je protégerai vos arrières quand vous viendrez à La Havane. Ou quand vous sortirez de la *finca*. Trois contre un que l'écrivain vous obligera à loger là-bas.

— Quoi d'autre ? »

Delgado haussa les épaules. « J'ai pour ordre de vous transmettre toutes les informations que vous demanderez.

— Des dossiers ? Complets ?

— Oui.

— Des dossiers O/C ?

— Ouais. Si vous en avez besoin. »

Je crois bien que j'ai tiqué. Si Delgado pouvait me fournir des dossiers O/C de Hoover, cela signifiait qu'il était totalement extérieur à la chaîne de commandement de l'antenne du FBI à Cuba et de celle du SIS que je connaissais. Ses ordres venaient directement de Hoover, et c'était à Hoover qu'il envoyait ses rapports.

« Je peux faire autre chose pour vous, Lucas ? » dit-il en se dirigeant vers la porte. Le sarcasme dans sa voix était tout juste perceptible. Il avait un très léger accent, que je n'arrivais pas à identifier. Américain... mais de quelle région ? Quelque part dans l'Ouest.

« Pouvez-vous me recommander quelques établissements ? m'enquis-je. Un restaurant ? Un bar ? » Je me demandais si Delgado connaissait bien La Havane ou s'il venait d'y débarquer tout comme moi.

« Hemingway et ses potes fréquentent El Floridita. Mais je ne recommande pas ce bar. À La Bodeguita del Medio, ils préparent un sacré cocktail : le *mojito*. Dans le temps, ils l'appelaient le Drake, en l'honneur de Francis Drake, puis ils ont changé le nom.

— C'est bon ? » Si je le faisais parler ainsi, c'était uniquement pour pouvoir identifier son accent.

« Ça a un goût de pisse de cheval. » Sur ce, Delgado sortit et disparut dans la nuit étouffante.

Hemingway m'avait dit qu'il viendrait me chercher à l'Ambos Mundos à trois heures – je m'attendais à voir un chauffeur plutôt que l'écrivain lui-même – et, à l'heure dite, je réglai ma note puis m'installai dans le hall, mes bagages à mes pieds, mais ni maître ni domestique ne devaient se montrer. Le directeur de l'hôtel en personne se précipita vers moi, un bout de papier à la main. À en croire le flot de paroles qu'il déversa sur moi, sans parler de ses nombreuses courbettes, j'étais devenu un client de marque à présent que j'avais reçu un message téléphonique personnel du *señor* Hemingway ; il était regrettable que le directeur et le personnel de l'Ambos Mundos – cet établissement modeste mais de qualité – ne l'aient pas su plus tôt, car mon séjour en ce lieu aurait été bien plus sublime.

Je remerciai le directeur, qui s'éloigna à reculons comme si je faisais partie de la famille royale, et lus le message : « Lucas – Pensé que vous aimeriez voir un peu de couleur locale. Prenez l'autocar pour aller à San Francisco de Paula. Montez en haut de la colline. Je vous attendrai à la *finca*. EH. »

Lorsque je m'emparai de mes bagages pour me diriger vers la porte, le directeur se précipita à nouveau vers moi, deux portiers sur les talons. Le *señor* Lucas leur permettait-il de porter ses bagages jusqu'au taxi ?

Non, le *señor* Lucas ne cherchait pas un taxi. Il cherchait la gare routière, bordel.

Une vingtaine de kilomètres séparaient La Havane du village où se trouvait la ferme d'Hemingway, mais il me fallut plus d'une heure pour couvrir cette distance en autocar. Les joies du voyage au sud du Rio Grande : une suspension grinçante, tellement bousillée que je redoutais de voir l'autocar verser d'un instant à l'autre ; des arrêts tous les deux ou trois cents mètres ; les hurlements des passagers ; le caquètement des poulets et les grognements d'au moins un cochon parmi eux ; les ronflements, les flatulences et les éclats de rire de mes voisins ; l'envahissant nuage de monoxyde de carbone dégagé par le véhicule et les milliers d'autres qui le dépassaient ; les hommes accrochés à la portière ouverte ; les bagages lancés aux garçons sur le toit.

L'après-midi était agréable, et j'aurais apprécié la couleur locale comme elle le méritait si nous n'avions pas été suivis par une petite conduite intérieure blanche. Par habitude, je m'étais assis à l'arrière de l'autocar, jetant en douce un coup d'œil par la vitre, et j'avais repéré la voiture presque aussitôt après que nous avions quitté la gare routière. Une Ford blanche modèle 38 transportant deux hommes, le plus lourd au volant, flanqué d'un acolyte mince coiffé d'un chapeau à larges bords, tous deux observant l'autocar avec une indifférence appuyée. Il est difficile de suivre un autocar en restant discret – surtout dans les embouteillages de La Havane – et les deux types faisaient de leur mieux, veillant à ne pas trop s'approcher, empruntant une rue latérale à chaque arrêt du véhicule, s'arrêtant aux carrefours pour bavarder avec les vendeurs de fruits ou de journaux... mais aucun doute, c'était l'autocar qu'ils suivaient. C'était moi. La distance et les reflets du soleil sur leur pare-brise m'empêchaient de distinguer nettement leurs traits, mais j'étais sûr que ni l'un ni l'autre n'était Delgado. En ce cas, qui étaient-ils ?

Peut-être bien le FBI. Conformément à mes instructions, je n'avais pas contacté l'agent spécial Leddy, ni personne d'autre à La Havane excepté l'ambassadeur et Delgado, mais l'antenne du Bureau savait certainement qu'un agent du SIS avait été infiltré dans le réseau bidon d'Hemingway. Mais pourquoi me prendre en filature ? Hoover avait dû donner des ordres pour qu'on me laisse tranquille. Des Allemands ? J'en doutais. Delgado avait confirmé mon impression, à savoir que les nazis n'avaient aucun réseau important à Cuba, et il était peu probable que leurs sympathisants de la Cinquième Colonne, dont le manque d'organisation était bien connu, m'aient repéré aussi vite. Le COI de Wild Bill Donovan ? Je n'avais aucune information sur leurs activités à Cuba, mais ils avaient évité de piétiner les plates-bandes de Hoover en

Colombie, au Mexique et dans les autres zones couvertes par le FBI et le SIS qui m'étaient connues. La BSC de Ian Fleming, alors ? La police de La Havane ? La Police nationale de Cuba ? Les services de renseignements cubains ?

J'étouffai un gloussement. Toute cette histoire passait de la farce à la franche bouffonnerie. Si Hemingway m'avait forcé à prendre l'autocar, c'était pour m'apprendre une leçon, pour bien me faire comprendre qui était le chef. Bon sang, je pourrais me considérer verni s'il ne m'ordonnait pas de nettoyer sa piscine... à condition qu'il en ait une. Et tandis que je filais vers l'oubli à bord de cet autocar bruyant, cahotant et puant, voilà qu'au moins deux agents salariés par un quelconque gouvernement gaspillaient du temps et des efforts à me suivre par une chaleur éprouvante.

L'autocar observa son deux centième arrêt depuis qu'il avait quitté le centre ville et le chauffeur beugla quelque chose. Je m'emparai de mes bagages et descendis, accompagné de deux femmes et d'un cochon. Après avoir traversé la route nationale en leur compagnie, je restai immobile quelques minutes, respirant la poussière et les gaz d'échappement du car qui s'éloignait. Aucun signe de la voiture blanche. Je m'orientai et me dirigeai vers le sommet de la colline.

J'aurais pu me trouver en Colombie ou au Mexique. Mêmes odeurs de bière et de graillon montant des fenêtres ouvertes, même linge étendu sur les fils, mêmes vieillards au coin des rues, même ruelles où le pavé, à vingt mètres de la route, laissait place à la terre battue. Un petit garçon avait observé mon arrivée, perché sur un arbre au bord de la route, et il en descendit d'un bond pour filer au pas de course, soulevant un nouveau nuage de poussière sous ses pieds nus. L'un des agents secrets d'Hemingway ? C'était bien possible.

San Francisco de Paula était un village aux rues tortueuses et, en moins de quelques minutes, j'en émergeais pour m'engager sur la seule route conduisant en haut de la colline. Plusieurs petites maisons étaient visibles sur la crête, mais le garçon était passé entre deux poteaux donnant sur une allée et un bâtiment plus important. Je pris donc cette direction.

Hemingway descendit à ma rencontre. Il portait des espadrilles basques, un bermuda froissé et la même *guayabera* tachée qu'il avait le matin à l'ambassade. Il avait passé autour de sa taille, par-dessus sa chemise, un ceinturon où était logé un pistolet calibre .22. Il tenait un verre dans sa main droite. La gauche était posée sur les cheveux noirs du garçonnet. « *Muchas gracias, Santiago.* » L'écrivain tapota le crâne de l'enfant, qui le regarda avec vénération puis redescendit vers le village en courant.

« Soyez le bienvenu, Lucas », dit Hemingway comme je franchissais le portail. Il ne me proposa pas de porter mes bagages tandis que nous prenions la direction de la maison. « Qu'avez-vous pensé de ce petit voyage en autocar ?

— Couleur locale. »

Hemingway sourit. « Ouais. J'aime bien prendre le car de temps à autre... ça me rappelle que je ne dois pas regarder de trop haut mes amis et mes voisins cubains. »

Je me tournai vers lui et surpris son regard.

Il éclata de rire. « D'accord. Je n'ai *jamais* pris ce putain d'autocar. Mais c'est quand même une bonne idée. »

Nous arrivions devant l'entrée principale de la Finca Vigía. Sur le côté droit poussait un gigantesque fromager dont les ombres recouvraient les larges marches. Les orchidées proliféraient autour de l'arbre au tronc rugueux, et je vis plusieurs dalles de la terrasse soulevées par ses racines assoiffées. La maison proprement dite, bâtie en pierre à chaux, était ancienne, solide et suffisamment vaste dans son style, mais elle me semblait basse et peu imposante comparée au fromager.

« Venez, dit Hemingway en me faisant faire le tour du bâtiment. Nous allons vous installer dans le cottage, et ensuite, je vous ferai faire le tour du propriétaire. »

Nous avons suivi une allée, franchi un portail qui débouchait sur une cour intérieure, longé le bord carrelé d'une piscine, sommes passé à l'ombre des manguiers et des flamboyants, puis devant une rangée de palmiers et de bananiers pareils à des sentinelles terrassées par la chaleur, pour nous arrêter devant une petite maison blanche à la charpente de bois.

« Le cottage, réservé aux invités, dit Hemingway en ouvrant la porte et en me précédant à l'intérieur. Cette pièce abrite le quartier général de l'Usine à forbans. La chambre est par là. »

Le « quartier général » consistait en une longue table en bois sur laquelle se trouvaient une carte de Cuba – maintenue en place par des coquillages et des cailloux – et quelques classeurs empilés. D'un petit coup de pied, Hemingway poussa la porte de la petite chambre et m'indiqua une commode avec son verre. J'y posai mes bagages.

« Avez-vous apporté une arme ? » demanda-t-il.

Le matin, lorsqu'il m'avait demandé si j'étais armé, j'avais répondu par la négative. Je fis de même. Et c'était la vérité : en début d'après-midi, j'étais allé à la planque pour y cacher le .38 et le .357.

« Tenez. » Hemingway attrapa son .22 et me le tendit par la crosse.

« Non, merci.

— Vous devriez le ranger dans le tiroir de la table de nuit. » De la façon dont il tenait le pistolet, le canon était braqué droit sur son ventre.

« Non, merci », répétai-je.

Hemingway haussa les épaules et repassa le petit pistolet à son ceinturon. « Voici pour vous, alors », dit-il en me tendant son verre.

Je n'hésitai qu'une seconde, mais avant que j'aie pu achever mon geste en direction du verre, Hemingway le leva, me fit un signe de tête et but une gorgée. Puis il me le tendit à nouveau.

Je compris qu'il s'agissait d'une sorte de rituel. Je pris le verre et le vidai d'un trait. Du whiskey. Pas vraiment bon. Il me mit le feu aux yeux. Je rendis le verre à mon hôte. Il n'était pas encore quatre heures et demie.

« Prêt pour la visite guidée ?

— Oui. » Je quittai sur ses talons la fraîcheur toute relative du QG de l'Usine à forbans.

La visite débuta par un puits où un homme s'était noyé.

Hemingway me guida le long des courts de tennis, de la piscine, de la maison, à l'écart des jardins, et à travers un pré d'herbes folles conduisant à un épais bosquet de bambous. Cette jungle miniature abritait un disque de pierre surmonté d'une grille métallique : *Un vieux puits*, pensai-je, à en juger par la fraîcheur de l'air et l'odeur d'humidité.

« L'année dernière, m'expliqua Hemingway, un ancien jardinier de la *finca* s'est jeté dans ce puits pour s'y noyer. Il s'appelait Pedro. C'était un vieil homme. Quatre jours ont passé avant qu'on retrouve son corps. Un des domestiques a vu des vautours tourner au-dessus du puits. Sale affaire, Lucas. À votre avis, pourquoi a-t-il fait ça ? »

Je me tournai vers l'écrivain. Parlait-il sérieusement ? S'agissait-il d'un jeu ?

« Vous le connaissiez ? demandai-je.

— Je l'ai rencontré lors de notre arrivée ici. Lui ai demandé de ne pas tailler les plantes. Il m'a dit que c'était son boulot. Je lui ai dit que désormais son boulot serait de *ne pas* tailler les plantes. Il a démissionné. Pas pu trouver un autre travail. Il est revenu quelques semaines plus tard et a demandé qu'on lui rende son ancien boulot. J'avais déjà embauché un autre jardinier. Environ huit jours après, le vieil homme s'est jeté dans ce puits. » Hemingway croisa ses doigts velus et attendit la suite, comme s'il venait d'énoncer une énigme que je devais résoudre si je voulais travailler avec lui à l'Usine à forbans.

J'avais envie de lui dire d'aller se faire foutre, que je travaillais déjà à l'Usine à forbans, qu'avant cela j'avais un boulot plus intéressant – un boulot dans l'espionnage. Au lieu de cela, je lui demandai : « Quelle est la question ? »

Hemingway eut un rictus. « Pourquoi s'est-il jeté dans *ce* puits, Lucas ? Dans *mon* puits ? »

J'eus un petit sourire. « C'est facile, dis-je en espagnol. Il était pauvre, n'est-ce pas ?

— Oui, il était pauvre », dit Hemingway en espagnol. Il passa à l'anglais pour ajouter : « Il ne possédait même pas de pot de chambre où pisser. »

J'écartai les bras. « Il ne possédait même pas de puits où se jeter. »

Hemingway se fendit d'un large sourire et me précéda hors de la pénombre du bosquet pour regagner la maison.

« Est-ce que vous en avez bu ? » demandai-je en le suivant le long de l'allée. Je remarquai ses cheveux mal coupés au-dessus du col de sa chemise. Il ne devait jamais aller chez le barbier ; peut-être était-ce son épouse qui lui coupait les cheveux.

« L'eau du cadavre ? dit-il en gloussant. L'eau du puits où le vieux Pedro a pourri quatre jours durant ? C'est ça que vous voulez savoir ?

— Oui.

— Tout le monde m'a posé la même question quand c'est arrivé, dit-il d'un ton brusque. Ça n'a pas grande importance pour moi, Lucas. J'ai bu l'eau des tranchées où pourrissaient des cadavres. Je serais prêt à boire de l'eau de pluie dans la gorge d'un mort si j'y étais obligé. Ça ne fait aucune différence pour moi.

— Donc, vous en avez bu ? » insistai-je.

Hemingway fit halte devant l'entrée de service de la maison. « Non. » Il ouvrit la porte et me fit signe de le suivre d'un geste sec de son bras gauche légèrement tordu. « L'eau de ce puits ne faisait qu'alimenter la piscine. Mais peut-être que j'ai pissé dans l'eau du cadavre. On ne sait jamais. »

« Marty, voici Lucas. Lucas, voici mon épouse, Martha Gellhorn. »

Nous nous trouvions dans la cuisine – la vieille cuisine de style cubain et non la nouvelle cuisine, équipée de l'électricité. J'avais déjà été présenté à six ou sept de la vingtaine de chats qui semblaient être les maîtres des lieux, ainsi qu'à la plupart des domestiques et à Ramón, le cuisinier chinois. Et soudain, cette femme se trouvait devant moi.

« Mr. Lucas. » L'épouse d'Hemingway me tendit sa main d'une façon presque virile et serra vivement la mienne. « Si j'ai bien compris, vous allez rester quelque temps à la *finca* pour aider Ernest à jouer à l'espion. Votre logement vous semble-t-il convenable ?

— Parfaitement. » *Jouer* à l'espion ? Quand elle avait prononcé ces mots, j'avais vu les joues et la nuque d'Hemingway virer à l'écarlate.

« Nous avons de la compagnie ce soir, disait Gellhorn, mais le gentleman dormira dans notre chambre d'amis et la dame doit retourner à La Havane en fin de soirée, de sorte que nous n'aurons pas besoin de la chambre du cottage. Vous êtes invité au dîner, au fait. Ernest vous l'a-t-il dit ?

— Pas encore, fit Hemingway.

— Eh bien, vous êtes invité, Mr. Lucas. Ce ne sera pas permanent – le dîner ici, à la maison, je veux dire. Peut-être avez-vous remarqué que le cottage est équipé d'un coin cuisine tout à fait pratique, mais nous avons pensé que vous seriez peut-être amusé par nos convives de ce soir. »

Je hochai la tête. Elle venait de me remettre à ma place de la façon la plus polie qui fût – *Vous êtes invité à dîner, mais que cela ne devienne pas une habitude.*

Elle se détourna de moi comme si elle venait de me rayer d'une liste mentale. « Juan va me conduire en ville avec la Lincoln, dit-elle à Hemingway. Je dois aller chercher la viande pour le dîner. Tu as besoin de quelque chose ? »

Hemingway répondit par l'affirmative – un ruban encreur, du papier d'écolier, son costume à rapporter du nettoyage – et, pendant qu'il parlait, je passai en revue ce que je savais sur son épouse.

D'après le dossier O/C, Martha Gellhorn Hemingway était la troisième femme de l'écrivain. Ils étaient mariés depuis un peu moins de deux ans, mais avant cela, ils en avaient passé au moins trois à vivre dans le péché. Gellhorn avait supplanté Pauline Pfeiffer Hemingway qui, elle, avait pris la place de Hadley Richardson Hemingway.

De haute taille, Gellhorn avait des cheveux blonds mi-longs qu'elle venait récemment de faire friser. Ses traits robustes respiraient la sincérité, un peu à la façon des femmes du Midwest, mais c'était à l'université de Bryn Mawr qu'elle devait son accent prononcé. Ce jour-là, elle portait une jupe en crépon qui lui descendait à mi-mollet et un chemisier de coton bleu à col blanc. Elle ne semblait pas particulièrement heureuse, mais j'avais l'impression que c'était là son humeur de tous les jours.

Lorsque Hemingway eut fini de réciter sa liste de commissions – il était descendu en ville à peine quelques heures plus tôt –, Gellhorn soupira et se tourna vers moi. « Avez-vous besoin de quelque chose, Mr. Lucas ?

— Non, madame.

— Bien, dit-elle sèchement. En ce cas, rendez-vous à huit heures pour le dîner. Complet ou veste, avec cravate, s'il vous plaît. » Elle s'en fut.

Hemingway la regarda quelques instants en silence. « Marty est écrivain, elle aussi », finit-il par déclarer comme si cela expliquait tout.

Je restai silencieux.

« Et elle est de Saint Louis, ajouta l'écrivain, comme si c'était un argument décisif. Venez, je vais vous montrer le reste de la maison. »

La *Finca Vigía* était une de ces grandes maisons de plain-pied de style espagnol classique, vastes mais mal conçues, qui avaient poussé comme des champignons à Cuba lors des dernières décennies du siècle précédent. Le salon était gigantesque – sans doute quinze mètres de long – et ses murs encombrés d'étagères et de trophées de chasse, ces derniers débordant sur le sol. Dans un coin, une tête d'élan était accrochée à côté d'une peinture à l'huile représentant un torero et, à l'autre bout, j'aperçus deux têtes d'impalas – ou d'une espèce d'ongulé africain – qui semblaient fort surprises d'avoir échoué en ce lieu, plus tout un tas d'autres têtes empaillées encadrant les fenêtres au-dessus des étagères plus basses. Les meubles de cette pièce, anciens et d'aspect confortable, n'étaient pas de ceux que l'on se serait attendu à voir chez un riche écrivain. Au centre trônaient deux fauteuils bien rembourrés, dont celui de gauche était clairement le préféré de l'écrivain – le coussin était devenu informe et un tabouret aux broderies élimées était placé à portée de jambe, flanqué d'une petite table croulant sous les bouteilles d'alcool et les shakers. Sur une autre table, derrière les fauteuils, on apercevait deux lampes assorties et plusieurs bouteilles de vin. Un lieu idéal pour la lecture, me dis-je. Ou pour la beuverie.

Hemingway me vit observer les trophées alors que nous quittions le salon. « J'ai fait mon premier safari en 34, dit-il d'un ton brusque. Je compte m'y remettre dès que cette saleté de guerre sera finie. »

La bibliothèque proprement dite était adjacente au salon. La quasi-totalité des murs disparaissait derrière des étagères pleines de livres, d'os et de souvenirs, mais on avait trouvé le moyen d'y ménager un peu de place pour accrocher quelques têtes d'herbivores. Le sol était carrelé et bien entretenu. Devant un sofa long et bas, trônait quand même une peau de lion qui m'accueillit de tous ses crocs. Une échelle en bois était placée près de la porte, et je compris que c'était grâce à elle qu'Hemingway accédait aux livres les plus hauts.

« J'ai plus de sept mille livres ici », dit Hemingway, les bras croisés, en se soulevant légèrement sur la pointe des pieds.

« Vraiment ? » C'était la première fois que j'entendais quelqu'un se vanter de ses livres.

« Vraiment. » L'écrivain se dirigea vers l'un des meubles les moins hauts. Il y attrapa quelques volumes et me lança l'un d'entre eux. « Ouvrez-le. »

Je m'exécutai. Le livre s'intitulait *Gatsby le Magnifique* et, sur la page de titre, il y avait une dédicace chaleureuse signée : « Affectueusement, Scott. » Je levai les yeux, un peu désorienté. Selon le dossier O/C de Mr. Hoover, c'était Hemingway l'auteur de ce livre.

« Une édition originale », dit Hemingway en brandissant les livres qu'il tenait dans sa main. De l'autre, il caressa les dos des livres rangés sur trois longues étagères. « Rien que des éditions originales dédicacées. Joyce, Gertrude Stein, Dos Passos, Robert

Benchley, Ford Madox Ford, Sherwood Anderson, Ezra Pound. Je les connais tous, évidemment. »

Je hochai la tête, toujours un peu déconcerté. Quelques-uns de ces noms m'étaient familiers. Il existait d'épais dossiers O/C sur Dos Passos, Pound et plusieurs autres parmi ceux qu'il venait de mentionner, mais je n'avais jamais eu besoin de lire leurs œuvres.

Il me reprit *Gatsby le Magnifique*, le rangea sans ménagement et me conduisit jusqu'à une autre pièce.

« Ma chambre, dit-il. Au-dessus du lit, c'est *Le Joueur de guitare* de Juan Gris. Vous avez sans doute remarqué les autres Gris dans le salon, ainsi que le Klee, le Braque, *La Ferme* de Miró et les Masson. »

Il me fallut une seconde pour comprendre qu'il parlait de l'étrange tableau accroché au mur. Je supposai que les noms qu'il venait de citer étaient des noms de peintres ou des titres de tableaux. Je hochai la tête.

Il y avait un grand bureau dans sa chambre, mais il était couvert de journaux, de magazines, de réveils attendant d'être remontés, de gravures sur bois représentant des animaux d'Afrique et de tas d'autres choses. Des chopes emplies de crayons. Un buvard envahi de stylos à plume. Quant au sol, il disparaissait sous des piles de papiers. Une gigantesque tête de buffle accrochée face au lit semblait me jeter un regard à la fois méprisant et menaçant.

« C'est ici que vous écrivez vos livres ? » Je m'étais retourné vers le bureau en m'efforçant de paraître impressionné.

« Non. » Hemingway désigna une petite bibliothèque placée près de son lit, et je vis qu'y étaient posées une machine à écrire portative et une ramette de papier machine. « J'écris debout. Le matin. Mais ne parlez pas d'écriture. C'est inutile. »

Cela me convenait parfaitement.

Comme nous quittions la chambre, j'aperçus la salle de bains du grand homme : sur ses étagères se trouvaient autant de flacons de pilules qu'il y avait de bouteilles de whiskey et de gin sur celles du salon. Un sphygmomanomètre était accroché à un porte-serviettes. Sur les murs blancs étaient griffonnées des notes qui, déduisis-je, correspondaient à des mesures quotidiennes de tension artérielle, de poids et autres informations médicales. Cela me paraissait quelque peu obsessionnel. J'enregistrai ce fait en prévision d'une utilisation ultérieure.

Il y avait en tout huit grandes pièces dans la *finca*, sans compter les deux cuisines. La salle à manger, longue et étroite, contenait aussi des têtes d'animaux morts qui fixaient la table en acajou.

« Nous prévoyons toujours un couvert de plus au cas où quelqu'un débarquerait à l'improviste, dit l'écrivain. Ce soir, je pense que ce sera vous.

— Sans doute. » J'avais l'impression que cette visite guidée l'avait quelque peu embarrassé. « Mrs. Hemingway a bien dit "veste et cravate" ? » demandai-je. Cette exigence m'avait surpris, vu la tenue négligée d'Hemingway à l'ambassade et les vêtements sales qu'il portait à présent.

« Ouais, fit-il en parcourant la pièce du regard comme s'il avait oublié quelque chose. Nous essayons d'avoir l'air civilisés pour le dîner. » Ses yeux marron se posèrent sur moi. « Bon sang, il se fait tard. Vous voulez boire quelque chose, Lucas ?

— Non, merci, je vais aller m'installer et prendre un bain. »

Hemingway opina d'un air distrait. « Moi, je vais prendre un verre. En général, je bois trois scotches avant le dîner. Vous buvez du vin, n'est-ce pas, Lucas ?

— Oui.

— Bien, dit-il en se grattant les joues. Nous aurons de bonnes bouteilles ce soir. C'est une grande occasion, vous savez. »

Je ne savais rien du tout, à moins qu'il voulût parler du feu vert donné à l'Usine à forbans.

Soudain, il leva les yeux et me sourit. « Nous recevons plusieurs personnes ce soir, mais les deux invités dont Marty a parlé... »

J'attendis la suite.

« Ils vont vous laisser le cul par terre, Lucas. Le cul par terre.

— Bien. » D'un signe de tête, je le remerciai pour la visite guidée, puis, retrouvant sans peine le chemin de l'entrée de service, je sortis de la maison et regagnai le cottage par l'allée.

7

« Il faudra vous couper les cheveux, ma fille, dit Hemingway. Et montrer vos oreilles. J'espère que vous avez de belles oreilles. »

Bergman ramena ses cheveux en arrière et inclina la tête.

« Elles sont très belles, dit l'écrivain. En fait, elles sont parfaites. Ce sont les oreilles de Maria.

— Faut-il les couper très court ? demanda Bergman. J'ai lu le passage une douzaine de fois avant qu'on me refuse le rôle, mais je n'arrive pas à me rappeler leur longueur.

— Court, dit Hemingway.

— Pas aussi court que Vera Zorina, dit Cooper d'un air pince-sans-rire. Elle ressemble à un lapin sortant de la tondeuse.

— Chut. » D'un geste hésitant mais plein d'affection, Bergman posa la main sur le bras de Cooper. « C'est très méchant de dire ça. Et puis, c'est à Vera qu'on a donné le rôle. Pas à moi. Toute cette discussion sur les cheveux est stupide. N'est-ce pas, Papa ? »

Elle s'adressait à Hemingway. C'était la première fois que j'entendais quelqu'un l'appeler « Papa ».

Assis en bout de table, Hemingway plissa le front et secoua la tête. « Cela n'a rien de stupide, ma fille. Vous *êtes* Maria. Vous avez toujours été Maria. Vous *serez* Maria. »

Bergman soupira. Je vis des larmes perler à ses cils.

À l'autre bout de la table, Martha Gellhorn s'éclaircit la gorge. « En fait, Ernest, Ingrid n'a pas *toujours* été Maria. C'est en pensant à moi que tu as élaboré la description de Maria, rappelle-toi. »

Hemingway lui lança un regard noir. « Bien sûr que oui, répliqua-t-il avec une certaine sécheresse. Tu le sais bien. Mais Ingrid a toujours été celle qui devait *jouer* Maria. » Il se leva d'un bond.

« Attendez. Je vais chercher le livre et vous lire la description des cheveux de Maria. »

La conversation fut suspendue pendant que nous attendions, assis autour de la table, qu'Hemingway revienne avec son œuvre.

J'avais entendu les voitures arriver alors que je me trouvais encore dans la baignoire du cottage. Il n'était que six heures et demie. Rire cristallin résonnant au-dessus de la piscine et du gazon, bruit d'alcool coulant dans des verres. Hemingway racontant une histoire de sa voix de ténor, éclats de rire en saluant la chute. Vêtu de mes seuls sous-vêtements, je me plongeai dans la lecture d'un journal local jusqu'à huit heures moins le quart. Puis j'enfilai mon plus beau costume de lin, vérifiai que ma cravate en soie était nouée à la perfection et me dirigeai vers la maison.

Ce fut René, le boy, qui m'ouvrit. Une femme de chambre me conduisit au grand salon. Les invités étaient au nombre de cinq – quatre hommes et une jeune femme – et, à en juger par leurs visages rosis et leurs rires faciles, ils n'avaient pas cessé de boire depuis leur arrivée. Tout le monde était tiré à quatre épingles : l'écrivain portait un costume froissé et une cravate mal nouée, mais il avait l'air propre et alerte, ses joues étaient rasées de frais et ses cheveux soigneusement coiffés en arrière ; les quatre autres hommes étaient aussi en costume, Gellhorn et la jeune femme en robe noire. Hemingway me présenta à l'assemblée.

« Je tenais à ce que vous rencontriez Mr. Joseph Lucas, que l'ambassade américaine nous a prêté afin qu'il m'assiste dans les études océanographiques que je compte effectuer durant les mois à venir. Joseph, voici le Dr José Luis Herrera Sotolongo, mon médecin traitant et l'un de mes meilleurs amis depuis nos aventures communes durant la guerre d'Espagne.

— Dr Herrera Sotolongo », fis-je en m'inclinant avant de lui serrer la main. La tenue du médecin était démodée depuis une bonne vingtaine d'années. Il portait un pince-nez. Seule une légère rougeur au-dessus de son col de chemise trahissait son état d'ébriété.

« *Señor* Lucas, dit-il en s'inclinant à son tour.

— Ce gentleman de petite taille mais d'une beauté écœurante est le *señor* Francisco Ibarlucia, reprit Hemingway. Tout le monde l'appelle Patchi. Patchi, dites bonjour à Joe Lucas. Apparemment, nous allons passer pas mal de temps ensemble à bord du *Pilar*.

— *Señor* Lucas. » Ibarlucia bondit vers moi pour me serrer la main. « *Encantado.* Je suis ravi de rencontrer un savant de l'océan. » Patchi Ibarlucia n'avait rien d'un colosse, mais son physique était splendide. Un bronzage parfait, des cheveux d'un noir de jais, des dents d'une blancheur immaculée, et le corps souple, vigoureux, d'un athlète complet.

« Patchi et son frère sont les meilleurs joueurs de pelote basque du monde, dit Hemingway. Et Patchi est mon partenaire préféré au tennis. »

Le sourire de Patchi se fit encore plus large. « *Je* suis le meilleur *pelotari* du monde, Ernestino. J'autorise mon frère à jouer avec moi. Tout comme je vous autorise parfois à me battre au tennis.

— Lucas, dit Hemingway, je vous présente mon ami et premier maître préféré, Mr. Winston Guest. Nous l'appelons tous Wolfie ou Wolfer. C'est l'un des meilleurs yachtmen, tennismen, skieurs et athlètes que vous aurez jamais l'occasion de rencontrer. »

Guest se leva lourdement et emprisonna ma main dans la sienne. C'était un colosse, lui, et il donnait l'impression d'être plus large qu'il ne l'était en réalité. Il me rappelait un peu Ian Fleming. Son visage était épanoui, rougeaud, enfantin, ouvert et légèrement avachi par l'alcool. Sa veste, sa cravate, son pantalon et sa chemise sortaient du meilleur faiseur, et il portait ces vêtements de prix avec l'élégante négligence que seuls les très riches peuvent se permettre. « Enchanté de faire votre connaissance, Mr. Guest, dis-je. Pourquoi vous appelle-t-on Wolfie ? »

Guest se fendit d'un sourire. « C'est Ernest qui a lancé ça. Depuis que Gigi a dit que je ressemblais à ce type dans les films de loup-garou. Vous savez... comment s'appelle-t-il, déjà ? » Je l'avais pris pour un Américain, mais il avait un léger accent anglais.

« Lon Chaney Junior », dit la séduisante jeune femme. Elle avait une voix qui m'était étrangement familière, ainsi qu'un accent suédois. Tous les convives étaient debout, prêts à passer dans la salle à manger.

« Ouais, dit Guest. *The Wolfman*, le loup-garou. » Nouveau sourire.

Et il ressemblait bel et bien à l'acteur.

« Gigi est le fils cadet d'Ernest, dit Martha Gellhorn. Gregory. Il a dix ans. Patrick et lui viennent ici chaque été. »

Hemingway posa sa main sur le bras de la jeune femme. « Ma fille, je m'excuse pour cette entorse au protocole des présentations, mais je garde le meilleur pour la fin. Le joyau de la couronne, pour ainsi dire.

— Si je comprends bien, ça veut dire que c'est à mon tour, Mr. Lucas », dit le dernier invité masculin. Il s'avança vers moi et me tendit la main. « Gary Cooper. »

Je ne reconnus ce nom qu'au bout d'une minute. J'ai écrit plus haut que j'avais une mémoire photographique, mais reconnaître mentalement une photographie ne signifiait pas pour moi l'associer immédiatement à un nom. L'espace d'un instant, tout me sembla bizarre – ce bel homme de haute taille, cette femme suédoise –, comme si j'avais affaire à des suspects figurant dans un dossier O/C, des suspects qui n'étaient pas à leur place ici, dans cette maison. Impossible de les identifier.

Cooper et moi avons échangé une poignée de main et quelques banalités. C'était un homme élancé, tout en muscles et en os, qui paraissait âgé d'une quarantaine d'années – à peu près l'âge d'Hemingway –, mais plus mûr, plus serein que l'écrivain. Il avait les yeux clairs, le hâle d'un athlète ou d'un homme habitué aux grands espaces, et une voix douce, presque déférente.

Avant que j'aie pu mettre en corrélation le souvenir de son visage et le contexte auquel il était associé, Hemingway m'attirait vers la jeune femme.

« Et voici le joyau de notre couronne, Lucas. Ingrid, je vous présente Joseph Lucas. Joe, voici Mrs. Petter Lindstrom.

— Mrs. Lindstrom, dis-je en serrant sa longue main délicate, c'est un plaisir pour moi.

— Et c'en est un pour moi de faire votre connaissance, Mr. Lucas. »

C'était une femme superbe, dotée de l'ossature solide et du teint clair que l'on associait aux femmes scandinaves. Mais ses cheveux étaient châtain foncé, ses sourcils épais, et ses lèvres pleines et son regard franc lui conféraient plus de sensualité que toutes les Suédoises dont j'avais pu croiser la route.

« Vous la connaissez peut-être déjà sous le nom d'Ingrid Bergman, Mr. Lucas, intervint Martha Gellhorn. *La Proie du mort* ? *Docteur Jekyll et Mister Hyde* ? Et bientôt dans... comment s'appelle celui dont vous venez tout juste de signer le contrat, Ingrid ? *Tanger* ?

— *Casablanca* », dit Mrs. Lindstrom avec un rire mélodieux.

Il me fallut une ou deux secondes pour comprendre qu'il s'agissait là de titres de films – je n'en avais vu aucun –, puis j'associai ces visages au bon contexte. Il était rare que je prête attention aux films que j'allais voir ; ils m'aidaient le plus souvent à oublier mes soucis du moment et je les oubliais à leur tour dès que je sortais de la salle de cinéma. Mais j'avais bien aimé *Sergent York*. Je n'avais jamais vu la femme dans un film, mais j'avais aperçu sa photographie en couverture de divers magazines.

« Bien, maintenant nous nous connaissons tous, dit Hemingway en tendant le bras et en s'inclinant comme un maître d'hôtel. Absentons-nous quelque temps de la félicité et allons dîner avant que Ramón nous saute dessus avec une machette. »

Nous avons pris la direction de la salle à manger.

« Absentons-nous quelque temps de la félicité* », répéta Gellhorn d'un ton dédaigneux en se tournant vers Hemingway. Elle prit le bras du Dr Herrera Sotolongo et suivit Cooper et Bergman dans la pièce voisine. Hemingway me regarda en haussant les épaules, offrit son bras à Ibarlucia, qui le gratifia d'une bourrade, et s'inclina devant Winston Guest et moi-même pour nous inviter à le précéder.

Nous en étions au plat de résistance, du roastbeef accompagné d'une excellente sauce et de légumes frais, et nous attendions qu'Hemingway revienne avec son livre, lorsque Bergman me demanda depuis l'autre côté de la table : « Avez-vous lu son nouveau livre, Mr. Lucas ?

— Non. De quel livre s'agit-il ?

— *Pour qui sonne le glas* », dit Gellhorn. Elle s'était montrée une hôtesse impeccable durant tout le repas – un repas étonnamment protocolaire, servi par des domestiques en gants blancs qui montaient la garde le long du mur –, mais elle ne put dissimuler son irritation quand elle m'adressa la parole. De toute évidence, toutes les personnes présentes étaient censées connaître par cœur les œuvres et les exploits du maître de maison. « Il a été en tête des ventes en 1940 et l'année dernière, et il aurait remporté le prix Pulitzer si ce vieux salopard... veuillez m'excuser... si Nicholas Murray Butler n'avait pas opposé son veto aux recommandations unanimes du jury. Il a été sélectionné par le *Book of the Month Club*, qui en a imprimé plus de deux cent mille exemplaires, et le tirage de Scribner's a atteint plus de deux fois ce chiffre.

---

* Hemingway vient de citer *Hamlet* (acte V, scène 2) en le déformant. *(N.d.T.)*

— Ça fait beaucoup ? » demandai-je.

Comme pour couper court à la réplique acerbe de Martha Gellhorn, Bergman s'exclama : « Oh ! c'est un livre *merveilleux*, Mr. Lucas. Je l'ai déjà lu plusieurs fois. Je suis tombée amoureuse du personnage de Maria – si innocente et pourtant si résolue. Follement amoureuse. Mon très cher ami David Selznick a pensé que je serais parfaite pour le rôle – Myron, le frère de David, est l'imprésario de Papa à Hollywood, vous savez...

— Il l'a vendu à la Paramount pour cent cinquante mille dollars », intervint Cooper en levant sa fourchette où était plantée une petite bouchée de bœuf. Il tenait ses couverts à la manière d'un Européen. « Incroyable. Excusez-moi, Ingrid. Continuez. »

Elle posa sa main sur le bras de l'acteur. « C'est exact. C'était extraordinaire. Mais c'est un livre extraordinaire.

— Donc, vous allez interpréter cette Maria ? » demanda le Dr Herrera Sotolongo de sa douce voix.

Bergman baissa les yeux. « Hélas, non, docteur. J'ai tourné un bout d'essai, mais Sam Wood – le metteur en scène qui a remplacé Mr. De Mille – a estimé que j'étais trop grande, trop vieille et trop large du popotin pour me promener en pantalon durant tout le film.

— Ridicule, *señora* Bergman, dit Patchi Ibarlucia en levant son verre de vin comme pour porter un toast, votre popotin est une œuvre d'art, un cadeau divin adressé à tous ceux qui en ce bas monde vénèrent les belles choses.

— *Gracias, señor Ibarlucia*, dit Bergman en souriant, mais mon mari partage l'avis de Sam Wood. Quoi qu'il en soit, on ne m'a pas donné ce rôle. On l'a donné à Vera Zorina, la ballerine norvégienne.

— En dépit de mes protestations. » Hemingway était revenu avec son livre et affichait un rictus menaçant. « Nous n'en avons pas fini avec cette affaire. Je n'en ai pas fini avec la Paramount. Vous serez Maria, ma fille. » Hemingway posa son regard sur le joueur de pelote basque, sur le médecin et sur moi. « C'est pour cela que Coop et Ingrid sont venus nous rendre cette visite éclair. En secret. Si on le leur reproche, ils nieront tout en bloc. Nous conspirons tous ensemble pour que ce putain de film ait les acteurs qu'il faut. Coop a raison... j'ai su dès le début qu'il serait Robert Jordan. Et Ingrid sera Maria.

— Mais ils ont déjà commencé le tournage, Papa, dit l'actrice. En avril dernier. Dans les montagnes de la Sierra Nevada. »

Cooper leva le doigt comme pour demander qu'on lui donne la parole. « Ils n'ont tourné que les prises de vue préliminaires et les scènes de bataille. » L'acteur gloussa. « On m'a raconté qu'en décembre dernier, Wood et son équipe ont fait des heures supplémentaires dans la neige pour tourner la scène où les avions viennent faire sauter El Sordo – Sam s'était fait prêter des bombardiers par l'Air Force rien que pour l'occasion – et qu'ils ont passé tout un dimanche à se geler les miches en se demandant ce qui avait bien pu arriver à leurs avions, jusqu'à ce qu'on leur dise qu'ils n'en verraient jamais la couleur... d'ailleurs, s'ils apercevaient un coucou, ils avaient intérêt à se planquer après avoir averti les autorités. C'était le 7 décembre.

— Pearl Harbor », dit Gellhorn, s'adressant à Winston Guest, au docteur et à moi-même, comme si nous étions des demeurés. Elle gratifia l'actrice d'un sourire. « En fait, Ingrid, si vous vous rappelez la conversation que nous avons eue à San Francisco il y a deux ans, c'est moi qui vous ai recommandée pour le rôle de Maria. Longtemps avant qu'Ernest en parle dans *Life*. Avant notre mariage, en fait. » Elle se tourna vers son mari. « Tu t'en souviens, chéri. Je revenais d'Italie à bord du *Rex*, j'avais lu ton livre et j'ai aperçu Ingrid – vous portiez votre bébé dans un panier sur votre dos, Ingrid, comme une belle paysanne fuyant les nazis... et ensuite je vous ai vue dans ce film avec Leslie Howard...

— *La Rançon du bonheur*, souffla Bergman.

— Oui, et j'ai dit à Ernest... voilà ta Maria. Cette fille *est* Maria. »

Hemingway s'assit. « Est-ce que quelqu'un a envie d'entendre cette foutue description ? »

Le silence se fit. « Je vous en prie », dit Bergman en reposant son verre.

Hemingway se frotta le menton, ouvrit le livre et, d'une voix de ténor curieusement dépourvue de tonalité, lut : « Ses dents étaient blanches dans son visage brun, et sa peau et ses yeux étaient du même brun doré... Ses cheveux avaient la couleur d'or bruni d'un champ de blé brûlé par le soleil, mais ils étaient coupés si court qu'ils faisaient penser au pelage d'un castor*. » Il s'arrêta et se tourna vers Bergman. « Court, ma fille. Pour montrer vos oreilles. »

---

* *Pour qui sonne le glas*, traduction de Denise Van Moppès, éditions Gallimard. *(N.d.T.)*

Bergman sourit et passa les doigts dans son épaisse crinière. « Je suis prête à les couper, mais j'utiliserai les services du meilleur coiffeur d'Hollywood. Ensuite, je dirai à tout le monde que je les ai coupés moi-même... avec des ciseaux de cuisine. »

Rires polis autour de la table.

Bergman baissa la tête une nouvelle fois, en un geste timide, presque effacé, qui semblait à la fois étudié et innocent. « Mais c'est Vera Zorina qui a eu le rôle et je lui souhaite bonne chance. Et à vous aussi, bien entendu, Mr. Cooper », dit-elle en touchant à nouveau le bras de l'acteur. Elle sembla retrouver sa joie. « Mais j'ai été choisie pour un autre rôle il y a quelques jours à peine, et je vais bientôt partir pour tourner *Casablanca*.

— Ça ne risque pas d'être dangereux ? dis-je. Les Allemands contrôlent toute la région, il me semble. »

Tous les convives s'esclaffèrent. J'attendis que les rires s'estompent.

Bergman tendit une main au-dessus de la table pour la poser sur la mienne. « Le film sera tourné à Hollywood, Mr. Lucas, dit-elle en m'adressant un sourire complice plutôt que moqueur. Personne n'a encore vu le scénario, mais j'ai entendu dire que nous n'irions pas plus loin que l'aéroport de Burbank pour les extérieurs.

— Qui est votre partenaire, Miss Bergman ? demanda Winston Guest.

— Ce devait être Ronald Reagan, mais maintenant c'est Humphrey Bogart, répondit l'actrice.

— Êtes-vous impatiente de travailler avec lui ? » demanda Gellhorn.

Bergman baissa de nouveau les yeux. « À dire vrai, je suis terrifiée. On dit qu'il est très renfermé, très exigeant avec ses partenaires et très intellectuel. » Elle sourit à Cooper. « J'avais tellement envie de *vous* embrasser devant les caméras. »

Cooper lui rendit son sourire.

« Vous êtes Maria, ma fille », gronda Hemingway, apparemment jaloux de l'intimité qui s'instaurait entre les deux acteurs. « Tenez. » Il gribouilla quelque chose sur le livre qu'il venait de citer. Puis il le tendit à Bergman.

Elle lut la dédicace et lui adressa un sourire radieux. Ses yeux brillaient. « Puis-je la lire aux autres, Papa ? »

— Bien sûr, dit Hemingway d'un ton bourru.

— Cela dit : "À Ingrid Bergman, qui est la Maria de ce livre."

Merci. Merci. Je chérirai ceci plus que j'aurais chéri le rôle lui-même.

— Vous *aurez* ce rôle, ma fille, dit Hemingway. Ramón ! beugla-t-il en direction de la cuisine. Où diable est le dessert ? »

À l'heure du café et du cognac, la conversation se porta sur la guerre et ses leaders. En bout de table, Gellhorn, qui n'était séparée de moi que par Patchi Ibarlucia, assis à ma gauche, racontait qu'elle avait passé un bout de temps en Allemagne au cours de la seconde moitié des années 30 et qu'elle n'avait jamais rien vu d'aussi répugnant qu'un voyou nazi – dans la rue ou dans les allées du pouvoir. Patchi Ibarlucia agita son verre à cognac et déclara que Hitler était une *puta*, un *maricón* et un lâche, et que la guerre serait finie avant Noël. Le Dr Herrera Sotolongo, placé à ma droite, suggéra à voix basse que de nombreux Noël passeraient avant la fin des hostilités. Winston Guest se servit une deuxième part de tarte au citron et se contenta d'écouter.

Gary Cooper ne disait pas grand-chose, mais il nous donna quand même son opinion, à savoir que notre véritable ennemi était le Japon – après tout, c'étaient les Japs qui avaient bombardé Pearl Harbor, pas les Allemands.

Hemingway se mit à gronder, au sens littéral du terme. Se tournant vers Bergman, il lui dit : « Vous voyez pourquoi je ne peux jamais parler politique avec Coop, ma fille ? Il est encore plus à droite qu'Attila. Voilà un interprète sacrément bizarre pour jouer Robert Jordan – un homme qui renonce à tout pour s'engager dans la brigade Lincoln et aller combattre les fascistes... » Comme pour atténuer la virulence de ses propos, Hemingway gratifia Cooper d'un large sourire. « Mais je l'adore, et c'est à lui que je pensais en créant ce personnage, alors je crois bien qu'il va interpréter Jordan et que nous serons obligés de ne plus jamais parler politique. »

Cooper opina et leva sa tasse de café. Puis il se tourna vers Gellhorn. « Vous connaissez bien Eleanor Roosevelt, n'est-ce pas, Marty ? »

Gellhorn haussa les épaules mais acquiesça.

« Êtes-vous allés à la Maison-Blanche, Ernest et vous, depuis que nous sommes en guerre ? demanda Cooper. Comment les Roosevelt tiennent-ils le coup ? »

Ce fut Hemingway qui lui répondit en ricanant. « Marty n'arrête pas de croiser Eleanor, mais la dernière fois qu'on est allés dîner avec Sa Présidentialité à la *Casa blanca*, c'était durant l'été 37, à l'occasion d'une projection de *Terre d'Espagne*. »

Tout le monde attendait poliment la suite. Ingrid Bergman se pencha en avant pour poser son menton sur ses mains jointes, et je vis ses yeux luire.

« La nourriture qu'on sert à la Maison-Blanche est infecte. » Rire d'Hemingway. « Absolument immangeable. Marty nous avait prévenus... elle a mangé des sandwiches au snack-bar de l'aéroport de Newark. Ça se passait en juillet et tout le bâtiment ressemblait à un sauna. Tous les invités transpiraient comme des porcs. Et l'endroit évoquait un vieil hôtel borgne – tapis élimés, coussins percés par les ressorts, rideaux poussiéreux. Est-ce que j'exagère, Martha ?

— Non, dit Gellhorn. Eleanor ne se soucie pas de ce qui l'entoure et le président ne remarque jamais rien, semble-t-il. Et leur chef cuisinier mériterait d'être fusillé.

— Quelles impressions avez-vous retirées de cette soirée ? » demanda Bergman, détachant les syllabes avec soin. Outre son adorable accent, sa voix trahissait les premiers effets de l'alcool.

Nouvel éclat de rire d'Hemingway. « J'ai bien apprécié Eleanor et Harry Hopkins. Si Hopkins était président et Eleanor ministre de la Guerre, peut-être bien que la paix serait signée avant Noël.

— Et le président ? » demanda Cooper. Sa voix était presque effacée en dépit de son allure imposante.

Hemingway haussa les épaules. « Vous l'avez déjà côtoyé, Coop. Il a l'air un peu asexué, non ? Il fait presque penser à une vieille dame... une vieille dame de la bonne société, avec son accent de Harvard. » Hemingway prononça ce dernier mot avec ce qu'il fallait d'affectation.

« Et toute cette comédie pour le faire monter et descendre de ce bon Dieu de fauteuil roulant, poursuivit l'écrivain en contemplant son verre d'un air renfrogné. Ça doit prendre la moitié de la journée rien que pour le faire circuler. »

Je dois admettre que j'ai tiqué en entendant ces mots. Tous les Américains savaient que le président était infirme, mais personne n'en parlait jamais et on ne montrait jamais son fauteuil et ses béquilles aux actualités. La plupart d'entre nous avions oublié son état. Les propos d'Hemingway pouvaient presque être qualifiés de grossiers.

L'écrivain leva les yeux, sans doute alerté par le silence. « Mais... bon sang... c'est notre chef, que ça nous plaise ou non, et nous devons le soutenir face à Hitler, qui lui est infirme sur le plan moral, pas vrai ? »

On entendit un chœur d'assentiments, et Hemingway nous resservit du cognac à tous, que ça nous plaise ou non. Nous n'en avions pas encore fini avec la politique. Le Dr Herrera Sotolongo se demandait à quoi Hitler ressemblait vraiment.

« J'ai tourné plusieurs films en Allemagne il y a quelques années, dit Bergman d'une voix hésitante. C'était en 1938. J'étais enceinte de Pia. Karl Fröhlich m'a emmenée à l'un de ces gigantesques meetings nazis à Berlin. Vous savez... un stade immense, des torches et des projecteurs partout, des fanfares qui jouent, des soldats d'élite coiffés de casques en fer. Hitler était là. En plein centre de toute cette folie organisée. Il était rayonnant. Et répondait au salut que lui lançait la foule en criant "*Seig Heil*"... »

Elle se tut. Nous attendions la suite. J'entendais les insectes et les oiseaux nocturnes derrière la grille.

« Bref, reprit Bergman d'un ton léger qui me parut contrefait, tous les participants saluaient en brandissant le bras comme des marionnettes, mais moi, je me contentais de regarder autour de moi. Cela *m'amusait*, vous comprenez. Mais Karl Fröhlich a failli piquer une crise. "Inga, a-t-il murmuré, *mein Gott*, vous ne saluez pas le Führer ! – Pourquoi devrais-je saluer, Karl ? lui ai-je répondu. Vous vous débrouillez tous si merveilleusement bien sans moi..." »

Tout le monde s'esclaffa poliment pendant que Bergman baissait les yeux sur son verre à cognac. Ses longs cils étaient adorables, ses joues délicatement rosies de plaisir.

« Bien joué, ma fille », tonna Hemingway. Il l'enveloppa de son bras droit et lui étreignit l'épaule. « C'est pour ça que vous *devez* être ma Maria. »

Je bus une gorgée de café. C'était fort intéressant... voir et entendre Bergman passer de son personnage d'actrice timide à son vrai travail d'actrice. Elle avait menti en racontant cette histoire de salut hitlérien – j'en étais convaincu –, mais j'ignorais de quelle façon et pour quelle raison. Je me rendis compte que parmi les personnes présentes, nous n'étions que quatre – Winston Guest, le Dr Herrera Sotolongo, Patchi Ibarlucia et moi-même – à vivre dans la réalité. Hemingway et Gellhorn créaient de la fiction ; Bergman et Cooper l'interprétaient.

Puis je faillis éclater de rire. J'étais ici dans un but occulte, pour des raisons que je dissimulais soigneusement – un espion qui gagnait sa vie en mentant, en trichant et parfois en tuant sur commande. Il n'y avait donc que trois authentiques êtres humains dans cette tablée de six : le médecin, l'athlète et le milliardaire étaient réels. Le reste d'entre nous étions des aberrations, des distorsions – des ombres d'ombres – des silhouettes vides, telles des marionnettes vues en ombre chinoise, dansant et gesticulant derrière un écran pour le plus grand plaisir de la foule.

Hemingway finit par déboucher une nouvelle bouteille de vin – la quatrième de la soirée, en comptant le cognac – et nous suggéra d'aller la savourer sur la terrasse. Bergman consulta sa montre, s'exclama en constatant qu'il était presque minuit et insista pour regagner son hôtel – le lendemain de bonne heure, elle devait prendre l'avion pour Miami, puis une correspondance pour Los Angeles, où elle avait rendez-vous avec Michael Curtiz, le réalisateur de *Casablanca*, qui devait lui faire subir des essais de costumes, même si le début du tournage n'était prévu que dans un mois. Suivit une série d'adieux et d'embrassades sur le perron – Bergman répétant à Cooper et à Hemingway qu'elle regrettait de ne pas jouer dans *Pour qui sonne le glas*, Hemingway lui répétant obstinément qu'elle *allait* jouer Maria –, puis Juan, le chauffeur noir, l'escorta jusqu'à la Lincoln noire, qui disparut bientôt au bout de l'allée. Le reste d'entre nous avons suivi Hemingway et Gellhorn sur la terrasse de derrière.

Avant que j'aie eu le temps de prendre congé et de fuir vers le cottage, Hemingway m'avait servi un verre de vin et nous étions confortablement assis sur la terrasse, profitant des bruits nocturnes, de l'air frais, des étoiles et des lueurs lointaines de La Havane.

« Une charmante dame, tout à fait charmante, dit Patchi Ibarlucia. Au fait, Ernesto, qui est ce Lindstrom auquel elle est mariée et pourquoi porte-t-elle un autre nom ? »

Hemingway soupira. « Son mari est docteur... il se prénomme Petter, avec deux *t*. Enfin, il est docteur en Suède. En ce moment, il se trouve à Rochester, dans l'État de New York, et il se démène pour obtenir un certificat, ou une accréditation, enfin le chiffon de papier obligatoire pour les médecins étrangers qui veulent exercer en Amérique. À Rochester, elle est Mrs. Petter Lindstrom, mais elle a gardé son nom de jeune fille pour le cinéma.

— Nous avons fait sa connaissance il y a deux ans, lors d'un dîner à San Francisco », dit Gellhorn. Elle fit non de la tête à son mari, qui lui proposait une nouvelle ration de vin. « Petter est très gentil. »

Hemingway se contenta de grommeler.

« Eh bien, dit lentement Cooper, je suis ravi d'être venu ici pour la rencontrer. Dommage que Sam Wood lui ait préféré Vera Zorina. D'un autre côté, Mr. Goldwyn ne voulait pas non plus me prêter à la Paramount...

— Vous prêter ? » dis-je.

Cooper hocha la tête. Je me rendis compte qu'il était fort élégant, aussi à l'aise dans son costume coûteux et sa cravate en soie impeccablement nouée qu'Hemingway semblait engoncé dans son complet. Alors que l'écrivain avait l'air tout fripé à l'issue de la soirée, l'acteur semblait aussi décontracté, aussi net, qu'avant le dîner. Durant toute la soirée, j'avais remarqué les regards que Gellhorn jetait à Cooper puis à son époux, plissant le front comme si elle comparait les deux hommes. Cooper était assis près de moi, et lorsqu'il se tourna dans ma direction, je perçus un vague parfum de savon et d'eau de Cologne, ou de lotion après-rasage. « Oui, Mr. Lucas, dit-il poliment. L'industrie du cinéma ressemble un peu à l'esclavage d'avant la guerre de Sécession ou au base-ball professionnel d'aujourd'hui. Nous sommes liés à nos studios par des contrats léonins et, à moins d'être prêtés – en général, il s'agit plutôt d'échanges –, nous ne pouvons pas travailler avec d'autres studios. Au cas présent, si Sam Goldwyn a passé un accord afin que je puisse tourner ce film pour la Paramount, c'est surtout parce qu'Ernest a déclaré à la presse que j'étais idéal pour le rôle.

— Quel genre d'accord ? demanda Winston Guest. Quelqu'un ou quelque chose a-t-il été échangé ? »

Cooper sourit. « Mr. Goldwyn a dit à Sam Wood – c'est le metteur en scène qui a remplacé De Mille sur ce projet de la Paramount – que je tournerais *Pour qui sonne le glas* à condition que Wood me dirige dans un film de base-ball.

— Quand devez-vous tourner ce film, *señor* Cooper ? demanda le Dr Herrera Sotolongo.

— Il est déjà tourné, docteur. Mr. Goldwyn voulait qu'il soit achevé avant que j'aille travailler pour la Paramount. Il va bientôt sortir. Il s'intitule *Vainqueur du destin*. J'y interprète Lou Gehrig.

— Lou Gehrig ! s'écria Patchi Ibarlucia. Oui, oui. Mais vous n'êtes pas gaucher, *señor* Cooper. »

L'acteur secoua la tête en souriant. « Ils ont essayé de m'apprendre à frapper et à lancer de la main gauche, dit-il d'un air penaud, mais je me suis montré fort maladroit, j'en ai peur. De toute façon, je n'ai jamais été doué pour le base-ball. J'espère qu'ils amélioreront ça au montage. »

Je dévisageai Cooper. Il ne ressemblait pas tellement à Lou Gehrig. J'avais suivi la carrière de ce joueur peu après son entrée chez les Yankees, en 1925. En juin 1932, j'écoutais la radio lorsque Gehrig avait réussi quatre coups de circuit consécutifs en un seul match. Au cours des dix-sept ans qu'il avait passés chez les Yankees, le « Cheval de fer » avait joué 2 130 matches consécutifs, et achevé sa carrière avec une moyenne offensive de 0,340, un total de 493 coups de circuit et de 1 990 points produits. Le 4 juillet 1939, j'avais pris mon seul congé en quatre ans afin de pouvoir me rendre au Yankee Stadium de New York – le billet coûtait huit dollars, une petite fortune – et assister à ses adieux au base-ball. Gehrig était mort un an plus tôt, en juin 1941. Il avait trente-sept ans.

Imiter Lou Gehrig pour les besoin d'un vulgaire film, voilà qui était fort arrogant, me dis-je en fixant Cooper.

Comme s'il lisait dans mes pensées, l'acteur haussa les épaules et dit : « Je n'étais sans doute pas idéal pour ce rôle, mais Mrs. Gehrig m'a accepté de bonne grâce et j'ai pu passer quelque temps avec Babe Ruth et les...

— Chut ! » fit soudain Hemingway.

La conversation s'interrompit, et on entendit le bruit des criquets, des oiseaux de nuit, le lointain grondement d'une voiture en bas de la colline, et des rires et de la musique provenant de la ferme située sur la crête voisine.

« Nom de Dieu ! s'exclama Hemingway. Ce salaud de Steinhart fait la fête. Je l'avais pourtant prévenu.

— Oh, Ernest, dit Gellhorn. Je t'en prie, ne...

— C'est la guerre, Ernesto ? s'écria Patchi Ibarlucia en espagnol.

— *Sí*, Patchi, répondit Hemingway en se levant. C'est la guerre. » Il se tourna vers la maison. « René ! Pichilo ! Aux armes ! Apportez les armes et les munitions !

— Je vais me coucher », dit Martha Gellhorn. Elle se leva, se pencha vers Cooper pour l'embrasser sur la joue. « À demain matin, Coop, lui dit-elle. Bonsoir, messieurs », lança-t-elle au reste d'entre nous, et elle s'en fut.

René, le boy, le jardinier d'Hemingway et le gardien de ses

coqs de combat, José Herrero – qu'il m'avait présenté plus tôt sous le sobriquet de « Pichilo » – firent leur apparition, portant des caisses de feux d'artifice et de longs bâtons de bambou creux.

« Il se fait tard, dis-je en posant mon verre et en me levant. Je ferais bien...

— Pas question, Lucas. » Hemingway me tendit un bambou long d'un mètre cinquante. « Nous avons besoin de tous les hommes valides. Choisissez vos munitions. »

Cooper, Winston Guest et Ibarlucia avaient déjà tombé la veste et relevé leurs manches de chemise. Le Dr Herrera Sotolongo me jeta un regard, haussa les épaules, ôta sa veste et la plia soigneusement sur le dossier de sa chaise. J'en fis autant.

Les « munitions » consistaient en deux caisses de feux d'artifice – fusées à baguette, bombes d'artifice, chapelets de pétards, bouteilles explosives, bombes puantes et soleils. Ibarlucia me tendit une fusée à mèche courte. « L'idéal pour votre lanceur, *señor* Lucas. » Il sourit de toutes ses dents et désigna le bambou que je tenais.

« Tout le monde a un briquet ? » demanda Hemingway.

Seul Cooper et moi étions équipés.

« Est-ce une querelle qui dure depuis longtemps, Ernest ? » demanda l'acteur. Il s'efforçait de refouler un sourire, mais les commissures de ses lèvres le trahissaient.

« Elle a assez duré », répondit Hemingway.

Du nord-est provenaient des rires et des bruits de piano. La maison Steinhart était le seul autre bâtiment d'importance sur la colline – un peu moins haut que la *finca* d'Hemingway mais bien plus ancien et bien plus grandiose, à en juger par son éclairage dispendieux et par les ailes et les pignons de style Art nouveau que l'on apercevait à travers le rideau des arbres.

« Patchi, Wolfer et le docteur connaissent la manœuvre. » Hemingway s'accroupit au bord de la terrasse et esquissa une carte dans la terre meuble du jardin. Il avait déjà ôté sa veste et sa cravate, et semblait ravi d'avoir pu déboutonner sa chemise. Du bout de l'index, il traça des lignes et des cercles, comme s'il exposait une phase de jeu à une équipe de football.

« On descend ici, à travers les arbres, Coop », murmura-t-il. Nous étions tous accroupis autour de lui. L'acteur avait un large sourire. « Voici la *finca*... ici. Voici la maison de Steinhart... ici. Nous nous enfonçons dans les arbres, ici... en file indienne... pour entrer en territoire ennemi ici, au niveau de la clôture. Avancez à croupetons jusqu'à ce qu'on ait franchi ce mur, ici. Personne ne tire tant que je ne l'ai pas ordonné. On va foutre le bordel dans cette soirée. »

Cooper arqua un sourcil. « Je suppose que vous désapprouvez les réceptions que donne votre voisin, Ernest ?

— Je l'avais averti, gronda l'écrivain. Bien. Que tout le monde se remplisse les poches. »

Bientôt, nous étions chargés de fusées à baguette, bombes puantes, bombes d'artifice et gros pétards. Guest et Ibarlucia étaient bardés de chapelets de pétards, qu'ils portaient comme des cartouchières. L'écrivain nous entraîna à travers le jardin, dans un champ d'herbes folles, par-dessus un muret, en bas de la colline, puis à travers le rideau d'arbres qui nous séparait des lumières et des bruits de la maison Steinhart.

Tout ceci n'était que jeux d'enfants, et je le savais, mais mes glandes, de toute évidence, n'en avaient pas été informées. Mon cœur battait la chamade et j'avais l'impression que le temps ralentissait son cours, que tous mes sens étaient affûtés, comme chaque fois que je devais passer à l'action.

Alors qu'Hemingway nous ouvrait un passage dans la clôture en barbelés, il murmura : « Soyez prudents quand nous aurons ouvert le feu. On a déjà vu Steinhart lâcher les chiens et sortir son fusil à pompe.

— *Madre de Dios* », souffla le Dr Herrera Sotolongo.

Nous avons attendu qu'Hemingway reprenne la tête de notre petit groupe – nous étions tous disposés à lui laisser le commandement, un rôle qu'il semblait endosser le plus naturellement du monde –, puis nous l'avons suivi le long d'une faible pente, à travers un bosquet de manguiers et un pré en jachère, faisant halte devant un muret d'un mètre de haut qui devait être vieux d'au moins un siècle.

« Plus que vingt mètres, chuchota Hemingway. Nous allons obliquer sur la gauche pour avoir une vue dégagée de la salle à manger et de la terrasse. Coop, suivez-moi. Wolfer, restez avec Coop. Ensuite viendront le docteur et Patchi, et Lucas fermera la marche. Au retour, ce sera chacun pour soi. Je couvrirai votre retraite depuis la clôture. »

Gary Cooper souriait comme un gamin. Winston Guest avait les joues cramoisies. Les dents d'Ibarlucia étaient visibles en dépit de l'obscurité. Le docteur secoua la tête en soupirant. « Tout ceci n'est pas bon pour votre tension, Ernestino, murmura-t-il en espagnol.

— Chut ! » siffla Hemingway. Il enjamba le muret avec la grâce d'un félin et gravit la colline en silence.

Nous avions pris position parmi les hautes herbes, à moins de quinze mètres de la terrasse et des portes vitrées de la salle à manger, visibles comme en plein jour, lorsque Hemingway nous donna le signal de l'attaque. Ruée générale, quoique maladroite, vers les fusées à baguette et les bombes puantes. Je secouai la tête et tournai le dos à la cible. Je ne tenais pas à me retrouver un jour obligé d'avouer que j'avais lancé des feux d'artifice dans la demeure de l'un des citoyens les plus importants de La Havane.

C'est à ce moment-là que j'ai perçu un mouvement sur notre gauche, derrière un muret qu'Hemingway avait appelé « la clôture à cochons » lorsqu'il m'avait fait visiter la propriété.

Mes instructeurs de l'armée – et ceux du Camp X de la BSC – m'avaient appris que la meilleure façon de repérer un ennemi dans l'obscurité est de détourner légèrement les yeux de l'endroit où il risque de se trouver. Dans les ténèbres, la vision périphérique est plus efficace que la vision directe. Attendez un mouvement.

Un mouvement – une silhouette humaine qui, l'espace d'un instant, éclipse les lumières de La Havane visibles par-delà les arbres. Encore un mouvement. Quelqu'un vêtu de noir, sur notre flanc gauche. Une silhouette portant un objet trop mince pour qu'il s'agisse d'un bâton de bambou comme les nôtres. Un reflet de lumière sur du verre... je comprends qu'il s'agit d'un fusil équipé d'un viseur, et que ce fusil est pointé sur nous... sur Hemingway.

« Feu ! » cria Hemingway en se redressant. Il inséra une fusée dans son bambou, en alluma la mèche avec son briquet en or et tira sur la fenêtre de la salle à manger des Steinhart. Ibarlucia en fit autant une seconde après. Guest lança un long chapelet de pétards. Cooper jeta une bombe d'artifice sur la terrasse. Le docteur secoua la tête et tira une fusée qui s'envola vers les hauteurs, disparut sur un balcon du deuxième étage, passa par une fenêtre ouverte et explosa quelque part à l'intérieur de la maison. Hemingway avait rechargé et tirait à nouveau. Les fusées – conçues pour déployer des bouquets d'étoiles à plusieurs dizaines de mètres d'altitude – éclaboussèrent les murs et la terrasse de rosaces parfumées au soufre et au magnésium. Dans la maison retentirent des cris, des hurlements et des bruits de vaisselle cassée. Le piano se tut.

Je n'avais pas quitté la silhouette derrière la clôture à cochons, que je guettais du coin de l'œil. Elle se redressa et l'éclat rouge cerise des pétards se refléta sur le viseur.

Me maudissant de n'avoir sur moi ni pistolet ni couteau digne de ce nom, j'allumai la mèche courte d'une fusée, la fourrai dans le bambou et tirai dans la direction de la clôture à cochons et de la route nationale. Je ratai mon coup et la fusée explosa parmi les branches basses des manguiers. J'en chargeai une autre et me mis à courir vers la clôture à cochons, tentant de m'interposer entre la silhouette et Hemingway.

« Lucas, lança l'écrivain derrière moi, qu'est-ce que vous... »

Course folle à travers les épis de maïs et les plants de tomate. Un mouvement par-delà la clôture à cochons, quelque chose qui passe en sifflant près de mon oreille. Je balance une bombe d'artifice et, de la main gauche, j'ouvre mon cran d'arrêt à lame courte et le tiens en position basse. Puis, dans le noir, je franchis d'un bond la clôture, lâchant mon bambou et voûtant les épaules, le couteau à la main, prêt à me battre.

Rien de ce côté-ci de la clôture. Bruissement des hautes herbes à dix mètres, en direction de la route. Je me redresse, avance d'un pas, puis me jette à terre en entendant des coups de feu derrière moi.

Un fusil à pompe. Deux détonations. Des cris. Des molosses aux aboiements hystériques – des dobermans, apparemment. Qui cessèrent d'aboyer dès qu'on leur ôta leurs chaînes. Des pétards éclatèrent, plongeant les chiens dans la confusion et déclenchant de nouveaux aboiements.

N'hésitant qu'une seconde, j'enjambai la clôture d'un bond et, les épaules voûtées, courus vers le mur de Steinhart et la zone séparant les deux propriétés. Le fusil à pompe retentit une nouvelle fois juste avant que je ne franchisse le muret. Les tirs provenaient de la maison Steinhart et étaient dirigés vers les hauteurs... soit pour ne pas nous atteindre, soit pour atteindre la maison d'Hemingway.

Des formes étaient tapies près de la clôture de barbelés. Des hommes hurlaient sur la terrasse de Steinhart et deux projecteurs au moins fouillaient l'épaisse fumée. Une bombe d'artifice explosa.

« Soyez maudit, Hemingway, hurlait un homme en haut de la colline. Soyez maudit ! Ce n'est pas drôle. » Le fusil à pompe rugit une nouvelle fois, et des chevrotines déchiquetèrent le feuillage du manguier au-dessus de nos têtes.

« Go, go, go », lançait Hemingway en encourageant les autres d'une tape dans le dos. Guest avait le souffle court, mais il partit d'un pas vif vers l'autre colline. Je vis Cooper sourire de toutes ses dents. Il avait déchiré son pantalon à hauteur du genou, sa chemise était maculée de boue ou de sang, mais il courait sans problème. Ibarlucia aida le médecin à escalader la pente et à franchir le bosquet.

Hemingway m'attrapa par le col de la chemise. « Qu'est-ce que vous foutiez, Lucas ? Pourquoi avez-vous tiré en direction de la route ? »

Je l'écartai sans ménagements. Des hommes hurlaient derrière nous et les dobermans fonçaient bruyamment vers la clôture.

« Go ! » dit Hemingway en me propulsant d'une tape dans le dos. Je me mis à courir, me retournant le temps de voir l'écrivain attraper une tranche de viande dans sa poche et la jeter par-dessus la clôture, en direction des chiens de plus en plus proches. Calmement, il alluma et lança son dernier pétard, puis battit en retraite au petit trot.

Steinhart et ses invités interrompirent la poursuite une fois arrivés à la clôture. Ils rappelèrent leurs chiens dans le noir. On entendit quelque temps des cris résonner dans les champs, puis le pianiste se remit à jouer.

De retour sur la terrasse, Cooper, le docteur, Patchi, Guest et Hemingway s'effondrèrent dans leurs fauteuils, riant et parlant fort. L'acteur s'était blessé la main aux barbelés et Hemingway alla chercher des pansements et du whiskey – il versa l'alcool sur la plaie avant de la bander, puis remplit le verre de Cooper.

Je patientai quelques minutes dans l'obscurité, au bord de la terrasse, mais ne perçus aucun signe de mouvement du côté de la route. Je rejoignis les autres, attrapai ma veste et pris congé. Gary Cooper me serra la main, s'excusant pour son bandage, et me dit : « Ce fut un plaisir de faire votre connaissance, camarade commando Lucas.

— De même.

— Bonne nuit, Mr. Lucas, dit Winston Guest. Nous nous reverrons à bord du *Pilar*, si j'ai bien compris. »

Le docteur n'avait toujours pas repris son souffle. Il s'inclina dans ma direction. Patchi Ibarlucia me sourit et m'étreignit l'épaule.

« Un dernier whiskey avant d'aller vous coucher, Lucas ? demanda Hemingway, le visage grave.

— Non. Merci pour le dîner. »

Je gagnai le cottage, me déshabillai pour enfiler aussitôt un pantalon noir et un sweat-shirt noir, attrapai dans mon sac une petite lampe torche et gagnai discrètement la clôture à cochons, puis la route. Une voiture s'était récemment garée près de la chaussée, sur l'herbe encore humide. Il y avait des branches brisées dans les buissons. Au pied de la clôture à cochons, à moitié dissimulée par la boue, luisait une seule et unique douille – je l'examinai à la lueur de la lampe et identifiai un calibre 30.06 –, récemment tirée à en juger par son odeur.

Je regagnai la *finca* et me postai dans l'obscurité, hors de portée des lueurs de la terrasse, où Hemingway et ses amis continuèrent de discuter jusqu'à ce que Cooper donne enfin le signal de l'extinction des feux. Ibarlucia raccompagna le docteur dans un cabriolet rouge. Guest partit quelques instants plus tard au volant d'une Cadillac. Les lumières restèrent allumées vingt minutes dans la *finca*, puis s'éteignirent.

Tapi dans les ténèbres sous les manguiers, juste en dessous de la masse sombre du cottage, j'écoutais les insectes et les oiseaux de la nuit tropicale. Je réfléchis quelque temps aux acteurs, aux écrivains, aux enfants et à leurs jeux, puis je me concentrai pour ne plus réfléchir et me contentai d'attendre et d'écouter.

J'allai me coucher peu de temps avant l'aube.

8

Le lundi matin, Hemingway me conduisit à la ville portuaire de Cojímar, où était ancré son bateau, le *Pilar*. Winston Guest, Patchi Ibarlucia et Gregorio Fuentes, second capitaine et cuisinier d'Hemingway, nous attendaient pour partir en mer. À en juger par les regards en coin qu'ils me lançaient et par le ton adopté par Hemingway, j'étais sur le point de passer une épreuve.

Hemingway m'avait dit de m'habiller pour faire du bateau, et je portais des sandales en toile, un short et une chemise bleue dont j'avais retroussé les manches. L'écrivain arborait pour sa part un short informe, les espadrilles basques qu'il avait mises le vendredi précédent pour venir à l'ambassade et un sweat-shirt rapiécé aux manches découpées. Le second – Fuentes – était un homme sec, aux yeux plissés, au teint basané et à la poignée de main ferme. Ce jour-là, sa tenue se réduisait à un pantalon noir et à une ample chemise blanche qui flottait librement – il ne portait ni chaussures ni chaussettes. Guest, le milliardaire, était vêtu d'un pantalon couleur de chanvre et d'une chemisette à rayures jaunes et blanches qui faisait ressortir son teint rougeaud. Alors que nous montions à bord, il se mit à danser d'un pied sur l'autre et à agiter des pièces de monnaie dans sa poche. Ibarlucia faisait penser à un torero en civil : polo en coton d'aspect coûteux et pantalon blanc moulant. Tandis qu'Hemingway me montrait le bateau et se préparait à lever l'ancre, je ne pus m'empêcher de penser que c'était là un équipage bien disparate.

La visite guidée ne prit que quelques minutes – l'écrivain était impatient d'appareiller tant qu'il faisait beau –, mais je sentais à quel point il était fier de son bateau.

À première vue, le *Pilar* n'était guère impressionnant. Avec ses douze mètres de long, sa coque noire et son toit vert, rien ne le distinguait de ces bateaux de pêche pour plaisanciers que l'on trouve par centaines amarrés à Miami, à Saint Petersburg ou à Key West. Mais une fois à bord, alors que je suivais Hemingway vers la passerelle, je remarquai le bois verni du pont, derrière la passerelle, et la plaque de bronze sur le pupitre, près de l'accélérateur et du levier de vitesse.

COQUE 576
WHEELER SHIPYARD
CHANTIERS NAVALS
1934
BROOKLYN, NEW YORK

Les chantiers Wheeler étaient justement réputés. Hemingway fit une pause près de la barre, le temps de me montrer les commandes afin de s'assurer que je n'étais pas un béotien. Près de la barre se trouvait une autre plaque – MOTEUR NORSEMAN – et, derrière elle, quatre cadrans : tachymètre, niveau d'huile, température du moteur et ampèremètre. À gauche de la barre se trouvait un panneau de voyants étiquetés, de haut en bas : ANCRE, FEUX DE CROISIERE, POMPE DE CALE, POMPE ESSUIE-GLACE, PROJECTEUR. Un chronomètre et un baromètre étaient montés sur une des colonnes de la cabine.

Hemingway tendit la main comme s'il voulait me présenter au bateau. « Vous avez vu la passerelle de pilotage que j'ai ajoutée ?

— Oui.

— De là-haut, on peut jouer sur la vitesse et la direction, mais il faut être ici pour faire démarrer les moteurs. » Du bout du pied, il indiqua deux boutons sur le pont.

Je hochai la tête. « Deux moteurs ?

— Ouais. Deux Diesel, évidemment. Le moteur principal est un Chrysler de soixante-quinze chevaux-vapeur. L'autre est un Lycoming de quarante chevaux. Une fois que nous avons pris de la vitesse, je coupe le second pour diminuer les vibrations. Le Chrysler est monté sur caoutchouc. » Il posa sa grosse main sur l'accélérateur. « Le bateau s'arrête sur sa longueur, Lucas, et l'hélice tourne au ralenti pendant qu'il reste à l'arrêt. »

Nouveau hochement de tête. « Pourquoi un second moteur ?

— C'est toujours utile d'avoir un auxiliaire », grommela Hemingway.

Je n'étais pas d'accord – le poids et l'entretien d'un second moteur sont contraignants, il suffit de bien prendre soin du premier –, mais je m'en tins là.

Il alla se remettre au soleil. Guest et Ibarlucia s'écartèrent. Fuentes avait fait le tour jusqu'à la proue et se mettait à genoux pour dénouer l'amarre.

« Le pont fait trois mètres cinquante de large et presque cinq mètres de long », dit Hemingway.

Je vis que cet espace était équipé de bancs et de sièges des plus confortables.

Hemingway se retourna et tapota une écoutille d'accès. « Le bateau peut transporter plus de mille litres de carburant et son réservoir d'eau potable a une contenance de cinq cents litres. Si nécessaire, nous pouvons entreposer sur le pont six ou sept cents litres de gasoil supplémentaires, dans des bidons ou des jerricans. Il y a deux lits jumeaux dans la cabine avant, plus deux autres compartiments avec couchettes. Avec toilettes privées pour deux d'entre eux. Mais je dois vous avertir, Lucas... si vous utilisez du papier hygiénique dans ces toilettes, jetez-le par le hublot, pas dans le trou. Ce papier bouche les pompes. Pour finir, la cuisine est équipée d'un congélateur et d'un réchaud à alcool de trois feux. » Il indiqua l'arrière d'un geste. « Comme vous le voyez, j'ai ajouté une glacière et j'ai fait découper la poupe à moins d'un mètre de l'eau. »

Clignant des yeux au soleil, j'attendis la suite. Guest et Ibarlucia m'observaient.

« Des questions ? » demanda Hemingway.

Je fis non de la tête.

« Le compartiment avant contient deux étagères que nous appelons le Service éthylique », dit Winston Guest.

Je me tournai vers lui. « Pourquoi donc ?

— C'est là qu'on range la gnôle, dit le milliardaire en souriant.

— Le bateau peut faire jusqu'à seize nœuds par mer calme – en général, je le maintiens à huit – et il a une autonomie d'environ cinq cents milles avec un équipage de sept hommes, poursuivit Hemingway sans tenir compte de l'intervention de Guest. Des questions ? répéta-t-il.

— Pourquoi l'avez-vous baptisé le *Pilar* ? » demandai-je.

Hemingway se gratta la joue. « En l'honneur de l'autel et de la feria de Saragosse. Et j'ai aussi donné ce nom à l'un des personnages de *Pour qui sonne le glas*. C'est un nom que j'aime bien. »

Patchi Ibarlucia venait d'ouvrir une glacière et d'en sortir une bière fraîche. Il la décapsula, s'y prenant à deux fois, la leva et se fendit d'un large sourire. « Et vous m'avez dit un jour, Ernestino, que c'était le petit nom que vous aviez donné à votre deuxième *señora* – la *señorita* Pauline – c'est bien exact ? »

Hemingway lança un regard noir au *pelotari*. Se retournant vers moi, il dit : « Allez donc larguer l'amarre à la poupe, Lucas. Wolfer, mettez-vous aux commandes et démarrez. Je monterai à la passerelle de pilotage pour sortir du port. Patchi, finissez votre fichue bière – il n'est que neuf heures et demie du matin, bon Dieu – et restez à l'ombre. On vous réveillera quand on arrivera dans un coin à marlins. »

Ibarlucia sourit de plus belle et avala bruyamment une gorgée de bière. Guest se dirigea vers la passerelle du pont d'une démarche pataude, agitant à nouveau les pièces dans sa poche. Fuentes observait la scène depuis la proue, impassible. Hemingway monta l'échelle avec une agilité surprenante chez un homme aussi corpulent. J'allai larguer l'amarre de poupe.

Il se tramait quelque chose. J'allais sûrement devoir passer une épreuve avant la fin de cette sortie.

Fuentes et moi avons dénoué et enroulé nos lignes, signalant à la passerelle de pilotage que nous étions prêts à appareiller. Les deux moteurs du *Pilar* se mirent à rugir, les hélices à tourner, et le bateau se dirigea lentement vers la sortie du port, vers le large.

Le samedi, peu de temps après l'aube, j'avais entendu Cooper et Hemingway plonger dans la piscine et discuter sur la terrasse, puis l'acteur repartir dans la Lincoln noire. Je n'avais pas encore de provisions dans le cottage et j'étais censé prendre mes repas dans la vieille cuisine de la maison – avec les domestiques – mais avant de m'y rendre, je laissai à l'écrivain et à sa femme le temps de prendre leur petit déjeuner.

Hemingway fit une brève apparition dans la cuisine au moment où je buvais une seconde tasse de café sous l'œil réprobateur de René, le boy, et de Ramón, le cuisinier.

« Je dois écrire ce matin, grommela Hemingway. Je vais essayer d'avoir fini avant le déjeuner pour que vous puissiez rencontrer certains des agents de l'Usine à forbans. » Il tenait un verre qui semblait contenir du scotch et du soda. Il était 7 h 45.

L'écrivain remarqua mon regard. « Vous n'approuvez pas, Lucas ?

— Il ne m'appartient pas d'approuver ou de désapprouver quoi que ce soit, dis-je doucement. Si vous voulez boire de l'alcool avant huit heures du matin, c'est votre affaire. En plus, nous sommes ici chez vous... donc, c'est doublement votre affaire. »

Hemingway leva son verre. « Ceci n'est pas de l'alcool, gronda-t-il. C'est un petit verre contre la gueule de bois que m'ont fichue nos excès d'hier soir. » Soudain, il sourit. « C'était marrant... l'assaut de la maison Steinhart... pas vrai, Lucas ?

— Bien sûr. »

Hemingway s'approcha de la table, s'empara d'un des toasts et d'une des tranches de bacon que je m'étais préparés. Il les mâchonna pendant une minute. « Vous pensez que cette histoire d'Usine à forbans n'est qu'un jeu... une blague... n'est-ce pas, Conseiller spécial Joseph Lucas ? »

Je m'abstins de répondre, mais mon regard ne cherchait pas à contredire sa déclaration.

Hemingway acheva sa tranche de bacon et soupira. « Ce n'est pas sur l'un de mes livres que je travaille, vous savez. Je suis en train de composer une anthologie. Un recueil de récits de guerre intitulé *Men at War*. Ces deux ou trois derniers mois, j'ai lu tout un tas de merdes qu'un dénommé Wartels – lui et ses acolytes de chez Crown – considère comme des chefs-d'œuvre de la littérature de guerre. Ils en ont déjà envoyé une partie à l'imprimerie. Des trucs comme cette nouvelle grotesque, complètement bidon, de Ralph Bates – une histoire de femmes-mitrailleurs à Brunette. De la pure invention. De la pure connerie. Alors qu'ils ont refusé une splendide histoire de Frank Tinker sur le désastre italien de Brihuega. »

Hemingway resta silencieux un moment, mais je n'avais aucune opinion sur la question. Par conséquent, je ne dis rien.

Il sirota son scotch et soda puis me lança un regard dur. « Que pensez-vous de la guerre, Lucas ?

— Je n'ai jamais porté l'uniforme. Je n'ai participé à aucune guerre. Je n'ai pas le droit d'avoir une opinion. »

Hemingway acquiesça. Ses yeux restaient fixés sur moi. « J'ai porté l'uniforme, dit-il. J'ai été grièvement blessé sur le champ de bataille avant d'avoir fêté mes vingt ans. J'ai probablement vu plus de guerres que vous n'avez vu de femmes nues. Et vous voulez savoir ce que je pense de la guerre ? »

J'attendis.

« Je pense que la guerre est un putain de sale tour que les vieux jouent aux jeunes, gronda Hemingway, détournant enfin les yeux.

Je pense que c'est une moulinette géante dans laquelle des vieillards sans couilles fourrent des jeunes gens virils afin d'éliminer la concurrence. Je pense que c'est une chose splendide, grandiose, exaltante, et un putain de cauchemar. » Il vida son verre. « Et je pense que mon fils aîné sera bientôt assez grand pour participer à cette saleté de guerre complètement inutile », marmonna-t-il, s'adressant, semblait-il, autant à lui-même qu'à moi. « Et que Patrick et Gigi y passeront peut-être aussi, si elle dure aussi longtemps que je le crains. »

Il alla jusqu'à la porte, puis se tourna de nouveau vers moi. « Je compte travailler sur ma préface jusqu'aux environs de midi. Ensuite, nous irons faire un tour et voir certains des agents de terrain qui travaillent pour l'Usine à forbans. »

Les « agents de terrain » d'Hemingway formaient un groupe disparate de potes, compagnons de beuverie et vieilles connaissances, ce qui correspondait à ce qu'il avait dit à Bob Joyce et à ce que j'avais lu dans le dossier O/C de Hoover : Patchi Ibarlucia et son frère, censés accomplir des missions d'espionnage entre deux matches de pelote basque ; Roberto, le frère cadet du Dr Herrera Sotolongo ; un marin du nom de Juan Dunabeitia, qu'Hemingway me présenta sous le surnom de « Sinsky » – un diminutif de Sinbad le Marin ; Fernando Mesa, un Catalan en exil qui travaillait comme garçon de café et, de temps à autre, comme homme d'équipage du *Pilar* ; un prêtre catholique dénommé don Andrés Untzaín, qui crachait chaque fois qu'il parlait des fascistes ; quelques pêcheurs des quais de La Havane ; deux riches nobles espagnols qui demeuraient dans de vastes demeures, plus proches de la ville que celle d'Hemingway ; un groupe de putains officiant dans trois bordels de La Havane, au bas mot ; plusieurs rats de quai qui empestaient le rhum ; et un vieil aveugle qui passait ses journées assis dans le Parque Central.

Une fois dans le centre ville, nous avons passé le reste du samedi après-midi et toute la soirée à rencontrer d'autres « opérateurs » dans les hôtels, les bars et les églises qui avaient reçu l'approbation d'Hemingway : un chasseur de l'hôtel Plaza, près du parc ; un barman du Floridita nommé Constante Ribailagua ; un garçon de café à La Zaragozana ; un portier dans un opéra baptisé Centro Gallego ; le détective de l'hôtel Inglaterra ; un autre prêtre – très jeune, celui-ci – dans les sous-sols embaumant l'encens de l'Iglesia del Santo Angel Custodio ; un vénérable garçon de café chinois au restaurant Pacific Chinese ; une Cubaine qui travaillait dans un salon de beauté du Prado ; et le vieil homme chargé de moudre et de brûler le café dans une petite boutique du nom de Great Generoso, en face du bar Cunard. Hemingway me présenta à Angel Martinez, le patron de La Bodeguita del Medio – le bar où j'avais bu de la pisse de cheval –, mais de toute évidence, il ne s'agissait là que d'une visite de courtoisie car, contrairement à tous les autres, Martinez n'eut pas droit au qualificatif d'« un de nos meilleurs agents de terrain ».

Il était environ sept heures du soir, et nous avions bu un verre dans une demi-douzaine de bars, lorsque Hemingway me fit entrer dans le Café de la Perla de San Francisco – un petit restaurant proche du parc, avec fontaine glougloutante. Le bar était des plus agréables, tout de pierre polie, mais Hemingway me conduisit dans la minuscule salle de restaurant.

« Est-ce qu'on mange ici ? demandai-je.

— Sûrement pas. Le truc le plus correct, c'est le spécial à vingt-cinq cents. On retournera au Centre basque pour souper... Marty reçoit des amis à la *finca* ce soir et il vaut mieux qu'on rentre un peu tard. Non, je vous ai amené ici pour voir ce type. » D'un mouvement du menton, il désigna un homme qui se tenait près des portes de la cuisine. Il semblait espagnol ou cubain, mais il arborait une moustache cirée à la mode autrichienne, des cheveux coupés ras, et il nous regardait d'un air méchant, comme pour nous enjoindre de nous asseoir et de manger ou de foutre le camp.

« Le *señor* Antonio Rodriguez, dit Hemingway. Mais tout le monde l'appelle Kaiser Guillermo. »

J'acquiesçai. « Encore un agent de terrain ?

— Fichtre non. C'est le patron. Il ne me connaît ni d'Ève ni d'Adam, même si je suis parfois venu déjeuner ici. Mais si nous n'arrivons pas à débusquer un authentique espion nazi, je suggère que nous venions arrêter le Kaiser. »

Notre revue du personnel de l'Usine à forbans s'acheva peu de temps après, lorsque Hemingway me présenta un grouillot du Centre basque qu'il qualifia de « notre meilleur... et notre seul... coursier » alors que nous attendions que l'on débarrasse notre table.

Le dimanche fut un jour de repos pour l'Usine à forbans. Du moins à ma connaissance.

Une grande fête se donnait cet après-midi-là, avec plein de

monde dans et autour de la piscine, plein de buveurs conversant derrière les portes grillagées, l'odeur d'un cochon en train de rôtir et le bruit des voitures qui ne cessaient d'arriver et de repartir. J'identifiai les frères Ibarlucia ainsi qu'une demi-douzaine d'autres *pelotaris*, plusieurs Basques expatriés, Winston Guest, d'autres athlètes riches dont l'un, ainsi que je devais l'apprendre plus tard, s'appelait Tom Shevlin, et bien d'autres encore. Venus de l'ambassade des États-Unis : Ellis Briggs, sa femme et leurs deux enfants, Bob et Jane Joyce, l'ambassadeur et Mrs. Braden – c'était une aristocrate chilienne, ainsi que je le savais, et elle en avait bien l'allure, respirant l'élégance même à cinquante pas de distance.

Plus tôt, j'avais demandé à Hemingway comment se rendre à La Havane autrement que par l'autocar.

« Pourquoi ? » demanda-t-il. Peut-être s'étonnait-il de ma requête, vu que les bars étaient fermés le dimanche matin.

« Pour aller à l'église », répondis-je.

Hemingway grommela : « Prenez la Lincoln si Juan, Marty et moi n'en avons pas besoin. Nous avons aussi un vieux coupé Ford, mais il est au garage pour l'instant. Ou alors, il y a la bicyclette que nous avons achetée pour Gigi.

— Ce sera parfait.

— N'oubliez pas qu'il y a quinze kilomètres jusqu'aux faubourgs. Presque une vingtaine jusqu'au quartier colonial.

— La bicyclette fera l'affaire. »

Tel fut le cas. Je m'éclipsai en milieu d'après-midi, alors que la fête battait son plein, et appelai Delgado d'une cabine publique de San Francisco de Paula. Rendez-vous à la planque.

« Vous avez fait une belle balade hier, tous les deux », dit mon collègue du SIS alors que nous venions de nous retrouver dans la pièce obscure et étouffante. Delgado portait un costume blanc et un simple maillot de corps. J'aperçus la crosse du pistolet passé à sa ceinture.

« Vous n'étiez pas précisément invisible », répliquai-je.

Il se frotta la mâchoire. « Hemingway ne m'a pas repéré.

— Hemingway serait incapable de repérer un bœuf à trois pattes qui l'aurait pris en filature. » Je lui tendis l'enveloppe scellée qui contenait mon rapport.

Delgado brisa le sceau et se mit à lire. « Mr. Hoover préfère les rapports dactylographiés, dit-il.

— Ce rapport est destiné au directeur. »

Delgado leva la tête et exhiba ses longues dents. « Je suis censé examiner tout ce qui lui est transmis, Lucas. Ça vous pose un problème ? »

Je m'assis sur une chaise bancale en face de Delgado. Il faisait très chaud et j'avais très soif. « Qui sont les deux hommes qui m'ont suivi à la *finca* vendredi et qui nous ont filés hier à bord d'une Buick ? »

Delgado se contenta de hausser les épaules.

« Des hommes de l'antenne du FBI ? insistai-je.

— Non. Mais le grand type qui vous suivait à pied est de la Police nationale cubaine. »

Je plissai les yeux. « Quel grand type ? »

Le sourire de Delgado s'élargit. « Je me disais bien que vous ne l'aviez pas repéré. C'est pour ça que je suis ici, pour assurer vos arrières, Lucas. Vous êtes trop occupé à lever le coude avec ce plumitif alcoolique. » Il replongea dans mon rapport. Son sourire s'effaça. « On a tiré sur vous avec un calibre trente-zéro-six ?

— Sur moi ou sur Hemingway. Ou sur l'un des fêtards qui nous accompagnaient. »

Delgado me regarda droit dans les yeux. « Qui était-ce, à votre avis ?

— Où étiez-vous vendredi soir, Delgado ? »

Retour du sourire. « Dans le meilleur bordel de La Havane. Et si c'était moi qui vous avais tiré dessus, Lucas... vous seriez mort. »

Je soupirai et m'épongeai le front du revers de la main. J'entendais les cris des enfants qui jouaient dans le terrain vague voisin. Un avion bourdonnait dans le ciel. L'air sentait les vapeurs d'essence, la mer et les égouts. « Hemingway va me donner une machine à écrire dès demain, dis-je. Pour taper les rapports de l'Usine à forbans. Le prochain rapport que je rédigerai pour Mr. Hoover sera dactylographié.

— Bien, dit Delgado en remettant le document dans son enveloppe. Nous ne voudrions pas que vous soyez viré du SIS et du Bureau faute d'une machine à écrire, pas vrai ?

— Est-ce qu'on a d'autres affaires à régler ? » m'enquis-je au bout d'un temps.

Delgado fit non de la tête.

« Je vous laisse partir le premier », lui dis-je.

Dès qu'il eut tourné le coin de la rue, j'allai dans la pièce adjacente, soulevai une latte mal fixée dans le parquet et récupérai le paquet que j'avais caché en dessous. Je m'assurai que les deux armes étaient bien sèches – les seules traces d'humidité provenaient de la graisse –, puis je remis le .357 Magnum dans sa cachette, conservant le Smith & Wesson calibre .38 que je nettoyai. Je chargeai le revolver, prenant soin de laisser une chambre vide, glissai deux boîtes de cartouches dans la poche de ma veste et passai l'arme à ma ceinture, au creux de mes reins afin qu'elle ne me gêne pas pendant que je pédalerais.

Puis je partis à la recherche d'un café ouvert. J'avais l'intention de boire au moins trois limonades bien fraîches avant de regagner la *finca* au milieu des embouteillages.

La mer devint agitée dès que le *Pilar* eut rejoint le Gulf Stream. Le baromètre n'avait cessé de descendre durant toute la matinée et un banc de nuages noirs approchait au nord-est. Le bateau d'Hemingway n'avait pas de radio, mais le tableau de prévisions de la marina annonçait pour l'après-midi l'arrivée d'une dépression et des risques de forte pluie.

« Lucas ! hurla Hemingway depuis la passerelle de pilotage. Venez ici. »

J'escaladai l'échelle. Hemingway tenait la barre, campé sur ses jambes nues bien écartées, tandis que Winston Guest s'agrippait au bastingage. À l'abri sur la passerelle du pont, Ibarlucia savourait une autre bière. Fuentes, le second, était assis à la proue, ses pieds nus calés sur le bastingage lorsque le bateau s'enfonçait dans un creux.

« Des signes de *mal de mer**, Lucas ? » demanda l'écrivain. Une casquette à grande visière était vissée sur sa tête.

« Non, dis-je. J'attends le déjeuner. »

Il me jeta un regard en coin. « Prenez donc la barre un moment. »

Je m'exécutai. Hemingway m'indiqua le cap à suivre et je donnai un petit coup de barre, décélérant un peu afin de minimiser le roulis. Guest descendit sur le pont et, quelques minutes plus tard, aidé de Fuentes et du *pelotari*, il avait installé les deux cannes à pêche. Fuentes largua un appât depuis la poupe et le laissa filer au bout de sa ligne. Je le vis ballotter au centre de notre sillage, n'attirant que les mouettes égarées.

La main calée sur la rambarde, Hemingway conservait son équilibre sans difficulté, même lorsqu'il me demanda de fendre la mer

* En français dans le texte. *(N.d.T.)*

agitée suivant un angle des plus déstabilisants. Cuba n'était qu'une tache lointaine à tribord et, côté bâbord, la muraille de nuages noirs devenait sans cesse plus proche et plus solide.

« Vous *savez* vous débrouiller sur un bateau, Lucas. »

Comme je le lui avais déjà dit, je n'avais rien à ajouter. Derrière nous, sur le pont, Guest et Ibarlucia éclatèrent de rire. La mer était trop forte pour la pêche.

Hemingway descendit souplement l'échelle et revint quelques instants plus tard, porteur d'un paquet enveloppé dans de la toile goudronnée. Il attendit que les embruns se fassent moins violents, puis sortit le fusil de son emballage protecteur. J'y jetai un coup d'œil : un Mannlicher .256.

« Nous devions jeter l'ancre près d'une bouée que je connais bien », dit-il en visant un poisson volant qui venait de jaillir des flots. Il abaissa son arme. « Faire un peu de tir à la cible. Mais vu le temps, c'est foutu. »

Telle était peut-être l'épreuve que l'on m'avait préparée : conduire le *Pilar* aux bonnes coordonnées puis participer à un concours de tir avec ces trois hommes qui avaient passé la matinée à boire. Ou peut-être étais-je paranoïaque.

Hemingway remballa son fusil et le rangea sous le pupitre. Il désigna la côte. « Je connais une jolie petite crique par là-bas. Allons y jeter l'ancre pour déjeuner, et ensuite on rentrera à Cojímar avant que ça se gâte vraiment. » Il me donna le cap et je dirigeai le *Pilar* vers la terre. C'était un chouette petit bateau, quoiqu'un peu trop léger et un peu trop rétif à mon goût. Si Hemingway avait voulu éviter la tempête, il aurait été mieux inspiré de faire demi-tour plutôt que de se trouver un coin tranquille pour déjeuner. Mais il ne m'avait pas demandé mon avis.

Il était plus facile de naviguer en suivant le courant et, lorsque nous avons jeté l'ancre dans la grande crique, le soleil brillait dans le ciel et nous avions presque oublié la tempête. Assis à l'ombre de la timonerie, nous avons mangé d'épais sandwiches au roastbeef accompagnés de radis. Guest et Ibarlucia arrosèrent leur repas d'une nouvelle bière fraîche, mais Fuentes avait préparé de l'excellent café noir de Cuba et Hemingway, lui et moi en avons bu dans des tasses de porcelaine ébréchées.

« Ernesto, dit Fuentes en s'écartant du bastingage, regardez ça. Sur le rocher, là, sur la plage. Il est gigantesque. »

Nous nous trouvions à cent mètres et quelque de la plage, et il me fallut une seconde ou deux pour comprendre ce que voulait dire Fuentes.

« Gregorio, dit Hemingway. Les jumelles, s'il vous plaît. »

Nous les avons utilisées chacun à notre tour. L'iguane était bel et bien gigantesque. Je vis ses membranes oculaires cligner à plusieurs reprises pendant qu'il prenait le soleil sur la roche noire.

Hemingway en tête, nous sommes tous montés sur la passerelle de pilotage. Il a déballé le Mannlicher et en a passé la bandoulière autour de son bras gauche, comme on l'enseigne dans l'infanterie, se campant sur ses jambes et calant la crosse contre son épaule. « Lucas, contrôle de tir. »

Hochant la tête, je fixai l'iguane avec les jumelles. Un coup de feu.

« Trop bas, dis-je. D'un mètre environ. Il n'a pas bougé. »

La deuxième balle passa trop haut. À la troisième, l'iguane sembla léviter l'espace d'un instant, puis disparut derrière le rocher. Ibarlucia et Guest applaudirent. « Un sac à main pour Miss Martha, hein ? dit Fuentes.

— Un sac à main pour Miss Martha, *sí, amigo* », dit Hemingway. Nous sommes tous redescendus sur le pont.

« Dommage que nous ayons laissé le *Tin Kid* en rade », dit Guest. Il faisait référence au petit canot dont Hemingway avait préféré se dispenser par ce temps incertain.

L'écrivain se fendit d'un large sourire. « Bon sang, Wolfer, la coque touche presque le fond par ici. Vous avez peur des requins ? » Il ôta son sweat-shirt et son short pour se retrouver vêtu d'un seul slip élimé. Son corps était bronzé et bien plus musclé que je ne l'aurais cru. Les poils de sa poitrine étaient exempts de toute trace de gris.

« Ernesto », dit Ibarlucia. Lui aussi s'était dévêtu, ne gardant qu'un short moulant. Son corps était tout en muscles souples, dont les courbes et les méplats dessinaient une carrure d'athlète complet. « Ernesto, vous n'êtes pas obligé de vous mouiller. Je vais nager jusqu'au rivage et achever ce reptile pendant que vous achèverez votre déjeuner. » Le *pelotari* leva le fusil.

Hemingway, qui venait d'enjamber le bastingage, tendit le bras. « *¡ Dame aca, cono que a los mios los mato yo !* »

Je réfléchis à ce qu'il venait de dire : *Donne-moi ça, bon sang, c'est à moi de tuer ce que j'ai blessé.* C'était la première fois que je ressentais quelque sympathie pour Ernest Hemingway.

Il prit le fusil, le leva au-dessus de sa tête et, nageant du bras gauche, se dirigea vers la plage. Ibarlucia plongea en souplesse et eut vite fait de le dépasser. J'ôtai ma chemise, me débarrassai de mes sandales et enlevai mon short. Malgré la tempête toute proche, l'atmosphère était des plus chaudes et je sentis la brûlure du soleil.

« Je reste à bord avec Gregorio », dit Guest.

J'arrivai à destination sans problème. Dans ce vaste espace qu'était la crique, l'effet de la marée était négligeable. Patchi et Hemingway arpentaient le sable sec derrière les rochers où l'iguane s'était installé pour prendre le soleil.

« Aucune trace, Ernesto, dit Ibarlucia. Le coup de feu n'a fait qu'effrayer le reptile. » Il plissa les yeux pour scruter le ciel au nord-est. « La tempête arrive, Papa. Nous devrions penser à rentrer.

— Non. » Hemingway se pencha sur le rocher, le palpa du bout des doigts comme en quête de taches de sang. Nous avons passé les vingt minutes suivantes à fouiller le rivage, examinant chaque rocher, chaque coquillage. Les nuages noirs s'amoncelaient.

« Ici », lança l'écrivain en s'accroupissant sur le sable à vingt-cinq mètres des rochers.

Comme nous le rejoignions, il cassa un bâton en plusieurs morceaux, marquant sur le sable une minuscule goutte de sang, puis se mit à ramper vers l'intérieur des terres, examinant le sol de si près qu'il évoquait un limier reniflant une piste.

« Ici », répéta-t-il dix mètres plus loin, marquant une nouvelle tache rouge. « Et ici. »

La piste s'achevait devant une pile de rochers, au pied des falaises. Massés sous une corniche basse, nous avons découvert une minuscule ouverture sur les ténèbres. La roche était maculée de sang.

« Il est là-dedans », dit Hemingway en laissant choir ses derniers bâtonnets et en saisissant le fusil passé à son épaule.

Je m'écartai lorsqu'il en pointa le canon sur la caverne.

« La balle risque de ricocher, Ernesto, dit Ibarlucia en m'imitant. N'allez pas vous la loger dans le ventre. Pour un sac à main, ça n'en vaut pas la peine. »

Hemingway se contenta de grogner et de tirer. Des bruits convulsifs se firent entendre dans la petite grotte.

« Il est mort, dit l'écrivain. Allez me chercher un bâton plus long. »

Nous avons trouvé une branche de plus d'un mètre rejetée par la marée, mais l'iguane demeurait inaccessible.

« Peut-être qu'il a rampé tout au fond, dit Ibarlucia.

— Non, répliqua Hemingway, je lui ai donné le coup de grâce. » Il examina l'ouverture. Elle était plus étroite que ses épaules.

« Je vais y aller, Papa », dit le *pelotari.*

Hemingway posa une main sur l'épaule bronzée du petit homme et se tourna vers moi. « Lucas, vous êtes sans doute assez mince pour passer. Vous avez envie d'offrir un sac à main à Marty ? »

Je me mis à quatre pattes et me glissai dans la grotte les bras en avant, m'écorchant les épaules au passage. Mon corps occultait la lumière. Comme le boyau s'inclinait, la roche m'érafla le cuir chevelu lorsque je m'y enfonçai plus avant. Je n'avais pas l'intention d'aller trop loin, de crainte que les deux autres ne puissent pas m'atteindre pour m'aider à sortir. Je devais avoir progressé sur un peu moins de deux mètres cinquante lorsque mes doigts se posèrent sur les côtes et le ventre écailleux de l'iguane. Je cherchai sa gorge à tâtons et mes doigts furent bien vite poisseux de sang. Le reptile ne bougeait plus. L'agrippant fermement par sa crête dorsale, je me mis à ramper à reculons, m'immobilisant lorsque mon épaule se coinça dans le coude du boyau.

« Sortez-moi doucement, lançai-je. Je le tiens. »

De robustes mains s'emparèrent de mes chevilles et je regagnai lentement la lumière, les genoux, le dos et les épaules striés de nouvelles éraflures.

Hemingway tendit le Mannlicher à Ibarlucia lorsque je lui donnai son trophée, puis me tapa sur le bras pour ne pas toucher mon dos sanguinolent. Il souriait de toutes ses dents, aussi ravi qu'un petit garçon.

Nous avons regagné le *Pilar* à la nage. Ibarlucia prenait soin de ne pas immerger le fusil, Hemingway s'était mis sur le dos et tenait l'iguane de façon à ne pas le mouiller, et je grimaçais sous les caresses cuisantes de l'eau salée. Une fois regagné le bord, on s'extasia sur la taille du lézard, qui se retrouva dans la glacière, et, après avoir fêté l'événement par une tournée de bières, nous avons levé l'ancre, fait démarrer les moteurs et regagné la haute mer qui s'agitait par-delà la crique.

La tempête nous est tombée dessus à trois milles de la côte. Hemingway m'avait appelé dans le compartiment avant, où il m'avait passé sur le dos un onguent prélevé dans une trousse de premier secours. Il attrapa des ponchos dans un placard, et la première averse nous tomba dessus alors que nous revenions sur le pont.

Durant l'heure qui suivit, nous avons tenu le cap nord-ouest dans une mer démontée. Ibarlucia alla s'étendre sur une couchette et Guest, livide, s'assit sur une marche, tandis que Fuentes et moi, solidement accrochés de chaque coté de la passerelle, contemplions les gigantesques creux qu'Hemingway négociait avec dextérité.

Je me suis alors rendu compte que cet homme – que je n'avais vu jusque-là qu'en train de poser ou de cabotiner – semblait en ce lieu parfaitement lui-même. Les vagues devenaient de plus en plus puissantes, projetant sur le *Pilar* des paquets d'eau qui nous bouchaient la vue, mais les quelques paroles prononcées par l'écrivain attestaient de son calme et de sa maîtrise. La pluie, qui tambourinait sur le toit au-dessus de nous, rendait le pont luisant comme un miroir.

« Encore une heure environ et nous serons à... » Hemingway laissa sa phrase inachevée. Nous venions d'émerger de la bourrasque pour pénétrer dans une zone plus calme, mais nous étions entourés sur trois côtés par un rideau de pluie mouvante. Hemingway s'empara des jumelles et scruta l'horizon au nord-est. « Eh bien, que je sois damné, marmonna-t-il.

— *¿ Que ?* » fit Fuentes. Alors que nous arrivions sur la crête d'une vague, il passa la tête à l'extérieur pour fouiller le paysage envahi par les embruns. « Ah... oui, je vois. »

Je distinguai d'abord les feux clignotant, distants d'environ un mille, presque perdus au sein des éclairs qui tombaient derrière eux. Ce n'était pas du morse. Une masse imposante côté tribord, à environ trois milles, presque dissimulée par les murailles de pluie. À première vue, elle semblait assez grande pour être celle d'un cuirassé, mais elle n'en avait pas la silhouette. À bâbord, s'éloignant de nous et de l'autre vaisseau, un vague point de métal gris émergeant de la mer grise sur fond de nuages gris.

« Merde, merde, merde », dit Hemingway. De toute évidence aussi enchanté qu'excité, il tendit les jumelles à Fuentes. Il abaissa les manettes d'accélération, fendant les vagues avec une telle brutalité que Guest faillit tomber de son perchoir et qu'Ibarlucia poussa un cri sur sa couchette.

« Vous avez vu ça, Lucas ? » dit Hemingway en accélérant un peu plus.

Fuentes me tendit les jumelles. Je m'efforçai de faire le point sur le vaisseau, mais la grosseur des vagues et la force du roulis ne me facilitaient pas la tâche. « Oui, dis-je au bout d'une minute. Un yacht de belle taille. Je n'ai jamais vu de bateau de plaisance aussi grand. »

Hemingway secoua la tête. « Non. L'autre. À bâbord. Cette forme qui arrive en dessous du nuage. »

Je changeai d'angle de vue, trouvai la forme, la perdis, la retrouvai. Je restai sans rien dire.

« C'est un sous-marin, tonna Hemingway. Une saleté d'U-Boot nazi. Vous avez vu la forme de sa tourelle ? Son matricule ? Un U-Boot nazi. Il envoyait des signaux à ce yacht. Et je vais le rattraper.

— Rattraper le yacht ? » Winston Guest monta sur la passerelle, le visage cramoisi et presque figé par l'excitation.

« Non, Wolfer. » Hemingway accéléra une nouvelle fois, puis me reprit les jumelles et les braqua sur la tourelle. « Nous allons rattraper ce sous-marin et le prendre à l'abordage. »

9

« Pourquoi voulez-vous des informations sur le *Southern Cross* ? » demanda Delgado.

Nous nous étions retrouvés au bout d'une piste en terre battue au sud de San Francisco de Paula. Elle s'achevait sur une vieille ferme abandonnée, écrasée de chaleur. Dans un champ d'herbes folles, un *burro* solitaire nous considérait d'un œil mi-amical, mi-soupçonneux. Ma bicyclette reposait contre une clôture démolie. La vieille motocyclette de Delgado était béquillée près d'un poteau téléphonique dépourvu de fils.

« Selon les instructions que m'a données Mr. Hoover, dis-je, votre boulot est de me transmettre les informations dont j'ai besoin, pas de me demander pourquoi j'en ai besoin. »

Delgado me fixa de son regard neutre, presque mort. En dépit de la chaleur, il portait un blouson de cuir fatigué par-dessus son maillot de corps. Les boutons en étaient plus expressifs que ses yeux. « Quand vous les faut-il ? »

Là était le problème. Au Mexique, en Colombie et en Argentine, dix jours au moins étaient nécessaires pour que des dossiers ordinaires nous soient transmis depuis Washington. Dans le cas de dossiers sensibles, où un visa était obligatoire, il pouvait parfois s'écouler un mois ou davantage avant que nous n'en recevions un résumé. En général, nous étions passés à autre chose lorsque nous obtenions la paperasse dont nous avions besoin. Dans le cas présent, le *Southern Cross* aurait sans doute levé l'ancre lorsque ma requête serait satisfaite. « Dès que possible, répondis-je.

— Demain après-midi, dit Delgado. À la planque. Dix-sept heures précises. »

Je ne fis aucun commentaire, mais je ne pouvais pas croire que les dossiers seraient arrivés à Cuba le lendemain après-midi. S'ils arrivaient... et comment ? Par courrier accéléré ? Pourquoi transmettre des informations sensibles à un agent accomplissant une mission sans intérêt comme la mienne ? Et qui *était* Delgado, au fait ?

« Il n'y a que le bateau qui vous intéresse ? demanda-t-il en annotant un petit carnet à spirale.

— Le bateau et tout ce qui y touche directement. Les enquêtes effectuées en ce moment sur son équipage, ses propriétaires... tout ce qui sera susceptible de m'aider. »

Delgado hocha la tête, se dirigea vers sa motocyclette et l'enfourcha. « Qu'aurait fait votre écrivain s'il avait rattrapé ce sous-marin, Lucas ? »

Je repensai à cette chasse folle sur une mer démontée : la tourelle grise qui disparaît dans la pluie, puis dans les vagues, Hemingway à la barre, les jambes écartées, le visage dur et résolu, poussant les manettes à fond – si bien que j'avais cru que le *Pilar* allait se casser en deux ou s'écraser sur les vagues –, le bateau et ses passagers inondés d'embruns. Nous tous – Patchi Ibarlucia, Winston Guest, l'impassible Fuentes, même moi – avions les veines saturées d'adrénaline, et nous encouragions le petit bateau de plaisance comme s'il s'était agi d'un pur-sang dans la dernière ligne droite. Puis le sous-marin avait disparu... complètement, totalement disparu... et Hemingway s'était mis à jurer, à taper du plat de la main sur la cloison, et avait fait demi-tour, mettant le cap au nord pour se rapprocher du yacht gigantesque, ordonnant à Fuentes de s'emparer des jumelles pour déchiffrer le nom inscrit sur sa proue.

« Si vous aviez tenté d'arraisonner ce sous-marin, poursuivit Delgado, il vous aurait envoyés par le fond.

— Ouais. Demain, cinq heures de l'après-midi ? Je tâcherai d'être là. »

Delgado sourit et démarra son engin. Toujours juché sur sa selle, il cria : « Au fait, vous avez remarqué les deux hommes dans la Buick qui vous ont regardés quitter le port hier ? Depuis la colline qui domine Cojímar ? »

Je les avais vus. Comme la voiture était dans l'ombre, même les jumelles ne m'avaient permis de distinguer que deux silhouettes à l'intérieur – encore le grand et le petit. Mutt et Jeff.

« Je n'ai pas reconnu le conducteur, reprit Delgado, mais le passager était un certain nain chauve et bossu. Ça vous dit quelque chose ?

— Vous plaisantez. Je croyais qu'il avait été muté à Londres.

— Il a bien été muté. » Delgado poussa les gaz à fond et éleva la voix pour se faire entendre. « Et je ne plaisante jamais. »

Le « nain chauve et bossu » était certainement Wallace Beta Phillips, un homme brillant qui dirigeait la section « Amérique latine » de l'*Office of Naval Intelligence.* Si Phillips était bel et bien chauve et bossu, ce n'était pas un véritable nain... il était petit, voilà tout. Quand je me trouvais à Mexico, j'avais participé à plus d'une opération conçue et dirigée par Phillips, et j'avais beaucoup de respect pour lui. Sous sa direction, l'ONI, le SIS, le FBI et le COI de Wild Bill Donovan, nouvellement formé, avaient entamé une collaboration fructueuse pour lutter contre les agents nazis au Mexique. Mais Phillips avait encouragé le développement de ce genre de coopération entre agences durant tout l'hiver 1941-1942, alors même que J. Edgar Hoover exigeait que le COI cesse toute opération sur le continent américain et que l'ONI restreigne ses activités aux questions purement maritimes. Après la crise qui avait éclaté à Washington en janvier, à l'issue de laquelle Hoover avait obtenu le contrôle absolu sur le SIS et, plus généralement, sur toutes les opérations de contre-espionnage ayant pour théâtre le continent américain, l'autorité du bossu avait été battue en brèche par les agents du FBI.

Ces derniers mois, les opérations de l'ONI et les agents de Phillips en poste au Mexique – et dans le reste de l'Amérique latine – avaient subi de la part de Hoover un harcèlement incessant, qui avait atteint son point culminant après l'échec de deux missions durant le printemps. En avril, j'avais reçu l'ordre de filer et d'espionner les hommes de Phillips, qui travaillaient avec ceux de Donovan pour surveiller les derniers agents nazis présents dans les deux ports les plus importants du Mexique. Peu de temps après, Hoover était allé voir FDR en personne pour exiger que le COI de Donovan soit dissous et que Wallace Beta Phillips soit réprimandé pour avoir coopéré avec lui.

Donovan, qui se remettait d'un grave accident de la circulation survenu à New York le mois précédent – il avait dans le poumon un caillot de sang potentiellement mortel –, avait protesté auprès du président, déclarant que l'accusation de Hoover était « un mensonge aussi répugnant que méprisable », et Roosevelt l'avait cru. Le COI n'avait plus rien à craindre pour le moment, mais l'esprit de coopération entre agences au Mexique et en Amérique latine s'était évaporé comme de la rosée en plein désert. Wallace

Beta Phillips, le bossu chauve, avait demandé et obtenu une mutation de l'ONI au COI et – d'après ce que j'avais appris juste avant de partir pour Washington – s'était envolé pour Londres.

Que diable faisait-il à Cuba ? Pourquoi perdait-il son temps à m'observer quand j'allais à la pêche avec Hemingway et son équipage de jobards ?

Je m'abstins de poser cette question à Delgado. « Demain, cinq heures de l'après-midi, lui dis-je.

— N'allez pas emboutir un arbre dans le noir avec votre bicyclette. » Delgado éclata de rire. Il mit les gaz et fonça sur la piste en direction de San Francisco de Paula, soulevant un nuage de poussière qui retomba doucement sur moi, telles des cendres après une lente incinération.

« En avant, Joe Lucas ! » s'écria Hemingway. Nous étions mardi après-midi et il était planté devant la porte grillagée du cottage. « Mettez votre plus belle cravate de maître-espion. Nous allons à l'ambassade pour vendre une idée à quelqu'un. »

Quarante minutes plus tard, nous étions dans le bureau de l'ambassadeur Braden, protégé par des stores de l'éclatant soleil de La Havane et par un ventilateur fixé au plafond de la torpeur de l'air. Cinq personnes étaient présentes. Outre l'ambassadeur, Hemingway, Ellis Briggs et moi-même, il y avait là le colonel John W. Thomason Jr, le nouveau directeur des services de renseignements de la Marine pour l'Amérique centrale – un homme bien mis, solide, qui s'exprimait avec vivacité et précision d'une voix trahissant ses origines texanes. J'avais entendu parler de Thomason, mais à en juger par la tonalité amicale de la conversation qui précéda la réunion proprement dite, Hemingway l'avait déjà rencontré – en fait, il avait mis à profit l'expertise technique de Thomason pour son anthologie d'histoires de guerre. Le colonel était d'ailleurs un écrivain lui aussi – Hemingway mentionna à deux reprises sa biographie de Jeb Stuart et suggéra qu'une nouvelle du colonel ne déparerait pas son anthologie.

Braden finit par déclarer la réunion ouverte. « Ernest, je crois que vous avez une nouvelle proposition à nous soumettre.

— Oui, dit Hemingway, et elle est excellente. » Il me désigna d'un geste, puis se tourna vers le colonel. « John, Spruille vous a sans doute déjà dit que Lucas est un expert en contre-espionnage du ministère des Affaires étrangères affecté à mon opération

“Usine à forbans”. J'ai déjà discuté de cette idée avec Lucas et nous en avons abordé tous les détails... »

Notre discussion s'était en fait déroulée dans la Lincoln noire, alors qu'elle fonçait à tombeau ouvert vers La Havane, et Hemingway s'était contenté de m'expliquer sommairement sa proposition. Thomason me jeta un regard soupçonneux, comme on pouvait s'y attendre de la part d'un militaire ou d'un agent de renseignements face à un fonctionnaire des Affaires étrangères.

« Spruille ou Ellis vous ont sans doute dit que nous avons aperçu hier un sous-marin allemand », poursuivit Hemingway.

Le colonel Thomason acquiesça.

« Vous êtes sûr qu'il était allemand, Ernest ? demanda Ellis Briggs.

— Pour ça oui. » Hemingway décrivit sa tourelle, son armement et son immatriculation.

« Presque certainement un sous-marin allemand de classe sept-quarante, commenta le colonel Thomason. Quelle direction a-t-il adoptée avant de plonger ?

— Lucas ? fit l'écrivain.

— Nord-nord-ouest. » J'avais l'impression de jouer les figurants dans un mauvais mélodrame.

Thomason hocha la tête. « Tôt ce matin, un sous-marin de classe sept-quarante a été aperçu au large de La Nouvelle-Orléans. On pense qu'il a pu débarquer quatre agents allemands à l'embouchure du Mississippi. C'était sans doute votre U-Boot, Papa. »

Je fixai le militaire. *Papa ?* Thomason avait quarante-huit ou quarante-neuf ans. Hemingway en avait quarante-deux. Qu'est-ce que c'était que cette histoire de « Papa » ? Pourquoi tout le monde acceptait-il d'entrer dans ce stupide jeu des surnoms inventé par l'écrivain... dans *tous* ses jeux infantiles, d'ailleurs ? À présent, on jouait au jeu du sous-marin. Visages graves et voix viriles dans la salle du conseil.

Hemingway s'était levé pour arpenter la pièce, soulignant ses propos à grands gestes et se déplaçant vivement sur la pointe des pieds. L'ambassadeur Braden affichait un air poli et satisfait, comme une ménagère qui, après avoir acheté un aspirateur Electrolux à un représentant amical, serait disposée à se payer quelque accessoire conçu pour lui en faciliter l'usage.

« Voici mon plan, dit Hemingway en écartant les bras comme pour nous étreindre tous. Mes agents de l'Usine à forbans m'ont rapporté que, durant le mois écoulé, un bon nombre de bateaux ont été arrêtés et arraisonnés par des sous-marins nazis. Un vieux pêcheur de Nuevitas a même été obligé de filer aux Boches toute sa cargaison de poissons et de fruits. Bref, je pense que ce sous-marin sept-quarante examinait de près le gros yacht que nous avons vu... le *Southern Cross*... dans le but de l'aborder ou de l'envoyer par le fond. Le *Cross* paraissait suspect... il avait quasiment la taille d'un cuirassé. Mais la mer était trop forte, et puis nous sommes arrivés sur les lieux... »

Mais qu'est-ce qu'il raconte ? me demandai-je. Nous avions vu le yacht et le sous-marin échanger des signaux. Ceux-ci n'étaient pas en morse, mais en code privé. Pas plus tard que la veille, alors que nous suivions le gros yacht jusqu'au port de La Havane, où il avait jeté l'ancre, Hemingway avait émis l'hypothèse que les deux bâtiments opéraient de concert. Selon sa théorie, le yacht agissait comme vaisseau ravitailleur pour les U-Boots, ce que les Allemands appelaient une « vache à lait », et il avait élaboré tout un plan pour obtenir des informations sur le *Southern Cross*, son équipage, sa cargaison et sa mission. Jusqu'à minuit, ses agents de l'Usine à forbans, rats de quai, barmen et garçons de café, s'étaient employés à recueillir le maximum d'informations. Et maintenant ceci. Que mijotait-il donc ?

« Voici mon plan, répéta-t-il. Nous allons déguiser mon bateau, le *Pilar*, en bateau de pêche cubain... ou plutôt en navire affecté à une mission scientifique. Une expédition à but hydrographique ou quelque chose comme ça. On pourrait lui faire battre pavillon de l'Institut océanographique de Woods Hole. Quand les Allemands l'apercevront dans leur périscope, ça éveillera leur curiosité, ils feront surface, et, quand ils voudront nous aborder... *boum !* On les attaquera au fusil, à la grenade, à la mitraillette, au bazooka... avec tout ce qu'on aura à bord.

— Un Q-Boat ! Un bateau-leurre ! dit l'ambassadeur Braden, de toute évidence ravi par cette idée.

— Exactement, dit Hemingway.

— Ça risque d'être dangereux, Ernest », intervint Ellis Briggs.

L'écrivain haussa les épaules. « Je saurai choisir mon équipage. Sept ou huit hommes courageux devraient faire l'affaire. Vous pouvez nous envoyer quelqu'un si vous le souhaitez, Spruille... peut-être un marine pour s'occuper de la radio et du calibre cinquante.

— Est-ce que le *Pilar* a une radio, Papa ? demanda le colonel Thomason. Ou une mitraillette ?

— Pas encore, dit Hemingway en souriant.

— Que vous faut-il d'autre ? s'enquit l'ambassadeur, qui prenait des notes avec son stylo à plume en argent.

— Seulement les armes que j'ai évoquées. Des mitraillettes Thompson conviendraient parfaitement. Des grenades pour les jeter dans leurs écoutilles quand ils nous approcheront. Peut-être un ou deux bazookas. Une radio militaire. Oh... et un dispositif de détection radio. Nous pourrions travailler en liaison avec les bases navales de la côte et avec les cuirassés présents dans les parages pour trianguler la position de l'ennemi. Je m'occuperai des provisions de bouche. Nous aurons besoin de gasoil, bien entendu. Vu le rationnement en vigueur, je serai incapable de me procurer la quantité de carburant nécessaire pour cinq jours de patrouille, et cette opération exigera à mon avis plusieurs semaines, voire plusieurs mois.

— Et que va devenir votre opération de... euh... de l'Usine à forbans ? demanda l'ambassadeur Braden. Vous venez à peine de la mettre sur pied, je présume. Allez-vous l'abandonner pour cette mission Q-Boat ? »

Hemingway fit non de la tête. « Nous pouvons mener les deux de front. En fait, si les sous-marins nazis rôdent dans les parages pour débarquer des agents secrets sur le sol cubain, et sur le sol américain, comme l'indiquent les informations recueillies jusqu'ici, eh bien, les deux opérations seront nécessaires pour les repérer et les arrêter. »

Le colonel Thomason s'éclaircit la gorge. Il parlait lentement, mais sa voix ne trahissait aucune apathie. « Supposez que vous réussissiez à faire passer le *Pilar* pour un bateau de pêche innocent mais que les Allemands aient des soupçons et vous tirent dessus à coups de canon ? Que va-t-il se passer, Papa ?

— Eh bien, nous serons foutus. Mais pourquoi un capitaine de sous-marin courrait-il le risque d'attirer l'attention sur lui en donnant du canon alors qu'il est si simple d'envoyer des hommes d'équipage nous aborder pour fouiller notre bâtiment ? La présence d'un bateau de pêche éveillera sa curiosité. Il se demandera quel genre de profiteurs vont pêcher le marlin dans le Gulf Stream en temps de guerre.

— Et s'il vous identifie ? insista le colonel. Le *Pilar* est bien connu dans la région. Si votre capitaine de sous-marin est impliqué dans une mission de renseignement, comme vous le supposez, il risque de reconnaître ce cinglé d'écrivain *gringo* et son bateau de pêche.

— C'est encore mieux, répliqua Hemingway en souriant. Capturons le grand écrivain américain et expédions-le à Berlin où il pondra des poèmes salaces pour le Führer. Un bon point pour *der Kapitan*. Une promotion pour tout l'équipage. Pourquoi pas ? Tous ces sous-mariniers sont avides de publicité. »

Le colonel opina, mais de toute évidence, il n'était pas encore convaincu. « Écoutez, Papa, même si un capitaine nazi décide de vous capturer, il ne s'agira pas pour autant d'un imbécile. Il ne se contentera pas de vous demander de vous joindre à lui pour vous offrir un verre de schnaps. Il enverra ses hommes d'équipage... ça fait trois ans qu'ils pratiquent la guerre sur mer, rappelez-vous... et ils ne seront pas armés de lance-pierres.

— Exact. C'est pour ça que nous avons besoin de mitraillettes en plus de grenades. Je sais me servir d'une mitraillette, John. Je me suis entraîné sur ma grand-mère. Les nazis ne comprendront pas ce qui leur arrive. Bon, ce que Lucas et moi devons savoir, c'est... quelle est la taille d'une tourelle de sous-marin allemand ? Quelle est la largeur de son écoutille ? Et surtout... quels dégâts causera une grenade explosant à l'intérieur d'un sous-marin ? Serons-nous en mesure d'en capturer un et de le conduire au port de La Havane ou dans une base navale américaine ? »

C'est à peu près à ce moment-là que j'ai cessé de m'intéresser à la discussion. Du délire, on venait de passer à la stupidité. Mais l'ambassadeur Braden, le premier secrétaire Briggs et le colonel John W. Thomason Jr, directeur des Services de renseignements de la Marine pour l'Amérique centrale, prenaient tout cela au sérieux. Une demi-heure plus tard, et bien que l'ambassadeur eût déclaré qu'il devrait consulter d'autres services avant de donner le feu vert à Hemingway, il était clair que l'écrivain obtiendrait son carburant, ses grenades, ses mitraillettes et son accréditation. C'était de la folie pure.

« Oh, Ernest », s'exclama l'ambassadeur. Nous venions tous de nous serrer la main et j'étais près de la porte à côté de l'écrivain. « Est-ce que cette opération fait officiellement partie de l'Usine à forbans ?

— Il lui faut un autre nom de code, grogna Hemingway. Appelons-la l'opération Sans-ami.

— Sans-ami... oui... très bien. » L'ambassadeur annota son carnet.

Une fois au-dehors, sous le chaud soleil de l'après-midi, je demandai : « Sans-ami ? »

Hemingway se frotta le menton, parcourant la rue du regard comme s'il avait égaré quelque chose. « Vous avez déjà rencontré Sans-ami, répondit-il d'un air distrait.

— Ah bon ?

— Oui. Le gros chat tigré dans la cuisine. Celui qui a un sale caractère. » Son visage s'éclaira, comme s'il venait de se rappeler ce qu'il avait perdu. « Le Floridita, dit-il en consultant sa montre. Il nous reste quatre heures avant le dîner. Daiquiris. »

Trois heures et beaucoup trop de daiquiris plus tard, je dis à Hemingway que je rentrerais à la *finca* par l'autocar du soir.

« Ridicule. Le dernier autocar part du centre ville à sept heures.

— Alors, j'irai à pied.

— Ça va vous prendre toute la nuit, Lucas. Vous raterez le dîner à la *finca*.

— J'ignorais que j'étais invité à dîner à la *finca*.

— Bien sûr que vous êtes invité. Enfin, vous le serez quand j'en aurai parlé à Marty. Probablement.

— Je mangerai en ville et je me débrouillerai pour rentrer. »

Hemingway haussa les épaules. « J'oubliais. Vous devez faire votre rapport à vos maîtres. Quels qu'ils soient. Parfait. Bien. Rien à foutre. »

Je regardai la Lincoln s'éloigner, puis me dirigeai sans me presser vers la plaza de la Catedral. Je me mis à zigzaguer entre la calle Obispo et la calle Obrapia, fis demi-tour pour emprunter la calle O'Reilly, puis regagnai la calle Obispo. Aucun signe de Delgado, ni du grand type qui, selon lui, appartenait à la Police nationale, mais au coin de la calle Obispo et de la calle San Ignacio, une Buick se gara près de moi et un bossu chauve assis à l'arrière me lança par la vitre ouverte : « On vous dépose quelque part, Mr. Lucas ?

— Avec plaisir. »

Je pris place à côté de lui. Le chauffeur, un homme de mon âge plutôt maigre, m'était inconnu. Il portait des lunettes et un complet de tweed conçu pour un automne en Nouvelle-Angleterre plutôt que pour un printemps à La Havane. Son allure nerveuse, ses mains crispées sur le volant me permirent de déduire que ce n'était pas un agent de terrain.

« Voici Mr. Cowley, dit Wallace Beta Phillips en indiquant

l'intéressé d'un mouvement du menton. Aucune relation avec feu l'agent spécial responsable de l'antenne de Chicago. Mr. Cowley, Mr. Joseph Lucas.

— Enchanté », dit le chauffeur.

Je considérai la nuque de l'homme nerveux pendant un moment, puis me retournai vers Phillips. L'expression « nain chauve et bossu » pouvait sembler bizarre mais vu de près, Phillips ne semblait nullement étrange : petit, oui, mais sans rien de choquant, et vêtu d'un costume de prix taillé pour atténuer sa difformité. Ce qu'il y avait de plus frappant chez lui, c'étaient sa peau complètement glabre, ses yeux intelligents et le fait qu'il ne semblait jamais transpirer. Nous ne nous étions jamais rencontrés, mais le petit homme se comportait comme si nous étions de vieilles connaissances.

« Mr. Cowley exerce la même activité que Mr. Hemingway. » Phillips m'offrit une cigarette américaine, que je refusai d'un signe de tête. Il alluma la sienne avec un briquet et exhala un nuage de fumée par la vitre ouverte de la Buick, du côté opposé à celui où je me trouvais. Nous descendions l'avenida de San Pedro en longeant les quais. « Nous avons pensé que le point de vue d'un autre homme de lettres nous serait utile pour juger de l'opération montée par Mr. Hemingway », reprit Phillips. D'un geste délicat du petit doigt, il chassa un brin de tabac collé à sa lèvre inférieure.

« Pourquoi ? » demandai-je.

Wallace Beta Phillips sourit. Il avait des dents parfaites. « Mr. Cowley est nouveau dans notre organisation. En fait, c'est un analyste et non un agent de terrain. Mais nous avons pensé que cette première mission serait des plus instructives, pour lui comme pour nous.

— Qui est ce "nous" ? demandai-je. Ce n'est pas l'ONI.

— L'OSS, dit l'ancien dirigeant de la section Amérique latine du Service de renseignements de la Marine.

— Jamais entendu parler, répliquai-je. Ça ressemble à un sigle allemand. Et je croyais que vous étiez entré au COI et parti pour Londres.

— Oui, oui, fit Phillips. Mr. Donovan a rebaptisé l'agence dite *Coordinator of Intelligence* pour en faire l'*Office of Strategic Services*. Cette dénomination sera très bientôt rendue officielle... au plus tard en juin, si je me souviens bien. Nous pensons que Mr. Hoover aura tôt fait de nous surnommer "Oh So Stupid".

— C'est probable. J'ai entendu dire que Donovan avait surnommé le bureau "Foreign Born Irish*". »

Phillips tourna ses paumes vers le ciel. « Seulement quand il est de mauvais poil. Je crois bien que ce stéréotype trouve son origine dans le fait que Mr. Hoover – quoique protestant bon teint – préfère recruter des catholiques.

— Selon un stéréotype également persistant, Mr. Donovan préfère recruter des dilettantes et des amateurs lamentables. »

Mr. Cowley me jeta un regard noir dans le rétroviseur.

« Je n'avais pas l'intention d'insulter les personnes présentes, poursuivis-je. Je me disais seulement que le Bureau risquait d'interpréter votre nouveau sigle comme signifiant "Oh So Social". »

Phillips gloussa. « Certes, certes. Mr. Donovan s'efforce d'enrichir notre troupeau de moutons à cinq pattes. Le comte Oleg Cassini et Julia Child, par exemple.

— Jamais entendu parler », dis-je une nouvelle fois. Si Phillips me livrait ainsi leurs noms, il ne s'agissait sûrement pas de véritables agents. Encore des « analystes » de Donovan, probablement.

« Évidemment que vous n'avez jamais entendu parler d'eux, dit Phillips. La gastronomie et la mode vous sont des domaines étrangers. Je ne saurais être plus précis, pour des raisons tenant à la sécurité nationale. Et puis, il y a aussi Mr. John Ford.

— Le metteur en scène ? » J'aimais bien les westerns de John Ford.

« Lui-même », dit le chauve. Nous roulions à vive allure sur la route nationale, et la brise était fort rafraîchissante. « Sans parler de nombre de gens de lettres. Outre Mr. Cowley ici présent – qui manifeste une profonde admiration pour Hemingway en tant qu'écrivain, sinon en tant qu'espion –, nous utilisons en ce moment les services de plusieurs anciens amis d'Hemingway, parmi lesquels Archibald MacLeish et Robert Sherwood. »

Ces noms ne me disaient rien. Toute cette conversation n'avait pour moi aucun sens.

« Mr. Hemingway a trahi ces deux gentlemen, poursuivit Phillips. En tant qu'ami, je veux dire. J'espère qu'il ne vous trahira pas, Mr. Lucas.

— Hemingway et moi ne sommes pas amis. Que voulez-vous, Mr. Phillips ?

---

* « Irlandais nés à l'étranger ». *(N.d.T.)*

— Seulement bavarder avec vous, Mr. Lucas. J'ai cru comprendre que le commodore Fleming avait déjà eu l'occasion de s'entretenir avec vous lors du voyage qui vous a amené ici. »

Seigneur Dieu, me dis-je en contemplant les maisons et les échoppes qui défilaient devant nous. *Tous les services d'espionnage de cet hémisphère s'intéressent au cirque monté par Hemingway. Mais POURQUOI ?* « Que *voulez-vous*, Mr. Phillips ? » répétai-je.

L'autre soupira et posa ses mains à plat sur ses cuisses. Le pli de son pantalon était parfait. « Les malheureux événements survenus à Veracruz, dans la calle Simón Bolívar, dit-il tout doucement. Vous savez que j'ai participé à la phase de préparation initiale de cette opération ?

— Oui.

— Eh bien, Mr. Lucas, vous devez également savoir que l'ONI s'est vu interdire toute action directe à peu près au moment de... euh... de cet incident dans la calle Simón Bolívar. La mort de Schiller et de Lopez m'a grandement surpris. Avant de quitter le Mexique, j'ai pris le temps de visiter la maison de la calle Simón Bolívar et de lire le rapport du SIS relatif à cet incident. »

Je sentis mon rythme cardiaque s'accélérer. Le SIS et le Bureau avaient examiné les corps et lu mon rapport, mais ni l'un ni l'autre n'avait demandé une enquête interne.

Wallace Beta Phillips me fixait avec attention. « Si je me souviens bien, Mr. Lucas, vous avez déclaré dans votre rapport que les tireurs vous attendaient à l'intérieur de la maison. Vous êtes arrivé en avance, vous avez senti que quelque chose clochait et vous êtes entré en trombe. Ils ont ouvert le feu et vous ont raté. Ils ont tiré quarante-deux balles, je crois bien. Vous n'en avez tiré que quatre.

— Lopez avait un Luger. Schiller était armé d'un Schmeisser réglé sur tir automatique. »

Sourire de Phillips. « Ils tiraient sur la porte d'entrée et sur le devant de la maison, Mr. Lucas. Ils ont été atteints à la nuque et dans le dos. »

J'attendis la suite.

« Vous êtes arrivé *en avance*, Mr. Lucas. Vous êtes entré par la porte de derrière, en passant près de la chienne. Celle-ci vous connaissait, mais vous avez quand même dû lui trancher la gorge afin qu'elle ne trahisse pas votre présence tandis que vous passiez par la cuisine et remontiez le couloir dans l'obscurité. Une fois dans la salle à manger, vous avez créé une diversion à l'entrée...

j'ignore laquelle, mais l'un des voisins a déclaré avoir vu un gamin jeter un caillou sur la porte et s'enfuir en courant. *Messieurs** Schiller et Lopez ont ouvert le feu. Vous les avez abattus d'une balle dans la nuque. Vous les avez *exécutés*, Mr. Lucas – avec préméditation et avec talent, si je puis me permettre. »

Je n'avais rien à répondre à cela. Je regardai le paysage défiler. Nous prenions le chemin des écoliers pour gagner San Francisco de Paula. Je vis les yeux de Mr. Cowley ciller dans le rétroviseur ; ils semblaient s'être élargis durant les minutes précédentes.

« Quant à ce qui est arrivé au général Walter Krivitsky en février de l'année dernière, nous ne savons rien, reprit Phillips au bout d'un temps. Peut-être l'avez-vous abattu. Peut-être lui avez-vous donné votre arme et attendu qu'il se tue. Quoi qu'il en soit, vous avez impressionné le Dr Hans Wesemann et les autres agents de l'Abwehr encore en activité sur ce continent, et ils vous considèrent toujours comme un agent indépendant extrêmement dangereux. Si vous aviez appartenu à l'ONI, je vous aurais utilisé pour d'autres missions d'agent double.

— Je n'appartiens pas à l'ONI, répliquai-je. Ni à votre future OSS. Que voulez-vous, Mr. Phillips ? » Soudain, j'étais terriblement lassé de toutes ces palabres : les atermoiements d'Hemingway, les menaces teintées d'ironie de Delgado, le cabotinage viril du colonel Thomason, prêt à couler tous les sous-marins des Caraïbes, et maintenant les accusations de Phillips. En ce moment même, quelque part dans le Pacifique, de braves Américains marchaient vers une mort certaine, se faisaient décapiter par des connards de Japonais armés de sabres de samouraï. Dans une douzaine de pays d'Europe, des hommes et des femmes innocents se réveillaient dans des bâtiments publics occupés au-dessus desquels flottait la svastika, au milieu de rues désertes et pluvieuses où résonnait le pas de l'oie des voyous de la Wehrmacht. À quelques milles d'ici, des jeunes gens de la marine marchande se noyaient par dizaines, victimes de torpilles invisibles.

« Mr. Stephenson et Mr. Donovan pensent que vous comprenez la façon dont nous menons cette guerre, Mr. Lucas, dit Phillips. Ils estiment que les rivalités entre agences ne vous feront jamais perdre de vue les questions plus importantes.

— Je ne comprends strictement rien à ce que vous me racon-

* En français dans le texte. *(N.d.T)*

tez. Quel rapport avec le petit jeu auquel se livre Hemingway dans la région ? »

Une nouvelle fois, Phillips me gratifia d'un long regard pensif, comme pour juger de ma sincérité. Je me foutais complètement de ce qu'il pouvait penser. Peut-être en prit-il conscience en déchiffrant mon visage inexpressif. Finalement, il dit : « Nous avons des raisons de croire que Mr. J. Edgar Hoover mijote à Cuba quelque chose de pas très catholique. Probablement quelque chose d'illégal.

— Foutaises. C'est la BSC et l'ONI qui ont *appris* au Bureau comment monter des coups fourrés. Et si c'est un coup fourré qui se prépare ici, je n'en sais absolument rien. Les prétendus opérateurs d'Hemingway ne connaissent rien à l'espionnage. »

Phillips secoua son crâne chauve. « Non, non, je ne parle pas des actions de routine auxquelles se livrent toutes nos agences, Mr. Lucas. Je parle de quelque chose susceptible de mettre en péril la sécurité nationale des États-Unis d'Amérique. »

Je jetai à Phillips un regard écœuré. Nous étions en plein mélodrame. J. Edgar Hoover était un menteur et un intrigant accompli, capable de tout pour protéger sa chasse gardée bureaucratique, mais si cet homme plaçait quelque chose au-dessus de sa propre carrière, c'était bien la protection et la sécurité des USA.

« Donnez-moi un exemple précis et des preuves irréfutables, dis-je d'une voix neutre, ou bien arrêtez cette putain de bagnole et laissez-moi descendre. » Nous étions à moins de quinze cents mètres de la *finca* d'Hemingway.

Phillips secoua la tête. « Je n'en ai pas encore, Mr. Lucas. J'espérais que vous pourriez m'en fournir.

— Arrêtez la voiture », dis-je.

Cowley se rangea sur le bas-côté. J'ouvris la portière et descendis.

« Il y a l'homme que vous connaissez sous le nom de Mr. Delgado, dit Phillips par la vitre ouverte.

— Qu'avez-vous à me dire sur lui ? » Un camion cubain passa à toute allure dans un concert de coups de klaxon et de musique.

« Nous avons des raisons de croire qu'il n'est autre que l'agent spécial D », dit le bossu.

Voilà qui me fit réfléchir.

Tous les agents du Bureau et du SIS avaient entendu parler de l'agent spécial D. Certains croyaient en son existence. Voici les faits tels que les connaissais :

Le 21 juillet 1934 à 22 h 30, le criminel John Dillinger, accompagné de deux femmes – dont la célèbre « Femme en rouge », Ana Cumpanas, alias Anna Sage, qui l'avait trahi –, est sorti du Biograph Theater à Chicago. L'escadron d'agents fédéraux qui lui avait tendu une embuscade était officiellement dirigé par l'agent spécial Sam Cowley, mais son véritable chef n'était autre que Melvin Purvis, qui avait déjà reçu de la part du public plus d'attention que Mr. Hoover ne pouvait en tolérer de la part d'un subordonné. Purvis a identifié Mrs. Sage (qui avait passé un accord avec lui et lui avait donné Dillinger) et alerté les autres agents spéciaux postés autour de la salle de cinéma en allumant un cigare, signal convenu à l'avance. Disons plutôt que Purvis a *essayé* d'allumer un cigare ; ses mains tremblaient si fort qu'il était à peine capable de tenir une allumette, encore moins d'allumer son bâton de chaise et de dégainer son pistolet.

Dillinger a pris la fuite. À en croire les rapports, Purvis s'est écrié de sa voix de fausset : « Haut les mains, Johnny. Tu es cerné. » Au lieu de se rendre, l'homme que Hoover avait qualifié d'Ennemi public numéro un a dégainé un Colt .380 automatique et a été abattu par quatre agents spéciaux.

La presse et le public ont attribué ce haut fait à Melvin Purvis, mais il était de notoriété publique que plusieurs agents spéciaux avaient fait usage de leurs armes. Cependant, tout le monde au Bureau avait entendu parler du véritable déroulement de l'incident : Purvis n'avait ni ouvert le feu ni même dégainé. L'agent spécial Sam Cowley – qui devait par la suite être tué par Baby Face Nelson – pas davantage. Les quatre agents spéciaux à avoir tiré étaient Herman Hollis, qui avait raté sa cible ; Clarence Hurt et Charles Winstead, qui avaient peut-être blessé Dillinger ; et un quatrième homme, que les rapports se contentaient d'appeler l'« agent spécial D » et qui, disait-on, n'avait tiré qu'une seule balle – la balle fatale. Toute mention de l'agent spécial D avait disparu des rapports ultérieurs et, bien que la mort de Dillinger ait été officiellement attribuée à feu Sam Cowley par Hoover, et officieusement à Charles Winstead, les rumeurs relatives à l'agent spécial D avaient continué à se répandre.

Selon le folklore du Bureau, l'agent spécial D était un jeune psychopathe – un ancien tueur à gages de la Mafia – que Mr. Hoover et Greg Tolson avaient recruté en désespoir de cause, lui proposant dix fois le salaire annuel d'un agent spécial de l'échelon supérieur pour affronter Dillinger et ses complices avec leurs propres méthodes. Toujours à en croire ce mythe des couloirs fédéraux, l'agent spécial D avait été responsable, toujours en cette sanglante année 1934, de la mort de Pretty Boy Floyd et de celle de Baby Face Nelson, bien que celles-ci aient été attribuées à feu Cowley et à l'agent spécial Herman Hollis, qui avait lui aussi péri lors de la fusillade opposant les agents fédéraux à Baby Face Nelson.

La légende de l'agent spécial D avait pris une telle ampleur qu'on lui attribuait également la résolution de l'affaire du kidnapping Lindbergh, toujours en 1934 – résolution à laquelle il était parvenu dans son style inimitable. On racontait que l'agent spécial D avait suivi le véritable kidnappeur – une tantouze qui s'était liée d'amitié avec l'une des bonnes des Lindbergh avant d'enlever, puis de tuer le bébé – jusqu'en Europe, et que là, pris d'une rage meurtrière, il lui avait fourré le canon de son .38 dans la bouche et avait pressé la détente. Comme J. Edgar Hoover n'aurait pas jugé cette solution très convenable, le Bureau avait arrêté Bruno Hauptmann, ami et complice de la tante, afin d'étouffer l'affaire.

Durant les huit ans qui s'étaient écoulés depuis cette année sanglante, les agents du Bureau avaient enjolivé la légende de l'agent spécial D, brute psychopathe et ex-tueur à gages, inscrivant à son tableau de chasse nombre d'« ennemis publics » abattus de façon spectaculaire mais quelque peu malpropre. L'agent spécial D était un limier enragé que Mr. Hoover gardait dans un chenil pour des missions spéciales, ne le lâchant que lorsqu'un problème grave nécessitait une solution expéditive.

Et c'était avec ce croque-mitaine que Wallace Beta Phillips me menaçait. Delgado, mon contact avec le SIS, n'était autre que l'agent spécial D.

J'éclatai de rire et m'écartai de la Buick. « Ravi de vous avoir rencontré, Mr. Phillips. »

Le bossu chauve au costume de prix ne daigna pas sourire. « Si vous avez besoin de nous, Mr. Lucas, appelez la chambre 314 au Nacional, à n'importe quelle heure du jour ou de la nuit. Et soyez prudent, Mr. Lucas. Soyez très prudent. » Il fit un signe de tête à Mr. Cowley, le chauffeur, et la Buick s'éloigna.

J'entrai dans San Francisco de Paula et gravis la colline jusqu'à la *finca*. La maison était tout illuminée, le gramophone jouait et j'entendis des cliquetis de verres et des bruits de conversation.

« Merde », dis-je à voix basse. Je n'avais rien mangé en ville et il n'y avait toujours pas de provisions au cottage. Enfin... dix heures à peine me séparaient du petit déjeuner.

J'étais toujours affamé lorsque je fus réveillé, peu après deux heures du matin, par quelqu'un qui agitait le loquet de la porte, l'ouvrait et s'avançait dans la pièce à pas de loup. Je restai allongé, mais changeai légèrement de position afin d'interposer mon oreiller entre la porte et moi et de caler le .38 dessous, le canon braqué sur la porte, le percuteur relevé.

Une silhouette sombre emplissait le seuil. Je reconnus Hemingway à sa démarche, mais j'attendis pour abaisser le percuteur qu'il me lance dans un murmure théâtral : « Réveillez-vous, Lucas.

— Hein ?

— Habillez-vous. Vite.

— Pourquoi ?

— Quelqu'un vient de se faire tuer. » Son corps massif était penché dans ma direction, sa voix excitée quoique maîtrisée. « Nous devons être sur les lieux avant la police. »

10

Je m'attendais à moitié à être embarqué dans l'un des petits jeux d'Hemingway, mais l'homme était bel et bien mort. Tout à fait mort. On lui avait tranché la gorge d'une oreille à l'autre. Il gisait sur un lit défait, au milieu de draps écarlates et d'oreillers rougis par son sang, un sang qui maculait son torse velu et teintait son short blanc d'un rose obscène. Ses yeux étaient grands ouverts, fixes, sa bouche figée sur un cri muet ; sa tête arc-boutée par l'agonie était enfouie dans les oreillers rouges, et les lèvres effrangées de sa gorge tranchée évoquaient le sourire sanglant d'un requin. Le couteau – lame de douze centimètres, manche de nacre – traînait sur les draps froissés et poisseux.

Hemingway prit la situation en main et examina la scène en silence avec cet air grave qu'adoptent les hommes en présence de la mort violente. Lui et moi étions les seuls hommes sur les lieux. Quatre ou cinq femmes – toutes des putains – s'agitaient autour de nous. Le lieu du crime était une chambre sordide au premier étage d'un bordel du centre ville – l'un de ceux où certains « agents de terrain » d'Hemingway travaillaient à l'horizontale –, et les putains, vêtues de nuisettes et de peignoirs transparents, tantôt observaient la scène d'un air apathique, tantôt se prenaient la tête dans les mains sous l'effet du choc. Maria, la belle putain, était au nombre de ces dernières, ses doigts pâles tremblant sur ses joues. Ses sous-vêtements de soie étaient tout imprégnés du sang du mort.

Jusqu'ici, l'expression « belle putain » n'était à mes yeux qu'une expression contradictoire ; toutes les putains que j'avais rencontrées étaient laides et stupides, des femmes au teint cireux, aux nombreuses imperfections, aux yeux mornes, dont les lèvres peinturlurées me paraissaient aussi séduisantes que la gorge tranchée de ce cadavre. Celle-ci – Maria Marquez – était différente. Elle avait des cheveux d'un noir de jais, un mince visage fragile que rehaussaient des lèvres pleines et de grands yeux marron. Son regard, quoique terrifié, exprimait une intelligence bien visible, et elle avait les doigts délicats d'une pianiste. Elle paraissait fort jeune – elle avait sûrement moins de vingt ans, peut-être à peine seize ou dix-sept –, mais c'était bel et bien une femme.

L'aînée des prostituées présentes dans la chambre était Leopoldina la Honesta – « Leopoldina l'Honnête » –, qu'Hemingway m'avait présentée quelques jours plus tôt avec une solennité et une déférence dignes d'un membre de quelque famille royale. À mes yeux, une putain honnête était encore plus rare qu'une belle putain. En fait, Leopoldina la Honesta avait un port royal, de splendides cheveux noirs et une solide charpente. Elle avait dû être très belle dans sa jeunesse. En dépit du caractère dramatique des circonstances, elle se comportait avec calme et dignité.

« Faites sortir les autres filles », lui dit Hemingway.

Leopoldina chassa les putains, Maria exceptée, et ferma la porte.

« Racontez-nous », reprit l'écrivain.

Maria semblait trop choquée, trop terrifiée pour s'exécuter, et Leopoldina prit la parole, s'exprimant dans un espagnol des plus élégants, d'une voix qui trahissait l'abus de whiskey et de tabac. « Cet homme est arrivé ici vers une heure du matin. Il a exigé une jeune fille – une fille qui ne soit pas abîmée – et, naturellement, je lui ai envoyé Maria. »

Je considérai la jeune putain. Elle ne semblait pas abîmée, en effet ; sa peau était aussi lisse que celle d'un jeune faon. Ses cheveux, quoique relativement courts, dessinaient autour de son fin visage un cadre noir et luxuriant.

« Un peu plus tard, nous avons entendu des cris, puis des hurlements, acheva Leopoldina.

— Qui est-ce qui criait ? demanda Hemingway. Qui est-ce qui hurlait ?

— C'était l'homme... ou les hommes... qui criaient, dit la vieille prostituée. Un autre homme était entré dans la chambre. Maria hurlait dans la salle de bains, où elle se trouvait quand le meurtre a été commis. »

Hemingway portait une légère veste de toile, qu'il ôta pour en envelopper les épaules de Maria. « Est-ce que vous vous sentez bien, ma chère ? » lui demanda-t-il dans un espagnol parfait.

Maria fit oui de la tête, mais ses mains et ses épaules n'avaient pas cessé de trembler.

« La pauvre enfant s'était enfermée dans la salle de bains, poursuivit Leopoldina. Elle n'a pas voulu en sortir tout de suite. Elle était bouleversée. L'homme qui était avec celui-ci... » Elle désigna le cadavre sur le lit. « ... était parti quand les autres filles et moi-même sommes arrivées, alertées par les cris de Maria.

— Comment est-il parti ? » demanda Hemingway. Nous avons tous les deux jeté un regard vers la fenêtre ouverte. La ruelle se trouvait trois mètres et demi en contrebas et il n'y avait pas d'escalier de secours.

« Par la porte, répondit Leopoldina. Plusieurs d'entre nous l'avons vu.

— Qui était-ce ? » demanda l'écrivain.

La vieille pute hésita. « Maria va vous le dire.

— Racontez-nous ce qui s'est passé, ma petite. » Hemingway prit Maria par les coudes et la détourna avec douceur du cadavre ensanglanté.

La jeune femme était secouée de sanglots, mais au bout d'un temps, elle réagit aux caresses apaisantes d'Hemingway – il lui massait le dos comme il l'aurait fait avec l'un de ses chats – et réussit à parler.

« Ce *señor* – le mort – il était très calme... il est monté dans la chambre avec cette valise, là... »

La valise en question avait été jetée sur le sol, son contenu éparpillé. Papiers et carnets de notes jonchaient le parquet et même le lit, baignant parfois dans une mare de sang. Je m'accroupis et aperçus sous le lit une seringue hypodermique et un Luger 9 mm, provenant de toute évidence de la valise. Je ne touchai à rien.

« Est-ce qu'il a ouvert la valise devant vous, Maria ? demanda Hemingway.

— Non, non, non. » Elle secoua la tête, et ses cheveux lustrés lui frôlèrent les joues. « Il a posé la valise sur la table. Il... il ne voulait pas... faire l'amour tout de suite. Il voulait bavarder. Me parler. Il a enlevé sa chemise, vous voyez... »

Un blazer bleu et une chemise blanche étaient soigneusement rangés sur le dossier d'une chaise. Un pantalon gris était plié sur le siège.

« Et ensuite ? souffla l'écrivain. De quoi voulait-il parler ?

— Il m'a dit qu'il se sentait très seul. » La fille respirait lentement, profondément. Elle évitait de regarder le cadavre. « Très loin de chez lui.

— Il vous a parlé en espagnol ?

— Oui, *señor* Papa. Mais il a négocié en anglais avec la *señorita* Leopoldina.

— Est-ce qu'il vous a dit son nom ? »

Maria secoua la tête.

Hemingway se redressa, attrapa le portefeuille glissé dans la poche du pantalon du mort, en sortit un passeport et une carte et me les tendit. Le passeport, américain, était établi au nom de Martin Kohler. La carte, établie par un syndicat de matelots, portait le même nom.

« Est-ce qu'il vous a dit d'où il venait ? » demanda Hemingway.

Maria secoua de nouveau la tête. « Non, *señor*. Il m'a seulement dit qu'il se sentait très seul sur le grand bateau et qu'il ne reverrait pas sa famille avant longtemps.

— Combien de temps ? »

La fille haussa les épaules. « Je ne l'écoutais pas vraiment. Il a parlé de plusieurs mois.

— De quel bateau parlait-il ? »

La fille désigna la fenêtre. Un vague clair de lune faisait luire les eaux de la baie entre les murs de brique. « Le grand bateau. Le grand bateau qui est arrivé hier. »

Hemingway me jeta un regard. Le *Southern Cross*.

Leopoldina la Honesta se frictionna les bras. « *Señor* Papa, nous n'avons pas encore appelé la police, mais nous devons le faire sans tarder. Je ne permets pas que de telles choses se produisent dans ma maison. »

Hemingway acquiesça. « Maria, parlez-moi de l'homme qui est entré ensuite, et parlez-moi du meurtre. »

La fille hocha la tête et fixa le mur comme si la scène y était projetée. « Cet homme était en train de parler. Il était assis sur le lit, en sous-vêtements... comme vous le voyez maintenant. Je commençais à me dire que ça allait durer un bon moment, mais il avait dû payer beaucoup d'argent pour passer du temps avec moi. On a frappé à la porte. Elle n'était pas fermée à clé, mais l'homme est allé l'ouvrir. Il m'a fait signe d'aller dans la salle de bains, mais j'ai laissé la porte entrouverte.

— Donc, vous avez vu ce qui s'est passé ensuite ?

— Rien que des bouts, *señor*.

— Continuez, Maria.

— L'autre homme est entré. Ils se sont mis à parler assez fort... mais je ne comprenais pas ce qu'ils disaient. Ils ne parlaient ni en espagnol ni en anglais. Ils parlaient dans une autre langue.

— Quelle langue, Maria ?

— Je crois que c'était de l'allemand. Ou peut-être du hollandais. Une langue que j'entendais pour la première fois, en tout cas.

— Donc, ils se sont disputés ?

— Oui, *señor* Papa, violemment disputés. Mais seulement quelques instants. Puis je les ai entendus se battre et j'ai jeté un coup d'œil par l'ouverture de la porte. Le plus grand des deux hommes avait poussé mon... mon client... sur le lit. L'autre fouillait la valise sur la table, il jetait les choses partout, comme vous les voyez là. Puis l'homme sur le lit a poussé un cri et il a voulu attraper son pistolet...

— Où était son pistolet, Maria ?

— Dans son veston.

— Il l'a braqué sur l'autre homme ?

— Il n'en a pas eu le temps, *señor* Papa. L'autre homme a été rapide comme l'éclair. Je l'ai vu à travers l'ouverture de la porte. Puis mon client a lâché son pistolet et il est retombé comme vous le voyez. Il saignait beaucoup. »

Je contemplai les traces laissées par le geyser de sang sur les draps, le tapis et le mur. La fille n'exagérait pas.

« Que s'est-il passé ensuite, Maria ?

— J'ai hurlé. J'ai verrouillé la porte de la salle de bains. C'est pour ça qu'il y en a une dans cette chambre – les autres n'en ont pas. Ce sont les clients spéciaux qui viennent ici. Mais s'ils demandent quelque chose... de dégoûtant... la fille peut se cacher dans la salle de bains et appeler à l'aide. La porte est très épaisse. Les verrous très solides.

— Est-ce que le tueur a tenté d'entrer ? demanda Hemingway.

— Non, *señor* Papa. Je n'ai pas vu le loquet bouger. Il a dû sortir de la chambre à ce moment-là.

— Je l'ai vu passer dans le hall, dit Leopoldina la Honesta. Il était très calme. Il n'y avait pas de sang sur son uniforme.

— Son uniforme ? répéta Hemingway. C'était un marin ?

— Non, *señor* Papa, dit Maria. C'était un policier. *Un guardia jurado.* »

Hemingway arqua ses sourcils noirs. Il se tourna vers la mère maquerelle.

« *Caballo Loco* », dit Leopoldina la Honesta.

J'avais compris le commentaire de la fille. En argot cubain, *guardia jurado* désignait un policier agissant pour le compte d'un particulier, comme videur dans un bar, par exemple. Mais *Caballo Loco* signifiait « Cheval fou », ce que je ne comprenais pas. Je me tournai vers Hemingway.

« Oh merde », dit l'écrivain d'un air abattu. Il consulta sa montre. « Emmenez cette fille et habillez-la, dit-il à Leopoldina. Qu'elle fasse ses valises. Elle vient avec nous. »

La vieille prostituée hocha la tête et fit sortir Maria de la chambre. Hemingway referma la porte derrière les deux femmes. Puis il s'abîma dans la contemplation du cadavre en se grattant la barbe.

« "Cheval fou" ? dis-je.

— L'homme qui a fait ça, de toute évidence, répondit-il. *Caballo Loco* est le surnom que l'on donne ici à un certain lieutenant Maldonado, de la Police nationale cubaine. Si Maria a parlé de "*guardia jurado*", c'est parce que tous les habitants de La Havane savent que Maldonado effectue en privé certains travaux pour diverses familles riches et agences gouvernementales.

— Quel genre de travaux ?

— Il tue des gens. Et il reçoit ses ordres du major Juan Emmanuele Pache Garcia, dit "Juanito le Témoin de Jéhovah", le véritable maître de la Police nationale. C'est Garcia qui donne l'ordre de tuer des gens. Parfois, pour rendre service à des politiciens locaux ou à des agences amies.

— Quelles agences amies ? »

Hemingway me regarda droit dans les yeux. « L'antenne locale du FBI, par exemple, Lucas. » Il se retourna vers le cadavre et soupira. « Maldonado a tué l'un de mes jeunes amis. »

J'attendis la suite. Lorsque quelqu'un prononce de telles paroles, c'est toujours dans le but de raconter une histoire jusqu'au bout.

« Guido Perez, poursuivit l'écrivain. C'était un brave garçon. Il participait à nos assauts sur la maison de Frank Steinhart. Je lui ai appris à boxer à la *finca*.

— Pourquoi Maldonado l'a-t-il tué ? »

Hemingway haussa les épaules. « Guido était un garçon passionné. Il détestait les brutes havanaises du type de *Caballo Loco*.

Il a fait part à quelqu'un de son mépris pour le lieutenant. Maldonado l'a traqué et abattu. » Il se frotta le menton une nouvelle fois. « Mais pourquoi lui ? » demanda-t-il en montrant le cadavre.

Je consultai ma montre. « Nous ne disposons que de quelques minutes. La nouvelle va se répandre. Les flics vont débarquer ici, et c'est peut-être Maldonado qui dirigera l'enquête. »

Hemingway opina et s'accroupit près des carnets et des papiers éparpillés sur le tapis imbibé de sang. « Voyons si ceci nous donne des indices sur le meurtre. »

Je secouai la tête. « Maldonado ne les aurait pas laissés là s'ils avaient une quelconque importance. » Je me dirigeai vers la valise et en examinai l'intérieur. Elle était vide. « Vous avez un couteau ? »

Hemingway me tendit un canif à lame courte. Je secouai la valise et en ouvris le double fond. Un carnet de notes y était dissimulé. Il n'était pas très grand – environ quinze centimètres sur dix. Hemingway s'en empara.

« Qu'est-ce que c'est que ça ? » s'exclama-t-il.

Les pages du carnet étaient fines et perforées à la façon d'une tablette de la Western Union. Sur certaines d'entre elles se trouvait une grille composée de cinq lignes et dix colonnes. Sur d'autres pages, les grilles étaient plus larges, quatre lignes et vingt-six colonnes. De toute évidence, environ un tiers des pages perforées avaient été arrachées.

Les grilles étaient vierges, à l'exception de celle de la première page. Le deuxième carré de la première colonne, les deux derniers carrés de la deuxième colonne et le cinquième carré de la cinquième colonne avaient été noircis. Les autres carrés composaient un message chiffré, rédigé au stylo à bille :

h-r-l-s-l / r-i-a-l-u / i-v-g-a-m / v-e-e-l-b / e-r-s-e-d / e-a-f-r-d / d-l-r-t-e / m-l-e-o-e / w-d-a-s-e / o-x-x-x-x

« D'accord, Lucas, dit Hemingway en me passant le carnet. Vous êtes mon conseiller officiel. Dites-moi ce que c'est que ce truc. Et ce que ça raconte. »

Je n'eus même pas besoin d'examiner le carnet. Je savais exactement de quoi il s'agissait, bien entendu. Mon cerveau tournait à plein régime, tentant de décider de ce que je devais dire à l'écrivain. Quelle était ma mission exacte ? Espionner Hemingway, évidemment. Déterminer ce que mijotait sa ridicule Usine à forbans, transmettre à Delgado mes rapports destinés au directeur et attendre de nouvelles instructions. J'étais censé *jouer* au conseiller, à l'expert en contre-espionnage. Mais étais-je censé fournir de véritables informations à Hemingway et à son équipe ? Personne ne m'avait donné d'ordres dans ce sens. Car personne, de toute évidence, n'avait pensé que l'Usine à forbans puisse dénicher des informations dignes de ce nom.

« C'est un carnet de code allemand, dis-je. De l'Abwehr. Nous avons affaire ici à deux types de transmission – toutes deux conçues à partir d'un livre. Le premier type est basé sur le premier mot ou la première phrase d'un livre utilisé par le transmetteur et le récepteur. Le second utilise les vingt-six premières lettres d'une page du livre correspondant au jour où est effectuée la transmission. Le message de la première page a sans doute été reçu récemment, à moins qu'il n'ait été prêt à le transmettre.

— Que dit-il ? » Hemingway me reprit le carnet et l'examina d'un air sourcilleux. « Ça ressemble à une substitution de lettres toute simple.

— Toute simple, en effet, mais quasiment indéchiffrable si on ignore sur quel livre elle est basée. Et en fait, il ne s'agit pas exactement d'une substitution. Avant de rédiger leurs messages, les agents de renseignement allemands envoient leur code par groupes de cinq lettres. Chacune de ces lettres représente le numéro de sa position dans l'alphabet.

— Que voulez-vous dire ? demanda-t-il en plissant le front.

— Supposons que *k* soit égal à zéro. Et supposons aussi qu'il y ait une lettre-leurre. Le *e*, par exemple.

— Ouais ?

— Par conséquent, ce groupe... (je désignai *v-e-e-l-b*) ... signifierait onze mille cent dix-sept. »

Hemingway secoua la tête. « Il n'existe pas de livre qui fasse plus de onze mille pages.

— Exact. Ceci n'est donc pas le code de la page. Plusieurs groupes peuvent être faux. Mais, à chaque transmission, on cite une nouvelle page du livre. En général, le mot clé du code est le premier de cette page.

— Mais de quel livre s'agit-il ? »

Je haussai les épaules. « Il peut s'agir de n'importe quoi. Peut-être changent-ils de livre chaque semaine, ou chaque mois. Peut-être qu'à chaque type de transmission correspond un livre différent. »

Hemingway me reprit le carnet et le feuilleta. « Où sont les pages manquantes ?

— Détruites après chaque transmission. Probablement brûlées. »

Hemingway considéra de nouveau le cadavre, comme s'il avait voulu lui poser des questions. « D'après sa carte syndicale, il était opérateur radio.

— De première classe.

— Le *Southern Cross.* » Hemingway glissa le carnet dans la poche de poitrine de sa chemise. « Les agents allemands utilisent-ils ce genre de code pour communiquer avec les sous-marins ?

— Parfois.

— Pensez-vous que le ou les livres qui nous permettraient de déchiffrer le code se trouvent à bord du yacht ?

— Probablement. Kohler aurait souhaité le garder à portée de main pour déchiffrer les messages reçus. C'est presque certainement un livre courant. Un livre qu'un marin conserverait dans son paquetage, voire, dans le cas de Kohler, dans sa cabine radio si tout l'équipage est de mèche avec lui. » Je me tournai vers le cadavre. Ses yeux commençaient à devenir vitreux. « Mais peut-être que votre lieutenant Maldonado a pris ce fameux livre après l'avoir tué. »

Hemingway se tourna vers la porte. « Faisons sortir cette jeune personne d'ici avant que Maldonado et ses amis reviennent et *la* tuent. »

La fille se transforma en moulin à paroles durant le trajet de retour vers la *finca*. Le ronronnement du moteur de la Lincoln menaçait de m'endormir, mais j'écoutai le bavardage agité de Maria et les quelques questions de l'écrivain avec une petite partie de mon esprit, tout en m'efforçant d'y voir clair dans cette histoire de fous.

Nous étions toujours en plein mélodrame. Le radio du *Southern Cross*, le yacht de luxe que nous avions vu près de l'U-Boot, assassiné dans une maison close de La Havane par un lieutenant de la Police nationale pourvu d'un sobriquet grotesque. *Caballo Loco*, mon cul.

Mais le carnet de code était authentique. J'avais vu des spécimens identiques dans des nids d'espions que nous avions investis à Mexico et en Colombie. Matériel standard de l'Abwehr. Ou plutôt, comme l'auraient formulé ces Allemands si littéraux, *Geheimaus ruestungen für Vertowenslaute* – « équipement secret pour agents confidentiels ». Si le pauvre et regretté Martin Kohler

– quel qu'ait été son véritable nom – était bien un agent secret, en particulier un *Grossagenten*, un « super-agent », son matériel se composait d'un manuel d'assemblage de poste TSF, d'un code sur pellicule obtenu par microphotographie, d'un jeu de lettres à utiliser lors des transmissions, d'un livre de prières en allemand, ou d'un autre livre également courant, sur lequel son code était basé, de produits chimiques nécessaires à la fabrication d'une encre sympathique ainsi que d'un révélateur, d'une puissante loupe destinée à lire les microfilms, d'un mini-appareil Leica et d'une forte somme d'argent en traveller's-chèques, pièces d'or, joyaux, timbres-poste ou tout cela à la fois.

Du pur mélodrame. Mais j'avais déjà vu tout cet attirail près de cadavres d'agents de l'Abwehr.

D'un autre côté, peut-être Martin Kohler n'était-il qu'un simple opérateur radio travaillant de temps à autre pour les Allemands. C'était possible. Mais, quoi qu'il en soit, ce carnet semblait authentique. Et il contenait un message, en provenance ou à destination du QG de l'Abwehr. Ou du sous-marin. Pour en avoir le cœur net, il nous faudrait mettre la main sur le livre qu'il avait utilisé pour établir son code.

Maria était en train d'expliquer qu'elle venait d'un petit village du nom de Palmarito, situé près de La Prueba, à l'autre bout de l'île, à quelques heures de marche de Santiago de Cuba. Jesus, son frère aîné, avait tenté de la violenter, mais son père, au lieu de croire la vérité qui sortait de sa bouche, s'était fié au récit obscène dudit Jesus et l'avait chassée, la menaçant de lui couper le nez et les oreilles si jamais elle revenait – une menace qu'elle prenait au sérieux, son père étant connu comme l'homme le plus brutal de Palmarito. Elle avait dépensé son maigre pécule pour aller jusqu'à La Havane, où la *señorita* Leopoldina s'était montrée fort gentille avec elle, ne lui demandant de recevoir que quelques clients par semaine – ceux qui étaient prêts à payer pour profiter de sa beauté virginale –, mais désormais, si elle rentrait chez elle, son père la tuerait, et si elle restait à La Havane, *Caballo Loco* la tuerait ; même si elle tentait de se cacher, la Police nationale, ou son père, ou encore son frère, la traqueraient et lui couperaient le nez et les oreilles avant de la tuer...

Je poussai un soupir de soulagement lorsque les portes de la *finca* apparurent à la lueur des phares. Hemingway coupa le moteur et descendit l'allée en roue libre afin de ne pas réveiller sa femme.

« Emmenez Xénophobie dans le cottage, Lucas, dit l'écrivain. Et reposez-vous. Dès le lever du soleil, nous irons faire un tour dans la baie pour regarder ce bateau. »

Xénophobie ? « Avez-vous l'intention de nous loger tous les deux dans le cottage ? demandai-je.

— Uniquement pour quelques heures. » Il fit le tour de la voiture pour ouvrir la portière à la jeune putain, comme si elle était une vedette de cinéma invitée à la *finca*. « Nous vous trouverons un abri sûr à tous les deux avant la fin de la journée. »

J'étais contrarié de voir mes plans ainsi compromis par la présence de cette putain terrorisée, mais j'acquiesçai et lui fis traverser la cour et longer les palmiers mouillés par la pluie.

Lorsque j'allumai la lumière du cottage, elle regarda autour d'elle, les yeux écarquillés.

« Je vais sortir mes affaires de la chambre, lui dis-je. Vous pourrez aller y dormir. Je m'installerai sur le sofa.

— Je ne pourrai plus jamais dormir. » La fille regarda timidement le lit, puis se tourna vers moi. Je perçus une lueur rusée, calculatrice, dans ses yeux sombres. « Est-ce qu'il y a une baignoire ici ?

— Une baignoire avec douche. » Je l'emmenai dans la salle de bains, lui montrai l'endroit où étaient rangées les serviettes. J'attrapai un oreiller, l'utilisant pour dissimuler le pistolet que j'avais laissé dans le lit, mis celui-ci plus ou moins en ordre, profitai de ce qu'elle regardait ailleurs pour glisser l'arme sous ma veste et lui dis : « Je reste ici. Dormez aussi longtemps que vous en avez envie. Je partirai avec le *señor* Hemingway dès qu'il fera jour. »

Allongé sur le sofa, contemplant la venue de la fausse aurore, j'entendis le bruit de l'eau qui coulait du robinet de la baignoire, puis du pommeau de douche, et une exclamation étouffée. C'était peut-être la première fois de sa vie qu'elle prenait une douche. J'étais à moitié assoupi lorsque la porte s'ouvrit, et elle m'apparut sur le seuil, découpée en ombre chinoise par la lumière de la salle de bains, ses cheveux noirs encore luisants. Elle n'était vêtue que d'une serviette de bain. Elle la laissa choir et baissa les yeux, affichant une pudeur étudiée.

Maria Marquez était très belle. Son corps avait la minceur, la vigueur de la jeunesse, mais il avait perdu toute sa graisse enfantine. Sa peau était aussi claire que celle d'une *Norte Americana*. Ses seins, plus plantureux que je ne l'aurais cru, même après l'avoir vue dans un négligé imbibé de sang, étaient fièrement dressés jusqu'à la pointe de leurs mamelons bruns, comme dans les fantasmes d'un adolescent. Sa toison pubienne était aussi noire, aussi fournie que ses cheveux, et des perles d'eau y luisaient comme dans un écrin. Maria garda les yeux baissés, mais papillonna des cils dans une invite aussi muette que parfaite.

« *Señor* Lucas..., dit-elle d'une voix rauque.

— Joe. »

Elle tenta avec difficulté de prononcer mon prénom.

« José, lui dis-je.

— José, j'ai encore très peur. J'entends encore les cris de ce pauvre homme. Pourriez-vous... accepteriez-vous de... »

Quand j'étais très jeune et que je me trouvais sur le bateau de pêche de mon oncle, je l'avais entendu dire à mon cousin, qui n'avait qu'un an de plus que moi : « Louis, sais-tu pourquoi nous appelons une prostituée une *puta* dans notre langue ?

— Non, papa, avait répondu mon cousin Louis. Pourquoi ?

— Cela vient d'un mot de la langue qui est la mère de notre langue maternelle – la vieille langue dont descendent l'espagnol, l'italien et toutes les belles langues –, et ce mot est *putidus*.

— *Putidus ?* s'étonna mon cousin Louis, qui s'était souvent vanté devant moi de ses virées au bordel.

— *Putidus*, répéta mon oncle. Cela veut dire "puant". Puant comme la pourriture. Les Italiens disent *putta*. Les Français *putain*. Les Portugais disent *puta*, comme nous. Mais cela signifie la même chose : l'odeur de la pourriture. Une odeur putride. L'odeur du pus. Une femme honnête a l'odeur de l'océan par un beau matin. Une *puta* empeste le poisson crevé. C'est tout ce sperme mort qu'elle a dans son ventre... le ventre d'une prostituée donne la mort, pas la vie. »

Durant les quinze ans et quelque qui avaient suivi, en général dans le cadre de mon travail, j'avais connu mon content de putains. Je les avais parfois trouvées sympathiques. Mais jamais je n'en avais baisé une. Et voilà que Maria Marquez se tenait devant moi, nue dans la pénombre, les yeux baissés et faussement effarouchés, les seins orgueilleusement dressés.

« Je veux dire, reprit-elle, j'ai peur de dormir toute seule, José. Si vous pouviez seulement vous allonger près de moi et me serrer dans vos bras jusqu'à ce que je m'endorme... »

Je ramassai la serviette et la tendis devant elle de façon à cacher ses seins et son ventre.

« Séchez-vous. Essayez de dormir. Je dois m'en aller. »

En haut de la colline, prenant appui sur la Lincoln pour stabiliser nos jumelles, Hemingway et moi observions le *Southern Cross* aux premières lueurs de l'aube. Le yacht était d'une longueur insensée – celle d'un terrain de football –, mais ses lignes étaient élégantes et sa conception des plus subtiles. Sa passerelle décrivait une courbe dans le style post-Art déco, ses ponts en bois de teck étaient étincelants, les hublots rectangulaires des nombreux salons de son pont supérieur reflétaient le soleil tropical. Plutôt que de jeter l'ancre devant le yacht-club de La Havane ou dans les bassins réservés à la marine marchande, le navire avait pris position à l'extrémité de la baie, tout près de la mer. Pour cela, son capitaine avait dû bénéficier d'une autorisation exceptionnelle du chef de port.

L'écrivain abaissa ses jumelles. « Sacrément gros, ce rafiot, pas vrai ? »

Je poursuivis mon observation. À en juger par les antennes qui se dressaient derrière la passerelle, le bateau disposait d'importants moyens de communication. La cabine radio devait se trouver dans ce coin. La propreté du yacht était digne d'un bâtiment militaire. Deux officiers en blazer bleu venaient de sortir de la passerelle pour profiter de la brise matinale, et une demi-douzaine de marins montaient la garde, un à la proue, un à la poupe et deux de chaque côté du pont. Comme si cela ne suffisait pas, un Chris-Craft décrivait lentement des cercles autour du bâtiment. Son pilote était accompagné de deux hommes en ciré, assis derrière lui, qui s'intéressaient à tout ce qui bougeait dans le port. Chacun d'eux portait autour du cou une paire de jumelles militaires, tout comme les marins postés sur le yacht. Hemingway s'était garé derrière un muret, à l'abri des arbres, là où le soleil ne risquait pas de se refléter sur nos jumelles et où nous nous réduisions à deux ombres près de la masse sombre de la Lincoln.

« Marty était réveillée quand nous sommes rentrés », dit Hemingway en scrutant à nouveau le bateau.

Je lui jetai un regard. Allait-il me transmettre les réprimandes de la maîtresse du manoir, furieuse d'avoir été arrachée aux bras de Morphée ? Je me rendis compte que Martha Gellhorn ne m'était nullement sympathique.

Hemingway rabaissa ses jumelles et me lança un sourire. « Je l'ai aidée à se réveiller, murmura-t-il de sa voix de ténor. Je l'ai irriguée à deux reprises afin de commencer la journée du bon pied. Peut-être que ce bordel m'a donné des idées. »

Je hochai la tête et me tournai de nouveau vers le yacht. *Je l'ai irriguée ?* Bon Dieu, je détestais ces prétendues blagues de chambrée.

Comme obéissant à un signal, un homme chauve, de haute taille, vêtu d'un peignoir bleu nuit, et une femme blonde, aussi grande que lui mais en peignoir blanc, sortirent d'une cabine située vers le milieu du bateau et firent halte sur la promenade du château, les yeux tournés vers le soleil orangé. L'homme dit quelque chose à un marin posté non loin de là, qui le salua, alla chercher l'un de ses camarades et déroula une échelle de corde côté bâbord. Les deux hommes disparurent après un dernier salut.

L'homme au peignoir bleu parcourut la promenade du regard, comme pour vérifier que personne ne les observait. Il s'adressa à la femme blonde qui, sans lui accorder un regard, se défit de son peignoir blanc. Elle était nue. Sa peau était bronzée par le soleil, y compris ses seins et son bas-ventre, et je distinguai ses mamelons roses en dépit des trois cents mètres qui nous séparaient. Ce n'était pas une vraie blonde.

Elle se dirigea vers la porte au pied de laquelle on avait déployé l'échelle, mais au lieu de descendre celle-ci, elle s'immobilisa un instant puis plongea avec autant de grâce que de précision, troublant à peine la surface dorée des eaux lorsqu'elle la pénétra. Je pensais que l'homme chauve allait la suivre, mais il alla s'accouder au bastingage, pêcha dans la poche de son peignoir un porte-cigarettes en argent, en sortit une cigarette, la tapota comme je ne l'avais vu faire qu'au cinéma, rangea son étui et alluma sa cigarette avec un briquet en argent pêché dans la même poche. Il se mit à fumer paisiblement tandis que la femme émergeait à dix mètres du yacht et se mettait à nager, faisant plusieurs allers-retours sur un rythme régulier. Ni le marin en faction à la proue ni son collègue de la poupe ne la regardaient quand elle faisait demi-tour, offrant au soleil le spectacle de ses longues jambes bronzées et de son cul encore un peu blanc. Lorsqu'elle se mit à nager sur le dos, ses seins, son petit ventre, son nombril et sa toison pubienne nous devinrent parfaitement visibles.

J'avais vu davantage de femmes nues en un jour que durant les six derniers mois. Et le soleil était à peine au-dessus de l'horizon.

Dix minutes plus tard, montre en main, elle nagea jusqu'à l'échelle, la grimpa sans pudeur et rejoignit l'homme, qui enveloppa du peignoir blanc son corps constellé de gouttes. Ils disparurent en empruntant l'écoutille la plus proche. L'instant d'après, les deux marins regagnaient leur poste. Je ne les vis échanger ni ricanements ni sourires salaces ; ils se remirent à scruter le port avec leurs jumelles.

Hemingway posa les siennes sur le toit de la Lincoln. « Intéressant. »

J'étais en train d'observer le pont. De part et d'autre du château s'empilaient des caisses et des cartons dissimulés sous une toile goudronnée. Certains cartons portaient des inscriptions rédigées au pochoir que je ne parvins pas à déchiffrer, faute d'un angle de vue adéquat. Encore plus intéressant, près de la proue et en plusieurs endroits le long du bastingage, il y avait des socles en métal renforcé pourvus d'attaches complexes. J'attirai sur eux l'attention d'Hemingway.

« Des socles pour canons ? demanda-t-il.

— Pour mitrailleuses, je pense. » En fait, j'en étais sûr. J'avais participé à une mission sur un Q-Boat des garde-côtes mexicains qui avait un équipement semblable. « Calibre cinquante, ajoutai-je.

— Il y en a six en tout, dit Hemingway. Ce bateau de plaisance pourrait-il transporter six mitrailleuses de calibre cinquante ?

— Ou une mitrailleuse et six socles au choix pour la monter. »

Hemingway abaissa ses jumelles une nouvelle fois. Il affichait la même gravité que devant le cadavre. Ce que je comprenais parfaitement. Une mitrailleuse de calibre cinquante est une arme terrifiante. À cette distance, rien – même pas la Lincoln – ne pourrait nous protéger de ses lourds projectiles à haute vélocité. Je m'attendais à ce qu'Hemingway évoque ses « blessures de mitrailleuse » de la Grande Guerre, mais il se contenta de dire à voix basse : « Vous êtes mon conseiller, Lucas. Que faudrait-il faire pour dénicher le livre que Kohler utilisait pour composer ses messages codés ?

— Il faudrait que quelqu'un monte à bord du yacht et y jette un coup d'œil. Avant que la police fouille la cabine de Kohler ou qu'un membre de l'équipage se débarrasse du livre.

— Apparemment, les flics ne sont pas encore venus ici. Et peut-être qu'ils ne prendront pas cette peine.

— Pourquoi donc ?

— Si c'est *Caballo Loco* qui a fait le coup, lui et ses potes n'auront pas envie de faire du zèle.

— Mais ils n'ont pas trouvé le carnet, rappelez-vous. » Je tapotai la poche où j'avais glissé le carnet en question ; Hemingway me l'avait rendu alors que nous roulions vers le centre ville.

« Vous pensez que c'était ce que cherchait Maldonado ? demanda Hemingway.

— Je n'en ai aucune idée. » Je repris mon examen du yacht. Les marins venaient de commencer à nettoyer le pont. Il était un peu tard pour exécuter cette tâche ; sur la plupart des navires de guerre, elle était achevée avant le lever du soleil. Mais ce yacht n'était pas un navire de guerre. Et peut-être que le plongeon matinal de la femme blonde faisait partie de l'emploi du temps en vigueur quand le vaisseau avait jeté l'ancre.

« Je pense que nous devrions jeter un coup d'œil à la cabine de Kohler et à la cabine radio avant que les flics viennent fouiller partout, dit Hemingway. Je vais prendre aujourd'hui les dispositions nécessaires. Nous allons voir si l'Usine à forbans connaît son boulot. Est-ce qu'on doit voler le livre si on le trouve ?

— C'est inutile. Il suffit de noter les titres des livres que nous trouverons. Celui qui nous intéresse est sans doute très courant. »

Hemingway se fendit d'un sourire. « Si j'arrive à créer une diversion et à faire monter à bord l'un de nos agents, voulez-vous être celui-ci ? Vous êtes censé être un expert en la matière. »

J'hésitai. Il serait stupide de ma part de risquer d'être arrêté, ou pire, en jouant à ce petit jeu – qui n'avait rien à voir avec l'attaque d'un voisin à coups de bombes d'artifice. J'ignorais ce que mijotait le *Southern Cross*, mais ses hommes d'équipage semblaient des plus efficaces, et son organisation avait une allure nettement militaire. J'imaginais sans peine la tête que ferait Mr. Hoover si l'antenne du Bureau à La Havane l'avisait qu'un agent spécial du SIS devait être sorti des geôles cubaines... ou avait été repêché dans le port après que les crabes s'étaient régalés de ses yeux et de ses parties les moins résistantes.

Mais la mission qu'on me proposait était un classique numéro d'escamotage et de tous les membres du grotesque réseau de contre-espionnage monté par Hemingway, j'étais bel et bien le seul à avoir été préparé à une telle action.

« Ouais, dis-je. Mais à condition que vous trouviez un plan me permettant de monter à bord et de revenir à terre sans me faire descendre. »

Hemingway jeta ses jumelles sur la banquette arrière de la Lincoln et se glissa au volant. Je fis le tour de la voiture pour prendre place à ses côtés. Le soleil était levé depuis moins d'une demi-heure et l'intérieur de l'habitacle était déjà étouffant.

« Je vous exposerai mon plan pendant que nous prendrons notre petit déjeuner au Café de la Perla de San Francisco du Kaiser Guillermo, dit Hemingway. Nous rameuterons nos troupes dès notre retour à la *finca*. Et nous trouverons à Xénophobie un autre logement où nous pourrons garder l'œil sur elle. Cette nuit, dès qu'il fera noir, nous nous ferons une idée des lectures de feu Herr Kohler. »

Alors que nous roulions dans *La Habana Vieja*, inondée par la lumière matinale et empestant les ordures de la nuit, Hemingway entonna une chanson que lui avait apprise don Andrés, son ami le prêtre. Il me déclara qu'il la dédiait à ce putain de gros yacht et à tous ceux qui naviguaient sur ce genre de rafiot :

No me gusta tu barrio
Ni me gusta tú
Ni me gusta
Tu puta madre.

Le deuxième couplet était identique au premier :

Je n'aime pas ton quartier
Et je ne t'aime pas
Et je n'aime pas
Ta putain de mère.

11

J'étais sûr que je n'aurais pas le temps de retrouver Delgado à la planque, mais les circonstances m'amenèrent à descendre à La Havane durant l'après-midi, et je disposais de vingt minutes de battement. Vingt minutes qui se révélèrent diablement instructives.

Ce matin-là, lorsque nous avions regagné la *finca* après un petit déjeuner copieux chez le Kaiser Guillermo, Maria était assise au bord de la piscine ; vêtue d'un short et d'un tee-shirt, elle lisait un numéro de *Life* en mâchant du chewing-gum.

Gellhorn nous intercepta à l'entrée de service et demanda à voix basse : « Est-ce que la *señorita Putita la Noche* est une nouvelle invitée permanente, Ernesto ? »

Hemingway se fendit d'un large sourire. « Je pense que nous allons la loger dans l'autre cottage, dit-il en faisant à Maria un signe de la main.

— Quel autre cottage ? demanda sa femme.

— La Vigía – Premier Choix. » Hemingway se tourna vers moi. « Peut-être que Herr Lucas pourrait lui aussi y passer quelque temps. »

« La Vigía – Premier Choix » était en fait une laiterie située de l'autre côté de la route nationale. Hemingway m'y conduisit avant d'y installer Maria. La laiterie était encore en activité quand il avait emménagé à la *finca*, m'expliqua-t-il – le lait était vendu dans de longues bouteilles estampillées « La Vigía – Premier Choix » – , mais Julian Rodriguez, son propriétaire, l'avait fermée et avait vendu le terrain à l'écrivain l'année précédente. Hemingway ne comptait rien faire de cette propriété, mais il était séduit par l'idée de posséder toute la colline à l'exception de la maison de Frank Steinhart, qu'il avait bien l'intention d'incendier lors d'un de ses raids nocturnes.

« En outre, ajouta-t-il en espagnol, un richard nommé Gerardo Duenas et moi-même avons monté une *gallera* derrière ce pré, et il vaut mieux que nous n'ayons pas trop de voisins. »

Je comprenais parfaitement. Une *gallera* est une arène pour coqs de combat. Je n'avais guère de peine à imaginer Hemingway se passionnant pour l'art et la science de l'élevage des coqs, moins de peine encore à visualiser le sourire que lui inspiraient les cris des aficionados assoiffés de sang.

Le cottage « Premier Choix » était un cabanon proche de la grange abandonnée, situé à peine à deux cents mètres de la ferme d'Hemingway. Quoique déserts, les bâtiments de la laiterie puaient encore le fumier. Le cottage choisi par Hemingway avait jadis abrité le gardien des lieux. Cette minuscule baraque aux murs chaulés comportait deux pièces nues, une cheminée, des toilettes annexes, un poêle à bois pour la cuisine et une pompe extérieure pour l'eau courante, mais il n'y avait pas d'électricité. Les sols et les murs étaient relativement propres, mais il y avait des toiles d'araignée dans les coins, et un rat semblait avoir fait son nid dans la cheminée. L'une des vitres était cassée et, côté ouest, le mur et le plafond de la pièce principale avaient souffert de la pluie.

« J'enverrai René, Juan et quelques autres donner un coup de balai dans la matinée. » Tout en se grattant le menton, Hemingway testa la solidité de la porte aux charnières grinçantes. « Nous allons apporter deux ou trois meubles, une petite glacière qui traîne dans la vieille cuisine, une ou deux chaises et deux matelas.

— Pourquoi deux matelas ? » demandai-je.

Hemingway croisa ses bras velus. « Xénophobie exagère à peine quand elle dit que tout le monde a l'intention de la tuer, Lucas. Si Maldonado lui met la main dessus, il ne se contentera pas de lui couper le nez et les oreilles avant de l'achever. Savez-vous pourquoi on l'appelle *Caballo Loco* ?

— Serait-ce parce qu'il est fou ? » dis-je avec lassitude.

Hemingway se gratta la joue une nouvelle fois. « C'est un colosse, Lucas. Et il est monté comme un cheval. Et il adore se servir de son équipement, en particulier avec les jeunes filles. Il ne doit pas retrouver Maria Marquez. »

Je me plantai devant la cheminée et considérai les détritus qui l'encombraient. Je pensais à mes projets pour la soirée. « Les autres putes finiront par cracher le morceau, non ? » dis-je. Je n'avais connu aucune putain qui sache garder un secret.

Hemingway secoua la tête. « Comme son nom l'indique, Leopoldina la Honesta est une femme de parole. Elle et ses filles vont affirmer que Maria s'est enfuie et que personne ne sait où elle se trouve, elle me l'a juré. Elle va leur flanquer une telle trouille qu'elles seront encore plus terrifiées par leur patronne que par la Police nationale ; aucune d'elles ne dira à la police que nous étions là-bas cette nuit, je vous le garantis. »

J'eus un grognement sceptique. « Vu la description que vous en donnez, le lieutenant Maldonado n'aurait besoin que de trente secondes pour faire parler une de ces *putas*.

— Probablement, admit l'écrivain, mais Leopoldina a fermé sa maison, et une heure après notre départ, elle avait renvoyé chez elles toutes les putes qui étaient au courant de l'histoire. Elles n'ont pas de permis de travail, vous savez. Les flics auront des difficultés à les retrouver, et ça m'étonnerait qu'ils essayent. Tout bien considéré, ce meurtre n'a pas grand-chose de mystérieux... si l'on excepte la disparition de Maria. Et si *Caballo Loco* ou son patron, Juanito le Témoin de Jéhovah, débarquent ici pour nous demander si nous savons où elle est passée... eh bien, elle ne se trouve pas à la *finca*, c'est sûr.

— Non, elle est à deux cents mètres de la *finca*, dans cette vieille laiterie puante.

— Gardée jour et nuit par un expert en contre-espionnage et en combat à mains nues.

— Allez vous faire foutre, lançai-je.

— Et votre mère aussi », répliqua Hemingway d'une voix enjouée.

Durant le reste de la matinée et le début de l'après-midi, on assista à d'incessantes allées et venues des agents de l'Usine à forbans. Une fois que Juan, aidé de plusieurs autres domestiques, eut installé Maria dans le cottage « Premier Choix », Hemingway et moi avons dégagé la table de mon cottage, et ses « agents de terrain » ont défilé devant nous pour faire leurs rapports, recevoir leurs instructions, faire de nouveaux rapports, palabrer, boire, émettre des suggestions, puis disparaître avant de réapparaître un peu plus tard.

Winston Guest, dit « Wolfer », était présent, quand il ne partait pas transmettre un message ; ainsi que Juan Dunabeitia, dit « Sinsky le Marin » ; sans parler de Fuentes, le second capitaine ; Patchi Ibarlucia ; il y avait don Andrés Untzaín, le compositeur de la chansonnette qu'Hemingway avait entonnée ce matin-là, et Felix Ermua, dit El Canguro, « le Kangourou », joueur de pelote basque et ami d'Ibarlucia ; ainsi que José Regidor, un petit homme aux allures de fouine qui parlait fort mais qui, à mon avis, s'écraserait comme une chiffe en cas de bagarre. Également présents : le Dr Herrera Sotolongo et son frère Roberto ; Pichilo, le jardinier d'Hemingway, qui souhaitait lui parler du coq jerezano qu'il était en train de dresser plutôt que de contre-espionnage ; une bonne douzaine d'autres, dont certains des rats de quai et des garçons de café de La Havane que j'avais rencontrés lors de ma première inspection de l'Usine à forbans, et d'autres encore qui m'étaient parfaitement inconnus.

À quatre heures et demie de l'après-midi, depuis dix heures du matin que durait ce cirque, le plancher du cottage disparaissait sous les canettes de bière et les cendriers pleins, et j'étais sûr que le fameux projet d'Hemingway n'avait pas progressé d'un pouce.

« Il nous faut les plans du yacht, dis-je. Si nous ne savons pas précisément où se trouvent la cabine radio et la cabine de Kohler, toutes ces manigances complexes ne sont que des foutaises.

— Je vous en prie, Lucas. » Hemingway parcourut du regard les huit ou dix trafiquants de rhum, dockers, marins et prêtres défroqués en train de boire et de discuter dans la pièce. « Surveillez votre langage, il y a des enfants parmi nous.

— Je n'en disconviens pas », répliquai-je en soupirant. J'avais une migraine atroce.

« Lucas, êtes-vous prêt à accomplir une tâche indispensable ? »

Je considérai l'écrivain à travers un nuage de fumée bleue. Hemingway ne fumait pas, mais il semblait indifférent à la tabagie qui l'entourait.

« Laquelle ?

— Martha veut passer quelques heures en ville. La Lincoln doit être revenue ici à six heures pour nous permettre d'envoyer les derniers communiqués. Pouvez-vous emmener Martha et revenir ici avec la voiture ? Juan n'a pas fini de nettoyer “Premier Choix” et d'y installer Xénophobie. »

Je consultai ma montre. Je n'avais pas pu téléphoner à Delgado pour annuler notre rendez-vous. Peut-être serais-je en mesure de le voir, après tout.

« Entendu, dis-je. Je vais conduire Mrs. Hemingway. »

Delgado m'attendait, vêtu comme la dernière fois d'un costume de lin et d'un maillot de corps. Il m'adressa un sourire moqueur comme j'entrais dans la pièce obscure.

« Vous êtes un homme très occupé, Lucas.

— Ouais, et je n'ai pas beaucoup de temps à perdre. Vous avez reçu le dossier ? » Je ne m'attendais pas à une réponse positive. Au cours des dernières vingt-quatre heures, je m'étais persuadé que les documents confidentiels que j'avais demandés ne pourraient jamais êtes transmis à Cuba dans des délais aussi brefs. Delgado n'avait fait que se vanter. Et me faire perdre mon temps.

Il se pencha vers une valise cabossée placée sous la table et en sortit un dossier. Sa reliure rose et ses tampons verts l'identifiaient comme un dossier O/C. Il était aussi épais que l'annuaire téléphonique de Chicago.

« Seigneur Dieu », fis-je, et je me laissai lourdement tomber sur la chaise. Il me suffit de jeter un coup d'œil au sommaire du dossier pour comprendre qu'il me faudrait plus de vingt minutes pour le lire : *Le Southern Cross / Howard Hughes / La Viking Fund / Paul Fejos / Inga Arvad / Arvad : contacts avec Hermann Goering / Adolf Hitler / Axel Wenner-Gren (alias « le Sphinx suédois ») / Évaluation de risque : COI-Donovan, Murphy, Dunn / Arvad : surveillance, enregistrements et transcriptions, liaison sexuelle avec enseigne John F. Kennedy (US Navy – Division of Naval Intelligence, Foreign Intelligence Branch).* « Seigneur Dieu, répétai-je.

— Prenez garde à ce que vous souhaitez, Lucas, dit Delgado.

— Je dois emporter ce dossier avec moi. Pour le lire à tête reposée. »

Delgado gloussa. « Vous savez bien que c'est impossible. Il doit être de retour à Washington avant minuit. »

Je me frottai le menton et jetai un coup d'œil à ma montre. Je disposais de vingt minutes avant de devoir ramener la voiture à la *finca*. *Bon Dieu de merde !* J'ouvris le dossier et me mis à en parcourir les pages.

Le *Southern Cross* : quatre-vingt-seize mètres de long. Le plus grand bateau privé du monde. Immatriculé aux États-Unis. Il avait appartenu à Howard Hughes, qui y avait apporté ses aménágements actuels (renvoi au dossier complet dudit Howard Hughes).

J'avais déjà vu le dossier en question. Une véritable encyclopédie. Tout le monde connaissait le milliardaire, l'aviateur, l'inventeur. Exactement le genre d'élément incontrôlé qui donnait des sueurs froides au directeur Hoover : riche, impliqué dans une demi-douzaine de projets militaires ultra-secrets, capricieux, téméraire. Tout en l'associant à des actions de plus en plus confidentielles et à des projets militaires de plus en plus importants, le gouvernement doublait, voire triplait la surveillance dont il faisait l'objet. Je n'aurais guère été étonné d'apprendre que Howard Hughes inspirait des cauchemars au directeur au moins une fois par semaine.

Dans le cas présent, le fait que Hughes ait possédé et aménagé le *Southern Cross* était suspect, mais bien moins que la vente de ce bateau à Axel Wenner-Gren. Un nom qui m'était également familier.

Axel Wenner-Gren était l'un des hommes les plus riches de la planète. C'était aussi – de l'avis du FBI, de la BSC, du COI, de l'ONI et de toutes les agences de renseignement du continent américain – un espion nazi. La communauté du contre-espionnage était allée jusqu'à l'affubler d'un surnom : « le Sphinx suédois ». Fondateur de la compagnie suédoise Elektrolux, le milliardaire était également l'un des principaux actionnaires des manufactures d'armes Bofors. Les contacts de Wenner-Gren avec les lieutenants d'Hitler et les agences de renseignements allemandes faisaient l'objet, je le savais, d'un dossier encore plus épais que celui d'Howard Hughes. Durant les années précédentes, l'industriel suédois s'était manifesté au Mexique et en Amérique latine, les régions sur lesquelles j'opérais dans le cadre de mon travail au SIS.

Alors que l'Angleterre et l'Allemagne venaient d'entrer en guerre, Wenner-Gren avait créé sa propre banque aux Bahamas et s'était lié d'amitié avec le duc de Windsor, lequel avait tellement confiance en lui qu'il l'avait choisi pour banquier personnel. Grâce au travail d'espionnage que j'avais accompli au Camp X, je savais que Stephenson et son second, Ian Fleming, considéraient le duc de Windsor comme un traître et avaient placé Axel Wenner-Gren, principal agent de liaison entre le duc et l'Allemagne nazie, sous surveillance permanente.

Durant la semaine où les Japonais avaient bombardé Pearl Harbor, il y avait six mois de cela, le gouvernement des États-Unis avait placé Wenner-Gren sur la liste noire, lui refusant un visa et un permis d'entrée. Le multimilliardaire avait transféré sa base d'opérations au Mexique, où mon antenne du SIS avait suivi les contacts qu'il avait pris avec les agents de l'Abwehr de l'amiral Canaris présents dans ce pays. Nous avions acquis la conviction que Wenner-Gren finançait une tentative de coup d'État destinée à renverser le président du Mexique.

Après avoir acheté le *Southern Cross* à Howard Hughes l'automne précédent, Axel Wenner-Gren y avait apporté de nouvelles modifications – l'équipant d'un matériel radio sophistiqué et de réservoirs permettant une grande autonomie, et l'armant de mitrailleuses de gros calibre, de cent quinze fusils et de fusées antichar –, puis l'avait offert au Dr Paul Fejos et à la Viking Fund.

Le nom de Fejos, lui, m'était inconnu. Né en 1896 en Hongrie, Fejos avait été officier de cavalerie et pilote de chasse pendant la Grande Guerre, puis il avait obtenu son doctorat en médecine mais avait fini par mettre en scène dans son pays des pièces de théâtre, des opéras et des films avant de devenir citoyen américain en 1929. Déçu par la mentalité hollywoodienne, Fejos avait regagné l'Europe pour y tourner des films pour la MGM. Il était revenu aux États-Unis en 1940, et l'année suivante, avait créé la Viking Fund à New York. Il s'agissait d'une organisation à but non lucratif dont l'objet était de financer des expéditions dans la jungle péruvienne en quête de cités incas – lesdites expéditions étant enregistrées sur pellicule par Paul Fejos pour être exploitées commercialement en dépit des statuts de l'organisation –, et le FBI la considérait comme une couverture pour des opérations d'espionnage allemandes. Le premier mécène de la Viking Fund n'était autre qu'Axel Wenner-Gren qui, l'hiver précédent, lui avait fait don du *Southern Cross*.

Tout ceci était intéressant, mais beaucoup moins que l'identité de l'épouse du Dr Fejos, à savoir Inga Arvad.

« Seigneur Dieu », marmonnai-je une troisième et dernière fois. Le dossier d'Inga Arvad ne contenait que des copies et des carbones, mais il devait y avoir l'équivalent de cent cinquante pages dactylographiées en simple interligne. J'entrepris de les feuilleter, m'arrêtant sur les photographies, les photocopies et les transcriptions de type ELINT (surveillance électronique), TELSUR (surveillance téléphonique) et FISUR (surveillance physique). Inga Arvad avait été extrêmement surveillée et l'était encore.

Ce fut à ce moment-là que je remarquai un phénomène que j'avais déjà rencontré des dizaines et des dizaines de fois dans le cadre de mon travail. Plusieurs agences avaient suivi des pistes différentes menant au même but – en l'occurrence, Inga Arvad et le *Southern Cross* –, convergeant sur lui sans préparation ni préméditation. Le COI de Donovan, qui ne tarderait pas à devenir l'OSS, s'était intéressé de près à Axel Wenner-Gren, tout comme le SIS dont je dépendais. De toute évidence, la BSC de Fleming et Stephenson s'intéressait à Wenner-Gren et au *Southern Cross*. Les services de renseignements de l'US Navy étaient persuadés que le yacht avait été modifié afin de pouvoir ravitailler les sous-marins allemands dans la mer des Caraïbes ou au large des côtes de l'Amérique du Sud – ou peut-être les deux. Le FBI, obsédé par Inga Arvad, avait remonté sa piste jusqu'à aboutir au yacht, à Wenner-Gren et à tout le reste.

La vie d'Inga Arvad – même si on la réduisait aux fragments que contenait le dossier abrégé que j'avais sous les yeux – était l'une de ces histoires vraies qu'Hemingway et ses confrères ne pourraient jamais faire avaler aux lecteurs de leurs histoires inventées. Une histoire quasiment incroyable – d'autant plus qu'Inga Arvad n'avait que vingt-huit ans, un âge bien tendre pour avoir accompli tous les exploits qu'on lui attribuait.

Inga Maria Arvad était née à Copenhague le 6 octobre 1913. C'était une enfant aussi belle que précoce, qui avait étudié la danse et le piano avec des maîtres et avait été couronnée Reine de beauté du Danemark à l'âge de seize ans. La même année, elle participait au concours de Miss Europe à Paris et se voyait offrir une place aux Folies-Bergère, mais elle avait préféré épouser un diplomate égyptien alors qu'elle n'avait que dix-sept ans. Deux ans plus tard, c'était le divorce.

Le dossier contenait plusieurs photographies d'Inga Arvad. La première montrait une superbe jeune fille blonde assise auprès d'Adolf Hitler dans ce qui ressemblait à un stade. Au verso était inscrit « Inga Arvad et Adolf Hitler, Jeux olympiques de Berlin, 1936 ». Selon le rapport accompagnant cette photo, après avoir quitté le diplomate égyptien, puis joué dans un film que Paul Fejos avait tourné en Norvège et entretenu une liaison sporadique avec le metteur en scène, Arvad était soudain partie pour Berlin en tant que correspondante du *Berlingske Tidene*, un journal danois.

C'était la première fois qu'il était fait mention de sa formation de journaliste, mais de toute évidence, la jeune Miss Inga Arvad était capable de réussir tout ce qu'elle entreprenait.

Le FBI avait interrogé Arvad quelques mois plus tôt, le 12 décembre 1941. Dans la transcription, Arvad déclarait qu'elle avait eu pour tâche d'interviewer les membres les plus importants du régime – notamment Adolf Hitler, Hermann Goering, Heinrich Himmler et Joseph Goebbels – et qu'elle était « peut-être présente dans la loge d'Hitler un jour où celui-ci s'y trouvait aussi ». Selon les rapports du FBI datant de cette période, leur relation avait sans doute un caractère plus intime : Arvad avait été invitée au mariage privé d'Hermann Goering, où Adolf Hitler était garçon d'honneur ; Hitler avait décrit la jeune Arvad comme « un parfait spécimen de beauté nordique » et l'avait suppliée de « [me] rendre visite chaque fois que vous viendrez à Berlin ».

Apparemment, elle avait exaucé ce vœu. Bien qu'elle ait mis un terme à son travail de « correspondante » avant les Jeux olympiques de 1936 – après avoir épousé le Dr Fejos –, elle avait été invitée dans la loge privée du Führer pour assister aux épreuves et s'était liée d'amitié avec Goering et encore plus avec Rudolf Hess. D'après un rapport du FBI, Arvad avait effectué son dernier séjour à Berlin en 1940, après avoir été invitée à travailler pour le ministère de la Propagande. Lors de son interrogatoire du 12 décembre 1941, elle déclarait avoir décliné cette proposition, mais une dépêche de l'*International News Service* datant de 1936 affirmait que, dès cette époque, Hitler « avait fait d'elle le chef de la propagande nazie au Danemark ». Cette année-là, elle avait vingt-deux ans.

À en croire son dossier, Arvad avait épousé le Dr Paul Fejos en 1936, mais avant cela, elle était la maîtresse d'Axel Wenner-Gren, et l'était restée après la cérémonie. Lorsque, en 1940, Fejos et Arvad s'étaient établis aux États-Unis, c'était son amant, Wenner-Gren, qui avait créé la Viking Fund, dont le QG se trouvait à New York bien que l'organisation soit officiellement domiciliée dans le Delaware.

Suivaient plusieurs pages d'évaluation de risque établies par les services de renseignements de la Navy et des photocopies des plans de construction du *Southern Cross*. J'en choisis une, la pliai en quatre et la glissai dans ma poche.

« Hé ! s'exclama Delgado en se redressant sur son siège. Vous n'avez pas le droit de prendre ça.

— J'en ai besoin. Essayez donc de m'en empêcher. » Je consultai ma montre – dans cinq minutes, j'allais devoir repartir pour la *finca* – et abordai la dernière partie du dossier.

L'enquête sur Arvad était toujours en cours, mais cette dernière partie consistait en des rapports de surveillance, des transcriptions d'enregistrements et des photographies de lettres résultant d'un dispositif mis en place par le FBI. Le tout consacré à une liaison sentimentale entre Inga Arvad et un jeune officier des services de renseignements de la Navy, l'enseigne John F. Kennedy.

Je compris bien vite qu'il s'agissait de l'un des fils du milliardaire Joseph P. Kennedy, l'ancien ambassadeur des USA en Angleterre. Tout le monde au Bureau savait que le directeur Hoover était un proche de l'ambassadeur Kennedy – il communiquait régulièrement au patriarche irlandais les informations confidentielles dont il pouvait tirer profit –, mais nous savions aussi que Hoover se méfiait de Kennedy, qu'il jugeait dangereusement proallemand, et que l'ex-ambassadeur faisait l'objet d'un copieux dossier O/C constamment mis à jour. La surveillance exercée sur Arvad était passée à la vitesse supérieure depuis décembre dernier – peu de temps après Pearl Harbor –, lorsque la maîtresse de Wenner-Gren, la beauté nordique préférée d'Hitler, avait entamé une liaison extra-conjugale avec l'enseigne Kennedy, âgé de vingt-quatre ans. En tant qu'officier de la *Foreign Intelligence Branch*, qui dépendait de la *Division of Naval Intelligence*, l'enseigne Kennedy avait accès à des rapports ultra-secrets et s'employait quotidiennement à résumer des messages décodés provenant de l'étranger pour les bulletins et les mémos internes de l'ONI.

Depuis le mois de décembre, l'ONI et le FBI surveillaient donc la liaison entre Kennedy et Arvad, partant de l'hypothèse que non seulement des fuites risquaient de se produire mais aussi que Kennedy participait peut-être activement à une opération d'espionnage nazie. Le FBI avait de toute évidence recours au détournement de courrier, aux écoutes téléphoniques et à la surveillance physique, mais ses agents avaient en outre interrogé pas mal de monde, depuis l'une des sœurs cadettes de Kennedy, qui l'avait présenté à Arvad dans les bureaux du journal où elles travaillaient toutes les deux, jusqu'aux concierges, facteurs et chasseurs familiers des hôtels et des immeubles où ils se retrouvaient pour leurs rendez-vous clandestins.

12 décembre 1941 : une note adressée au directeur Hoover l'informe que Frank Waldrop, rédacteur en chef du *Washington*

Times Herald, a contacté l'agent spécial responsable de l'antenne de Washington pour lui signaler que Miss P. Huidekoper, une de ses journalistes, avait dit à Miss Kathleen Kennedy, l'une de ses collègues, que leur amie commune Inga Arvad, chroniqueuse au *Times Herald*, était presque certainement une espionne à la solde d'une puissance étrangère. Cette note était intitulée : « Mrs. Paul Fejos, alias Inga Arvad. » Comme Hoover avait ouvert un dossier confidentiel sur Inga Arvad dès novembre 1940, date de son arrivée sur le sol américain en compagnie de son époux, cette information ne devait pas être pour lui une révélation.

14 décembre 1941 : le domicile d'Arvad, sis au 1600 16e Rue, appt 505, fait l'objet d'une surveillance poussée. Le Dr Fejos quitte le pays ce jour-là – il part pour le Pérou afin d'y poursuivre son mystérieux projet pour la Viking Fund – et l'amant d'Arvad passe semble-t-il plusieurs nuits dans le lit conjugal. Apparemment, l'amant de la maîtresse d'Axel Wenner-Gren est un enseigne de l'US Navy portant « un pardessus gris aux manches raglan et un pantalon de tweed gris. Il ne porte pas de chapeau et ses cheveux blonds bouclés sont toujours ébouriffés... il n'est connu que sous le nom de Jack. »

En moins de vingt-quatre heures, l'*Office of Naval Intelligence* identifie « Jack » comme étant John F. Kennedy, fils de l'ambassadeur Kennedy, enseigne de l'ONI affecté au QG de la *Naval Intelligence* de Washington. Mais le FBI est toujours dans le brouillard. Le dossier s'enrichit de transcriptions de conversations téléphoniques entre Kennedy et Arvad, le « parfait spécimen de beauté nordique » d'Hitler.

1er janvier 1942 : télégramme adressé par Kennedy à Arvad, posté de New York :

PLUS DE VOLS DONC JE N'ARRIVERAI QU'A 22 H 30 PAR LE TRAIN. JE TE CONSEILLE DE TE COUCHER MAIS SI TU VIENS M'ATTENDRE ACHETE UNE THERMOS ET PREPARE-MOI DE LA SOUPE. QUI PRENDRAIT SOIN DE MOI SI TU N'ETAIS PAS LA ?

JE T'AIME, JACK.

Ce même jour du Nouvel An, l'agent spécial Hardison reconnaît que toutes les tentatives pour découvrir l'identité du nom de code « Jack » se sont révélées « complètement improductives » mais que le Bureau travaille toujours dans ce sens.

Pendant ce temps, l'ONI – à en juger par les notes figurant dans le dossier – commence à s'inquiéter. Le 31 décembre, lors d'une réunion regroupant tous les services de renseignements, le capitaine Klingman, directeur adjoint de l'ONI, a avec Tamm et Ladd, représentants officiels du FBI, une conversation portant sur « le fils de l'ambassadeur Kennedy, qui semble être sur le point d'épouser une femme mariée dès qu'elle aura divorcé de son époux actuel ». Ladd adresse une note au directeur Hoover où l'on peut lire : « Le capitaine Klingman a déclaré que ce garçon était "ici, parmi nous", et il a souhaité en savoir davantage sur cette situation... »

Donc, pendant que l'agent spécial Hardison et ses hommes se creusaient la tête pour découvrir l'identité de l'amant d'Arvad, le directeur Hoover prenait son téléphone pour la confirmer. Il déclare dans une note : « Le capitaine Klingman affirme qu'il résoudra cette question de façon convenable. »

9 janvier 1942 : le directeur des Opérations navales envoie une note au Bureau de navigation, demandant que l'enseigne « Joseph F. Kennedy » soit muté et quitte immédiatement Washington. Il s'agit bien entendu de John F. Kennedy. Selon un rapport de l'ONI, le Bureau de navigation ne bouge pas. La surveillance exercée sur celle que l'on soupçonne d'être une espionne nazie et sur son amant des services de renseignements s'intensifie.

11 janvier 1942 : lettre du Dr Paul Fejos, en mission pour la Viking Fund, l'organisation bidon d'Axel Wenner-Gren, adressée à son épouse Inga Arvad :

Tu es parfois, ma chérie, plus énigmatique que les prophètes de l'Ancien Testament. Tu m'écris que si tu avais dix-huit ans, tu épouserais probablement Jack. Je suppose qu'il s'agit de Jack Kennedy. Puis tu ajoutes : « Mais c'est probablement toi que je pourrais, que je voudrais choisir. » Allons, ma capricieuse enfant, que se passe-t-il ? Quelque chose est-il arrivé à ton amour ou à celui de Jack ? Ou bien s'agit-il encore des chers sentiments charitables que je t'inspire ? Tout mais pas ça, je t'en prie. Tu vois, ma chérie, tu m'as fait connaître des journées bien difficiles avec tes sentiments charitables, et franchement, il serait bien plus humain que tu les oublies. Lentement je m'y habituerai, à vivre sans toi, à ce que tu sois loin de moi... et les choses s'arrangeront (je l'espère), et il ne servirait plus à rien d'essayer d'être charitable et par conséquent, sans le vouloir mais en fin de compte : cruelle.

Il y a, cependant, une chose que je veux te dire à propos de ton Jack. Avant que tu ailles plus loin dans cette affaire, avant que tu ailles jusqu'au bout, as-tu réfléchi que, peut-être, le père ou la famille de ce garçon ne vont pas aimer cette idée ?

J'interrompis ma lecture pour consulter ma montre. Le temps pressait. Mais il ne me restait plus que quelques pages, quelques photographies à examiner. Hemingway pouvait bien attendre.

Quel genre de crétin impuissant était le Dr Fejos pour écrire de telles jérémiades à sa femme ? Je revins sur les photographies d'Inga Arvad. Petite, blonde et bouclée. Sourcils fins. Lèvres pleines. Teint parfait. Superbe, d'accord, mais indigne d'un tel avilissement. D'un autre côté, quelle femme en serait digne ?

J'examinai les photos avec attention. Cette femme n'était pas celle que j'avais vue nager nue ce matin-là, même si elles auraient pu être sœurs. Inga Arvad avait l'air d'une vraie blonde.

Je feuilletai les vingt dernières pages du dossier.

12 janvier 1942 : pendant que les experts en contre-espionnage du FBI recherchent toujours l'identité du contact d'Arvad, « nom de code Jack », la chronique de Walter Winchell, diffusée dans tout le pays, révèle : « L'un des fils de l'ex-ambassadeur Kennedy, un beau parti, est dans le collimateur d'une journaliste de Washington. Celle-ci a tellement le béguin pour lui qu'elle a consulté son avocat afin de demander le divorce à son explorateur de mari. Papa Kennedy n'apprécie pas. »

13 janvier 1942 : l'enseigne John F. Kennedy quitte Washington pour être affecté à la base navale de Charleston, Caroline du Sud.

19 janvier 1942 : rapport de surveillance de l'agent spécial Hardison :

> Il a été confirmé que l'enseigne connu sous le seul nom de Jack a passé les nuits des 16, 17 et 18 janvier avec la suspecte Arvad, dans l'appartement de celle-ci. Le Bureau poursuit sa surveillance permanente. Le soussigné estime que cet homme vit dans un quartier proche et que, après avoir passé la nuit avec la suspecte, il retourne à son domicile, enfile son uniforme et revient prendre son petit déjeuner chez elle.

19 janvier 1942 : les agents de l'ONI confirment que l'enseigne Jack Kennedy a pris l'avion à Washington pour se rendre chez son père, en Floride, avant de rejoindre son poste à Charleston.

19 janvier 1942 : lettre adressée par Inga Arvad à la nouvelle

adresse de Jack Kennedy, la boîte postale de la base navale de Charleston :

19 janvier 1942 – la première fois que quelqu'un me manque, que je me sens seule et que j'ai l'impression d'être la seule habitante de Washington.

Aimer – le savoir, ne rien pouvoir y faire et pourtant ne rien ressentir hormis un bonheur total. Et comprendre enfin ce qui fait courir Inga.

24 et 25 janvier 1942 : l'agent Hardison et ses troupes d'élite « perdent » Inga, déclarent que son lieu de résidence est « inconnu ». D'après le rapport concomitant de l'ONI, Inga Arvad attendait l'enseigne Kennedy à Charleston quand il s'est présenté à sa nouvelle affectation.

26 janvier 1942 : lettre adressée par Arvad à Kennedy :

Plus le train s'éloignait, moins je distinguais le jeune et beau Bostonien... J'ai dormi comme une souche. À midi, nous sommes arrivés dans la capitale des États-Unis d'Amérique. Dans cette même gare d'Union Station où je me suis rendue le 1er janvier 1942, aussi heureuse qu'un oiseau, sans un souci, sans une crainte – amoureuse, tout simplement – t'en souviens-tu ?

« Avez-vous commencé à faire un bébé ? » – telle est la question que quelqu'un m'a posée aujourd'hui. Devine qui.

Et les lettres d'amour se suivent. Et de nouvelles agences viennent surveiller les amoureux, et se surveiller entre elles. De toute évidence, le directeur Hoover a profité de l'affaire Arvad pour reprendre les hostilités avec le colonel Donovan, du COI. Agissant en état de légitime défense, les hommes de Donovan se sont mis à surveiller Arvad, ainsi que les agents du FBI et de l'ONI qui la surveillaient.

Le 26 janvier, alors qu'Arvad écrit sa lettre d'amour au jeune Kennedy, Hoover informe le ministre de la Justice des États-Unis d'une « enquête menée en ce moment sur cette femme soupçonnée d'espionnage », concluant qu'Arvad a peut-être entrepris « une opération d'espionnage des plus subtiles dirigée contre les États-Unis ».

29 janvier 1942 : l'agent spécial qui a repris l'enquête des mains de ce crétin d'Hardison note que l'affaire Arvad a « davan-

tage de ramifications que tout ce que j'ai pu voir depuis un bon moment ».

4 février 1942 : le directeur de l'Unité de surveillance des étrangers hostiles, dépendant du ministère de la Justice, écrit à Hoover, lui demandant un « rapport relatif à toutes les informations dont vous disposez concernant [...] Mrs. Inga Fejos, domiciliée 1600 16e Rue Nord-Ouest, Washington, DC, qui me sont nécessaires pour décider de l'opportunité d'un mandat d'amener présidentiel ».

Bien entendu, Hoover ne souhaite pas l'arrestation d'Inga Arvad. Grâce à sa liaison avec Wenner-Gren et à son aventure avec le jeune Kennedy, le directeur a carte blanche pour surveiller la moitié de ses ennemis washingtoniens.

Les transcriptions des conversations téléphoniques de la fin janvier et du début février occupent plusieurs pages :

KENNEDY : Je veux te voir à Washington la semaine prochaine... si je réussis à m'échapper.

ARVAD : Je prendrai l'avion pour Charleston, mon chéri. Si c'est plus pratique pour toi.

KENNEDY : Vraiment ? Bien sûr, il vaut mieux que tu viennes ici, mais il ne faut pas que ce soit toi qui voyages tout le temps, alors, la prochaine fois, c'est moi qui viendrai.

ARVAD : Je serais heureuse de te voir n'importe où, Jack. Où tu voudras et quand tu voudras. Tu peux faire tout ce que tu voudras, mon chéri. Si tu veux aller ailleurs, tant mieux.

KENNEDY : Non, non, j'irai à Washington. Si je peux me libérer à une heure, je prendrai cet avion, sinon, si je dois travailler, je partirai samedi à six heures.

ARVAD : Bon Dieu. Tu es obligé de travailler samedi ?

KENNEDY : Oui.

ARVAD : Quand dois-tu t'embarquer ?

[Annotation manuscrite : « Tentative d'obtenir information confidentielle ? »]

KENNEDY : Je ne sais pas.

ARVAD : Est-ce que c'est pour bientôt ?

KENNEDY : Non.

ARVAD : Je crois que si.

KENNEDY : Non.

ARVAD : Tu en es sûr ?

KENNEDY : Si je le savais, je te le dirais.

Et cetera, et cetera. L'agent spécial examine ces conversations à la loupe au cas où l'officier des renseignements et l'espionne allemande auraient échangé des informations critiques. Il s'intéresse tout particulièrement à ce dialogue énigmatique, prononcé quelques jours plus tard :

KENNEDY : C'est vrai que tu as dit que MacDonald était mieux habillé que moi ? Que je devrais aller voir son tailleur ?

ARVAD : Mensonges ! Ce que tu portes m'est égal, mon chéri. Je t'aime tel que tu es, et je te préfère quand tu ne portes rien du tout.

Vers le 1er février, coup de fil en pleine nuit. L'enseigne Kennedy commence par taquiner Arvad à propos d'une « grande orgie » qu'elle aurait organisée à New York, puis il s'inquiète de l'opinion du Dr Fejos à son égard.

KENNEDY : Qu'a dit ton mari à part ça ?

ARVAD : Eh bien, il a dit que je pouvais faire ce que je voulais. Il a dit qu'il était triste de me voir faire ce que je faisais. Je t'en dirai davantage plus tard, mais je te jure qu'il ne va pas nous inquiéter et que tu n'as pas besoin d'avoir peur de lui. Il ne va pas t'attaquer en justice, même s'il sait ce que cela entraînerait pour toi.

KENNEDY : S'il ne me fait pas de procès, c'est vraiment un chic type.

ARVAD : C'est un gentleman. Quoi qu'il arrive, jamais il ne ferait une chose pareille. C'est quelqu'un de très bien.

KENNEDY : Je ne voulais pas te mettre en colère.

ARVAD : Je ne suis pas en colère. Veux-tu vraiment que je vienne ce week-end ?

KENNEDY : J'y tiens beaucoup.

ARVAD : Je vais réfléchir et je te rappellerai. Au revoir, mon amour.

KENNEDY : Au revoir.

De toute évidence, Arvad n'a pas réfléchi très longtemps. Du 6 au 9 février, l'enseigne Kennedy et elle restent pratiquement enfermés dans leur chambre du Fort Sumter Hotel, à Charleston. Extrait du rapport de l'agent du FBI responsable de l'antenne de Savannah :

« Vendredi 6 février 1942, 17 h 45 : l'enseigne Kennedy arrive au Sumter Hotel au volant d'un cabriolet Buick noir, modèle 1940, immatriculé en Floride (6D951). Kennedy monte dans la chambre d'Arvad et ne la quitte plus jusqu'au samedi en fin de matinée, sauf pendant quarante minutes pour aller souper. »

Exception faite de quelques pauses – dont l'une pour la messe le dimanche matin –, Kennedy et Arvad sont restés au lit jusqu'au matin du lundi 9 février. On avait réservé au couple une chambre truffée de micros. Le rapport de surveillance électronique mentionne des « bruits caractéristiques d'un accouplement ». Fin février, Inga la maligne tente de berner les G-Men de Hoover en demandant à Kennedy de lui réserver une chambre au Francis Marion Hotel, mais les agents de l'antenne de Savannah s'installent dans l'une des deux chambres adjacentes, l'autre étant occupée par six hommes des services de renseignements de la Marine, l'oreille collée au mur.

Rapport rédigé le 23 février par l'agent spécial Ruggles : « La plus grande partie de la conversation entre la suspecte et Kennedy dans leur chambre d'hôtel a pu être recueillie. Il s'avère que la suspecte redoute la possibilité d'une grossesse, conséquence de ses deux précédents séjours à Charleston, et envisage de demander l'annulation de son mariage. Il est à remarquer que Kennedy n'a guère fait de commentaires sur ce point. »

Apparemment, l'enseigne Kennedy était moins enthousiaste à l'idée d'épouser cette femme de vingt-huit ans.

Comme cela arrive souvent, l'enregistrement devient alors de plus en plus difficile à effectuer. Inga connaissait l'existence des dispositifs d'écoute du FBI et de l'ONI et dépensait des trésors de ruse pour les circonvenir. Début mars, le directeur Hoover a personnellement téléphoné à l'ambassadeur Kennedy, lui expliquant que la surveillance s'étendait désormais à sa propre personne et que l'arrestation de son enseigne de fils par les services de sécurité de la Marine devenait de plus en plus probable.

Apparemment, Joe Kennedy a frisé l'embolie. Ce même jour eut lieu une conversation téléphonique entre Joseph Kennedy, qui appelait depuis sa maison de Hyannis Port, et James Forrestal, secrétaire d'État à la Marine, durant laquelle Kennedy supplia son vieux collègue de Wall Street d'envoyer son fils sur le front.

« Il risque de se faire tuer dans le Pacifique Sud, Joe, déclara Forrestal.

— Je préfère qu'il se fasse tuer plutôt que cette salope d'Arvad lui mette le grappin dessus », répondit Joseph Kennedy.

Forrestal appela ensuite le directeur Hoover. Celui-ci lui recommanda le transfert « pour des raisons de sécurité ». De toute évidence, le fils cadet de Joseph Kennedy n'était pas indispensable aux yeux de l'ambassadeur. À en croire la rumeur, c'était son fils aîné qu'il préparait à être président.

JFK partit quelques jours plus tard.

Le dossier s'achevait par une note des services de renseignements de la Marine précisant que le *Southern Cross*, le navire de Fejos, de Wenner-Gren et de la Viking Fund, avait quitté le port de New York le 8 avril 1942. Le 17 avril, on l'avait vu se ravitailler en carburant aux Bahamas. Depuis cette date, la position et la mission du yacht mystérieux demeuraient inconnues.

Je refermai le dossier et le rendis à Delgado.

« Remettez la page qui manque, dit-il.

— Allez vous faire foutre. »

Delgado haussa les épaules et se fendit d'un sourire moqueur. « C'est vous que ça regarde, Lucas. Je suis obligé de signaler que vous avez emprunté sans autorisation un document secret et confidentiel.

— Faites ce que vous voulez », dis-je en me dirigeant vers la porte. J'avais vingt minutes de retard.

« Lucas ? »

Je m'arrêtai sur le seuil.

« Vous avez entendu parler du meurtre de la nuit dernière ?

— Quel meurtre ?

— Un pauvre type du nom de Kohler. L'opérateur radio du *Southern Cross*. Le navire qui vous intéresse tellement. Le navire dont vous venez de voler les plans. Drôle de coïncidence, hein ? »

J'attendis la suite. Affalé sur sa chaise, Delgado me dévisageait avec insolence. Ses joues et son torse étaient humides de sueur.

« Qui l'a tué ? » demandai-je au bout d'un temps.

Haussement d'épaules. « À en croire la rumeur, la police de La Havane est à la recherche d'une pute nommée Maria. On pense que c'est elle qui a fait le coup. » Nouveau sourire. « Vous ne sauriez pas où trouver une pute nommée Maria, n'est-ce pas, Lucas ? »

Je lui rendis son regard. Jusqu'ici, je n'avais pas menti ouvertement à Delgado. Au bout d'une seconde, je dis : « Pourquoi saurais-je où elle se trouve ? »

Nouveau haussement d'épaules.

Je fis mine de me retourner, puis le fixai une nouvelle fois. « Vous m'avez dit qu'un homme de la Police nationale cubaine m'a suivi l'autre jour. »

Delgado retroussa ses lèvres en une grimace inquiétante. « Et vous ne l'avez pas remarqué. C'est pourtant une armoire à glace.

— Comment s'appelle-t-il ? »

Delgado se frotta le nez. Il faisait très chaud dans la planque. « Maldonado. Les indigènes le surnomment Cheval fou. Et avec raison.

— Pourquoi ?

— Parce qu'il est fou. »

Je hochai la tête et sortis, parcourant au petit trot la distance qui me séparait de l'endroit où j'avais garé la Lincoln d'Hemingway. Elle était entourée d'une meute de gamins à moitié nus, qui se demandaient de toute évidence ce qu'ils pouvaient y voler et dans quel ordre, mais pour le moment, elle paraissait intacte.

« Caltez ! » leur lançai-je.

Les gamins s'égaillèrent, puis se regroupèrent pour m'adresser des gestes obscènes. J'épongeai mon front trempé de sueur, démarrai et fonçai à tombeau ouvert vers la Finca Vigía.

12

Le bateau-pompe se balançait doucement au-dessus de son point d'ancrage, tout près de l'entrée du port de La Havane. Je me trouvais à son bord, affublé d'un manteau et d'un casque de pompier, occupé à bavarder en espagnol avec huit autres crétins en attendant le début du feu d'artifice. De temps à autre, je chaussais mes jumelles pour observer le *Southern Cross*, qui avait jeté l'ancre sous les canons de la batterie des Douze Apôtres. Le château du yacht étincelait de tous ses feux. J'entendais les échos d'un piano flotter au-dessus des eaux sombres. Une femme éclata de rire. Je vis que les gardes étaient à leur poste sur la proue, la poupe et le pont tribord. Le Chris-Craft patrouillait autour du bâtiment, bloquant l'entrée de la Bahía de La Habana à toutes les embarcations et s'interposant entre elles et le yacht jusqu'à ce qu'elles s'en soient éloignées. Puis il reprenait son circuit, pareil à un chien de garde bien dressé tournant autour de son maître.

Cette foutue mission était la plus stupide pour laquelle je me sois jamais porté volontaire.

Lorsque j'avais regagné le cottage de la *finca* après ma rencontre avec Delgado, personne n'avait remarqué mon retard. Hemingway et les autres personnes présentes – Guest, Ibarlucia, Sinsky le Marin, Roberto Herrera, don Andrés et plusieurs rats de quai – faisaient une tête d'enterrement.

« Que se passe-t-il ? » demandai-je.

Hemingway posa ses bras puissants sur la longue table pendant une bonne minute. Puis il les leva pour se frotter les yeux. « Le plan est annulé, Lucas.

— Vous n'arrivez pas à rassembler tous les ingrédients ?

— Tous ces bon Dieu d'ingrédients sont là, dit l'écrivain. Excepté la localisation précise de la cabine de Kohler. Norberto a parlé du mort à l'un des membres d'équipage du *Southern Cross*, et il lui a dit que la cabine de Kohler se trouvait juste à côté de la sienne, à l'avant de la cambuse.

— Et alors ? Ça me semble suffisamment précis. »

Hemingway me fixa comme s'il avait pitié de ma stupidité. « Nous n'avons pas réussi à savoir où se trouve la cambuse. Norberto, Juan et leurs potes étaient sûrs de pouvoir aller jeter un coup d'œil aujourd'hui, mais personne n'a eu l'autorisation de monter à bord du yacht. Même pas la police. Le capitaine s'est déplacé en ville pour aller discuter du meurtre avec les flics de La Havane.

— Parfait, dis-je. Ça signifie que Maldonado et ses acolytes n'ont pas eu l'occasion de rafler le livre avant nous. »

Hemingway secoua la tête. « Jamais vous n'auriez le temps de fouiller le yacht durant les quelques minutes que vous accorderait notre plan. Et comme nous ne savons pas où se trouve la cabine de Kohler, ce serait une perte de temps. Vous avez dit vous-même que vous auriez plus de chances d'y trouver le bouquin que dans la cabine radio. Et nous ne savons même pas où se trouve celle-ci. »

Je hochai la tête, sortit la copie des plans du navire et l'étalai sur la table. Hemingway la fixa, me jeta un long regard, puis la fixa de nouveau. Les autres se rassemblèrent autour de lui. Je crus voir Winston Guest m'adresser un regard de respect mêlé de suspicion.

« Oserais-je vous demander où diable vous avez déniché ce truc ? demanda Hemingway.

— Je l'ai volé, répondis-je en toute sincérité.

— Où ça, *señor* Lucas ? lança Roberto Herrera. C'est une copie des plans d'origine établis par le constructeur. »

Je haussai les épaules. « Aucune importance. » Mon index se posa sur un petit carré correspondant à une partie du pont inférieur. « La cambuse. Deux niveaux directement en dessous de la cabine radio. Logiquement, la cabine de Kohler doit être celle-ci. Sans doute y a-t-il aussi un lit de camp dans la cabine radio. Avons-nous pu déterminer si le yacht disposait d'un second opérateur radio ?

— Il n'y en avait pas d'autre à bord, dit le père Andrés Untzaín. Un remplaçant arrive demain par avion.

— Alors, nous devons agir cette nuit », conclus-je.

Hemingway acquiesça, lissant le plan du yacht avec la paume

de sa main comme pour s'assurer de sa réalité. « Autre chose, Lucas. Le *Southern Cross* n'ira nulle part pendant un certain temps. Norberto et Sinsky ont rencontré quelques-uns de ses hommes d'équipage cet après-midi. L'un des deux axes a souffert d'une avarie – la transmission a été amochée quelque temps avant l'entrée du bateau dans le port. Ils font venir des pièces de rechange des États-Unis.

— Cale sèche ? »

Hemingway secoua la tête. « Non. Ils vont tenter d'effectuer les réparations aux chantiers Casablanca. »

Je ne pus m'empêcher de sourire. L'ambassadeur américain venait juste de prendre les dispositions nécessaires pour que le *Pilar* soit transformé en Q-Boat dans ces mêmes chantiers.

« Ouais, fit l'écrivain en souriant de toutes ses dents. Peut-être que les deux bateaux seront voisins. » Il nous fit signe à tous de nous rapprocher de la table. « Sinsky, faites savoir aux gars que l'expédition de cette nuit est maintenue. Wolfie, procurez-vous le matériel nécessaire. Patchi, Lucas et moi allons peaufiner notre plan. »

Maria ne se trouvait pas au cottage « Premier Choix » lorsque je m'y rendis. Mentalement, je commençais déjà à surnommer cet endroit *la casa perdita* – « la petite maison perdue ».

Les domestiques d'Hemingway – René le boy, Juan le chauffeur et sans doute l'une des femmes de chambre – l'avaient nettoyé à fond. Les parquets étaient balayés, la cheminée vidée de ses détritus et prête à fonctionner, et la vitre cassée recouverte par un bout de carton ; dans la pièce la plus petite, on avait installé deux matelas pourvus d'oreillers et de couvertures – comme si la putain et moi allions dormir ensemble –, et près de la cheminée se trouvaient une table et des chaises.

« Maria ? » appelai-je à voix basse. Pas de réponse. Peut-être s'était-elle enfuie, en fin de compte. Peut-être avait-elle préféré affronter la colère de son père et les avances de son frère plutôt que la menace de Cheval fou. Quoi qu'il en soit, je m'en foutais un peu.

J'entendis de l'eau couler au-dehors. En entrant dans la courette située entre la cabane et la laiterie abandonnée, je découvris Maria Marquez occupée à remplir des seaux en métal galvanisé avec l'eau d'une pompe. Elle sursauta comme mon ombre se posait sur elle.

« Je vous ai appelée », lui dis-je.

Elle secoua la tête, imprimant à ses cheveux noirs un mouvement gracieux. « Je ne vous ai pas entendu, répondit-elle. La pompe fait trop de bruit.

— Il y a une pompe à l'intérieur.

— Elle ne marche pas, *señor* Lucas. Je voulais laver les assiettes qu'on nous a prêtées.

— Ces assiettes sont sûrement propres. Et vous pouvez toujours m'appeler José. »

Haussement d'épaules. « *¿ Cómo le guasta mi cuarto, José Lucas ?*

— *No esta mal.* En tout cas, c'est plus propre.

— *Me gusta. Me gusta mucho. Es comó én casa.* »

Je contemplai la petite cabane, la vitre cassée, la pompe extérieure et la courette dépourvue du moindre brin d'herbe. L'odeur de fumier était encore présente. Il n'était pas impossible que Maria se sente ici chez elle. « *Bueno* », dis-je.

Elle fit un pas vers moi et me fixa. Ses yeux étaient vifs et luisants, ses lèvres pincées. « Vous ne m'aimez pas, José Lucas. *¿ Por qué no ?* »

Je restai muet.

Elle recula de quelques centimètres. « *Señor* Papa m'aime bien. Il m'a donné un livre.

— Lequel ? »

Elle emporta ses seaux dans la cabane, les posa près de l'évier et souleva un torchon à carreaux. Celui-ci dissimulait *Pour qui sonne le glas* – le livre dont il avait dédicacé un autre exemplaire à Ingrid Bergman – et le pistolet calibre .22 à canon long qu'il avait tenté de me refiler lors de mon arrivée.

« Il dit que l'un des personnages de ce livre porte mon nom », me confia la jeune femme.

J'attrapai le pistolet, en ouvris le magasin, vis qu'il était chargé, en retirai les balles, que je glissai dans ma poche, et le reposai près de l'évier. « Et que vous a-t-il dit de faire avec ceci ? »

Nouveau haussement d'épaules. « Il a dit que si *Caballo Loco* venait ici, je devrais m'enfuir. Si je ne pouvais pas m'enfuir, je devrais me défendre avec ceci. Maintenant, je ne peux plus le faire, puisque vous m'avez pris toutes les balles. » Elle semblait au bord des larmes.

« Ces balles ne feraient qu'enrager *Caballo Loco*. Vous risquez de vous blesser, ou de blesser quelqu'un, plutôt que de toucher le lieutenant Maldonado. Je les garde.

— *Señor* Papa ne sera pas content quand il...

— Je parlerai au *señor* Papa. Vous, lisez votre bouquin et ne touchez pas à ce pistolet. »

La putain eut une moue de petite fille. « Je ne sais pas lire, *señor* Lucas.

— Alors, allumez le feu avec ses pages. *Tengo que ir. Tengo mucho que hacer.* » Et c'était la pure vérité. J'avais beaucoup à faire avant les festivités de cette nuit au port de La Havane.

Le début des festivités en question était fixé à minuit quinze, mais il était minuit vingt-deux lorsque les cinq bateaux de la flottille sortirent du port en rugissant et en lançant des feux d'artifice.

Je comptai deux hors-bord et trois bateaux de pêche rapides – le *Pilar* n'était pas du nombre, bien entendu, car aucun de ces bateaux n'avait La Havane pour port d'attache. Les jumelles me permirent de constater que leurs noms étaient dissimulés par une couche de peinture ou une bâche soigneusement placée, et que leurs occupants, tous coiffés de chapeaux, étaient complètement bourrés. Du moins en apparence. Ils s'interpellaient et se lançaient des sifflets d'un bateau à l'autre tout en zigzaguant à vive allure vers le yacht illuminé.

Braquant mes jumelles sur celui-ci, je vis les gardes crier et s'agiter. Le second capitaine sortit de la passerelle pour examiner la flottille. L'un des gardes lui indiqua le socle d'une mitrailleuse, mais il secoua la tête et regagna la passerelle. Quelques instants plus tard, il en ressortit en compagnie de l'homme chauve que nous avions aperçu avec la nageuse. Il était vêtu d'un smoking et fumait une cigarette, cette fois à l'aide d'un long fume-cigarette noir.

Retour sur la flottille. Le Chris-Craft patrouilleur tentait de lui barrer le passage, mais les cinq bateaux s'étaient déployés et son pilote ne pouvait rien faire, excepté louvoyer dans tous les sens comme un gamin tentant de propulser plusieurs billes sur une pente ascendante. Je distinguai les deux passagers du patrouilleur ; ils étaient armés de mitraillettes Thompson, qu'ils ne se souciaient nullement de dissimuler, et attendaient visiblement des instructions du yacht. Le second secoua la tête et agita les bras en signe de dénégation. Les mitraillettes disparurent à la vue. Le patrouilleur battit en retraite pour se rapprocher du yacht.

J'aperçus Hemingway à la proue du bateau de tête. Son visage n'était qu'une tache d'ombre sous les bords de son chapeau de paille, mais je reconnus son torse puissant et ses bras massifs. Les hommes qui l'entouraient riaient de bon cœur et jetaient des bouteilles de whiskey dans l'eau lorsque leurs bateaux émergèrent du port de La Havane entre le vieux fort sur la colline et le vieux fort de la ville. Quelqu'un lança une fusée au-dessus du yacht. À bord de celui-ci, le second s'empara d'un mégaphone pour ordonner aux bateaux de pêche de ne pas s'approcher, mais le bruit de sa voix se perdit dans les explosions de pétards, de bombes d'artifice et de fusées à baguette.

L'un des hors-bord de la flottille se mit à tourner autour du yacht à grande vitesse, veillant à rester à une cinquantaine de mètres de distance mais n'en attirant pas moins l'attention des sentinelles et du patrouilleur. Ce fut à ce moment-là que je vis Hemingway charger une fusée de détresse dans un pistolet et viser le yacht.

À bord de deux des bateaux de pêche, les hommes lançaient des fusées apparemment au hasard, mais la plupart d'entre elles explosaient au-dessus du *Southern Cross*. Grâce à mes jumelles, je vis qu'ils utilisaient ces stupides bâtons de bambou en guise de bazookas. Une fleur rouge vif s'épanouit dix mètres à peine au-dessus de la proue du yacht, et le patrouilleur fonça vers l'un des bateaux de pêche pour le chasser.

Hemingway tira sa première fusée de détresse. Son parachute s'ouvrit alors qu'elle était encore à six ou sept mètres du yacht, et elle descendit doucement vers l'eau en crachotant.

« Hé ! Bon sang ! » s'écria l'homme chauve sur le pont. Dans son agitation, il laissa choir son fume-cigarette. « Arrêtez tout de suite, espèce de salopard ! » Sa voix était presque inaudible.

Notre bateau-pompe s'éloignait doucement des bassins désaffectés, situés sur une pointe côté ville, son moteur tournant au ralenti, ses occupants tendus. Nos feux étaient éteints.

Hemingway se dressa sur la proue et tira une nouvelle fois. La fusée de détresse explosa au-dessus de la poupe du *Southern Cross* et acheva sa course par-dessus son bastingage bâbord. Les gardes s'étaient mis à crier. Le patrouilleur abandonna sa proie pour foncer vers le bateau d'Hemingway.

Quelqu'un envoya une fusée à baguette droit sur la passerelle du yacht. Le second et l'homme chauve se baissèrent. On n'entendait plus le piano, et le pont se peuplait d'hommes en smoking et de femmes en robe de soirée. Le second les fit rentrer de force alors que deux nouvelles fusées blanches explosaient juste au-dessus de la proue du vaisseau.

L'un des gardes leva un fusil automatique et tira trois coups en l'air en guise d'avertissement.

Indifférent à cette menace, ainsi qu'au chaos qui l'entourait, Hemingway se dressa sur la proue de son bateau, sans prêter la moindre attention au patrouilleur qui fonçait sur lui et l'éclairait de ses projecteurs, et, solidement campé sur ses jambes, ajusta l'angle de tir de son lourd pistolet. L'espace d'un instant, le silence sembla se faire tandis qu'il visait, marquait une pause et tirait.

La fusée décrivit une gracieuse parabole rouge, frappa le pont en acajou du yacht au niveau de la proue, fit quelques ricochets – dispersant gardes et passagers – et disparut sous la toile goudronnée tendue au-dessus des caisses près du château. Une fusée, lancée depuis un autre bateau, explosa au-dessus de celle-ci cinq secondes plus tard. Les flammes commencèrent à la dévorer.

Les occupants du patrouilleur ouvrirent le feu sur le bateau d'Hemingway. La flottille se dispersa alors à toute vitesse, leur lançant des insultes en espagnol et déclenchant sur eux un feu nourri de fusées et de bombes d'artifice. L'un des hors-bord feignit de foncer sur le yacht et, dès que le patrouilleur vira sur lui, fila vers l'ouest à vive allure.

Notre bateau-pompe prit de la vitesse, actionnant ses feux, ses clignotants, ses projecteurs et ses sirènes et traçant dans l'eau un sillage blanc. C'était un authentique bateau-pompe, Hemingway nous l'avait affirmé, quoiqu'il n'ait été utilisé qu'à deux reprises : une première fois en 1932, lorsqu'un cargo avait pris feu au milieu du port, brûlant jusqu'à sa ligne de flottaison pendant que le bateau-pompe crachotait sur sa coque calcinée, et une seconde fois l'année précédente, après qu'un transport de munitions de la marine cubaine avait explosé à huit milles de la côte, les intrépides pompiers étant arrivés à temps pour récupérer des cadavres de marins parmi ses débris. L'équipage se composait de huit volontaires – tous des amis de l'écrivain –, qui passaient plus de temps sur cette patache à boire et à pêcher qu'à s'entraîner.

Nous filions sur les eaux, les embruns menaçant de m'arracher mon casque de pompier, le projecteur placé au-dessus de ma tête clouant le yacht au centre d'un disque blanc qui ne cessait de trembler. Le patrouilleur tenta de nous intercepter, s'écartant vivement lorsque son pilote se rendit compte que notre vieux bateau ne comptait ni ralentir ni virer de bord. Cris et jurons nous suivirent sur les cinquante derniers mètres de notre parcours, et lorsque le bateau-pompe aborda le yacht par tribord, il fut accueilli par de nouveaux cris, de nouveaux jurons et quelques menaces bien senties.

Ignorant le bruit, ainsi que le déluge qui coulait de nos tuyaux avant mal orientés, les cinq hommes qui m'entouraient se précipitèrent à bâbord et préparèrent les garde-feu et les échelles d'abordage.

« Écartez-vous, écartez-vous, bon sang ! s'écria le second du *Southern Cross*.

— *No lo he entendido*, répliqua notre capitaine en nous faisant signe de le suivre. *¡ Tenga la bondad de hablar en español !* »

Trois « pompiers » lancèrent des grappins sur le bastingage pendant que deux autres jetaient les échelles d'abordage. L'une d'elles atteignit son but et, l'instant d'après, deux hommes s'y précipitaient, une hache dans une main et un tuyau dans l'autre.

« Descendez, espèce de vermine ! » hurla l'homme chauve en se précipitant vers le premier volontaire pour le stopper. Malheureusement pour lui, il s'agissait d'El Canguro, le colossal joueur de pelote basque. Soudain, le chauve fit un superbe vol plané, pendant que le capitaine, un authentique pompier qui s'exprimait en anglais de cuisine, ordonnait aux officiers, aux gardes et aux passagers de le laisser passer, affirmant que le Bateau-Pompe municipal du port de La Havane avait les pleins pouvoirs dans des urgences comme celle-ci, et auriez-vous l'obligeance de m'aider à tenir ce tuyau maintenant qu'il est à bord ?

Le feu qui avait pris près de la proue était presque éteint, mais le pont était encore envahi de nuages de fumée qui occultaient le château. Les marins du *Southern Cross* s'agitaient en leur sein, porteurs de haches et d'extincteurs, dégageant la toile goudronnée fumante, tranchant les cordages et écartant les lourdes caisses de l'incendie.

Je fus le cinquième à monter à bord. Je m'avançai au petit trot, une hache dans une main et une lampe torche dans l'autre, fis halte devant l'écoutille donnant sur la cabine radio, attendis que deux marins m'aient dépassé en hurlant et entrai.

Deuxième porte à gauche. Écoutille ouverte. Obscurité. Le signal d'alarme se trouvait exactement à l'endroit indiqué sur le plan, et j'en abaissai le levier. Soudain, l'intérieur du yacht résonna des échos d'une sirène stridente.

J'examinai la cabine à la lueur de ma lampe torche : ondes

courtes, liaison portuaire, télégraphe, transmetteurs vocaux, une quantité d'électronique anormale sur un vaisseau civil. Quelques livres sur une étagère dans un coin. Je m'approchai et en lus les titres. Des manuels d'entretien et de réparation, rien d'extraordinaire. Un registre des transmissions que je feuilletai en hâte. Kohler ne risquait pas d'y avoir consigné des communications clandestines.

Un bruit de pas dans la coursive. J'éteignis ma lampe torche et attendis que les marins se soient éloignés, puis je déverrouillai l'écoutille extérieure et me précipitai en criant sur le pont principal.

Je franchis la porte, je tourne à gauche, je descends l'échelle. Encore à gauche. Des ventilateurs qui chassent la fumée dans cette coursive. La sirène qui retentit toujours dans les ténèbres. Je descends une autre échelle.

La femme que j'avais vue nager toute nue apparut au détour d'une coursive. Ses yeux étaient brillants. Elle portait une longue robe de soie moulante, au décolleté vertigineux, et un collier de perles tout simple.

« Que faites-vous ici ? demanda-t-elle. Que se passe-t-il ?

— Il y a le feu », grommelai-je. Tout en baissant la tête afin que mon casque dissimule mon visage, je me tournai vers l'échelle. « Montez sur le pont. *Vite !* »

La femme prit son souffle et se mit à courir, grimpant l'échelle en manquant de perdre un de ses souliers.

Bien compter les portes. Troisième écoutille : coquerie. Cinquième : cambuse. Sixième : cabine de Kohler. Je l'ouvre et entre, prêt à réveiller en sursaut un marin endormi.

La cabine est petite et inoccupée. Trois couchettes, une table surmontée d'une étagère vissée à demeure, à peine la place de se retourner. La sirène cesse de hurler. Je sens des coups sur la coque. On a sans doute éteint l'incendie, chassé les « pompiers », éloigné le bateau-pompe. J'examine l'étagère à la lueur de la lampe torche.

Sept livres, dont quatre manuels de radio. Le cinquième est un roman, *Trois Camarades* par Erich Maria Remarque, le sixième un exemplaire du *Geopolitik* de Haushofer, le septième une anthologie de littérature allemande. Je saisis les livres pour vérifier qu'ils sont tous en allemand, je note leur date de publication et je les repose, non sans avoir remarqué sur certaines pages des annotations au crayon.

Puis je regagne la coursive et me dirige vers l'échelle.

Personne au niveau principal. Je me prépare à tourner à droite, pour emprunter la coursive par laquelle je suis arrivé, lorsque j'entends des voix et des bruits de pas. Des ombres d'hommes armés.

Je remonte la coursive au pas de course, tourne à gauche, entends des cris derrière moi, franchis une écoutille donnant sur bâbord, du côté opposé à celui où s'est déroulé l'abordage. Je referme l'écoutille et regarde autour de moi.

Le bateau-pompe est déjà loin. Plus aucune trace de fumée. Les gardes vont rappliquer d'un moment à l'autre. D'un coup de hache, je fracasse la lampe placée au-dessus de moi. Cette partie du pont est maintenant plongée dans les ténèbres.

Je vais jusqu'au bastingage, m'assieds dessus à califourchon, et laisse choir dans l'eau ma hache, mon manteau, mes bottes, ma lampe torche et mon casque métallique.

« Hé ! » Quelqu'un qui arrive de la proue et a repéré une ombre à peine visible.

Je plonge, simplement vêtu du maillot de bain que je portais sous le manteau de pompier.

Je refais surface à quinze mètres du bateau, et replonge pour émerger un peu plus loin, la tête dissimulée au creux des vagues. L'eau est glaciale. Sur le pont règnent le bruit et la confusion, mais il n'y a ni cris ni coups de feu. Je plonge une nouvelle fois, réémerge derrière une vague et me mets à nager dans les ténèbres.

13

« Helga Sonneman vient dîner ce soir, annonça Ernest Hemingway. Vous êtes invité à condition que vous achetiez une chemise neuve.

— Formidable, dis-je sans lever les yeux de mon livre. Est-ce que Teddy Shell l'accompagne ?

— Évidemment. Vous ne pensez pas qu'Helga serait capable de sortir le soir sans Teddy, quand même ? »

Je cessai de triturer les chiffres pour me tourner vers l'écrivain. « Vous êtes sérieux ? Ce n'est pas possible.

— Tout à fait sérieux. On m'a présenté à Helga ce matin alors que je me trouvais à l'ambassade. Elle m'a plu tout de suite. Je les ai invités tous les deux.

— Sainte mère de Dieu. »

Helga Sonneman était la femme que j'avais vue nager toute nue, puis croisée dans une coursive enfumée du *Southern Cross*. Teddy Shell était son play-boy de compagnon. Nous en avions appris beaucoup sur ces deux-là durant les huit jours qui avaient suivi le feu d'artifice du port.

« Dîner à huit heures, reprit Hemingway. Apéritif vers six heures et demie. Pensez-vous que nous devrions inviter Xénophobie ? » Tout ceci l'amusait au plus haut point ; cela se voyait à la crispation de ses mâchoires. Teddy Shell, alias Theodor Schlegel, agent de l'Abwehr, serait certainement ravi de rencontrer Maria.

« Peut-être que vous devriez l'apprêter un peu et la présenter comme une invitée de marque venue d'Espagne, dis-je sur le ton de la plaisanterie. Et la placer à côté de l'homme dont les complices la cherchent un peu partout dans Cuba. Un homme sans doute prêt à l'abattre dès qu'il l'aura retrouvée. »

Hemingway se fendit d'un sourire, et je compris qu'il envisageait sérieusement cette idée, qu'il jouissait de toutes ses ramifications. Il secoua la tête. « Impossible. Ça romprait la symétrie. Marty préfère en général avoir autant d'hommes que de femmes autour de la table. »

Teddy Shell, Hemingway et moi, ça faisait trois hommes. Helga Sonneman et Martha Gellhorn... « Qui sera la troisième femme ? demandai-je.

— La Boche se joindra à nous ce soir.

— Quelle boche ? »

Hemingway secoua la tête une nouvelle fois. « *La* Boche, Lucas. Avec un *B* majuscule. *Ma* Boche. »

Je décidai de ne pas insister. Hemingway ne souhaitait pas éclairer ma lanterne. Autant attendre ce soir.

Huit jours s'étaient écoulés depuis le feu d'artifice nocturne dans le port de La Havane. La police et les autorités portuaires n'avaient pas apprécié la chose, mais l'équipage du bateau-pompe avait protesté de son innocence, affirmant que son seul but avait été d'éteindre l'incendie ; les pêcheurs ivres et leurs bateaux n'avaient été ni retrouvés ni identifiés, et Mr. Teddy Shell, de Rio de Janeiro, le civil qui traitait tout le monde de salopard depuis le pont du *Southern Cross*, le navire scientifique bien connu, s'était lui-même comporté comme un salopard arrogant vis-à-vis des autorités tant cubaines qu'américaines, de sorte que personne ne tenait vraiment à l'aider.

Il nous avait fallu plus longtemps que prévu pour nous procurer des exemplaires des livres qui nous intéressaient. *Trois Camarades*, le roman de Remarque, était suffisamment récent et populaire pour être disponible dans la seule librairie de La Havane proposant des livres en allemand, et nous l'y avions acheté dès le lendemain, mais le *Geopolitik* de Haushofer et l'anthologie de littérature allemande, imprimée en 1929, avaient été plus difficiles à obtenir. Presque une semaine après notre expédition, nous recevions un colis expédié de New York par avion et les contenant tous les deux.

« Je savais que Max ne me laisserait pas tomber, dit Hemingway.

— Et qui est Max ?

— Maxwell Perkins. Mon directeur littéraire chez Scribner's. »

Je n'avais qu'une vague idée des fonctions d'un directeur littéraire, mais je fus reconnaissant à celui-ci d'avoir écumé les librairies new-yorkaises jusqu'à ce qu'il ait trouvé les livres dont Hemingway lui avait câblé les références.

« Bon Dieu de merde ! » s'exclama l'écrivain. Il lisait une lettre qui accompagnait les livres.

« Qu'y a-t-il ?

— Oh, ces connards de Garden City Publishing Company veulent rééditer "Macomber" et Max a l'intention de les y autoriser.

— "Macomber" ? C'est un de vos livres ? »

Hemingway me fixa sans le moindre signe d'exaspération, habitué à mon ignorance en matière de littérature. « "L'Heure triomphale de Francis Macomber." C'est l'une de mes nouvelles. Une longue nouvelle. J'ai dépensé pour l'écrire presque autant de temps et de sueur que pour un roman. Elle ouvrait un recueil que j'ai publié en 38. Ce recueil n'a jamais rapporté un sou à Scribner's, ni à moi, et voilà que cette boîte de Garden City veut en faire une édition de merde à soixante-neuf *cents* l'exemplaire.

— Et c'est grave ?

— *Es malo. Es bastante malo.* Ça veut dire que mon œuvre est en concurrence avec elle-même – non seulement avec l'édition Scribner's mais aussi avec celle de la Modern Library qui va bientôt sortir. *Eso es pésimo. ¡ Es* foutrement *tonto !*

— Je pourrais les avoir ?

— Hein ? Quoi donc ?

— Les deux livres en allemand dont j'ai besoin pour décoder les transmissions.

— Oh. » Hemingway me tendit les livres en question. Il roula en boule la lettre de son directeur littéraire et la jeta dans l'herbe, attirant l'attention d'un chat qui fonça dessus.

L'Usine à forbans n'avait pas chômé durant cette semaine. Pendant que la chaleur tropicale de mai laissait lentement la place à la chaleur insoutenable de l'été cubain, les espions amateurs d'Hemingway surveillaient de près le lieutenant Maldonado, dont les hommes cherchaient dans toute l'île une putain dénommée Maria, soupçonnée du meurtre de l'opérateur radio du *Southern Cross*. J'avais laissé entendre à l'écrivain qu'il était sacrément risqué de filer un homme qui était tout à la fois un tueur impitoyable, un membre de la Police nationale et le responsable des recherches menées en vue de retrouver la femme que nous planquions tout près de la *finca*, mais il s'était contenté de me regarder sans rien dire. Pendant ce temps, certains de ses autres agents se tenaient à carreau – une activité que nombre d'entre eux avaient perfectionnée en Espagne et ailleurs – jusqu'à ce que l'incident du feu d'artifice ait cessé de préoccuper les esprits.

Les rats de quai et les dockers rapportèrent à Hemingway que le nouvel opérateur radio était arrivé – en provenance de Mexico –, mais que les avaries du yacht étaient plus graves que prévu et que les pièces de rechange ne seraient pas livrées avant au moins une semaine. Pendant que le *Southern Cross* était en rade dans le port de La Havane, Hemingway et Fuentes conduisirent le *Pilar* aux chantiers Casablanca, le second capitaine restant à bord du bateau pour superviser sa réfection en vue de sa mission d'espionnage pendant que je venais chercher l'écrivain au volant de la Lincoln. Durant la semaine qui suivit, nous avons régulièrement reçu des rapports de Fuentes et de Winston Guest, qui se rendait sur les lieux tous les jours pour contrôler l'avancement des travaux.

Les deux moteurs du *Pilar* furent révisés et leur puissance augmentée. Des réservoirs auxiliaires furent installés à son bord afin d'accroître son autonomie. La marine cubaine avait prévu de l'équiper de deux socles amovibles pour mitrailleuses de calibre .50, mais le conseiller de la marine américaine qui supervisait les travaux assura à Fuentes qu'ils seraient trop lourds pour le bateau, et les armes ne furent jamais montées. Au lieu de cela, des charpentiers aménagèrent des placards, des commodes et des niches de façon qu'on puisse y dissimuler des mitraillettes Thompson, trois bazookas, deux fusils antichar, quelques mines magnétiques, une cargaison de dynamite, du cordon Bickford, des capsules explosives et plusieurs douzaines de grenades. Pour planquer celles-ci, on fabriqua des « porte-verre » alambiqués.

Lorsque Guest vint nous informer de ces aménagements, Hemingway poussa un grognement et dit : « Si le bateau prend feu en mer, on aura droit aux plus belles funérailles vikings qu'on ait jamais vues dans les Caraïbes. »

La marine américaine nous fournit un équipement radio dernier cri, comprenant un appareil d'orientation à fin de triangulation et des moyens de communication avec d'autres vaisseaux, avec la terre et même avec les sous-marins, via les bases navales et les navires alliés. Lorsque Hemingway déclara qu'il n'avait le temps ni d'apprendre le fonctionnement de ce matériel ni d'entraîner son équipage à l'utiliser, l'ambassadeur Braden et le colonel Thomason affectèrent un marine à l'opération Sans-ami. Cet opérateur radio s'appelait Don Saxon ; à peu près aussi grand que moi, il avait des cheveux d'un blond sale et avait boxé dans la catégorie des poids welter ; selon son CV, il était capable de monter une mitrailleuse calibre .50 dans le noir total. Malheureusement, comme Hemingway le lui expliqua lors d'un dîner à La Bodeguita del Medio, nous ne disposions pas d'une telle arme, mais Saxon serait responsable de toutes les opérations radio, ainsi que de nos livres de code. Nous ne lui avons rien dit des transmissions allemandes que nous nous efforcions de déchiffrer dans le cottage.

La dernière étape de la transformation du *Pilar* en Q-Boat consista en l'installation d'un signe amovible où figurait l'inscription suivante : MUSEUM AMERICAIN D'HISTOIRE NATURELLE. « Voilà qui devrait berner un capitaine Boche nous observant dans son périscope, grommela Hemingway le jour où il alla récupérer le *Pilar* aux chantiers. S'il est suffisamment curieux, il remontera à la surface et enverra un canot pour voir de quoi il retourne, et alors on attaquera ses marins à la mitraillette et son U-Boot au bazooka et au fusil antichar.

— Ouais, fis-je. Ou peut-être que votre capitaine allemand se contentera de lire le mot *américain* et nous coulera au canon 105 mm en restant prudemment au large. »

Hemingway croisa les bras et me lança un regard noir. « Les sous-marins allemands de la classe sept-quarante n'ont pas de canon 105 mm, dit-il avec mépris. Seulement un 88 mm et quelques 20 mm pour la DCA.

— Le nouveau modèle de la classe IX a un canon 105 mm, répliquai-je. Et ses mitrailleuses de calibre .50 réduiraient le *Pilar* en pièces avant que vous ayez eu le temps de sortir vos bazookas et vos fusils antichar, sans parler de celui qu'il faut pour les charger. »

Hemingway me fixa un long moment, puis se fendit d'un large sourire. « Dans ce cas, Lucas, mon si mystérieux ami – et comme je l'ai dit à ce brave colonel –, nous serons bel et bien baisés. Mais vous le serez tout autant que nous. »

Je savais que j'étais baisé dès le lendemain du feu d'artifice. J'avais à résoudre le dilemme suivant : soit je rapportais mes activités de la nuit – entrée par effraction dans un yacht immatriculé aux États-Unis et appartenant à une association à but non lucratif parfaitement légitime enregistrée également aux États-Unis, complicité dans l'incendie volontaire dudit yacht –, ce qui me ferait probablement perdre mon emploi, soit je décidais de *ne pas* rapporter ce coup fourré, d'attendre que Delgado ou un autre le signale quand il en aurait connaissance, ce qui me ferait perdre mon emploi à coup sûr. En outre, subsistaient les problèmes du carnet et de la putain également portés disparus. Je m'étais abstenu de révéler ces petits détails et, plus je persistais dans cette attitude, plus mon incompétence et/ou ma perfidie seraient sévèrement jugées quand on les découvrirait. Mais si je révélais tout, on estimerait que j'avais échoué dans ma mission, à savoir espionner Hemingway et ses opérations, choisissant de servir les buts de l'écrivain au détriment de ceux du Bureau.

Je rédigeai un rapport complet le lendemain de l'incident du port et me rendis à la planque pour le donner à Delgado, profitant de ce que l'Usine à forbans m'avait envoyé à La Havane.

Delgado arriva quelques minutes après l'heure du rendez-vous, vêtu d'une *guayabera* propre et coiffé d'un chapeau de paille rabattu sur son visage. Il déchira l'enveloppe contenant mon rapport avec son insolence coutumière, le lut et se tourna vers moi.

« Lucas, Lucas, Lucas. » Il semblait à la fois amusé et dégoûté.

« Contentez-vous de le transmettre, dis-je sèchement. Et voyez si le Bureau peut identifier la femme et le type chauve du yacht. Si nécessaire, je me procurerai des photos et des empreintes digitales pour qu'on puisse demander leur dossier, s'ils en ont un. »

Delgado agita mon rapport. « Si j'envoie ceci à Mr. Hoover, vous ne serez plus sur cette île ni au SIS quand les dossiers nous parviendront. »

Je le fixai sans rien dire. Pour la énième fois, je me demandai comment je pourrais me débrouiller pour le frapper au visage ou au ventre en cas d'affrontement. Ce ne serait pas facile. Je savais que Delgado n'utiliserait pas ses poings pour me boxer, mais bien pour me tuer. « Que voulez-vous dire ? demandai-je. Ce n'est pas la première fois que je participe à un coup fourré.

— C'est la première fois que vous le faites sans autorisation, répondit-il avec son sourire irritant. À moins que vous n'ayez considéré les ordres d'Hemingway comme une autorisation.

— J'ai pour instruction d'obéir à ses ordres afin de gagner sa confiance. Je ne peux pas faire mon boulot si Hemingway se méfie de moi.

— Qu'est-ce qui vous fait croire qu'il vous fait confiance ? Et pensez-vous vraiment que le directeur souhaite qu'un agent du SIS dissimule une pute aux autorités légales de Cuba ? Une pute soupçonnée de meurtre, qui plus est.

— Ce n'est pas elle qui a tué Kohler », affirmai-je.

Delgado haussa les épaules. « N'en soyez pas si sûr, Lucas. Tout est possible dans notre boulot.

— Contentez-vous de transmettre ce rapport. »

L'autre secoua la tête et jeta l'enveloppe dans ma direction. « Non. »

Je tiquai.

« Réécrivez-le en restant dans le vague sur la façon dont vous avez obtenu ces transmissions codées et les titres des livres utilisés par Kohler, dit Delgado. Donnez un compte rendu du genre ambigu – comme si les charlots d'Hemingway étaient tombés sur ces trucs par hasard. Laissez la pute en dehors de tout ça. De cette façon, vous garderez votre boulot et on ne sera pas obligés de reprendre cette mission à zéro. »

Je me carrai sur mon siège et considérai l'agent secret. *Pourquoi diable fais-tu ça, Delgado... ou quel que soit ton vrai nom ?*

Comme s'il lisait dans mes pensées, il se fendit d'un sourire, ôta son chapeau et en essuya le ruban intérieur avec un mouchoir pêché dans la poche de son pantalon. « Quels mobiles occultes peuvent donc me pousser à vous donner ces ordres, Lucas ?

— Vous n'avez pas à me donner d'ordres, répliquai-je d'une voix neutre. Vous êtes mon agent de liaison, pas mon contrôleur. J'ai pour instruction de faire parvenir mes rapports à Mr. Hoover par votre entremise. »

Delgado souriait toujours, mais son regard était froid et inexpressif. « Et en tant qu'agent de liaison entre vous et Mr. Hoover, je vous dis de réécrire ce putain de rapport, connard. Contentez-vous des faits. Minimisez votre implication. Si le directeur pense que vous obéissez au doigt et à l'œil à Hemingway, il vous évacuera d'ici tellement vite que ça fera tourner votre tête de pioche. Et que se passera-t-il ensuite ? Hemingway n'acceptera pas d'autre "conseiller". Je serai obligé de décupler mes efforts pour surveiller l'Usine à forbans de l'extérieur pendant que ces crétins de l'antenne du Bureau à La Havane me serreront de près. »

Je considérai mon rapport dactylographié et restai muet. Je me demandai lequel était le mieux entraîné au combat à mains nues – lui ou moi ? Il serait intéressant de le découvrir.

Delgado plongea une main dans son sac, en sortit deux minces chemises et les posa sur la table. « J'ai pensé que vous souhaiteriez peut-être voir ceci. » Il se leva et s'étira. « Je vais aller boire un verre au bout de la rue. Lisez-les et laissez-les sur la table. Je les reprendrai en revenant. »

Il ne s'attendait pas à ce que j'abandonne des documents confidentiels dans la planque, et je le savais. Il allait attendre mon départ quelque part dans les parages.

Je commençai par la plus mince des deux chemises. Il ne s'agissait pas d'un dossier O/C de Hoover – c'était un simple dossier du Bureau. Vu le résumé qui figurait en première page, je n'y trouverais ni transcriptions, ni rapports de surveillance, ni analyses, ni photocopies détournées ; le dossier de cette femme était semblable à ceux de plusieurs millions de citoyens américains – le produit de contacts isolés avec des personnes, physiques ou morales, faisant l'objet d'une surveillance du Bureau, d'une dénonciation anonyme, ou tout simplement du fait que son nom était apparu dans un contexte de nature à entraîner l'ouverture d'un dossier.

Helga Bischoff était née en août 1911 à Düsseldorf, en Allemagne. Son père était mort en 1916, au service du Kaiser, gazé lors de la bataille de la Somme. En 1921, la mère d'Helga avait épousé en secondes noces un nommé Karl Friedrich Sonneman. Herr Sonneman avait deux filles et trois fils d'un premier mariage ; l'une des demi-sœurs d'Helga était Emmy Sonneman, la future épouse d'Hermann Goering.

Helga Sonneman avait rencontré Inga Arvad en 1936 par l'entremise de sa demi-sœur Emmy. Arvad, alors correspondante à Berlin, avait souhaité interviewer la future Frau Goering. Les deux femmes s'étaient si bien entendues qu'Emmy Sonneman avait invité Inga Arvad d'abord dans sa maison de campagne – où elle avait rencontré Helga, alors âgée de vingt-cinq ans, qui visitait l'Allemagne pour admirer les gloires du Troisième Reich –, puis à sa cérémonie de mariage privée.

Selon ce bref rapport, Helga Sonneman s'était établie aux États-Unis en 1929, peu de temps après le krach boursier. Après des études au Wellesley College – où elle avait obtenu des diplômes d'anthropologie et d'archéologie –, elle avait épousé un chirurgien de Boston ; après son divorce, prononcé vers le milieu des années 30, elle avait repris son nom de jeune fille et s'était installée à New York, désormais citoyenne américaine. Helga Sonneman gagnait sa vie comme experte indépendante, authentifiant des artefacts anciens – en particulier des gravures et des poteries mayas, incas et aztèques. Elle avait travaillé pour plusieurs universités américaines des plus réputées et était présentement employée par le Muséum d'histoire naturelle de New York.

Le rapport soulignait ses liens avec Goering et d'autres dignitaires nazis – apparemment, les Sonneman étaient très proches de Rudolf Hess –, mais au cours des années 30, Helga n'avait effectué en Allemagne que de rares séjours sans histoire. La séduisante blonde ne s'intéressait guère à la politique, semblait-il. Si elle s'était parfois rendue en Europe durant la décennie écoulée, elle voyageait beaucoup plus souvent au Mexique, au Brésil, au Pérou et dans d'autres régions de l'Amérique latine.

Le dossier contenait bien entendu des références à Inga Arvad. En plus de l'avoir rencontrée en Allemagne et lors de plusieurs séjours au Danemark, Helga figurait au nombre des personnes qu'Inga avait contactées lors de sa venue aux États-Unis en 1940. En fait, Arvad avait logé quelques semaines dans l'appartement new-yorkais de Sonneman, jusqu'à ce que le Dr Paul Fejos arrive d'Europe. Quelques notes renvoyaient à des rapports de surveillance établis lors de soirées auxquelles avaient assisté Inga Arvad et Axel Wenner-Gren, se contentant de mentionner, par exemple : « Miss Helga Sonneman, une amie de Mrs. Fejos, était également présente. »

À la fin de l'automne 1941, peu de temps après que l'amant d'Inga, Wenner-Gren, avait offert le *Southern Cross* à la Viking Fund, le Dr Fejos et le conseil d'administration de cette association avaient recruté Helga Sonneman en tant qu'archéologue et conservateur de l'expédition. Une note dactylographiée à la hâte précisait qu'elle s'était envolée pour les Bahamas le 15 avril de cette année, sans doute pour rejoindre le *Southern Cross*, que l'on avait vu se ravitailler là-bas le 17 avril 1942. Fin du dossier. Aucune mention de Teddy Shell.

Mais le dossier de celui-ci était nettement plus substantiel.

Les photographies et les empreintes digitales envoyées au Bureau cette semaine par l'agent spécial R. G. Leddy (antenne de La Havane) prouvaient formellement que l'homme d'affaires chauve connu sous le nom de Mr. Teddy Shell n'était autre que Theodor Schlegel, un agent de l'Abwehr recherché par la police fédérale brésilienne, par la DOPS (la *Delegacia Especial de Ordem Politica et Social* – la police politique brésilienne, spécialisée dans le contre-espionnage) et par le FBI (division SIS) pour activités d'espionnage sur le sol brésilien.

Theodor Schlegel était né en 1892 à Berlin. Après avoir servi durant la Première Guerre mondiale, parvenant au grade de lieutenant, il avait été démobilisé en 1918 et avait entrepris une brillante carrière dans les affaires, devenant l'un des dirigeants d'une importante aciérie de Krefeld. En 1936, l'entreprise avait envoyé Schlegel à Rio de Janeiro afin qu'il procède à la liquidation d'une filiale déficitaire. Après avoir accompli cette mission, il avait créé une nouvelle filiale, la *Companhia de Acos Marathon* – qui figurait dans la suite du dossier sous le nom d'« Aciéries Marathon ». Durant les années où le Troisième Reich préparait la guerre et la domination de l'Europe, Schlegel était resté en poste au Brésil, dirigeant les Aciéries Marathon depuis son QG de Rio de Janeiro et faisant de fréquents séjours à son antenne de São Paulo. Il se rendait tout aussi fréquemment en Allemagne, ainsi qu'aux États-Unis, pour y visiter des aciéries. En 1941, Schlegel se trouvait souvent à New York sous le nom d'emprunt de Theodore Shell – homme d'affaires et philanthrope germano-hollandais. Selon une déclaration de l'*Internal Revenue Service*, Mr. Shell finançait plusieurs associations américaines à but non lucratif, dont la Viking Fund, domiciliée dans le Delaware. La haute société new-yorkaise connaissait l'homme chauve au nœud papillon sous le petit nom de « Teddy ». Le dossier contenait une photographie montrant « Teddy Shell » posant, le verre à la main, aux côtés d'un Nelson Rockefeller souriant.

Il était impossible de déterminer le moment exact où Theodor Schlegel, alias Teddy Shell, avait été recruté par l'Abwehr, mais la date la plus probable était 1939, lors de son voyage annuel en Allemagne. En 1940, la DOPS et ses conseillers du FBI soupçonnaient Schlegel d'être l'agent connu sous le nom de code « Salama », qui renseignait l'Abwehr sur les convois maritimes alliés au moyen d'un poste émetteur-récepteur situé à Rio ou dans ses environs. Au même moment, des fonds et des messages chiffrés transitaient par Salama via la *Deutsch Edelstahlwerke*, une société qui, le jour, faisait des affaires avec les aciéries de Schlegel et, la nuit, envoyait à l'Abwehr des messages plus consistants.

Schlegel avait attiré l'attention sur lui après avoir contacté un ingénieur allemand du nom d'Albrecht Gustav Engels, un maître espion et spécialiste radio que les experts en contre-espionnage de l'Amérique latine connaissaient sous le nom de code « Alfredo ».

Il était inutile que je lise les rapports consacrés à Engels, l'ami de Schlegel. Mon travail au Mexique, en Colombie et ailleurs avait fait de moi un familier d'Alfredo.

Engels – qui, en théorie, était le contact radio de Theodor Schlegel au Brésil – avait connu un tel succès en montant son réseau d'espions nazis que, dès 1941, son poste émetteur de Rio de Janeiro – nom de code « Bolivar » pour le SIS – était devenu le point de passage obligé des informations que l'Abwehr recevait depuis New York, Baltimore, Mexico, Quito, Valparaiso et Buenos Aires. En outre, Alfredo – Herr Albrecht Gustav Engels – contrôlait plusieurs centaines d'agents qui opéraient en toute impunité dans toutes ces villes, ainsi que dans une douzaine d'autres.

Je savais par expérience qu'en octobre 1941, Dusko Popov – le même « Tricycle » avec lequel Ian Fleming s'était promené dans les casinos portugais en août dernier – s'était rendu à Rio pour s'y entretenir avec Engels de la possibilité d'installer un poste de radio clandestin aux États-Unis. Selon les notes contenues dans ce dossier, Theodor Schlegel était présent lors de cette réunion et avait ensuite pris l'avion pour New York avec Popov, sous sa fausse identité de Teddy Shell.

Et c'était Engels qui avait transmis à Popov le questionnaire de Berlin – celui relatif aux défenses américaines de Pearl Harbor.

Je passai directement à la fin du dossier.

Au printemps de cette année, les autorités militaires américaines avaient fait pression sur les Brésiliens pour qu'ils mettent un terme aux activités des espions allemands sur leur territoire. Le général George Marshall, chef d'état-major des armées, avait adressé une lettre personnelle au général brésilien Goes Monteiro, suppliant et exigeant tout à la fois que l'armée et la police brésiliennes passent à l'action. Le général Marshall avait inclus dans sa lettre des extraits de documents confidentiels provenant de l'ONI et de la BSC – des transmissions de « Bolivar » interceptées par ces deux services et indiquant la position et les horaires de départ du *Queen Mary*, qui voyageait sans escorte avec à son bord neuf mille soldats américains en partance pour l'Extrême-Orient.

Le FBI avait intercepté et copié le courrier du général Marshall. L'un des derniers paragraphes de sa lettre disait ceci : « Dans l'hypothèse où ce navire aurait sombré, entraînant dans la mort plusieurs milliers de nos soldats, cet incident aurait gravement affecté l'amitié historique entre nos deux nations si le public avait soupçonné la manière dont il avait été livré à l'ennemi... »

Traduction : Si le *Queen Mary* avait été torpillé suite aux transmissions de « Bolivar », et en raison de l'inaction et de l'incompétence des Brésiliens, ceux-ci auraient dû se passer de l'aide économique et militaire des États-Unis, sans parler de la sympathie de ses dirigeants.

En réaction, poursuivait le rapport, la DOPS et la police fédérale brésilienne – aidées par des conseillers de l'ONI, de la BSC, du SIS, du FBI et de l'armée américaine – avaient mollement procédé à des arrestations dans les régions de Rio et de São Paulo.

Theodor Schlegel n'avait pas été inquiété. Les arrestations avaient eu lieu de la mi-mars à la fin avril. Le 4 avril, à en croire le dernier rapport du dossier, Theodor Schlegel – voyageant sous l'identité de Teddy Shell et, de toute évidence, ignorant ce qui était en train d'arriver à ses acolytes – s'était envolé pour les Bahamas, d'où il avait gagné New York. À Nassau, il avait rencontré son ami Axel Wenner-Gren. À New York, il avait rencontré le Dr Fejos et le conseil d'administration de la Viking Fund, qui – suite à un nouveau don effectué par ce philanthrope et homme d'affaires – avait bombardé l'Allemand chauve qui aimait tant les nœuds papillons chef de la première expédition du *Southern Cross*, le navire d'exploration de la Viking Fund.

« Seigneur Jésus », marmonnai-je en m'épongeant le front. À côté de ce micmac, le légendaire nœud gordien ressemblait à l'œuvre d'un boy-scout.

Je laissai les dossiers sur la table et ressortis à la lumière et à la chaleur du jour.

Le carnet du mort menaçait de me faire sombrer dans la folie et la frustration.

La cryptographie, je le confesse, n'avait jamais été mon point fort, à Quantico comme au Camp X. Un peu plus tôt, je m'étais montré quelque peu suffisant en expliquant à Hemingway le système de l'Abwehr, mais en vérité, bien que j'aie souvent eu entre les mains des messages allemands codés, au Mexique et ailleurs, je me contentais en général de les transmettre aux experts du SIS présents sur place ou au siège du Bureau à Washington. En règle générale, d'ailleurs, le FBI était médiocrement doué pour la cryptographie, et il lui arrivait souvent de se défausser sur l'ONI, sur la division G-2 de l'armée, voire carrément sur le service de contre-espionnage du ministère des Affaires étrangères, cette nébuleuse dont Hemingway me croyait l'un des éléments.

Mon postulat de base était correct, j'en étais persuadé. Les grilles du carnet de Kohler étaient du format standard. On pouvait dire une chose des Allemands : une fois qu'ils avaient trouvé un système élégant, ils s'y tenaient obstinément, ce qui était pourtant stupide dans un monde où même le code le plus subtil était susceptible d'être déchiffré par les experts du camp ennemi. Bien que je n'aie jamais pu le confirmer durant mes activités au Camp X, le bruit courait que les Britanniques avaient déjà déchiffré les codes allemands les plus difficiles, ce qui leur avait permis d'effectuer certains de leurs raids les plus brillants et de remporter quelques-unes de leurs victoires navales les plus éclatantes. Comme les Allemands multipliaient toujours les triomphes, en mer comme sur terre, cela signifiait que si les Britanniques avaient effectivement déchiffré leurs codes – en particulier ceux de la flotte sous-marine –, leur commandement payait pour conserver ce secret un lourd tribut en navires et en vies humaines.

En attendant, je n'avais devant moi que le plus élémentaire des codes à la disposition d'un *Funker* (opérateur) de l'Abwehr.

Son principe était aussi simple que celui que j'avais décrit à Hemingway, j'en étais sûr. Le mot ou la phrase clé de chaque transmission chiffrée se trouvait certainement dans l'un ou l'autre des livres que j'avais vus dans la cabine de Kohler. Comme les grilles faisaient vingt-six colonnes et cinq lignes, il me fallait les vingt-six premières lettres de la page donnée du livre donné. Mais il arrivait fréquemment que l'on n'utilise qu'une partie des vingt-six premières cases, le premier mot de la page donnée du livre donné déterminant le nombre de cases employé.

Mais quelle page ? Et quel livre ?

Je savais que pour les vingt-six premières lettres, les Allemands avaient l'habitude de faire correspondre une page du livre à chaque jour de l'année. Ce qui éliminait *Drei Kameraden*, le court roman d'Erich Maria Remarque – il ne faisait que cent six pages. Je supposai que *Drei Kameraden* était la source du « premier mot » qui déciderait de la partition de la grille. Mais sur quelle page se trouvait-il ? Cette information avait sans doute été transmise en code préalablement à la traduction. Et la transmission chiffrée dont nous disposions était-elle relative au code des vingt-six lettres ou au code du premier mot ?

Aucune importance, me dis-je. Je disposai des notes que Kohler avait rédigées sur la transmission : *h-r-l-s-l / r-i-a-l-u / i-v-g-a-m*... et cetera. Il me suffisait de déterminer quelle transmission correspondait à quel code, quel code était basé sur quels mots ou quelles phrases de quelles pages de quel livre.

Enfin. Cent six pages, ce ne serait pas bien long... Je n'avais qu'à substituer le premier mot de chacune des cent six pages, construire la grille sur cette base et voir ce que donnait le message chiffré. Au début, je fus malgré moi séduit par la prose toute simple de Remarque – « *Meinen letzten Geburtstag hatte ich im Café International gefeiert...* » – et intéressé par cette histoire d'automobiles, d'amour, de maladie, d'amitié et de deuil. Je m'interrompis au bout de soixante et une page – « *Und da kam sie, aus dem Gebrodel der Nacht, die ruhige Stimme Kosters...* » Le moment était mal choisi pour lire mon premier livre inventé.

La plupart des premiers mots pouvaient être éliminés pour cause de brièveté – *Ich, Und, Die*, et cetera. La majorité des autres – *uberflutete* (page 11), *mussen* (page 24), *Gottfried* (page 25), et cetera –, de prime abord prometteurs, produisirent du charabia lorsque je les appliquai à la grille et tentai de déchiffrer la transmission.

Lorsque vint l'après-midi précédant notre dîner en compagnie d'Helga Sonneman, de Teddy Shell et de la mystérieuse « Boche », je n'avais abouti nulle part. Comme la Boche devait loger quelques jours au cottage, j'aidai Hemingway à déménager les cartes, les dossiers et la machine à écrire de l'Usine à forbans – enfermant le carnet de Kohler et les trois livres allemands dans le coffre-fort de la maison –, puis je fis mes bagages et les emportai au cottage « Premier Choix », *la casa perdita*, où Maria Marquez accueillit mon installation par un haussement de sourcils et un léger plissement des lèvres. Xénophobie avait reçu l'autorisation de prendre ses repas dans la grande maison, avec les domestiques, et de passer l'après-midi au bord de la piscine quand Hemingway était là pour veiller sur elle, mais aujourd'hui, elle était *persona non grata* à la *finca*, ce qui la rendait de mauvaise humeur.

J'étais censé faire quelques courses à La Havane avant de ramener la Lincoln à la ferme. Qui que fût cette Boche, Hemingway se rendait en personne à l'aéroport pour l'y accueillir à quatre heures et demie. Je disposais de deux heures.

Je m'arrêtai à la première cabine téléphonique. À l'autre bout du fil, la voix dit : « Bien sûr, Mr. Lucas. Venez tout de suite. Nous vous attendons. »

Le Nacional était l'hôtel le plus cher de La Havane. J'avais laissé la voiture près du front de mer et parcouru plusieurs rues, revenant sur mes pas, traversant au milieu de la circulation, examinant les vitrines, bref utilisant tout mon répertoire de ruses pour m'assurer qu'on ne me suivait pas. Aucun signe de Maldonado, de Delgado ou des personnes qui s'étaient intéressées à moi ces derniers temps. Cependant, j'hésitai avant de franchir les grandes portes de l'hôtel. Jusqu'ici, je pouvais justifier tous mes actes devant le Bureau. Si ma mission était un succès, cela me permettrait d'expliquer pourquoi j'avais participé au feu d'artifice dans le port et pourquoi je m'étais abstenu de signaler l'existence du carnet avant d'avoir déchiffré la transmission.

Ce que j'étais sur le point de faire violait les règles du Bureau, la procédure du SIS et le protocole d'interaction entre agences.

Et puis merde.

« Ah, entrez, entrez, Mr. Lucas », dit Wallace Beta Phillips sur le seuil de la chambre 314.

Un autre homme se trouvait avec lui, et ce n'était pas Mr. Cowley, le chauffeur de la dernière fois. Celui-ci était un professionnel, grand, mince et silencieux. Il avait conservé sa veste en dépit de la chaleur. Je devinai qu'elle devait dissimuler un revolver de gros calibre. Mr. Phillips ne nous présenta pas. Le nain chauve fit un signe de tête, et l'autre sortit sur le balcon de la suite, fermant les portes derrière lui.

« Un scotch ? demanda le petit homme en se servant.

— Volontiers. Avec un peu de glace. »

Phillips s'assit sur l'une des chaises ouvragées et me fit signe de prendre place sur le sofa. La rumeur de la circulation nous parvenait à travers les portes et les hautes fenêtres. Je remarquai que les pieds du bossu ne touchaient pas tout à fait le sol. Ses souliers étaient soigneusement cirés, son complet couleur crème aussi impeccablement taillé et repassé que celui qu'il portait lors de notre précédente rencontre.

« À quoi devons-nous ce plaisir, Mr. Lucas ? » La glace tinta dans son verre en cristal comme il le portait à ses lèvres. « Des informations à partager, j'espère ?

— Une question à poser. »

L'homme chauve opina et attendit.

« De façon purement hypothétique, commençai-je, l'intérêt que vous portez à cette affaire Hemingway est-il suffisant pour vous inciter à m'aider dans le décryptage d'une transmission radio ? »

Wallace Beta Phillips n'afficha aucune surprise. « Une transmission radio hypothétique, bien entendu.

— Bien entendu.

— Votre Bureau dispose d'un service de décryptage fort important, Mr. Lucas. Il peut également adresser une demande d'assistance à Mr. Donovan ou à l'ONI, comme cela lui arrive souvent. »

J'attendis la suite.

Phillips eut un petit sourire. « À moins que cet exercice hypothétique ne fasse intervenir une chaîne de commandement plus informelle.

— Peut-être.

— Posez votre question, s'il vous plaît », dit l'ancien chef de la section Amérique latine de l'ONI.

J'avalai une gorgée de scotch, puis reposai doucement mon verre. « Supposons que quelqu'un ait trouvé un livre de code de l'Abwehr. Des grilles standard à chaque page. Des transmissions notées en marge de ces grilles.

— Ce quelqu'un aurait besoin de connaître les livres utilisés par l'opérateur, bien entendu », dit Phillips en contemplant le liquide ambré dans son verre. La lumière filtrée par le whisky dansait sur le cristal.

« Oui », dis-je.

Phillips attendait calmement. Je remarquai à quel point sa peau rose semblait sèche et lisse. Ses ongles avaient été récemment manucurés.

Et puis zut, me dis-je. J'étais déjà dedans jusqu'au cou, aussi lui donnai-je les trois titres.

Phillips opina une nouvelle fois. « Et quelle est votre question, Mr. Lucas ?

— Avez-vous des suggestions pour m'aider à trouver les pages et les mots clés ? L'Abwehr en change souvent.

— Très souvent », acquiesça le nain. Il vida son verre de scotch et le posa sur une table Louis XV. « Pourrais-je vous demander en quoi la coopération de l'OSS ou de l'ONI serait susceptible de bénéficier à l'une ou l'autre de ces agences, Mr. Lucas ? »

Je fis un geste de la main. « De façon toujours purement hypothétique, Mr. Phillips, toute information décodée en rapport avec les opérations du COI... excusez-moi : de l'OSS... ou de l'ONI leur serait communiquée. »

Phillips me fixa un long moment. Ses yeux étaient très bleus. « Et qui déciderait de l'importance de cette information hypothétique eu égard aux opérations de l'OSS, Mr. Lucas ? Nous ou vous ?

— Moi. »

Phillips soupira et contempla quelques instants les motifs du tapis persan sous ses souliers cirés. « Connaissez-vous l'expression "acheter chat en poche", Mr. Lucas ?

— Bien sûr.

— Eh bien, je crois que je suis sur le point d'acquérir un félin de ce type. » Il se leva, se dirigea vers le bar, prenant mon verre au passage, nous servit à nouveau du whisky, me rendit mon verre et se plaça devant la grande fenêtre. « Vous savez ce qui se passe en ce moment au Brésil ? demanda-t-il.

— Oui.

— Je crois que l'Abwehr ignore encore l'étendue des arrestations et des opérations menées par la DOPS. Votre FBI a jugé qu'il était de son avantage de poursuivre les transmissions clandestines du réseau "Bolivar", et les analystes de Mr. Donovan s'accordent pour penser que l'amiral Canaris et ses hommes n'ont pas encore été informés de l'arrestation d'Engels et de certains de ses plus précieux collaborateurs. »

Je plissai le front. « J'ai entendu dire que l'opération contre le transmetteur de Rio avait eu lieu fin mars. Comment se fait-il que l'Abwehr ignore que son organisation est compromise ? »

Phillips se retourna. Sa silhouette, découpée en ombre chinoise devant la fenêtre lumineuse, me rappela J. Edgar Hoover en miniature. « Engels – nom de code : "Alfredo", si vous vous souvenez – fut un des premiers à être arrêtés, dès la mi-mars. Mais comme je vous l'ai dit, ses transmissions n'ont pas été interrompues. »

J'acquiesçai. Le FBI avait déjà joué ce genre de tour, à savoir continuer d'envoyer des informations confidentielles à l'ennemi afin de retirer de ce contact des bénéfices ultérieurs. « L'opération doit être menée directement depuis l'ambassade des États-Unis au Brésil, dis-je. Aucun des bulletins du SIS n'en a fait état.

— C'est exact, dit Wallace Beta Phillips. Connaissez-vous l'agent spécial Jack West ?

— Seulement de nom. Il travaille sous les ordres de D. M. Ladd.

— Précisément. L'agent West a été envoyé au Brésil en mars, peu de temps après l'incident du *Queen Mary*, survenu le 12 mars... »

L'incident en question n'était autre que la transmission, par

Rio, de la date de départ du navire britannique transportant neuf mille soldats américains.

« ... et il a personnellement supervisé les arrestations effectuées par la police fédérale brésilienne à Rio et à São Paulo, acheva Phillips. Depuis, l'Abwehr n'a reçu des transmissions d'"Alfredo" que de façon sporadique, et il a avisé ses supérieurs d'un regain d'activité de la police, d'où nécessité pour ses agents de se planquer quelque temps...

— L'Abwehr ne sait donc pas que c'est en prison qu'ils sont planqués. Mais le Bureau ne peut pas poursuivre ce petit jeu très longtemps. »

Phillips leva une main d'un geste négligent. « Assez longtemps quand même. »

Ce fut à ce moment-là que je compris. Assez longtemps pour que Theodore Schlegel parte en expédition pour la Viking Fund sans se douter qu'Engels et ses autres camarades étaient arrêtés ou placés sous surveillance. Assez longtemps pour que l'amiral Canaris soit rassuré... mais dans quel but ? Poursuivre la mystérieuse opération entamée par l'Abwehr dans la région de Cuba.

L'espace d'une seconde, mon sang se glaça dans mes veines. Les services de renseignement britanniques et américains *avaient couru le risque que les sous-marins allemands torpillent le* Queen Mary, *avec neuf mille soldats américains à son bord, plutôt que de compromettre cette opération.* Mais que diable se passait-il ?

Je pouvais le demander à Wallace Beta Phillips, mais je savais que le petit homme ne me le dirait pas. Pas maintenant. Quel que soit le rôle que l'on m'avait assigné dans ce labyrinthe, je devrais le jouer tout seul avant de trouver des réponses à mes questions. Mais Phillips était disposé à acheter chat en poche, courant ainsi plus de risques que moi. De toute évidence, l'ONI et l'OSS fraîchement créée par Donovan possédaient *déjà* les codes allemands, du moins en partie, s'ils surveillaient les transmissions effectuées par le FBI sous le couvert d'« Alfredo » et de « Bolivar ».

« Quelle est la clé ? demandai-je. À quelle page de *Drei Kameraden* se trouve-t-elle ? »

Phillips eut un nouveau sourire. Contrairement au rictus de Delgado, le sourire du nain bossu était fort aimable, jamais moqueur. « Depuis fin avril, l'Abwehr et Schlegel utilisent *Geopolitik* et l'anthologie de littérature allemande que vous avez mentionnée, mon cher. Le livre de Remarque est hors du coup, j'en ai peur.

— Alors, pourquoi Kohler en possédait-il un exemplaire ? »

Phillips se dirigea vers sa chaise et s'y assit d'un bond. « Peut-être qu'il aimait les bons livres, tout simplement.

— Et le code page ?

— En ce moment, ils utilisent le 20 avril comme "premier jour/première page". C'est ce jour-là que la clé a été changée, et je n'ai eu connaissance d'aucun autre changement depuis lors.

— Et les livres ?

— Je pense que le mot se trouve dans *Geopolitik* et la clé alphabétique dans l'anthologie. »

Je hochai la tête, posai mon verre vide sur la table basse et me dirigeai vers la porte.

« Mr. Lucas ? »

J'attendis la suite, la main sur le loquet.

« Connaissez-vous par hasard la signification de la date du 20 avril ?

— C'est l'anniversaire d'Hitler. Je ne savais pas que l'amiral Canaris était si sentimental. »

Phillips n'avait pas cessé de sourire. « Nous non plus, Mr. Lucas. Nous soupçonnons notre ami du bateau, Herr Schlegel, d'avoir été suffisamment sentimental... ou suffisamment stupide... pour suggérer cette date. »

Je me retournai pour prendre congé.

« Mr. Lucas ? »

Le couloir était désert. Toujours sur le seuil, je fixai la petite silhouette contrefaite qui se dressait dans un trapézoïde de lumière.

« Vous saurez faire preuve de largesse au moment de décider si vos informations intéressent l'OSS, n'est-ce pas ?

— Je vous rappellerai », promis-je, et je sortis.

Je dis à Hemingway que j'avais de nouveau besoin de consulter les livres et le carnet. L'écrivain était fort occupé à nouer sa cravate et à se préparer à partir pour l'aéroport, mais il prit le temps de m'ouvrir le coffre-fort.

« Vous ne pouvez pas travailler sur ce truc dans le cottage, me dit-il. La Boche y dort cette nuit.

— Je vais aller au "Premier Choix".

— Ne laissez pas Xénophobie vous regarder bosser. »

Je lui lançai un regard appuyé. Hemingway me prenait-il vraiment pour un imbécile ?

« Au fait... Helga et Teddy arriveront bien avant six heures et demie », dit-il en enfilant une veste de lin. Martha Gellhorn nous croisa dans le couloir, dit à Juan le chauffeur de se dépêcher, puis donna le même ordre à Hemingway, sur le même ton. L'écrivain s'arrêta devant un miroir pour se passer les mains sur ses cheveux brillantinés. Il tenait vraiment à faire impression sur cette mystérieuse Boche.

« Nous allons nous réunir au bord de la piscine avant l'heure de l'apéritif, me dit-il, mais il y aura aussi à boire par là. Apportez un maillot de bain si vous en avez un.

— Un maillot de bain ? »

Hemingway sourit de toutes ses dents. « J'ai eu Helga au téléphone cet après-midi. Elle a été ravie d'apprendre que nous avions une piscine. Apparemment, on vient tout juste de lui dire qu'il y avait des requins autour de la baie de La Havane... et elle adore nager.

— Ernest ! hurla Gellhorn depuis la voiture. Bon Dieu, tu n'as pas voulu me laisser le temps de me maquiller, et voilà maintenant que tu me fais lanterner !

— Bonne chance avec ces trucs », dit Hemingway en me tendant les livres et le carnet, comme s'il venait de se rappeler leur existence, et en trottinant vers la Lincoln.

Je pris le chemin de *la casa perdita*, me demandant où j'allais bien pouvoir exiler Xénophobie pendant que je décrypterais les transmissions radio nazies.

14

Les trois femmes en maillot de bain n'étaient pas désagréables à regarder. Martha Gellhorn portait un costume une pièce blanc en tissu élastique, rehaussé de liserés. Helga Sonneman avait un maillot deux pièces, rayé en haut comme en bas. Marlene Dietrich portait un maillot sobre d'un bleu marine si foncé qu'il en paraissait presque noir. Leur physique allait de l'athlétique teinté de sensualité allemande, chez Sonneman, au mélange américain de lignes sèches et de tendres galbes, chez Gellhorn, en passant par l'érotisme anguleux de Dietrich.

Je n'avais pas été entièrement surpris en découvrant que la « Boche » était elle aussi une vedette de cinéma... en particulier celle-ci. Si j'ignorais presque tout d'Hemingway quelques semaines plus tôt, je savais néanmoins qu'il s'était lié d'amitié avec cette femme. Je n'allais pas souvent au cinéma, mais quand j'avais envie de voir un film, c'était en général un western ou un film de gangsters. J'avais vu Dietrich dans un film avec Jimmy Stewart – *Femme ou démon* – juste avant qu'Hitler envahisse la Pologne. D'habitude, j'aimais bien Jimmy Stewart, mais ce film ne m'avait guère plu ; il semblait vouloir se moquer des autres westerns, et le personnage de Dietrich, quoique parlant avec un fort accent allemand, était baptisé « Frenchy ». C'était ridicule. Puis, l'été précédent, je l'avais vue dans *L'Entraîneuse fatale* – un film de durs à cuire peu mémorable interprété par Edward G. Robinson et George Raft, deux de mes durs à cuire préférés. Son personnage m'avait paru faible, presque superflu, et je n'avais gardé en mémoire que les passages où elle montrait ses jambes – des jambes toujours splendides bien qu'elle eût quarante ans passés –, ainsi qu'une scène où elle s'activait dans une minuscule cuisine. Assis dans ce cinéma de Mexico, pensant à autre chose et ignorant les sous-titres en espagnol, la chose m'avait soudain frappé : *Elle est vraiment en train de préparer ce ragoût.*

Avant de rejoindre les autres au bord de la piscine, je devais cacher le carnet et les livres de référence. Grâce au coup de main de Wallace, il ne m'avait fallu qu'un quart d'heure pour identifier les mots clés, préparer les grilles et décoder les messages. J'étais impatient de montrer ceux-ci à Hemingway, mais lorsque je gagnai la *finca*, l'écrivain faisait visiter les lieux à ses invités, et je me dis qu'il serait mal avisé de lui exposer mon travail en présence de Teddy Shell, alias Theodore Schlegel, l'homme qui avait presque certainement recruté Martin Kohler pour émettre et recevoir ces transmissions clandestines.

Je ne pouvais pas laisser les livres dans le cottage « Premier Choix ». Xénophobie ne m'avait posé aucun problème lors de mon arrivée ; elle avait tout bonnement disparu. La jeune prostituée n'était pas censée sortir toute seule, mais elle avait été vexée d'être tenue à l'écart de la *finca* durant toute la journée, et sans doute se promenait-elle dans les collines, voire dans les rues de San Francisco de Paula. J'espérais qu'elle n'avait pas fait la bêtise de se rendre dans l'un des bars ou des magasins du village, étant recherchée à la fois par la Police nationale et par les hommes de Schlegel, car *Caballo Loco* inspirait une telle terreur à ces villageois si sympathiques qu'ils n'auraient rien caché à ses acolytes. Sans compter que l'argent de Schlegel ne manquerait pas de délier pas mal de langues chez les pauvres.

Je décrétai que Maria Marquez n'était pas mon problème. Mon problème était de trouver une cachette sûre pour les livres et le carnet jusqu'à ce que, cette stupide réception ayant pris fin, je puisse en parler à Hemingway. Je me déshabillai, enfilai mon maillot de bain, enveloppai les livres et le carnet dans le torchon à carreaux, apportai le tout à la *finca*, empruntant l'entrée de service pendant que tout le monde s'amusait à la piscine, ouvris le coffre-fort d'Hemingway – je l'avais observé avec attention lorsqu'il l'avait utilisé tantôt – et y enfermai les livres et le carnet avant d'aller rejoindre l'espion de l'Abwehr, la conservatrice d'artefacts antiques et la vedette de cinéma.

De toute évidence, Dietrich n'était jamais venue à la *finca* avant ce jour. Un peu plus tôt, j'avais aperçu le groupe achevant sa visite guidée et, là où Helga Sonneman se montrait polie mais visiblement troublée par les trophées de chasse, Theodor Schlegel se bornant quant à lui à siroter son verre entre deux grognements, Marlene Dietrich s'exclamait à chaque nouvelle découverte : les têtes empaillées, les livres, les œuvres d'art, les grandes pièces fraîches, le bureau d'Hemingway et son écritoire. Son accent germanique était presque aussi prononcé que dans les films que j'avais vus, mais bien plus détendu, bien plus aimable que tout ce que j'avais pu entendre dans une salle de cinéma.

À présent, pendant que les femmes nageaient dans la piscine, les trois hommes étaient assis à proximité, un verre à la main. Hemingway paraissait parfaitement à l'aise dans un tee-shirt jaune délavé qui faisait ressortir son bronzage et un short dont il était impossible d'identifier la couleur d'origine, tandis que Theodor Schlegel – je ne parvenais pas à l'appeler « Teddy Shell » – semblait sur le point d'étouffer, engoncé dans son smoking blanc à col haut, sa chemise ornée de l'inévitable nœud papillon, son pantalon noir au pli impeccable et ses souliers noirs étincelants. Trois hommes regardant trois femmes court vêtues ne peuvent s'empêcher d'avoir un petit air propriétaire, et les regards que Schlegel jetait à Helga Sonneman étaient clairement possessifs. Hemingway, en pleine forme, racontait des blagues, se moquait des piètres excuses dont Schlegel accompagnait ses traits d'esprit, bavardait avec Gellhorn et Dietrich, et apportait un verre à Sonneman chaque fois que celle-ci refaisait surface. Il se montrait possessif envers son épouse et avec l'actrice, et peut-être aussi avec Sonneman.

Observer Hemingway en compagnie des femmes était fort intéressant. Cela m'aida à le comprendre un peu. D'un côté, l'écrivain était poli, presque timide avec elles – même avec Maria, la putain. Il leur prêtait attention quand elles prenaient la parole, ne les interrompant que rarement – même lorsque son épouse lui faisait quelque reproche –, et semblait sincèrement intéressé par leurs propos. D'un autre côté, il avait toujours l'air de formuler un jugement en présence du sexe opposé – rien à voir avec les classiques plaisanteries de chambrée, bien qu'il lui arrivât parfois de s'y adonner, comme lorsqu'il m'avait dit qu'il avait « irrigué » son épouse à deux reprises avant le petit déjeuner –, une évaluation muette, comme s'il se demandait en permanence si telle ou telle femme méritait son temps et son attention.

C'était clairement le cas de Dietrich. Au bout d'une demi-heure à peine, je percevais sans peine l'intelligence farouche de l'actrice et le plaisir qu'en retirait Hemingway. Celui-ci donnait toute sa mesure en présence d'une femme intelligente – son épouse, Ingrid Bergman, Leopoldina la Honesta, et maintenant Marlène Dietrich –, chose que je n'avais observée que rarement chez les hommes actifs et charismatiques. En règle générale, de tels hommes affichaient leurs qualités en présence de leurs semblables et semblaient souvent perdus en compagnie des femmes – en particulier quand il ne s'agissait pas de leurs épouses. Mon oncle était comme cela. Mon père aussi, sans doute. Pas Hemingway. Quels que soient les critères qu'il avait établis en secret pour évaluer l'esprit, l'aspect, la conversation et l'intelligence des femmes, Dietrich y avait de toute évidence répondu haut la main, et ce depuis longtemps.

Apparemment, Schlegel avait échoué à ceux qu'Hemingway avait concoctés pour les hommes... ou pour les agents secrets, d'ailleurs. Schlegel ne ressemblait nullement à l'image de l'audacieux espion nazi : un visage rond sous un crâne presque chauve ; une bouche molle ; des bajoues ; et des yeux de basset prêts à verser des larmes à la moindre provocation. Son accent germanique était aussi prononcé que celui de Dietrich, mais il était sec et désagréable là où celui de l'actrice était doux et sensuel. J'admirais le talent avec lequel Schlegel avait noué son nœud papillon. La conversation qu'il avait avec Hemingway était aussi lisse, aussi insignifiante que cet accessoire – totalement superficielle.

Helga Sonneman parlait peu, mais je fus surpris de constater son absence quasi totale d'accent germanique. Pour quelqu'un qui était né en Allemagne et ne s'était établi aux États-Unis qu'au moment d'entamer des études universitaires, ce trait était remarquable. En fait, elle avait un peu l'intonation des classes supérieures de la Nouvelle-Angleterre – bien moins prononcée que celle de Martha Gellhorn, acquise à Bryn Mawr –, pimentée par une façon toute new-yorkaise de moduler les voyelles.

J'avais été décrit comme un invité et associé d'Hemingway dans sa prochaine expédition scientifique en mer, ce qui avait semblé satisfaire tout le monde. Je détaillai avec soin le visage de Sonneman quand on nous présenta – à l'affût d'une crispation des muscles autour de ses lèvres ou de la dilatation de ses pupilles, signes qu'elle reconnaissait en moi le pompier de la coursive –, mais elle demeura impassible. Si elle jouait la comédie, elle était encore plus forte que Dietrich. Certes, c'était le cas de la plupart des espions – nous endossions nos rôles vingt-quatre heures sur vingt-quatre, parfois plusieurs années sans interruption.

Vers sept heures, tout le monde alla se changer pour le dîner, à l'exception de Schlegel. Juste avant de filer au cottage « Premier Choix », j'eus le temps d'apercevoir l'agent de l'Abwehr en train de visiter la bibliothèque d'Hemingway ; tout en tirant sur son éternelle cigarette, il plissait le front comme s'il en désapprouvait le contenu. J'eus l'impression que Teddy était nerveux.

Sans que je sache comment, Hemingway et Gellhorn avaient réussi à convaincre Ramón, leur capricieux cuisinier chinois, de préparer uniquement des plats traditionnels cubains pour le dîner. Hemingway m'avait confié que Ramón méprisait la cuisine cubaine, fort appréciée de l'écrivain. Au menu, on trouvait donc en entrée des *sofritos* – une pâte d'oignon, d'ail et de poivre vert frite dans de l'huile d'olive de qualité –, puis de l'*ajiaco*, un pot-au-feu comprenant du yucca, du malanga et du boniato avec des *tostones* – des rondelles de *plátano* frites –, puis du *fufú*, un mets composé de couenne croustillante et de banane plantain arrosée d'huile d'olive qui, comme nous l'assura Hemingway, était originaire de l'Afrique de l'Ouest.

Le plat de résistance était aussi à base de porc – des steaks *palomilla*, le morceau de choix des gourmets cubains, accompagnés de haricots noirs, de riz et encore de banane plantain. Parmi les épices que j'identifiai figuraient de la menthe, du cumin, de l'origan, du persil, de l'orange amère et de l'*ajo* – de l'ail fourré à l'ail et enrobé d'ail. Je remarquai que les joues de Schlegel devenaient un peu plus rouges à chaque plat, mais Hemingway semblait adorer ces mets et poussait tout le monde à se resservir plusieurs fois.

Comme à son habitude, l'écrivain avait sélectionné son vin préféré – un tavel importé de France –, et servait tout le monde en tenant la bouteille par le goulot.

« Ernest, dit Dietrich alors qu'il remplissait son verre, pourquoi tenez-vous la bouteille ainsi, mon chéri ? Cela semble si maladroit chez un homme élégant comme vous. »

Hemingway eut un large sourire. « Les bouteilles par le cou. Les femmes par la taille. » Et il resservit Sonneman et Schlegel. Gellhorn lui fit signe que ce qu'elle avait dans son verre lui suffisait, et je l'imitai.

Hemingway était assis en bout de table, avec Dietrich à sa droite et Schlegel à sa gauche, Sonneman se trouvant en face de moi, à la droite de Gellhorn, assise à l'autre bout. Comme chaque fois que j'avais partagé la table de l'écrivain, la conversation était aussi abondante que le vin, encouragée sans être dominée par

Hemingway ou par son épouse. On se sentait bien à la table d'Ernest Hemingway, on sentait l'énergie émaner de lui et de ses convives, même lorsque l'un de ceux-ci était un espion au visage boursouflé et un autre une femme mystérieuse ayant des liens avec les nazis. De toute évidence, Dietrich avait une grande affection pour Gellhorn et Hemingway – pour ce dernier en particulier –, et son énergie était égale à celle de l'écrivain, sans être épuisante pour autant.

On avait déjà évoqué au bord de la piscine les raisons qui avaient poussé Schlegel et Sonneman à jeter l'ancre à La Havane. On avait salué comme il se doit la réussite de Dietrich, qui avait écarté les compliments d'un geste de la main. Sonneman et Gellhorn s'étaient mutuellement taquinées à propos de leurs universités – apparemment, il existait une rivalité entre Bryn Mawr et Wellesley College. En fin de compte, les deux femmes étaient tombées d'accord pour déclarer qu'aux yeux d'un bon nombre d'étudiantes, ces deux institutions avaient pour seule vocation de les préparer à épouser des hommes ayant étudié à Harvard, à Princeton ou à Yale. La conversation avait ensuite porté sur la nourriture, la situation politique, l'étrange énergie de Cuba en général et de La Havane en particulier, et sur la guerre.

« Ce dîner, Ernest et Martha, dit Dietrich. C'est un peu comme une réunion du *Bund*, non ? »

Schlegel blêmit. Sonneman prit un air intrigué.

« Trois Allemands à votre table, poursuivit l'actrice. Je ne serais pas surprise si le FBI nous espionnait depuis la cuisine.

— Ce n'est que Ramón, répondit Hemingway en gloussant. Il vérifie que nous mangeons pour de bon ces plats cubains.

— Ces plats cubains sont délicieux, dit Sonneman avec un sourire qui me rappela Ingrid Bergman. C'est la première fois que je mange aussi bien depuis notre arrivée. »

Une fois passé ce moment délicat, Hemingway entreprit d'interroger Sonneman sur la nature de l'expédition archéologique du *Southern Cross* en Amérique du Sud. Elle se lança dans un récit vivant et extrêmement intelligent de l'ère de conquête impériale des Incas précolombiens. L'expédition avait pour but de mettre au jour de nouvelles ruines près des côtes péruviennes.

Cette conférence me parut quelque peu barbante, mais Hemingway semblait fasciné. « Les Incas n'avaient-ils pas pour politique de déplacer les peuples conquis un peu partout dans leur empire ? demanda-t-il. De faire émigrer de force les groupes ethniques ? »

Sonneman but une gorgée de vin et lui sourit. « Vous *connaissez* l'histoire des Incas, Mr. Hemingway.

— Ernest. Ou Ernesto. Ou alors Papa. »

Sonneman eut un petit rire. « Bien, Papa. Vous avez raison, Papa. Entre l'époque de Viracocha et 1532, date de la conquête espagnole, les Incas déplaçaient à l'intérieur de leur empire les peuples qu'ils avaient soumis.

— Pour quelle raison ? demanda Gellhorn.

— Pour assurer la stabilité de leur régime, expliqua Sonneman. Pour rendre une révolte plus difficile en dispersant les révoltés potentiels.

— C'est peut-être ce que fera Hitler dans l'Europe conquise », suggéra Hemingway à mi-voix. Cette semaine, les nouvelles du front avaient été particulièrement mauvaises.

« Oui, dit Schlegel d'une voix nette. Il est possible que les Allemands agiront ainsi quand ils auront soumis les peuples slaves et l'Empire soviétique. »

Les yeux splendides de Marlène Dietrich lancèrent des éclairs. « Vraiment, Herr Shell ? Pensez-vous que le peuple russe sera si facilement terrassé ? Que les Allemands sont invincibles, peut-être ? »

Schlegel rougit un peu plus et haussa les épaules. « Comme je l'ai précisé tout à l'heure, madame, je suis Hollandais de naissance. Ma mère était allemande, oui, et nous parlions souvent allemand à la maison, mais je n'ai aucune allégeance envers l'Allemagne, ni envers sa mythique invincibilité. Cependant, les informations en provenance du front de l'Est suggèrent que les Soviétiques n'en ont plus pour très longtemps.

— Et l'année dernière, rétorqua Dietrich, il semblait que c'était aussi le cas de l'Angleterre, mais l'Union Jack flotte encore. »

Hemingway remplit les verres une nouvelle fois. « Cela dit, leurs convois subissent des pertes terribles, Marlene. Une île ne peut pas faire la guerre si les voies de communication maritimes sont coupées.

— Les meutes de loups font donc des ravages dans le sud ? demanda Sonneman d'une voix enjouée. Nous avons entendu des rumeurs avant de partir de Nassau, mais... » Elle laissa sa phrase inachevée.

Hemingway secoua la tête. « Il n'y a pas de loups dans cette région, ma fille. Les U-Boots chassent en meutes dans l'Atlantique nord, mais par ici, on ne trouve que des sous-marins solitaires traquant les navires marchands. Et oui, les navires coulent à un rythme alarmant. Environ trente-cinq par semaine, m'a-t-on dit à l'ambassade. Je m'étonne que votre capitaine ne s'inquiète pas davantage de la possibilité d'être coulé par un sous-marin nazi... coulé ou à tout le moins arraisonné. »

Schlegel s'éclaircit la gorge. « Nous sommes une expédition scientifique tout à fait paisible et uniquement constituée de civils, dit-il avec quelque raideur. Nous ne risquons pas d'être inquiétés par un sous-marin. »

Gloussement d'Hemingway. « N'en soyez pas si sûr, Teddy. Il suffirait qu'un capitaine allemand un peu curieux aperçoive dans son périscope votre yacht grand comme un cuirassé pour qu'il remonte à la surface et vous coule par pure méchanceté. » Il se tourna de nouveau vers Sonneman. « Ce que je n'espère pas, bien entendu, puisque votre navire vous servira d'hôtel et de quartier général pendant que vous chercherez ces ruines.

— Précisément, dit Sonneman. Un hôtel des plus confortables, d'ailleurs. » Elle fit glisser son index sur la nappe, comme pour esquisser une carte. « Les Incas ont laissé plus de quatre mille kilomètres de route côtière, et autant à l'intérieur des terres. Nous espérons trouver l'une de leurs cités perdues près de la partie sud de cette route côtière. » Sourire. « Et même si la Viking Fund est une association à but non lucratif, certains artefacts risquent de nous rapporter beaucoup d'argent.

— Des poteries ? demanda Gellhorn. Des peintures ?

— Quelques poteries, oui. Mais le plus excitant dans tout ça... Puis-je leur parler de la tapisserie de Toledo, Teddy ? » dit-elle en jetant un regard vers Schlegel.

De toute évidence, celui-ci ignorait tout de la tapisserie en question. Au bout d'un temps notable, il répondit : « Oui, je pense que cela est possible, Helga. »

Sonneman se pencha en avant. « Le vice-roi Toledo a écrit à Philippe II une lettre – elle est conservée aux Archives des Indes occidentales et j'en ai une copie – dans laquelle il lui annonçait l'envoi de quatre gigantesques tissus, composant une carte du royaume des Andes, dont la beauté et la richesse surpassaient celles de toutes les tapisseries qu'on avait pu voir au Pérou et dans le monde chrétien. La lettre est bien arrivée, mais pas la tapisserie.

— Et vous pensez qu'elle se trouve encore dans les jungles du Pérou ? demanda Dietrich, émerveillée. Mais le tissu ne risque-t-il pas d'avoir pourri dans un tel climat ?

— Pas s'il a été bien emballé et profondément enfoui, dit Sonneman d'une voix vibrante d'enthousiasme.

— Cela suffit, Helga, je vous en prie, intervint Schlegel. Inutile d'ennuyer nos hôtes avec nos petites histoires. »

Ramón, assisté de deux femmes de chambre, apporta les desserts. Après s'être contraint à cuisiner à la mode cubaine, le chef chinois n'avait pas pu résister à son penchant pour les plats compliqués : il nous avait préparé une omelette norvégienne.

« Alors, pourquoi Cuba ? répéta l'écrivain pendant le dessert. Pourquoi avoir conduit ici votre vaisseau d'exploration ?

— Les travaux d'aménagement du navire ont été effectués sur la côte atlantique, répondit Schlegel avec raideur. Le capitaine et l'équipage procèdent à des essais en mer pendant que les scientifiques règlent leur équipement et leurs techniques de recherche. En ce moment, nous sommes en train de réparer des avaries... l'arbre de transmission, je crois bien. Nous devrions partir pour le Pérou dans moins d'un mois.

— Via le canal ? demanda Gellhorn.

— Naturellement. »

Hemingway sirota son vin. « Alors, combien de temps a duré l'Empire inca, Miss Sonneman ?

— Je vous en prie, appelez-moi Helga. Ou "ma fille", si cela vous fait plaisir. Pourtant, vous n'avez que dix ans de plus que moi, je crois bien, Ernest. »

L'écrivain afficha son sourire rayonnant. « Va pour Helga.

— Pour répondre à votre question, Ernest, la véritable dynastie inca n'a duré que deux siècles environ – du début du XIVe siècle, lors de l'expansion de Capac Yupanqui, jusqu'en 1532, lorsque Pizarre est revenu conquérir leur empire à la tête d'une petite armée. Par la suite, la région est restée sous contrôle espagnol pendant plus de trois cents ans. »

Hemingway opinait. « Quelques centaines d'Espagnols en armure triomphant de... combien d'Incas, Helga ?

— À l'époque de l'arrivée des Espagnols, on estime que les Incas contrôlaient plus de douze millions de personnes.

— Grand Dieu ! s'exclama Dietrich. Dire qu'il a fallu si peu d'envahisseurs pour vaincre autant de gens. »

Hemingway agita sa fourchette à dessert. « Je ne peux m'empêcher de penser encore à notre ami Hitler. Il a prévu un Reich de mille ans, mais j'ai l'impression que l'année en cours représentera l'apogée de son petit empire. On trouve toujours un salaud plus fort que soi... les Espagnols pour les Incas, par exemple. »

Schlegel affichait un visage de granit. Sonneman sourit et dit : « Oui, mais nous savons que les Espagnols ont débarqué lors d'une guerre de succession pour le trône inca... et à une époque où l'empire était ravagé par la maladie. L'étonnant réseau routier des Incas... bien plus avancé que tout ce que l'on peut trouver en Europe, d'ailleurs... a lui-même favorisé la conquête espagnole.

— Comme les *autobahns* d'Hitler ? plaça Hemingway avec un nouveau sourire. Je parierais que, dans deux ou trois ans, Patton conduira ses tanks Sherman sur ces belles autoroutes germaniques. »

De toute évidence, cette conversation mettait Schlegel profondément mal à l'aise. « À mon avis, les Allemands seront sans doute trop occupés à affronter les hordes communistes pour se soucier d'expansion, dit-il doucement. Je n'ai certes aucune sympathie pour les visées nazies, mais on doit admettre que, de bien des façons, l'Allemagne lutte pour la civilisation occidentale en se dressant contre les descendants slaves de Gengis Khan. »

Marlene Dietrich poussa un petit cri. « Mr. Shell, dit-elle sèchement, l'Allemagne nazie ne sait *rien* de la civilisation occidentale. Faites-moi confiance, je sais de quoi je parle. Ces Russes que vous méprisez tant... nos alliés... laissez-moi vous dire, Mr. Shell, que j'ai un lien mystique avec eux. Il y en avait beaucoup à Berlin durant ma jeunesse. Ils s'y étaient réfugiés après la révolution. J'adorais leur enthousiasme, à ces Russes si courageux, leur vigueur, leur talent pour boire toute la journée et toute la nuit sans perdre connaissance...

— Bravo ! dit Hemingway.

— Ils portaient des toasts toute la journée ! » reprit Dietrich d'une voix vibrante d'émotion. Elle leva son verre de vin. « Des enfants tragiques... voilà ce qu'est le peuple russe, Mr. Shell. Noel Coward a dit de moi il n'y a pas longtemps : "C'est un clown et une réaliste." Voilà une parfaite définition de l'âme russe, Mr. Shell. De ce point de vue-là, je suis plus russe qu'allemande. Et pas plus que moi, jamais le peuple russe ne pliera devant les brutes nazies ! »

Elle vida son verre, et Hemingway se joignit à elle. Je me

demandai ce que J. Edgar Hoover penserait de cette conversation. Un de ces jours, il faudrait que je jette un coup d'œil au dossier O/C de Dietrich.

« Oui, fit Schlegel en cherchant un allié du regard, mais vous devez sûrement... vous devez certainement...

— Les nazis ne savent *rien* de la civilisation occidentale, répéta Dietrich, le sourire aussi aimable que la voix était cassante. La hiérarchie nazie est composée de dégénérés... de pervers impuissants... d'homosexuels vicieux... Excusez-moi, Martha. Ce ne sont pas de choses dont on parle à table. »

Gellhorn sourit. « À *notre* table, on accepte et on encourage toute insulte dirigée contre les nazis, Marlene. Continuez, je vous en prie. »

Dietrich secoua la tête. Ses mèches blondes voilèrent un instant ses joues anguleuses, puis se rabattirent vivement sur les côtés. « J'ai fini, sauf que j'aimerais savoir comment on appelle de tels pervers en espagnol. Ernest ? »

Hemingway lui répondit en fixant Schlegel. « Eh bien, il existe un équivalent général à "pédé", bien entendu – *maricón* –, mais les Cubains l'utilisent pour désigner les homosexuels passifs. Les actifs sont appelés *bujarones*, un peu l'équivalent du mot *gouines* pour les lesbiennes.

— Mon Dieu, fit Gellhorn, la conversation commence bel et bien à se détériorer, n'est-ce pas ? »

Hemingway lui adressa un regard neutre. « Il est toujours question des nazis, ma chère. »

Le sourire de Dietrich n'avait rien perdu de son amabilité. « Et lequel de ces termes serait le plus insultant, cher Ernest ?

— *Maricón*, répondit l'écrivain. Le code local du *machismo* tient en très grand mépris les homosexuels passifs, efféminés. Ce terme connote les notions de faiblesse et de lâcheté.

— Alors, c'est le mot de *maricón* que je réserverai aux nazis, conclut Dietrich.

— Bon », fit Martha Gellhorn, qui marqua ensuite une pause appuyée.

Eh bien, me dis-je. *Voilà qui est intéressant.* Un dîner en compagnie d'un agent de l'Abwehr – plus probablement deux – et en tout cas avec la demi-sœur de l'épouse d'Hermann Goering... Si toutes ces histoires de pervers et de *maricónes* dérangeaient Helga Sonneman, elle ne le laissait nullement paraître. Son sourire était toujours aussi enjoué et apparemment sincère, comme si elle savourait une plaisanterie pour initiés – s'agissait-il des insanités proférées à l'encontre de ses connaissances nazies ou du trouble croissant de « Teddy Shell », ou bien des deux, c'était difficile à dire.

Gellhorn reprit la parole, évoquant ses propres projets de voyage pour les semaines à venir.

« La semaine prochaine, je pars à Saint Louis visiter ma famille, disait-elle. Mais plus tard, durant l'été... sans doute en juillet... j'ai mis sur pied un projet intéressant. »

Hemingway releva vivement la tête. Je devinai que c'était la première fois qu'il entendait parler de ce projet intéressant.

« *Collier's* est prêt à me payer pour faire une croisière de six semaines dans les Caraïbes. Les îles en temps de guerre et tout ce genre de foutaises. Ils sont disposés à louer un sloop de neuf mètres et même à payer trois marins noirs pour m'accompagner.

— Ça, c'est ma femme ! tonna Hemingway avec une jovialité que je trouvai un tantinet forcée. Envisager de passer l'été à naviguer dans les îles en compagnie de trois Noirs. Trente-cinq navires coulés par semaine, et ce n'est pas fini. Est-ce que *Collier's* est prêt à te payer une assurance, Marty ?

— Bien sûr que non, chéri, dit Gellhorn en lui rendant son sourire. Ils savent que les U-Boots n'oseraient jamais toucher à l'épouse d'un écrivain si célèbre. »

Dietrich se pencha vers elle. « Martha, ma chérie, cela a l'air merveilleux. Fascinant. Mais un bateau de neuf mètres... c'est un peu petit pour un voyage de six semaines, non ?

— En effet, répondit Hemingway, qui se leva pour aller chercher une bouteille de cognac. Ça fait trois mètres de moins que notre *Pilar.* » Il tenait la bouteille par « le cou » et, à le voir, on aurait dit que c'était celui de Gellhorn qu'il souhaitait enserrer. « Patrick et Gigi viennent nous voir en juillet, Marty. »

Gellhorn leva les yeux vers lui. Quoique pas tout à fait défiant, son regard était inflexible. « Je le sais, Ernest. Je serai là au début de leur séjour. Et ça fait des années que tu souhaites passer plus de temps seul avec eux. »

L'écrivain hocha la tête d'un air solennel. « Surtout avec cette putain de guerre qui empire. » Il s'ébroua, comme pour chasser sa mauvaise humeur. « Assez parlé de choses sinistres. Et si nous allions savourer notre cognac sur la terrasse ? La nuit est splendide et la brise tiendra les moustiques à l'écart. »

Gellhorn et Dietrich avaient regagné la maison pour y regarder quelque chose. Schlegel fumait dans un silence morose, évoquant plus que jamais un aristocrate prussien avec son long fume-cigarette noir. Sonneman avait pris place près d'Hemingway, sur l'un des confortables fauteuils en bois. Il avait plu un peu plus tôt, et la nuit embaumait l'herbe mouillée, la feuille de palmier moite, les manguiers dégoulinants et l'océan lointain. Les étoiles scintillaient, et nous apercevions des lumières en dessous des collines. Nous en voyions aussi au sommet de la colline la plus proche... d'où nous parvenaient également des éclats de rire et des bruits de piano.

« Satané Steinhart, marmonna Hemingway. Encore une fête. Je l'ai *prévenu.* »

Ô mon Dieu, songeai-je.

Mais cette fois-ci, Hemingway ne se fit pas apporter les feux d'artifice et les tubes de bambou. Soudain, il déclara : « Nous allons faire des recherches scientifiques cet été.

— Ah ? fit Sonneman, dont les yeux étincelaient en dépit de la pauvre lumière des lampes tempête éclairant le patio. Quel genre de recherches, Ernest ?

— Océanographiques. Le Muséum américain d'histoire naturelle nous a demandé d'étudier les courants, les fonds marins, les habitudes migratoires du marlin... ce genre de truc.

— *Vraiment ?* » Sonneman jeta un regard à Schlegel, qui paraissait ivre. Elle agita un fond de cognac dans son verre à dégustation et reprit : « J'ai plusieurs amis au Muséum. Qui a autorisé ce projet fascinant, Ernest ? Le docteur Harrington, ou peut-être le professeur Meyer ? »

Hemingway lui sourit, et je m'aperçus qu'il était lui aussi complètement bourré. L'ébriété de l'écrivain ne transparaissait jamais dans sa diction, son comportement ou ses manières, mais je constatai qu'une bonne dose d'alcool le rendait méchant et un peu téméraire. Je pris soin de noter ce fait. « Du diable si je m'en souviens, ma fille, répondit-il d'une voix mielleuse. C'est Joe ici présent qu'on a envoyé pour m'assister. Qui nous a donné l'autorisation, *señor* Lucas ? »

Sonneman braqua sur moi son sourire radieux. « Était-ce Freddie Harrington, Mr. Lucas ? Il semblerait que cela soit de sa compétence. »

Je plissai légèrement le front. Schlegel s'était suffisamment ressaisi pour me fixer avec une espèce d'insolence porcine. Je me demandai si cet homme mou et chauve ne s'était pas senti visé par toutes ces histoires de *maricónes* et de *bujarones*. « Non, dis-je à Sonneman. Harrington travaille au département d'ichtyologie, n'est-ce pas ? Exception faite de l'étude du marlin, nous nous concentrons sur les sondes océanographiques, les mesures de température, les mesures isobathes, la mise à jour cartographique... et cetera. »

Sonneman se pencha dans ma direction. « Donc, c'est le professeur Meyer qui a trouvé le financement ? Si je me souviens bien, il a toujours participé aux programmes océanographiques du Muséum. »

Je secouai la tête. « J'ai été engagé par le docteur Cullins, du département cartographie et océanographie. »

Elle fronça les sourcils. « Peter Cullins ? Un homme de petite taille ? Vieux comme Mathusalem ? Amateur de gilets écossais qui jurent avec ses costumes ?

— Le docteur Howard Cullins. Il est à peine plus âgé que moi. Trente-deux ou trente-trois ans, dirais-je. Il vient de succéder à Sandsberry à la tête du département. Le professeur Meyer était responsable des expositions et des dioramas, non ? Je crois qu'il est mort en décembre dernier.

— Mais bien sûr ! » Sonneman secoua la tête devant sa propre stupidité. « Ça doit être le vin. Je ne pense pas avoir rencontré le docteur Cullins, mais je crois qu'il est réputé pour ses connaissances en cartographie.

— Il a publié un livre il y a environ deux ans. *The Unknown Seas.* Une histoire des expéditions maritimes à but scientifique, depuis le voyage du *Beagle* jusqu'aux explorations polaires de notre époque. Il a eu un beau succès de librairie.

— Cullins a sans doute entendu parler de moi par l'ichtyologue Henry W. Fowler, intervint Hemingway. Ça fait plus de dix ans que j'envoie à Henry des informations sur les marlins. En 1934, j'ai emmené Charlie Cadwalader en expédition océanographique au large de Key West. Ça fait des années que je travaille là-dessus en dilettante.

— Charles Cadwalader ? fit Sonneman. Le directeur du Muséum de l'Académie des sciences naturelles de Philadelphie ?

— Lui-même, répondit Hemingway. Il adorait taquiner le marlin en buvant un Tom Collins.

— Eh bien, fit Sonneman en se tournant vers l'écrivain pour

lui étreindre la main, bonne chance à vous dans votre mission scientifique. Bonne chance à nous tous. »

Nous avons levé un toast avec ce qu'il nous restait de cognac.

Juan raccompagna Schlegel et Sonneman aux docks, où ils étaient attendus par un hors-bord du *Southern Cross*. Helga avait promis de revenir à la *finca* pour la soirée de dimanche. On s'embrassa et on se serra la main. Theodor Schlegel s'extirpa de sa torpeur le temps de remercier ses hôtes pour « une soirée fort instructive ».

Je commençai à prendre congé, afin de laisser les Hemingway en compagnie de leur amie l'actrice, mais l'écrivain me demanda de rester. Un verre de cognac plus tard, Dietrich annonça qu'elle avait sommeil et envie d'aller se coucher. Gellhorn la guida vers le cottage tout en entamant avec elle une discussion animée.

Profitant de ce que nous étions seuls, Hemingway me demanda : « Où diable avez-vous pêché toutes ces informations, Lucas ? À propos du Muséum d'histoire naturelle ?

— Vous trouverez la trace de deux communications longue distance à New York sur votre facture téléphonique.

— Vous avez eu du pot. D'habitude, il nous faut plusieurs heures pour joindre New York. Quand on y arrive. »

Je le regardai droit dans les yeux. « Quel besoin aviez-vous de vous lancer dans ce petit jeu ? Si l'un ou l'autre de ces deux-là est vraiment un agent de l'Abwehr, c'était aussi dangereux que stupide. »

Hemingway se tourna vers l'allée menant au cottage. « Que pensez-vous d'elle, Lucas ? »

Surpris par cette question, je crus qu'il voulait parler de Sonneman. « Helga ? C'est une maîtresse femme. S'il s'agit d'une espionne allemande, elle est vingt fois plus douée que Teddy Shell pour la dissimulation. »

Hemingway secoua la tête. « La Boche, dit-il à voix basse. Marlene. »

J'ignorais totalement pourquoi il me demandait mon opinion sur son amie. Puis je me rappelai qu'il était ivre. Comme ni sa voix ni ses mains ne tremblaient, il était facile d'oublier ce détail. « C'est une dame, dis-je. Et elle est très belle.

— Oui, fit Hemingway. Elle a ce corps splendide... ce visage d'une intemporelle beauté. Mais vous savez quoi, Lucas ? »

J'attendis.

« Si Marlene n'avait rien d'autre que sa voix... rien d'autre... elle vous briserait quand même le cœur. »

Je m'agitai, mal à l'aise. Ce genre de confidences n'entrait pas dans le cadre de notre relation. « Voulez-vous que... »

Hemingway leva un index. « Vous savez, dit-il, les yeux toujours tournés vers l'allée et vers le cottage où venaient d'entrer son épouse et l'actrice, je ne suis jamais plus heureux que lorsque j'ai écrit quelque chose que je trouve bon, qu'elle le lit... et que ça lui plaît. »

Je suivis son regard dans les ténèbres. Il aurait pu parler de Gellhorn, mais j'étais sûr qu'il n'en était rien, qu'il parlait de Dietrich.

« L'opinion de la Boche m'est plus précieuse que celle des critiques les plus célèbres, Lucas. Savez-vous pourquoi ?

— Non. » Il était tard. Dietrich restait tout le week-end, ils avaient encore prévu des soirées à la con, et je voulais montrer la transmission décodée à Hemingway, puis aller me coucher.

« Elle connaît bien des choses, reprit-il. Des choses dont je parle dans mes livres. Savez-vous de quoi je parle dans mes livres, Lucas ? »

Je secouai la tête. « De personnes et de lieux inventés ? dis-je au bout d'un temps.

— Allez vous faire foutre », répliqua l'écrivain, mais à voix basse, en espagnol et avec un sourire. « Non, Lucas. Je parle de personnes réelles, de la terre, de la vie, de la mort et de questions d'honneur et de comportement. Et si l'opinion de la Boche m'est précieuse, c'est parce qu'elle connaît ces choses... toutes ces choses. Et elle sait ce que c'est que l'amour, Lucas. Elle en sait davantage sur l'amour que toutes les personnes que vous avez pu rencontrer, Joe Lucas.

— D'accord. » J'attrapai mon verre vide sur l'accoudoir du fauteuil et fis courir mon doigt sur son rebord. « Voulez-vous voir le carnet ? »

Les yeux d'Hemingway semblèrent se focaliser. « Vous avez réussi ? Vous avez déchiffré les messages ?

— Oui.

— Eh bien, nom de Dieu, qu'est-ce qu'on fout ici ? Marty va passer une bonne demi-heure à bavasser avec Marlène. Allons dans la vieille cuisine et voyons ce que les nazis se racontaient en pleine mer et dans le noir. »

Nous venions de récupérer le carnet et nous dirigions vers la cuisine lorsqu'on frappa bruyamment à la porte d'entrée. Je glissai le carnet dans la poche intérieure de ma veste alors qu'Hemingway ouvrait la porte.

Deux policiers se tenaient devant nous. Ils encadraient solidement une Maria Marquez qui se débattait, gigotait, protestait et pleurait à chaudes larmes.

15

Hemingway jaugea immédiatement la situation.

« Où étais-tu passée ? s'écria-t-il en espagnol. Nous t'avons cherchée partout ! » Puis il avança d'un pas et arracha Maria aux deux policiers surpris.

Ceux-ci n'appartenaient pas à la Police nationale, ni même à celle de La Havane. Ils portaient l'uniforme crasseux des flics locaux et semblaient s'être battus avec une panthère. Le premier n'avait plus de casquette, et ses cheveux gras retombaient sur son œil droit. Le second, plus grand et plus âgé, lissa son uniforme froissé avant de s'adresser à l'écrivain en espagnol.

« *Señor* Hemingway, nous sommes confus de vous déranger à cette heure tardive, mais...

— C'est parfaitement acceptable, coupa Hemingway. Nous sommes sortis de table il y a quelques minutes à peine. Entrez, je vous en prie. »

Les deux policiers s'avancèrent dans le hall. Vu les regards qu'ils jetaient à la prostituée, ils regrettaient de l'avoir lâchée. Mais Hemingway avait passé son bras droit sous le bras gauche de Maria, lui enserrant solidement le poignet, comme il aurait tenu un jeune animal indiscipliné. La fille avait les cheveux en bataille et le visage baissé, mais elle continuait de sangloter.

« *Señor* Hemingway, reprit le plus âgé des deux flics, cette femme... elle prétend s'appeler Celia. On nous a signalé sa présence à San Francisco de Paula. Apparemment, elle a passé toute la soirée à vagabonder dans les rues... nous l'avons trouvée en train de dormir dans une grange appartenant à la *señorita* Sanchez. »

Hemingway était tout sourire, mais ce fut d'une voix sèche qu'il demanda : « La loi interdit-elle de dormir dans la grange d'un tiers, officier ? »

Le policier secoua la tête, se rendit compte qu'il était toujours coiffé de sa casquette, l'ôta en hâte et la cala sous son bras. Hemingway était peut-être un *yanqui*, mais c'était un homme important, un écrivain célèbre, l'ami de pontes de La Havane et de membres du gouvernement cubain. « Non, non, *señor*... Enfin, si, elle a commis le délit de violation de domicile... mais non, si nous arrêtons cette fille, c'est parce que la Police nationale a lancé un avis de recherche pour quelqu'un comme elle. Une *jinetera* de La Havane nommée Maria que l'on souhaite interroger à propos d'un meurtre... » Le flic avait employé le terme « cavalière », euphémisme pour « prostituée ». Il s'éclaircit la gorge et reprit : « Cette femme prétend travailler pour vous dans cette maison, *señor* Hemingway.

— C'est la pure vérité, tonna Hemingway avec un nouveau sourire. Ça fait plusieurs mois qu'elle travaille ici... enfin, "travailler", c'est beaucoup dire. Sa mère nous a dit qu'elle ferait une excellente femme de chambre, mais elle passe le plus clair de son temps à souffrir du mal du pays. » Il se tourna vers Maria. « Celia, tu as encore essayé de repartir chez toi ? »

Le visage toujours baissé, elle opina et renifla de plus belle.

Hemingway lui caressa affectueusement les cheveux. « Enfin... il est difficile de trouver du personnel de maison ces temps-ci. Je vous remercie de l'avoir ramenée ici, messieurs. Voulez-vous un petit verre pour votre peine ? »

Les deux policiers échangèrent un regard, sentant de toute évidence que le contrôle de la situation leur échappait. « Je pense... commença le plus âgé. Je veux dire, *señor* Hemingway, nous devrions sans doute emmener cette fille à La Havane. L'avis de recherche de la Police nationale dit que...

— C'est inutile, trancha Hemingway en se dirigeant vers la porte. Si vous la conduisez là-bas, vos collègues seront obligés de la ramener ici demain matin. Vous avez fait votre devoir, officiers. Vous êtes sûrs que vous ne voulez pas boire quelque chose ?

— Non, non, merci, *señor* Hemingway. » Le plus âgé des flics remit sa casquette tandis que l'écrivain escortait les deux hommes vers le perron.

« Dans ce cas, venez donc faire un tour ici un dimanche, pour le barbecue. Le maire Mendocal est invité au prochain. Nous serons honorés de votre présence, officiers.

— Oui, oui, merci », dirent les deux hommes. Ils portèrent leur main à leur front tout en reculant vers le portail.

Hemingway les salua en agitant sa main gauche, la droite étreignant toujours le poignet de Maria. Dès que l'antique voiture des flics se fut éloignée, il attira la jeune femme dans le hall, dont je n'étais pas sorti.

« Toi, lui dit-il à voix basse, tu files dans la nouvelle cuisine et tu attends qu'on t'appelle. »

Marquez fit oui de la tête et s'en fut sans dire un mot.

« Maldonado sera mis au courant et il viendra ici, dis-je. Pour en avoir le cœur net. »

L'écrivain haussa ses larges épaules. « Alors, il faudra que j'abatte Maldonado. Ce ne sera pas trop tôt. » Il s'exprimait toujours en espagnol, bien que j'aie émis ma remarque en anglais.

J'ouvris le carnet sur la table de la vieille cuisine. La maison était vide à l'exception de Maria, que l'épaisseur des murs et des portes empêchait de nous entendre.

J'avais pris des notes mais n'avais pas encore rempli les grilles de Kohler. Je rédigeai le mot *Brazilians* au-dessus de la première et noircis les cases appropriées.

Voici ce que cela donnait :

B R A Z I L I A N S

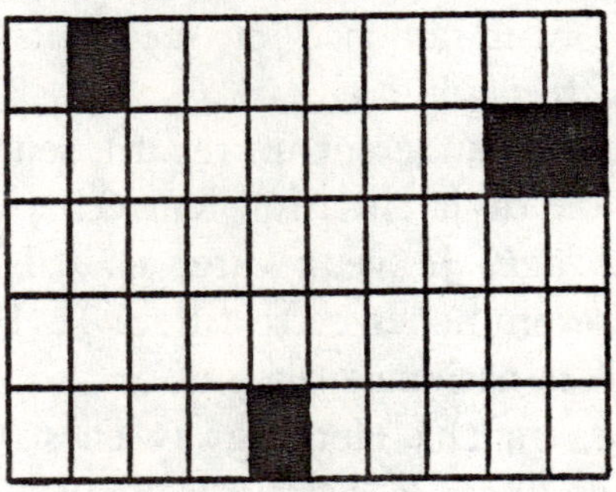

« Comment avez-vous trouvé ce mot clé ? demanda Hemingway. Et comment saviez-vous quelles cases noircir ?

— C'est le premier mot de la page 119 de *Geopolitik*, répondis-je.

— Et comment saviez-vous quelle page il fallait regarder ?

— La préface de la transmission indiquait la page 9 et la transmission a été effectuée le 29 avril. Ils utilisaient le 20 avril comme date de référence.

— Pourquoi ?

— Aucune importance. Le 20 avril représente zéro. C'est le cent dixième jour de l'année. Donc, la "page 9" est en fait la page 119. Le premier mot de cette page est *Brazilians*.

— D'accord. Et les cases noircies ?

— Elles correspondent à des nombres dérivés du mot clé – *Brazilians*. La première lettre de ce mot est *B* – la deuxième lettre de l'alphabet. J'ai donc noirci la deuxième case. Ici, ils utilisaient une substitution alphabétique toute simple... *k* représentant zéro et *x* étant une lettre-leurre. La transmission était précédée de "*x-k-k-i-x*", ce qui se traduit par "page zéro-zéro-neuf", donc... puisque le 20 avril représente zéro... page 119. »

Hemingway hocha la tête.

« La deuxième lettre de *Brazilians* est un *r*, qui occupe la dix-septième place, compte tenu du fait que la lettre *k* représente zéro. J'ai donc compté dix-sept espaces à partir de la première case noircie, et j'en ai noirci une deuxième. Ensuite, la lettre *a* est la première, donc...

— J'ai compris, coupa Hemingway. Où est le code ? »

Je lui montrai les notes prises par Kohler. « On ne tient pas compte des deux premiers groupes de cinq lettres, ce sont des leurres, on enlève le code page, à savoir "*x-k-k-i-x*", et la transmission du 29 avril commence donc ici. » Je lui désignai la suite.

h-r-l-s-l / r-i-a-l-u / i-v-g-a-m / v-e-e-l-b / e-r-s-e-d / e-a-f-r-d / d-l-r-t-e / m-l-e-o-e / w-d-a-s-e / o-x-x-x-x

« Je ne vois toujours pas... » commença Hemingway, puis il fit : « Ah... » comme j'inscrivais les lettres. « Il faut les disposer verticalement.

— Ouais. Chaque colonne comporte cinq cases. »

J'eus vite fait de remplir la grille.

« Faites-moi voir ça », dit l'écrivain.

B	R	A	Z	I	L	I	A	N	S
H		U	M	B	E	R	T	O	A
R	R	I	V	E	D	D	E		
L	I	V	E	R	E	D	M	E	S
S	A	G	E	S	A	L	L	W	E
L	L	A	L		F	R	E	D	O

Il lut le message, doucement mais distinctement. « Humberto arrivé, livré messages, tout va bien, Alfredo. » Il se tourna vers moi. « Qui est Alfredo ?

— C'est le nom de code d'un opérateur radio. » *Albrecht Gustav Engels. Anciennement responsable du poste de radio clandestin baptisé « Bolivar », à Rio, actuellement détenu dans une prison de haute sécurité.*

« Vous croyez que c'est Kohler ? demanda Hemingway, excité comme un gosse.

— Peut-être. Mais c'est plus probablement un opérateur terrestre. »

Hemingway acquiesça et se tourna de nouveau vers le carnet, le tenant avec autant de révérence que s'il était Tom Sawyer venant de dénicher la carte d'un trésor. « Et qui est Humberto, à votre avis ? »

Je haussai les épaules. En fait, le dernier dossier communiqué par Delgado m'avait permis de répondre à cette question. « Humberto » était le nom de code donné par l'Abwehr à un dénommé Herbert von Heyer, un Brésilien âgé de quarante et un ans, né à Santos mais éduqué en Allemagne, où il était devenu l'assistant d'Engels. « Humberto » servait d'intermédiaire entre Engels et l'un de nos invités de ce soir, Theodor Schlegel. Von Heyer avait été arrêté deux jours après le départ de Schlegel pour l'expédition de la Viking Fund.

« Quoi d'autre ? demanda Hemingway, toujours aussi excité. Que signifie tout ceci ? »

La page qu'il désignait avait été remplie par Kohler.

« D'accord, dis-je. La transmission suivante se réfère à la page 78.

— De *Geopolitik* ?

— Non, de cette grosse anthologie de littérature allemande. Le préfixe chiffré se rapporte aux vingt-six premières lettres de cette page. » Je reportai l'extrait suivant : « *it took him years to realize* ».

« Minute, fit Hemingway. C'est en anglais.

— Très observateur. L'original est *auf Deutsch*. Ils l'ont traduit avant de transcrire le code, un petit raffinement.

— Sacrément rusé », marmonna Hemingway.

Je ne pus m'empêcher de sourire. C'était là le plus simple des codes allemands – ils l'utilisaient dans les cas où l'opérateur radio se trouvait dans une zone où les risques de surveillance étaient peu élevés.

« Oui, dis-je. Bien, ici ils ont employé un autre chiffre. À mon avis, c'est parce que c'est *Kohler* qui a effectué cette transmission en pleine mer, le 7 mai. Ces vingt-six premières lettres forment le groupe clé. Kohler a donné à chacune d'elles une valeur numérique... 1 pour les *a*, 2 pour tous les *e*, 3 pour la lettre *f*...

— Un instant, dit Hemingway. Que deviennent les... oh, je vois. Il n'y a ni *b*, ni *c*, ni *d* dans la phrase "*it took years for him to realize*".

— Précisément. La traduction numérique de cette phrase est donc la suivante : 5-12-12-9-9-6-13-21-1-10-11-3-9-10-4-5-8-12-9-10-2-1-7-5-14-2.

— Hum, fit l'écrivain.

— C'est là que ça devient un peu compliqué. Kohler a transmis des lettres par groupes de cinq, comme tout à l'heure, mais au lieu de se placer dans la première colonne, le premier groupe se met sous le premier *a*. Dans le cas présent, le *a* de *years*. »

J'entourai sur la page le passage correspondant à la deuxième transmission dans son intégralité.

o-t-o-d-o / v-y-l-s-o / c-s-n-e-m / o-d-b-u-m / e-e-d-t-w / o-y-r-t-d / e-s-i-a-a / b-l-r-e-r / n-i-f-t-i / s-s-t-b-r / s-d-o-i-a / e-e-e-t-r / c-g-e-i-l / t-n-y-r-i / i-e-n-m-d / y-e-e-i-r / r-t-n-n-t / n-r-f-e-r / t-r-c-n-t / g-e-a-m-o / v-o-f-s-e / r-s-d-t-i / i-o-a-e-n / r-t-n-n-t / h-e-o-n-d / s-t-o-e-o

« Je vois. » Hemingway attrapa le crayon et recopia les cinq première lettres – *o-t-o-d-o* – sous le *a* de *years*. « Ensuite, le deuxième groupe doit aller... sous le deuxième *a* de la phrase ?

— Oui. »

Hemingway recopia *v-y-l-s-o* sous le *a* de *realize*.

« Quant au troisième, poursuivit-il, il va sous le premier *e*. La lettre suivante dans notre alphabet.

— Vous avez pigé. » Sous mes yeux, l'écrivain remplit rapidement le reste de la grille.

i	t	t	o	o	k	y	e	a	r	s	f	o	r	h	i	m	t	o	r	e	a	l	i	z	e
b	r	i	t	i	s	h	c	o	n	v	o	y	t	e	n	c	a	r	g	o	v	e	s	s	e
l	s	o	n	e	d	e	s	t	r	o	y	e	r	s	i	g	h	t	e	d	y	e	s	t	e
r	d	a	y	n	o	o	n	o	f	f	r	e	c	i	f	e	u	n	a	b	l	e	t	o	d
e	t	e	r	m	i	n	e	d	e	s	t	i	n	a	t	i	o	n	m	u	s	t	b	e	t
r	i	n	i	d	a	d	m	o	r	e	d	e	t	a	i	l	s	t	o	m	o	r	r	o	w

Hemingway lut le message à haute voix : « Convoi britannique de huit cargos et un cuirassé aperçu hier à midi au large de Recife. Avons été incapables de découvrir sa destination, mais doit s'agir de Trinidad. D'autres détails demain. »

Il se redressa sur son siège et laissa choir le crayon. « Bon Dieu, Lucas, c'est pour de vrai. Ces salauds les aident à couler des bateaux. »

J'acquiesçai. « Quand je dis que cette transmission a été effectuée par Kohler, ce n'est qu'une hypothèse. Peut-être a-t-il intercepté une transmission provenant du Brésil... ou même de Cuba. Voire du sous-marin que nous avons aperçu. »

Hemingway se frottait la joue. « Et les autres messages chiffrés ? »

Je souris. « C'est là que ça devient vraiment intéressant. Pour ce que j'en sais, Kohler les a traduits le jour de sa mort, ou alors la veille. » Je pris le crayon, attaquai la grille suivante, recopiai les vingt-six lettres et remplis les colonnes à la vitesse de l'éclair : « *15 mai : trois agents débarqués, U-176, position : 23 21'lat. N, 80° 18'long. O. Sains et saufs.* »

« *¡ Me cago on Dios !* s'exclama Hemingway. *¡ Estamos copados !* »

La vulgarité de la première partie de son commentaire me fit tiquer : « Je chie sur Dieu ! Nous sommes cernés ! »

Il fonça dans son bureau pour y chercher des cartes nautiques. Je franchis la courte distance me séparant de la nouvelle cuisine et jetai un coup d'œil à la fille. Elle était sagement assise, un verre d'eau entre les mains. Les yeux qu'elle leva vers moi étaient rougis. Je lui adressai un signe de tête, fermai la porte et regagnai la vieille cuisine, remettant en place les notes et le carnet.

Hemingway déplia une carte des eaux cubaines. Plutôt ancienne, elle était abondamment annotée au crayon gras. « Ici, dit-il en plantant un doigt sur le papier. À une dizaine de kilomètres au sud-ouest du vieux phare de la Bahía de Cadiz. Je connais bien ce coin. L'endroit idéal pour débarquer des espions ennemis. La marée n'est pas très forte, et en vingt minutes, ils peuvent gagner la route nationale. *Nom de Dieu !* » Il tapa du poing sur la table.

« Il y a d'autres transmissions », lui rappelai-je. Je me contentai de lui montrer mes notes, sans prendre la peine de remplir à nouveau des grilles.

Le premier message était le suivant : « *13 juin : U-239, trois agents* », suivi d'une latitude et d'une longitude. Le second était plus énigmatique : « *Alum. Corp. Amer., Niag. Falls hydroelect., NY water supply.* »

« Je pense qu'il s'agit de cibles de sabotage, dis-je à voix basse. L'*Aluminium Corporation of America*. Le grand complexe hydroélectrique des chutes du Niagara. Et les réserves d'eau de New York.

— Le 13 juin ! » Hemingway avait parlé si fort que je dus lui faire signe de baisser le ton, de peur que Maria nous entende. « Ce n'est pas encore fait. Ils tentent sans doute de s'introduire aux États-Unis via Cuba. Nous pouvons piéger ces salopards, couler le U-Boot *et* le bateau des espions ! Non, attendre qu'ils aient débarqué et les attraper par les *cojones*. »

Il se releva d'un bond et scruta ses cartes. « Un instant, dit-il au bout d'à peine trente secondes. Ces chiffres ne collent pas. Nous ne sommes pas dans les eaux cubaines. Attendez-moi. »

Il revint avec un gros atlas. Il l'ouvrit, le feuilleta. « Ici, dit-il finalement. Oh, bordel. Sainte Mère de Dieu. Seigneur Jésus. »

Je me penchai par-dessus son épaule pour voir l'endroit qu'il désignait, bien qu'ayant déjà consulté ce même atlas durant l'après-midi, avant de rejoindre les invités au bord de la piscine. « Long Island, dis-je. Intéressant.

— Tout près d'Amagansett. » Hemingway s'effondra sur son siège. « Il leur suffit de prendre l'autocar pour rejoindre les chutes du Niagara et leurs autres cibles. Merde, merde et merde. Nous ne pouvons pas les intercepter nous-mêmes, mais... » Il m'agrippa par le poignet. « Nous devons informer l'ambassade... et le FBI, et la marine, Lucas. Ils pourront capturer ce sous-marin et ces espions nazis. Les prendre la main dans le sac.

— Ouais, fis-je. Il y a un dernier message. Il dit seulement : "*19 juin : quatre agents*" et donne ces coordonnées. C'est au sud, n'est-ce pas ?

— Pas dans les eaux cubaines. » Hemingway se remit à feuilleter l'atlas. « Ici, dit-il en pointant le doigt sur une page. La côte de Floride. Pas loin de Jacksonville. » Il se passa une main dans les cheveux et se tassa sur son siège. Il s'était soigneusement coiffé pour la soirée, mais à présent, ses mèches partaient dans tous les sens. « Mon Dieu, Lucas. Ils débarquent comme un troupeau de rats. Il faut apporter ceci à l'ambassadeur, et tout de suite.

— Ça peut attendre demain matin.

— Il y a d'autres messages ? » Il jeta sur les gribouillis du carnet un regard quasiment affamé.

Je fis non de la tête. « Mais si le remplaçant de Kohler ne change pas de code, peut-être pourrons-nous en intercepter en mer. »

L'écrivain acquiesça. « Nous devons prendre la mer tout de suite. Faire embarquer Don Saxon pour s'occuper des radios et du matériel d'orientation, et traquer les sous-marins.

— Nous devons d'abord prendre une décision au sujet de Maria.

— Hein ? Xénophobie ? Pourquoi ? » Hemingway remit de l'ordre dans sa coiffure.

« Je pense que vous avez raison : Maldonado ne manquera pas de donner une suite au rapport de ces deux flics. *Caballo Loco* ne va pas tarder à venir renifler dans les parages.

— On trouvera une solution demain matin », dit l'écrivain, les yeux toujours fixés sur les grilles. Un sourire éclaira soudain son visage. « Bon sang, dans le pire des cas, on peut l'emmener avec nous. »

Je crus qu'il plaisantait. « Comme cuisinière ? »

Hemingway secoua la tête d'un air parfaitement sérieux. « Notre cuisinier, c'est Gregorio. Le meilleur bosco que j'aie jamais connu. Xénophobie pourra repriser nos chaussettes et nous passer les munitions dans le feu de l'action. »

Seigneur, songeai-je.

Soudain, l'écrivain se leva et m'étreignit l'épaule. « Vous avez fait du bon travail, Lucas. Du très bon travail. Je ne sais toujours pas qui vous êtes ni ce que vous êtes, mais tant que vous fournirez à l'Usine à forbans des renseignements de ce calibre, je serai ravi de vous garder parmi nous. » Il ramassa le carnet et les notes. « Je dormirai avec ces trucs cette nuit. Dès demain, j'irai en ville voir Spruille Braden. »

J'acquiesçai.

« Bonne nuit, Lucas. » Toujours souriant, Hemingway éteignit la lumière dans la vieille cuisine. « Bon boulot. »

De retour dans le cottage « Premier Choix », je ne pris pas le risque d'allumer les lampes. Maria s'enferma dans la petite chambre pour se déshabiller et se préparer pour la nuit. J'attrapai le calibre .38 dans sa cachette, derrière les briques descellées de la cheminée, m'assurai qu'il était chargé – mais qu'aucune balle ne se trouvait dans la chambre – et le glissai sous mon oreiller. Dehors, il faisait très noir et il commençait à pleuvoir. J'avais traîné mon matelas dans la pièce principale, mais avant que j'aie pu me glisser sous les couvertures, Maria disposait son matelas et ses couvertures à côtés des miens. Je lui lançai un regard sévère.

« S'il vous plaît, *señor*, chuchota-t-elle. Je vous en prie. Je veux seulement rester près de vous. Je ne vous toucherai pas. J'ai tellement peur. » Elle rampa sous ses couvertures. Son matelas n'était qu'à vingt centimètres du mien.

« Qu'est-ce que vous foutiez en ville ? murmurai-je sèchement. En ce moment même, *Caballo Loco* pourrait être en train de vous interroger. »

Elle se mit à trembler. Sa voix était éraillée. « Je me sentais tellement seule. J'étais si malheureuse. Je suis allée là-bas... sans réfléchir. Je ne pouvais pas rentrer chez moi. Je n'avais pas d'argent pour l'autocar. J'ai pensé que je trouverais bien quelque chose... un moyen de partir. Je ne sais pas, *señor* José. Je ne ressortirai plus jamais de la ferme, je le jure sur les yeux de ma mère. »

Je soupirai et m'abîmai dans la contemplation du plafond. Au bout d'un temps, j'entendis ses couvertures bouger doucement et sentis sa main se poser sur mon épaule nue. Elle avait les doigts glacés et tremblants. Je ne cherchai pas à étreindre sa main, mais ne la repoussai pas non plus.

Seigneur, pensai-je alors que la pluie tambourinait sur le toit et que le vent agitait les palmiers au-dehors. *Et dire que l'été ne fait que commencer.*

16

Tandis que mai faisait place à juin, j'acquis la conviction que, quelque part, un nœud coulant était en train de se refermer, lentement mais inexorablement. Mais qui l'avait tressé, et autour de quel cou, je n'en avais aucune idée. D'impressionnante, la chaleur tropicale devint carrément démentielle, et, les alizés brillant par leur absence, on avait l'impression d'être coincé sous le marteau du soleil frappant sans répit l'enclume de la mer aveuglante.

Les nouvelles du front étaient mauvaises, en Europe comme en Asie, à peine émaillées de quelques faits rassurants qui empêchaient les plus sensibles de sombrer dans le désespoir.

Le 1er juin, le Mexique déclara la guerre à l'Axe.

« Cette fois-ci, ça y est, commenta Hemingway lorsque le poste à ondes courtes du *Pilar* nous apprit la nouvelle. Hitler et Tojo vont sans doute jeter l'éponge quand ils seront au courant. Avant la fin du mois, les troupes d'élite de l'armée mexicaine auront envahi l'Europe et le Japon. »

Le 4 juin, les Japonais déclenchèrent une attaque massive sur l'île de Midway. L'équipage du *Pilar* passa les quatre journées qui suivirent à guetter les comptes rendus concis de l'affrontement ; exception faite de mon humble personne, tout le monde avait son mot à dire sur la nouvelle ère qui s'ouvrait en matière de conflit maritime. Hemingway affirmait que l'époque des cuirassés et des canonniers était révolue, tout comme celle des arbalètes, et que le type d'affrontement auquel nous assistions – les porte-avions lâchant leurs chasseurs sur des flottes croisant à plusieurs centaines de milles de distance – déciderait de la suite de la guerre. De toute évidence, l'amiral Ernest King, qui commandait la flotte américaine, était de son avis, car, alors même que la bataille restait incertaine, il déclara à la presse que son issue altérerait le cours de la guerre. Le 7 juin, la marine américaine se proclamait victorieuse, mais plusieurs mois devaient s'écouler avant que nous ne prenions conscience du caractère décisif de cette victoire.

Le 4 juin, on apprit également qu'un patriote tchèque avait assassiné Reinhard Heydrich, le chef des SS, alors présent dans ce pays. Grâce à mes activités clandestines au Camp X de la BSC, je savais que cet « acte de résistance tchèque » était en fait une opération britannique soigneusement planifiée, les Tchèques n'en ayant été que les exécutants. C'étaient William Stephenson et Ian Fleming qui avaient eu l'idée d'éliminer Heydrich. Je ne fus nullement surpris quand on apprit, le 10 juin, que les nazis avaient rasé le village tchèque de Lidice, exécutant en représailles plus de 1 300 de ses habitants. À en croire la rumeur, si les nazis avaient jeté leur dévolu sur Lidice, c'était parce que l'un des assassins d'Heydrich y avait peut-être passé une nuit.

Et la guerre continuait. À la mi-juin, le maréchal Rommel chassa les Britanniques d'Afrique du Nord à coups de pied au cul. Les Japonais s'emparèrent de deux îles dans les Aléoutiennes, et les avions américains coulèrent six navires nippons dans cet archipel. En dépit du vibrant discours de Marlene Dietrich sur le courage des Russes, il devenait clair que les Allemands faisaient reculer les Soviétiques dans les steppes et que Sébastopol, la grande base navale des bords de la mer Noire, ne tarderait pas à tomber.

Le 13 juin, FDR autorisa la création de l'*Office of Strategic Services*, augmentant et consolidant l'autorité de l'ex-COI de Wild Bill Donovan. J'eus la tentation d'envoyer une carte de félicitations à Wallace Beta Phillips, mais je lui avais déjà fait parvenir en guise de cadeau le message relatif au convoi britannique – sachant que l'équipe de Donovan en était déjà informée mais remplissant ma part du contrat –, et quand j'avais essayé de l'appeler au Nacional vers la fin mai, on m'avait dit que le petit homme était parti pour Londres après avoir réglé sa note.

Pour en revenir à nos propres activités, les journaux américains et cubains datés du 29 juin annoncèrent que le FBI avait capturé huit saboteurs allemands à Long Island. Rien ou presque dans leurs articles ne correspondait à la réalité, mais c'était la première fois que nous avions connaissance des suites du rapport d'Hemingway, rédigé un mois plus tôt.

L'écrivain avait été déçu par le peu d'enthousiasme qu'avait suscité le rapport en question. L'ambassadeur Braden ne lui avait pas ménagé ses louanges, admirant l'efficacité de son réseau et lui assurant que le FBI et la marine agiraient sans tarder dès que ces informations seraient vérifiées et confirmées. Le colonel Thomason lui avait fait parvenir, via la valise diplomatique de l'ambassade, un message de félicitations codé. Mais Hemingway avait perçu dans leurs réactions à tous deux un scepticisme sous-jacent qui l'avait mis en rage.

Quand j'avais rendu mon propre rapport à Delgado, je n'avais guère été surpris par sa réaction, à savoir un haussement des sourcils accompagné d'un rictus. Un mois s'écoula avant que Delgado ne me donne les détails de l'« arrestation des saboteurs ».

Aucun espion allemand n'avait été capturé à Long Island.

En dépit du rapport transmis par Hemingway à l'ambassade américaine et de celui que Delgado avait envoyé au directeur Hoover, les espions allemands avaient débarqué le 13 juin sans être inquiétés, ni par le FBI ni par la marine. Leur arrivée serait passée inaperçue s'ils n'étaient pas tombés par hasard sur un jeune garde-côte du nom de John Cullen. Alors que celui-ci effectuait une patrouille sur une plage non loin d'Amagansett, dans la nuit du 13 juin, il vit quatre hommes qui tentaient de gagner le rivage à bord d'un gros radeau. Cullen attendit qu'ils aient touché terre. Ils lui assurèrent – d'une voix où perçait à peine leur accent allemand – qu'ils étaient pêcheurs, que leur bateau s'était échoué et qu'ils allaient chercher de l'aide à la ville la plus proche.

Cullen n'était pas tout à fait convaincu. Non seulement ces hommes avaient un léger accent et portaient des costumes de ville, mais l'un d'eux s'était laissé aller à parler allemand avec ses camarades. Et de toute évidence, ils étaient armés de Lugers. Par-dessus le marché, le soleil levant permettait de distinguer nettement un sous-marin allemand ensablé à une quarantaine de mètres du rivage.

Les maîtres espions de l'Abwehr agirent comme l'aurait fait tout agent secret bien entraîné n'ayant pas froid aux yeux : ils proposèrent à John Cullen d'acheter son silence moyennant la somme de 260 dollars, soit la totalité de ce qu'ils avaient sur eux à ce moment-là. Gardant un œil sur leurs armes et l'autre sur l'U-Boot, Cullen accepta leur fric et regagna en hâte la station des garde-côtes, où ses supérieurs s'assirent sur son rapport pendant plusieurs heures. S'ils l'avaient cru, s'ils avaient réagi avant l'aube, ils auraient retrouvé les quatre agents nazis attendant impatiemment le train de 6 h de la Long Island Railroad en gare d'Amagansett et l'U-Boot cherchant bruyamment à se dégager du banc de sable où il était empêtré.

Finalement, les garde-côtes envoyèrent Cullen et quelques hommes jeter un coup d'œil sur la plage. Les espions et le sous-marin avaient disparu, mais ils trouvèrent des traces d'excavation dans les dunes et mirent au jour une réserve d'explosifs, d'amorces, de détonateurs, de fusées et de bombes incendiaires camouflées sous forme de stylos. Plus des caisses contenant des uniformes allemands, du cognac et des cigarettes. Forts de l'expérience que leur conféraient leurs années de service, les officiers des gardes-côtes, après mûre réflexion, décrétèrent que cette découverte n'était pas concluante. Ils allaient attendre quelque temps avant de la signaler.

Plus tard, ce même jour, le FBI eut connaissance du débarquement grâce à un policier de Long Island qui avait vu les garde-côtes passer la matinée à faire des trous dans la plage. En milieu d'après-midi, le Bureau passait à l'action, envoyant une demi-douzaine d'agents d'élite sur la plage, afin d'y effectuer une « surveillance discrète ». À celle-ci se joignirent une trentaine de civils en chaise longue qui contemplaient les garde-côtes en train de creuser.

Pendant ce temps, les quatre agents allemands avaient pris le train de New York et s'étaient séparés en deux paires. Ils s'empressèrent de louer des chambres dans des hôtels de luxe et de déjeuner dans des restaurants de luxe. Le même jour, le directeur Hoover décréta un black-out total vis-à-vis de la presse et mit toutes les antennes du FBI en état d'alerte, déclenchant la plus grande chasse à l'homme de toute l'Histoire du Bureau. Mais les agents de l'Abwehr avaient disparu sans laisser de traces.

« C'est là que ça devient vraiment marrant », commenta Delgado.

Deux des agents en question – George John Dasch, le chef du groupe, et Ernst Peter Burger, son équipier – avaient décidé chacun de son côté de renoncer à leur mission. Dasch avait passé presque vingt ans aux États-Unis avant d'être recruté par l'Abwehr, et, apparemment, sa loyauté envers le Reich était douteuse. Burger venait de décider de s'emparer des 84 000 dollars que leur avait fourni l'amiral Canaris et de disparaître dans la nature. Chacun d'eux était résolu à tuer l'autre s'il n'acceptait pas de trahir le *Vaterland*.

Les deux hommes finirent par s'entendre. Dasch prit l'argent et téléphona à l'antenne new-yorkaise du Bureau afin d'annoncer leur reddition. L'agent spécial chargé de répondre au téléphone ce jour-là l'écouta attentivement : Dasch et son équipier venaient de débarquer à Long Island pour une mission de sabotage, et ils étaient prêts à livrer leurs 84 000 dollars au FBI si quelqu'un venait les chercher.

« Ouais, fit l'agent spécial, et, hier, c'est Napoléon qui a appelé. » Et il raccrocha.

Insulté, mais pas découragé pour autant, George John Dasch mit l'argent dans une valise et prit le train pour Washington afin de rencontrer J. Edgar Hoover en personne. Après avoir passé l'après-midi à se faire balader d'un bureau à l'autre du ministère de la Justice, Dasch obtint enfin d'être reçu cinq minutes par D. M. Ladd, « Mickey » pour les intimes. De toute évidence, Ladd était aussi peu convaincu que son subalterne new-yorkais, et il allait reconduire Dasch à la porte lorsque l'agent allemand lâcha sa valise et répandit des billets verts sur le sol de son bureau.

« Foutredieu, déclara alors le troisième assistant de J. Edgar Hoover et directeur de la *Domestic Intelligence Division*. C'est des vrais ? »

Le Bureau interrogea Dasch pendant huit jours d'affilée. Selon Delgado, l'agent allemand raconta tout ce qu'il savait sur les contacts, les codes, les opérations de sabotage et le planning de l'Abwehr. Puis, voyant que l'intérêt du FBI commençait à s'émousser, il donna des informations supplémentaires sur la production et les projets d'armements des nazis, ainsi que sur le sous-marin qui les avait débarqués à Long Island. Il informa aussi le Bureau d'un prochain débarquement d'espions à Jacksonville, celui-là même qu'Hemingway avait annoncé dans son rapport.

Le 20 juin, Burger et les deux autres agents présents à New York furent arrêtés à leur tour. Ils se mirent aussitôt à table.

Hoover attendit le 27 juin, jour où les saboteurs débarqués en Floride rencontrèrent leurs contacts à Chicago, pour appréhender d'un coup les quatre agents allemands. Le même jour, il fit informer la presse, s'abstenant de détailler la façon dont le FBI avait mené son opération. « Cela devra attendre la fin de la guerre », déclara le porte-parole du FBI, officiellement et officieusement. Néanmoins, ainsi que me l'expliqua Delgado, Hoover profita d'une série de mémos envoyés au président Roosevelt et d'une série d'entretiens « confidentiels » avec des journalistes pour donner l'impression qu'un super-agent (ou plusieurs) s'était non seulement infiltré dans le commandement de l'Abwehr – recevant au passage le même entraînement que les saboteurs capturés sur le sol américain –, mais aussi dans la Gestapo et peut-être dans le haut commandement allemand. Il laissa également entendre à mots couverts que lui, J. Edgar Hoover, s'était personnellement rendu à Long Island et en Floride pour assister au débarquement des agents allemands déjà repérés.

Un mois et demi après ces fameux débarquements, je demandai à Delgado quelle récompense avaient reçue George John Dasch et Ernst Peter Burger, ces hommes qui s'étaient livrés à nous, avaient trahi leurs camarades et avaient fourni au Bureau quantité d'informations précieuses.

« Ils ont été jugés par un tribunal secret, me répondit-il. Condamnés à mort tous les huit. Six d'entre eux ont déjà été électrocutés à la prison du District de Columbia. Vu les services qu'ils ont rendus aux États-Unis, Burger et Dasch ont vu leur sentence commuée en une condamnation aux travaux forcés, à perpétuité pour le premier, à trente ans pour le second.

— Le directeur devient sentimental avec l'âge », commentai-je. Puis j'ajoutai : « Que sont devenus nos rapports ? Hoover *aurait pu* être sur la plage, à attendre que ces crétins touchent terre. »

Delgado haussa les épaules. « Mon rôle se borne à transmettre les conneries que vous rédigez, Lucas. Je ne peux obliger personne à les lire. »

Il allait falloir attendre la mi-juin au plus tôt pour que le *Southern Cross* soit réparé et remis à flot, mais Hemingway fit partir le *Pilar* en patrouille dès le mois de mai, et en juin, il commença à entraîner ses hommes pour des patrouilles plus longues. Parfois, il emmenait à bord la totalité de son équipage : Winston Guest, son « premier maître » ; Gregorio Fuentes, second et bosco ; Juan Dunabeitia, alias Sinsky le Marin ; Patchi Ibarlucia ; Fernando Mesa, un garçon de café en exil, originaire de Barcelone (et peu fiable à mon avis) ; Roberto Herrera ; Don Saxon, le marine opérateur radio ; et moi.

Je me familiarisai avec les amers, les points de repère que tous les pêcheurs utilisent pour retrouver leur route. Pour nous, une vieille maison en bord de mer, près de Cojímar, signalait l'approche du Hondon de Cojímar, un gouffre sous-marin où la pêche était excellente. Nous l'avions baptisée la Maison rose, ou encore la Maison du prêtre. À un peu plus d'un mille nautique – ce que nous appelions un « mille Hemingway » – se trouvait le champ de tir de La Cabaña, une forteresse à l'entrée de la baie de La Havane. Hemingway et Ibarlucia m'assurèrent que ce coin grouillait de marlins quand le courant était fort, mais ces « croisières d'entraînement » ne nous laissaient guère le temps de les taquiner.

Le Gulf Stream coule au large de La Havane en direction de l'est, tel un fleuve au sein de la mer, d'une largeur de soixante milles et d'une vitesse allant de 1,2 à 2,4 nœuds. Cette vitesse augmente avec la profondeur, et les eaux sont d'un bleu plus intense sur son parcours. Sur ce fleuve bleu naviguaient les bateaux à ordures de La Havane, qui allaient décharger leur cargaison en eaux profondes ; ils étaient entourés de centaines de mouettes et de douzaines de bateaux de pêche, tous attirés par les poissons qui se repaissaient de détritus. Parfois, Hemingway mettait le *Pilar* en queue de convoi – les ordures, les mouettes, les pêcheurs et nous –, le navire soi-disant affrété par le Muséum américain d'histoire naturelle traînant souvent derrière lui le *Tin Kid*, son petit auxiliaire. « Regardez ça, Lucas, me dit-il par un matin ensoleillé. La mer nous donne tout – la vie, la nourriture, le temps, le bruit du ressac la nuit, des ouragans pour mettre un peu d'animation –, et voici comment nous la payons en retour. » Il désigna les tonnes d'ordures que l'on jetait par-dessus bord dans les eaux d'un bleu soutenu.

Je haussai les épaules. L'océan me semblait assez vaste pour accueillir quelques immondices.

Hemingway choisit comme base d'entraînement une zone autour de Cayo Paraíso. Des bidons de carburant nous servaient de cibles. Au lieu de les larguer sans cérémonie et de les démolir à coups de mitraillette Thompson, l'écrivain insista pour que nous y peignions des visages – caractérisés par des yeux mauvais, une mèche sur le front et une moustache à la Charlie Chaplin. Comme on pouvait s'y attendre, l'équipage eut vite fait de donner à ces cibles le sobriquet de « Hitler ».

Il nous arrivait souvent de jeter l'ancre près d'une bouée et de nous entraîner au lancer de grenades. Patchi Ibarlucia et Roberto Herrera se révélèrent d'authentiques champions, lançant les « ananas » beaucoup plus loin que je ne l'aurais cru possible... et atteignant le plus souvent le disque de trois mètres de diamètre figurant la cible.

« En plein sur la tourelle ! » hurlait Hemingway depuis la passerelle de pilotage, où il observait les explosions à la jumelle.

L'épave d'un cargo était échouée à la pointe nord de l'îlot, et Hemingway nous entraîna à l'abordage : il approchait le bateau le plus près possible, lançait les grappins, et nous surgissions sur le pont, armés de grenades et de mitraillettes, escaladions les cordes pour atterrir sur la cabine pourrie du cargo en hurlant « *Hande Hoche !* » et autres ordres en allemand jusqu'à ce que l'invisible équipage nazi se rende sans avoir combattu. Parfois, cependant, Hemingway nous signalait une résistance, et nous lancions des grenades et des bâtons de dynamite dans les coursives, quittant ensuite l'épave en quatrième vitesse.

Sur une note plus réaliste, nous nous livrions également à des exercices d'évacuation – la marine nous avait équipés d'un radeau gonflable en guise de canot de sauvetage. Un radeau jaune canari avec des petites rames pliantes d'un bel orange. Je pense que je ne me suis jamais senti aussi ridicule que lors de ces exercices – nous étions huit ou neuf entassés dans ce stupide radeau, ramant contre un courant bien décidé à nous conduire en Europe, tous coiffés de « sombreros scientifiques », des chapeaux de paille à larges bords qu'Hemingway avait achetés en vue de l'opération Sans-ami, qualifiés de « scientifiques » parce que tout ce qui se trouvait à bord du *Pilar* était « scientifique » en raison de ce stupide pavillon.

« C'est là qu'ils nous font prisonniers et nous abattent, pas vrai, Ernesto ? » demanda Guest durant l'un de ces exercices.

Hemingway se contenta de froncer les sourcils, mais un peu plus tard, alors que nous buvions une bière fraîche à bord du *Pilar*, il nous montra quelque chose. Un document dactylographié sur beau papier, avec un en-tête impressionnant :

BUREAU DE L'ATTACHE AUX AFFAIRES MARITIMES ET AERIENNES
AMBASSADE DES ETATS-UNIS D'AMERIQUE
LA HAVANE, CUBA

18 mai 1942

À toutes les personnes concernées,

Tout en effectuant des prélèvements sur la faune sous-marine pour le compte du Muséum américain d'histoire naturelle, le señor *Ernest Hemingway, à bord de son bateau le* PILAR, *se livre à des expériences sur du matériel radio, expériences qui ont été portées à la connaissance du soussigné, sont connues pour être* arreglado *et ne sont en aucune façon subversive.*

(signé)
Hayne D. Boyden
Colonel du Corps des marines
des États-Unis d'Amérique
Agregado Naval de los Estados Unidos,
Embajada Americana

« Ceci est notre lettre de marque, déclara Hemingway. Comme au temps jadis, elle nous confère un statut légal... elle nous distingue des espions et des pirates... et elle empêchera les Allemands de nous abattre si la chance tourne lorsque nous attaquerons un de leurs sous-marins. Les Allemands sont des salauds, mais ils respectent scrupuleusement la loi. »

Hemingway dut expliquer en détail ce qu'était une lettre de marque à l'époque des corsaires et des boucaniers, et, pendant qu'il dégoisait, je le regardai sans rien dire, me demandant s'il pensait vraiment que ce chiffon de papier nous éviterait de recevoir une balle de 9 mm dans la nuque si jamais l'équipage d'un sous-marin allemand venait à nous capturer après que nous aurions échoué à le couler. Pour la énième fois, je me rendis compte que le *señor* Hemingway, non content d'édifier des mondes imaginaires pour ses livres, vivait également en eux.

Parfois, seuls Hemingway et moi embarquions à bord du *Pilar*, et nous nous consacrions à des exercices de navigation et de transmission radio. L'écrivain fut surpris lorsque je lui appris que je savais me servir de la radio à ondes courtes et de l'équipement de détection. « Bon sang, fit-il, on n'avait pas besoin de Don Saxon.

— Vous aurez besoin de lui quand je resterai à terre pour m'occuper de l'Usine à forbans. » Cela m'arrivait assez souvent – environ un jour sur deux –, et je passais mes journées à faire le tour des « agents de terrain » de l'écrivain, qui me faisaient leur rapport, ou à rester assis dans le cottage, recevant d'autres rapports de visiteurs furtifs qui arrivaient et repartaient en passant à travers champs.

Quelques jours avant que le *Southern Cross* reprenne la mer, le journal de bord du *Pilar* portait les mentions suivantes :

12 juin 1942 : *Patrouille jusqu'à Puerta Purgatorio... Retour 5 h 30.*

13 juin	*Tour de veille de 2 h à 7 h. Sortie avant l'aube, patrouille de 12 milles jusqu'au soir. Retour à 20 h. Win Guest allé à Bahía Honda à bord auxiliaire.*
14 juin :	*Tour de veille à partir de 4 h. Sortie à l'aube. 7 h 20. Patrouille jusqu'à 13 h, puis jeté l'ancre à 16 h avec provisions.*

« Win Guest allé à Bahía Honda à bord auxiliaire » : sous cette phrase sèche se dissimulait un petit drame. Ce jour-là, nous étions six à bord, en quête de sous-marins dans une zone où des pêcheurs cubains en avaient aperçu, lorsqu'un message chiffré émanant de la marine nous ordonna de venir chercher des instructions à Bahía Honda. Le temps était franchement mauvais – des menaces de tempête au nord et à l'ouest, des creux d'un mètre cinquante –, mais Hemingway envoya Winston Guest et Gregorio Fuentes chercher ces fameuses instructions à bord du *Tin Kid*.

« Le temps commence à se gâter, Ernest », lui dit Guest, accroché au bastingage du *Pilar*.

Fuentes ne fit aucun commentaire, mais le regard inquiet qu'il jetait sur l'horizon en disait long.

« Rien à foutre du temps, répliqua sèchement Hemingway. Nous avons reçu des *ordres*, messieurs. Les premiers depuis le début de l'opération. Je veux vous voir ici avec avant l'aube, morts ou vifs. »

Le milliardaire et le vieux Cubain opinèrent, attrapèrent en hâte des provisions d'eau et de nourriture, puis bondirent dans le petit bateau. Plus tard, ils nous racontèrent que la traversée avait été aussi pénible que prévu et qu'ils n'étaient arrivés à Bahía Honda que passé neuf heures du soir, y retrouvant leur contact américain qui leur avait donné une enveloppe étanche. Guest et Fuentes s'étaient bien gardés de l'ouvrir – c'était là le privilège d'Hemingway – et, après avoir mangé un repas froid et dormi deux heures, ils avaient entamé le périple de retour.

Au lever du soleil, Hemingway s'isola pour ouvrir l'enveloppe scellée. Quelque temps plus tard, il remonta sur le pont et ordonna à Fuentes et à Ibarlucia de lever l'ancre.

« Nous retournons à Cojímar. » Il étala une carte sur le panneau de contrôle de la passerelle principale. « Nous allons faire des provisions. Lucas, vous resterez à la *finca* pour vous occuper de l'Usine à forbans. Nous avons reçu l'ordre de nous rendre... ici. » Son doigt se planta sur la carte.

Tout le monde se tordit le cou pour mieux voir. Hemingway désignait une série d'îlots au nord de Camagüey, dans une zone située au nord-est de la côte que nous n'avions pas encore patrouillée.

« Lucas, me dit-il alors que nous regagnions le port sur les eaux agitées, en plus de vous occuper de l'Usine à forbans, vous devrez garder un œil sur le *Southern Cross* et nous envoyer un message radio dès qu'il semblera sur le point de sortir en mer.

— Entendu. » Quelle que soit la nature de ses « ordres secrets », Hemingway n'était pas disposé à m'en parler. Cela ne me dérangeait pas, mais je regrettais d'être obligé de rester à terre alors que le *Pilar* partait pour de bon en voyage. Je préférais la mer à la ferme, et, si stupides qu'aient été certains de nos exercices d'entraînement, le temps que je passais en mer était plus réel à mes yeux que celui que je consacrais à l'Usine à forbans.

Je passai cette période à diriger le réseau d'espionnage, à surveiller Maria et à réfléchir sur Ernest Hemingway. « Dites-moi qui est cet homme », m'avait ordonné le directeur Hoover. Je n'étais pas sûr de pouvoir répondre à cette question.

Mais, une fois coincé sur terre, je repensai au Hemingway que j'avais vu en mer.

Rares, à mon sens, étaient les épreuves susceptibles de révéler la vraie nature d'un homme. Le combat en faisait peut-être partie, mais je n'aurais su le dire, car je n'étais jamais allé à la guerre. Les combats que j'avais livrés étaient discrets, invisibles, extrêmement brefs, et la survie était leur seule récompense. Défendre sa famille contre une menace était sans doute l'une de ces épreuves, me disais-je, mais jamais je n'avais eu une famille à protéger... ou à perdre – du moins depuis que j'avais atteint l'âge adulte.

Mais la mer... c'était une épreuve que je comprenais.

Des centaines de milliers d'hommes prennent la mer, mais quitter la terre à bord de son propre bateau, la perdre de vue ainsi que le faisait régulièrement Hemingway, voilà qui était plus rare, plus dangereux. On peut prendre la mesure d'un homme à la façon dont il traite la mer, avec indifférence ou avec le respect qu'elle mérite, à la façon dont, parfois, son ego le rend aveugle à la puissance de l'océan qui l'entoure.

Hemingway traitait la mer avec un respect d'adulte. Il se tenait debout sur sa passerelle, ses jambes nues solidement campées pour résister, sans même qu'il en ait conscience, au roulis et au tangage, son torse nu bronzé par le soleil, ses cheveux noirs luisants de sueur, ses joues mangées par une barbe de deux jours et ses yeux invisibles sous la visière de sa casquette. *Hemingway faisait attention à la mer.* Il ne jouait jamais au matamore quand il devait guetter le mauvais temps, étudier les courants et les marées, virer de bord lorsqu'un début de tempête assombrissait l'horizon ou faisait baisser le baromètre, ou encore affronter cette tempête avec courage lorsqu'il était impossible de s'en abriter. À bord de son bateau, Hemingway ne tirait jamais au flanc... il prenait son tour de veille quelle que soit l'heure, ne rechignait jamais à travailler dans l'eau de cale puante, ni à se couvrir de cambouis en réparant les moteurs, ni à évacuer la merde des conduits, à la main si c'était nécessaire. Il faisait ce qui devait être fait.

J'avais six ans quand mon père est mort en Europe. J'en avais cinq quand il avait quitté la maison. À en juger par les deux photographies que nous avions de lui, il ne ressemblait nullement à Hemingway. Si l'écrivain avait un torse puissant et des jambes solides, un cou de taureau et une tête imposante, mon père était un homme mince et plutôt distingué, avec des doigts longilignes, un visage étroit et une peau qui, l'été, bronzait tellement vite qu'il se faisait souvent traiter de « nègre » par les étrangers.

Mais la vision d'Hemingway en mer éveillait en moi les rares souvenirs que j'avais de mon père, et surtout ceux que j'avais de mon oncle. C'était peut-être la façon si élégante qu'il avait de se camper sur ses jambes, ou de discuter sans perdre de vue la mer et le ciel qui l'entouraient. Hemingway était plutôt pataud – j'avais déjà constaté qu'il était sujet aux accidents et que sa vue était déficiente –, mais à bord du *Pilar*, il se déplaçait avec cette grâce qui est l'apanage des vrais marins.

Comme je commençais à le comprendre, Hemingway accordait à la mer une attention pleine et entière, la même qu'il accordait aux propos des femmes – du moins quand elles l'intéressaient. Et peut-être était-ce pour la même raison : il pensait qu'elles avaient quelque chose à lui apprendre.

Et Hemingway apprenait vite, je le savais déjà. Au fil de nos conversations, j'avais constaté qu'il n'avait eu aucun contact avec l'océan étant enfant, et très peu étant adulte, hormis en traversant l'Atlantique sur des paquebots – d'abord pour aller à la guerre en tant qu'ambulancier, puis pour en revenir blessé, puis pour repartir en Europe en tant que journaliste, pour en revenir avec son épouse afin de s'établir au Canada, et cetera. Ce fut en 1932 qu'Hemingway prit régulièrement la mer, à bord de l'*Anita*, un bateau appartenant à Joe Russell, l'un de ses amis de Key West. Russell lui avait appris les rudiments de la navigation et de l'entretien d'un bateau – ainsi que ceux du trafic de spiritueux, à en croire l'écrivain –, puis lui avait fait découvrir la pêche en haute mer et l'île de Cuba.

À en croire Ibarlucia et d'autres, Russell était récemment venu à Cuba pour rendre visite à son ami, et celui-ci avait traité le vieux trafiquant comme un grand-père bien-aimé, l'invitant à bord du *Pilar*, ne cessant de lui servir de la citronnade et de lui demander : « Êtes-vous à l'aise, Mr. Russell ? » Hemingway avait honoré son maître comme il le méritait, bien que l'élève eût depuis longtemps dépassé le maître en question.

C'était là, me dis-je, une des qualités d'Hemingway que ceux qui l'entouraient avaient tendance à négliger ou à sous-estimer. L'écrivain était de ces rares individus qui se laissent gagner par la passion de quelqu'un d'autre – la tauromachie, par exemple, ou la pêche à la truite, ou la chasse au gros gibier, ou la pêche en haute mer, ou encore la gastronomie et le goût du bon vin, ou le ski, ou le métier de correspondant de guerre – et qui, en quelques années, voire en quelques mois, deviennent l'expert, jusqu'à en remontrer au maître sur la beauté ou l'esthétique de l'activité qui l'a absorbé et qu'il a absorbée en retour. Alors, même le maître s'incline devant les connaissances de l'élève, traitant celui qui était naguère un amateur comme l'expert qu'il est devenu.

Hemingway était toujours un dilettante en matière d'espionnage ; jusqu'ici, il s'était débrouillé avec ses propres moyens. Que se passerait-il si je commençais à lui enseigner les réalités de ce jeu ? Son amateurisme évoluerait-il en expertise en l'espace de quelques mois ? Maîtriserait-il les complexités de l'espionnage et du contre-espionnage aussi bien qu'il maîtrisait aujourd'hui les dangereux caprices de l'océan ?

Peut-être. Mais je n'avais aucune raison de lui enseigner quoi que ce soit. Pas encore.

Delgado eut vite fait de percevoir l'ironie de ma situation : c'était moi le responsable de l'Usine à forbans pendant les dix jours que devait durer la mission de l'écrivain dans l'archipel de

Camagüey. « On vous a envoyé ici pour surveiller ce cirque, et c'est vous qui le faites tourner. »

Je n'avais rien à lui répondre. J'étais trop occupé pour discuter.

La *finca* était relativement calme en l'absence d'Hemingway et de ses amis. Pichilo, le jardinier, s'affairait parmi les haies et les massifs ; Pancho Castro, le charpentier, construisait de nouvelles étagères et de nouvelles commodes pour la maison ; Ramón, le cuisinier, poussait des coups de gueule de temps à autre ; et René Villaréal, le valet de pied d'Hemingway, arpentait les lieux à pas de loup, assignant des tâches aux domestiques et veillant sur la propriété en l'absence de Roberto Herrera, responsable de la *finca* en temps normal. Roberto avait pris la mer avec le patron.

Durant tout le mois de mai et le début du mois de juin, Hemingway et Gellhorn avaient organisé à la *finca* de longues réceptions dominicales. Parmi les convives, nombreux et enjoués, on trouvait pas mal d'habitués : l'ambassadeur Braden et son épouse ; une foule de Basques, dont le traditionnel groupe de *pelotaris* ; des membres du personnel de l'ambassade tels Ellis Briggs, Bob Joyce, leurs femmes et leurs enfants ; quelques prêtres espagnols – notamment don Andrés Untzaín –, ainsi que quelques milliardaires, Winston Guest, Tom Shevlin et des yachtmen en visite. Helga Sonneman s'était déplacée à deux ou trois reprises pendant que les réparations du *Southern Cross* se poursuivaient, mais Theodor Schlegel n'avait plus jamais remis les pieds à la *finca*. Et puis il y avait des personnages hauts en couleur qui étaient passés par là et restés pour dîner – Shipwreck Kelly, des pêcheurs cubains réputés comme Carlos Guttierez et de vieux amis venus exprès de Key West pour passer une journée avec l'écrivain et son épouse. Ces festivités étant provisoirement suspendues, les dimanches après-midi étaient si calmes que j'entendais les abeilles bourdonner dans le jardin pendant que je lisais les rapports dans le cottage.

La meilleure façon de protéger Maria Marquez du lieutenant Maldonado, avions-nous décidé, était de ne pas dissimuler sa présence. Xénophobie – je commençais à me faire à ce sobriquet – couchait toujours au cottage « Premier Choix », mais pendant la journée, elle travaillait à la *finca* avec les autres domestiques. Martha Gellhorn avait insisté pour que la jeune prostituée ne touche pas à la nourriture, mais cette restriction mise à part – plus le fait que Gellhorn ne voulait pas la voir –, Maria s'intégra sans peine dans le personnel de la ferme. Lorsque Gellhorn était absente – ce qui lui arriva très souvent en juin, Juan Pastor Lopez la conduisant de bon matin à La Havane et ne la ramenant que tard le soir –, Maria avait le droit, entre deux corvées, de se détendre au bord de la piscine ou de se promener dans la propriété.

Le lieutenant Maldonado ne s'était pas manifesté. Grâce aux rapports de l'Usine à forbans, je savais que la Police nationale recherchait toujours la prostituée disparue, tout comme certains des contacts phalangistes de Schlegel, mais je savais aussi que Maldonado et l'agent de l'Abwehr étaient trop occupés pour se consacrer personnellement à cette affaire de meurtre et à sa principale suspecte.

À mesure que je rassemblais les rapports des agents de terrain d'Hemingway et prenais un rôle plus directif dans l'opération, je commençais à voir sous un nouveau jour le réseau d'espionnage monté par l'écrivain. Il existe deux façons de créer un réseau d'espionnage ou de contre-espionnage efficace. La première, et la plus courante, consiste à cloisonner les agents de terrain en « cellules » : chaque cellule est autonome et ignore les activités des autres ; seuls leurs contrôleurs connaissent les noms des agents, leurs contacts, leurs codes et leurs objectifs, dans la mesure où cela est nécessaire. La solidité d'une telle structure est comparable à celle d'un navire pourvu de compartiments étanches : si l'on constate une fuite dans une cellule, les autres ne peuvent en être affectées vu leur isolation, ce qui permet au navire de rester à flot. La seconde façon de créer un réseau efficace – en particulier un réseau de contre-espionnage – est de faire en sorte que tous les agents se connaissent. Cela résout pas mal de problèmes de sécurité, car il est pratiquement impossible d'infiltrer ou de subvertir un tel groupe, et différents agents peuvent partager leurs informations et leurs objectifs. Les espions professionnels optent rarement pour cette solution – la *British Security Coordination* était une exception à la règle –, car il suffit d'une seule fuite pour faire couler tout le bateau.

Mais dans le cas de l'Usine à forbans, ce rassemblement de personnes hétéroclites fonctionnait étonnamment bien.

Il devint vite évident que si ni le lieutenant Maldonado ni son chef Juanito le Témoin de Jéhovah ne s'intéressaient à la piste Maria Marquez, c'était parce qu'ils étaient trop occupés à accepter des pots-de-vin du FBI et des services secrets allemands, pour lesquels ils jouaient également les coursiers.

Ces conclusions me laissèrent de prime abord dubitatif, mais à mesure que les rapports de l'Usine à forbans convergeaient dans ce sens, l'étendue de la corruption de *Caballo Loco* devint de plus en plus nette. Quoique toujours inexplicable.

À en croire les rapports que je recevais, les amateurs recrutés par Hemingway ne rataient rien de ce qui se passait à La Havane et dans les environs. Le chasseur de l'hôtel Plaza rapporta que le lieutenant Maldonado et Teddy Shell, alias Theodor Schlegel, s'était rencontrés six fois dans une suite louée par Shell. Le lieutenant de la Police nationale en ressortait toujours porteur d'une lourde valise. À deux reprises, une fille qui travaillait au salon de beauté du Prado avait suivi Maldonado jusqu'à la *Banco Financiero Internacional*, dans la calle Linea. Les quatre autres fois, Maldonado avait été filé avec succès de l'hôtel à la banque par un individu connu sous le seul nom de code « agent 22 ». J'ignorais l'identité de cet agent 22, mais il était doué pour le travail de surveillance, même si ses rapports, rédigés au crayon à papier, étaient truffés de fautes d'orthographe dignes d'un enfant de dix ans. Un ancien noble espagnol, aujourd'hui membre du Conseil d'administration de la *Banco Financiero Internacional*, nous apprit que le lieutenant Maldonado n'avait pas de compte personnel à cet établissement, mais qu'il existait un certain compte libellé au nom d'Orishas Incorporated – littéralement : « Dieu & Compagnie » – sur lequel Maldonado avait déposé soixante mille dollars américains, son supérieur, Juanito le Témoin de Jéhovah, l'ayant quant à lui alimenté de trente-cinq mille dollars.

Pourquoi l'Abwehr graissait-elle la patte à la Police nationale cubaine ? Ce n'était pas pour bénéficier de sa protection, je le savais. La police de Cuba fermait spontanément les yeux sur les activités des sympathisants nazis, des extrémistes phalangistes et des agents allemands présents sur le territoire.

Puis le FBI entra dans la danse. À deux reprises, un garçon de café chinois du Pacific Chinese Restaurant avait vu *Caballo Loco* rencontrer un Américain nommé Howard North devant cet établissement. Le vieil aveugle du Parque Central, qui reconnaissait la Chrysler 1936 de Howard North au bruit de son moteur, rapporta qu'à chaque fois elle avait emprunté le Prado en direction du Malecón. La seconde fois, notre intrépide agent 22 avait réussi à suivre la Chrysler à la sortie de l'avenida 5 jusqu'à la ville portuaire de Mariel, puis s'en était approché suffisamment pour voir le lieutenant de la Police nationale et le *señor* Howard North se promener sur les quais déserts. North avait donné au lieutenant

Maldonado une mallette marron. Ce même après-midi, à en croire notre contact à la banque, Maldonado avait déposé quinze mille dollars américains sur le compte Orishas. Il avait effectué un dépôt identique le jour de sa première rencontre avec Howard North.

Celui-ci était un agent spécial du FBI affecté à l'antenne de La Havane.

Je ne m'étais pas adressé à Delgado pour avoir confirmation de ce fait. Le jeudi, alors qu'Hemingway poursuivait sa première semaine de mission dans l'archipel de Camagüey, j'avais livré à Bob Joyce mon rapport hebdomadaire et lui avais demandé s'il y avait un nouvel agent du FBI en ville.

« Comment l'avez-vous su ? » demanda Joyce en parcourant le compte rendu édulcoré que j'avais tapé à son intention. Il leva les yeux et me sourit. « Raymond Leddy, chef de l'antenne et agent de liaison avec l'ambassade, n'apprécie guère ce nouvel élément. L'agent spécial North. Arrivé tout droit de Washington il y a dix jours. À mon avis, on ne l'avait pas demandé et on n'a pas besoin de lui... il y a déjà seize agents à La Havane.

— L'agent spécial North est-il ici en mission spéciale ? Ne me répondez pas si c'est confidentiel, bien entendu. Je me demandais seulement si sa présence avait un rapport avec l'opération d'Hemingway. »

Bob Joyce gloussa. « Je ne pense pas que l'agent spécial North soit impliqué dans une quelconque opération. Il s'agit en quelque sorte d'un comptable. C'est pour ça que Leddy et ses potes de l'antenne sont énervés. Ils pensent que North a été envoyé ici pour éplucher leurs livres de comptes... pour vérifier que tous les pennies et tous les pesos dépensés le sont à bon escient.

— Il faut bien que quelqu'un fasse ce boulot », conclus-je.

La Police nationale recevait des dizaines de milliers de dollars à la fois de Theodor Schlegel et du FBI. Que se passait-il donc ? Les pots-de-vin versés par l'Abwehr étaient directement liés aux activités clandestines du *Southern Cross*, c'était fort probable, mais pourquoi un comptable du FBI arrosait-il *Caballo Loco* et son supérieur ? Et le plus curieux dans l'histoire, c'était que l'antenne locale du Bureau n'était apparemment pas au courant.

La troisième semaine de juin, juste avant qu'Hemingway et ses amis reviennent de leur mission secrète, je convoquai l'agent 22.

On était le mardi 23 juin, et je me trouvais à la *finca*, assis à l'ombre en compagnie du Dr Herrera Sotolongo, avec qui je parlais de l'Usine à forbans, lorsque l'agent 22 daigna enfin venir au rapport.

Le médecin était au courant des activités d'Hemingway, bien entendu, mais contrairement à son frère, il n'avait pas souhaité entrer dans le réseau d'espions.

« Ernesto a insisté, me confia-t-il, mais j'ai refusé. Il m'avait même trouvé un nom de code – Malatobo –, mais j'ai éclaté de rire et je n'ai pas changé d'avis. »

Je ne pus m'empêcher de rire, moi aussi. Un *malatobo* était un type de coq de combat.

« Ernesto et ses noms de code ! reprit le médecin d'un air songeur en sirotant son gin-tonic. Saviez-vous, *señor* Lucas, qu'il s'était baptisé agent Zéro-Huit pour jouer à l'espion ? »

Je continuai de sourire. En effet, Hemingway signait tous ses rapports « agent 08 ».

« Pourquoi n'avez-vous pas souhaité participer à ces activités, docteur ? » demandai-je. Je savais qu'Herrera Sotolongo détestait encore plus le fascisme que tous ceux qui, ce jour-là, se trouvaient en compagnie de l'écrivain à bord du *Pilar*.

Le médecin, d'ordinaire paisible, posa son verre et tapa violemment du poing sur l'accoudoir de son fauteuil. « Je refuse de devenir un policier ! s'écria-t-il en espagnol. J'ai été soldat, bon sang, et je suis prêt à le redevenir... serment d'Hippocrate ou pas... mais policier, jamais ! J'ai toujours détesté les flics et les espions ! »

Je n'avais rien à répondre à cela. Puis le médecin reprit son verre et me regarda droit dans les yeux. « Et maintenant, Ernesto est entouré d'espions. Entouré de gens qui ne sont pas ce qu'ils semblent être. »

Je lui rendis son regard et lui demandai à voix basse : « Que voulez-vous dire ? »

Herrera Sotolongo vida son verre. « Ce milliardaire... cet ami... Winston Guest. »

J'avoue que j'ai tiqué. « Wolfer ? »

Le médecin eut un rictus. « Ah ! ces surnoms dont Ernesto nous affuble. Quelle plaie ! Saviez-vous, *señor* Lucas, que le *señor* Guest a dit à Fuentes, ainsi qu'aux autres membres d'équipage peu instruits, qu'il était le neveu de Winston Churchill ?

— Je l'ignorais.

— C'est vrai. En Angleterre, le *señor* Guest était un joueur de polo fort respecté. C'était aussi un chasseur nettement supérieur à

Ernesto. Vous savez qu'ils ont fait connaissance au Kenya... en 1933, je crois bien.

— Le *señor* Hemingway m'a dit qu'ils s'étaient rencontrés en Afrique, oui.

— Et il est vrai que le *señor* Guest est *muy preparado*. Vous connaissez cette expression ?

— *Sí.* Très cultivé. Bien éduqué.

— Encore plus *preparado* que le pense Ernesto, marmonna le médecin. Le *señor* Guest est un espion.

— Wolfer ? répétai-je, aussi stupidement que la première fois. Pour le compte de qui, docteur ?

— Pour le compte des Britanniques, évidemment. Tout le monde à La Havane l'a vu... »

Ce fut précisément à ce moment-là qu'un gosse de dix ans vêtu de guenilles se dirigea vers nous et porta la main à son front, dans un geste que j'identifiai plus tard comme un salut.

« Je suis Santiago Lopez, *señor* Lucas », dit-il. Sa chemise était grande ouverte – elle n'avait pas de boutons – et ses côtes nettement visibles. De toute évidence, cela faisait plusieurs jours qu'il n'avait pas mangé. Quelle que soit la raison de sa présence ici, j'allais l'envoyer à la cuisine et demander à Maria ou à un autre domestique de lui servir un bon repas avant qu'il retourne mendier dans les rues de La Havane.

« Oui ? fis-je en m'efforçant de ne pas être trop rude.

— Vous avez convoqué l'agent Vingt-Deux. » Le gamin parlait d'une voix ferme, mais je vis qu'il avait les jambes flageolantes.

Je me tournai vers le Dr Herrera Sotolongo et levai les yeux au ciel. Si j'entretenais encore des espoirs sur l'efficacité de l'Usine à forbans d'Hemingway, ils s'étaient envolés quand j'avais vu que l'on m'envoyait un enfant pour transmettre un rapport.

« Il ou elle n'a pas pu venir en personne ? demandai-je.

— Il ou elle est venu, *señor* Lucas, répliqua le gamin. Je veux dire, monsieur, *je* suis venu. Dès que j'ai reçu votre ordre, monsieur. »

Je me tournai de nouveau vers le bon docteur, qui répondit à mon regard inexpressif par un sourire sage mais las, puis je conduisis l'agent 22 à l'ombre des ficus pour l'interroger sur les allées et venues de l'assassin, le lieutenant Maldonado.

17

Les semaines suivantes furent relativement tranquilles pour l'Usine à forbans, Hemingway se consacrant avant tout à ses affaires familiales. Par la suite, cependant, je devais considérer ces mois de juin et de juillet comme le calme précédant la tempête... et, tout en ignorant qu'une tempête se préparait – et quelle tempête ! –, je me souviens que chaque journée de cette période était colorée par une tension similaire à celle qu'éprouve un marin en voyant les nuages se masser à l'horizon alors qu'il file vers le port.

Hemingway fêta son quarante-troisième anniversaire le 21 juillet 1942. Je passai la majeure partie de cette nuit et de la suivante à discuter avec lui sur le pont du *Pilar.*

Cela faisait six jours que nous patrouillions en quête de sous-marins. Les fils d'Hemingway étaient à bord – Patrick et Gregory, ou plutôt Mousie et Gigi, comme il les appelait –, Fuentes, Winston Guest et moi-même formant un équipage réduit. Nous avions passé trois jours à traquer le *Southern Cross*, qui procédait à des essais en suivant une course aussi erratique qu'interminable, à l'écoute de ses échanges radio, ce qui nous avait permis d'intercepter quelques communications entre U-Boots brouillées par les parasites, et nous étions restés en contact avec la petite base de Cayo Confites en attendant que le yacht de la Viking Fund prenne l'initiative. Et puis, le quatrième jour, nous avions perdu la trace du vaisseau lors d'une tempête. Notre détecteur radio nous ayant permis de repérer un sous-marin émettant dans les environs de Key Romano, nous avons pris cette direction le soir du cinquième jour.

Au crépuscule, Hemingway m'aida à négocier l'approche délicate de Key Romano. Nous avons d'abord traversé l'embouchure de Punta Practicos jusqu'à apercevoir le phare de Matermillos, sur

Key Sabinal. Ensuite, nous avons franchi au ralenti le Vieux Chenal des Bahamas, une zone extrêmement dangereuse. Fuentes s'était posté sur la proue, guettant les récifs et les bancs de sable.

Une fois parmi les keys, nous avons découvert un labyrinthe de chenaux peu profonds – parfois soixante centimètres à peine –, qui se transformaient souvent en courants et en rivières provenant du key. Un petit port abritait le village de Versailles – une demi-douzaine de maisons, la plupart sur pilotis, la moitié abandonnées. Nous avons jeté l'ancre en un point baptisé Punta de Mangle et passé trois jours à explorer les chenaux à bord du *Tin Kid*, demandant aux rares pêcheurs du coin s'ils avaient aperçu un grand yacht ou un hors-bord dans les courants les plus larges et cherchant à trianguler la position de l'émetteur que nous captions.

L'anniversaire d'Hemingway fut aussi agréable que le permettaient les circonstances, le *Pilar* étant coincé dans un trou perdu parmi les mangroves et les poivriers. Patrick et Gregory avaient apporté des cadeaux à leur papa, Winston Guest offrit à Hemingway deux bouteilles d'excellent champagne, Fuentes lui avait sculpté une figurine en bois qu'il trouva amusante, et ce soir-là, nous avons eu droit à un dîner de gala. Je n'avais apporté aucun présent, bien sûr, mais je levai mon verre de champagne en l'honneur de l'écrivain.

Je me rappelle bien ce repas, ayant vu le bosco le préparer. Un plat à base de spaghetti servait d'entrée. Fuentes prit un boisseau entier de pâtes et le coupa en deux avant de le plonger dans l'eau bouillante. Il avait sorti un poulet de la glacière, qu'il fit cuire dans un bouillon à base d'os de porc et de bœuf. Lorsque le poulet fut prêt, il égoutta le bouillon, récupéra les miettes dans la passoire et les ajouta au poulet. Puis il sala le tout et le hacha. Le fumet qui emplissait la minuscule coquerie était si appétissant que je me sentais déjà prêt à passer à table.

Fuentes hacha ensuite du jambon de Galice et du chorizo. Il mélangea ce hachis au poulet et au bouillon fumant, ajouta du paprika et fit cuire le résultat à feu doux. Puis il égoutta les spaghetti et les saupoudra avec une pincée de sucre. Il versa la sauce dans un plat, mit la table et hurla à la cantonade que c'était servi et que tout le monde devait rappliquer illico à la coquerie.

Pendant que nous nous régalions de cette entrée de choix, Fuentes finissait de préparer le plat de résistance. Nous avions attrapé un espadon ce matin-là et, un peu plus tôt, il en avait coupé six filets pour les faire mariner. Pendant que nous étions occupés à savourer nos spaghetti, à bavarder et à boire du bon vin, Fuentes fit fondre une demi-livre de beurre et mit à frire les filets d'espadon à feu doux. Tout en prenant part à la conversation, il les arrosait régulièrement de citron et les retournait pour assurer une bonne cuisson. L'arôme qui se dégageait de ce poisson était stupéfiant, encore plus tentateur que celui d'un steak. Il disposa chaque filet dans une assiette, ajouta une pincée de sel et servit le tout avec de la salade fraîche et des légumes cuits à l'eau. Il avait préparé à l'intention d'Hemingway une sauce à base de poivrons, de persil, de poivre noir, de raisin et de câpres, qu'il avait fait revenir à la poêle avec des asperges hachées menu.

« Navré, Ernesto, dit le second capitaine et bosco alors que nous nous jetions sur son œuvre. J'avais prévu de vous faire du crabe frais au citron avec une fricassée de calamars, mais cette semaine, nous n'avons trouvé ni crabes ni calamars. »

Hemingway gratifia Fuentes d'une tape dans le dos et d'un grand verre de vin. « Cet espadon est le meilleur que j'aie jamais mangé, *compadre*. C'est un cadeau d'anniversaire vraiment royal.

— *Sí* », acquiesça Fuentes.

Durant la nuit du lendemain, alors qu'Hemingway et moi partagions un tour de veille, se déroula la plus longue de nos conversations. Cela commença par un dialogue portant sur nos chances de retrouver le *Southern Cross*, sur les actions à engager si nous le retrouvions, sur l'étrange tournure qu'avaient prise ces dernières semaines les opérations de surveillance menées par l'Usine à forbans, puis il se lança dans une série de commentaires amers sur son épouse absente – Gellhorn était partie pour sa croisière financée par *Collier's* –, et finalement, dans un long monologue. Cela se passait sur le pont, dont l'obscurité n'était rompue que par notre lampe de compas et la lueur du firmament, où les étoiles scintillaient encore de tous leurs feux quand elles disparaissaient derrière les mangroves et les arbrisseaux qui entouraient la petite baie.

« Alors, qu'en pensez-vous, Lucas ? Cette splendide petite guerre va-t-elle durer un an... deux ans... trois ? »

Je haussai les épaules dans les ténèbres. Nous buvions des bières fraîches tout juste sorties de la glacière du *Pilar*. La nuit était douce et les bouteilles constellées de gouttelettes.

« À mon avis, elle en durera au moins cinq. » Hemingway parlait à voix basse, peut-être pour ne pas réveiller les deux enfants et les deux adultes, plus probablement parce qu'il était épuisé et un peu ivre, et s'adressait essentiellement à lui-même. « Peut-être dix. Peut-être l'éternité. Cela dépend des objectifs de guerre que nous nous sommes fixés. Une chose est sûre... ça va coûter une fortune. Notre pays peut se le permettre – les États-Unis n'ont même pas entamé leurs ressources – mais les pays comme l'Angleterre sont baisés d'avance, même s'ils repoussent une invasion allemande. Une guerre comme celle-ci ruinera leur empire même s'ils la gagnent, Lucas. »

Je demeurai silencieux, contemplant l'écrivain dans la pénombre. Il avait cessé de se raser ces quinze derniers jours – il affirmait que sa peau était trop irritée par le soleil pour supporter le rasoir –, et sa barbe noire le faisait ressembler à un pirate. Je le soupçonnais de la laisser pousser précisément pour cette raison.

« Je fais ce que je peux pour financer cette saleté de guerre que je n'ai jamais voulue », poursuivit-il, détachant soigneusement les syllabes d'une façon qui trahissait son ébriété. « L'année dernière, j'ai dû emprunter douze mille dollars rien que pour payer mes impôts, qui se montaient à cent trois mille dollars. Excusez-moi si je parle fric, Lucas. Ce n'est pas dans mes habitudes. Mais... bon Dieu de merde... cent trois mille dollars d'impôts. Incroyable, hein ? Celui que les dieux veulent détruire, ils lui font d'abord connaître le succès dans ses entreprises. Je veux dire, il faut que je rembourse ce prêt et que je fasse suffisamment d'économies cet été, l'hiver prochain et après, si je ne veux pas me retrouver insolvable quand je reviendrai de la guerre. *Si* je pars pour cette putain de guerre. »

Il sirota sa bière et s'adossa à la banquette. Trente mètres derrière nous, un oiseau nocturne lança son cri depuis les mangroves.

« Pauline, ma deuxième femme, a droit à une pension alimentaire de cinq cents dollars par mois. Nets d'impôts. Cette année, je n'ai pas écrit grand-chose... merde, je n'ai presque rien écrit... et ça a salement entamé mon capital. Dans dix ans, ça ferait... combien ? Soixante mille dollars. En moins de cinq ans, je me retrouverais à sec. Ce n'est pas si simple d'être un auteur à succès. »

Un grincement monta du *Pilar*. Hemingway se leva maladroitement, alla jeter un coup d'œil à l'ancre de poupe et regagna sa place près de moi. La lampe illuminait ses yeux noirs et son nez rougi par le soleil.

« Marty ne comprend rien à l'argent, reprit-il à voix basse. Elle fait des économies de bouts de chandelles et dépense des fortunes sans réfléchir. Son attitude est celle d'une enfant courageuse, mais elle n'a pas compris que, quand on vieillit, on a besoin d'un revenu régulier entre deux livres – plus on vieillit, Lucas, et plus les livres s'espacent. Du moins si l'on n'écrit que des bons livres. »

Suivirent plusieurs minutes d'un silence qui n'était troublé que par le clapotis des vagues sur la coque et les grincements que l'on observe sur tous les bateaux du monde.

« Hé, lança-t-il finalement, vous avez vu la médaille d'or que le club de tir a donnée à Gigi ?

— Non.

— Rudement impressionnant. » Le ton d'Hemingway s'était soudain fait plus léger. « Il y est inscrit : "À Gigi, en témoignage d'admiration de ses amis tireurs, Club de Cazadores del Cerro". Bon sang, Lucas, vous auriez dû être là la semaine dernière. Il n'a que neuf ans, et il a battu vingt-quatre adultes, tous excellents tireurs, et au tir au pigeon le plus souvent. Il utilisait un quatre-dix et les autres du calibre douze. Et le tir au pigeon, c'est plus dur que le tir à la cible mouvante. Chaque oiseau est différent des autres. Et on ne doit pas se contenter de les toucher, on doit les tuer avant qu'ils aient franchi une certaine distance. Et Patrick est encore meilleur. Pour l'instant, il est supérieur à Gigi, mais il est si modeste, si discret, si sobre dans sa façon de tirer, que personne ne s'en aperçoit, excepté les experts et les bookmakers, alors que les journaux ont déjà baptisé Gigi *el joven fenómeno americano* ; la veille du jour où on est partis en patrouille... je crois que c'était la veille... un journaliste a même utilisé l'expression *el popularíssimo Gigi.* »

Hemingway resta silencieux une minute. Puis, d'une voix éraillée, il répéta : « *El popularíssimo Gigi.* Alors maintenant, je suis obligé de lui dire : "Va à la poste chercher le courrier, *popularíssimo.*" Ou : "C'est l'heure d'aller te coucher, *popularíssimo.*" Ou encore : "N'oublie pas de te brosser les dents, *popularíssimo.*" »

Un météore fondit du zénith en direction de l'horizon. Nous sommes restés silencieux un long moment, la tête tournée vers le ciel, à attendre d'autres étoiles filantes. Le ciel ne nous a pas déçus.

« J'aimerais voir certains des fauteurs de guerre qui nous ont entraînés dans ce conflit partir pour le front avant que ce soit le tour de mes garçons, murmura Hemingway. Bumby... c'est mon aîné... Il va y aller. Il a acheté une vieille voiture. On n'a parlé que de ça quand il est venu ici, le printemps dernier. Sa mère, Hadley, ma première femme... »

Hemingway sembla perdre le fil de ses pensées et laissa sa phrase inachevée.

« Sa mère m'a écrit que Bumby voulait traverser le pays dans cette épave, la conduire jusque sur la côte Est, reprit-il finalement. Mais je vais lui répondre et lui dire que c'est insensé. Il userait ses pneus jusqu'à la corde, et le rationnement d'essence est si strict ces temps-ci que sa voiture ne lui serait d'aucune utilité une fois à destination. Et puis, Bumby m'a dit qu'il n'avait même pas de roue de secours, alors ça m'étonnerait que sa voiture survive à la traversée du continent. Mieux vaut qu'il la laisse où elle est pour la retrouver à son retour... quand il reviendra de la guerre. *S'il* revient de la guerre. »

L'écrivain sembla prendre conscience de ses paroles, car il marqua une pause, secoua la tête et porta sa canette à ses lèvres.

« Cet espadon était excellent, pas vrai, Lucas ?

— Oui.

— La pêche, c'est fantastique, hein ? Je n'aimerais pas mourir, Lucas, jamais, parce que, chaque année, je prends encore plus de plaisir à chasser et à pêcher. J'aime autant ça que lorsque j'avais seize ans, et maintenant que j'ai écrit suffisamment de bons livres pour ne plus m'inquiéter à ce sujet, je serais ravi de consacrer le reste de ma vie à la chasse et à la pêche, et de laisser à d'autres le soin de faire tourner le monde. Ma génération a fait sa part, et celui qui ne sait pas profiter de la vie, si nous n'en avons qu'une, est la honte de son espèce et ne mérite pas de vivre. »

Un gros poisson jaillit hors de l'eau, quelque part derrière la proue. Hemingway tendit l'oreille, puis se retourna vers moi.

« Quel veinard je fais, Lucas. J'ai travaillé dur toute ma vie et j'ai amassé une fortune au moment où le gouvernement décidait de confisquer tout ce que gagnaient les gens. Ça, c'est de la déveine. Mais j'ai quand même eu de la chance, quand je repense à tout le bon temps que j'ai eu... que nous avons eu... en particulier Hadley et moi. Quand nous étions si pauvres que nous n'avions même pas de pot de chambre où pisser. On était jeunes et fauchés, on écrivait bien, on vivait à Paris, on buvait dans les cafés avec des amis jusqu'à ce que les étoiles apparaissent dans le ciel et que les garçons en veste blanche nettoient le trottoir au tuyau d'arrosage. Alors on rentrait chez nous en titubant pour faire l'amour, on se levait tôt pour boire du café noir... quand on en avait... et ensuite on écrivait toute la journée, et on écrivait bien. »

Hemingway s'enfonça un peu plus dans son siège. Il contemplait le ciel tout en parlant. Je pense qu'il avait oublié ma présence.

« Seigneur, je me souviens des courses à Enghien et de la première fois que nous sommes allés à Pampelune, de ce merveilleux bateau... le *Leopoldina*... de Cortina d'Ampezzo et de la Forêt noire. Je n'ai pas pu dormir ces dernières nuits... impossible de trouver le sommeil... et je n'arrête pas de me rappeler ces choses, toutes ces choses, et ces chansons.

« *Le chat-plume s'y entend*

« *Pour crever les yeux des gens.*

« *Le chat-plume ne meurt jamais,*

« *Ah ! l'immortalité.* »

Hemingway avait une voix de ténor des plus agréables.

« Vous avez remarqué mes chats à la *finca*, Lucas ? » Il s'était tourné vers moi, se rappelant que j'étais là et que je l'écoutais.

« Oui. Difficile de ne pas les voir. »

Hemingway opina lentement. « On ne fait pas vraiment attention à eux durant la journée... ils sont un peu partout... mais quand vient l'heure du repas, on dirait une vraie migration, hein ? La nuit, quand je n'arrive pas à dormir, j'apporte trois chats dans ma chambre et je leur raconte des histoires. La nuit qui a précédé notre départ, j'ai invité Tester – la persane grise – et Dillinger, le mâle noir et blanc qu'on appelle aussi Boissy d'Anglas, et ce chaton mâtiné de maltais qu'on a baptisé Willy. Je leur ai raconté les aventures des autres chats que j'ai eus... que nous avons eus. Je leur ai parlé de F. Puss et de Pooky, le plus grand, le plus fort et le plus courageux de tous nos chats, que nous avions dans l'Ouest et qui, un jour, a affronté un blaireau. Et quand j'ai crié : “Le *blaireau* !”, Tester a eu si peur qu'elle s'est planquée sous les draps. »

Un moment de silence. Lentement, les nuages occultaient les étoiles. La petite brise était tombée, mais les vagues continuaient de nous ballotter tout doucement. Il n'y avait pas de moustiques.

« Vous êtes toujours réveillé, Lucas ?

— Ouais.

— Navré pour cette crise de nostalgie. »

Constatant que je ne disais rien, Hemingway ajouta : « Cela fait partie des prérogatives d'un homme qui a atteint quarante-trois ans. Vous comprendrez ce que je veux dire quand vous aurez mon âge, Lucas, si vous vivez jusque-là. »

Je hochai doucement la tête et le regardai achever sa bière d'un air épuisé.

« Eh bien, encore une journée à se balader en quête de radios fantômes, et puis nous rentrons. Dimanche, Gigi et moi participons au Championnat de tir de Cuba, et je tiens à ce qu'il passe une bonne nuit de sommeil à terre avant les épreuves. » Il eut soudain un sourire. « Vous avez vu que les garçons se sont armés au cas où nous trouverions un sous-marin, Lucas ? Pat a son Lee Enfield trois-zéro-trois, et Gigi a nettoyé et graissé le vieux Mannlicher Schoenauer de sa mère. Je me rappelle quand Pauline l'utilisait en Afrique pour chasser le lion...

— Pourquoi les avez-vous laissés nous accompagner ? demandai-je. Les garçons. »

Le sourire d'Hemingway s'effaça. « Doutez-vous de mon jugement, Lucas ?

— Non. Simple curiosité de ma part.

— Quand nous patrouillerons pour de bon, nous laisserons les garçons à la petite base navale cubaine de Cayo Confites pour la journée, pendant que nous ferons la chasse au sous-marin. En attendant, autant qu'ils profitent de l'aventure. Dieu sait que la vie est déjà assez pénible sans qu'on ait besoin de la saigner de ses plaisirs. »

Je bus mon fond de bière. Il était tard. Les étoiles étaient presque totalement cachées par les nuages. Impression de nuit. Odeur de nuit.

« Seigneur, murmura Hemingway, comme je regrette que Bumby ne soit pas avec nous ce week-end. C'est un tireur fantastique. Presque aussi bon que le petit *popularíssimo*. D'après un journaliste sportif de La Havane, il est impossible de former une équipe de quatre tireurs cubains qui puisse battre Bumby, Papa, Gigi et Mouse. Quel dommage que Bumby ne soit pas là dimanche – il est aussi doué avec un fusil qu'il est emprunté avec une raquette de tennis. »

Hemingway se leva et, pour la première fois depuis que nous étions à bord, je le vis chercher son équilibre l'espace d'une seconde. « Je descends, Lucas. Jeter un coup d'œil aux garçons et puis me coucher. Wolfer viendra prendre la relève dans une heure environ. Après le lever du soleil, nous partirons au nord de Cayo

Romano... au cas où la chance ou le bon Dieu nous feraient croiser la route du *Southern Cross.* »

L'écrivain s'avança dans les ténèbres, sous la passerelle de pilotage, puis descendit les quelques marches menant au compartiment avant. Je l'entendis fredonner dans le noir, distinguant nettement ses mots :

« *Le chat-plume s'y entend*
« *Pour crever les yeux des gens.*
« *Le chat-plume ne meurt jamais,*
« *Ah ! l'immortalité.* »

Les garçons étaient arrivés la deuxième semaine de juillet, peu de temps avant le départ de Gellhorn. Je ne savais rien des enfants, excepté qu'ils se divisaient généralement en deux catégories – irritants et insupportables –, mais les fils d'Hemingway semblaient corrects. Tous deux étaient minces, avec un visage couvert de taches de rousseur, des cheveux ébouriffés et un sourire franc – Gregory, le cadet, ayant le sourire plus facile que son frère, qui ne laissait guère paraître ses émotions. Patrick avait quatorze ans cet été-là – il avait fêté son anniversaire fin juin – et entrait dans la phase dégingandée de l'adolescence. Hemingway m'avait dit que son fils de neuf ans était un champion de tir au pigeon, mais Gregory était en fait âgé de dix ans. Son anniversaire, me dit-il, tombait le 12 novembre, et il était né en 1931. Je ne savais pas s'il était courant pour un parent d'oublier l'âge de ses enfants, mais cela ne me surprenait guère de la part d'Hemingway – qui, en outre, ne voyait ses fils qu'une ou deux fois par an.

Les réparations du *Southern Cross* avaient traîné en longueur, le yacht ayant dû faire deux séjours imprévus aux chantiers Casablanca, de sorte qu'il ne s'aventura en mer qu'au mois de juillet, son capitaine le soumettant à une série d'essais sans trop l'éloigner de la côte. Néanmoins, Hemingway était impatient de filer le grand yacht, aussi les garçons furent-ils incorporés presque aussitôt à l'équipage du *Pilar*.

Par une chaude soirée de la mi-juillet, je passai derrière la *finca*, en route vers *la casa perdita* où je devais dîner en compagnie de Xénophobie, lorsque j'entendis Gellhorn et Hemingway discuter de la présence des garçons à bord du bateau. La voix de Gellhorn avait pris ce ton méchant, strident, que les femmes semblent trouver si utile pour les scènes de ménage, et celle d'Hemingway, tout d'abord posée et contrite, se fit plus tonitruante à mesure que progressait la querelle. Je n'avais pas l'intention de les espionner mais entre la cour et la route, j'eus amplement le temps de les écouter.

« Tu as perdu l'esprit, Ernest ? Que se passera-t-il si un vrai sous-marin vous tombe dessus pendant que tu joues au patrouilleur avec les garçons à bord ?

— Ils auront l'occasion de nous voir le couler à la grenade. Leurs noms figureront dans tous les journaux américains.

— On lira leurs noms dans les journaux si tu provoques un sous-marin et s'il prend du recul pour envoyer le *Pilar* par le fond avec ses mitrailleuses.

— Tout le monde dit la même chose, grommela Hemingway. Ça ne va pas se passer comme ça.

— Parce que tu sais comment ça va se passer, Ernest ? Que sais-tu de la guerre ? De la *vraie* guerre ? »

La voix d'Hemingway était agitée. « Tu crois que j'ignore les réalités de la guerre ? J'ai eu tout le temps de les comprendre pendant que les toubibs de ce putain d'hôpital de Milan extirpaient de ma jambe deux cent trente-sept éclats d'obus...

— Je te prierais d'être poli, coupa sèchement Gellhorn. Et la dernière fois que tu m'as raconté cette histoire, il y avait deux cent trente-*huit* éclats d'obus...

— Peu importe, gronda Hemingway.

— Mon amour, dit Gellhorn d'une voix neutre, si tes ridicules grenades ratent cette écoutille de soixante-quinze centimètres que tu es si impatient d'approcher, on ne retrouvera même pas deux cent trente-huit morceaux de ton *corps*. Ni de ceux des garçons.

— Ne me parle pas comme ça. Tu sais que jamais je ne mettrais Mouse et Gigi en danger. Mais le projet est si avancé que je ne peux plus l'interrompre. Et l'équipement est fin prêt. Et l'équipage est tout excité...

— Ton équipage serait excité si tu lui promettais de lui jeter un os.

— Marty, ce sont tous des hommes de valeur...

— Des hommes de valeur, oui, dit Gellhorn d'un ton sarcastique. Et des intelligences redoutables, en plus. L'autre jour, j'ai vu Winston Guest en train de lire *La Vie de Jésus*. Je lui ai demandé pourquoi il tournait les pages si vite, et il m'a dit qu'il était impatient de connaître la fin.

— Ha, ha, ha, fit Hemingway. Wolfer est un brave homme et

un homme loyal. Je n'ai jamais connu quelqu'un d'aussi loyal, bon Dieu. Si je lui disais : "Wolfie, sautez de cet avion ; je sais que vous n'avez pas de parachute, mais on vous en fournira un en chemin", il se contenterait de dire : "Oui, Papa", et il sauterait dans le vide.

— Un intellect redoutable, comme je le disais.

— ... et Wolfer a sa place parmi nous, poursuivit Hemingway en haussant le ton. C'est un marin expérimenté.

— Oui. Je crois que son oncle a coulé avec le *Titanic.* »

Je tendis l'oreille, mais Hemingway ne pipa mot.

« Et ton radio prêté par la marine, reprit Gellhorn. Mon Dieu, Ernest, il ne fait rien de la journée à part lire des bandes dessinées dans sa chaise longue. Et as-tu remarqué, mon chéri ? Il sent horriblement fort des pieds.

— Saxon est très bien, lui aussi, marmonna Hemingway. Il a l'expérience du combat. Peut-être qu'il en a trop vu au front... qu'il souffre d'épuisement, ou quelque chose comme ça. Quant à ses pieds... c'est peut-être une mycose attrapée dans la jungle. Tu sais, ces champignons qu'on chope dans le Pacifique ?

— Quoi qu'il en soit, Ernest, tu ferais mieux de t'occuper de ça avant d'embarquer tous tes amis à bord de ce pauvre petit *Pilar*. Déjà que vous empestez tous quand vous revenez de patrouille...

— Que veux-tu dire : on empeste ?

— Je veux dire, mon chéri, que vous puez quand vous descendez de bateau. Surtout toi, Ernest. Vous sentez le poisson, le sang, la bière et la sueur, vous êtes couverts d'écailles et vous êtes crasseux, Ernest, *crasseux*. Tu devrais prendre un bain plus souvent, tu sais. »

J'étais presque hors de portée de voix à ce moment-là, mais je n'eus aucune peine à percevoir la réponse d'Hemingway. « Écoute, Marty, sentir le poisson, le sang, la bière et la sueur, c'est normal quand on fait du bateau. Et si on ne se baigne pas sur le *Pilar*, c'est parce qu'on doit rationner l'eau douce. Tu le *sais*... »

La voix de Gellhorn, elle aussi, était parfaitement audible. « Je ne parlais pas seulement du bateau, Ernest. Tu devrais prendre un bain plus souvent quand tu es *ici*.

— Nom de Dieu, Marty ! s'exclama Hemingway. Je crois que tu as besoin de vacances. L'épuisement te gagne, encore plus que Saxon.

— C'est la claustrophobie qui me gagne, encore plus que vous tous, acquiesça Gellhorn.

— Entendu, chaton. Annule cette stupide croisière pour *Collier's*. On pourrait descendre sur la côte, à Guanabacoa, et tu écrirais l'autre article que tu voulais proposer à *Collier's*.

— Quel article ?

— Tu sais bien, celui sur les Chinois qui édulcorent à l'eau les excréments humains qu'ils vendent aux fermiers... tu avais promis de raconter dans *Collier's* la façon dont les acheteurs testent la marchandise avec une paille pour s'assurer qu'elle est assez épaisse. Je t'emmène là-bas à bord du *Pilar*, et je te fournirai même les pailles, comme ça tu pourras... »

Je cessai d'entendre leurs voix au moment de traverser la route en direction de la laiterie. Mais les bruits de vaisselle brisée m'accompagnèrent jusqu'au cottage « Premier Choix ».

Durant la fin du mois de juillet, Hemingway semblait davantage soucieux de distraire ses fils que de diriger l'Usine à forbans et les patrouilles du *Pilar*. Du point de vue des garçons, cela ressemblait sans doute à des vacances formidables. En plus de les faire participer aux concours de tir du Club de Cazadores del Cerro, un établissement aussi sélect qu'onéreux situé à moins d'une dizaine de kilomètres de la *finca*, Hemingway abandonnait sa machine à écrire en fin de matinée – moment où Patrick et Gregory émergeaient du sommeil – pour jouer avec eux au tennis, les emmener pêcher à bord du *Pilar* ou jouer au base-ball.

L'équipe de base-ball était née le jour où Hemingway avait surpris des gamins de San Francisco de Paula en train de jeter des pierres sur ses manguiers. Le désir de protéger ses arbres bien-aimés avait bientôt viré à l'obsession.

« Écoutez, lui dit un jour Patchi Ibarlucia, alors que nous étions en train de taper des rapports au cottage, vous ne voulez pas que ces gosses deviennent de bons joueurs de base-ball ? Jeter des pierres, pour eux, c'est un bon entraînement ! »

Hemingway décida sur-le-champ qu'ils s'entraîneraient encore mieux en jouant pour de bon. Il leur commanda des maillots et leur acheta des battes, des balles et des gants. Les joueurs avaient entre sept et seize ans. En hommage au fils d'Hemingway, leur équipe fut baptisée *Las Estrellas de Gigi* – « Les Étoiles de Gigi » –, et ils affrontèrent tout de suite d'autres équipes locales. Hemingway les transportait à bord du pick-up de la *finca*, maintenant réparé, et faisait office de directeur sportif. En moins de deux semaines, quinze autres gosses venaient assister aux séances d'entraînement, et Hemingway décida que sa division avait besoin d'une autre équipe. Un nouveau chèque, et hop ! voilà que deux équipes jouaient tous les après-midi et tous les soirs dans le terrain vague située entre la *finca* et le village. L'agent 22 – alias le petit Santiago Lopez – était dans la seconde ; en dépit de son torse maigrichon et de ses membres grêles, il se révéla être un batteur de première et, quand il opérait dans le champ gauche, un lanceur redoutable.

Après le départ de Gellhorn en croisière, Hemingway prit l'habitude d'emmener ses fils dîner au Floridita ou à El Pacífico, un restaurant chinois situé sur le toit d'un immeuble. Je les accompagnai à plusieurs reprises, et j'eus l'occasion de constater que la montée en ascenseur jusqu'au restaurant devait être fort édifiante pour les enfants. La cabine était du style antique, seule une grille séparant les passagers de l'extérieur. Elle s'arrêtait à tous les étages. Au premier, on trouvait un dancing où un quintette chinois interprétait une cacophonie qui n'était pas sans rappeler les chats d'Hemingway hurlant à la lune. Au deuxième, le bordel, où Leopoldina la Honesta avait repris ses activités. Le troisième étage abritait une fumerie d'opium, et lorsque la cabine reprenait son ascension cahotante, je voyais les deux garçons ouvrir des yeux éberlués en apercevant au sein de la fumée des silhouettes squelettiques recroquevillées autour de leurs pipes. Quand on arrivait au restaurant, le goût de l'aventure était aussi stimulé que l'appétit. Hemingway avait sa table réservée, sous un auvent, avec vue imprenable sur La Havane la nuit. Les garçons commandaient un potage aux ailerons de requin et écoutaient leur Papa leur raconter que, l'année précédente, quand il était allé en Chine avec Marty, il avait mangé de la cervelle de singe à même le crâne de l'animal.

Après le dîner, Hemingway emmenait souvent les garçons au Frontón. Patrick et Gregory semblaient passionnés par la pelote basque et admiraient les joueurs – qu'ils connaissaient bien pour la plupart – quand ils les voyaient bondir sur le sol et les murs, renvoyant violemment les balles en bois avec la chistera attachée à leur poignet, des balles si rapides qu'elles étaient presque invisibles, et extrêmement dangereuses. De toute évidence, ils aimaient aussi parier. À la pelote basque, les pronostics évoluent avec le jeu, et les paris se prennent pendant toute la durée d'un match. Mais ce qui plaisait le plus aux garçons, c'était de fourrer l'argent de leur père dans une balle de tennis évidée, qu'ils lançaient ensuite au bookmaker, lequel leur retournait un reçu de la même manière et attendait de récupérer la balle. Avec ces pelotaris bondissants, ces balles en bois qui ricochaient sur les murs, les cris incessants des spectateurs et des parieurs, et les douzaines de balles de tennis lestées de billets qui fendaient l'air, l'ambiance semblait conçue pour ravir les enfants et donner le vertige aux adultes. Hemingway était comme un poisson dans l'eau.

J'ignorais tout de l'art d'être père, mais je constatai bientôt que l'affection d'Hemingway pour ses fils entraînait de sa part des excès d'indulgence. À la *finca* comme au restaurant, Patrick et Gigi avaient le droit de boire ce qu'ils voulaient, ce dont ils ne se privaient ni l'un ni l'autre. Un jour, vers dix heures du matin, alors que je lisais des rapports devant le cottage, je vis Gregory se traîner en direction de la piscine.

Hemingway le salua. Il avait fini d'écrire pour la matinée et se détendait à l'ombre avec un scotch and soda. « Qu'est-ce que tu as envie de faire aujourd'hui, Gigi ? Déjeuner au Floridita ? Gregorio m'a dit que la mer était trop agitée pour aller à la pêche, mais on pourrait s'entraîner au tir au pigeon cet après-midi. »

Le gamin se dirigea en titubant vers une chaise longue et s'effondra dessus. Son visage était livide et ses mains tremblantes.

« Ou peut-être qu'on ferait mieux de se reposer aujourd'hui, reprit Hemingway en se penchant vers son fils. Tu n'as pas l'air en forme, mon gars.

— Je crois que je couve quelque chose, Papa. C'est presque comme si j'avais le mal de mer.

— Ah ! fit Hemingway, visiblement soulagé. Tu as la gueule de bois, Gig, c'est tout. Je vais te préparer un bloody mary. »

Cinq minutes plus tard, quand l'écrivain revint avec un verre, ce fut pour découvrir Patrick affalé dans une chaise longue à côté de Gregory.

« Eh bien, les gars ? » Hemingway tendit le verre au cadet et examina attentivement l'aîné. « Vous devriez y aller mollo avec l'alcool, non ? Si vous continuez comme ça... » Il croisa les bras, feignant de prendre un air sévère. « ... je vais être obligé de faire régner la discipline. Pas question de vous renvoyer à votre mère avec le delirium tremens. »

Cet été-là, les rassemblements publics furent interdits à La Havane en raison d'une épidémie de polio, et, peu de temps après l'anniversaire d'Hemingway, Gregory présenta des symptômes inquiétants. Quand il s'alita, il avait la fièvre, et sa gorge et ses jambes étaient douloureuses. Je pris la Lincoln pour aller chercher le Dr Herrera Sotolongo, qui se fit accompagner de deux spécialistes de La Havane. Trois jours durant, les médecins nous rendirent de fréquentes visites, tapotant les genoux de Gregory, lui examinant la plante des pieds et échangeant des conciliabules peu concluants.

De toute évidence, leur pronostic n'était pas optimiste, mais Hemingway les ignora et se barricada dans la chambre de son fils. Pendant une semaine environ, il dormit sur un matelas posé près du lit de Gregory, le nourrit et lui prit la température toutes les quatre heures. De nuit comme de jour, on entendait la voix de l'écrivain par la fenêtre ouverte, ainsi que, de temps à autre, le rire de son fils.

Plus tard, lorsque Gregory se fut remis de son affection, quelle qu'elle ait été, il me raconta sa quarantaine alors que nous étions assis sur le flanc de la colline par un bel après-midi.

« Tous les soirs, Papa s'allongeait à côté de moi sur le matelas et me racontait des histoires. Des histoires merveilleuses, Lucas.

— Quel genre d'histoires ?

— Oh, des histoires du Michigan quand il était petit. Comment il a pêché sa première truite, à quel point les forêts étaient belles avant l'arrivée des bûcherons. Et quand je lui ai dit que j'avais peur d'avoir attrapé la polio, Papa m'a raconté ses peurs, à lui aussi, quand il avait mon âge. Il rêvait d'un monstre velu qui devenait de plus en plus grand chaque nuit, et puis, alors qu'il allait le dévorer, le monstre sautait par-dessus la barrière. Papa dit que la peur est une chose très naturelle et qu'il ne faut pas en avoir honte. Il dit que tout ce que je dois faire, c'est apprendre à contrôler mon imagination, mais que c'est très dur quand on a mon âge. Et puis il m'a raconté l'histoire de l'ours dans la Bible.

— Un ours dans la Bible ?

— Oui. Il a lu l'histoire d'un ours dans la Bible quand il était petit et qu'il ne savait pas bien lire. Vous savez, Gladly, l'ours qui louche*.

— Oh.

— Mais Papa me racontait surtout des histoires de chasse et

---

* Confusion entre *Gladly the Cross I'd Bear* (« C'est avec joie que je porterais la croix »), titre d'un hymne, et Gladly, the Cross-Eyed Bear (Gladly, l'ours qui louche). *(N.d.T).*

de pêche dans les forêts du nord du Michigan, et il me disait qu'il aurait voulu rester un petit garçon pour toujours, vivre là-bas pour toujours, et ne jamais grandir. Et puis je m'endormais. »

Une semaine après la guérison de Gregory, nous avons sorti le *Pilar* pour filer le *Southern Cross* – Hemingway, ses fils, Fuentes et moi – et, quand le yacht a regagné le port de La Havane, l'écrivain a mis le cap sur un récif de corail afin que les garçons puissent nager un peu. Je me trouvais sur la passerelle de pilotage, Hemingway nageait près du récif avec les garçons et Fuentes s'était posté sur le *Tin Kid* pour récupérer les poissons que les nageurs chassaient avec de petits tridents. Ce que nous ignorions, c'était que Gregory, lassé de rapporter ses prises au dinghy, les avait accrochées par les ouïes à la ceinture de son maillot, laissant derrière lui un sillage de sang.

Soudain, le petit garçon s'écria : « Des requins, des requins !

— Où ça ? » hurla Hemingway, qui nageait à quarante mètres de son fils. Fuentes et le *Tin Kid* se trouvaient trente mètres plus loin, et Patrick était tout près du *Pilar*, soit à cinquante mètres du dinghy et à une centaine de mètres de Gregory. « Vous les voyez, Lucas ? » me lança Hemingway.

Je n'avais pas besoin de jumelles pour les repérer. « Il y en a trois ! m'écriai-je. Juste derrière le récif. »

Les requins étaient gigantesques, cinq ou six mètres de long, et ils fonçaient vers Gregory en suivant une course sinueuse, de toute évidence attirés par le sang des poissons qu'il venait de tuer. Leurs corps étaient d'un noir luisant sur le bleu soutenu du Gulf Stream.

« Lucas ! s'écria Hemingway d'une voix tendue mais contrôlée. Attrapez une Thompson ! »

J'étais déjà en train de descendre vers le placard à armes le plus proche. Quand je remontai, je ne tenais pas une mitraillette – leur portée était trop faible – mais l'un des deux BAR que nous avions à bord. Récemment, on nous avait fourni des *Browning Automatic Rifles* pour remplacer les calibres .50 trop lourds pour le bateau.

Hemingway nageait vers son fils. Vers les requins.

Je levai le lourd fusil automatique et le calai sur le bastingage de la passerelle de pilotage. Le bateau bougeait beaucoup trop. Hemingway et son fils étaient dans l'alignement des ailerons qui filaient à vive allure à travers les vagues se brisant sur les récifs. Impossible de tirer.

« Okay, mon gars, dit Hemingway au garçon, ne t'inquiète pas. Jette-leur quelque chose pour attirer leur attention et nage vers moi. »

Dans le viseur du BAR, je vis le masque de Gregory disparaître sous l'eau comme il s'escrimait avec la ceinture de son maillot. Une seconde plus tard, il lançait trois ou quatre petits poissons en direction des requins et s'éloignait des récifs, nageant à une vitesse digne de Johnny Weissmuller.

Hemingway le rejoignit à mi-parcours et le hissa sur ses épaules, s'efforçant dans la mesure du possible de le maintenir hors de l'eau. Puis l'écrivain fonça vers le dinghy, battant l'eau de ses bras puissants. Fuentes ramait de toutes ses forces, mais ils étaient encore séparés par quarante ou cinquante mètres.

Je dégageai le cran de sûreté du BAR, m'assurai que le petit chargeur était en place et visai un point au-dessus de la tête de Gregory. Les requins s'étaient arrêtés tout près du récif. L'eau se mit à bouillonner lorsqu'ils se disputèrent les proies. Hemingway continuait de nager, son fils sur les épaules, regardant de temps à autre derrière lui, puis se tournant vers moi. Quand il arriva près du dinghy, Fuentes l'aida à y faire monter le garçonnet tout tremblant, et Hemingway s'assura que son fils était en sécurité avant de monter à son tour.

Plus tard, à bord du *Pilar*, l'écrivain me demanda à voix basse : « Pourquoi n'avez-vous pas tiré ?

— Le garçon était dans ma ligne de tir et les requins n'étaient pas assez près. S'ils avaient franchi le récif, j'aurais ouvert le feu.

— On vient juste de nous livrer ces BAR. Nous ne nous sommes pas encore entraînés à les utiliser.

— Je sais m'en servir.

— Êtes-vous un bon tireur, Lucas ?

— Oui.

— Auriez-vous pu tuer ces trois squales ?

— J'en doute. Pas tous les trois. L'eau est la meilleure protection contre les balles, et il leur aurait suffi de plonger de deux mètres pour vous atteindre sans risque. »

Hemingway grogna et se détourna.

Quelques instants plus tard, lorsque Gregory avoua qu'il avait accroché ses poissons à sa ceinture, Hemingway entreprit de lui passer le plus beau savon de sa vie. Il ne s'arrêta que lorsque Cojímar fut en vue.

18

« Ces rapports ne valent pas tripette, Lucas », dit Delgado, réagissant comme je m'y attendais à l'oisiveté qui avait caractérisé les dernières semaines.

« Désolé », lui répondis-je. Il se préparait quelque chose de grave, mais je ne pouvais pas – ne voulais pas – le laisser transparaître dans mes comptes rendus.

« Je parle sérieusement, reprit-il. On dirait un film de la série Andy Hardy, bon sang. Il ne manque plus que Judy Garland. »

Je haussai les épaules. Nous nous étions retrouvés au bout de la voie sans issue, non loin de San Francisco de Paula. Delgado était arrivé en motocyclette. J'étais à pied.

Delgado fourra mes deux pages dactylographiées dans sa sacoche et enfourcha son engin. « Où est le plumitif aujourd'hui ?

— Il est sorti en bateau avec ses gosses et deux ou trois amis. Pour filer le *Southern Cross* une fois de plus.

— Et vous n'avez rien capté avec la radio de bord ?

— Rien. Du moins aucun message codé.

— Alors, qu'est-ce que vous foutez à terre si Hemingway est en mer ? »

Je haussai les épaules une nouvelle fois. « Il ne m'a pas invité. »

Soupir de Delgado. « Vous faites un piètre agent de renseignement, Lucas. »

Je restai muet. Delgado secoua la tête, mit les gaz et me planta là, au milieu d'un nuage de poussière. J'attendis qu'il soit hors de vue, puis m'enfonçai dans les buissons près de la ferme abandonnée. L'agent 22 m'attendait sur une motocyclette plus petite... celle qu'il utilisait fréquemment pour suivre le lieutenant Maldonado.

« Laisse-moi le guidon, Santiago », lui dis-je. Le garçon quitta la selle d'un bond, attendit que je m'installe, puis s'assit derrière moi.

Il passa ses bras autour de ma taille. Je me retournai pour contempler ses cheveux noirs et ses yeux noirs. « Pourquoi fais-tu tout ça, Santiago ? lui demandai-je.

— Quoi donc, *señor* Lucas ?

— Aider le *señor* Hemingway... te mettre en danger... est-ce que c'est un jeu pour toi ?

— Cela n'a rien d'un jeu, *señor.* » Il était on ne peut plus sérieux.

« Alors, pourquoi, Santiago ? »

Le garçon fit mine de regarder la ferme, mais j'eus le temps de voir perler à ses yeux noirs des larmes qu'il ne laisserait jamais couler. « C'est à cause du surnom qu'on donne au *señor* Hemingway... pour moi, ce n'est pas un faux nom. C'est le nom de l'homme que je n'ai jamais connu. »

Je restai quelques instants sans comprendre. Puis je fis : « Papa ?

— *Sí, señor* Lucas. » Le garçon daigna enfin me regarder, et je sentis l'étreinte de ses bras grêles autour de ma taille. « Quand j'ai bien travaillé pour lui, ou quand j'ai bien joué au base-ball devant lui, Papa me regarde parfois, et il y a dans ses yeux la même chose que quand il regarde ses vrais fils. Alors, je fais semblant... mais seulement pendant un instant... de croire que je peux l'appeler Papa, que j'en ai le droit, et qu'il va me serrer dans ses bras comme il le fait avec ses vrais fils. »

Je ne trouvai rien à lui répondre.

« S'il vous plaît, faites attention en pilotant, *señor* Lucas, reprit-il. J'ai besoin de cette moto demain pour suivre *Caballo Loco*, et un de ces jours, je dois la rendre au gentleman à qui je l'ai empruntée.

— Ne t'inquiète pas. Je ne l'ai pas encore abîmée, n'est-ce pas ? Accroche-toi, *amigo.* » Le petit moteur démarra bruyamment et je fonçai vers la route, où je pris la même direction que Delgado.

Comme Hemingway consacrait le plus clair de son temps à ses fils, j'avais toute latitude pour diriger l'Usine à forbans et trier les rapports quelque peu déconcertants qui parvenaient jusqu'à moi.

Depuis le début de cette opération, il ne s'était pas passé grand-chose de sensé, et je m'efforçai donc de rassembler les pièces du puzzle. Pourquoi le directeur du FBI s'intéressait-il autant au réseau minable monté par Hemingway à Cuba ? Pourquoi avais-je été contacté par Ian Fleming, de la BSC, puis par Wallace Beta Phillips, de l'OSS ? Pourquoi avait-on choisi comme agent de liaison un type aussi professionnel et aussi dangereux que Delgado ? Pourquoi et par qui l'opérateur radio du *Southern Cross* avait-il été assassiné ? Quelle était la véritable mission du *Southern Cross* et pourquoi avait-on choisi pour la conduire un freluquet comme Theodor Schlegel ? Helga Sonneman était-elle également un agent de l'Abwehr, et dans ce cas, quel était son rôle exact ? Schlegel était-il son supérieur, ou bien était-ce l'inverse ? Hemingway avait-il hérité du carnet de Martin Kohler par un coup de chance, ou bien se tramait-il quelque chose de plus complexe ? Pourquoi diable le FBI versait-il d'importantes sommes d'argent à la Police nationale cubaine par l'intermédiaire d'un tueur comme le lieutenant Maldonado, lequel était aussi à la solde de Schlegel et de l'Abwehr ?

Me substituant à Hemingway, j'adressai des instructions aux agents de terrain de l'Usine à forbans et tentai de déchiffrer les informations qu'ils me fournissaient. Au bout de quelques jours, je commençais à me demander – pour la énième fois – pour le compte de qui je travaillais. Delgado ne m'avait jamais inspiré confiance, et je doutais désormais des mobiles de J. Edgar Hoover. Je n'avais aucun contact avec mes collègues du SIS et aucun lien avec l'antenne locale du FBI, sauf quand l'un de ses agents me prenait en filature. Les services secrets britanniques et l'OSS de Donovan m'avaient fait des ouvertures, mais je n'étais pas imbu de ma personne au point de croire qu'ils se souciaient de ma santé. Les deux agences avaient des intérêts à sauvegarder dans cette opération aussi confuse que déconcertante... sauf que j'ignorais lesquels. Et pendant ce temps, je passais mes journées avec Hemingway, l'espionnant quand je n'espionnais pas les autres pour son compte, ne lui confiant qu'une petite partie de ce que je savais sur notre situation et me demandant quand je recevrais l'ordre de le trahir.

Pour l'instant, j'allais continuer à rassembler des informations, à tenter d'éclaircir la situation, puis, le moment venu, je déciderais de mon allégeance.

Par conséquent, je devais filer Delgado. Les quatre jours précédents, j'avais consacré tout mon temps libre à cette activité. Si le FBI est doué pour la surveillance, c'est parce qu'il mobilise toujours un nombre suffisant d'agents pour accomplir cette tâche. Il est quasiment impossible de faire filer quelqu'un par une personne seule – en particulier lorsque le sujet de la filature connaît toutes les ficelles de cet art. Pour effectuer une surveillance correcte, on a besoin de plusieurs équipes à pied, d'une ou deux équipes motorisées, d'au moins une équipe progressant *devant* la cible et d'équipes de secours prêtes à prendre la relève au cas où ladite cible aurait des soupçons.

Je n'avais que l'agent 22. Mais, jusque-là, on ne s'était pas mal débrouillés.

Nous avons rejoint Delgado sur la route nationale alors qu'il arrivait dans les embouteillages. Nous étions soixante mètres derrière lui, et la chaussée grouillait de voitures cornantes, de camions balourds et de motocyclettes filantes comme la nôtre. Néanmoins, je me plaçai derrière un camion qui transportait des troncs d'arbres, faisant un écart de temps à autre pour ne pas perdre de vue l'agent secret. Apparemment, il prenait la direction du centre ville, comme d'habitude. Ces derniers jours, il s'était rendu à l'hôtel Cuba, un établissement bon marché où il avait loué une chambre, dans divers bars et restaurants, une fois au bordel – pas celui qui se trouvait en dessous du restaurant chinois –, à deux reprises au QG du FBI, situé près du parc, et une fois sur le Malecón, où il avait fait une longue promenade le long de la digue en compagnie du lieutenant Maldonado. Le petit Santiago voulait les serrer de près pour entendre ce qu'ils se disaient, mais je l'avais convaincu que le premier devoir d'un agent secret en mission de surveillance était de ne pas se faire repérer. Nous ne voulions pas que Maldonado ou Delgado remarquent sa présence. Santiago s'était rendu à la raison, et nous avions observé les deux hommes à cinquante mètres de distance.

À présent, nous étions le lundi 3 août 1942. Avant la tombée de la nuit, je devais trouver une importance pièce du puzzle, et plus rien ou presque n'allait être pareil.

Le mois de juillet s'était achevé par la maladie et la guérison de Gregory, puis par les crises de colère d'Hemingway, vexé que l'action de l'Usine à forbans, grâce à laquelle les espions nazis débarqués à Amagansett avaient été capturés, ne lui ait pas valu les félicitations du FBI, des services de renseignement de la marine ou de ses amis de l'ambassade. Il s'était juré de ne plus communiquer de messages interceptés tant que nous n'en aurions pas nous-mêmes tiré profit. « La prochaine fois, on leur apportera un paquet de nazis pieds et poings liés, et on verra bien s'ils osent encore nous ignorer », déclara l'écrivain.

Début août, les nouvelles du front étaient toujours aussi mauvaises. Les Allemands avaient pris la base navale de Sébastopol et poursuivaient leur avance, repoussant les troupes soviétiques et se préparant de toute évidence à prendre Leningrad, Stalingrad et Moscou. Fin juillet, les Japonais avaient envahi la Nouvelle-Guinée. Les marines étaient prêts, semblait-il, à investir Guadalcanal ou une autre des îles Salomon, mais la férocité des combats dans le Pacifique Sud avait pris une dimension carrément obscène. Les Japonais ne cédaient pas un pouce de leurs territoires conquis, sinon au prix d'un bain de sang. Pendant ce temps, les Français – ces braves collaborateurs de Français – mobilisaient la totalité des forces de police parisiennes pour rafler tous les juifs d'origine étrangère – treize mille, à en croire les journaux – et les parquer dans le Vélodrome d'hiver avant d'aider les Allemands à les déporter Dieu savait où.

« Hadley et moi, nous allions souvent voir les courses au Vel d'Hiv, dit tristement Hemingway en apprenant la nouvelle. J'espère qu'il y *a* un enfer et que Pierre Laval y passera l'éternité à brûler et à pourrir. »

Le FBI annonçait presque quotidiennement des arrestations d'« agents nazis » – cent cinquante-huit rien que pour la seule journée du 10 juillet –, mais je soupçonnais ces « agents » (et Delgado me le confirma) de n'être que des Allemands aux opinions suspectes dont le seul crime était d'appartenir à des associations comme la Ligue d'entraide germano-américaine de New York.

Plus près de nous, Martha Gellhorn était toujours ailleurs – voguant sur une mer infestée d'U-Boots avec ses trois serviteurs noirs –, Maldonado ne semblait pas avoir touché de nouveaux pots-de-vin, Theodor Schlegel passait de plus en plus de temps à bord du *Southern Cross*, et Helga Sonneman avait à deux reprises accompagné Hemingway et ses potes sur le *Pilar* pour aller à la pêche au gros. J'avais émis des réserves sur cette idée, ne tenant pas à ce que Fraulein Sonneman constate la présence à bord de notre arsenal et de notre équipement radio, en particulier si elle travaillait pour l'Abwehr comme nous le soupçonnions, mais Hemingway avait écarté mes objections d'un haussement d'épaules et l'avait invitée à dîner et à pêcher le marlin avec lui. Il goûtait fort sa compagnie.

Toujours plus près de nous, Perkins, le directeur littéraire d'Hemingway, lui avait appris que *Vainqueur du destin*, le film de Gary Cooper, était sorti à la mi-juillet. Perkins saluait la performance de Cooper, mais Hemingway éclata de rire en me lisant sa lettre. « Coop lance comme une gonzesse, déclara-t-il. Gigi est dix fois plus fort que lui. Bon sang, même notre petit lanceur du champ gauche... Santiago... serait capable de battre Coop à la frappe, au lancer et à la course. Je ne comprendrai jamais pourquoi on lui a donné le rôle de Lou Gehrig. » Cette même semaine arriva un télégramme d'Ingrid Bergman. De toute évidence, le réalisateur de *Pour qui sonne le glas* avait détesté les scènes tournées par sa rivale, viré celle-ci, puis offert à Bergman le rôle de Maria. « Je lui avais dit que j'arrangerais ça », dit Hemingway d'un air suffisant en repliant le télégramme. Vu l'abondance de ses activités durant les deux mois écoulés, j'aurais été surpris qu'il ait eu le temps d'« arranger » quoi que ce soit. Hemingway avait l'habitude de s'attribuer le mérite d'actions auxquelles il n'avait jamais participé.

Beaucoup plus près de nous, la situation s'était compliquée entre Maria Marquez et moi.

Je pourrais dire que je ne sais pas comment c'est arrivé, mais ce serait un mensonge. C'est arrivé parce que nous dormions dans la même pièce, parce que c'était une femme vêtue en tout et pour tout d'une chemise de nuit, et parce que j'étais un imbécile.

Le premier soir, alors qu'elle croyait que Maldonado allait venir pour la tuer, elle avait posé son matelas près du mien et sa main sur mon épaule, et je ne l'avais pas obligée à retirer sa main sur le moment, ni le matelas le lendemain. Parfois, Maria était déjà endormie près du feu lorsque je rentrais au cottage « Premier Choix ». D'autres fois, je partais plusieurs jours sur le *Pilar* avec Hemingway, mais quand je revenais, Maria était toujours là, parfois endormie, le plus souvent en train de m'attendre ; le café chauffait sur le poêle que Juan et les autres avaient installé, et le feu brûlait dans la cheminée si la nuit était fraîche. Durant les douze années précédentes, je n'avais rien connu qui se rapprochât autant d'un foyer, et la compagnie de Maria, le confort qu'elle me dispensait, me rendirent paresseux et complaisant.

Une nuit de la fin juillet – ce devait être durant le week-end où un championnat de tir se déroulait au Club de Cazadores del Cerro, car la *finca* était restée déserte toute la soirée –, je m'étais endormi vers minuit, Maria allongée sur son matelas près du mien. On n'avait pas fait de feu ce soir-là. La journée avait été étouffante, et les fenêtres étaient ouvertes pour laisser entrer la fraîcheur.

Je me réveillai en sursaut et cherchai à tâtons le Smith & Wesson .38 sous l'oreiller. Quelque chose m'avait arraché à un profond sommeil. Je crus tout d'abord que c'était la tempête, les éclairs qui illuminaient les granges de la laiterie, le tonnerre qui résonnait sur la colline, puis je me rendis compte qu'il s'agissait de la main de Maria.

Je m'étais habitué à ce qu'elle dorme près de moi, je l'avoue – je m'étais habitué à son souffle, à son doux parfum, au contact de sa main enfantine sur mon épaule, comme si elle avait peur du noir.

Cette nuit-là, sa main n'avait rien d'enfantin. Elle s'était glissée dans mon pantalon de pyjama, m'étreignait et me caressait.

Si j'avais été complètement réveillé, peut-être l'aurais-je repoussée. Mais j'étais en plein rêve érotique – une conséquence de ses caresses, sans aucun doute –, et cette chaleur, cette douce cadence, me semblaient être un prolongement de mes songes. J'eus le temps de me dire : *C'est une putain, une* puta, puis les mouvements de sa main se firent plus insistants, et je cessai de penser. Elle quitta son matelas pour s'allonger sur le mien, et mes mains se portèrent sur elle – pas pour la chasser, mais pour lui ôter sa chemise de nuit.

Les cheveux de Maria se dégagèrent du tissu comme elle se dressait au-dessus de moi. D'un geste vif, elle abaissa mon pantalon. L'espace d'une seconde, l'air frais me fit frissonner, mais l'instant d'après, la chaleur de la jambe, du ventre et du pubis de Maria remplaça la chaleur de sa main. Nous avons entamé une danse rapide, sans dire un mot ni nous embrasser, ses seins constellés de gouttes de transpiration luisant à la lueur des éclairs. Je n'entendais plus le tonnerre. Ou plutôt, le tonnerre retentissait dans mes oreilles au rythme de mon cœur, qui battait de plus en plus vite à mesure que le monde extérieur s'obscurcissait.

Cela faisait plus d'un an que je n'avais pas couché avec une femme. Notre étreinte ne dura qu'une minute. Maria semblait aussi impatiente, aussi avide que moi, et quelques secondes plus tard, elle poussait un cri et s'effondrait sur mon torse.

Et les choses auraient dû s'arrêter là. Mais nous sommes restés allongés sur mon matelas, en sueur, haletants, les membres entremêlés au sein de nos vêtements, collés l'un à l'autre plutôt qu'enlacés, et au bout d'un temps, les choses ont repris. Cette fois-ci, cela a duré plus que quelques minutes.

Le lendemain, ni la jeune femme ni moi n'avons parlé de ce qui s'était passé. De son côté, il n'y eut ni rictus, ni larmes, ni regard entendu, rien qu'un silence qui devenait de plus en plus éloquent chaque fois que nous étions dans la même pièce. Et ce soir-là, lorsque je rentrai à l'issue d'une longue réunion avec Hemingway, Ibarlucia, Guest et les autres, Maria était réveillée et m'attendait. Cinq chandelles brûlaient sur le manteau de la vieille cheminée et sur le sol, près de nos matelas. Il faisait encore une chaleur insoutenable, mais aucune tempête ne faisait rage dans les ténèbres, du moins au-dehors. Par contre la tempête soufflait dans notre chambre nuit après nuit, quand je n'étais pas parti sur le *Pilar* ou – plus récemment – occupé à suivre Delgado après minuit.

Je suis incapable d'expliquer ces semaines d'intimité. Incapable de les excuser. Maria Marquez était Xénophobie – une jeune putain traquée par des tueurs –, et mon seul rôle était de la protéger. Mais tout ce qui se passait autour de moi à la *finca* – les relations tendues entre Hemingway et sa femme, l'étrange plaisir que nous apportait la visite des garçons, les longues journées d'été et les soirées en mer, l'impression de vacances et d'éternité qui imprégnait la ferme et ses occupants – m'incitait à me détendre, à me faire une fête de nos soirées passées au cottage « Premier Choix », et encore plus de nos nuits d'ardentes étreintes.

Maria attendit la deuxième semaine pour pleurer. Alors qu'elle reposait sur mon torse dans l'obscurité, je sentis ses larmes couler et son corps tressaillir. Je pris son visage en coupe et chassai ses pleurs avec des baisers. Puis je l'embrassai sur la bouche. C'était notre premier vrai baiser. Il y en eut bien d'autres.

Je la considérais désormais non pas comme une putain mais comme une jeune femme déboussolée, qui avait fui un village de paysans habité par la violence pour trouver à La Havane une violence d'un autre genre. Elle n'avait guère fait de choix dans sa vie – sans doute n'avait-elle même pas choisi de devenir une pute lorsqu'elle avait profité des largesses de Leopoldina la Honesta, sans se douter des conséquences de son aide –, mais moi, elle m'avait choisi. Et j'avais choisi de me couler dans un rôle humain que je ne m'étais jamais autorisé jusque-là : revenir auprès de la même femme tous les soirs, sauf quand j'étais en mer, partager mes repas avec elle plutôt que manger seul ou sous les yeux hostiles du cuisinier de la *finca*, puis la retrouver au lit – sachant ce qui allait suivre et l'attendant avec impatience. Je commençais à me familiariser avec ses désirs tandis qu'elle s'efforçait de comprendre les miens et de les prévenir. Ceci était nouveau pour moi aussi. Jusque-là, le sexe n'était à mes yeux qu'une aventure conduisant à l'apaisement. Ceci était... *différent*.

Une nuit, bien après minuit, alors que nous étions allongés sur mon matelas, la jambe de Maria repliée autour de la mienne et sa tête nichée sous mon menton, elle murmura : « Tu ne diras rien à personne, hein ?

— À personne, murmurai-je en réponse. Ça restera entre nous et la mer.

— Hein ? fit-elle. Je ne comprends pas... la mer ? »

Déconcerté, je battis des cils, persuadé d'avoir employé une expression typiquement cubaine. Elle l'avait sûrement entendue dans son petit village. D'un autre côté, le village en question se trouvait dans les collines, à l'intérieur des terres. Peut-être que ses habitants ne parlaient pas de la même façon que les pêcheurs des villages côtiers.

« Ce sera notre secret », lui dis-je. Elle avait peur que j'en parle à quelqu'un, mais à qui ? Craignait-elle que le *señor* Hemingway se montre moins courtois avec elle s'il savait qu'elle était « ma femme » ? Que redoutait donc Xénophobie maintenant ?

« Merci, José, murmura-t-elle en effleurant mon torse de ses doigts. Merci. »

Elle ne me remerciait pas seulement d'avoir accepté de garder le secret, mais je ne le compris que plus tard.

Quand Santiago et moi avions suivi Delgado, même le jour où il avait rencontré le lieutenant Maldonado, l'agent secret ne s'était guère soucié de déjouer une éventuelle filature. Mais l'après-midi du 3 août, il exploita tout son répertoire de ruses. J'étais cependant certain qu'il ne nous avait pas repérés, ni le garçon ni moi-même.

Il gagna La Habana Vieja en se faufilant dans les embouteillages, gara sa motocyclette dans une ruelle donnant sur la calle Progreso, entra dans l'hôtel Plaza, en ressortit par les cuisines, traversa la calle Monserrate et entra dans l'Edificio Bacardi, un bâtiment ouvragé dont la tour était surmontée d'une gigantesque statue de chauve-souris. Je déposai Santiago au carrefour et fis le tour du pâté de maisons. Lorsque je revins dans la calle Monserrate, le gamin agita vivement les mains pour attirer mon attention.

« Il est ressorti par derrière, *señor* Lucas. Il a pris le bus numéro 3 qui descend la calle O'Reilly. » Il bondit sur la selle et s'accrocha à moi tandis que je fonçai vers la rue en question.

Santiago n'avait pas perdu l'autobus de vue. Delgado se trouvait encore dedans – très certainement occupé à guetter un suiveur par la vitre arrière du véhicule bondé. Je remontai le flot de voitures, dépassai le bus et restai à plusieurs longueurs de distance, Santiago gardant l'œil sur le bus. Delgado descendit à la Plaza de la Catedral, et Santiago me quitta pour le suivre tandis que je continuais en direction de la calle San Ignacio.

Puis je fis demi-tour et rejoignis le garçon, qui courait sur le trottoir. Une fois remonté en selle, Santiago resta incapable de parler pendant une bonne minute tellement il était essoufflé, mais il me montra un taxi qui descendait la calle Agular. Je ne perdis pas ce taxi de vue pendant qu'il faisait le tour de La Habana Vieja, passant devant le Floridita jusqu'à parvenir au Parque Central, à quelques dizaines de mètres de l'endroit où Delgado avait laissé sa motocyclette. Ce dernier descendit du taxi et traversa la rue, pénétrant dans le quartier du Parque Central pendant que nous l'observions parmi les voitures.

Je montai sur le trottoir et garai notre motocyclette près des vieux murs de pierre qui, jadis, avaient entouré la vieille ville. « Il va faire le tour du Parque Central pour s'assurer que personne ne le suit, dis-je au gosse. Va à l'autre bout du parc et ne le perds pas de vue. S'il ressort côté sud ou côté ouest, continue de l'observer depuis le coin du Gran Teatro. Moi, je vais devant l'hôtel Plaza et je surveille les deux carrefours. Agite ton foulard pour me prévenir s'il sort de ton côté. »

Le Parque Central n'était pas seulement un parc, mais l'ébauche d'une capitale que les Cubains, devenus indépendants à l'issue de la guerre hispano-américaine, avaient souhaitée aussi grandiose que Vienne ou Paris. Tout autour de cet espace de palmiers d'un vert splendide, se dressaient les bâtiments publics et privés, de style rococo ou néo-baroque, qui faisaient la fierté de La Havane. Je vis Delgado disparaître au sein de la foule près de la statue en marbre blanc de José Martí, au centre de la place ombragée, et je sus qu'il repérerait quiconque tenterait de le suivre en ce lieu. Il était très fort. S'il sortait là où nous ne l'attendions pas, il nous aurait semés.

Je restai sur le trottoir bondé au nord du Parque Central, à faire les cent pas entre l'hôtel Plaza, côté nord, et l'hôtel Ingleterra, un bâtiment à la façade chargée, côté ouest, tout en scrutant la foule. Plusieurs minutes s'écoulèrent, et j'étais sûr que Delgado avait rebroussé chemin pour passer par l'Edificio Bacardi, que nous ne le retrouverions jamais, lorsque j'aperçus Santiago sur le trottoir devant le Gran Teatro. Il agitait son foulard rouge.

Je descendis la rue au pas de course. Le garçon se tourna vers le sud, me désignant une réplique exacte du Capitole de Washington. « Il est entré dans le Capitolo Nacional, *señor* Lucas.

— Bon travail, Santiago, dis-je en tapotant son épaule maigrichonne. Reste ici. »

Je pénétrai dans le Capitole, découvrant des couloirs où résonnaient les échos de mes pas, passai près du diamant gravé sur le sol du hall qui matérialisait le centre officiel de La Havane. Le corridor central était désert, mais j'entendis dans un couloir latéral les échos d'une porte se refermant. J'avançai à pas de loup, veillant à ne pas faire grincer les semelles de mes chaussures sur le parquet ciré. Arrivé devant une porte en verre plombé, je l'entrouvris pour jeter un bref coup d'œil derrière, juste à temps pour entrevoir le panama de Delgado à vingt mètres de moi, dans un couloir mal éclairé. Je refermai doucement la porte alors que l'autre agent se retournait.

Il allait attendre au bout du couloir jusqu'à ce qu'il soit sûr que personne ne le suivait, j'en étais persuadé. Mais je croyais savoir où il se rendait.

Je regagnai en hâte le corridor principal, montai quatre à quatre les marches de marbre menant à la mezzanine, entrai dans l'aile est du bâtiment, essayai plusieurs portes jusqu'à en trouver une qui ne soit pas verrouillée, et me retrouvai au deuxième niveau du Museo Nacional de Ciencias Naturales. C'était un bien triste musée, aux vitrines vides ou peuplées d'animaux mal empaillés aux ternes yeux de verre, mais Delgado y disposait d'un large éventail de surfaces réfléchissantes pour surveiller ses arrières. Je fis le tour de l'étroite mezzanine jusqu'à ce que j'aperçoive ses souliers blancs un peu au sud de la zone centrale, et je reculai vivement, allant presque jusqu'à retenir mon souffle. Au bout de dix interminables minutes, Delgado tourna les talons et sortit du musée par la porte sud, qui était verrouillée.

Je frottai une vitre du poing pour la nettoyer et, à grand-peine, parvins à y dessiner un disque relativement transparent par lequel je vis Delgado traverser le boulevard situé au sud du Capitole et entrer dans un bâtiment massif abritant la Manufacture de cigares Partagas. Je ne pensais pas qu'il s'agissait d'une nouvelle manœuvre d'esquive. L'agent secret était arrivé à destination.

Sortant du musée par la porte est, je traversai le boulevard au carrefour. Delgado avait emprunté l'entrée principale de la manufacture, mais je parcourus quelques dizaines de mètres en direction du sud pour m'engager dans la ruelle conduisant à la zone de chargement. Je savais qu'il me serait extrêmement difficile de retrouver Delgado dans les entrepôts de Partagas. D'un autre côté, il y avait dans la plupart des manufactures des petits bars à proximité des ateliers de fabrication et d'emballage. Le lieu idéal pour un rendez-vous, si telle était bien la destination de Delgado.

L'air assuré, comme si j'avais à faire dans la manufacture et connaissais mon chemin, j'entrai dans l'atelier principal par l'accès de l'entrepôt. Plus d'une centaine d'ouvriers étaient assis devant leurs *galeras* ; ils travaillaient à la main, s'aidant de couteaux à bout rond pour tailler les feuilles et les rouler. Au bout de la salle se trouvait un « lecteur » juché sur une estrade, occupé à lire des extraits d'un roman sentimental bon marché. Cette coutume de distraire les ouvriers par la lecture datait du siècle précédent, époque où José Martí lisait aux Cubains de la propagande pro-nationaliste. Aujourd'hui, ils avaient droit à des journaux le matin et à des romans d'aventure ou d'amour l'après-midi.

Je passai entre les *galeras*. La plupart des rouleurs étaient trop occupés pour me prêter attention, mais quelques-uns me jetèrent des regards intrigués. Je leur répondis par un hochement de tête, comme si j'approuvais leur ardeur au travail, et poursuivis ma route. Certains d'entre eux travaillaient sur la *tripa*, la petite feuille qui donne sa forme au cigare. D'autres, en ayant fini avec celle-ci, étaient en train de rouler la *hoja de fortaleza*, la « feuille de force » qui fait le goût du cigare, tandis que d'autres encore s'affairaient déjà à couper et à rouler la *hoja de combustión* qui permet au cigare de brûler régulièrement. Les occupants des derniers bancs appliquaient une colle à base de riz sur la *copa*, la dernière grande feuille qui donne au cigare sa forme définitive. La moitié de ces ouvriers étaient des hommes, et la plupart d'entre eux – les hommes comme les femmes – fumaient le cigare en travaillant. Il m'avait fallu moins de deux minutes pour traverser la grande salle et, durant ce temps-là, un vieil homme assis près de la sortie avait coupé et roulé toutes les feuilles nécessaires à la confection d'un bâton de chaise.

Je débouchai dans une pièce où les *depalillos* ôtaient les tiges des minces feuilles et passaient ces dernières aux *rezgagados*, qui les triaient en fonction de leur qualité. Derrière cette salle de tri, j'aperçus les *revisadores* glissant des cigares dans des trous creusés dans des planches afin de s'assurer que chacun avait une taille parfaite. Patchi Ibarlucia m'avait raconté plusieurs plaisanteries salaces sur cette procédure de contrôle commune à toutes les manufactures de cigares cubaines.

Dans le couloir sombre situé derrière la salle des *revisadores*, j'aperçus la porte en bois et les vitres en verre plombé du petit bar qui proposait des cigares, du rhum et du café. L'écriteau sur la porte proclamait : FERMÉ. Je marquai une pause, puis entrouvris ladite porte.

Delgado était assis dans le troisième box et me tournait le dos. L'homme installé en face de lui leva les yeux lorsque la porte s'ouvrit, mais je la refermai avant qu'il ait eu le temps de me voir. L'aperçu que j'avais eu de lui était amplement suffisant.

Je dévalai le couloir et me planquai dans les toilettes pour hommes juste au moment où la porte du bar s'ouvrait et où résonnait un bruit de pas. Une fenêtre en verre plombé donnait sur la ruelle. Je l'ouvris, me glissai au travers, restai un instant suspendu à un peu moins de deux mètres au-dessus du sol en brique et me laissai choir parmi les détritus. Puis je pris mes jambes à mon cou. J'avais franchi le premier coude de la ruelle avant que quiconque n'ait passé la tête par la fenêtre.

Maria et moi avions passé la nuit entière à faire l'amour, ne nous interrompant qu'avant l'aube, lorsque j'entendis quelqu'un frapper doucement à la porte. C'était Santiago, auquel j'avais demandé de me présenter son rapport à la première heure. Obéissant à mes instructions, il ne donna qu'un seul coup avant d'aller m'attendre dans la cour de la laiterie. J'ignore pourquoi la jeune pute et moi-même étions si excités et si endurants. Peut-être percevait-elle ce que je venais de découvrir – à savoir que les fondations de notre petit monde imaginaire étaient en train de s'effriter et que la réalité s'apprêtait à fondre sur nous tel un ouragan.

La veille au soir, Hemingway avait annoncé que nous prendrions la mer très tôt. L'état des pieds de Don Saxon était tel qu'il ne pourrait pas nous servir de radio lors de cette sortie, et le reste de l'équipage ne voulait pas de lui tant qu'il ne serait pas en meilleure santé. J'étais censé m'occuper des communications durant cette patrouille. L'écrivain avait reçu des services de renseignement de la marine un message codé lui enjoignant de longer la côte cubaine jusqu'à un point où l'on soupçonnait les Allemands d'avoir planqué des réserves dans des grottes. L'équipage comprenait Fuentes, Guest, Ibarlucia, Sinsky, Roberto Herrera, Gregory, Patrick et moi-même. Hemingway estimait que nous serions partis une bonne semaine – le *Southern Cross* naviguait dans la même zone, et nous ne manquerions pas de le pister –, et j'estimais quant à moi qu'il prenait cette mission un peu à la légère, vu qu'il emmenait ses fils à bord.

« Je devrais rester ici, lui dis-je. Qui va s'occuper de l'Usine à forbans ? » Après la révélation de cet après-midi-là, à la manufacture, je ne tenais pas à me retrouver en mer, privé de toute possibilité d'intervention.

Hemingway sourit de toutes ses dents et écarta mon objection d'un geste. « L'Usine à forbans peut se débrouiller toute seule pendant quelques jours. Vous venez avec nous, Lucas. C'est un ordre. »

Ce matin-là, donc, en sortant du cottage « Premier Choix », je retrouvai Santiago qui m'attendait patiemment, assis sur le vieil abreuvoir de pierre au centre de la cour. Je l'accompagnai sur la route, devant la *finca*.

« Santiago, je vais partir plusieurs jours sur le bateau avec le *señor* Hemingway.

— Oui, *señor* Lucas. Je suis au courant. »

Je ne demandai pas au gamin comment il avait appris la nouvelle. L'agent 22 faisait de tels progrès qu'il serait bientôt le meilleur de nos opérateurs. « Santiago, je ne veux pas que tu suives le lieutenant Maldonado pendant notre absence. Ni l'homme que nous avons suivi hier. Tu ne dois suivre *personne*. »

Son visage se décomposa. « Mais, *señor* Lucas, vous trouvez que je ne fais pas du bon travail ?

— Tu fais de l'excellent travail, répondis-je en lui posant une main sur l'épaule. Du travail d'homme. Mais il ne nous servirait à rien que tu suives *Caballo Loco* ou l'autre type... ou n'importe lequel de ceux que nous surveillons... pendant que le *señor* Hemingway et moi sommes en mer.

— Vous ne voulez pas savoir qui le lieutenant va rencontrer ?

demanda-t-il d'un air intrigué. Je croyais que c'était important pour nous de savoir ces choses.

— C'est important. Mais pour le moment, nous en savons assez pour nous dispenser de les surveiller jusqu'à mon retour. Ensuite, j'aurai un travail très important à te confier. »

Le visage du gosse s'illumina. « Et quand vous serez revenus, on jouera encore au base-ball contre les Étoiles de Gigi ? Et cette fois-ci, vous jouerez dans notre équipe comme le fait parfois le *señor* Hemingway avec l'équipe de son fils ?

— Peut-être. Oui, ça me ferait plaisir. Vraiment. » C'était la stricte vérité. J'adorais le base-ball, et je m'étais senti frustré en regardant jouer les enfants, assis sur la touche. Parmi les rares objets qui ne m'avaient jamais quitté au fil des ans figurait le gant de base-ball que mon oncle m'avait offert pour mes huit ans. Je m'en étais servi au lycée, à la fac de droit et lors de matches improvisés sur la pelouse de la Maison-Blanche quand j'étais encore un simple agent du FBI. Il ne me déplairait pas de donner une petite leçon à Hemingway.

Le garçon hochait vigoureusement la tête, un sourire aux lèvres. « Est-ce qu'il y a quelque chose que je *dois* faire pendant que vous n'êtes pas là, *señor* Lucas ? »

Je lui donnai trois dollars. « Offre-toi une crème glacée dans un magasin de la calle Obispo. Achète à manger pour ta famille.

— Je n'ai pas de famille, *señor* Lucas », dit-il sans se départir de son sourire mais en regardant les billets verts d'un air dubitatif. Il voulut me les rendre.

Je forçai ses doigts à se refermer dessus. « Achète-toi des gâteaux aux amandes dans la calle Obispo. Va dîner dans une *bodega* où on te connaît. Un bon agent doit conserver ses forces. Il y a des missions difficiles qui t'attendent. »

Le sourire du garçon illumina ma journée. « *Sí, señor* Lucas. Je vous remercie de votre générosité. »

Je secouai la tête. « Ceci est votre salaire, agent 22. Maintenant, va-t'en. Et rends sa motocyclette au gentleman inconnu, s'il te plaît. Nous t'en trouverons une autre... en respectant la loi. Rendez-vous dans une semaine, ou un peu moins. »

Le garçon s'en fut en courant, soulevant un nuage de poussière devant la *finca*.

Le *Pilar* sortit du port de Cojímar en ronronnant sous un ciel sans nuages, la *brisa* – ainsi les Cubains appelaient-ils l'alizé qui soufflait du nord-est – soufflant juste assez fort pour nous rafraîchir sans toutefois trop agiter le Gulf Stream. Hemingway était de fort bonne humeur et ne cessait d'identifier nos amers pour le bénéfice des deux garçons : La Terreza, le grand bâtiment antique abritant l'un de leurs restaurants préférés du bord de mer, et l'arbre situé derrière, sous lequel l'écrivain aimait s'asseoir pour boire et bavarder avec les pêcheurs du coin ; il mit ses fils au défi de distinguer lesdits pêcheurs des *guajiros*, les paysans, à une distance de trois cents mètres ou davantage.

« On ne voit pas leurs visages d'aussi loin, Papa », protesta Gregory.

Hemingway éclata de rire et passa le bras autour des épaules de son cadet. « Tu n'as pas besoin de voir leurs visages, Gigi. Le *guajiro*, vois-tu, est intimidé quand il descend en ville ou sur la côte, et il met sa belle chemise... celle avec les broderies... son pantalon moulant, son grand chapeau et ses bottes de cavalier.

— Mais oui, c'est vrai ! s'exclama Patrick, qui était monté sur la passerelle de pilotage avec les jumelles. Tu nous l'as déjà fait remarquer, Papa. Et il a toujours sa machette. On les reconnaît même sans les jumelles. »

Blotti contre son père, Gregory fit oui de la tête, visiblement ravi. « Oui, je les vois maintenant, Papa. C'est comme si les *guajiros* portaient un costume. Et les pêcheurs ? »

Nouvel éclat de rire d'Hemingway, qui désigna Gregorio Fuentes, debout en équilibre sur l'étroit rebord de la cabine côté bâbord. « Les pêcheurs sont souriants et pleins d'assurance, Gig. Ils s'habillent comme ça leur chante. Avec ce qui leur tombe sous la main. Et si tu avais des jumelles comme Mousie, tu les distinguerais des *guajiros* grâce à leurs mains hâlées, noueuses et couturées de cicatrices.

— Mais les paysans sont bronzés, eux aussi, dit le cadet.

— Oui, Gigi, mais les poils sur leurs mains et leurs bras sont noirs. Même d'ici, ne vois-tu pas que ceux des pêcheurs sont blanchis par le soleil et le sel ?

— Si, Papa. » Nous étions cependant si loin du rivage qu'on distinguait à peine les silhouettes des pêcheurs, sans parler de leurs bras nus.

Nous avons longé la côte nord de Cuba en mettant le cap au sud-est. En théorie, nous devions passer la nuit dans la petite base navale que les Cubains venaient d'établir sur Cayo Confites et, le lendemain, nous lancer à la recherche du *Southern Cross* et des fameuses grottes utilisées par les Allemands. Les eaux du Gulf Stream étaient d'un bleu tirant sur le pourpre, le ciel restait vierge de nuages, la *brisa* continuait de souffler doucement du nord-est et la mer était piquetée de bateaux, de pêche ou de plaisance, toutes voiles dehors dans leur majorité en raison du rationnement d'essence. Une journée idéale pour partir en croisière, mais les choses tournèrent à l'aigre lorsque l'on découvrit que Winston Guest, le premier maître, avait oublié de charger les trois casiers de bière qu'Hemingway avait considérés comme le minimum indispensable pour une mission de six ou sept jours. Je me trouvais en bas, occupé à prendre des notes et à réfléchir aux ramifications du rendez-vous de Delgado à la manufacture, quand j'entendis sur la passerelle une série de cris et d'obscénités, en anglais, en espagnol et en français. Je m'empressai de remonter, pensant qu'un sous-marin allemand venait de faire surface – ce qui ne se produisait presque jamais en plein jour – et que nous étions sur le point d'être arraisonnés ou coulés.

Tout le monde, y compris les garçons, injuriait copieusement Guest, qui avait oublié la bière. Le milliardaire tenait la barre sans se démonter, mais ses joues s'empourpraient et il avait les yeux baissés et l'air franchement penaud.

« Ce n'est pas grave, Wolfer, dit enfin Hemingway, interrompant le flot d'invectives. Il y a sans doute de la bière dans les provisions qu'on nous a préparées à Cayo Confites.

— Et s'il n'y en a pas, intervint Sinsky d'un ton sinistre, on devra se mutiner et ramener ce bateau à La Havane.

— Ou aller jusqu'à Miami, ajouta Patchi Ibarlucia.

— Ou prendre d'assaut la base de Cayo Confites et nous emparer de l'alambic des Cubains, renchérit Roberto Herrera.

— Ou alors, il y aura de la bière dans les grottes des Allemands, dit Patrick. De la bière bavaroise bien fraîche à côté des jerrycans de gasoil.

— De la bière bavaroise, de la choucroute et des saucisses ! s'écria Gregory. Mais il faudra tromper la vigilances des sentinelles et de leurs saletés de bergers allemands.

— Je ferai une diversion en mettant le feu au *señor* Guest, dit Sinsky.

— Et nous foncerons pendant qu'ils arroseront Wolfer, ajouta Patrick depuis la passerelle de pilotage. Toute la flotte sousmarine Boche sera privée de vivres et de boisson. Ça va leur saper le moral. Les nazis quitteront les Caraïbes. La marine nous décernera la Silver Cross.

— Une clé d'église en or », dit Ibarlucia.

Fuentes, qui avait observé la scène en plissant les yeux et écouté cette litanie d'un air peiné, déclara : « À force de parler de bière, vous commencez à me donner soif. »

Hemingway monta l'échelle de la passerelle de pilotage et prit les commandes. En bas, Winston Guest poussa un soupir et s'affala sur une des banquettes du pont.

« Courage, les gars ! lança Hemingway. Si Dieu le veut, les secours vont bientôt arriver. »

Je secouai la tête et redescendis pour tenter de démêler l'écheveau de mensonges qui menaçait l'Usine à forbans.

19

Mon quartier général n'était autre que la « cabine radio » du *Pilar* – c'est-à-dire l'ancien cabinet de toilette, à présent bourré d'équipement radio gouvernemental d'une valeur de 35 000 dollars. J'avais à peine la place de m'asseoir sur le petit tabouret coincé entre les récepteurs ondes courtes et les transmetteurs de la marine. Les deux livres en allemand étaient rangés dans un sac étanche coincé sous le poste principal, là où se trouvait naguère le distributeur de papier hygiénique. Quand je voulais prendre des notes, je devais caler le carnet sur mon genou. Une fois la porte fermée, ce réduit était étouffant, mais au moins pouvais-je fermer la porte. Le *Pilar* ayant à son bord neuf personnes de sexe masculin, il ne s'y trouvait aucun lieu permettant de s'isoler, que ce soit pour dormir ou accomplir ce pour quoi cet espace avait été initialement conçu. La première perte que nous aurions à subir, plaisantait l'équipage – à la grande joie des deux garçons –, serait celle d'un malheureux qui passerait par-dessus bord en tentant de soulager un besoin naturel par gros temps.

Une fois coiffé des écouteurs radio, je constatai que le joyeux brouhaha venu du pont ne m'était plus audible. Je tentai d'oublier notre ridicule « mission » en mer pour me concentrer sur le plus important de toute cette histoire.

Je n'avais aperçu l'homme assis en face de Delgado à la manufacture que deux secondes avant de refermer la porte, mais je n'avais eu aucun problème à l'identifier. Deux ans auparavant, à Mexico, j'avais vu sa photographie dans un dossier, et son patronyme, ainsi que son nom de code, figurait dans le dossier de Theodor Schlegel que Delgado m'avait montré plus récemment. C'était bien le même homme : des cheveux noirs coiffés en arrière à la mode sud-américaine, suffisamment longs pour rebiquer au-dessus des oreilles, de tristes yeux de cocker, le sourcil droit plus fourni que le gauche (mais seul celui-ci s'était arqué de surprise quand j'avais entrouvert la porte), des lèvres charnues, sensuelles, sous une fine moustache noire qui en atténuait la mollesse. Il portait un costume crème et une cravate grenat, impeccablement nouée, aux discrets motifs de diamant en fil doré.

Le Hauptsturmführer Johann Siegfried Becker, de la SS... désormais promu au grade de capitaine s'il fallait en croire les rapports du SIS datant d'avril. Début mai, Becker avait apparemment reçu l'ordre de quitter Rio pour regagner Berlin, où l'attendaient de nouvelles instructions et sans doute une promotion.

Becker avait vingt-huit ans, soit à peu près mon âge. Né le 21 octobre 1912 à Leipzig, il avait adhéré au Parti national-socialiste dès qu'il avait achevé ses études secondaires dans cette même ville. En 1931, il était admis au sein de la SS. Il était extraordinaire qu'un garçon de dix-neuf ans rejoigne la redoutable Schutz-Staffel, l'échelon « de protection » nazi à l'uniforme noir – l'escadron de gardes du corps d'Hitler, formé au cours des années 20, devenu depuis la plus terrifiante de toutes les organisations nazies, associée à la Gestapo, aux camps de la mort et à la SD, le propre service de renseignement de la SS –, mais Johann Siegfried Becker n'avait rien d'un jeune homme ordinaire. Comme en attestaient les archives du parti, c'était un organisateur hors pair et un travailleur infatigable. Le 20 avril 1937, promu au grade de sous-lieutenant de la SS, Becker avait été dépêché à Buenos Aires, où il avait débarqué le 9 mai à bord du *Monte Pascoal*. Il avait travaillé incognito en Amérique du Sud, sous couvert de ses activités pour le Centro de Exportacion del Comercio Aleman, une firme implantée à Berlin, jusqu'à ce qu'il soit rappelé en Allemagne.

Aux yeux des agents du FBI et du SIS basés en Amérique latine, Johann Becker était le meilleur espion nazi opérant sur le continent. La police argentine avait failli lui mettre le grappin dessus en 1940, mais le SS s'était réfugié au Brésil, où il avait proposé ses services à l'antenne de l'Abwehr, dirigée par Albrecht Gustav Engels – le supérieur de Theodor Schlegel, également connu sous le nom de code « Alfredo ». En 1941, l'ONI avait intercepté un message à destination de Berlin dans lequel Engels lui-même décrivait Becker comme « le seul véritable professionnel de l'espionnage » de son réseau et de toute l'Amérique du Sud, admettant que le SS avait « fourni les idées et l'énergie » nécessaires à la viabilité du réseau basé à Rio, extrêmement complexe par nature. Ce qu'il y avait de bizarre dans cette histoire, à tel point que cela m'avait frappé en Colombie comme au Mexique, c'était que Becker dépendait de la SD – le service de renseignement de la SS – alors que le réseau d'Engels était une opération montée par l'Abwehr.

L'inimitié entre la SD et l'Abwehr était presque aussi forte que celle qui opposait leurs chefs respectifs, Reinhard Heydrich et l'amiral Wilhelm Canaris. Chacun de ces deux hommes voulait que son agence soit la seule organisation d'espionnage et de contre-espionnage du Troisième Reich. La concurrence qui les opposait était similaire à celle opposant la BSC au MI-5, ou le FBI au service désormais baptisé OSS, sauf qu'en Allemagne, de telles querelles intestines s'achevaient souvent par des massacres à la mitraillette ou, littéralement, par des coups de couteau dans le dos.

Et voilà que Johann Siegfried Becker – soldat SS et espion SD – venait d'être promu au grade de capitaine par le Führer, qui lui avait sans nul doute donné des responsabilités plus importantes. Des responsabilités sans précédent, en fait, puisqu'il en résultait une *alliance* de l'Abwehr et de la SD dans le cadre de leurs opérations sud-américaines, sous la direction de Becker. Et par-dessus le marché, voilà que cet homme rencontrait dans une manufacture de cigares havanaise mon agent de liaison et mon seul lien avec le Bureau, à savoir l'agent spécial Delgado.

Cela méritait réflexion.

Trois quarts d'heure plus tard, je me retrouvai avec quatre hypothèses :

Primo, Delgado était devenu un agent double et avait rencontré Becker dans le but de nous trahir, moi, Hemingway, le Bureau et les États-Unis.

Secundo, Delgado accomplissait une mission beaucoup plus importante que la supervision de mes vacances au sein de l'Usine à forbans – une mission dont l'un des buts était de retourner le Hauptsturmführer Johann Siegfried Becker afin d'en faire un agent double œuvrant contre le Reich.

Tertio, Delgado avait lui aussi une couverture, il se faisait passer pour un agent ou un informateur travaillant pour le compte de Becker, ou bien pour un agent double, dans le but de noyer les Allemands dans un flot de désinformation.

Quatro, il y avait un autre scénario qui m'échappait pour le moment.

De ces quatre possibilités, la troisième était la plus plausible – j'avais surpris Delgado en train d'accomplir une action dont le SIS avait l'habitude, que j'avais moi-même accomplie à maintes reprises quand je travaillais dans la clandestinité –, mais elle était néanmoins troublante.

Mon trouble, ainsi que je le compris, venait en grande partie du minutage des événements et de cette étrange coopération entre SD et Abwehr. Si le minutage me mettait la puce à l'oreille, c'était à cause de l'incroyable quantité d'agents secrets grouillant à Cuba et autour de cet amateur d'Hemingway, mais aussi parce que Schlegel et Becker avaient débarqué à Cuba – quel que soit leur but – plusieurs mois après avoir failli se faire pincer au Brésil par la police locale et le FBI. Il était possible que l'un comme l'autre ignore la situation catastrophique de leur réseau de Rio, mais c'était peu probable. D'un autre côté, Schlegel avait quitté le Brésil bien avant de courir un quelconque danger et, à en croire les messages interceptés par le SIS, Becker avait eu des difficultés à regagner Berlin le printemps dernier, les lignes aériennes italiennes ayant suspendu leurs vols après Pearl Harbor.

Plus troublante encore était cette coopération entre la Sicherheitsdienst – le Service de sécurité, autrement dit la SD – et l'Abwehr. Durant les six dernières années, je m'étais documenté sur cette question plus que tout autre agent du SIS. Bon sang, peut-être en savais-je davantage là-dessus que quiconque sur le continent américain, exception faite des spécialistes de l'OSS. En tout état de cause, cela m'avait permis d'exploiter mes connaissances en allemand, acquises au lycée et à la fac de droit.

De prime abord, en ce qui concernait leurs juridictions et leurs missions respectives, il paraissait logique de faire une distinction entre la SD et l'Abwehr : la SD d'Heydrich avait en charge les opérations d'espionnage politique dans le monde entier ; l'Abwehr de Canaris était le responsable exclusif du renseignement de nature militaire. Ce *modus vivendi* avait été établi en 1936, lorsque la rivalité opposant la SS d'Himmler et les services de l'Abwehr, de conception plus traditionnelle, avait atteint une telle intensité qu'Hitler lui-même avait été obligé d'intervenir pour obtenir la paix. En fait, cette « paix » avait eu pour conséquence une augmentation considérable du pouvoir de la SS et de la SD, son service de renseignement.

Heinrich Himmler avait initialement consolidé la puissance de la SS le 30 juin 1934, durant la Nuit des longs couteaux, lorsque les SS – obéissant à des ordres d'Hitler – avaient assassiné Ernst Röhm et plusieurs centaines de leaders de la SA, les chemises brunes de la Sturmabteilung, qui avaient servi de troupes de choc au Führer lors de son ascension. Durant cette sanglante nuit, Himmler avait fait de la SS, jusque-là une unité sans grande importance, la puissance la plus terrifiante du Reich, capable d'assassiner non seulement les leaders homosexuels des chemises brunes mais de réduire à l'impuissance une armée de deux millions de voyous. Moins de trois semaines après ce massacre, Himmler avait nommé le jeune Reinhard Heydrich directeur de la Sicherheitsdienst, les services de renseignement du parti.

Depuis 1934, le principal adversaire d'Heydrich n'était pas l'agence d'espionnage d'un pays ennemi mais la vénérable Abwehr de Canaris. Après la signature du pacte de 1936, les deux services avaient accepté de respecter les *Zehn Gebote* – les Dix Commandements de l'espionnage allemand –, se répartissant leurs responsabilités respectives. En pratique, Heydrich et son chef, Himmler, œuvraient en permanence pour saper la crédibilité de Canaris auprès du Führer. Leur but était de dissoudre l'Abwehr centenaire et de placer *toutes* les forces de police, d'espionnage et de contre-espionnage sous le commandement du parti.

Heinrich Himmler dirigeait la SD tout autant que la SS. Jusqu'à son assassinat, en juin dernier, Heydrich avait dirigé la Reichsicherheitshauptamt – la RSHA, l'Administration de la sécurité du Reich. La RSHA était composée de plusieurs services clés :

RSHA I : personnel ; RSHA II : administration ; RSHA III : agence de renseignement intérieure ; RSHA IV : la Gestapo ; RSHA V : les services d'enquêteurs ; RSHA AMT VI : agence de renseignement extérieure.

Depuis 1941, le directeur de la RSHA AMT VI était un jeune et séduisant brigadier SS nommé Walter Schellenberg. Âgé de trente-deux ans à peine, Schellenberg semblait bien plus policé, bien plus sensé que son supérieur récemment assassiné – Heydrich, connu pour avoir été un proxénète et un intrigant aussi pervers qu'impitoyable, avait été surnommé « le Boucher de Prague » pendant son bref règne en tant que protecteur de Bohême-Moravie –, mais certains rapports suggéraient que Schellenberg était aussi résolu que lui à écraser l'Abwehr. Dans les milieux de l'espionnage, Schellenberg était célèbre pour avoir kidnappé en 1939 deux agents britanniques qui se trouvaient en Hollande. Le nazi s'était fait passer pour un « major Schemmel », désireux de participer à un complot monté par des généraux allemands en vue de renverser Hitler et de faire la paix avec l'Angleterre. Les services de renseignement britanniques étaient tombés dans le panneau et avaient envoyé deux agents rencontrer « Schemmel » à Venlo, le matin du 9 novembre 1939. Schellenberg avait fait un signal à ses hommes, qui avaient franchi en trombe le poste frontière, puis il avait passé les menottes aux deux Britanniques surpris et les avait conduits en Allemagne pour les interroger, après avoir repoussé l'assaut lancé par leurs collègues.

Cet incident n'avait guère nui à la réputation de Schellenberg auprès d'Heydrich et d'Hitler.

En 1940, Schellenberg avait failli réussir un autre kidnapping – celui du duc de Windsor, qui avait brièvement régné en Angleterre sous le nom d'Edward VIII. Le duc ayant fait plusieurs déclarations favorables à Hitler, les Allemands pensaient que ce crétin ferait un excellent fantoche pour le Troisième Reich. Schellenberg avait élaboré un plan des plus complexes pour enlever l'ex-roi et la femme pour laquelle il avait abdiqué lors du bref séjour en Espagne qu'ils devaient effectuer avant de s'exiler aux Bahamas. Malheureusement, comme la BSC et le SIS l'avaient découvert bien après les faits, le couple ducal avait changé d'avis à la dernière minute, décidant de ne pas faire étape en Espagne, et Schellenberg avait raté son coup.

Cet échec n'avait cependant pas ralenti son ascension, et Heydrich avait fait de lui son favori, le nommant finalement directeur de la RSHA AMT VI en juin 1941.

Schellenberg et l'AMT VI avaient éveillé ma curiosité. Alors que l'Abwehr commettait gaffe sur gaffe au Mexique et en Amérique du Sud, ce qui nous avait permis d'arrêter la plupart de ses membres, les agents de la SD avaient nettement plus de succès. De toute évidence, Schellenberg ne faisait confiance à personne et plaçait l'audace au-dessus de toute autre qualité. Le quartier général du Département VI se trouvait à l'écart de la majorité des autres bureaux de la SD, situés 32 Berkaerstrasse, au coin du Hohenzollerndamm, dans le sud-ouest de Berlin. Selon les rapports des agents britanniques qui avaient eu le malheur d'y entrer, Schellenberg avait planqué deux mitraillettes sous son bureau, prêt à déjouer dans le sang toute tentative d'assassinat.

Tel était l'homme qui, en mai, avait rappelé Johann Siegfried Becker à Berlin pour lui confier une opération spéciale en Amérique du Sud ou dans les Caraïbes. Selon toute logique, cette opération avait été approuvée – sinon conçue – par le supérieur de Schellenberg, Heydrich, ou par le chef de la SS, Heinrich Himmler en personne.

Pourquoi coopèrent-ils avec l'Abwehr sur cette opération ? Quel rapport peut-elle avoir avec le Southern Cross *et les petits jeux d'Hemingway ? Et quel est le rôle de Delgado dans cette histoire ?*

J'ouvris les yeux en entendant un bruit dans les écouteurs. Je m'empressai de les coller à mes oreilles et d'attraper mon carnet de notes, ainsi que le sac étanche.

Quelqu'un émettait sur la fréquence réservée au *Southern Cross*. Dans le même code que celui utilisé par feu l'opérateur radio du yacht.

Il me fut impossible d'avoir une conversation privée avec Hemingway durant l'après-midi comme pendant la soirée. Et je n'avais pas l'intention de lui parler de cette transmission en présence d'un tiers.

Nous avons jeté l'ancre à Cayo Confites juste avant le crépuscule. Cette crotte de mouche était trop petite pour être qualifiée d'île et à peine assez grosse pour mériter le terme de « key ». Selon le jeune Gregory, on aurait dit la patinoire du Rockefeller Center – un disque plat d'une centaine de mètres de diamètre, avec une bicoque plantée en son centre. La marine cubaine avait édifié cette dernière pour servir de poste de communication et d'entrepôt à l'intention de l'opération Sans-ami, pensant à l'avenir l'utiliser pour d'autres projets, mais les seuls signes extérieurs de son affectation militaire étaient une antenne radio et un mât porte-drapeau. Le pavillon cubain flottait déjà à notre arrivée mais alors que nous jetions l'ancre, trois hommes en uniforme sortirent de la bicoque en formation serrée. Le premier se mit au garde-à-vous près du mât tandis que le deuxième, un officier, consultait sa montre puis lançait un ordre, sur quoi le troisième homme se mit à souffler tant bien que mal dans un clairon rouillé.

« Regarde, Papa, dit Gregory, seul l'officier a une tunique, et elle est toute rapiécée. Les deux autres ne portent qu'un short kaki.

— Chut, Gigi, fit Hemingway. Ils n'ont que ça à mettre. Ça n'a aucune importance. »

Le cadet prit un air penaud, mais Patrick murmura d'un ton malicieux : « Qu'est-ce que c'est que ce bout de corde rouillé sur son épaule, Papa ?

— Je crois que c'est censé être une épaulette », répondit Hemingway.

Les trois Cubains avaient ramené leurs couleurs. Le clairon interrompit sa cacophonie. L'un des hommes de troupe emporta le drapeau dans la baraque pendant que l'officier et l'autre marin en short nous regardaient manœuvrer.

Ibarlucia, Herrera et Guest étaient à bord du *Tin Kid* et fonçaient vers la plage avant que l'ancre du *Pilar* ait disparu sous l'eau. Ils revinrent au bout de dix minutes et, à en juger par leur tête d'enterrement, la base n'avait pas stocké de bière à notre intention. Un étrange gémissement montait du dinghy, mais je ne pouvais pas croire qu'il provenait de l'un des hommes.

« Il y a de la bière ? demanda Hemingway depuis la poupe.

— Non ! » Les trois hommes durent élever la voix pour couvrir les gémissements. Ils semblaient se débattre avec quelque chose.

« Des ordres ? glapit l'écrivain.

— Non », répondit Roberto Herrera. Il s'était placé à l'avant du dinghy. Apparemment, Guest et le pelotari tentaient de maîtriser un enfant qui hurlait au meurtre, mais Herrera nous empêchait de bien voir la scène.

« Est-ce qu'on a aperçu le *Southern Cross* dans les parages ? s'enquit Hemingway.

— Non », fit Herrera. Ils se trouvaient à cinq ou six mètres de nous. Le vacarme était incroyable.

« Des provisions pour nous ? hurla Fuentes depuis la proue.

— Rien que des haricots, répondit Ibarlucia. Vingt-trois boîtes de haricots. Et ceci. » Guest et lui tenaient un cochon qui couinait tout son soûl.

Patrick et Gregory s'esclaffèrent en se tapant sur les cuisses. Leur père avait l'air écœuré. « Pourquoi l'apportez-vous à bord ce soir ? Je ne veux pas que cette saleté d'animal dorme avec nous. »

Ibarlucia se fendit d'un large sourire. L'obscurité montante accentuait la blancheur de ses dents. « Si nous laissons notre cochon sur l'île cette nuit, Ernesto, les soldats mangeront du bacon au petit déjeuner et des sandwiches au jambon à midi. Je ne pense pas qu'ils partageront avec nous. »

Hemingway poussa un soupir. « Laissez cette bête à bord du dinghy. Quant à vous », lança-t-il au Basque surnommé Sinsky, qui était carrément pris de fou rire, « c'est *vous* qui nettoierez le dinghy demain matin. »

Vu que le dinghy abritait un cochon hystérique et le *Pilar* neuf hommes ou garçons ronflant, grommelant et pétant qui occupaient toutes ses surfaces horizontales, il s'avéra difficile de dormir cette nuit-là. Vers trois heures du matin, je me rendis sur la passerelle de pilotage où Winston Guest montait la garde, accoudé au bastingage et parfaitement réveillé. Je ne saurai sans doute jamais ce que nous guettions. Peut-être Hemingway redoutait-il qu'un U-Boot s'approche du récif et tente de couler la bicoque des Cubains.

« Belle nuit », murmura Guest comme je prenais place en face de lui. Et la nuit était belle, en effet : les vagues se brisaient doucement sur le récif, et leur écume phosphorescente se fondait avec la lueur de la Voie lactée se déversant sur le firmament. Pas un seul nuage dans le ciel.

« Vous n'arrivez pas à dormir ? » demanda le milliardaire à voix basse. Un peu moins de deux mètres nous séparaient des hommes allongés sur les banquettes du pont, mais la brise, le clapotis des vagues et le murmure du ressac les auraient empêchés d'entendre notre conversation.

Je secouai la tête.

« Vous pensez aux grottes que nous allons explorer demain ? reprit-il. Vous croyez qu'un U-Boot s'y trouve encore ?

— Non. »

Guest acquiesça. Nous n'étions éclairés que par les étoiles, mais je distinguais son nez et ses joues rougis par le soleil, ainsi que son sourire engageant. « Je ne suis pas inquiet, moi non plus, murmura-t-il. Mais j'aimerais bien qu'on en déniche un. Qu'on en capture ne serait-ce qu'un seul. »

En l'entendant, je pensai à un enfant faisant un vœu à une étoile. Si Winston Guest *était* un agent secret, britannique ou autre, il était rudement doué pour la comédie. Mais comme j'en ai déjà fait l'observation, on peut en dire autant de tous les espions.

« Vous avez remarqué qu'Ernest lisait quelque chose à la lueur d'une lampe de poche pendant que les autres dormaient ? » me demanda-t-il.

Je fis oui de la tête.

« Savez-vous ce qu'il lisait ?

— Non. » J'espérai qu'il n'allait pas se lancer dans un discours mélodramatique à propos de nouveaux ordres secrets.

« C'est un manuscrit de Martha. » Guest avait tellement baissé le ton que je percevais à peine ses propos. « Elle travaille sur un livre et elle lui en a envoyé une copie depuis sa fichue croisière. *L'Orchidée pourpre* ou un titre de ce tonneau. Elle veut qu'Ernest le lise et lui donne son avis, et il le fait... après avoir passé quatorze heures à la barre. »

J'opinai et me tournai vers la baraque, qui luisait à la lueur des étoiles. Les trois hommes y avaient accroché une lanterne à la tombée de la nuit, mais ils s'étaient ensuite couchés tôt.

« Ouais, fit Guest, ces pauvres types sont coincés ici pendant un bon moment. D'après Ernest, l'officier a sans doute été envoyé sur ce caillou parce qu'il avait couché avec l'épouse de son commandant, et les deux hommes parce qu'ils ont été condamnés pour vol. »

Je hochai la tête une nouvelle fois. Je n'étais pas monté sur la passerelle pour faire la conversation, mais si Guest avait envie de bavarder, cela ne me dérangeait pas. Mon esprit était toujours occupé par les deux transmissions que j'avais interceptées dans la journée.

« À propos d'épouse, chuchota Guest. Que pensez-vous d'elle ?

— Qui ça ? » Je ne voyais pas de qui il voulait parler.

« Martha. La troisième Mrs. Hemingway. »

Je haussai les épaules dans le noir. « Si elle se balade encore dans les Caraïbes à bord de sa coquille de noix, c'est qu'elle a un sacré courage. »

Reniflement de Guest. « Elle a des couilles, vous voulez dire, chuchota-t-il. Martha a toujours estimé que c'était elle qui devait avoir des couilles dans la famille. »

Je considérai sa silhouette d'athlète, découpée sur fond de vagues se brisant sur le récif. Au bout d'un temps, il reprit en précipitant son débit : « Ernest m'a montré quelques pages de ce livre qu'elle écrit... C'est l'histoire d'un homme et de sa femme. Ils vivent dans une maison qui ressemble beaucoup à la *finca*. L'homme est toujours pieds nus et en short, il est sale, il boit trop, il dit des stupidités, et cetera. Ça me met en rage, Lucas. C'est un portrait d'Ernest qu'elle brosse là, ou plutôt une grossière caricature. Et lui, qui est épuisé, malade comme un chien, qui a passé quatorze heures à tenir la barre en plein soleil, il prend des notes et traite ce travail de pisse-copie comme si c'était de la littérature. Elle profite de lui, voilà tout. »

Je m'appuyai au bastingage. Au bout d'un long moment, Guest poussa un soupir.

« Je sais que je ne devrais pas parler comme ça, mais vous vivez à la *finca*, Lucas. Enfin, pas très loin de la *finca*. Vous les avez vus. Vous me comprenez. »

Je ne fis aucun commentaire. Guest acquiesça comme si j'avais approuvé ses propos.

« Huit ou dix jours avant qu'elle parte pour cette ridicule croisière, poursuivit-il, Ernest m'a demandé de courir avec elle... avec Martha. À ce moment-là, il participait avec les garçons aux premières épreuves du championnat de tir, et il ne voulait pas qu'elle se retrouve toute seule. Alors, j'ai couru avec elle. Elle est incapable de courir. Je n'arrêtais pas de la distancer, puis de faire demi-tour pour la rejoindre, de repartir et ainsi de suite, tout en m'assurant qu'elle ne s'effondrait pas... enfin, vous voyez. »

Une mouette traversait le ciel étoilé. Nous nous sommes tournés vers elle. Elle ne faisait aucun bruit. Guest leva un fusil imaginaire et la visa jusqu'à ce qu'elle disparaisse derrière la bicoque des Cubains.

« Bref, reprit-il, voilà que soudain... alors qu'on courait momentanément coude à coude ... elle me demande ce que je pense de son choix en matière d'époux. “Que voulez-vous dire ? je lui demande. Vous voulez savoir ce que je pense d'Ernest ?” Et Gellhorn me fait : “Non... que pensez-vous de mon choix ?” Et elle me dit – tout en pantelant comme un chien sur le point de tomber d'épuisement – elle me dit qu'elle a surtout porté son choix sur Ernest parce que c'était un très bon écrivain... “Pas un grand écrivain, précise-t-elle, mais un très bon écrivain”... et parce qu'il l'aiderait certainement à faire des progrès et à avoir une belle carrière. “Et puis, a-t-elle conclu, il y a les revenus qu'il retire de ses précédents livres. C'est agréable.”

« Bon Dieu, Lucas, vous m'auriez terrassé d'une pichenette. Quelle femme castratrice. Quelle salope cruelle, vénale et égoïste. Parler comme ça d'Ernest devant moi. Elle ne sous-entendait même pas qu'elle l'aimait, vous comprenez ? Il pouvait l'aider dans sa carrière, voilà tout. Quelle foutue salope. »

Le milliardaire murmurait de plus en plus fort. L'émotion qui animait sa voix était nettement perceptible. D'un signe de tête, je lui indiquai les hommes endormis. Hemingway se trouvait dans le compartiment avant, avec ses fils, mais les autres risquaient d'entendre les commentaires de Guest, où à tout le moins d'en remarquer le ton. J'arquai un sourcil.

Il hocha la tête, comme pour accepter une réprimande, et reprit, d'une voix presque inaudible : « Et puis, tout le monde à La Havane et à Cojímar... tout le monde sauf Ernest... sait que Martha a une liaison avec José Regidor.

— *El Canguro ?* chuchotai-je, surpris.

— Ouais. Le Kangourou. Le beau pelotari. Exactement le type de Marty. Et l'ami d'Ernest. Le salaud. Oh ! la salope. »

Je secouai la tête, ce qui ne m'engageait à rien, puis murmurai : « Je redescends. Sauf si vous souhaitez que je prenne la relève. La journée a été longue. »

Guest fit non de la tête. « Patchi va prendre son tour de veille dans une demi-heure. » D'un geste maladroit, il me tapa sur l'épaule. « Merci, Lucas. Merci d'avoir bavardé avec moi.

— Pas de quoi. » Et je descendis l'échelle sans un bruit.

Le lendemain matin, nous avons mis le cap au sud-est, perdant de vue Cayo Confites et Cayo Verde, ne faisant qu'entrevoir au sud les masses de Cayo Romano et de Cayo Sabinal – des presqu'îles plutôt que d'authentiques keys – et filant sur le Gulf Stream au-delà de Punta Maternillos. Le cochon nous rendait fous. Il était toujours à bord du *Tin Kid* et ne cessait de glapir.

« Laissez-moi l'égorger et l'équarrir, dit Fuentes. Ça le calmera et nos nerfs auront la paix.

— Je ne veux pas de saletés pour le moment, dit Hemingway, qui tenait la barre sur le pont. Et je ne veux pas ralentir pour que vous puissiez travailler dans le dinghy. »

Fuentes secoua la tête. « Nous serons devenus aussi dingues que ce cochon avant d'arriver aux grottes. »

Hemingway acquiesça. « J'ai une idée. »

Le *Pilar* vira de bord en direction du nord, voguant vers ce qui semblait être un mirage blanc flottant sur la mer bleue. C'était un key minuscule – quatre fois moins grand que Cayo Confites, culminant à trente centimètres au-dessus du niveau de la mer. On n'y trouvait ni rocher ni végétation digne de ce nom. Aucune autre terre n'était en vue. J'estimai que vingt-cinq milles le séparaient de Cayo Confites et vingt milles des côtes cubaines.

« Cet îlot n'est pas sur la carte », dit Guest.

Hemingway opina. « Je sais, mais je l'avais repéré lors de notre dernière patrouille dans cette zone. Il convient parfaitement à nos besoins.

— Nos besoins ? » répéta Guest.

Hemingway sourit de toutes ses dents. « Il nous faut un enclos pour notre cochon. » Il se tourna vers Fuentes. « À vous de jouer, Gregorio. Rejoignez *el cerdo* à bord du *Kid* et montrez-lui sa nouvelle demeure. Nous le récupérerons ce soir ou demain matin, sur le chemin du retour. »

Les garçons s'esclaffèrent au spectacle offert par le cochon qui courait dans tous les sens sur l'îlot, plongeait son groin dans les vagues écumantes, glapissait et se remettait à courir.

« Il n'aura rien à manger, Papa, fit remarquer Gregory. Ni à boire.

— Regarde mieux, dit Hemingway. J'ai dit à Gregorio de fabriquer une écuelle avec une noix de coco coupée en deux pour que le cochon ne souffre pas de la soif jusqu'à notre retour. Demain, ça nous fera un bon repas.

— La noix de coco ou le cochon, Papa ?

— Le cochon. »

L'après-midi était déjà bien entamé quand nous sommes arrivés en vue des grottes suspectes. C'étaient les services de renseignement de la marine qui nous avaient envoyés en mission et, comme d'habitude avec la *Naval Intelligence*, il s'agissait d'une mission bidon. Hemingway avait mouillé au large d'un village de pêcheurs pour demander à ses habitants s'ils connaissaient des grottes dans le coin, et ils lui avaient répondu par l'affirmative, déclarant qu'il s'agissait d'une célèbre attraction touristique. Un garçon de l'âge de Santiago nous servit de guide.

Un mille plus loin, il nous indiqua l'endroit où il fallait jeter l'ancre, et, par petits groupes, nous nous sommes rendus dans une crique, exception faite de Fuentes resté à bord du *Pilar*. Sur la minuscule plage de sable blanc était planté un écriteau battu par les intempéries qui proclamait en espagnol de cuisine : VISITEZ LES GROTTES SPECTACULAIRES – LA DIXIEME MERVEILLE DU MONDE NATUREL.

« *La cuevas espectacular* », marmonna Hemingway d'un air sinistre. Au-dessus de sa barbe, son visage était plus rouge que ne pouvait l'expliquer un coup de soleil. Il était d'une humeur massacrante.

« D'après le gamin, aucun touriste n'est venu dans le coin depuis le début de la guerre, dit Guest. Peut-être que les Allemands les utilisent.

— Oui, Papa ! s'écria Gregory. Ces grottes sont sûrement pleines de nourriture et de munitions.

— J'espère seulement qu'il y a de la bière », grommela Ibarlucia, dont la mauvaise humeur ne le cédait en rien à celle d'Hemingway.

Nous avons suivi le garçonnet le long d'un sentier à peine visible, au milieu d'un éboulis de rochers, jusqu'à la plus grande des grottes ouvertes au flanc de la falaise. Hemingway était armé de son vieux .22, qu'il portait dans un étui, Ibarlucia d'une mitraillette et Patrick de l'antique Mannlicher .256 de sa mère. Depuis le seuil, nous ne distinguions qu'un sol rocailleux qui disparaissait dans les ténèbres, mais à en juger par les échos, la grotte était gigantesque. De ses profondeurs montait une brise bien fraîche, fort agréable après cette longue journée en plein soleil.

« J'ai apporté une lanterne, dit Roberto Herrera.

— On a des lampes torches ! s'exclamèrent les fils d'Hemingway.

— Ce n'est pas nécessaire, dit le petit Cubain. Je vais allumer les lumières.

— Les lumières ? » répéta Hemingway.

Des centaines d'ampoules colorées s'allumèrent. Elles décoraient la gigantesque caverne comme des guirlandes de Noël, suspendues entre les stalactites ou tendues au-dessus des entrées secondaires, l'une d'elles montant vers l'apex de la grotte, situé trente mètres au-dessus de nos têtes.

« Ouah ! fit Gregory.

— Bon Dieu de merde, grommela Hemingway.

— Regarde, Papa, lança Patrick en se mettant à courir. Ça devient plus étroit dans ce coin. C'est sûrement ici ! C'est ici que les Allemands ont caché leurs provisions. Ça donne sans doute sur un autre tunnel. Ils n'allaient pas laisser leurs caisses à la vue de tous ! »

Le petit Cubain ne savait pas où débouchait ce passage, mais il nous précisa que c'était « le préféré des amoureux ». Comme le passage en question n'était pas éclairé, nous avons allumé nos lanternes et lampes torches, puis suivi Patrick et Gregory le long d'un tunnel étroit et tortueux qui s'étendait sur plusieurs centaines de mètres. Alors que nous nous étions arrêtés à un embranchement, Sinsky se blessa la main à un rocher coupant. Guest avait un mouchoir pour le panser, mais il ne put stopper l'hémorragie, si bien que les deux hommes rebroussèrent chemin, accompagnés par Herrera et le gamin du village. « Rapportez-nous des saucisses et de la bière allemande, et on fera un pique-nique sur la plage », lança Guest en disparaissant à un coude du tunnel.

Nous avons repris notre progression, Patrick, Gregory, Hemingway et moi. J'avais les yeux fixés sur la nuque de l'écrivain qui, la lanterne à la main, esquivait rochers et stalactites pour rester au niveau de ses fils tout excités. Nous étions obligés par endroits de ramper dans la boue ou sur la roche glissante. Ailleurs, nous devions éviter des mares peu profondes ou des petits lacs reliés à la mer par des courants souterrains. Et le tunnel semblait sans fin. Il nous fallut marcher, ramper et nous insinuer dans d'étroits passages pendant ce qui me sembla plusieurs heures. Pourquoi Hemingway faisait-il ceci ?

À un moment donné, je crus comprendre un peu mieux cet homme, en particulier sa manie de mélanger le réel et l'imaginaire. Hemingway avait connu la guerre, et il savait ce qui nous attendait. Il savait que l'aîné de ses fils allait sans doute partir au front – ainsi probablement que les deux autres, si le conflit traînait en longueur. L'écrivain avait décidé de profiter de cet été pour offrir à ses deux garçons une grande et belle aventure avant que l'Amérique ne découvre pour de bon la triste réalité de la guerre. L'Usine à forbans, la chasse au sous-marin... c'était pour lui une façon de transformer cette horrible guerre mondiale en un épisode familial et romantique, épicé de danger mais exempt de la misère triviale, de la terrible vulgarité et de l'écœurante tragédie de la vraie guerre.

Ou alors il était complètement cinglé.

Je sentis monter en moi une bouffée de colère, mais la voix de Gregory l'étouffa. « Papa ! Papa ! Ça devient encore plus étroit par ici. Encore plus étroit que la petite écoutille du *Pilar* ! Je parie que c'est l'entrée de leur dépôt clandestin ! »

Tout le monde s'est accroupi devant la minuscule ouverture. En fait, elle était située au-dessous du niveau du sol, sous un gros rocher, et donnait sur une pente descendante des plus glissantes. Les garçons avaient raison sur un point... le tunnel s'achevait ici.

« Vous pouvez passer par là, Lucas ? » Allongé sur le ventre, Hemingway fouillait les ténèbres avec sa lampe torche. Le boyau obliquait sur la gauche en devenant plus étroit encore.

« Non, répondis-je.

— Moi, je peux passer, Papa ! s'écria Patrick.

— Moi aussi ! renchérit Gregory.

— Entendu, les gars, dit Hemingway en tendant la lampe à son cadet. Gigi, tu es le plus petit, donc tu passes le premier. Mouse, tu remonteras Gigi par les chevilles si jamais il est coincé.

— Je peux prendre le pistolet, Papa ? » demanda Patrick. Le jeune adolescent retenait son souffle.

« Tu auras besoin de tes deux mains pour creuser, lui dit son père. Et il risquerait de se coincer dans ta poche. Je te le passerai si tu en as besoin. »

Le garçon parut déçu mais acquiesça.

Hemingway encouragea ses deux fils d'une tape dans le dos. « Allez jusqu'au bout, les gars – s'il y en a un. Bonne chance. Je sais que vous ne renoncerez pas. N'oubliez pas que si nous trouvons un dépôt, c'est très important pour nous. »

Tous deux opinèrent, les yeux brillants à la lueur de la lanterne, puis Gregory se faufila dans l'ouverture et disparut. Patrick le suivit quelques secondes plus tard. Ils franchirent l'obstacle du coude sans problème. Hemingway continua de les appeler après qu'ils eurent disparu de sa vue, mais seule la voix de Patrick demeura audible – à peine –, ou plutôt son écho. Puis ce fut le silence.

L'écrivain s'adossa à la paroi de la grotte. J'aperçus de la couperose sur son nez et ses joues – des hémorragies microscopiques qui n'apparaissaient pas à la lumière du jour. Il paraissait très heureux.

« Et s'ils restent coincés là-dedans ? » demandai-je à voix basse.

Il me regarda sans broncher. « Alors, ils sont foutus. Mais je les proposerai pour la Navy Cross. »

Je secouai la tête. C'était la première fois que nous étions seuls depuis que j'avais intercepté les deux transmissions radio, mais le moment semblait mal choisi pour aborder le sujet. Hemingway n'avait aucune difficulté à mélanger le réel et l'imaginaire, mais je préférais quant à moi les garder dissociés.

Dix minutes plus tard, un bruit étouffé monta du boyau, et les semelles de Patrick firent leur apparition. Nous avons aidé le garçon à émerger. Quelques secondes après, Gregory refit surface à son tour. Tous deux étaient couverts de boue de la tête aux pieds. Le short de Gregory était déchiré en vingt endroits différents. Il avait ôté sa chemise écossaise pour l'envelopper autour de quelque chose d'encombrant. On entendait des cliquetis. Sur son torse et son dos, la boue était sillonnée de filets de sang, résultat de plusieurs égratignures, et ses mains comme celles de son frères étaient couvertes de plaies. Les deux garçons ne tenaient plus en place.

« On est allés jusqu'au bout, Papa ! dit le cadet si fort que l'écho de sa voix résonna dans le tunnel. Tout à fait au bout, là où c'était trop étroit pour que je passe, j'ai cru qu'on avait échoué... et puis j'ai trouvé *ceci* !

— C'est vrai, Papa ! Je l'ai aidé à les envelopper. On croyait que le boyau était vide, mais on a trouvé ces trucs ! » Patrick était aussi excité que son frère.

Hemingway approcha la lanterne pendant que Gregory déballait le paquet de ses doigts tremblants. « Bon travail, les gars. Bon travail ! » Il était aussi excité que ses fils. Soudain, je me sentis dans la peau d'un intrus, d'un adulte égaré dans un univers de petits garçons.

« Tu as réussi, Gig ! Tu as réussi ! » Hemingway tapait sur le dos de son fils avec une telle vigueur que le gosse peinait à ouvrir son paquet. « Voyons ce que tu nous a rapporté ! »

Gregory découvrit quatre bouteilles, dont le verre marron disparaissait sous une patine de boue.

« Ce sont des bouteilles de bière allemandes, Papa, dit Patrick en s'escrimant sur l'une d'elles pour la décrasser. On les a examinées avec la lampe torche. Elles sont vraiment allemandes ! »

Hemingway en prit une, la détailla à la lueur de la lanterne, et son visage se décomposa.

« *Ils* sont venus ici, Papa ! disait Gregory. Les boches. On croyait que le boyau s'arrêtait là, et puis on a trouvé ces trucs. Je veux dire, leur dépôt principal doit être au bout de l'un des autres petits tunnels qui débouchent sur la galerie principale. On ne peut pas les explorer tous aujourd'hui, mais on peut revenir demain matin ! J'irai dans les plus étroits. Je n'ai pas eu peur du tout, Papa... même quand mes épaules se sont coincées et que Patrick a dû me pousser très fort pour me dégager. C'est vrai, je n'ai pas eu peur, Papa ! »

Patrick dévisageait son père. « Ce *sont* des bouteilles allemandes, hein, Papa ? Il y a une étiquette sur celle-ci, et tous les mots sont en allemand... »

Hemingway posa la bouteille. « Ce sont des bouteilles de bière allemande, en effet. Mais fabriquées aux États-Unis par des Allemands naturalisés américains. Celle-ci a été brassée dans le Wisconsin. Sans doute ont-elles été jetées là par des pique-niqueurs.

Des touristes qui sont venus dans ce long tunnel pour... une raison ou une autre. »

S'ensuivit un silence uniquement rompu par le sifflement de la lanterne. Soudain, Gregory nous tourna le dos et éclata en sanglots. Ses épaules tressautaient en silence. Je vis Patrick se mordre la lèvre ; l'aîné pleurait, lui aussi. Hemingway semblait sur le point d'en faire autant. Il posa sa grosse main sur l'épaule de Gregory. « Tu as fait de ton mieux, mon vieux. Je suis fier de toi. En fait... »

Hemingway attendit, mais le garçon resta face à la paroi et continua de pleurer. Patrick leva les yeux. « En fait, je demanderai qu'on vous décerne la Navy Cross à tous les deux pour avoir mené cette expédition. Et aussi... »

Cette fois-ci, Gregory se retourna. Il n'avait pas cessé de sangloter, mais il écoutait attentivement.

« Et aussi, gloussa Hemingway, qu'on vous transfère aux services de renseignement de la marine. »

Notre jeune guide reçut un pourboire d'un dollar – une petite fortune – et regagna son village à pied. Cette nuit-là, nous avons mouillé dans la crique de la Grotte spectaculaire. Hemingway autorisa l'ouverture du Service éthylique et tout le monde eut droit à trois verres de whiskey, même les garçons. On fit un feu de camp sur la plage, et les provisions furent sérieusement entamées. Comme nous n'avions pas cherché à pêcher quoi que ce soit durant la journée, Fuentes nous prépara du pain, du corned-beef, du poulet et du bœuf prélevés dans la glacière, des légumes variés et une salade de pommes de terre. Hemingway mangea une grande quantité d'oignons et de pain noir, qu'il fit passer avec sa ration de whiskey.

Cette nuit-là, personne ne monta la garde.

Le lendemain matin, nous avons fait un détour de quelques milles pour récupérer notre cochon sur l'îlot que les garçons avaient baptisé Cayo Cerdo.

« Que je sois damné ! s'exclama Hemingway.

— Notre cochon a disparu, dit Gregory.

— C'est ce satané îlot qui a disparu », renchérit Winston Guest.

En fait, l'îlot était toujours là, mais un mètre en dessous du niveau de la mer – devenu un banc de sable sournois à plus de vingt milles de la côte la plus proche.

Gregory scrutait l'horizon avec ses jumelles. « Je me demande si Cerdo a tenté de nager jusqu'à Cuba, dit-il à voix basse.

— C'est probable, dit Hemingway. Sauf s'il a mis le cap au nord ou à l'est plutôt que de partir vers le sud ou vers l'ouest.

— J'ai déjà vu ça, marmonna Fuentes. Ce récif est suffisamment élevé pour retenir le sable entre deux marées. Mais quand c'est la pleine mer... plus rien.

— Pauvre Cerdo, dit Gregory.

— On aurait dû le laisser avec les Cubains, dit Sinsky.

— Qu'ils aillent se faire foutre, lança Hemingway. Laissons tomber Cayo Confites et rentrons à la maison. On ne peut ni pister le *Southern Cross* ni chasser le sous-marin sans les provisions qui étaient censées nous attendre à Confites. Nous reprendrons la mer dans quelques jours, avec de nouveaux stocks.

— Si vous restez à la barre, vous allez avoir une longue journée et une longue nuit, Ernest », fit remarquer Guest.

Hemingway se contenta de hausser les épaules. Ibarlucia et les garçons discutèrent du nom qu'il convenait d'inscrire sur la carte aux coordonnées de cet îlot qui ne cessait d'apparaître et de disparaître. Ils se décidèrent pour Cayo Cerdo Perdido – le key du Cochon perdu.

Tard dans la nuit, alors que nous approchions de Cojímar, je me retrouvai seul avec Hemingway sur la passerelle de pilotage. Je sortis le carnet de code et lui montrai la première des deux transmissions que j'avais interceptées.

« Nom de Dieu, fit l'écrivain. Vous êtes sûr que ça vient du *Southern Cross* ?

— C'est le même code que celui de Kohler. »

Hemingway bloqua la barre et examina la grille à la lueur de sa lampe.

Deux agents débarquent 13 8 21° 25'lat. N – 76° 48'30"long. O 2300 h U516.

« Nom de Dieu, répéta-t-il. "Treize-huit", c'est sûrement le 13 août, dans moins d'une semaine. "U-516", c'est le matricule du sous-marin qui débarque ces deux agents. Il faut que je jette un coup d'œil à la carte, mais je pense que ces coordonnées correspondent à Bahía Manatí, Punta Roma ou Punta Jesus.

— En effet, dis-je à voix basse. C'est Punta Roma. J'ai vérifié sur la carte.

— Pourquoi diable ne m'en avez-vous pas parlé plus tôt ? gronda Hemingway.

— Quand ? Nous avions décidé de tenir les autres en dehors de tout ça.

— Oui, fit l'écrivain en me jetant un regard noir, mais... bon sang, Lucas... » Il débloqua la barre et passa les minutes suivantes à observer l'océan et la masse noire de la côte qui s'approchait. « Peu importe. Punta Roma est un lieu idéal pour y débarquer des espions. Il y avait un phare dans le temps, mais ça fait cinq ans qu'il ne fonctionne plus. La baie est peu profonde, mais il y a des grands fonds tout près de la côte. Le moulin à sucre de Manatí est désaffecté, mais on le voit de loin, et une fois qu'ils seront à terre, les infiltrateurs n'auront plus qu'à suivre l'ancienne voie ferrée pour gagner la route nationale. »

Hemingway poursuivit sa réflexion en silence, et j'attendis durant plusieurs minutes. Finalement, il déclara : « Nous ne ferons pas de rapport, Lucas. »

Je n'étais guère surpris.

« Ces salauds de l'ambassade et du FBI n'ont pas reconnu ma contribution la dernière fois, poursuivit-il d'une voix douce mais très ferme. Cette fois-ci, on va leur livrer deux prisonniers et on verra bien quelle sera leur réaction.

— Et si les deux prisonniers n'ont pas envie d'être livrés ? »

Hemingway me sourit dans les ténèbres. « Je saurai les convaincre, Lucas, faites-moi confiance. »

Je contemplai la terre quelque temps. La mer était agitée cette nuit-là, et nous fonçions à travers les vagues comme un cheval emballé sur une pente raide.

« Qu'y a-t-il ? » demanda Hemingway.

Sans me tourner vers lui, je lui répondis : « Vous pensez que tout cela n'est qu'un jeu, n'est-ce pas ? »

Je ne pouvais que l'entendre mais je le *sentis* sourire derrière moi. « Bien sûr que ce n'est qu'un jeu. Toutes les choses de la vie, les bonnes, les pénibles et même les mauvaises, ne sont qu'un jeu. Qu'est-ce qui vous prend, Lucas ? »

Je restai muet. Peu de temps avant l'aube, nous entrions dans le port de Cojímar.

Le ciel matinal était gris et il pleuvait à verse lorsque je montai à la *finca*, entrai par la grande porte et allai tambouriner à la chambre d'Hemingway. Il m'ouvrit en pyjama. Ses cheveux étaient en bataille et ses yeux bouffis. Un gros chat noir – celui qui s'appelait Boise, je crois – me lança un regard mauvais depuis le lit aux draps froissés.

« Que diable..., commença-t-il.

— Habillez-vous. Je vous attends près de la voiture. »

Hemingway sortit deux minutes plus tard. Il tenait à la main un thermos gainé de liège. Je crus tout d'abord qu'il contenait du thé, puis je sentis l'odeur du whiskey.

« Bon, allez-vous me dire pourquoi diable vous...

— Un garçon est venu me voir. » Je lançai la Lincoln dans l'allée bourbeuse, franchis le portail que j'avais ouvert au préalable, dévalai la colline, traversai le village et pris la route nationale en direction de La Havane.

« Quel garçon ? demanda Hemingway. Santiago ? Un des...

— Non. Un garçon noir qui nous est inconnu. Tenez-vous tranquille une minute. »

Hemingway tiqua, remarqua la vitesse à laquelle la Lincoln roulait sur la chaussée glissante et se tut.

Dix kilomètres plus loin, en bas d'une colline, là où il demandait toujours à son chauffeur de descendre en roue libre, je tournai à droite pour emprunter une piste. Les vitres furent bientôt maculées de boue. La piste s'achevait sur un groupe de cabanes abandonnées, près d'un champ de cannes à sucre en jachère. Le garçon noir nous attendait sur sa motocyclette. Je garai la Lincoln et sortis sous la pluie. Hemingway but une gorgée d'alcool, laissa le thermos sur le siège et sortit à son tour.

L'autre motocyclette était à peine visible près du fossé. On l'avait maladroitement dissimulée sous des branches coupées, mais la roue arrière luisait d'un éclat métallique dans la lumière grise. Personne n'avait tenté de dissimuler le corps.

Santiago gisait la tête dans le fossé envahi de mauvaises herbes. Ses jambes grêles semblaient très pâles sous la pluie, un brin d'herbe mouillé était collé à son genou droit, et il avait perdu sa sandale gauche. La plante de son pied était livide et toute fripée, comme si elle était restée trop longtemps dans l'eau. Je résistai à la tentation stupide de lui remettre sa sandale bon marché.

Bien qu'étendu la tête dans le fossé, dans une position qui devait être extrêmement inconfortable, Santiago avait les yeux clos, le visage tourné vers le ciel, et il souriait doucement, comme s'il appréciait la fraîcheur de l'averse. Il avait les mains ouvertes, les paumes tournées vers le ciel et les doigts légèrement recourbés, comme s'il cherchait à attraper les gouttes. Sa gorge était tranchée d'une oreille à l'autre.

Hemingway eut un sanglot étouffé et recula d'un pas.

J'adressai un signe de tête au garçon noir, qui fit démarrer son engin et fila en direction de la ville, veillant à ne pas déraper sur la piste boueuse et sillonnée d'ornières.

« Quand ? demanda Hemingway.

— Son ami l'a trouvé durant la nuit. À peu près au moment où nous avons aperçu les lumières du port. »

Hemingway descendit dans le fossé, sans prêter attention à la boue où s'enfonçaient ses bottes, et mit un genou à terre près de l'enfant. Sa grosse main hâlée toucha la menotte blanche du petit garçon mort.

« Vous pensez encore que c'est un putain de jeu ? » lançai-je.

Hemingway sursauta, se tourna vers moi et me décocha un regard de haine pure. Je le lui rendis. Au bout d'un temps, l'écrivain fixa à nouveau le visage du garçon.

« Savez-vous ce que nous devons faire à présent ? » lui demandai-je.

Durant une minute, on n'entendit que le bruit de la pluie sur l'herbe, sur les flaques, sur nos dos, sur l'enfant. Puis il répondit : « Oui. »

J'attendis.

« D'abord, nous enterrons notre mort, déclara l'écrivain. Puis nous retrouvons le lieutenant Maldonado. Ensuite, je le tue.

— Non, dis-je. Ce n'est pas ça du tout. »

20

NOTE CONFIDENTIELLE
DE : AGENT J. LUCAS, FBI/SIS
A : DIRECTEUR DU FBI J. EDGAR HOOVER
9 AOUT 1942

La mission que vous m'avez confiée consistait à observer et à déterminer la « vraie nature » de Mr. Ernest Miller Hemingway, citoyen américain âgé de 43 ans. La présente note a pour but de résumer l'état actuel de mes observations relatives au sujet.

Ernest Hemingway n'est pas, selon l'opinion du soussigné, un agent, volontaire ou non, d'un groupe, d'une puissance ou d'un service dépendant d'une organisation étrangère. Il s'agit cependant d'un homme menant la vie d'un agent en mission clandestine – une de ces taupes acharnées, tourmentées, paranoïaques et obstinées que redoutent tous les professionnels du contre-espionnage. Pourquoi a-t-il renoncé à son identité de chair afin de vivre dans la coquille d'un personnage de sa propre création, voilà qui est difficile à comprendre.

Ernest Hemingway est un homme dépendant des mots et des idées. Alors que, dans sa vie comme dans ses écrits, Hemingway glorifie l'action, il lui arrive souvent de confondre l'action avec l'impulsion, la réalité avec un mélodrame qu'il s'inflige à lui-même. Homme viril par excellence, Hemingway se fait aisément des amis et se les aliène tout aussi aisément. Il assume le commandement, aux deux sens du verbe « assumer », et dirige ses semblables aussi naturellement qu'un membre de la noblesse. En tant que proche, il est à la fois loyal et trompeur. Dans la vie de tous les jours, il entrecoupe des actes d'une grande générosité par des intervalles de méchanceté irrépressible. En l'espace d'une seule journée, il peut faire montre d'une compassion et d'une empathie extraordinaires, puis commettre des actes témoignant d'un égoïsme foncier. En tant que confident, il est souvent digne de confiance, mais jamais sur le long terme. En tant que capitaine de bateau, il combine le talent et la sûreté d'instinct. Pour ce qui est du maniement des armes, il est prudent mais manque souvent de maturité. En tant que père de famille, il est profondément aimant et fréquemment inconscient. En tant qu'écrivain... mais je n'ai aucune idée concernant la valeur littéraire d'Ernest Hemingway.

Je peux affirmer sans crainte que Mr. Hemingway est l'homme le plus passionné de lecture qu'il m'ait jamais été donné de fréquenter. Il lit des journaux durant la matinée, des romans quand il est aux toilettes, des magazines tels que le *New Yorker* et *Harper's* quand il boit un verre au bord de sa piscine, des livres d'Histoire pendant le déjeuner, des romans sur le pont de son bateau quand c'est un autre qui tient la barre, des journaux étrangers quand il boit un verre au Floridita, des lettres quand il fait une pause entre deux épreuves d'un concours de tir, des recueils de nouvelles quand il attend qu'un poisson morde à l'hameçon quelque part sur le Gulf Stream, et le manuscrit du livre de sa femme, à la lueur d'une lampe de poche, pendant que son bateau mouille près d'un key inconnu au large de Cuba, lors d'une patrouille en quête de sous-marins. Hemingway est extrêmement sensible à la mémoire et aux nuances. Il est tout aussi sensible aux louanges et aux insultes. On pourrait croire que de telles tendances l'auraient conduit à devenir un universitaire ou un prisonnier dans sa propre tour d'ivoire. Mais ce que nous avons devant nous, c'est le personnage qu'Hemingway a construit pour notre bénéfice : le bagarreur au torse velu, le chasseur de fauves, l'aventurier grand buveur, le matamore sexuel.

Sur le plan physique, M. le Directeur, Hemingway est à la fois élégant et imposant, et cependant aussi maladroit qu'un éléphant dans un magasin de porcelaine. Bien que sa vision soit déficiente, il a réussi à devenir un tireur d'élite. Il se blesse constamment. Je l'ai vu se planter un hameçon dans le gras du pouce, casser une gaffe et se cribler la jambe d'échardes, claquer sur son pied la portière d'une voiture et se cogner le crâne sur un montant de porte. S'il a une religion, c'est celle de l'exercice physique ; il encourage tous ceux qui l'entourent à se livrer assidûment à diverses formes d'exercice, tous également violents – au point qu'il a ordonné à son officier de pont, un milliardaire nommé Guest, de courir plusieurs kilomètres par jour en compagnie de son épouse actuelle. Toutefois, au premier signe de rhume ou de mal de gorge, Hemingway est capable de garder le lit plusieurs heures, voire plusieurs jours d'affilée. Il a l'habitude de se lever tôt, mais il lui arrive souvent de faire la grasse matinée.

Je suppose que vous n'êtes pas boxeur, M. le Directeur – et que, si vous êtes jamais monté sur le ring, c'était en compagnie d'un sparring-partner du Bureau, qui aurait préféré se faire défoncer le crâne plutôt que de cogner pour de bon sur votre museau de bouledogue –, mais Ernest Hemingway est un boxeur accompli. La semaine dernière, alors qu'il buvait un verre au bord de sa piscine en compagnie de son ami le Dr Herrera Sotolongo, je l'ai entendu évoquer son œuvre au moyen d'une métaphore ayant trait à la boxe : « J'ai commencé en douceur, avec une victoire sur M. Tourgueniev. Après un entraînement intensif, j'ai envoyé M. de Maupassant au tapis, mais j'ai eu besoin pour cela de quatre de mes meilleures nouvelles. J'ai tenu deux rounds contre M. Stendhal, avec un léger avantage pour moi dans le second. Mais personne ne me fera monter sur le ring pour me mesurer avec M. Tolstoï, sauf si je deviens fou ou si je m'améliore. Mais ce n'est pas vrai, en fait, car mon but ultime est de mettre

K.-O. M. Shakespeare. Ce qui n'est pas une mince affaire. »

J'ignore tout de l'écriture, M. le Directeur, mais je sais que cette déclaration – veuillez excuser mon langage – n'est qu'un tissu de conneries.

Cependant il est, à mon sens, un autre incident relatif à la boxe qui décrit Mr. Ernest Hemingway bien mieux que ses vantardises.

Il y a quelque temps, alors que nous nous trouvions à bord de son bateau, il m'a raconté qu'à l'âge de seize ou dix-sept ans – il poursuivait sa scolarité au lycée d'Oak Park, dans l'Illinois –, il a lu dans un journal de Chicago une annonce proposant des cours de boxe. Comme il désirait ardemment apprendre à boxer, il a payé ses droits d'inscription. Ces cours étaient alléchants, m'a-t-il dit, car, parmi les instructeurs, on trouvait certains des meilleurs boxeurs du Midwest : Jack Blackburn, Harry Greb, Sammy Langford, et cetera. Ce qu'Hemingway ignorait, c'était qu'il était tombé sur une escroquerie vieille comme le monde : l'élève payait son inscription à l'avance, puis l'instructeur le mettait K.-O. à la première leçon. En général, il ne revenait pas pour la seconde.

La première leçon d'Hemingway s'est déroulée comme prévu : il a été sonné par un pro du coin nommé Young A'Hearn. (J'ai eu l'occasion d'affronter Young A'Hearn, M. le Directeur, mais c'était alors un bourrin de quarante-cinq ans, abruti par les coups, qui gagnait chichement sa vie en jouant au sparring-partner dans les clubs.) Quoi qu'il en soit, Hemingway a surpris ces escrocs du ring en revenant le samedi suivant pour sa deuxième leçon. Cette fois-ci, l'« instructeur » – un dénommé Morty Hellnick – a mis fin à la séance en décochant à Hemingway un coup de poing dans l'estomac juste après le gong. Le jeune Hemingway en a vomi pendant huit jours. Lors de la leçon suivante, Hellnick l'a délibérément frappé au-dessous de la ceinture. « Ma couille gauche a enflé jusqu'à devenir presque aussi grosse que mon poing », m'a confié l'écrivain. Mais il est revenu le samedi suivant.

Là où je veux en venir, M. le Directeur, c'est que ce gamin est arrivé au bout de ses leçons en dépit de tout ce qu'on lui a infligé. Peut-être est-il le seul « élève » à avoir accompli la totalité de son cursus. Jamais il ne s'est laissé abattre.

Je ne sais pas exactement qui est ni ce qu'est Ernest Hemingway, M. le Directeur, ni pourquoi vous m'avez envoyé ici afin que je l'espionne, le trahisse – et peut-être le tue –, mais je me dois de vous prévenir que cet homme ne renonce pas facilement. Quel que soit le rôle que vous comptez lui faire jouer, sachez qu'il est têtu, que c'est un dur, qu'il sait encaisser les coups et qu'il est extraordinairement buté.
Ainsi se concluent pour le moment mes observations et mon analyse.

Assis devant la machine à écrire dans le cottage de la *finca*, je relus la note que j'avais préparée pour Hoover. Je n'avais pas l'intention de la lui envoyer, bien entendu, et peut-être ne l'aurais-je pas rédigée si je n'avais pas passé la majeure partie de la nuit à écluser du whiskey et à ruminer de sombres pensées, mais je retirai un certain plaisir à relire mes propres mots à la lumière du jour – en particulier le passage sur l'hypothétique sparring-partner du directeur qui aurait préféré se faire défoncer le crâne plutôt que de cogner pour de bon sur son museau de bouledogue. Avant de mettre le feu à ces quelques feuillets et de les jeter dans l'énorme cendrier dont je disposais, je me demandai si cette sensation de liberté n'était pas celle qu'éprouvait Hemingway quand il écrivait, inventant des mensonges plutôt que de s'en tenir aux faits. Probablement pas – rien de ce que j'avais écrit n'était fabriqué.

Je glissai mon véritable rapport dans une enveloppe, passai mon .38 à la ceinture de mon pantalon, sous ma veste ample, et gagnai la maison avant de partir retrouver Delgado à La Havane.

Nous avions droit à un dimanche splendide après la pluie et la grisaille de la veille – il faisait doux, le ciel était bleu, les alizés soufflaient avec régularité. Les palmiers frémissaient lorsque je longeai le bord de la piscine. En bas de la colline montaient les cris des Étoiles de Gigi, qui affrontaient l'autre équipe de base-ball, baptisée Los Muchachos. L'un des *muchachos* manquait à l'appel, mais personne n'avait demandé des nouvelles de Santiago. Un autre garçon l'avait remplacé, et le tournoi avait repris.

Nous avions enterré le garçon la veille, le jour même où nous l'avions retrouvé, enfouissant son cercueil en bois de pin mal dégrossi dans un coin reculé du cimetière des indigents, entre le vieux viaduc et les cheminées de la Compagnie d'électricité de La Havane. Hemingway et moi étions les seules personnes présentes, exception faite du vieux fossoyeur tout ridé auquel nous avions graissé la patte pour qu'il vole un cercueil à la morgue et nous trouve une sépulture. Même Octavio, l'ami noir de Santiago qui avait trouvé son cadavre, n'avait pas assisté à cette cérémonie improvisée.

Une fois que le fossoyeur, Hemingway et moi avons placé le petit cercueil dans le trou bourbeux, s'est installé un silence plein de gêne. Le vieil homme a reculé d'un pas et a ôté son chapeau. La pluie dégoulinait sur son crâne chauve et son cou ridé. Hemingway était coiffé d'un vieux chapeau de pêcheur – il ne daigna pas l'enlever – et la pluie gouttait de ses bords. Il se tourna vers moi. Je n'avais rien à dire.

L'écrivain s'avança jusqu'au bord de la tombe. « Ce garçon ne devait pas mourir, murmura-t-il d'une voix à peine audible dans le bruit de la pluie sur le feuillage. Il n'aurait pas dû mourir. » Il me regarda. « Si j'ai laissé Santiago se joindre à... » Il se tourna vers le fossoyeur, dont les yeux chassieux étaient rivés au sol boueux. « Si j'ai laissé Santiago se joindre à notre équipe, reprit-il, c'est parce que chaque fois que j'allais au Floridita avant de me rendre à l'ambassade, une nuée de gamins entourait ma voiture ; ils me suppliaient de leur donner un peu d'argent ou de les laisser cirer mes chaussures, ou me faisaient savoir qu'ils avaient une sœur à me présenter. C'étaient des gosses des rues, des mendiants, des misérables. Leurs parents les avaient abandonnés, ou avaient été emportés par la tuberculose ou l'alcool. Le petit Santiago faisait partie du lot, mais jamais il ne tendait sa paume vers moi, jamais il ne proposait de me cirer les pompes. Il ne disait rien. Il se tenait en retrait jusqu'à ce que je redémarre, et alors – pendant que les autres gosses s'éloignaient pour retourner mendier au coin de la rue – Santiago se mettait à trottiner près de la Lincoln, sans jamais se fatiguer, sans jamais me demander quoi que ce soit, sans jamais me regarder. Il ne me lâchait que lorsque j'arrivais devant l'ambassade ou que je regagnais la route nationale. »

Hemingway marqua une courte pause et contempla les cheminées fumantes de la Compagnie d'électricité. « Je déteste ces saletés de cheminées, dit-il du même ton qu'il avait utilisé pour prononcer l'éloge funèbre, si c'en était bien un. À cause d'elles, toute la ville empeste quand le vent souffle au-dessus des montagnes. » Il se tourna de nouveau vers la tombe.

« Repose en paix, jeune Santiago Lopez. Nous ne savons ni d'où tu venais ni où tu es parti. Mais nous savons que tu es là où vont tous les hommes, et que nous t'y suivrons un de ces jours. »

Hemingway me jeta un nouveau regard, comme gêné par ses propres paroles. Puis il reprit d'une voix ferme, les yeux à nouveau fixés sur la tombe : « Il y a quelques mois, Santiago, l'un de mes fils, John, mon Bumby, m'a posé des questions sur la mort. Il n'avait pas peur de partir à la guerre, m'a-t-il dit, mais il avait peur de craindre la mort. J'ai raconté à Bumby ce qui m'était arrivé en 1918, quand j'avais été blessé, la peur qui m'habitait alors – il me fallait une lampe de chevet pour m'endormir, tellement je craignais de mourir subitement –, mais je lui ai aussi parlé de mon ami Chink Smith, un type courageux qui, un jour, m'a cité Shakespeare. Cette citation m'a tellement plu que je lui ai demandé de la coucher par écrit. Elle vient de *Henry IV*, deuxième partie, et je l'ai apprise par cœur pour ne plus jamais l'oublier, la porter sur moi telle une invisible médaille de saint Christophe.

« "Par mon sang, peu me chaut ; un homme ne meurt qu'une fois ; nous devons une mort à Dieu... et quels que soient les caprices du destin, celui qui meurt cette année est quitte pour la prochaine."

« Tu es quitte pour la prochaine, Santiago Lopez. Et tu étais un homme courageux, quel que soit l'âge que tu avais quand tu as payé ta dette à Dieu. »

Hemingway recula. Le vieux fossoyeur s'éclaircit la gorge. « Non, *señor*, dit-il en espagnol. Nous devons entendre des mots de la Bible avant de recouvrir cet enfant de terre.

— C'est obligatoire ? demanda Hemingway, un peu amusé. Le *señor* Shakespeare ne suffit pas ?

— Non, *señor*. La Bible est nécessaire. »

Hemingway haussa les épaules. « Si c'est *necesario*... » Il ramassa une poignée de terre... de boue... et la tint au-dessus du tombeau de l'enfant.

« Extrait de l'Ecclésiaste : "Une génération s'en va, une autre vient, et la terre subsiste toujours... Le soleil se lève aussi et le soleil se couche, il aspire à ce lieu d'où il se lève." » Il laissa choir le paquet de boue sur le petit cercueil, recula et se tourna vers le vieil homme, qui s'appuyait sur sa pelle. « Est-ce convenable à présent ?

— *Sí señor.* »

Alors que nous regagnions la *finca* dans la pénombre d'un soir pluvieux, Hemingway me demanda : « Donnez-moi une bonne raison pour ne pas traquer le lieutenant Maldonado.

— Ce n'est peut-être pas lui qui a fait le coup. »

Hemingway me lança un regard noir. « Qui d'autre aurait pu faire ça ? Vous m'avez dit la semaine dernière que l'agent 22 suivait *Caballo Loco.*

— Ne l'appelez pas comme ça.

— *Caballo Loco ?*

— L'agent 22.

— C'est forcément Maldonado, non ? »

J'arrachai mon regard du pare-brise strié de pluie. « J'avais dit à Santiago de ne pas le suivre... de ne suivre personne... pendant notre absence. Je ne pense pas qu'il aurait désobéi à mes ordres.

— Il devait bien surveiller *quelqu'un* », insista Hemingway.

Je secouai la tête. « La piste où Octavio l'a retrouvé débouche sur les taudis où il habitait du vivant de sa mère. D'après le jeune Noir, Santiago allait parfois y dormir quand la ville était trop agitée à son goût. »

Hemingway roula plusieurs minutes en silence. « Lucas, dit-il finalement, qui d'autre aurait pu tuer ce gamin ?

— Je vous le dirai plus tard.

— Dites-le-moi tout de suite ou il n'y aura pas de plus tard. Dites-moi qui vous êtes, pour qui vous travaillez et qui a pu tuer ce gosse à votre avis, ou alors descendez de cette voiture et ne revenez pas à la *finca.* »

J'hésitai. Si je répondais aux questions que venait de me poser l'écrivain, je cesserais de travailler pour le FBI et le SIS. Les essuie-glaces balayaient le pare-brise. Le bruit de la pluie sur la capote me rappelait celui qu'elle faisait sur le petit cercueil. Je me rendis compte que je ne travaillais plus ni pour le FBI ni pour le SIS.

« Je travaillais pour le FBI, déclarai-je. J. Edgar Hoover m'a envoyé ici pour vous espionner et lui transmettre des rapports par l'intermédiaire d'un agent de liaison. »

Hemingway se rangea sur le bas-côté de la route. Les camions passaient en nous éclaboussant. Il se tourna vers moi pour me regarder pendant que je poursuivais.

Je lui parlai de Delgado. Je lui dis la vérité sur Teddy Schlegel, Inga Arvad, Helga Sonneman et Johann Siegfried Becker. Je lui racontai comment le FBI et l'Abwehr graissaient la patte au lieutenant Maldonado et à son supérieur, Juanito le Témoin de Jéhovah. Je lui parlai de mes contacts avec le commandant Ian Fleming, de la BSC, lors de mon voyage en avion, puis avec Wallace Beta Phillips, de l'OSS, après mon arrivée. Je lui appris qu'on lui avait tiré dessus lorsqu'il avait donné l'assaut à la maison Steinhart et que j'avais intercepté une seconde transmission lors de notre expédition vers les grottes à touristes.

« Que disait cette seconde transmission ? demanda Hemingway d'une voix neutre.

— Je ne sais pas. Elle est dans un code que je n'ai jamais vu. Je pense que nous n'étions pas censés la déchiffrer.

— Est-ce que vous sous-entendez que nous étions *censés* intercepter et décoder la première transmission... à propos des deux agents qui doivent débarquer jeudi prochain ?

— Je le pense.

— Pourquoi ?

— Je n'en sais rien. »

Hemingway se tourna vers le pare-brise ruisselant. « Ils sont en train de nous encercler... le FBI, l'ONI, votre agence britannique... quel est son sigle, déjà ?

— La BSC. Oui, je le crois.

— L'OSS, poursuivit Hemingway. Les services secrets allemands...

— Les deux branches, je pense. L'Abwehr et la RSHA AMT VI.

— Je nage complètement. Je ne savais pas qu'il existait *deux* branches des services secrets allemands.

— Je sais. En fait, vous êtes complètement ignare en la matière. »

Il me lança un regard noir. « Parce que vous, vous y connaissez quelque chose ?

— Oui.

— Pourquoi me racontez-vous tout ceci maintenant ? Et pourquoi diable devrais-je croire *un mot* de ce que vous dites, puisque vous n'avez pas cessé de me mentir jusqu'à aujourd'hui ? »

Je ne répondis qu'à sa première question. « Si je vous raconte tout ceci, c'est parce qu'ils ont tué le gamin. Et parce qu'ils nous préparent quelque chose que je ne comprends pas.

— *Qui* a tué le gamin ?

— Il est possible que ce soit Maldonado. Si Santiago a été imprudent et si le lieutenant l'a repéré, *Caballo Loco* a pu attendre notre départ, suivre le garçon jusqu'à son taudis et lui couper la gorge.

— Qui d'autre ?

— Delgado.

— *Un agent du FBI ?* » La voix d'Hemingway était dédaigneuse. « Je croyais que les réformés dans votre genre ne tuaient que d'autres réformés.

— Delgado est... un cas particulier. S'il est bien celui auquel je pense, il a déjà tué. Et je ne suis plus sûr de savoir pour qui il travaille.

— Vous pensez qu'il est passé dans le camp des boches ?

— C'est possible. Les réseaux d'espionnage allemands sur le continent américain ne valent pas tripette, mais ils sont riches. Ils peuvent se payer un mercenaire comme Delgado.

— Qui d'autre aurait pu faire le coup, Lucas ? Qui d'autre aurait pu tuer un enfant ? »

Je haussai les épaules. « Schlegel, mais ce n'est pas son genre, je pense. Schlegel aurait pu acheter les services d'un Allemand ou d'un sympathisant nazi de La Havane. Helga Sonneman aurait pu s'en occuper...

— *Helga ?* »

Je lui donnai des détails pêchés dans le dossier Sonneman.

« Nom de Dieu, marmonna Hemingway. Est-ce que le monde entier connaît personnellement Hitler et ses potes ?

— C'est le cas de certains de vos invités.

— Hein ?

— Ingrid Bergman l'a rencontré. Vous vous rappelez ? Et les services secrets allemands ont proposé à Dietrich de travailler pour eux.

— Et elle leur a dit d'aller se faire foutre.

— C'est ce qu'elle prétend. »

Hemingway gronda comme un fauve. « Je ne vous aime pas, Lucas. Je ne vous aime vraiment pas. »

Je ne répondis rien.

Au bout d'un long silence – durant lequel la pluie cessa de tomber –, il reprit : « Donnez-moi une bonne raison pour que je ne vous fasse pas descendre de voiture à coups de pied au cul et ne vous tire pas dessus la prochaine fois que vous approcherez de la *finca* ou de mes enfants.

— Je vais vous en donner une. Il se mijote ici quelque chose de compliqué. Quelqu'un *veut* que vous interceptiez ces deux agents qui débarqueront le 13.

— Pourquoi ?

— Je l'ignore. Mais une partie complexe a commencé, et votre ridicule Usine à forbans y est utilisée comme un pion. Je pense que vous allez avoir besoin de mon aide.

— Comme ça, vous pourrez tout rapporter à J. Edgar Hoover, hein ?

— J'en ai fini avec ça, dis-je fermement. Je continuerai à transmettre des rapports au Bureau, mais ils ne contiendront rien d'important tant que nous n'aurons pas tiré cette affaire au clair.

— Et vous pensez que c'est dangereux ?

— Oui.

— Pour Gigi et Mouse, ou seulement pour vous et moi ? »

J'hésitai. « Je pense que tous ceux qui vous entourent en ce moment sont en danger. »

Hemingway se frotta le menton. « Le FBI serait capable d'assassiner un citoyen américain et sa famille ? Ainsi que ses amis ?

— Je ne sais pas. Hoover préfère détruire les gens par les fuites, les insinuations, le chantage et le fisc. Mais nous ne sommes même pas sûrs que le danger vienne du Bureau. Les Britanniques sont impliqués dans cette histoire, ainsi que l'OSS et les deux branches des services secrets allemands.

— *Estamos copados*, dit Hemingway. Nous sommes cernés. » Je savais qu'il aimait bien cette phrase mais cette fois-ci, il était parfaitement sérieux.

« Oui », répondis-je.

Il ramena la Lincoln sur la route et nous reconduisit à la Finca Vigía.

J'allai faire un tour dans la maison avant de me pointer à mon rendez-vous avec Delgado. Hemingway se trouvait dans la salle de séjour, assis sur son fauteuil à fleurs, près de la table basse croulant sous les verres et les bouteilles. Un gros chat noir était couché sur ses genoux, une dizaine d'autres étalés sur le tapis autour de lui. Je vis qu'il avait ouvert au moins une boîte de saumon et deux petites boîtes de sardines. Il tenait sur son genou un verre contenant apparemment du gin pur. À en juger par son regard fixe et son visage figé, il était complètement bourré.

« Ah, *señor* Lucas, dit-il. Vous ai-je présenté selon les règles à mes chers amis *los gatos* ?

— Non.

— Cette beauté noire s'appelle Boissy d'Anglas, dit-il en caressant le chat qui ronronnait sur ses cuisses. Vous connaissez déjà Sans-ami. Le petit, là, est appelé Frère-de-Sans-ami, bien que ce soit une femelle. Et voici Tester, et ce maigrichon est le chaton de Tester, un chat miraculeux. Le grassouillet couché au bord du tapis s'appelle Wolfer, et à côté de lui se trouve Bonne-Volonté, ainsi nommé en l'honneur de Nelson Rockefeller, l'ambassadeur de la bonne volonté américaine auprès de cette masse de pays aussi pauvres qu'ignorants situés au sud des grands et puissants *Estados Unidos*.

« Sans-ami a passé la matinée à boire du lait et du whiskey avec moi, Lucas, mais il a eu son content et ne peut vous faire son numéro pour le moment. Les chats ne font pas leur numéro pour n'importe qui, Lucas. Le saviez-vous ? Ils font ce qu'ils ont envie de faire, un point c'est tout, mais ils acceptent de boire du whiskey et du lait avec vous, à condition qu'ils vous aiment et qu'ils en aient envie. Oh ! celui-ci, c'est Dillinger, ainsi baptisé en l'honneur du regretté gangster à la grosse bite, bien entendu. Je pense que son nom lui a donné un complexe de supériorité, mais c'est fini à présent... Marty a fait castrer Dillinger et les autres mâles pendant que nous étions partis pour notre première patrouille. Le saviez-vous, *señor* Lucas, Lucas l'espion, Lucas l'informateur ? »

J'ai entendu votre querelle, répondis-je mentalement. *Je vous ai entendus gueuler tous les deux.* Je restai muet.

Hemingway se fendit d'un sourire. « La chienne. » Il caressa la nuque de Boissy. « Non, pas toi, bébé. Je lui ai envoyé un câble aujourd'hui, Lucas. À Marty. Comme je ne sais pas où elle se trouve, j'en ai envoyé des copies à Haïti, Porto-Rico, Saint-Thomas, Saint-Barth, Antigua, Bimini... bref à toutes les escales de sa putain de croisière. Vous voulez savoir ce que je lui ai dit ? »

J'attendis.

« Je lui ai dit : ES-TU UNE CORRESPONDANTE DE GUERRE OU L'ÉPOUSE QUI PARTAGE MON LIT ? » Hemingway hocha la tête, comme satisfait de sa trouvaille, posa délicatement le chat noir sur le tapis et se leva pour se servir trois doigts de gin. « Voulez-vous un verre, agent spécial Joe Lucas ?

— Non.

— La chienne, la salope, poursuivit l'écrivain. Elle dit que l'opération Sans-ami n'est que foutaise. Que nous sommes tous des branleurs. Que je n'ai pas écrit une page digne d'être lue depuis que j'ai achevé *Pour qui sonne le glas*. Salope, je lui ai dit. On lira encore mes livres longtemps après que les asticots en auront fini avec toi, je lui ai dit. » Il se rassit, but une lampée d'alcool et me fixa. « Vous vouliez quelque chose, Lucas ?

— Je vais en ville. Je prends la voiture. »

Hemingway haussa les épaules. « Vous ne voulez vraiment rien boire ? »

Je fis non de la tête.

« Si vous ne voulez pas boire de gin avec moi, dit-il d'une voix enjouée, je pourrais me débrouiller pour vous trouver du thé glacé. Ou alors, vous pourriez remplir un seau de morve et sucer le pus à l'oreille d'un nègre crevé. » Il me fit un nouveau sourire et désigna la table couverte de bouteilles d'alcool, de seaux à glace et de verres.

« Non merci. » Je sortis de la salle de séjour, puis de la maison, traversai la terrasse et descendis l'allée jusqu'à la voiture.

Alors que je roulais vers la ville, m'efforçant de ne pas répéter mentalement la rencontre et, peut-être, l'affrontement qui m'attendaient, je pensais à Maria.

Je ne lui avais pas parlé de la mort du garçon, bien entendu, mais la veille au soir, sentant apparemment que quelque chose n'allait pas, elle s'était tenue tranquille et avait respecté mon désir de solitude. Lorsque j'avais tenté de m'endormir, elle s'était allongée sur son matelas, posant sa main sur le mien sans toutefois toucher mon corps, et m'avait contemplé tandis que je fixais le plafond. Quand je m'étais levé pour aller au cottage rédiger ma note bidon à J. Edgar Hoover, elle m'avait apporté mes sandales et ma chemise en toile sans dire un mot, en me regardant simplement de ses yeux tristes. L'espace d'un instant, je me suis imaginé dans la peau d'un être humain normal, qui partagerait ses souffrances avec une compagne, lui confierait l'angoisse qui lui dévorait le cœur. Par la suite, j'avais chassé cette idée de ma tête grâce au whiskey et à ma note au directeur, et je la chassai de nouveau quand j'arrivai en vue des cheminées de la Compagnie d'électricité de La Havane.

Le .38 était posé sur le siège à côté de moi. Il me faisait mal aux reins quand je conduisais. J'avais logé une cartouche supplémentaire dans sa chambre, que je préférais d'ordinaire laisser vide, et en avais glissé une demi-douzaine d'autres dans la poche de ma veste. Ce qui était sans doute stupide de ma part : si Delgado et moi devions régler nos comptes aujourd'hui, ce serait fait avant que j'aie besoin de recharger. D'un autre côté, mieux vaut emporter pour rien des munitions de rechange plutôt que... et cetera, et cetera.

Je garai la voiture dans La Habana Vieja et parcourus à pied les quelques centaines de mètres me séparant de la planque. J'arriverais précisément à l'heure prévue.

Wallace Beta Phillips avait parfaitement reconstitué le déroulement des événements survenus cette nuit-là à Veracruz, dans la calle Simón Bolívar. Les deux agents de l'Abwehr étaient arrivés avec quatre-vingt-dix minutes d'avance afin de me tendre une embuscade dans le salon. À ce moment-là, cela faisait presque deux heures que j'étais caché dans le placard du couloir. Phillips avait mentionné le témoignage d'un voisin, qui avait vu « un gamin jeter un caillou sur la porte » juste avant que retentissent les coups de feu. Ce n'était pas un gamin mais un nain âgé de cinquante-trois ans, un pilier de bar surnommé El Gigante, à qui j'avais offert cent cinquante pesos pour qu'il lance son caillou et prenne ses jambes à son cou.

Aujourd'hui, je n'arriverais pas en avance.

Le .38 était calé au creux de mes reins, mais vu la façon dont je le portais, Delgado ne remarquerait pas sa présence à moins de me fouiller. J'avais choisi une veste plutôt ample, et je m'étais plusieurs fois entraîné à dégainer et à tirer. Il s'agissait quand même d'un pis-aller, mais un étui passé à ma ceinture ou sous mon aisselle aurait été trop visible, tout comme si j'avais choisi de loger l'arme au-dessus de ma poche gauche, ainsi que j'en avais l'habitude. Je me surpris à regretter d'avoir apporté le .38 plutôt que le .357, qui m'aurait permis de tirer à travers la porte ou les murs de la vieille bâtisse, mais celui-ci était encore plus volumineux.

Si j'étais Delgado, et si je voulais éliminer toute menace posée par l'agent spécial Joe Lucas, où choisirais-je de l'attendre ? Sans doute à l'intérieur ou sur le seuil de l'une des nombreuses masures de cette rue étroite. Mais il était possible que l'agent spécial Lucas emprunte la rue en question, voire un autre chemin, pour gagner la planque. *Dans la maison, alors, mais où ?* Dans la petite annexe sans fenêtres. Couché par terre, peut-être, dans l'obscurité, après avoir pris soin de barricader la porte de derrière afin que personne ne puisse passer par là, et j'attendrais que la silhouette de Lucas se découpe sur le seuil. Ou peut-être qu'il fasse quelques pas dans la pièce, où seule la petite table pourrait le protéger, où le bruit des détonations serait étouffé par les murs, où les balles se logeraient dans lesdits murs. Puis je m'en irais et laisserais les rats s'occuper du cadavre.

La porte de la planque était légèrement entrouverte. Les fenêtres sans vitres étaient noires. Résistant à l'envie de vérifier que le .38 était bien en place, je montai sur le perron avachi et franchis le seuil.

Derrière la table, à sa place habituelle, Delgado leva les yeux. Il était assis à califourchon sur la chaise, son menton reposant sur sa main droite calée sur le dossier. Il était gaucher, comme je l'avais remarqué, mais sa main gauche était invisible. Cette fois-ci, il portait une ample *guayabera* plutôt que son complet blanc. Sa peau semblait plus hâlée, ses cheveux plus clairs que d'habitude.

Je posai l'enveloppe sur la table et restai debout, fixant ses yeux gris, glacials, tandis que sa main gauche apparaissait dans la pénombre.

Comme à son habitude, Delgado déchira l'enveloppe et lut le rapport qu'elle contenait. « Vous plaisantez », lança-t-il.

Je me tenais au repos, bien en équilibre sur mes deux jambes, ma main gauche dans la poche de mon pantalon, la droite pendant contre ma cuisse.

« Une grotte touristique ? reprit-il. Des gosses qui trouvent des canettes ? Des cochons qui se suicident sur des bancs de sable à éclipses ? C'est tout ?

— Adressez-vous à l'ONI. C'est eux qui nous ont envoyés là-bas. »

Reniflement de Delgado. « L'ONI. » Il jeta les deux feuillets sur la table. Sa main gauche disparut sous le rebord de celle-ci, tandis que ses yeux restaient rivés aux miens.

« Vous n'avez pas aperçu le *Southern Cross* au cours de votre promenade foireuse ?

— Non, répondis-je. Mais il a regagné le port de La Havane. Plus précisément les chantiers Casablanca.

— Et vous n'avez capté aucune transmission émanant du yacht, à destination de la terre ou d'un autre navire ? »

Je secouai la tête, jaugeant sa réaction avec attention. Delgado était vif quand il le voulait. S'il bougeait, je devrais tenter de l'atteindre au torse... il serait trop risqué de viser sa tête. Je ne savais pas où il avait caché son arme – celle-ci pouvait être attachée sous la table et pointée sur moi, auquel cas j'étais foutu –, mais abstraction faite de ce détail, ce n'était pas tant la rapidité qui comptait dans le cas présent que la régularité de tir. J'avais choisi des balles à tête creuse, sur lesquelles j'avais pratiqué des encoches au canif. Si l'une d'elles atteignait son but, la discussion s'arrêterait là. Mais Delgado avait dû faire de même, naturellement.

Sa main gauche réapparut. Je ne bronchai pas et ma main droite resta immobile.

Il jeta sur la table une photographie en noir et blanc. « Connaissez-vous cet homme, Lucas ?

— Ouais, fis-je d'une voix peu intéressée. J'ai vu son dossier. Johann Siegfried Becker. SD. Et alors ?

— Il n'est plus au Brésil, dit Delgado sans cesser de m'observer.

— Je sais. D'après les rapports d'évaluation du SIS, il était à Berlin en mai dernier. »

Delgado secoua doucement la tête. « Il est à La Havane. » Au bout d'une minute, il reprit : « Vous ne me demandez pas pourquoi ?

— Est-ce que ça a un rapport avec mon travail ici ?

— Pas le moindre. Je veux dire, êtes-vous sûr d'accomplir un *quelconque* travail ici ? »

Deux garçons traversèrent le jardin en courant. Je les regardai sans perdre Delgado de vue. J'avais fait un pas sur la gauche en entrant, de façon à ne pas présenter mon dos à la porte ouverte. Je n'avais aucune idée du nombre de personnes travaillant pour ou avec Delgado. Peut-être que quelqu'un m'attendait dans une masure abandonnée, armé d'un fusil dont le viseur était déjà calé sur un point que je serais obligé de franchir en regagnant la rue. Eh bien, je ne pouvais rien y faire, hormis ordonner à mes cheveux de ne pas se dresser sur ma tête.

« Becker est ici parce que son réseau brésilien est en voie de perdition, reprit Delgado. Le Hauptsturmführer hésite encore à retourner dans ce merdier. Il a entamé des négociations avec... euh... des représentants locaux afin de leur transmettre des informations, à moins qu'il ne décide de manger à deux râteliers.

— Pourquoi me dites-vous ceci ? »

Delgado se frotta la lèvre inférieure. La sueur coulait sur ses joues et gouttait de son menton. Il faisait une chaleur étouffante dans cette pièce minuscule. « Si je vous dis ceci, Lucas, c'est parce que nous ne tenons pas à ce que vous tombiez sur Herr Becker dans une *bodega* et décidiez de lui faire sauter la tête ou de le livrer aux autorités locales avant que nous n'ayons conclu nos négociations.

— "Nous" ?

— Moi.

— D'accord. Il y a autre chose ?

— Rien en ce qui me concerne. »

J'allai jusqu'à la porte, sans lui tourner tout à fait le dos.

« Lucas ? » Sa main gauche avait à nouveau disparu sous la table. Comme j'avais regagné l'extérieur, j'avais du mal à le distinguer dans la pénombre. « Désolé pour le gosse. »

Je fis mine de me gratter le dos. « Est-ce que vous savez qui a fait le coup ?

— Bien sûr que non. J'ai entendu parler de l'enterrement et j'en ai déduit le reste. Vous devriez dire à votre pote le plumitif de ne pas recruter des gamins pour jouer aux espions.

— Vous ne savez vraiment pas qui a tué Santiago ? » insistai-je, fixant ses yeux avec attention.

Les lèvres de Delgado esquissèrent un simulacre de sourire. « Il s'appelait Santiago ? »

La *finca* semblait déserte à mon retour. Puis je me rappelai que les domestiques étaient en congé ce soir-là et que Winston Guest et Patchi Ibarlucia avaient projeté d'emmener les garçons dîner à El Pacífico.

Je frappai à la porte sans recevoir de réponse, et entrai dans la maison.

Hemingway se trouvait là où je l'avais laissé, assis dans son grotesque fauteuil à fleurs au centre de la pièce, avec à sa gauche la table chargée de boissons, mais tous les chats avaient disparu. Sur ses cuisses, Boissy d'Anglas avait été remplacé par le Mannlicher .256, glissé entre ses pieds, le canon juste sous son menton.

La crosse était calée sur le tapis en crin. Hemingway avait les pieds nus, et son gros orteil reposait sur la détente.

« Vous arrivez juste à temps, Joe, dit-il. Je vous attendais. Je veux vous montrer quelque chose d'important. »

21

Immobile à cinq ou six mètres d'Hemingway, je le vis caler la gueule du Mannlicher sous son menton. Je ne savais pas si le fusil était chargé. L'écrivain m'avait appelé « Joe », et je n'aimais pas ça. En privé, il n'utilisait jamais mon prénom.

« *Estamos copados*, dit-il. Et voilà ce qu'il faut faire quand on est cerné, Joe. » Il posa ses deux mains sur le canon et se pencha en avant, son gros orteil se rapprochant encore de la détente. Hemingway ne portait qu'une chemise bleue tachée et un short kaki crasseux.

Je ne dis rien.

« Dans la bouche, Joe, reprit-il. Le palais est la partie la plus tendre du crâne. » Il approcha la gueule du canon à quelques centimètres de sa bouche grande ouverte et pressa la détente avec son orteil. Le percuteur claqua à vide. Hemingway leva la tête et sourit. Je compris qu'il me lançait une sorte de défi.

« C'est complètement con », dis-je.

Se déplaçant avec prudence, Hemingway posa le fusil contre l'accoudoir de son fauteuil et se leva. Peut-être était-il ivre mort, mais il n'eut aucun mal à trouver son équilibre. « Qu'avez-vous dit, Joe ? demanda-t-il en agitant les doigts.

— C'était complètement con. Et quand bien même ce ne serait pas le cas, il n'y a qu'un *maricón* pour se fourrer le canon d'un fusil dans la bouche.

— Voulez-vous bien répéter cela, Joe ? dit Hemingway en articulant soigneusement.

— Vous m'avez très bien entendu. »

Hemingway hocha la tête, se dirigea vers la porte et me fit signe de le suivre au-dehors. Je m'exécutai.

Arrivé près de la piscine, il ôta sa chemise sale et la posa sur le dossier d'une chaise métallique. « Vous avez intérêt à enlever la vôtre, me dit-il en espagnol. Je compte bien vous faire pisser le sang. »

Je secouai la tête. « Je n'ai aucune envie de me battre.

— Que vos envies aillent se faire foutre. Et vous aussi. » Il ajouta, dans un espagnol fortement accentué de cubain : « Je chie sur ta putain de mère.

— Je n'ai aucune envie de me battre », répétai-je.

Hemingway secoua la tête comme pour s'éclaircir les idées, s'avança vivement et tenta de me décocher un direct du gauche au visage. J'esquivai le coup, levai mes poings et commençai à me déplacer vers la droite, partant du principe que l'acuité visuelle de son œil gauche était inférieure à celle du droit. Nouvelle tentative de direct. Nouvelle esquive.

À l'instar de l'insulte qu'il avait proférée, ses coups n'étaient que de simples provocations. Je compris tout de suite que c'était un contre-attaquant, comme moi. Un combat opposant deux boxeurs de ce type est toujours barbant au début.

Je lui adressai un sourire. « *Piropos, señor ?* » demandai-je, moqueur. Puis, d'une voix neutre : « *Pendejo. Puta. Maricón. Bujarón.* »

Hemingway me fonça dessus. Deux secondes avant le début du combat, je me rendis compte que je n'aurais eu aucune peine à le tuer, mais que je ne savais pas si je pouvais le battre à la loyale.

Splendide direct du gauche visant ma bouche. Je l'esquive, et c'est un crochet du droit qui menace mon ventre. Un pas en arrière, mais son poing massif me percute les côtes, me coupant en partie le souffle. Hemingway enchaîne du gauche, puis c'est un nouveau crochet du droit qui, se jouant de ma garde, manque de me mettre la pommette en bouillie mais rebondit sur mon occiput.

Hemingway est un frappeur très puissants. Un avantage certain, mais qui risque parfois de se retourner contre les amateurs, qui cherchent le plus souvent à conclure dès la première minute par un knock-out ou un knock-down. Ils oublient que l'endurance peut être nécessaire.

Il se rapproche, agrippe ma chemise de la main gauche et tente un nouveau crochet du droit. Je l'amortis de l'épaule, me baisse et lui assène trois crochets au ventre.

L'air s'échappe de ses poumons avec un bruit parfaitement audible, et il me colle au corps, me serre contre lui, s'appuyant sur moi pendant qu'il reprend son souffle, mais sans cesser de se battre. Il a le ventre mou, mais il s'est préparé à encaisser et ne semble pas disposé à aller au tapis. Il tente de me saisir par les cheveux, mais ceux-ci sont trop courts pour lui offrir une prise. Il me pousse en direction du mur de la *finca*, tirant profit de sa masse et de son poids pour me faire traverser le patio. J'enfouis mon menton au creux de son épaule et le travaille au corps, n'offrant à ses poings que mon dos en guise de cible. Les coups qu'il assène à mes reins me font un mal de tous les diables. Puis je recule vivement, comprenant qu'il risque de m'infliger de sérieux dégâts une fois qu'il m'aura coincé contre ce mur rugueux. Un coup de boule au menton et, profitant de ce qu'il s'écarte un instant, je me dégage.

Hemingway secoue la tête pour chasser la sueur de ses yeux, puis il crache du sang. Je lui flanque un revers de la main sur la joue, je l'entends grogner, il charge, et je l'accueille avec un bon crochet du droit.

Il refuse toujours de tomber. Je suis en petite forme, mais pas à ce point. Ce crochet – qu'il a toutefois encaissé sur la tempe plutôt que sur la mâchoire – avait déjà terrassé des hommes plus costauds que lui. Frapper le crâne d'Hemingway revenait à cogner sur une enclume.

Il repasse à l'attaque, m'agrippe les bras, m'enfonce chacun de ses pouces à la saignée du coude, cherchant les tendons à la base de mes biceps. Je lève un genou, mais il pivote assez vite pour recevoir le coup sur la hanche plutôt que dans les testicules. Nouveau coup de genou, il me lâche, recule, et je l'atteins par deux fois à l'oreille droite. Celle-ci enfle aussitôt, mais je me rends compte qu'il m'a abîmé les biceps – j'ai le bras gauche engourdi et le droit parcouru de fourmillements. Ce fils de pute a bien retenu les leçons des escrocs de Chicago.

À présent, nous tournons l'un autour de l'autre en direction de la piscine, et Hemingway halète tout son soûl. Il se cogne à une chaise métallique et l'écarte d'un coup de pied. J'en profite pour passer à l'attaque, mais il bloque les deux coups que je lui assène et, alors que je recule, me frappe au-dessus de l'œil gauche. Je secoue la tête pour chasser le sang. Mon arcade sourcilière se met à enfler, mais pas assez pour m'aveugler avant la fin du combat.

Hemingway fonce à nouveau sur moi, le souffle court. Son haleine comme sa sueur empestent le gin.

Son poing droit va pour frapper bas, pour frapper fort, et j'ai la présence d'esprit de faire un petit bond, évitant à mes couilles d'être réduites en bouillie. Le coup m'atteint à la cuisse droite, et je sens ma jambe s'engourdir alors même que le poing d'Hemingway s'abat sur ma tempe droite, assez fort pour me faire tourner sur moi-même.

Durant plusieurs secondes, je ne vois rien excepté des taches rouges, je n'entends rien excepté le rugissement du sang dans mon crâne. Mais je reste debout, achève mon mouvement tournant et décoche un uppercut du droit là où mon adversaire est censé se trouver.

Je rate ma cible de plusieurs centimètres, mais mon poing a quand même raison de sa garde et s'écrase sur son torse nu. Le bruit, qui résonne en contrepoint au battement du sang dans ma tête, évoque celui d'une masse dans un abattoir.

Je recule et lève les poings, attendant sa nouvelle attaque, écarte à mon tour la chaise métallique, m'ébroue pour me dégager les yeux, espérant que je ne vais pas me retrouver dans la piscine. Suivent quelques secondes d'accalmie, dont je profite pour reprendre mes esprits.

Plié en deux, Hemingway vomit sur les pierres du patio. Son oreille droite est enflée au point d'en paraître obscène – on dirait une grappe de raisins noirs –, sa barbe maculée de sang et de vomissures, son œil gauche presque fermé, conséquence d'un coup que je ne me rappelle pas avoir porté. J'abaisse un peu ma garde et m'avance en titubant, ouvrant la bouche pour proposer une trêve.

Sans cesser de vomir, Hemingway se fend d'un long crochet du gauche, et je me baisse pour éviter d'être décapité. J'avance à croupetons et lui décoche deux coups au ventre.

L'écrivain s'approche de moi, agrippe ma chemise comme pour s'appuyer sur mon corps, se redresse vivement et m'envoie un coup de boule au menton.

Sonné, je sens l'une de mes dents se casser. J'essaie de me dégager, mais Hemingway tient bon de la main gauche et me bombarde les côtes de la droite. J'entends ses dents claquer et je comprends qu'il cherche à me mordre à l'oreille, à la gorge. Je réussis à m'écarter, déchirant ma chemise dans la bataille, et deux directs du gauche atterrissent sur sa pommette. Il abaisse sa garde et je lui envoie un crochet impérial dans le plexus, atténuant l'impact afin de ne pas le tuer.

À nouveau plié en deux, il recule mais refuse toujours de tomber. Une seconde plus tard, il s'entrave dans la chaise métallique et tombe lourdement sur les dalles.

Je m'avance vers lui, essuie mon arcade sourcilière qui pisse le sang, et j'attends.

Hemingway se redressa lentement, d'abord sur les deux genoux, puis sur un seul, puis sur ses pieds. Son oreille droite saignait abondamment. Autour de sa pommette, sa chair était d'un beau violet. Son œil gauche était complètement fermé, ses lèvres et sa courte barbe couvertes de sang, son torse velu maculé de sang et de vomissures. Hemingway sourit de toutes ses dents ensanglantées et s'avança de nouveau vers moi, les bras levés, les poings serrés.

Je l'agrippai par les bras, l'immobilisai au moyen d'une clé et enfouis à nouveau mon menton au creux de son épaule afin d'éviter ses coups de boule. « Ex-æquo, hoquetai-je.

— Foutre... non. » Pantelant, l'écrivain tenta faiblement de me frapper aux côtes.

Je le repoussai, lançai un swing du droit vers son menton, le ratai et mis un genou à terre.

Hemingway abattit son poing sur ma tempe, suffisamment fort pour me faire voir des étincelles, puis s'assit sur les dalles à côté de moi.

« Vous... retirez... ce... *maricón* ? haleta-t-il.

— Non. » Je palpai mes lèvres et mes gencives enflées jusqu'à localiser la dent cassée. Je la délogeai et la recrachai. « Allez vous faire foutre, repris-je. Vous et le *maricón* que vous avez enfourché. »

Hemingway éclata de rire, s'interrompit, se palpa les côtes, cracha un peu de sang et, prudent, se contenta de glousser doucement. « *Muy buena pelea* », dit-il.

Je secouai la tête, m'arrêtai lorsque le patio se mit à tournoyer autour de moi. « Un... bon combat... ça n'existe... pas, dis-je en pantelant. Foutue perte de... temps... d'énergie. » Je me frictionnai la bouche. « Et de dents. »

Je considérai mes mains. Mes phalanges étaient enflées et éraflées. J'avais l'impression qu'une petite voiture avait roulé dessus.

Hemingway se mit à genoux et s'approcha de moi. Je me redressai à mon tour, levant les bras si lentement que je crus avoir des poids attachés aux poignets. *Ce fils de pute a quarante-trois ans, bon sang. De quoi était-il capable quand il avait mon âge ?*

Les bras d'Hemingway se refermèrent autour de moi. J'attendis un coup de poing, un coup de boule, puis compris qu'il me tapait dans le dos avec ses mains enflées. Il disait quelque chose, mais le grondement qui avait repris dans mon crâne m'empêchait de l'entendre.

« ... l'intérieur, Joe. Marty a laissé un steak au frigo. Et une bonne bouteille de tavel glacé.

— Vous avez faim ? » Chacun de nous aidait l'autre à se relever, chacun de nous s'appuyait sur l'autre. Des gouttes de sang constellaient les pierres du patio, et la brise du soir faisait flotter des rubans bleus qui, je le compris alors, étaient tout ce qui restait de ma chemise.

« Ouais, j'ai faim, dit Hemingway en me guidant vers la porte. Pourquoi pas ? J'ai l'estomac vide. »

Cette nuit-là, Maria se montra plus tendre encore que la nuit précédente. « Pauvre, pauvre José », murmura-t-elle en posant des compresses froides sur mon visage, mes mains et mes côtes afin de les empêcher de trop enfler. « J'ai déjà vu cela, avec mes frères. Est-ce que l'autre homme a souffert ?

— Terriblement. » Je grimaçai au moment où la compresse se posait sur mes côtes tuméfiées. J'étais allongé sur le dos, vêtu de mon seul slip. Maria ne portait que sa nuisette en coton. La lumière était tamisée.

« Y a-t-il une seule partie de ton corps qui ne te fasse pas mal, mon José ? chuchota-t-elle.

— Oui, une seule.

— Montre-la-moi. »

Je n'eus pas besoin de la lui désigner.

« Tu es sûr que tu n'as pas mal là ? reprit-elle, toujours à voix basse. Elle est toute rouge et paraît enflée.

— Tais-toi. » Je l'agrippai par la nuque et l'obligeai à s'incliner. Tout doucement.

« Tes lèvres sont trop blessées, on ne peut pas s'embrasser sur la bouche. Mais je peux t'embrasser ailleurs, hein ?

— Oui, fis-je.

— Il faut que cette pauvre chose soit moins enflée, hein ?

— Tais-toi. »

Nous avons réussi à dormir peu de temps avant l'aube.

Le lendemain, les garçons partirent à bord du *Pilar* pour aller pêcher en haute mer avec Guest, Ibarlucia et Sinsky. Hemingway et moi errions dans la *finca* comme deux octogénaires ayant survécu à une catastrophe ferroviaire. Nous avons fini par décider que nous devions nous sustenter, optant d'un commun accord pour une alimentation liquide plutôt que solide.

Une fois qu'il eut ouvert la deuxième bouteille de gin, on ferma les portes à clé et on se mit au boulot. La table de la salle à manger se retrouva bientôt couverte de cartes maritimes. C'était la carte n° 2682 qu'il nous fallait. À en croire son cartouche, elle avait été établie en 1930 et en 1931 par l'USS *Nokomis*.

« Longitude : soixante-seize degrés, quarante-huit minutes et trente secondes », dit Hemingway en relisant la transmission décodée et en examinant la carte. « Latitude : vingt et un degrés et vingt-cinq minutes. » Il posa un doigt enflé sur la carte. « Punta Roma », conclut-il, confirmant la lecture que nous avions faite à bord du *Pilar*.

J'examinai la carte à mon tour. Punta Roma se trouvait sur la côte nord de Cuba, non loin des grottes touristiques que nous avions explorées. Au-delà du semis de grands keys – Sabinal, Guajaba, Romano – où le *Southern Cross* avait effectué ses croisières d'essai et le *Pilar* perdu son temps à le suivre, au sud-est de la grande Bahía de Nuevitas.

« Le lieu idéal pour un débarquement, dit Hemingway. La côte est quasiment déserte dans ce coin. Il n'y a pas grand-chose entre Nuevitas et Puerto Padre. Dans la baie de Manatí se trouve un chenal de cinq ou six brasses de profondeurs, mais il n'est plus entretenu depuis la fermeture du moulin à sucre de Manatí, au sud-ouest de la baie, et il n'y a plus que quelques bicoques dans les environs. Rien sur la côte proprement dite. » Du bout du doigt, il dessina un cercle à l'entrée de Bahía Manatí. « Regardez, Lucas : c'est à cause de ça qu'un sous-marin apprécierait ce coin. »

Je lus les cotes. Près de la plage, la profondeur était de six à huit brasses, mais à une cinquantaine de mètres du rivage, ce chiffre passait à cent quatre-vingt-quinze, puis à deux cent vingt-cinq brasses. Un U-Boot arrivant par l'entrée étroite de la baie pourrait s'approcher à moins de deux cents mètres de Punta Roma et de Punta Jesus, sans risquer de heurter un récif ou un banc de sable.

« On aperçoit la cheminée du moulin depuis l'entrée de la baie, reprit Hemingway. De jour, ça leur permet de se repérer grâce à leur périscope, et une fois la nuit venue, d'envoyer des canots à ces coordonnées. »

J'acquiesçai, puis indiquai un tracé de voie ferrée en forme de Y, à mi-chemin du moulin et de l'entrée de la baie. « Ces trucs vont jusqu'aux champs de canne à sucre ?

— Ils y allaient naguère. La plus courte de ces voies permettait de transporter la récolte jusqu'aux pressoirs des vieux docks. Aujourd'hui, tout ça est abandonné.

— Et *Los Doce Apostoles* ? dis-je en désignant un semis de points de l'autre côté de l'îlot par rapport aux voies ferrées.

— Les Douze Apôtres sont de grosses formations rocheuses. Dans le temps, il y avait des baraquements d'ouvriers à leur base, mais ils sont désaffectés, eux aussi. » Il fit glisser sa main le long de la côte, parcourant une courte distance en direction du nord. « Regardez ici, derrière Punta Roma et le phare abandonné, Enseñada Herradura. »

J'acquiesçai. Le bras de mer était large et peu profond, à peine trois quarts de brasse selon la carte. « Vous ne pensez pas qu'ils vont arriver par ici, n'est-ce pas ?

— Non, fit Hemingway. C'est inutile. Je pense qu'ils débarqueront sur un radeau près du vieux phare de Punta Roma. Pas de rochers, pas de falaise, pas de mangrove, pas de saletés. Mais nous pourrions gagner Enseñada Herradura à bord d'un petit bateau et le cacher dans la mangrove.

— Un petit bateau. Le *Tin Kid* ? »

Hemingway secoua la tête. « Je veux que le dinghy reste à la disposition du *Pilar*. Le *Pilar* ne peut pas s'aventurer en eau aussi peu profonde, en particulier si le vent souffle à l'est, et je ne pense pas que nous pourrions le cacher, de toute façon. Il va falloir trouver autre chose.

— Un bateau de pêche ? Un skiff ? »

L'écrivain gratta son menton hirsute, puis grimaça. « Je connais un bateau plus rapide qui pourrait manœuvrer dans une flaque d'eau. Tom Shevlin est riche, et il possède une superbe vedette de sept mètres amarrée à Cojímar. Comme il me doit un service, il m'a donné la permission de l'utiliser si j'en ai envie. Je crois qu'il l'a baptisée *Lorraine*, en l'honneur de sa femme. Le rationnement d'essence l'empêche de sortir à son bord.

— Elle est rapide ?

— Oh oui. Elle a un moteur de cent vingt-cinq chevaux-vapeur – presque deux fois plus puissant que celui du *Pilar*, qui est deux fois plus lourd. Faible tirant d'eau. Réservoirs d'essence permettant une grande autonomie.

— À vous entendre, cette vedette servait au trafic d'alcool pendant la Prohibition.

— Exactement. » Hemingway désigna de nouveau la carte. « Regardez comme ils vont avoir la tâche facile. Jeudi prochain, le sous-marin examine les lieux durant la journée, puis il franchit l'entrée de Bahía Manatí une fois la nuit tombée. Quelle était l'heure donnée par la transmission ?

— Onze heures du soir. »

L'écrivain opina. « Le soir du 13, il y aura un croissant de lune, mais seulement après minuit. Ils débarquent à Punta Roma et suivent la voie ferrée et le chemin d'exploitation jusqu'au moulin, dans la partie sud-ouest de la baie. De là, il leur suffit de remonter la ligne qui reliait le moulin à la ville de Manatí, soit vingt kilomètres à pied. Quelqu'un les attend sûrement à Manatí pour les conduire, via Rincón et Sao Guásima, à la route nationale, où ils tourneront à droite pour gagner La Havane et la base aérienne américaine de Camagüey, ou bien à gauche pour se rendre à Guantánamo. » Il se tourna vers moi. « Le jeudi 13 à vingt-trois heures, nous serons là pour les attendre. Selon vous, quand devons-nous être en position, Lucas ? Le 13 avant le coucher du soleil ? »

Je repensai à Veracruz et à la calle Simón Bolívar. Quelqu'un m'avait attendu là-bas. Quelqu'un nous attendrait jeudi, je le savais.

« Bien longtemps avant le coucher de soleil, répondis-je. Avant midi.

— Vous plaisantez, nom de Dieu.

— Je suis tout ce qu'il y a de sérieux. »

Hemingway soupira et frotta sa courte barbe. Il grimaça de nouveau et considéra ses doigts enflés. « D'accord. Nous partirons après-demain. Comment devons-nous procéder ? Est-ce que nous laissons les garçons ici et le *Pilar* à quai ?

— Je ne pense pas. Débrouillons-nous pour que pas mal de gens nous voient partir mercredi, tôt le matin. Les gamins, votre équipage habituel, moi, tout le monde. Ensuite, vous me débarquez quelque part sur la côte, je regagne Cojímar pour récupérer la vedette de Shevlin et je vous retrouve mercredi soir à la base de Cayo Confites. Nous partirons pour Bahía Manatí ce même soir.

— Gregorio, Patchi, Wolfer et les autres ne vont pas apprécier d'être laissés sur la touche », protesta Hemingway.

Je le regardai sans rien dire.

« Ouais, fit-il. Tant pis pour eux. » Il se passa une main dans les cheveux. « Nous avons beaucoup à faire en attendant. Quand nous partirons, nous devrons emporter deux *sombreros científicos* ainsi que deux ou trois des *niños* du *Pilar.* »

Ce n'était pas à ses enfants qu'il faisait allusion. Hemingway avait ordonné à Fuentes de confectionner des étuis en cuir, doublés de laine en suint, pour les mitraillettes Thompson. Lorsque l'équipage du *Pilar* était en état d'alerte, ces étuis étaient accrochés au bastingage de la passerelle de pilotage et un peu partout sur le bateau. En les voyant se balancer, Ibarlucia les avait comparés à des berceaux, de sorte que les armes furent aussitôt surnommées « les petits enfants ». C'était dans des moments comme celui-ci, quand Hemingway se montrait particulièrement affecté, que j'avais envie de le frapper.

Je regardai mes mains tuméfiées et renonçai à cette idée.

L'écrivain enroula la carte. « Donc, vous et moi, nous sommes planqués dans les roseaux, les racines de mangrove, les récifs ou autre chose, les agents allemands se pointent le 13 à vingt-trois heures... et ensuite ?

— C'est ce que nous verrons le 13 à vingt-trois heures », rétorquai-je.

Hemingway me gratifia d'un regard écœuré. Je l'interprétai comme un ordre de prendre congé, et regagnai le cottage pour m'occuper un peu de l'Usine à forbans.

Le principal de mes soucis était la seconde transmission codée que j'avais interceptée. J'avais dit la vérité à Hemingway en affirmant qu'il m'était impossible de la déchiffrer, mais je ne lui avais pas donné de détails.

Le message était divisé en groupes de cinq lettres, exactement comme le précédent – *q-f-i-e-n / w-w-w-s-y / d-y-r-q-q / t-e-o-i-o / w-q-e-w-x*, et cetera. Le problème, c'est que le code n'était pas le même. Aucun numéro de page n'était donné. Pas plus qu'un mot clé ou une première phrase.

Comme il m'était déjà arrivé d'intercepter des transmissions de l'Abwehr et de la SD AMT VI, je pensais que c'était du côté de cette dernière agence que je devais chercher. Le service de renseignement nazi – par opposition à celui de l'armée allemande – préférait les codes numériques, qui garantissaient la rapidité et la sécurité des transmissions. Un tel code était basé sur une série de nombres, de six ou sept chiffres, choisis de façon aléatoire par l'agent transmetteur. Celui-ci communiquait la série en question à l'agent ou aux agents récepteurs. Grâce à ces nombres, on pouvait déterminer la lettre de l'alphabet qui servait de point de départ à la numération.

Si l'on choisissait le nombre 632914, par exemple, la première lettre du message – *q* – était en fait la sixième lettre précédant ou suivant le *q* dans l'alphabet – soit le *k* ou le *w*. La deuxième lettre du message – *f* – était alors la troisième lettre précédant ou suivant le *f* – soit le *c* ou le *i* –, et ainsi de suite.

Un bon service de cryptographie serait capable de déchiffrer un tel code, à condition de disposer du temps et des calculateurs nécessaires. Les « calculateurs » étaient des personnes – en majorité des femmes – dont le travail au sein d'un service de cryptographie consistait à tester diverses combinaisons de chiffres, à étudier des milliers, des dizaines de milliers ou des millions de combinaisons possibles en quête de répétitions, de fréquences probabilistes, et cetera. Mais si l'on tenait compte des inserts-leurres, des groupes de transmission falsifiés et autres trucs classiques, le décryptage d'un code de ce type, même tout simple, représentait une tâche extrêmement longue et laborieuse. Et je n'avais jamais été doué pour l'arithmétique.

Ce qui me chiffonnait à propos de ce code, c'est que j'avais quasiment acquis la certitude que nous étions *censés* déchiffrer les précédentes transmissions. Tout cela était trop facile : la découverte du carnet de Kohler, puis celle de ses deux livres de référence à bord du *Southern Cross*, le fait que les transmissions suivantes aient été effectuées avec le même code... Quelqu'un voulait que nous ayons connaissance du débarquement de Punta Roma. Mais ce même quelqu'un ne voulait *pas* que nous déchiffrions les autres transmissions.

Cela m'inquiétait. Je ne croyais ni à l'intuition ni aux pouvoirs paranormaux – ni même à ce « sixième sens » que les agents secrets sont supposés acquérir avec les années –, mais mon entraînement comme mon expérience me soufflaient, au niveau subconscient, que ce code numérique était une très mauvaise nouvelle.

Vu les soupçons que j'entretenais à propos de Delgado, je ne pouvais pas lui communiquer la transmission codée pour qu'il l'envoie aux spécialistes du FBI et du SIS à fin de décryptage. Je ne pouvais pas me présenter à l'antenne du FBI à La Havane, exposer ma mission à l'agent spécial Leddy et recevoir son aide, sans déchaîner sur moi les foudres de J. Edgar Hoover, qui serait furieux que j'aie violé la procédure et dévoilé la nature de ma mission. En outre, il fallait parfois des mois pour percer un code numérique, et nous n'avions pas le temps d'attendre.

Je réfléchissais à une tactique grossière et efficace destinée à me faire gagner du temps lorsque l'agent 03 et l'agent 11 arrivèrent au cottage.

L'agent 11 était le vieux chasseur de l'hôtel Ambos Mundos. L'agent 03 était don Andrés, l'ami d'Hemingway, surnommé « le Prêtre noir ». J'avais l'habitude de voir ce dernier le dimanche après-midi, lors des fêtes organisées par l'écrivain, alors qu'il portait le plus souvent un maillot rouge vif. Mais ce jour-là, il était vêtu d'une soutane à col blanc. Cela le faisait paraître plus vieux et plus solennel.

« Nous sommes venus dire à don Ernesto que le *señor* Shell, le richard du bateau, va partir dans une heure », dit don Andrés. Le chasseur hocha vigoureusement la tête.

« Vous en êtes sûrs ? demandai-je en espagnol, fixant les deux hommes dans l'attente d'une confirmation.

— Oui, *señor* Lucas, dit le chasseur. Le *señor* Alvarez, le réceptionniste, a confirmé au *señor* Shell qu'une place lui était réservée dans l'avion de trois heures. Le *señor* Shell a demandé qu'une voiture vienne le chercher vers 13 h 30 pour le conduire à l'aéroport. »

J'acquiesçai. Durant le mois écoulé, Teddy Shell – alias Theodor Schlegel – avait passé le plus clair de son temps à terre, changeant régulièrement d'hôtel. Cela faisait plus de quinze jours qu'il n'avait pas rencontré le lieutenant Maldonado, et il ne se trouvait à bord du *Southern Cross* que lors des rares sorties qu'effectuait le yacht.

« Quelle est sa destination ? demandai-je.

— Rio de Janeiro », répondit le Prêtre noir. Hemingway m'avait récemment expliqué l'origine de ce sobriquet. Ce n'était pas l'écrivain qui le lui avait attribué ; il s'en était retrouvé affublé quand l'Église l'avait affecté dans une paroisse d'un quartier particulièrement pauvre et mal famé de La Havane, souhaitant le châtier pour ses activités antérieures, parmi lesquelles celle de mitrailleur lors de la guerre d'Espagne. La plupart des paroissiens de don Andrés provenaient des classes les plus miséreuses de la société cubaine – en d'autres termes, c'étaient des Noirs –, d'où son surnom.

« Vous en êtes sûrs ? » insistai-je. Je savais pertinemment que le seul avion décollant à 15 heures de l'aéroport José Martí était à destination de Rio.

Le chasseur prit un air froissé. « Oui, *señor* Lucas. J'ai vu le billet de mes propres yeux.

— Aller-retour ou aller simple ? demandai-je.

— Aller simple, *señor*, dit le chasseur.

— Nous pensons qu'il prend la poudre d'escampette, ajouta don Andrés. Il faut en informer don Ernesto.

— Je suis d'accord avec vous, dis-je. Je vais m'en occuper. Merci de votre diligence, messieurs.

— Est-ce que c'est important ? s'enquit le chasseur en me gratifiant d'un sourire édenté.

— Peut-être, oui. »

Le prêtre semblait mal à l'aise. « Nous devrions peut-être présenter notre rapport à don Ernesto.

— Je me chargerai de l'informer, mon père. Je vous le promets. Pour l'instant, l'écrivain se repose. Il avait la migraine ce matin. »

Le prêtre et le chasseur échangèrent un regard entendu. « Est-ce que nous devons suivre le *señor* Teddy Shell jusqu'à l'aéroport ? » demanda don Andrés.

Je fis non de la tête. « Nous nous en occuperons. Merci encore pour votre professionnalisme. »

Une fois qu'ils eurent pris congé, je me dirigeai vers le petit garage, contournant la piscine et le court de tennis mal entretenu. Juan, le chauffeur, qui lavait la Lincoln devant le bâtiment, me jeta un regard soupçonneux lorsque je m'approchai. Juan se conduisait souvent comme s'il était contrarié et constipé, et je ne pense pas qu'il m'appréciait beaucoup.

« Puis-je vous aider, *señor* Lucas ? » La formulation était des plus polies, l'intonation teintée de défi et d'insolence. Le personnel de la *finca* ne savait jamais vraiment comment il convenait de me traiter ; j'étais plus élevé dans la hiérarchie qu'un simple domestique, mais beaucoup moins qu'un invité de marque. En outre, j'étais aux yeux de tous celui qui avait introduit une putain dans la maisonnée. Les domestiques aimaient bien Maria, mais je les soupçonnais de me rendre responsable de cette perte de standing.

« Je cherche quelque chose, c'est tout », dis-je en entrant dans le petit bâtiment obscur. Il y régnait l'odeur rassurante propre à tous les garages.

Juan posa son éponge et se planta sur le seuil. « Le *señor*

Hemingway souhaite que personne ne touche à ses outils en dehors de lui et moi, *señor* Lucas.

— Oui, fis-je en ouvrant la boîte à outils et en explorant son contenu.

— Le *señor* Hemingway a donné des instructions très strictes sur ce point, *señor* Lucas.

— Naturellement. » J'attrapai un rouleau de bande adhésive grise et un grand tournevis de vingt centimètres de long. Je refermai la boîte à outils et parcourus du regard l'établi en bois. Il s'y trouvait des boîtes de peinture, des planches couvertes de poussière, des boîtes de conserve emplies de clous... ah, voilà. J'ouvris un petit bidon de graisse et en examinai le contenu. Il en restait environ un tiers. Cela me conviendrait. J'attrapai un tuyau de plomb, long de vingt-cinq centimètres environ, et le glissai dans ma poche-revolver.

« Le *señor* Hemingway a strictement interdit à personne de ne toucher ses outils sauf moi et lui... » Le chauffeur était maintenant si agité qu'il en oubliait sa grammaire.

« Juan », dis-je sèchement.

Le petit homme tiqua. « Oui, *señor* ?

— Mettez-vous un uniforme ou une casquette quand vous conduisez le *señor* Hemingway ou ses invités à une réception ? »

Juan me regarda en plissant les yeux. « Oui, *señor*... mais il est rare qu'il...

— Allez les chercher. » La fermeté de mon ton garantissait son obéissance sans toutefois être insultante à son égard.

Il tiqua une nouvelle fois, puis se tourna vers la Lincoln encore mouillée. Il n'avait pas fini de la sécher. « Mais, *señor* Lucas, je dois...

— Allez me chercher l'uniforme et la casquette, ordonnai-je. Tout de suite, s'il vous plaît. »

Juan fit oui de la tête et s'en fut. Il habitait en bas de la colline, dans cet amas de masures aux toits en tôle ondulée qu'était San Francisco de Paula.

Quelques minutes plus tard, il était de retour avec ses accessoires vestimentaires. La casquette et la veste sentaient la naphtaline. La veste était trop petite pour moi, comme je m'y attendais, mais la casquette m'allait à merveille. Je la pris et dis : « Dans vingt minutes, je veux que la voiture soit séchée, cirée et prête à partir.

— Oui, *señor* Lucas. »

Je me rendis au cottage « Premier Choix ». Il était vide. Maria aidait les femmes de chambre à nettoyer la *finca*. Je sortis le .357 Magnum de sa cachette, vérifiai qu'il était chargé et le passai à ma ceinture. Puis j'allai décrocher ma veste noire de la corde à linge – Maria venait de la repasser – et l'enfilai. Avec mon pantalon foncé, cette veste et la casquette, j'avais plus ou moins l'air de porter un uniforme.

La voiture était étincelante lorsque je retournai au garage avec les clés. J'avais pris une bouteille de whiskey dans la maison et la portais dans un sachet brun, ainsi que le tournevis, le tuyau, la bande adhésive et le bidon de graisse. Planté près du véhicule, Juan contempla sa casquette d'un air navré.

« Le *señor* Hemingway dort, lui dis-je. Ne le dérangez pas, mais quand il se réveillera, dites-lui que je lui ai emprunté son automobile pour quelques heures.

— Oui, *señor* Lucas. Mais... »

Je m'assis au volant, descendis l'allée et sortis de la propriété.

On ne pouvait pas dire que j'avais l'allure d'un chauffeur : mon visage et mes mains étaient enflés et tuméfiés, et, même si mon teint était hâlé par plusieurs mois d'exposition au soleil, je ne ressemblais pas à un Cubain. Néanmoins, je faisais confiance à Schlegel, qui n'allait sûrement pas prêter attention à un banal chauffeur ni reconnaître en moi l'un des convives de la *finca*. Schlegel n'était pas du genre à s'intéresser aux domestiques.

Je traversai le village écrasé par la chaleur, passant sous la voûte du gigantesque laurier rose, et descendis vers la route nationale. Alors que je prenais la direction de La Havane, j'aperçus le café baptisé El Brillante, dont la façade était ornée d'une croûte représentant un gros diamant étincelant.

Le souvenir du combat de la veille me taraudait avec plus d'insistance que mes phalanges douloureuses et mes lèvres tuméfiées. À mes yeux, le combat à mains nues fait partie des preuves irréfutables de la stupidité de l'existence. Si j'avais provoqué Hemingway, c'était parce que j'avais reconnu son expression en le trouvant dans le salon, les yeux fixés sur la gueule du Mannlicher. Dix-huit mois plus tôt, j'avais vu la même expression sur le visage de Walter Krivitsky, ex-agent du NKVD, dans une chambre de l'hôtel Bellevue, à Washington.

« *Estamos copados*, aimait à dire Hemingway. Nous sommes cernés. » Je pense qu'il savourait la sonorité de ces mots en espagnol.

Le 9 février 1941, c'était ce message que j'avais délivré à Walter Krivitsky en m'asseyant près de lui. Le petit homme, aussi intelligent que résistant, était en fuite depuis quatre ans, et il avait réussi à berner son propre service de renseignement, les assassins de la Guépéou, les réseaux européen et américain de l'Abwehr, les agents de l'ONI et les interrogateurs du FBI. Mais toute l'intelligence du monde, toute la résistance du monde ne peuvent vous protéger indéfiniment quand vos ennemis sont décidés à vous avoir.

Les yeux de Krivitsky étaient infiniment las, exprimaient une impuissance égale à celle d'Hemingway la veille. *Estamos copados.*

Krivitsky a fini par implorer mon aide. « Je ne suis pas ici pour vous aider, lui ai-je dit. Je suis ici pour m'assurer que les Allemands n'auront pas le temps de vous capturer et de vous interroger avant de vous tuer.

— Mais le FBI va sûrement...

— Vous avez dit tout ce que vous saviez au FBI. Tout ce que vous saviez sur les Soviétiques *et* sur les Allemands. Le FBI n'a plus besoin de vous. Plus personne n'a besoin de vous. »

Krivitsky a fixé le mur crasseux de sa chambre et ri doucement. « J'ai emprunté un flingue, vous savez. En Virginie. Mais je l'ai jeté par la fenêtre du train. »

J'ai attrapé le .38 rangé dans mon holster et l'ai tendu au petit homme aux sourcils broussailleux.

Après avoir vérifié qu'il était chargé, Krivitsky l'a mollement pointé sur moi. « Je pourrais vous tuer, agent spécial Lucas.

— C'est vrai. Mais ça ne fera pas partir Hans Wesemann et les autres. Demain matin, ils vous attendront quand vous essaierez de sortir. »

Krivitsky a hoché la tête, attrapé la bouteille de vodka sur la table de chevet et bu une lampée d'alcool. Hans Wesemann faisait partie d'un commando Todt – une équipe d'assassins dont la cible était un dénommé Walter Krivitsky. Une fois qu'un commando Todt se voyait attribuer une cible, celle-ci ne survivait que rarement, et Krivitsky le savait.

Nous avons passé une bonne partie de la nuit à parler. À parler du désespoir. *Estamos copados.*

Krivitsky a fini par retourner le .38 contre lui, bien entendu, le collant contre sa tempe droite plutôt que d'en fourrer le canon dans sa bouche. Comme le disait Hemingway, le palais est la partie la plus tendre du crâne, et il vaut mieux choisir cet endroit pour y loger une balle – bien des candidats au suicide se sont retrouvés réduits à l'état de légume vivant à la suite d'un rebond du projectile à l'intérieur de leur boîte crânienne, s'endommageant la cervelle au lieu de se la faire sauter. Mais la balle du .38 a définitivement guéri Walter Krivitsky de sa paranoïa.

Le matin même, avant que nous consultions les cartes nautiques, Hemingway m'avait montré un manuscrit qu'il venait d'achever. J'y avais jeté un coup d'œil. C'était la préface de son anthologie, *Men at War*. Elle faisait plus de dix mille mots, près de cinquante feuillets dactylographiés. J'avais été surpris par les nombreuses fautes d'orthographe commises par l'écrivain – la plupart étaient des bévues qui m'auraient valu d'être renvoyé du FBI si elles avaient figuré dans l'un de mes rapports – et par le nombre d'ajouts et de corrections au stylo.

« Lisez ça », avait ordonné Hemingway.

Dans cette préface, il affirmait que son anthologie était à sa façon un acte patriotique, car, grâce à elle, les jeunes Américains pourraient découvrir la vraie nature de la guerre au fil de l'Histoire de l'humanité. Chaque année, le 8 juillet, jour anniversaire de sa blessure reçue à Fossalta di Piave, il relisait le même livre, *The Middle Part of Fortune ; or, Her Privates We*, par Frederick Manning. C'est « le plus beau, le plus noble des livres consacrés aux hommes de guerre », écrivait-il, et s'il le relisait, c'était toujours pour la même raison : pour se rappeler la réalité des choses afin de ne jamais se mentir à lui-même. Il avait conçu cette anthologie dans le même but, à savoir montrer la guerre telle qu'elle était plutôt que telle qu'elle était censée être.

Mais la veille, en voyant le regard d'Hemingway durant la matinée, j'avais compris qu'il rêvait encore de la guerre telle qu'elle devrait être – un affrontement donquichottesque en haute mer, entre le *Pilar* et un sous-marin allemand – plutôt que telle qu'elle était en réalité, avec des cadavres d'enfants gisant la gorge tranchée dans un fossé.

Krivitsky comprenait la réalité des choses. *Estamos copados.* Cela faisait des années qu'il était au bord du précipice, tout comme Hemingway, du moins en avais-je l'impression. Mais Walter Krivitsky n'avait eu besoin que d'un peu de vodka, d'une conversation nocturne et d'un .38 d'emprunt.

Est-ce pour cela que tu m'as envoyé ici, Hoover ? songeai-je en roulant vers l'hôtel Ambos Mundos. *Est-ce ainsi que le jeu doit se dérou-*

ler pour Hemingway ? Est-ce là mon rôle – boire et bavarder avec Hemingway jusqu'à ce que vienne l'heure de lui tendre une arme ?

Theodor Schlegel ne me remit pas. L'espace d'une seconde, je crus qu'il allait reconnaître la Lincoln noire, mais on trouvait toutes les marques et tous les modèles parmi les taxis et les voitures de location cubains et, après un coup d'œil machinal, il prit place à l'arrière pendant que les portiers s'empressaient de charger ses deux valises dans le coffre. Sans daigner leur donner un pourboire, il me fit signe de démarrer en disant : « *Aeroporto.* » Avec tout le fric louche que lui filait l'Abwehr, il ne pouvait même pas se fendre de quelques *cents* pour le petit personnel.

Schlegel se mit à lire le journal alors que je sortais de la ville. Il était toujours plongé dedans lorsque je bifurquai dans une voie sans issue quelque part dans les faubourgs. Ce fut seulement lorsque je stoppai qu'il leva la tête.

« Pourquoi vous arrêtez... » commença-t-il en mauvais espagnol, puis il se tut en découvrant la gueule du .357 braquée sur son visage.

« Descends », lui dis-je.

Il s'exécuta, les yeux écarquillés, et se retrouva debout devant la portière. Il leva les mains.

« Baisse tes mains. » J'ouvris le coffre et en sortis ses bagages, les jetant sur le bas-côté de la route d'une main tandis que, de l'autre, je pointais mon arme sur lui.

Schlegel considéra ses valises, puis examina les lieux en clignant des yeux. Je m'étais garé à dix mètres du fossé où nous avions retrouvé le corps de Santiago. L'angoisse se lisait dans les yeux de l'agent de l'Abwehr, mais il ne semblait pas reconnaître le coin. Voilà qui répondait à l'une de mes questions.

« Je vous connais, dit-il d'une voix où perçait le soulagement. Vous étiez au...

— La ferme. Retourne-toi. » Je le fouillai d'une main. Il n'avait pas d'arme sur lui. « Ramasse tes valises et va jusqu'à cette baraque.

— Que voulez...

— Tais-toi ! » lui ordonnai-je en portugais. Puis je lui donnai un coup de crosse sur la nuque, suffisamment fort pour faire couler quelques gouttes de sang et laisser une rougeur sur sa peau. « *Spazieren Sie*, ajoutai-je sèchement. *Schnell !* »

Schlegel gravit le talus boueux en haletant, ses lourdes valises à la main. Personne dans les parages. Derrière les masures, les insectes bruissaient dans les fourrés. La bâtisse qui m'intéressait avait brûlé quelques années auparavant, et il n'en restait que des murs calcinés.

« *Zurücklegen* », dis-je une fois à l'intérieur des ruines. Schlegel lâcha ses bagages. Je remarquai qu'il avançait prudemment, veillant à ne pas tacher de suie son complet blanc. À l'abri du vent, la chaleur était étouffante.

« Écoutez, dit-il en anglais. Je me souviens de vous comme d'un type bien. Il n'y a absolument aucune raison pour que vous pointiez votre arme sur moi. Si c'est de l'argent que vous voulez, je suis disposé à... »

Quoi que légèrement tremblante, sa voix prenait de l'assurance. Il se retournait vers moi lorsque je le frappai à la tempe avec le tuyau de plomb enveloppé de bande adhésive.

Schlegel mit presque dix minutes à reprendre conscience, et je commençais à me demander si je n'avais pas tapé trop fort lorsqu'il se mit à gémir et à s'agiter. J'avais profité de ce temps pour fouiller ses valises : vêtements, sous-vêtements, trousse de toilette, huit nœuds papillons, un carnet de rendez-vous où ne figurait apparemment aucun code et une chemise contenant des papiers relatifs à la Companhia de Acos Marathon, de Rio. Ainsi que, au fond de la plus grosse valise, un Luger 9 mm et 26 000 dollars en billets de cent dollars flambant neufs.

Schlegel gémit une nouvelle fois et tenta de changer de position. Je m'approchai et l'observai en restant derrière lui. Il s'étira. Ses yeux s'ouvrirent, s'écarquillèrent – il prenait conscience de ce qui lui était arrivé, de l'endroit où il se trouvait et de ce qui allait suivre.

Ce dernier point était sans doute le plus difficile à élucider. Devant lui, dans son champ visuel, se trouvaient les valises ouvertes – dans l'une d'elles, au-dessus des vêtements, le Luger et le fric, et dans l'autre, soigneusement rangés, son costume blanc, sa chemise bleue, ses souliers blancs et son nœud papillon rouge. Sous mes yeux, Schlegel tenta d'examiner sa tenue, se rendit compte qu'il avait les mains liées derrière le dos et ne portait qu'un maillot de corps, un slip et des chaussettes noires. Puis il gémit en constatant qu'il était couché sur un baril de pétrole. Son gémissement fut étouffé par la bande adhésive placée sur sa bouche.

Je m'approchai de lui et posai un pied sur ses mollets, faisant doucement tourner le baril rouillé. Son visage rougit sous l'afflux de sang. Je pris le rouleau de bande adhésive et lui en appliquai une bande sur les yeux avant qu'il ait eu le temps de tourner la tête. Il poussa un nouveau gémissement étouffé, et je le remis dans sa position initiale, afin que ses pieds touchent terre et qu'il puisse respirer plus facilement.

« Écoute-moi bien, Schlegel, dis-je en allemand. Ce que tu vas me dire au cours des prochaines minutes décidera de ton sort. Montre-toi très prudent. Ne me dis que la vérité. C'est compris ? »

Il voulut me répondre, se contenta de hocher la tête.

« *Sehr gut.* » J'arrachai la bande de sa bouche. Il poussa un petit cri, se taisant dès que je posai sur sa gorge la lame de mon couteau.

« Ton nom », demandai-je sèchement. Je savais depuis longtemps que l'allemand était le langage le plus efficace du monde en matière d'interrogatoire.

« Theodor Shell, dit Schlegel en anglais. Je suis conseiller technique aux Aciéries Marathon, dont le siège social se trouve à Rio de Janeiro, au Brésil, et la principale antenne à São... Ach ! Stop ! Ne faites pas ça ! Arrêtez ! »

J'achevai de découper son maillot de corps sur toute sa longueur, puis glissai la lame, aussi affûtée qu'un rasoir, sous l'élastique de son slip, que je tranchai. J'avais fait couler un peu de sang çà et là.

« Ton nom », répétai-je.

Schlegel était visiblement paniqué. Il se trémoussa sur son baril, tentant de poser les pieds sur le sol mouvant, le visage cramoisi. « Theodor Schlegel, murmura-t-il.

— Quel est ton nom de code ? »

Il s'humecta les lèvres. « Que voulez-vous dire ? Je n'ai pas de... »

Je fis courir la pointe du couteau sur ses fesses. Il hurla.

« Hurle tant que tu voudras. Personne ne peut t'entendre. Mais tu seras puni pour chaque hurlement. »

Il se tut.

« Ton nom de code ?

— Salama.

— Tu travailles pour l'Abwehr ou pour l'AMT VI ? »

Le gros Allemand hésita. Je fis passer le couteau dans ma main gauche et, de la droite, attrapai le tournevis dont je trempai la pointe dans le bidon de graisse.

« Qui êtes-vous ? murmura Schlegel. Qu'est-ce que vous voulez ? C'est l'écrivain qui vous paye ? Je peux vous payer plus que lui. Vous avez vu l'argent que j'ai sur moi... Ahh ! Mon Dieu ! Arrêtez ! Seigneur ! Acchh ! Ô mon Dieu...

— La ferme. » Il se mit à hoqueter, et je répétai : « Abwehr ou AMT VI ?

— Abwehr. Je vous en prie, ne recommencez pas avec le couteau. Je vous paierai tout ce que...

— *Silence !* » Je repris mon souffle. Sous l'effet du choc, Schlegel avait perdu le contrôle de sa vessie, et un filet d'urine courait sur le baril et le long de sa jambe. « Parle-moi d'Alfredo.

— Alfredo ? Non, attendez ! Attendez ! Arrêtez ! Oui... j'avais oublié son nom de code. C'est Albrecht Engels. Au Brésil.

— Son transmetteur ?

— Nous l'appelons “Bolívar”.

— Vous l'utilisez ?

— *Nein... nein !* C'est la vérité. L'année dernière, j'ai dépensé vingt contos... mille dollars... mes propres fonds... pour nous construire un transmetteur à Gávea.

— Nom de l'opérateur ?

— George Knapper était le premier. Il a été envoyé aux États-Unis il y a un an. C'est Rolf Trautmann qui le remplace. »

Qui le remplaçait, songeai-je. Trautmann avait été arrêté par le FBI et la police brésilienne quatre mois auparavant, alors que Schlegel voyageait à bord du *Southern Cross*.

« Quel est le rôle du Hauptsturmführer Becker dans l'opération que tu mènes en ce moment ? » demandai-je.

Je sentis le corps de Schlegel se raidir. Si terrifié soit-il, Becker le terrifiait plus que moi. « Qui ça ? » commença-t-il. Puis il se remit à hurler. « Non... *vous ne pouvez pas faire ça !* Sainte Mère de... arrêtez ! Arrêtez ! Je vais vous le dire ! Non ! Seigneur, arrêtez ! »

Je retirai la pointe du tournevis et l'essuyai sur une touffe d'herbe. « Becker, insistai-je.

— Il travaillait avec nous au Brésil », haleta l'Allemand. Ses jambes tressautaient. Les larmes coulaient sous la bande adhésive, sillonnant ses bajoues.

« Il est de l'Abwehr ou de la SD ? » Jusqu'ici, je n'avais posé que des questions dont je connaissais les réponses.

« SD, hoqueta Schlegel. AMT VI.

— C'est ton supérieur hiérarchique pour cette opération ? » Je posai le couteau sur la colonne vertébrale de Schlegel.

« Oui, oui, oui.

— Décris-moi cette opération, dis-je placidement. Désignation. Buts. Planification. agents impliqués. Statut actuel.

— Je ne... Oui, non ! Arrêtez ! Je vous en supplie ! »

J'attendis qu'il ait fini de pleurer.

« Opération Corbeau, dit-il. Menée conjointement par l'Abwehr et la SD. Autorisée par l'amiral Canaris et le major Schellenberg.

— Buts ?

— Infiltration de la Viking Fund. Utilisation de...

— Infiltration ? répétai-je. La Viking Fund ignore vos objectifs ?

— Non, ils... Oh, arrêtez ! Seigneur ! Non ! C'est la vérité ! Le yacht a été acheté pour eux. Nous leur avons... je leur ai... fait des dons. Mais ils pensent, ils ne savent pas... C'est la vérité !

— Continue.

— Nous utilisons le matériel radio du *Southern Cross* pour communiquer avec les U-Boots et avec Hambourg.

— Objectifs ? »

Schlegel secoua la tête. « Je ne les connais pas. Becker n'a pas... Ahhh ! »

Cette fois-ci, le hurlement se prolongea durant une bonne minute. Je me retournai pour jeter un coup d'œil à la porte. Rien ne garantissait que les environs soient déserts, mais je faisais confiance à la prudence des Cubains, qui n'oseraient pas nous déranger.

« C'est la vérité ! dit Schlegel en pleurant à chaudes larmes. Le Hauptsturmführer Becker ne m'a rien dit. Nous avons versé beaucoup d'argent à la Police nationale cubaine, mais j'ignore dans quel but.

— Qui reçoit cet argent au nom de la police ?

— Le lieutenant Maldonado. » Schlegel frémissait de tous ses membres. « Il le transmet à son supérieur, celui qui est surnommé Juanito le Témoin de Jéhovah, qui le verse ensuite au général Valdes.

— À quoi sert cet argent ?

— Je ne le sais pas. » Schlegel se tendit dans l'attente d'un nouveau supplice, mais rien ne vint.

« Comment est-il possible que tu l'ignores, mon ami ?

— C'est la vérité, je le jure ! Je le jure sur l'âme de ma mère ! Le Hauptsturmführer Becker ne m'a pas fait de confidences.

— Donne-moi les noms de tous les autres agents. » L'espace d'une seconde, je posai le couteau sur son dos, puis le fis passer dans ma main gauche et, de la droite, m'emparai à nouveau du tournevis.

Schlegel secouait la tête. « Je ne connais que Becker, le nouvel opérateur radio du yacht... Schmidt... un sergent SS très stupide... personne d'autre... Attendez ! Non ! Je vous en supplie, non ! Arrêtez ! »

Je ne m'interrompis qu'au bout de plusieurs secondes. À présent, Schlegel était sans doute persuadé que je lui déchirais les entrailles avec le couteau, mais il n'était en fait atteint que dans sa fierté. Quoique en acier, le tournevis était bien lubrifié. Je repensai à la préface qu'Hemingway avait rédigée pour *Men at War*. L'écrivain se vantait de connaître « la guerre telle qu'elle était plutôt que telle qu'elle était censée être ». Il ne savait pas de quoi il parlait.

« Qui d'autre ? » insistai-je. Je voulais en finir. « Vous avez utilisé des agents pour traquer la putain disparue. Lesquels ? »

Schlegel secouait la tête avec une telle véhémence que des larmes et des gouttes de sueur vinrent s'écraser sur mes vêtements. « C'est la vérité, je le jure. Je ne connais personne d'autre. Nous avons utilisé des phalangistes... des sympathisants... pour chercher la fille. Nous ne l'avons pas retrouvée. Aucun agent ne s'est occupé de ça. Mais il va en arriver d'autres... un débarquement est prévu pour le 13. Non ! Arrêtez !

— Le but de ce débarquement ?

— Je l'ignore. Je vous le jure. Ce sont des hommes de l'Abwehr. Deux hommes. Un sous-marin doit les débarquer quelque part sur la côte cubaine. Je ne sais pas où.

— Pourquoi ? » Je ne m'attendais pas à recevoir une réponse.

« Pour rencontrer le FBI », hoqueta Schlegel.

Je faillis lâcher le couteau et le tournevis. Au bout d'une seconde, je réussis à dire : « Continue. »

Schlegel secoua la tête de plus belle. « J'ai découvert ça par hasard. Je vous le jure. Le Hauptsturmführer Becker ne m'a rien dit. C'est le Cubain... le lieutenant Maldonado... qui m'a dit que Herr Becker devait rencontrer le FBI et qu'il y aurait d'autres contacts une fois que les agents seraient arrivés par sous-marin.

— Qui représentera le FBI ?

— Je ne le sais pas. Je vous le jure. Je ne le sais pas. Laissez-moi partir, je vous en supplie. Je fais appel à votre pitié d'homme. De chrétien.

— Quel est le but de ce rendez-vous avec le FBI ?

— Pitié. Je vous en supplie. J'ai une femme. Je suis un homme bon. Vous ne devez pas... Arrêtez ! Oh nom de Dieu ! *Merde !* Arrêtez !

— Le but ?

— Je ne suis pas censé le connaître... mais j'ai entendu dire... il y avait des rumeurs à Rio... des sous-entendus de Becker... » Schlegel bredouillait dans toutes les langues, passant de l'allemand au portugais, puis à l'anglais. J'attendais patiemment.

« Il y a eu des contacts entre l'Abwehr et le FBI, haleta-t-il. Le bruit court depuis un an au moins.

— Et ça a un rapport avec ce débarquement d'agents ?

— Je crois... je ne sais pas... peut-être... je le pense. Becker dit que c'est une opération de la plus haute importance. Que l'avenir du Reich en dépend. Oh, je vous en supplie, laissez-moi partir.

— Qui a tué le gosse ?

— Le gosse ? Quel gosse ? » Je vis que si Schlegel était terrifié, c'était parce que cette question le prenait totalement au dépourvu. « Je vous en supplie, quel gosse ? » De toute évidence, il ignorait tout de la mort de Santiago.

« Les noms de tous vos agents, en plus de Becker et du radio. »

Schlegel fit mine de secouer la tête. « Attendez... attendez ! Non, attendez ! Attendez ! Arrêtez ! Il y en a deux autres à Cuba.

— Qui ? » La chaleur et la puanteur étaient telles que je me retenais à grand-peine pour ne pas vomir. « Où ?

— Je ne sais pas. C'est un commando Todt. Un commando entraîné pour...

— Leurs noms.

— Je ne les connais pas. Je vous le jure.

— Helga Sonneman est-elle un agent allemand ?

— Je ne sais... »

Schlegel hurla durant un long moment. Quand il reprit son souffle, il dit : « J'ignore leurs noms, je le jure sur ce que j'ai de plus sacré, je le jure sur ma foi en le Führer. Je ne sais pas si Sonneman est un agent ou tout simplement une riche idiote. Je sais que l'un des membres du commando Todt est proche du groupe d'Hemingway. Becker reçoit grâce à lui des informations régulières sur les activités du réseau amateur monté par l'écrivain.

— Quel est le nom de code de cet agent ?

— Panama.

— Et le nom de code de l'autre ?

— Columbia.

— Ce commando Todt, tu es sûr qu'il n'a que deux membres ?

— Deux. J'en suis certain. Deux. Becker reçoit des messages de deux sources.

— Hommes ou femmes ?

— Je ne sais pas. Je vous le jure.

— Qui doivent-ils tuer ? » demandai-je doucement.

Schlegel secoua la tête avec une telle frénésie que des gouttes de sueur s'écrasèrent dans les cendres du sol et jusque sur les poutres calcinées. La bande adhésive qui lui recouvrait les yeux se plissa comme il fronçait les sourcils. « Je ne sais pas. Je ne pense pas qu'ils aient encore reçu par radio l'autorisation de... d'accomplir leur mission. »

Nous y étions enfin. Telle était la raison de toute cette séance. « Donne-moi la clé du code de la transmission numérique.

— Je ne... Seigneur ! Arrêtez ! Je vous en supplie ! Non !

— La clé du code, répétai-je.

— Vous devez me croire. C'est le code de Becker. Je l'ai transmis pour lui à l'opérateur radio du *Southern Cross*, mais je n'ai pas la mémoire des chiffres et je ne me souviens... Non ! »

Les hurlements finirent par cesser. « Si tu as une mauvaise mémoire, tu as noté cette clé quelque part. Si tu veux vivre, Herr Schlegel, tu as dix secondes pour te souvenir où.

— Non, je ne peux pas... Attendez ! Arrêtez ! Oui ! Dans mon carnet de rendez-vous ! La troisième page avant la fin. Il y a une série de numéros de téléphone. »

Je récupérai le carnet en question et l'ouvris à la bonne page. Une liste d'hommes d'affaires de Rio, avec leurs numéros de téléphone. Des numéros brésiliens, donc à sept chiffres.

« Le cinquième en partant du haut, hoqueta Schlegel. J'ai dû le noter pour ne pas l'oublier.

— Deux, neuf, cinq, un, quatre, un, trois ? » Les muscles de Schlegel étaient tendus, et je compris qu'il ne m'avait pas tout dit.

« Si ces chiffres ne sont pas les bons, je le saurai très vite, murmurai-je. Tu vas rester ici tant que je n'en aurai pas le cœur net. Et si tu m'as trompé... »

Alors le corps de Schlegel s'effondra, impossible de formuler la chose autrement. On aurait dit qu'il venait de se vider de tout l'air qu'il contenait, de se dégonfler pour devenir une méduse à forme vaguement humaine attachée à un baril de pétrole. J'avais déjà observé ce phénomène, j'ai honte de l'avouer.

« C'est la bonne série de chiffres, dit-il en sanglotant. Mais à l'envers. »

Je laissai choir le tournevis parmi les cendres, avançai d'un pas, levai le couteau et coupai la bande adhésive qui lui liait les poignets. Puis j'arrachai celle qui recouvrait ses yeux rougis et gonflés.

Je ramassai le Luger et le glissai dans la poche de ma veste. Puis j'allai jusqu'à la porte, me tournai vers le fossé où le petit Santiago avait été assassiné et dis : « Lave-toi. Rhabille-toi. Refais tes valises. »

Dix minutes plus tard, je le suivis jusqu'à la voiture. Schlegel marchait comme un vieillard et son corps tremblait encore. J'avais eu l'intention de l'assommer avec le tuyau de plomb, de verser du whiskey sur lui, de le conduire à l'aéroport et de filer quelques dollars à un employé pour qu'il aide « mon ami un peu gris » à monter dans l'avion de Rio. Mais j'avais eu mon content de ruses pour la journée. Largement. Et ce misérable Teddy Schlegel son content d'épreuves. Je savais qu'il me tuerait en une seconde s'il en avait l'occasion, mais pas aujourd'hui. Pas tout de suite.

Je le conduisis à l'aéroport. Durant tout le trajet, il resta la tête basse, les épaules voûtées. Une fois garé devant le terminal, je sortis ses bagages du coffre, les posai sur le trottoir. Je n'avais pas touché aux 26 000 dollars.

Schlegel se tenait devant moi, tremblant, les yeux baissés.

« Naturellement, tu seras surveillé jusqu'à ce que tu sois à bord de l'avion, lui dis-je à voix basse. Si tu essaies de parler à quelqu'un, ou de donner un coup de fil, mes hommes te captureront et te ramèneront à moi. Compris ? »

Il hocha la tête sans me regarder, agité de tremblements de plus en plus violents.

« Prends ton avion. Va à Rio. Ne reviens *jamais* à Cuba. Si tu ne racontes à personne ce qui t'est arrivé, je ne dirai rien non plus. Personne n'a besoin de savoir que tu nous a parlé. »

Schlegel acquiesça. Ses doigts tressaillaient. Pourquoi recrutaiton des types comme lui pour en faire des espions, je ne le comprendrai jamais. Pas plus que je ne comprendrai comment on peut rester espion toute sa vie.

« Rentre chez toi », lui dis-je, puis je m'assis au volant et partis.

Sur la route nationale, bien avant San Francisco de Paula, j'ouvris la bouteille de whiskey que j'avais prévu de vider sur les vêtements de Schlegel pour expliquer son état. Je l'entamai sérieusement avant de franchir le portail de la *finca*.

« *Estamos copados* », dis-je. Contrairement à Hemingway, je n'aimais pas du tout la sonorité de ces mots.

22

Nous avions retrouvé le corps de Santiago le samedi 8 août. Le dimanche 9, Hemingway et moi avions livré notre stupide combat. J'avais conduit Schlegel à l'aéroport le lundi 10. Le lieutenant Maldonado se présenta à la *finca* le mardi 11 août, la veille du jour où nous devions embarquer à bord du *Pilar* en prévision du débarquement prévu pour le 13.

Hemingway avait passé la majeure partie de la matinée à préparer les provisions. Outre Patrick et Gregory, l'équipage devait être composé des personnes suivantes : Winston Guest, Patchi Ibarlucia, Don Saxon, qui s'était suffisamment rétabli pour s'occuper de la radio, et l'indispensable Gregorio Fuentes. Le *Southern Cross* avait quitté les chantiers Casablanca pour une brève sortie devant le conduire aux environs de Cayo Paraíso et, comme il devait rentrer avant la nuit, Hemingway avait envoyé le *Pilar* à sa poursuite. En son absence, Wolfer faisait office de capitaine. Don Saxon, le marine, s'était posté à la radio. Hemingway restait à terre pour nettoyer et graisser les *niños* et étudier sur la carte l'approche de Bahía Manatí. Il avait expédié un câble à Tom Shevlin, qui lui avait renouvelé sa permission d'utiliser la vedette, et nous avions prévu d'aller à Cojímar dans la soirée pour accueillir le *Pilar* et préparer le *Lorraine* en vue de notre petite aventure.

« Tom me dit qu'il y a deux compartiments secrets derrière le moteur, me confia l'écrivain. Un souvenir de la Prohibition. Nous pourrons y stocker les *niños*, les grenades et l'un des BAR.

— Vous emportez un BAR ? Pour quoi faire ?

— Au cas où nous aurions à affronter le sous-marin.

— Si nous devons affronter le sous-marin, nous sommes foutus. »

Grâce à la clé fournie par Schlegel, il ne m'avait fallu que quelques minutes pour décoder la transmission que j'avais interceptée durant notre dernière sortie. Je commençai par recopier celle-ci telle que je l'avais captée :

q-f-i-e-n / w-u-w-s-y / d-y-r-q-q / t-e-o-i-o / w-q-e-w-x / d-t-u-w-p / c-m-b-x-x

Ensuite, je recopiai au-dessus, autant de fois qu'il le fallait, la série de sept chiffres :

31415923141592314159231415923141
qfienwuwsydyrqqteoiowqewxdtuwpcmbxx

Je n'avais pas demandé à Schlegel quelle direction je devais prendre dans l'alphabet – vers le *a* ou vers le *z* –, mais je n'avais que deux possibilités, et en moins d'une minute, je conclus que je devais remonter l'alphabet. Le premier *3* correspondait à un *q*, et la lettre que je cherchais était par conséquent le *n* ; le *f* qui suivait était quant à lui un *e*, ainsi que le *i* qui venait après ce *f*, et ainsi de suite. Les deux *x* à la fin n'étaient là que pour faire du remplissage.

Voici quelle était la teneur du message :

NEEDINSTRUCTIONSANDFUNDSCOLUMBIA

Soit : « *Besoin d'instructions et de fonds – Columbia.* »

Et c'était pour *ça* que Schlegel avait subi un supplice dégradant, pour *ça* que j'avais renoncé à toute prétention et à un quelconque sens de l'honneur.

Mais j'avais appris quelque chose. Premièrement, s'il fallait en croire Schlegel – et j'étais sûr qu'il m'avait dit tout ce qu'il savait –, ce message avait été envoyé à Hambourg par le radio du *Southern Cross*. Ensuite, le capitaine et l'équipage du yacht ignoraient sans doute que leur matériel radio était détourné à leur insu. Finalement, ce message confirmait ce que m'avait dit Schlegel, à savoir qu'il y avait deux assassins de la SD à Cuba – noms de code Columbia et Panama. Toujours d'après Schlegel, c'était Panama qui était proche du réseau d'Hemingway. Et c'était le coéquipier de celui-ci, Columbia, qui demandait des instructions et de l'argent.

Qui pouvait être Panama ? Qui était suffisamment proche de l'Usine à forbans pour transmettre à son sujet des informations dignes de confiance ? Delgado, évidemment, car je lui avais passé lesdites informations. Winston Guest ? S'il fallait en croire le Dr Herrera Sotolongo, le milliardaire était un espion britannique. Dans ce cas, pourquoi ne serait-il pas un agent double, travaillant aussi pour le compte des Allemands ? Mais j'avais du mal à croire que Wolfer, si affable et si impulsif, soit un assassin de la SD. Le Dr Herrera Sotolongo, quant à lui, avait refusé d'être enrôlé dans l'équipe d'Hemingway, mais il en savait assez sur le fonctionnement de l'Usine à forbans pour renseigner un tiers. Qui d'autre ? L'un des Basques ? Sinsky, Patchi ou Roberto Herrera ? Le Prêtre noir ? L'un des domestiques d'Hemingway, introduit dans la maison depuis longtemps et attendant patiemment son heure ? J'avais déjà rencontré des situations plus étranges.

L'espion n'était pas forcément aussi proche d'Hemingway, bien entendu. L'Usine à forbans comportait plus de vingt agents de terrain, et la sécurité y était lamentable. L'assassin pouvait être l'un des chasseurs, garçons de café, rats de quai et compagnons de beuverie que l'écrivain avait recrutés pour son stupide réseau.

Il était possible que Panama ne soit autre que le lieutenant Maldonado, qui utilisait l'argent reçu des Allemands pour acheter l'un des amateurs d'Hemingway. De cette façon, Panama pouvait envoyer à Herr Becker des rapports réguliers sans pour autant avoir besoin d'approcher de trop près l'Usine à forbans. Et nous savions que Maldonado était un assassin. Il avait pu louer ses services aux Allemands et suivre une formation similaire à celle des commandos Todt.

Mais Maldonado n'était pas un aryen. Et la SD était des plus exigeantes dans le choix de ses tueurs.

Columbia était peut-être le Hauptsturmführer Becker en personne. Sauf que, selon Schlegel, Becker recevait des messages des *deux* membres du commando Todt. Si l'homme de l'Abwehr disait vrai, il était plus raisonnable de supposer que notre ami Johann Siegfried Becker était le responsable de l'opération Corbeau à Cuba, et que Columbia était quelqu'un d'autre, probablement quelqu'un que je n'avais jamais vu et dont je n'avais jamais entendu parler.

Deux assassins de la RSHA AMT VI, qui attendaient leurs instructions, un ordre venu de Berlin ou de Hambourg pour sortir de leur trou et tuer leur cible.

Qui était leur cible ?

Pour l'instant, nous avions deux morts : Kohler, le premier opérateur radio du *Southern Cross*, et ce pauvre Santiago. La gorge tranchée, tous les deux. Il était probable que Maldonado avait tué Kohler, et le garçon avait filé le lieutenant quelques jours avant sa mort. Peut-être que dans le cas présent, la SD avait assoupli ses critères de recrutement.

Un dernier facteur était susceptible de justifier à mes yeux le supplice de Schlegel – du moins l'espérais-je. Si l'agent de l'Abwehr n'envoyait pas un câble à Becker dès son retour à Rio – et Schlegel ne devait pas être pressé de décrire les circonstances de son interrogatoire, ni d'avouer qu'il avait donné un duo d'assassins de la SD –, Becker et son commando Todt continueraient de penser que leur code numérique était sûr. Peut-être pourrions-nous intercepter de nouvelles transmissions, à tout le moins pendant quelque jours.

Et quelques jours devraient nous suffire, songeai-je.

Ce fut à ce moment-là que Maria fit irruption dans le cottage. Elle avait les yeux écarquillés de terreur, la voix si tremblante que je pouvais à peine comprendre ce qu'elle disait.

« José, José, il est ici. Il est venu me chercher. Il est venu me tuer !

— Calme-toi. » Je l'agrippai par les épaules et la secouai pour qu'elle cesse de rouler des yeux et de souffler comme un cheval pris de panique. « De qui parles-tu ?

— Le lieutenant Maldonado, hoqueta-t-elle. *Caballo Loco*. Il est devant la maison. Il est venu m'enlever ! »

Désormais, je gardais le .38 passé à ma ceinture. Je voulais confier une arme à Maria pendant que j'irais à la maison, mais je ne tenais pas à affronter Maldonado les mains vides. J'allai dans la chambre et pris le Luger de Schlegel sur la table de nuit.

Traînant Maria vers la salle de bains, je lui montrai le pistolet, y glissai un chargeur de 9 mm, logeai une balle dans la chambre et débloquai le cran de sûreté. « Ne bouge pas d'ici, ordonnai-je. Ferme la porte à clé. Si Maldonado ou un autre de nos ennemis essaie d'entrer, vise et presse la détente. Mais avant de tirer, vérifie que ce n'est ni Hemingway ni moi. »

Maria sanglotait doucement. « José, je ne sais pas comment on se sert de...

— Contente-toi de viser et de presser la détente si c'est un méchant qui débarque. Mais assure-toi que c'est bien un méchant. »

Je sortis et attendis qu'elle ait verrouillé la porte. Puis je pris la direction de la maison.

Jamais je n'avais vu Hemingway dans une telle colère, même le jour de notre combat. Planté sur le seuil de la maison pour barrer le passage à Maldonado, accompagné de trois voyous cubains en uniforme, il avait le visage livide, les lèvres exsangues et les poings si serrés que je grimaçai en voyant ses phalanges meurtries virer au blanc et au violet.

« *Señor* Hemingway... » dit le lieutenant. Il me jeta un bref coup d'œil alors que je me plaçais derrière l'écrivain, puis cessa de me prêter attention. « Nous regrettons cette intrusion hélas nécessaire, mais...

— Il n'y aura aucune intrusion, répliqua Hemingway. Vous n'entrerez pas dans cette maison.

— C'est malheureusement notre devoir, don Ernesto. L'enquête policière en cours l'exige. On nous a signalé dans les environs la présence d'une jeune femme soupçonnée d'avoir récemment commis un meurtre, et nous fouillons toutes les maisons où elle pourrait...

— Vous ne fouillerez pas cette maison. »

Cet affrontement tenait de la farce. Le lieutenant s'exprimait en anglais, langue que ses trois acolytes ne comprenaient sûrement pas. Hemingway lui répondait dans un espagnol des plus châtiés. Chaque fois qu'il disait non à *Caballo Loco*, les trois flics haussaient un peu plus les sourcils en signe de surprise.

J'avais oublié à quel point Maldonado était imposant. Il mesurait un mètre quatre-vingt-dix et semblait entièrement constitué d'os et de cartilage. Les traits de son visage présentaient de curieuses exagérations – un menton en galoche, des arcades sourcilières épaisses, des pommettes saillantes au point de projeter des ombres sur ses joues ; même sa moustache semblait plus prononcée qu'il n'était normal. Maldonado s'habillait souvent en civil, mais ce jour-là, il était en grand uniforme, ses pouces noueux posés sur son ceinturon noir. Le lieutenant paraissait fort détendu, amusé par cet affrontement, ce qui ne faisait qu'accroître l'ire d'Hemingway.

L'écrivain portait la même chemise et le même short que le soir de notre pugilat, mais son long pistolet calibre .22 était passé à sa ceinture. Maldonado semblait indifférent à la présence de cette arme, que ses trois hommes ne quittaient pas des yeux. Je craignais que l'insolente politesse du lieutenant fasse sortir Hemingway de ses gonds et qu'une fusillade éclate devant la porte de la *finca*. Si cela venait à se produire, estimai-je, il me faudrait descendre Maldonado avec le .38 avant de m'occuper de ses acolytes. Je ne pensais pas que le .22 d'Hemingway puisse empêcher le gigantesque Cubain de dégainer son Colt .44 et d'envoyer l'écrivain faire un vol plané dans la salle à manger.

Tout ceci est stupide, songeai-je. Quelle belle mort pour un agent d'élite du SIS – sous les balles de la Police nationale cubaine.

« *Señor* Hemingway, disait Maldonado, nous effectuerons nos recherches de la façon la plus rapide et la plus discrète qui soit...

— Vous n'en ferez rien, rétorqua Hemingway en espagnol, vous n'effectuerez aucune recherche. Cette maison et ce domaine sont propriétés américaines... vous êtes sur le sol américain. »

Voilà qui fit tiquer Maldonado. « Vous plaisantez, *señor*.

— Je suis parfaitement sérieux, lieutenant. » Un simple regard jeté au visage d'Hemingway aurait suffi à convaincre n'importe qui.

« Je n'en suis pas moins sûr qu'en vertu des lois internationales, seules l'ambassade des États-Unis et certaines bases militaires, telles Guantánamo et Camagüey, sont considérées comme des enclaves américaines sur le sol cubain, *señor*, dit le lieutenant d'une voix posée.

— Foutaises », répliqua Hemingway en anglais, pour repasser aussitôt à l'espagnol. « Je suis citoyen des États-Unis d'Amérique. Ceci est ma demeure, ma propriété. Elle est protégée par les lois des États-Unis d'Amérique.

— Mais, enfin, *señor*, la souveraineté cubaine en cette matière est...

— Au diable la souveraineté cubaine. » Hemingway observait attentivement les yeux de Maldonado, comme s'il croyait en cette vieille maxime de tireur prétendant qu'on lit l'intention de dégainer dans le regard de son adversaire.

Cette déclaration avait irrité les trois sbires. Leurs mains se déplacèrent vers les pistolets passés à leurs ceinturons. Je me demandai si Hemingway allait observer leurs yeux à tous. Mon propre regard restait rivé sur la main droite de Maldonado, qui reposait tout près de son étui.

Le lieutenant sourit. Il avait des dents imposantes et parfaites. « Je comprends que vous soyez agité, *señor* Hemingway. Nous ne souhaitons pas vous offenser, mais notre devoir exige...

— Je suis déjà offensé, lieutenant. Cette propriété est américaine, et une intrusion sur le sol américain serait considérée comme une violation de frontière en temps de guerre. »

La main droite de Maldonado s'éleva dans les airs, et il se frotta le menton, comme s'il cherchait une façon de raisonner ce *gringo*. « Si tous les résidents étrangers de Cuba déclaraient que leur domicile est la propriété de leurs nations respectives, *señor* ...

— Je ne parle que pour moi-même, coupa Hemingway. Mais je suis citoyen américain et je travaille sur un projet scientifique lié à l'effort de guerre, sous l'autorité directe de Spruille Braden, ambassadeur des États-Unis d'Amérique, du colonel Hayne D. Boyden, du Corps des marines des États-Unis, et du colonel John W. Thomason Jr, directeur des Services de renseignement de la marine américaine pour l'Amérique du Sud. Toute intrusion non autorisée dans cette propriété sera considérée comme un acte de guerre. »

Le lieutenant Maldonado paraissait incapable de contrer cet argument aussi flamboyant qu'illogique. La main toujours posée sur leurs armes, ses trois acolytes quêtèrent un ordre du regard.

« Nous vivons une époque troublée, je le comprends fort bien, *señor* Hemingway, reprit Maldonado, et bien que notre devoir nous commande sans ambiguïté de rechercher la suspecte, nous ne souhaitons pas déranger l'harmonie de votre demeure ni offenser la sensibilité du résident prestigieux et de l'ami de la république cubaine que vous êtes. Par conséquent, nous respecterons votre requête et n'entrerons pas chez vous si vous nous donnez votre parole que la femme que nous recherchons n'est pas ici. Nous limiterons nos recherches aux bâtiments et aux terrains voisins. »

Les trois flics réagirent à cette longue tirade en anglais en écarquillant un peu plus les yeux.

« La seule parole que je vous donne, c'est que vos hommes seront abattus s'ils posent encore un pied sur ma propriété », répondit Hemingway en fixant Maldonado.

Ni l'un ni l'autre ne broncha durant un long moment. L'air empestait la sueur.

Maldonado s'inclina de quelques degrés. « Très bien, *señor*. Nous comprenons vos sentiments et respectons votre désir d'intimité en ces temps troublés. Si vous apercevez une jeune femme comme celle que nous recherchons, ou même si vous en entendez parler, veuillez me contacter au...

— Bonne journée, messieurs », coupa Hemingway, s'exprimant pour la première fois en anglais. Il recula d'un pas comme pour leur refermer la porte au nez.

Maldonado sourit, recula à son tour et, faisant signe à ses acolytes de le suivre, se dirigea vers la Chevrolet verte garée dans l'allée.

Hemingway ferma la porte et alla observer le départ des policiers par la fenêtre de la cuisine. J'allais dire quelque chose pour détendre l'atmosphère lorsque je remarquai sa pâleur, ses poings serrés, et me ravisai. Si Maldonado avait osé franchir le seuil de la maison, l'écrivain n'aurait pas hésité à dégainer son petit .22 et à ouvrir le feu, j'en étais persuadé.

« C'est cet enculé qui a fait le coup, murmura l'écrivain. C'est lui qui a tué Santiago. »

Je restai muet.

« J'ai envoyé Xénophobie au cottage, reprit-il en se tournant enfin vers moi. Merci d'être venu. »

Je me contentai de hausser les épaules.

« Vous avez un pistolet passé à la ceinture, ou vous êtes seulement content de me voir ? »

J'écartai le pan de ma veste pour qu'il puisse voir le .38.

« De plus en plus étrange, agent spécial Lucas. » Hemingway se dirigea vers la table basse, près de son fauteuil à fleurs, et se prépara un Tom Collins. « Je vous offre un verre, agent spécial Lucas ?

— Non merci. Je vais dire à Maria qu'ils sont partis. »

Hemingway sirota son cocktail et contempla le tableau accroché au mur le plus proche. « Il faut sans doute que j'arrête de l'appeler comme ça.

— Comment ?

— Xénophobie. Cette fille a vraiment des ennemis. Ils ont vraiment l'intention de la tuer. »

J'acquiesçai, puis regagnai le cottage en longeant la piscine.

Arrivé dans la chambre, j'appelai Maria, m'approchai de la porte, marquai une pause, fis un pas de côté et frappai.

La balle de 9 mm traversa le battant à hauteur d'homme, traversa le mur juste au-dessus du lit, puis alla sans doute déchiqueter une feuille de palmier avant de survoler la maison.

« Nom de Dieu, Maria ! hurlai-je.

— Oh, José, José ! » Elle ouvrit la porte en grand et se jeta dans mes bras.

Je m'emparai du Luger et en bloquai le cran de sûreté avant de la laisser s'effondrer sur mon torse. J'avais une forte envie de lui flanquer une raclée. C'était une chose que de mourir en un combat douteux face à la Police nationale cubaine, c'en était une autre que d'être abattu par une pute cubaine se trompant de cible. J'ignorais laquelle de ces deux fins aurait paru la plus amusante à mes vieux potes du Bureau.

Je lui répétai ce qu'Hemingway avait dit aux flics et lui affirmai que *Caballo Loco* et ses trois petits *locos* ne reviendraient plus de la journée, sinon jamais. Elle était toujours hystérique.

« Non, José, non, non ! s'écria-t-elle, transformant ma chemise en chiffon mouillé. Ils vont revenir. J'en suis sûre. Ils vont revenir me chercher. Demain, vous serez tous partis sur le bateau du *señor* Hemingway, toi, le *señor* Hemingway, les petits garçons et les marins puants, et il n'y aura plus personne pour veiller sur moi, sauf Ramón le cuisinier, qui est fou à lier, et Juan le chauffeur, qui veut coucher avec moi mais me déteste, et *Caballo Loco* va revenir, ils vont me violer, ils vont me tuer pour un crime que je n'ai pas commis, un crime commis par *Caballo Loco*, et quand tu reviendras, je ne t'attendrai pas dans le cottage comme je le fais tous les soirs, et tu te demanderas : "Où est passée Maria ?" Mais Maria sera morte, et...

— Maria, dis-je tout doucement en lui étreignant les bras. Maria, ma chérie. Ferme ta gueule. »

Elle me fixa de ses yeux choqués.

« Je parlerai au *señor* Hemingway, murmurai-je. Il t'emmènera avec nous sur le bateau.

— Oh, José ! » Elle me serra si fort dans ses bras que mes côtes meurtries faillirent céder.

Le reste de l'après-midi fut placé sous le signe des préparatifs et des découvertes. Hemingway invita Maria à déjeuner avec lui, et la jeune prostituée, rouge de confusion, fila vers le cottage « Premier Choix » pour se vêtir de sa plus belle robe. Elle se montra contrariée lorsque je lui dis que je ne me joindrais pas à eux – Hemingway ne m'avait pas invité –, mais ravie quand je lui appris que j'allais mettre ses bagages dans le sac que j'emportais toujours avec moi. Avant de rejoindre l'écrivain, Maria prépara ses quelques vêtements d'emprunt, sa brosse à cheveux, sa modeste trousse de toilette et ses sandales de rechange. Une fois qu'elle eut pris congé, je rangeai tout cela avec mes affaires, puis fouillai la petite caisse où elle conservait ses autres effets. Elle n'avait rien oublié d'important.

Je passai ensuite une bonne heure à fouiller la propriété – examinant le « puits du cadavre » en haut de la colline, les vieilles remises derrière les courts de tennis, l'appentis où était stocké le matériel de la piscine, le garage et la remise derrière celui-ci –, puis je revins à la laiterie, visitant les granges et les greniers à foin. Aucune trace du lieutenant Maldonado et de ses acolytes. Mais dans un grenier à foin, sous un tas de paille moisie, je trouvai un long objet enveloppé dans de la toile. Je l'emportai avec moi lorsque je me rendis à Cojímar pour examiner et charger le *Lorraine*. Au départ notre intention était d'accomplir cette tâche dans la soirée, au retour du *Pilar*, mais Hemingway avait décidé qu'il valait mieux que je profite du jour pour aller amarrer la vedette à un embarcadère privé de Guanabo, une petite ville côtière située à quinze kilomètres de là.

Juan me conduisit à Cojímar – il viendrait ensuite me récupérer à Guanabo. Le chauffeur s'enferma dans un silence maussade, ce qui me convenait parfaitement, car j'avais mes propres raisons pour souhaiter le silence. J'ai beaucoup réfléchi durant le trajet. Lorsqu'on arriva en vue de l'embarcadère privé de Tom Shevlin, je dis à Juan de se reposer à l'ombre de la voiture pendant que je vidais le coffre et la banquette arrière, puis chargeais la vedette.

Le *Lorraine* était un splendide bateau de six mètres et demi de long, tout en chrome et acajou, pourvu de banquettes en cuir et autres accessoires coûteux, fabriqué aux États-Unis par Dodge Boat Works à la fin des années 20, l'âge d'or de l'architecture navale pour cette catégorie de bâtiments. Par chance, Shevlin avait remplacé presque toutes les machines par des modèles récents : le moteur, un Lycoming V8, n'avait que deux ans et était propre comme un sou neuf ; le mécanisme du gouvernail avait été modernisé, la coque récemment nettoyée de ses bernacles, le tableau de bord s'ornait d'un compas magnétique flambant neuf et près du pare-brise était fixé un puissant projecteur. En outre, Shevlin avait aménagé son bijou pour le rendre plus confortable, déplaçant le compartiment moteur vers l'arrière et combinant les deux ponts pour en faire un luxueux espace aux couleurs du cuir.

Juan excepté, personne n'était là pour me voir décharger la voiture. Outre l'objet que je venais de trouver, elle contenait de lourdes caisses de nourriture, six bidons de vingt litres d'eau potable, trois caisses de grenades – qu'Hemingway s'obstinait à appeler des « ananas » – et deux mitraillettes Thompson dans leurs étuis en cuir doublé de laine. Hemingway avait insisté pour que j'emporte douze chargeurs de rechange pour ces *niños* et, obéissant, je les chargeai également à bord. Tout cet équipement se retrouva dans le compartiment secret côté tribord. Pour en découvrir l'existence, comme Shevlin l'avait confié à Hemingway, il fallait soulever les banquettes en cuir du pont.

Dans le compartiment bâbord, je rangeai deux des *sombreros científicos* du *Pilar*, deux toiles goudronnées vertes, une autre beige, trente mètres de fil à linge, des cartes maritimes enroulées dans des tubes en carton, des vestes de toile, des chaussures de rechange et d'autres vêtements. Je chargeai également une trousse de secours de l'armée, des bandages stérilisés, mon .357 Magnum et une soixantaine de cartouches rangées dans un sac étanche, une boîte de barres chocolatées Hershey, deux flacons d'anti-moustiques, deux paires de jumelles provenant de la *finca*, deux puissantes lampes torches, un petit appareil photo Leica, deux couteaux de chasse, deux sacs de toile avec lanières et un pulvérisateur bourré d'insecticide.

Je retournai sur le quai, bricolai une rampe à l'aide de deux larges planches et demandai à Juan de m'aider à rouler jusqu'au pont du *Lorraine* les deux barils de deux cents litres d'essence. Le chauffeur s'exécuta en grommelant, mais les barils se retrouvèrent en place sans que l'acajou ait été rayé ni le cuir taché. Juan retourna fumer une cigarette dans la voiture pendant que j'arrimais les barils avec la corde à linge, m'assurant qu'ils ne risquaient pas de se renverser par gros temps. Leur poids déséquilibrait la petite embarcation, qui penchait nettement à l'arrière, mais je ne pouvais rien y faire.

Une fois que tout fut en place et en sécurité, je fis un signe de la main à Juan, sortis de ma poche la clé en argent de Shevlin et démarrai, arrachant au moteur de 125 chevaux un grondement des plus satisfaisants. Pendant qu'il tournait au ralenti, je larguai les amarres de poupe et de proue, me calai sur le luxueux siège du pilote, tournai à bâbord la splendide barre en bois de chez Duesenberg et partis vers le large, me frayant un chemin parmi les bateaux de pêche qui rentraient au port et dont les occupants me regardaient avec un mélange d'envie et de mépris.

Une fois franchis les récifs, je fis grimper au maximum l'aiguille du tachymètre. L'étrave de la vedette se souleva et fendit les vagues aussi facilement qu'une balle traversant du coton. L'eau frappait assez fortement la coque, mais je ne percevais aucune vibration inquiétante. Je ralentis un peu, mais laissai au bateau la bride sur le cou. Le vent me fouettait le visage, ce qui me changeait agréablement de l'atmosphère lourde que nous avions connue à terre ces derniers jours. Si j'avais du carburant en quantité illimitée, songeai-je, je pourrais filer à trente-cinq nœuds pendant toute la journée sur une mer comme celle-ci. Je ralentis l'allure jusqu'à ce que la proue retombe sur l'eau, puis mis le cap à l'est en longeant la côte.

Près de la Finca Vigía, les prés et les collines étaient arides et poussiéreux, les seuls arbres qu'on y trouvait étant ceux des vergers cultivés, mais cette partie de la côte, à l'est de Cojímar, évoquait vue du large un paradis tropical : de longues plages blanches, des dunes de sable où les reflets du couchant se mêlaient aux ombres qui occultaient les herbes, des rangées mouvantes de cocotiers parés d'or et de vert. Il n'y avait pas à Guanabo de port digne de ce nom, mais une baie doucement incurvée, avec en son apex le village blotti sous les palmiers, et près de ses pointes, des enfilades de bungalows blancs abrités par des arbres. On les avait bâtis durant les années 20 et 30 pour accueillir les touristes *norte-americanos*, de plus en plus nombreux, mais aujourd'hui, leur peinture s'écaillait et la plupart d'entre eux étaient vides et condamnés, dans l'attente de la fin de la guerre.

Je m'amarrai à l'embarcadère privé, près de la pointe est de la baie. Le *Lorraine* était équipé d'une toile goudronnée pour protéger son pont, et il me fallut quelques minutes pour comprendre comment la fixer, tant attaches et mousquetons y étaient nombreux. Hemingway connaissait le propriétaire de cet embarcadère et de la cabane de pêcheur qui y était bâtie, et le vieil homme m'assura que le beau bateau serait là le lendemain, quand nous viendrions le chercher. Je lui transmis le meilleur souvenir du *señor* Hemingway et lui donnai un dollar. Juan et la Lincoln finirent par se montrer, et le trajet de retour se déroula dans un silence que seuls brisaient les grondements du tonnerre.

Maria était tout excitée de me voir, tout excitée par l'aventure qui l'attendait le lendemain, et surtout excitée par la conversation qu'elle avait eue avec le *señor* Hemingway lors du déjeuner. L'écrivain venait de partir à Cojímar, pour aller chercher ses fils et ses potes, et Maria et moi avons partagé un dîner léger au cottage « Premier Choix » tout en contemplant les éclairs de chaleur qui zébraient le ciel à l'ouest. En dépit de son excitation, elle avoua qu'elle redoutait toujours le retour de Maldonado, et elle sursautait à chaque coup de tonnerre. Quand la vaisselle fut faite et les lanternes allumées, elle se dirigea vers la porte.

« Où vas-tu, Maria ?

— Me promener, comme tous les soirs, José.

— Tu n'as pas peur de *Caballo Loco* ? »

Elle me sourit, mais jeta un regard inquiet vers la cour plongée dans les ténèbres.

« Et puis, repris-je, il n'y a pas mieux à faire qu'une promenade ? Il y a des chances pour que nous ne soyons jamais seuls durant les prochains jours. »

Maria ouvrit de grands yeux étonnés. En général, c'était toujours elle qui prenait l'initiative. « José », chuchota-t-elle.

J'allai jusqu'à elle, refermai la porte, et la soulevai dans mes bras pour la conduire à nos matelas.

23

L'expédition débuta dans la joie, à la manière d'une croisière en famille sous le soleil. Avant qu'elle ait pris fin, l'un de nous devait périr et j'allais être obligé d'extraire des balles de l'échine d'un cadavre.

Piloté par Hemingway, le *Pilar* appareilla le mercredi matin, peu après le lever du soleil. À l'exception de mon humble personne, tout l'équipage était de fort belle humeur – la présence à bord de Maria et des deux garçons donnait au voyage des allures de vacances. La foule de pêcheurs et d'amis qui se pressait sur les quais pour nous dire au revoir ne fit qu'accentuer cette impression. On y apercevait Roberto Herrera, son frère le Dr Herrera Sotolongo, Sinsky le Marin, Fernando Mesa et les autres membres d'équipage restés à terre, ainsi que don Andrés, le Prêtre noir, et des habitués de Cojímar qui savouraient une Bloody Mary matinale à La Terreza.

Maria était enchantée par le bateau mais terrifiée par la mer. Elle avoua à « Papa » qu'elle ne savait pas nager : son frère cadet s'était noyé dans le port de Santiago alors qu'il travaillait sur un bateau de pêche ; elle préférait rester assise au milieu du *Pilar* et passerait le voyage à prier la Vierge Marie pour que le temps ne se gâte pas.

« Entendu, ma fille, répliqua Hemingway, dites vos prières et moi, je consulterai le baromètre. Le beau temps est essentiel à notre voyage. »

Une fois au large, Patrick et Gregory prirent la jeune prostituée en main – sans doute ignoraient-ils les origines et l'ancienne activité de Maria, ne voyant en elle qu'« une jolie amie de Papa » – et ils se plièrent en quatre pour lui montrer les aménagements du bateau, ses balanciers et son matériel de pêche, ainsi que leurs propres cannes. Si leur espagnol était encore mal dégrossi, leur enthousiasme compensait largement leurs fautes de grammaire et de syntaxe.

« Quand on arrivera à Cayo Confites, lui dit Patrick à moment donné, je vous emmènerai pêcher au trident.

— Mais je ne sais pas nager », protesta Maria.

Patrick éclata de rire, et je me rendis compte que le garçon – ainsi que son petit frère – avait le béguin. « Ridicule, dit-il, l'eau est si salée et les vagues si petites qu'il est impossible de couler. Il suffit d'enfiler un masque et de mettre la tête sous l'eau.

— On vous prêtera un gilet de sauvetage, si vous voulez », dit Gregory. Son frère le regarda d'un air mauvais et lui fit signe en vain d'aller se faire voir ailleurs. « Mais on nage moins bien avec un de ces trucs, poursuivit-il, appréciant de toute évidence la compagnie de Maria.

— Il n'y a pas de requins ? demanda la jeune femme.

— Oh, si, il y en a plein dans les parages, dit Gregory en souriant de toutes ses dents, mais durant la journée, ils ne franchissent jamais le récif qui entoure Cayo Confites. Et je serai là pour vous protéger.

— Avec tous les petits poissons qu'il aura passés à la ceinture de son maillot pour attirer les requins », lança Patrick.

Gregory gratifia son frère d'un regard noir, mais Maria se contenta de sourire et de dire : « Et les barracudas ?

— Les barracudas ne nous embêtent jamais, assura Patrick, reprenant le contrôle de la conversation. Pour qu'ils vous attaquent, il faudrait que l'eau soit trouble ou trop agitée. Ou alors qu'ils vous aient mal vue. On ne pêche jamais au trident quand l'eau est trop agitée.

— Les barracudas sont très curieux, ajouta Gregory, et ils nagent tout le temps autour de nous, mais ils finissent toujours par s'en aller. Ils ne nous attaquent jamais.

— Sauf quand on traîne des poissons morts au bout d'une ligne, taquina Patrick. Ou qu'on les passe à la ceinture du maillot. Mais qui serait assez stupide pour garder sur soi des poissons tout sanguinolents ? »

Gregory fit semblant de ne pas avoir entendu. « Vous n'aurez qu'à nager entre Mouse et moi, Maria. Comme ça, rien ne viendra vous déranger. »

La jeune femme éclata de rire et secoua ses cheveux noirs. « Merci, merci à tous les deux. Mais je ne nagerai pas, je resterai sur l'île, je vous regarderai attraper des poissons, et je les ferai frire quand vous me les apporterez.

— Ce n'est pas une île, dit Patrick, visiblement contrarié par l'insistance de son frère et par le refus de Maria. Ce n'est qu'un petit key de merde. » Il était repassé à l'anglais pour la fin de sa phrase.

Maria hocha la tête et sourit.

Le *Pilar* fit halte à l'entrée de la baie de Guanabo pendant qu'Hemingway me conduisait à l'embarcadère à bord du *Tin Kid*. Porté par son petit moteur crachotant, le dinghy fila à travers les vaguelettes, puis sembla survoler le fond tant l'eau de la baie était transparente.

« Vous avez oublié de charger ceci hier », dit l'écrivain en tapotant un long objet emballé dans deux cirés.

Je soulevai le pan du ciré le plus proche. L'un des deux BAR. Du bout du pied, Hemingway poussa vers moi une boîte de munitions. Je hochai la tête, résigné à l'idée de trimballer le lourd fusil automatique.

« Si le temps se maintient, vous arriverez à Confites avant nous, poursuivit l'écrivain. Mais abstenez-vous d'aller explorer Punta Roma en solo.

— Entendu. »

Hemingway contempla le *Pilar*, dont la coque d'un vert étincelant se balançait doucement derrière la pointe. Les garçons expliquaient à Maria le fonctionnement du fauteuil de pêche. « Je me sentirais plus tranquille si vous emmeniez Xénophobie avec vous sur le *Lorraine*.

— Je le lui ai proposé. Mais elle a trop peur de l'eau pour monter à bord d'un si petit bateau. Et je croyais que vous aviez renoncé à l'appeler Xénophobie. »

Hemingway haussa les épaules. Il nous amena à quai et bavarda avec le vieux propriétaire pendant que je défaisais la bâche de la vedette, rangeais le BAR, toujours emballé dans ses cirés, planquais la boîte de munitions, vérifiais l'alimentation en carburant et larguais l'amarre de poupe.

Hemingway défit l'amarre de proue et me considéra. Il portait une vieille chemise de safari, aux manches relevées maintenues par des boutons, largement échancrée. Ses avant-bras et son torse velu étaient luisants de sueur. Il était très bronzé.

« Qu'avez-vous dit à la fille à propos de ce voyage ? demanda-t-il.

— Rien. À part qu'elle pouvait nous accompagner. »

L'écrivain opina. « J'ai embarqué deux tentes en toile à bord du *Pilar*. Gregorio les montera quand on arrivera à Confites, et elle et les garçons resteront sur l'îlot pendant que Wolfer et les autres s'occuperont... de leurs recherches scientifiques. »

Je hochai la tête et me tournai à nouveau vers le *Pilar*. On avait mis en place autour de la passerelle de pilotage une bannière en toile qui arrivait à la taille et, de chaque côté du bateau, installé deux écriteaux proclamant en lettres de trente centimètres de haut : MUSEUM AMERICAIN D'HISTOIRE NATURELLE.

« Ne laissez pas Saxon s'endormir à son poste », dis-je. Le marine avait l'habitude de somnoler dans la cabine radio étouffante, et je ne tenais pas à ce qu'il rate d'éventuelles transmissions.

« Ouais. » Hemingway se tourna vers l'est en plissant les yeux. La matinée était splendide. « Ils partiront demain à la première heure – Wolfer et les autres – pour aller patrouiller au nord-ouest de Confites. Il ne faudrait pas qu'ils interceptent notre sous-marin. »

Cette idée me fit sourire.

Hemingway me lança l'amarre. « Ne cassez pas le bateau de Tommy, Lucas », dit-il, puis il repartit vers le *Tin Kid*.

Je fis sortir le *Lorraine* de la baie à vitesse réduite, puis mis le cap à l'est une fois passé la pointe. Hemingway était à mi-chemin du *Pilar*. Patrick, Gregory et Maria me firent des signes de la main depuis la proue du bateau alors que j'accélérais pour chevaucher les vagues. On aurait dit trois enfants heureux et bronzés en partance pour une promenade en mer.

Le lieutenant cubain et ses hommes étaient ravis d'avoir de la compagnie pour la soirée et fort surpris de voir une femme visiter leur key. Ils disparurent dans leur gourbi pendant que nous montions les vieilles tentes de safari avec l'aide de Fuentes, et lorsqu'ils refirent leur apparition, ils étaient vêtus de leurs plus belles guenilles. De bonne grâce, Maria bavarda avec eux en espagnol, adoptant un débit précipité, pendant que nous débarquions les provisions et les ustensiles de cuisine.

Durant la semaine écoulée, le lieutenant n'avait observé aucune activité ennemie ; il n'avait aperçu que quelques bateaux de pêche. Guantánamo lui avait appris par radio que trois jours plus tôt, un patrouilleur de Camagüey avait affronté un sous-marin ennemi au large de la côte ouest de Bimini, et il avait placé ses hommes en état d'alerte, mais on n'avait rien vu au large de Cayo Confites. Hemingway remercia le lieutenant et ses hommes pour leur diligence, et les invita à partager notre repas du soir.

Après le coucher du soleil, alors qu'un vent opportun venait de se lever pour chasser les moustiques vers le sud-ouest, Fuentes fit un grand feu de bois et se mit à griller de gros steaks. Il y avait assez de salade et de pommes de terre pour tout le monde, et cette fois-ci, Wolfer n'avait pas oublié la bière. Le second avait confectionné une tarte au citron pour le dessert, et une fois le repas fini, tout le monde eut droit à sa ration de whiskey, y compris Maria et les garçons. Les Cubains allèrent se coucher vers minuit, mais le reste d'entre nous traîna encore une heure ; adossés à des arbres morts déposés par la marée, on contemplait les escarbilles du feu qui se mêlaient aux constellations, tout en parlant des sous-marins et de la guerre. Maria ne comprenait pas grand-chose quand nous parlions en anglais, mais elle ne cessait jamais de sourire et semblait ravie.

« Demain matin, dit Hemingway, s'adressant à Wolfer et à Patchi, je veux que vous emmeniez le *Pilar* vers Megano de Casigua. Gardez l'œil sur les sous-marins et veillez à ce que les oreilles de Saxon soient collées aux écouteurs au cas où les U-Boots communiqueraient avec la terre ou avec le *Southern Cross*. Aujourd'hui, il n'a entendu que des bribes d'allemand en provenance des meutes de loups qui croisent au nord.

— Je pensais qu'on verrait le yacht pendant le voyage, observa Winston Guest. La dernière fois qu'on l'a aperçu, il allait dans cette direction.

— Peut-être le verrez-vous demain, répondit Hemingway. En ce cas, n'hésitez pas à le suivre.

— Et si la *señorita* Helga est à bord ? demanda Ibarlucia en portant un toast avec sa bouteille de whiskey.

— N'hésitez pas à la baiser pour moi », lança Hemingway. Puis il sursauta comme un gamin pris en faute et jeta un coup d'œil à Maria, mais de toute évidence, son vocabulaire anglais ne s'étendait pas à la terminologie de sa profession.

« Bref, reprit l'écrivain, Lucas et moi allons prendre le petit bijou de Shevlin pour aller aux environs de Puerto de Nevitas, après Cayo Sabinal, et explorer les rivières et les bras de mer, au cas où il s'y trouverait des bases de ravitaillement ne figurant pas sur les cartes. »

Fuentes se frotta le menton. « Je suis surpris que le *señor* Shevlin nous ait prêté sa belle vedette.

— Tom est un franc-tireur de la marine, expliqua Hemingway. Il veut être utile à l'effort de guerre. Lui et le *Lorraine.* » Il se tourna vers Winston Guest, assis de l'autre côté des braises mourantes. « Wolfer, les garçons et Maria resteront ici demain, pour pêcher un peu. Veillez à ce qu'ils ne manquent de rien. »

Guest acquiesça. « Je vais leur laisser le *Tin Kid*. Le lieutenant m'a promis de surveiller les garçons jusqu'à notre retour demain soir.

— Lucas et moi camperons dans les environs de Puerto Tarafa, mentit l'écrivain. Et nous vous retrouverons vendredi matin. Attendez que nous soyons revenus pour partir en patrouille. »

Si nous revenons, ajoutai-je mentalement.

Nous sommes partis avant l'aube. Une fois qu'Hemingway eut jeté un coup d'œil à ses fils, qui dormaient dans une tente, nous avons embarqué à bord du *Tin Kid* et rejoint le *Lorraine* et le *Pilar* à la rame. Le vent était plus fort, la température plus basse que d'ordinaire. La veille, Fuentes était allé faire un tour à bord du *Pilar* ; il avait jeté deux ancres à la poupe et une à la proue pour s'assurer que le bateau ne chavirerait pas en cas de forte houle, mais le *Lorraine*, qui ne disposait que d'une seule ancre, frémissait comme un chien impatient d'être lâché.

Hemingway prit les commandes pour nous emmener au large. Il portait la même chemise de safari que la veille et s'était coiffé d'une casquette à grande visière. Il fit tourner le moteur au ralenti pour ne pas réveiller les garçons. Alors que nous passions près du *Pilar*, Fuentes sortit sur le pont et salua son capitaine. Hemingway lui rendit son salut ; bientôt, nous avions dépassé les récifs et la vedette prenait de la vitesse pour labourer les vagues.

L'écrivain consulta le compas, mit le cap à 110° et posa son poignet sur la barre Duesenberg. « Est-ce qu'on a tout ? demanda-t-il.

— Ouais. » La veille, pendant que les autres finissaient leur dîner, j'avais fait un tour à bord du *Lorraine*. La check-list était complète.

« Non, il nous manque quelque chose, dit Hemingway.

— Quoi donc ? »

Il prit un air grave, plongea une main dans la poche de sa veste de safari, en sortit deux bouchons, petits et assez larges, et m'en lança un. Je l'examinai et arquai un sourcil.

« Pour nous boucher le trou du cul », dit-il, et il se tourna pour contempler le soleil, qui se levait au nord de notre route.

Nous avons gagné l'est de l'archipel de Camagüey, longeant le Gulf Stream sans perdre la terre de vue. Le vent et la houle restaient modérément forts, mais le soleil perça bientôt les nuages et la chaleur redevint redoutable. Avant que nous ne mettions le cap sur Bahía Manatí et Punta Roma, je sortis les jumelles de leur étui étanche et scrutai l'horizon au nord.

« Que cherchez-vous, Lucas ?

— Cayo Cerdo Perdido. »

Hemingway gloussa. « Votre sens de l'orientation est parfait, mais vous avez oublié le facteur temps. C'est presque l'heure de la marée haute. Le Key du Cochon perdu doit être englouti en ce moment. Saleté de petit récif.

— Oui. Je voulais seulement une confirmation. »

Hemingway mit le cap à 160°, et les vagues vinrent battre la coque côté poupe et côté bâbord. Avec un moteur moins puissant, la vedette aurait été salement secouée, mais l'écrivain mit les gaz de façon à assurer notre stabilité sans toutefois gaspiller trop de carburant.

Alors que nous sortions des eaux bleues du Gulf Stream, je me tournai vers le nord. Quelque part dans cette direction, au sein des profondeurs océanes, plusieurs vingtaines d'hommes s'entassaient dans une grande boîte étouffante qui empestait la sueur, le diesel, le chou et les chaussettes sales. Cela faisait des semaines qu'ils naviguaient dans les ténèbres, leurs os vibrant au rythme obsédant des moteurs et des pistons qui propulsaient leur bâtiment, leur peau irritée par trop de jours passés sans se raser ni se laver, leurs oreilles captant sans cesse les grincements de la coque d'acier sous pression. Ils passaient leurs journées dans les profondeurs froides et humides, n'émergeant que la nuit pour recharger leurs batteries et avaler un peu d'air frais. Seul le capitaine et peut-être son second avaient le privilège de regarder l'extérieur par le périscope, lorsqu'ils s'orientaient grâce à des repères terrestres où se rapprochaient de leur proie ; les autres sous-mariniers attendaient les ordres en silence – aux postes de combat, lancez les torpilles –, puis les bruits caractéristiques d'une explosion, d'un cargo qui coule, sa coque brisée en deux. Puis l'explosion de la mine de fond qui risquait de les anéantir.

Chienne de vie.

Si la transmission que nous avions interceptée était authentique, deux de ces hommes attendant dans les profondeurs se préparaient à débarquer. Étaient-ils angoissés lors de leur dernier jour dans l'U-Boot – s'affairaient-ils à examiner une dernière fois leurs cartes, leurs mots de passe et leur équipement tandis qu'ils enfilaient leurs vêtements civils et graissaient une énième fois leurs pistolets ? Bien sûr que oui. Ce n'étaient que des hommes. Mais sans doute étaient-ils également impatients de sortir de cet univers confiné et obscur, et d'accomplir la mission pour laquelle ils avaient été entraînés.

Mais quelle était cette mission ? Teddy Schlegel ne semblait pas la connaître. Une rencontre avec le FBI ? C'était presque impensable.

« Voilà la pointe, dit Hemingway. Sortez les *niños.* »

Nous étions tombés d'accord pour explorer toute la zone avant de nous trouver une cachette dans un endroit élevé. Par conséquent, nous devions entrer dans la baie de Manatí en plus de fouiller les pointes et la côte. S'il s'agissait d'un piège, sans doute était-il conçu pour que nous y tombions en plein jour, lors de notre arrivée. J'allai jusqu'aux compartiments secrets et en rapportai nos deux mitraillettes Thompson, ainsi qu'un sac contenant des chargeurs. Le métal des armes était visqueux au toucher.

« Quelques ananas, aussi », dit Hemingway depuis la barre.

J'ouvris une boîte de grenades. J'en attrapai quatre – grises, lourdes et fraîches au toucher – et les mis dans le sac des chargeurs.

« Gardez les *niños* à l'abri des embruns », dit Hemingway. Le *Lorraine* avait mis le cap au sud-ouest et filait à vive allure.

Je posai les mitraillettes sous les sièges, là où le teck, l'acajou et le chrome les protégeraient, et examinai la côte à la jumelle. Lorsqu'on a étudié une carte suffisamment longtemps, on a l'impression d'avoir déjà visité le territoire quand on l'aborde. Mais c'était la première fois que je voyais cette baie. Lors de nos précédents passages dans cette région, nous étions trop éloignés du rivage pour en distinguer les détails. La réalité m'apparaissait avec netteté. Elle était conforme aux cartes.

L'entrée de Bahía Manatí était plus large que je ne l'avais cru – environ quarante mètres d'une pointe à l'autre. Punta Jesus, à l'est, s'avançait un peu plus que Punta Roma, à l'ouest du bras de mer, mais je compris bien vite pourquoi on avait choisi Punta Roma pour y construire un phare : de ce côté-ci, les falaises étaient plus hautes, près de dix mètres au-dessus du niveau de la mer, alors que du côté de Punta Jesus, elles n'atteignaient que trois ou quatre mètres. À l'ouest de Punta Roma, je distinguai la boucle d'Enseñada Herradura, un long bras de mer incurvé qui disparaissait dans les mangroves et les marécages. Le reste de la côte était plutôt découpé, avec pas mal de rochers ou de récifs autour de Punta Jesus, et d'autres rochers et des hauts-fonds à l'ouest d'Enseñada Herradura. Les plages proprement dites étaient rares, mais un joli croissant de sable devint visible en contrebas du phare de Punta Roma.

Je m'intéressai au phare en question. Sa structure métallique présentait des signes de rouille et d'usure trahissant une absence d'entretien évidente, mais le vrai problème, c'était qu'on avait volé le projecteur et les lentilles. Apparemment, le phare était hors service depuis un bout de temps. En réglant les jumelles, j'aperçus un peu plus loin des champs de canne à sucre désaffectés, qui occupaient tout mon champ visuel de l'est à l'ouest. On ne pouvait pas dire qu'il s'agissait d'une jungle ; au-dessus des bosquets de mangroves, on apercevait bien des palmiers et des fourrés, mais le coin avait fait l'objet d'une culture intensive avant de retourner à l'état sauvage. Exception faite du phare, le seul signe de civilisation était la cheminée du moulin à sucre de Manatí, qui se dressait au-dessus des champs côté ouest.

« On va aller faire un tour dans la baie, dit Hemingway à voix basse. Soyez prêt à aller sur la proue avec une sonde si les chenaux ne sont pas signalés. Et gardez votre *niño* avec vous. »

J'acquiesçai et saisis la mitraillette, laissant les jumelles pendre à mon cou. Je me sentais un peu stupide avec cette arme ; je savais m'en servir, bien entendu, y ayant été entraîné à Quantico et au Camp X, mais jamais je n'avais apprécié le *tommy gun*. Sa portée était faible et sa précision incertaine. Il s'agissait en fait d'un pistolet à répétition extraordinairement rapide, mais qui ne servait qu'à arroser des cibles proches. Ça faisait un effet bœuf au cinéma, mais ça ne valait pas un bon fusil pour le tir à longue portée, ni un bon pistolet pour le tir à courte portée.

Les vagues se brisaient à l'est sur les rochers, à l'ouest sur les récifs, tandis que nous avancions prudemment vers l'étroit chenal central. Le tracé de celui-ci était matérialisé par des piquets – parfois de simples branches mortes plantées dans les berges boueuses. Certains d'entre eux avaient de toute évidence disparu, d'autres étant tellement penchés que seule leur extrémité émergeait de l'eau.

Hemingway mit le moteur du *Lorraine* au ralenti et suivit le centre du chenal pendant que je scrutais les falaises et les champs de canne à sucre, en quête d'un mouvement ou d'un reflet de soleil sur le verre ou le métal. Rien n'est plus impénétrable au regard qu'un champ de canne à sucre.

La vedette obliqua légèrement sur la gauche, le chenal s'orientant brièvement vers l'est avant de repartir au sud. C'était ce que nous avions prévu – arriver juste après la marée haute, afin de trouver la baie dans l'état qui serait à nouveau le sien à onze heures du soir –, mais le chenal avait malheureusement souffert de plusieurs années de négligence. Devant nous, la voie était suffisamment dégagée pour que je ne sois pas encore obligé de me coucher sur la proue, une sonde ou un fil à plomb à la main, mais dans notre sillage, l'eau se transformait en une soupe couleur de café-crème.

« Est-ce que nous projetons de la boue ? demanda Hemingway d'une voix tendue.

— Uniquement à tribord. Peut-être devriez-vous vous rapprocher de la rive gauche. »

Hemingway tapota la carte posée sur le tableau de bord. « Il devrait y avoir huit brasses de profondeur, puis six, et cinq au niveau du coude. Je parie qu'on n'est pas à plus de deux brasses. Et le chenal ne fait que trois mètres de large. Au-delà, il n'y a plus que de la boue.

— Ouais. » *Los Doce Apostoles* devinrent visibles sur notre gauche. Les falaises de Bahía Manatí se trouvaient à présent derrière nous, les cannes à sucre et les mangroves ayant les pieds dans l'eau, mais les douze rochers étaient visibles à travers la végétation d'une petite colline en bord de baie, ainsi qu'une douzaine de masures envahies par les plantes rampantes et les mauvaises herbes en contrebas. Un labyrinthe de sentiers sillonnaient le rivage, mais ils n'avaient pas été utilisés depuis longtemps, et le quai auquel ils menaient s'était effondré dans les eaux.

Je scrutai les fenêtres obscures de ces masures et dégageai le cran de sûreté de ma Thompson.

« Voilà les voies ferrées et la cheminée », dit Hemingway à voix basse.

La baie s'ouvrait devant nous. Je vis qu'elle s'achevait à quinze cents mètres au sud-ouest, et qu'un bras de mer disparaissait au sud-est de *Los Doce Apostoles*. Droit devant nous, au centre de la baie, se trouvait un îlot couvert d'arbres. À tribord, du côté où Hemingway scrutait les lieux, le fouillis verdoyant des cannes à sucre était tranché par deux voies ferrées courant vers les champs. Une cheminée en brique, haute de neuf ou dix mètres, se dressait au bord de la voie la plus au sud. De ce qui avait été Puerto Manatí subsistaient plusieurs bâtiments en brique, ainsi que deux quais s'avançant sur la baie à l'extrémité des rails, mais toutes les vitres des bâtiments étaient brisées, l'un des deux quais s'était effondré, l'autre s'engloutissait dans trente centimètres d'eau et les pistes bordant le rivage disparaissaient sous la végétation.

« Merde, fit Hemingway. D'après la carte, il devrait y avoir cinq brasses par ici. Il n'y en a même pas une. Attrapez la sonde et allez sur la proue. »

Je fis passer la Thompson par-dessus mon épaule et m'exécutai. « C'était un banc de sable, dis-je. Devant nous, il y a une bonne brasse de profondeur. »

La vedette avança en ronronnant, projetant de la boue derrière elle. Devant nous apparaissait l'îlot que notre carte identifiait comme « Cayo Largo ». Sur le rivage, à notre droite, une autre colline se dressait au-dessus des cannes à sucre, environ deux fois plus haute que les Douze Apôtres. Au-delà, on distinguait d'autres ruines au sud-est de la baie.

« Le moulin à sucre de Manatí », commenta Hemingway alors que nous contournions l'îlot à vitesse réduite. Sur celui-ci se trouvaient quelques bicoques, mais elles avaient presque disparu au sein de la végétation. À l'instar d'un pilote de chasse, je ne cessais de tourner la tête dans tous les sens, guettant un mouvement dans les bâtiments en brique, autour de la cheminée, autour du moulin et sur l'îlot. Soudain retentit une explosion de bruit et de couleur, et une trentaine de flamants s'envolèrent depuis un banc de sable. Je l'avoue, je braquai la mitraillette Thompson sur eux avant de l'abaisser, un peu penaud. Les oiseaux survolèrent bruyamment la partie sud-ouest de la baie avant de se poser sur un autre banc de sable, en un point que notre carte identifiait comme « Estero San Joaquin ».

« *Cocos* », dit Hemingway. Il coupa le moteur, nous laissant dériver sur un faible courant.

Je me tournai dans la direction qu'il m'indiquait. Une douzaine d'ibis rouges volaient au-dessus du lagon, entre la colline et les quais abandonnés. Plus près de nous, un couple de spatules traversait d'un pas délicat l'un des rares bancs de boue que la marée n'avait pas engloutis.

La partie la plus large de la baie s'étendait devant nous, mais de toute évidence, l'eau n'y était pas assez profonde pour nous permettre de poursuivre notre exploration. « Je parie qu'il n'y a même pas trente centimètres de fond là-dedans, dit Hemingway en désignant le paysage de ses doigts meurtris.

— En effet, acquiesçai-je. Mais un canot pneumatique passerait sans peine.

— Ouais. Nos gars de cette nuit pourraient débarquer sur le quai ou sur la vieille route, mais je pense qu'ils n'en feront rien.

— Pourquoi ? Ils seraient à l'abri.

— Ouais, et je pense que c'est une des raisons pour lesquelles ils ne traverseront pas la baie. À mon avis, ils voudront rester visibles depuis le sous-marin – pour lui faire savoir que tout va bien, au moyen de signaux lumineux, par exemple. »

Je fis oui de la tête. Hemingway ne se fiait ici qu'à son intuition, mais mon expérience confirmait sa remarque.

« En outre, poursuivit-il, ils sont censés débarquer une heure avant le lever de la lune, et ils auraient un mal de chien à négocier ce chenal dans le noir, même si leur embarcation n'a que quinze ou vingt centimètres de tirant d'eau. »

Je m'assis sur le bois brûlant de la proue, laissant reposer sur mes genoux la sonde et la mitraillette. « Je suis d'accord, dis-je. C'est bien à Punta Roma qu'il faut les attendre. Et maintenant, si on allait chercher une cachette pour le *Lorraine* ? » On n'était qu'en milieu de journée, et il soufflait une brise légère, mais des nuages de mouches et de moustiques dérivaient déjà vers nous.

« Ouais, fit Hemingway. Foutons le camp d'ici. »

Il nous fallut un peu plus d'une heure pour dissimuler le *Lorraine* dans le marais bordant l'Enseñada Herradura, explorer la zone qui surplombait le phare de Punta Roma et y transporter notre matériel. L'endroit idéal pour cacher le bateau était le lagon à mangroves, situé à l'ouest de la pointe, un bourbier grouillant de moustiques. Il aurait été plus sage de décharger notre matériel sur la petite plage, puis de planquer la vedette, mais nous étions impatients de quitter celle-ci pour passer enfin à l'action, de sorte que nous avons dû monter et descendre à deux reprises le flanc de la colline – boueux, touffu et envahi d'insectes.

Le choix de l'endroit où nous nous posterions exigeait mûre réflexion. Nous voulions avoir vue sur la pointe, bien entendu, mais aussi sur le bras de mer au cas où les agents allemands, contrairement à nos prévisions, entreraient dans Bahía Manatí à bord d'un radeau. Nous souhaitions aussi pouvoir scruter la mer et battre en retraite sans problème, afin de gagner une autre position ou tout simplement de rejoindre la vedette. Dernier point : personne ne devait nous voir.

Ce problème allait me permettre de juger des capacités militaires d'Hemingway, et je fus impressionné par sa décision. Il existait un poste d'observation idéal près de la crête de la colline : à la lisière d'un champ de cannes à sucre, à l'abri d'un arbre, avec un angle de vue de 270° permettant de surveiller le phare, le bras de mer, la partie nord de la baie et même l'enseñada derrière nous. Une piste menait à ce point élevé, courant vers la langue de terre au nord et vers la vieille route au sud, ce qui nous faciliterait le transport du matériel. Hemingway le repéra tout de suite et déclara : « Trop évident. Cherchons plus bas sur la colline. »

Il avait raison. Non seulement nous jouions un jeu dangereux, mais nous ne devions pas oublier que notre présence ici était sans doute *attendue*. Je ne voyais pas pourquoi l'une ou l'autre des deux agences allemandes aurait voulu nous tendre une embuscade, mais si tel était bien le cas, nous n'avions aucune raison de leur faciliter la tâche.

Hemingway choisit un point du versant situé à un tiers de sa hauteur, à l'ouest de la pointe. Il n'y avait pas de dunes dignes de ce nom sur cette partie de la côte, mais l'érosion avait creusé quantité de ravines sur les coteaux, et Hemingway sélectionna l'une d'elles, qui courait entre la pointe et le bras de mer où nous avions planqué la vedette. Sa paroi nord – côté océan – était plutôt raide, mais quand on l'approchait par le sud-ouest, à la lisière du champ de cannes à sucre, elle se dessinait en pente douce sous un épais tapis de fourrés. De son point culminant, on distinguait le phare, la piste qui longeait la crête, la petite plage du bras de mer et une large étendue d'océan. En remontant la ravine, abrités par la paroi, nous pouvions gagner le sommet de la crête pour surveiller la baie et la vieille route, et s'il y avait du mouvement sur celle-ci ou sur les rails, il nous était possible de battre en retraite au fond de la ravine ou dans le champ de cannes à sucre, pour, de là, regagner la vedette.

La chaleur était étouffante. Nous avons disposé deux toiles goudronnées au-dessus de la tranchée, en les attachant à des rochers et à des racines, et en les tendant afin qu'elles ne claquent pas au vent ; puis nous les avons laissées s'affaisser un peu et les avons recouvertes de terre et de branchages afin de parachever le camouflage. En plein jour, notre cachette était invisible à dix mètres de distance. La nuit, un intrus ne nous verrait pas même s'il se pointait sur la crête.

Les mouches étaient infernales – nous étions couverts de piqûres –, mais Hemingway pulvérisa de l'insecticide autour de notre abri et me passa le flacon d'anti-moustiques. L'écrivain avait renoncé à transporter le BAR jusqu'ici – le fusil automatique aurait été trop difficile à évacuer en cas de retraite précipitée –, mais il avait insisté pour que nous le déballions et le chargions avant de quitter le *Lorraine*. Je le soupçonnais de vouloir faire une sortie pétaradante si jamais nous étions pris au piège.

Outre les toiles goudronnées, les mitraillettes Thompson, les grenades, les chargeurs, les jumelles, le pulvérisateur, les couteaux, les effets personnels, les sombreros, la trousse de premier secours et les pistolets, nous avions aussi emporté une glacière contenant de la bière et des sandwiches. Nous avons mangé en début d'après-midi – sandwich au corned-beef pour moi, sandwich aux œufs et aux oignons pour Hemingway, le tout arrosé de bière bien fraîche. Je ne pus m'empêcher de sourire en pensant à la tête que ferait le directeur Hoover s'il apprenait que l'un de ses agents buvait de la bière en faisant le guet. Puis mon sourire s'effaça lorsque je me rendis compte que j'avais sans doute cessé d'appartenir au Bureau de Mr. Hoover.

Durant l'interminable après-midi et jusqu'en début de soirée, nous sommes restés allongés dans notre tranchée, nous relayant pour observer la mer à la jumelle et nous efforçant de ne pas hurler quand nous étions piqués par un insecte. De temps à autre, l'un de nous montait sur la crête pour scruter la baie, les Douze Apôtres, la vieille route et le moulin abandonné en quête d'un mouvement. Mais la plupart du temps, nous restions allongés.

Nous avions commencé par échanger des murmures, pour nous rendre compte bien vite qu'avec le bruit du ressac, le fracas des vagues se brisant contre les falaises à l'est de Punta Roma et le souffle du vent dans les cannes à sucre, nous pouvions parler à voix haute sans qu'on nous entende à plus de trois mètres.

À la tombée du soir, après que le soleil se fut couché derrière les champs et la lointaine silhouette rocheuse de Punta Brava, l'obscurité accentuant encore le vacarme de l'océan, j'avais l'impression de poireauter dans cette tranchée depuis une bonne semaine. Nous avions fait un somme à tour de rôle afin d'être frais et dispos la nuit venue, mais je ne pense pas qu'Hemingway ait dormi plus de dix minutes. Il était en pleine forme et ne semblait nullement nerveux. Sa voix était enjouée, son ton détendu, son humour évident.

« J'ai eu des nouvelles de Marty avant notre départ, dit-il. Elle m'a envoyé un câble de Basseterre, sur Saint-Kitts. Ses trois nègres en ont eu marre de leur petite aventure, et ils l'ont abandonnée sur cette île. Le câble avait été censuré, bien entendu, mais j'ai l'impression qu'elle a vogué d'île en île, en quête d'aventures et de sous-marins allemands.

— Elle a trouvé quelque chose ?

— Marty trouve toujours l'aventure, dit Hemingway en souriant. Elle envisage d'aller ensuite à Paramaribo.

— Paramaribo ?

— C'est en Guyane hollandaise. » Il se frotta les yeux pour en chasser la sueur. Je remarquai que son oreille était encore enflée, et j'en eus un peu honte.

« Oui, je sais où se trouve Paramaribo. Pourquoi va-t-elle là-bas ?

— *¿ Quien sabe ?* L'aventure, aux yeux de Martha, c'est se rendre dans un lieu lointain et inconfortable et y subir diverses choses tout en râlant et en geignant. Ensuite, elle en tire un article brillant qui vous fait hurler de rire. Si elle survit.

— Vous vous faites du souci pour elle ? » Je me demandai quels seraient mes sentiments si j'étais responsable d'une compagne partie explorer la jungle et les marécages sans que je puisse lui porter secours en cas de malheur. J'avais du mal à m'imaginer responsable d'une femme.

Hemingway haussa les épaules. « Marty sait se débrouiller toute seule. Vous voulez une autre bière ? » Il décapsula une nouvelle canette avec le manche de son couteau.

« Non. Je préférerais être relativement à jeun quand l'U-Boot arrivera.

— Pourquoi ? » Au bout d'un temps, alors que la pénombre

virait à l'obscurité, Hemingway reprit : « Wolfer a dû vous dire certaines choses au sujet de Marty. Des choses peu aimables. »

Je levai les jumelles pour scruter l'horizon faiblement éclairé et m'abstins de répondre.

« Wolfer est jaloux », poursuivit l'écrivain.

Cette remarque me parut des plus étranges. J'abaissai les jumelles et écoutai le murmure du vent dans les cannes à sucre.

« Ne prenez pas pour argent comptant tout ce que Wolfer a pu vous raconter. Marty est un écrivain de talent. Là est le problème.

— Que voulez-vous dire ? » demandai-je.

Hemingway rota doucement et déplaça la Thompson posée sur ses genoux. « Elle a du talent, déclara-t-il tout net. Moi, j'ai bien plus que du talent, du moins en ce qui concerne l'écriture. Il n'y a rien de pire en ce bas monde que d'avoir à côtoyer un génie qui vous est inaccessible. Je le sais. Je suis bien placé pour le savoir. »

Il resta silencieux quelques minutes. Il avait prononcé ces mots si doucement, si posément, que je me rendis compte qu'il ne s'agissait pas d'une vantardise, et même, réflexion faite, que ce n'était pas loin de de la vérité.

« Qu'allez-vous écrire ensuite ? » demandai-je, stupéfié par ma propre question. Mais j'étais bel et bien curieux.

Hemingway aussi parut surpris. « Cela vous intéresse ? Vous qui avez toujours méprisé et mépriserez toujours la fiction ? »

Je portai de nouveau les jumelles à mes yeux. L'horizon n'était plus qu'une ligne quasi indistincte. Les vagues semblaient rugir dans les ténèbres. Je consultai ma montre. 9 h 28.

« Pardon », dit Hemingway. Ce fut la seule fois qu'il me présenta des excuses. « Je ne sais pas ce que je vais écrire ensuite, Lucas. Un de ces jours, quand la guerre sera finie, peut-être que je raconterai cette putain d'histoire. » Je le vis qui me fixait dans la pénombre. « Je vous ferai figurer dedans. Mais je mélangerai vos pires aspects avec les pires aspects de Saxon. Vous aurez ses pieds rongés de mycose et votre sale caractère. Tout le monde vous détestera.

— Pourquoi faites-vous ça ? » demandai-je à voix basse. La brise chassa quelques moustiques de mon visage. L'écume luisait dans le crépuscule.

« Quoi donc ?

— Écrire de la fiction plutôt que raconter la vérité. »

Hemingway secoua la tête. « Il est difficile d'être un grand écrivain, Lucas, si on aime le monde, si on vit dans le monde et si on aime les gens exceptionnels. C'est encore plus dur quand on aime plein d'endroits. On ne peut pas se contenter de transcrire les choses de l'extérieur, ce n'est que de la photographie. On doit procéder comme le faisait Cézanne, trouver les choses à l'intérieur de soi. L'art, c'est ça. On doit créer en soi-même. Vous comprenez ?

— Non. »

Hemingway poussa un petit soupir et hocha la tête. « C'est comme quand on écoute les gens, Lucas. Si leurs expériences sont vivantes, elles deviennent une partie de vous-même, qu'ils vous aient raconté ou non des foutaises. Au bout d'un temps, leurs expériences deviennent plus vivantes que les vôtres. Alors, vous mélangez le tout. Vous inventez des histoires à partir de votre vie et de la leur, et au bout d'un temps, le fait de savoir d'où vient telle ou telle chose n'a plus d'importance... ce qui vient de vous, ce qui vient des autres, ce qui est vrai, ce qui est faux. Désormais, tout est vrai. C'est le pays que vous connaissez, le temps qu'il y fait. Tous les gens que vous connaissez. Sauf qu'il faut éviter d'en faire trop... d'exhiber toutes vos connaissances comme si c'étaient des soldats capturés passant sous l'arc de triomphe... c'est ce qu'ont fait Joyce et tant d'autres, et c'est pour ça qu'ils ont échoué. » Il me jeta un regard acéré. « Joyce est un homme, pas une femme.

— Je sais. Je me rappelle son livre dans votre bibliothèque.

— Vous avez une excellente mémoire, Joe.

— Oui.

— Vous feriez un excellent écrivain. »

J'éclatai de rire. « Jamais je ne pourrais mentir comme vous », lançai-je, prenant la mesure de mes paroles alors même que je les prononçais.

Hemingway s'esclaffa à son tour. « Vous êtes le plus fieffé menteur que j'aie jamais connu, Lucas. Vous racontez des mensonges aussi facilement qu'un bébé tète sa mère. C'est un instinct chez vous. Je sais de quoi je parle. J'ai une bonne expérience de ce téton-là. »

Je ne répondis rien.

« Écrire de la fiction, c'est un peu comme charger un bateau sans le surcharger, reprit-il. Dans chaque phrase doivent être calés un millier d'intangibles. La majeure partie du chargement doit rester invisible, à peine suggérée. Vous avez déjà vu une aquarelle zen, Lucas ?

— Non.

— Alors, vous ne me comprendriez pas si je vous disais qu'un artiste zen peint un faucon rien qu'en mettant une tache de bleu représentant un ciel sans faucon.

— Non », acquiesçai-je, et pourtant, une partie de mon esprit comprenait ce qu'il me disait.

Hemingway désigna l'océan. « C'est comme ce putain de sous-marin qui rôde près de nous. Si nous apercevons son périscope, nous savons que tout le reste est là, sous l'eau... la tourelle, les torpilles, la salle des machines avec tous ces cadrans et ces tuyaux, les braves Allemands penchés sur leur choucroute... mais nous n'avons pas besoin de les *voir* pour savoir qu'ils sont là, il nous suffit de voir le périscope. Une bonne phrase, un bon paragraphe, c'est un peu comme ça. Vous pigez maintenant ?

— Non. »

Nouveau soupir de l'écrivain. « L'année dernière, quand j'étais à Chungking avec Marty, j'ai fait la connaissance d'un jeune lieutenant de la marine nommé Bill Lederer. Il n'y avait quasiment rien à boire dans ce pays de merde, excepté de l'alcool de riz avec des cadavres d'oiseaux et de serpents dans les bouteilles, mais le bruit courait que Lederer avait acheté deux casiers de whiskey dans une vente aux enchères chinoise. Ce crétin n'avait encore débouché aucune bouteille... il était sur le point d'être muté, et il gardait son stock pour fêter ça. Je lui ai dit que s'abstenir de boire son whiskey était aussi grave que de s'abstenir de baiser une jolie fille quand on en avait l'occasion, mais il tenait à sa grande fiesta et ne voulait pas en démordre. Vous me suivez jusque-là, Joe ?

— Ouais. » Je gardais les yeux fixés sur les vagues.

« Je voulais son whiskey. J'étais mort de soif. Je lui ai proposé du fric... des dollars... plein de dollars, mais Lederer refusait de vendre. Finalement, en désespoir de cause, je lui ai dit : "Je vous donnerai tout ce que vous voulez en échange d'une demi-douzaine de bouteilles." Lederer se gratte la tête et me répond : "Okay, je vous échange six bouteilles contre six leçons d'écriture." Marché conclu. Et Lederer me donne une bouteille après chaque leçon. Durant la dernière leçon, je lui dis : "Bill, avant de pouvoir écrire sur les gens, vous devez être un homme civilisé. – Qu'est-ce qu'un homme civilisé ? me demande Lederer. – Pour être civilisé, lui dis-je, vous devez posséder deux choses : la compassion et la capacité d'accompagner les coups qu'on vous porte. Ne vous moquez jamais d'un homme qui n'a pas eu de chance. Et si vous avez la poisse à votre tour, ne cherchez pas à résister. Accompagnez les coups... et rebondissez." Comme j'ai accompagné vos coups de poing, Lucas. Vous voyez où je veux en venir ?

— Pas vraiment.

— Peu importe. En vérité, d'ailleurs, je vous ai donné davantage de conseils d'écriture que je n'en ai donné au lieutenant Lederer. Et mon dernier conseil était le plus important.

— À savoir ?

— Je lui ai conseillé de rentrer chez lui et de goûter son whiskey. » Hemingway se fendit d'un large sourire, et je vis ses dents briller dans le noir. « Les Chinetoques lui avaient vendu deux casiers de thé tiède. »

Le silence qui suivit dura plusieurs minutes. Lorsque le vent se leva, la toile frémit à peine au-dessus de nous, mais les plants de canne à sucre cliquetèrent comme des osselets dans un gobelet d'étain.

« Bref, le truc, c'est de faire plus vrai que nature, dit enfin Hemingway. Et c'est pour ça que j'écris de la fiction plutôt que des faits. » Il leva ses jumelles et scruta l'océan enténébré.

Je savais que la conversation était finie, mais je persistai : « Les livres vivent plus longtemps que vous, n'est-ce pas ? Plus longtemps que leur auteur, je veux dire. »

Hemingway abaissa ses jumelles et me fixa. « Oui, Joe. Peut-être que vous voyez le faucon et le sous-marin, après tout. Les livres durent plus longtemps. À condition qu'ils soient bons. Et l'écrivain passe son existence tout seul, affrontant chaque jour l'éternité ou l'absence d'éternité. Peut-être que vous comprenez. » Il leva à nouveau ses jumelles. « Racontez-moi toute l'histoire encore une fois. Les trahisons et les coups fourrés. Dites-moi tout ce que vous pouvez me dire et que vous ne m'avez pas encore dit. »

Je ne lui cachai rien, excepté les détails de l'interrogatoire de Schlegel et le fait que j'avais trouvé quelque chose dans le grenier à foin.

« Donc, vous pensez que cette première transmission avait pour but de nous faire venir ici ? demanda-t-il.

— Ouais.

— Mais pas seulement nous deux. Ils supposaient probablement que nous amènerions le *Pilar* et les autres.

— Probablement. Mais ce n'est pas le plus important, à mon avis.

— C'est quoi, le plus important, Joe ?

— Le fait que vous et moi soyons ici.

— Pourquoi ? »

Je secouai la tête. « Je ne le comprends toujours pas. Schlegel m'a dit que le FBI était impliqué dans cette opération, mais peut-être parlait-il seulement de Delgado. Je ne peux pas croire que Hoover se soit acoquiné avec les Allemands. Ça n'a aucun sens.

— Et pourquoi pas ? Qu'est-ce que Hoover redoute le plus ? Les nazis ?

— Non.

— Les communistes ?

— Non. Ce qu'il craint le plus, c'est perdre le pouvoir... perdre le contrôle du Bureau, ou voir le Bureau perdre son influence. Une révolution communiste aux États-Unis ne figurerait qu'en deuxième position sur la liste des craintes de Mr. Hoover.

— Quels seraient alors les liens entre ce foutoir cubain et les craintes de votre Mr. Hoover ? demanda Hemingway. Plus que toute autre émotion, la peur est le principal moteur de l'homme. En tout cas, c'est ce que j'ai pu observer. »

Je réfléchis un long moment à cette remarque.

Le radeau apparut sur les vagues à 23 heures précises. Puis, sous nos yeux, deux silhouettes obscures le traînèrent jusqu'à l'étroite plage de sable luisant sous le firmament, ouvrirent ensuite une boîte, ou un coffre, en sortirent une lanterne et envoyèrent des signaux lumineux en direction de l'océan enténébré.

Dix secondes plus tard, une minuscule étoile clignota depuis une tourelle, ou un périscope, à plusieurs centaines de mètres du rivage – deux points, deux traits, un point. Puis il n'y eut plus que les ténèbres et le murmure de la marée.

Toujours observés par Hemingway et par moi-même, les deux agents dégonflèrent leur radeau, le traînèrent jusqu'à la ravine la plus proche – située à l'est de la nôtre et séparée d'elle par trois autres fossés –, attrapèrent des pelles et l'enterrèrent en jurant en allemand. Puis ils se dirigèrent vers le sommet de la colline, plus précisément vers l'arbre sous lequel se trouvait la cachette qui nous avait paru trop parfaite.

Sortant à reculons de notre abri, Hemingway et moi nous

sommes postés au milieu des fourrés pour suivre leur progression. Ils étaient à moins de vingt mètres de nous. Le vent et le ressac rendaient leurs propos quasiment inaudibles, mais le vent porta jusqu'à nous quelques mots d'allemand. Seules leurs têtes et leurs épaules étaient visibles au-dessus des buissons, puis elles disparurent comme ils s'enfonçaient dans les ténèbres pour se diriger vers l'arbre.

Hemingway approcha ses lèvres de mon oreille gauche. « Nous allons devoir les suivre. »

J'acquiesçai.

Soudain, leur lanterne clignota à deux reprises. Sur la ligne de crête, à trente mètres à notre droite, presque dissimulée par les fourrés et les cannes à sucre, une autre lumière – plus petite – brilla une seule fois.

« Merde », chuchota Hemingway.

Nous rampions sur la colline, la sangle de la Thompson enroulée autour du bras mais le canon pointé devant nous.

Sans prévenir, les coups de feu éclatèrent.

24

Le ou les tireurs ne se trouvaient pas là où nous avions vu la seconde lanterne, mais près de l'endroit où nous avions pour la dernière fois aperçu les deux infiltrateurs. Je me plaquai au sol, supposant que ces derniers nous avaient repérés et nous tiraient dessus. Hemingway devait être parvenu à la même conclusion, car, après s'être jeté à terre au moment où résonnaient les quatre premières détonations, il leva sa Thompson, de toute évidence résolu à riposter. D'un geste de la main, je l'obligeai à la rabaisser.

« Non ! murmurai-je. Ce n'est pas nous qu'on vise. »

On avait cessé de tirer. Un horrible gémissement monta des ténèbres au sommet de la colline, puis ce fut le silence. Le bruit du ressac se confondait avec le battement du sang à mes tempes. La lune ne s'était pas encore levée, et je me surpris à mettre en application ce qu'on m'avait enseigné sur le combat dans l'obscurité : tenter de percevoir des mouvements du coin de l'œil, utiliser ma vision périphérique pour localiser l'ennemi. Rien à signaler.

Près de moi, Hemingway était tendu, prêt à bondir, mais il ne semblait pas impressionné par les coups de feu. Il se pencha vers moi et chuchota : « Pourquoi n'est-ce pas sur nous qu'on tire, à votre avis ?

— Aucune balle n'est passée au-dessus de nous. Les buissons derrière nous n'ont pas été touchés.

— On vise toujours plus haut dans le noir », marmonna l'écrivain. Toujours plaqué au sol, il tournait vivement la tête de droite à gauche.

« Oui, fis-je.

— Vous avez reconnu l'arme utilisée ?

— Un pistolet, ou alors un fusil automatique en mode manuel.

Un Luger. Peut-être un Schmeisser. Sans doute du neuf millimètres. »

Hemingway opina dans les ténèbres. « Peut-être qu'ils vont nous prendre par la droite. En passant par le champ de cannes à sucre.

— Nous les entendrions. Nous ne risquons rien ici. » Du moins pour le moment. Notre ennemi avait sur nous l'avantage de l'altitude, mais personne ne pouvait nous approcher sur la gauche, par le sommet de la falaise, sans faire rouler un caillou, ni sur la droite, entre les cannes à sucre, sans les faire bruire. Entre la crête et notre position, poivriers et autres arbustes poussaient à profusion ; Hemingway et moi avions trouvé un moyen d'y ramper en plein jour, mais la nuit personne ne pouvait emprunter ce chemin en silence.

À moins que l'ennemi n'ait soigneusement reconnu les lieux et trouvé un passage.

À moins que d'autres hommes ne nous tombent dessus par-derrière, en venant du marais, pendant que nous nous concentrions sur la ligne de crête.

« J'y vais », murmurai-je.

Hemingway m'étreignit le bras. « Moi aussi. »

Je m'approchai de lui pour lui souffler à l'oreille : « L'un de nous doit partir sur la droite, en direction de l'endroit où se trouvait la seconde lanterne. L'autre doit se diriger vers l'arbre... pour voir si les deux hommes sont toujours là. » Je savais qu'il était dangereux de nous séparer dans les ténèbres – nous risquions de nous entre-tuer, pour commencer –, mais l'idée que quelqu'un nous observait me faisait dresser les cheveux sur la tête.

« Je prends l'arbre, chuchota l'écrivain. N'oubliez pas votre lampe torche. Il ne faudrait pas qu'on se tire dessus. »

Nous avions apporté des carrés de flanelle rouge destinés à envelopper nos lampes, qui n'émettraient alors qu'un faible éclat écarlate. C'était censé être notre signal de reconnaissance.

« On se retrouve ici dès qu'on aura fini de reconnaître la zone, dit Hemingway. Bonne chance. » Il se mit à ramper sous les racines et les branches basses.

Je me dirigeai vers la droite, franchissant la paroi de notre ravine, puis gagnant le champ de cannes à sucre avant de grimper vers la ligne de crête. Je n'entendais aucun bruit, hormis le vent, le ressac et mon propre souffle, et je progressais à quatre pattes, veillant à adopter un profil bas. La lune se lèverait d'une minute à l'autre.

Je sus que j'avais atteint le sommet seulement lorsque, émergeant des poivriers enchevêtrés, je sentis sous mes doigts la piste herbeuse mais bien tassée. À gauche, elle sinuait en direction de l'arbre. À droite, elle faisait un coude autour des cannes à sucre avant de descendre sur le versant est en direction de la route menant à la voie ferrée et au moulin abandonné. Je traversai la piste en courant et me tapis sous un petit chêne, levant la tête avec une prudence extrême.

Pas un mouvement, ni à droite ni à gauche. Hemingway devait être tout près de l'arbre, à quinze mètres de là, mais je ne l'entendais pas. Je jetai un coup d'œil à la baie. Des eaux noires, le bruissement des palmiers sur l'autre berge, en contrebas de *Los Doce Apostoles*. Je devais être à l'endroit exact où s'était trouvée la seconde lanterne, mais je ne distinguais aucune trace dans les ténèbres. Celui qui l'avait actionnée, devinai-je, avait dû emprunter la piste vers le sud, regagnant la baie, les voies ferrées ou le moulin.

Ou alors il m'attendait sous ces petits chênes, là où la piste faisait un coude.

Je passai la Thompson en bandoulière, le canon coincé sous mon bras gauche, et dégainai le .357, dont je débloquai le cran de sûreté avant de poser mon pouce sur le percuteur. Avançant à croupetons, par petits bonds saccadés, je descendis la piste, allant d'un côté à l'autre, marquant de fréquentes pauses pour me dissimuler sous un buisson, reprendre mon souffle et tendre l'oreille. Toujours aucun bruit, hormis le bruissement des cannes à sucre et le murmure de plus en plus lointain du ressac.

Un tronçon de piste entièrement dégagé menant au pied de la colline. Je le franchis dans un sprint sinueux, l'estomac noué, attendant un coup de feu. Rien. Une fois arrivé en bas, j'attendis vingt secondes, le temps de reprendre mon souffle, avant de poser le pied sur la vieille route qui longeait le rivage. Si Hemingway était en danger, il me faudrait deux ou trois minutes pour aller à son secours. Et sans doute tomber à mon tour dans une embuscade.

Tout ça n'est pas très malin, Joe, songeai-je. Puis je m'engageai sur la route. Du temps où le moulin à sucre était en activité, la chaussée était sans doute gravillonnée, mais à présent elle se réduisait à deux sillons parallèles séparés par un fouillis de plantes rampantes et de mauvaises herbes montant à hauteur de la taille. Je me baissai pour être moins visible et me mis à courir, l'arme au poing. Mon instinct me soufflait que, dans de telles conditions, je risquais d'avoir à me servir de mon couteau.

Quelqu'un bougea une centaine de mètres devant moi, là où la muraille de cannes à sucre était interrompue par les rails. Je m'accroupis et empoignai mon pistolet des deux mains, sachant que ma cible était hors de portée mais attendant un autre mouvement. Rien. Je comptai jusqu'à soixante, puis me remis à sprinter, passant d'une ornière à l'autre suivant un rythme aléatoire, sentant les hautes herbes me gifler les jambes et les coudes.

Personne sur la route au terminus de la première voie ferrée. À cinquante mètres de là, les rails rouillés disparaissaient au sein des cannes à sucre. Les plants étaient si hauts, les ténèbres si intenses, que j'avais l'impression de voir un tunnel. Plus loin sur la gauche, je distinguais les deux quais abandonnés s'avançant vers la baie. Déserts tous les deux.

Voilà que cette saleté de lune se levait. Comme mes yeux s'étaient accoutumés à la seule lueur des étoiles, j'eus l'impression qu'on braquait soudain un projecteur sur la baie et la colline. Je restai sur la gauche, à l'ombre des hautes herbes, et me déplaçai de façon à avoir vue sur les quais et la cheminée.

Deux bâtiments en brique abandonnés se dressaient cent vingt mètres devant moi : des dépôts où on stockait jadis les cannes avant de les charger sur des barges. Leurs toits et leurs fenêtres aux vitres cassées auraient convenu à merveille à un tireur embusqué. Je me couchai sur l'herbe et passai mes options en revue. La route s'incurvait autour de la colline, en direction des bâtiments, d'une colline voisine et du moulin à sucre, situé à cinq cents mètres des quais. Sauf à me frayer un chemin dans la jungle et le champ de cannes à sucre situés derrière les bâtiments, je serais obligé d'emprunter la route, avec la lune dans mon dos. Même si je rampais, je serais une cible idéale pour un tireur posté dans l'un des bâtiments. J'avais la Thompson et le Magnum... qui ne me seraient d'aucune utilité pendant soixante-dix ou quatre-vingts mètres. Un tireur armé d'un fusil avec viseur télescopique aurait ma peau dès que j'aurais passé le coude.

Si ce n'étaient pas les deux infiltrateurs qui avaient tiré, il y avait au moins deux autres personnes dans les parages – celle qui tenait la lanterne et celle qui avait tiré. Cette dernière était armée d'un Luger ou d'un Schmeisser, mais l'arsenal de l'ennemi était peut-être plus important. Et l'ennemi en question plus nombreux.

Le moment était venu d'être lâche.

Je fis demi-tour et rampai jusqu'à me retrouver hors de vue des bâtiments et des quais. Puis je regagnai mon point de départ en courant à croupetons.

Silence total sur la ligne de crête. J'aurais pu progresser en rampant jusqu'à l'endroit où on avait tiré, et vérifier qu'Hemingway l'avait examiné, mais je décidai de regagner notre cachette. Je rampai le long du champ de cannes à sucre jusqu'au chêne noueux qui m'avait servi de point de repère, puis descendis la colline en direction de la ravine. Au bout de dix mètres, je me redressai pour lancer un bref signal avec la lampe torche enveloppée de flanelle rouge. Puis je m'aplatis parmi les fourrés et attendis, l'arme au poing. Au bout de quinze interminables secondes, un disque rouge clignota dans la ravine. Je rengainai le Magnum et me remis à ramper.

« Ils sont morts tous les deux », murmura Hemingway. Il but une gorgée de whiskey à sa flasque en argent. « Les Allemands qui ont débarqué. Morts au pied de l'arbre. Une balle dans le dos, je crois.

— Quelqu'un d'autre dans les parages ? »

Il secoua la tête. « J'ai fouillé le versant est jusqu'à la route en contrebas. J'ai rampé à travers les buissons des deux côtés de la ligne de crête. Puis j'ai exploré ce côté de la colline jusqu'à l'endroit où on a planqué le *Lorraine*. Il n'y avait personne. » Il but une nouvelle gorgée d'alcool. Sans se soucier de me tendre la flasque.

Je lui dis que j'avais aperçu une silhouette près de la voie ferrée et que j'avais décidé de faire demi-tour.

Hemingway se contenta de hocher la tête. « On ira voir quand il fera jour.

— Nous serons encore plus vulnérables.

— Non. Ils seront partis depuis longtemps. Ils ont fait ce qu'ils étaient venus faire.

— Tuer les deux hommes qui ont débarqué.

— Ouais.

— Mais pourquoi ? » Je réfléchissais à haute voix. « Pourquoi le commando Todt... si c'était bien lui... tuerait-il des agents allemands ?

— C'est vous le professionnel, dit Hemingway en rangeant sa flasque dans la poche de sa veste de safari. C'est à vous de me le dire. »

Quelques instants de silence. Puis je demandai : « Que pouvez-vous me dire à propos des cadavres ? »

Hemingway haussa les épaules. « Je ne suis pas allé jusqu'à eux. Il y a des chances qu'ils soient piégés. Deux hommes. Morts. En uniforme de l'armée allemande. L'un d'eux était éclairé par la lune. Jeune. Un gamin. Du matériel éparpillé tout autour d'eux... leur lanterne, une sacoche, d'autres trucs.

— En uniforme ? » répétai-je, surpris. Un agent secret débarquant clandestinement en terre ennemie n'a pas l'habitude de porter un uniforme.

« Ouais. Infanterie de la Wehrmacht, je crois. Je n'ai vu ni grade ni insigne... sans doute les avaient-ils ôtés... mais ils étaient bien en uniforme. L'un d'eux était allongé sur le dos... celui qui était éclairé par la lune... et j'ai nettement aperçu son ceinturon, avec l'inscription *Gott Mitt Uns* gravée sur la boucle. L'autre était sur le ventre, et il portait une de ces casquettes en laine de l'infanterie allemande.

— Vous êtes sûr qu'ils sont morts tous les deux ? » insistai-je.

Hemingway me jeta un regard irrité. « Les crabes étaient déjà en train de les ronger, Lucas.

— Okay, on ira les examiner dès le lever du soleil.

— Soit cinq heures à attendre, bordel. »

Je ne répondis rien. Soudain, je me sentais très fatigué.

« Il va falloir monter la garde, reprit Hemingway. Surveiller les lieux afin que personne ne vienne dépouiller les corps.

— Des tours de garde de deux heures ? Je prends le premier. » J'attrapai une gourde et une cuillère dans la glacière et sortis de la ravine en rampant. Hemingway me retint par la jambe de mon pantalon.

« Lucas ? J'ai vu mon content de morts. La Grande Guerre. Mes reportages en Turquie, en Grèce et en Espagne. Plein de cadavres. Et j'ai vu des hommes mourir... dans l'arène, sur le champ de bataille.

— Ah bon ? » Le moment me semblait mal choisi pour des vantardises.

Hemingway changea de ton, adoptant celui que j'avais utilisé, étant enfant, dans le confessionnal. « Mais je n'ai jamais tué un homme, Lucas. Pas de mes mains. Pas face à face. Jamais, à ma connaissance. »

Bien, songeai-je. *J'espère que ce sera encore vrai demain.* « D'accord », dis-je, et je me mis à ramper vers la crête.

À 5 heures du matin, la lumière du jour nous permettait déjà d'examiner les cadavres.

La description faite par Hemingway était raisonnablement exacte. Deux jeunes hommes – l'un blond, l'autre aux cheveux bruns ondulés –, tous deux en uniforme, tous deux abattus dans le dos, tous deux morts. Venus de la plage, les crabes de terre s'activaient à notre arrivée. Quelques-uns s'égaillèrent, mais une demi-douzaine d'autres, grouillant sur les visages des morts, ne semblaient pas vouloir partir. Hemingway dégaina son pistolet et visa l'un des plus gros, qui dressait vers nous ses pinces menaçantes, mais je posai une main sur son poignet, me touchai l'oreille du bout du doigt pour lui intimer de faire silence et chassai le crabe vers la mer avec un bâton.

Hemingway mit ensuite un genou à terre et surveilla les alentours pendant que je fouillais les cadavres. Aucune trace d'une grenade trafiquée ou d'un quelconque piège.

Des gamins. Il avait raison sur ce point. Ni l'un ni l'autre n'avait plus de vingt ans. Le blond, allongé sur le dos, semblait avoir l'âge de Patrick. Les crabes lui avaient dévoré les yeux, ainsi qu'une bonne partie du nez et de ses lèvres juvéniles. L'odeur était très forte, et la rigidité cadavérique déjà bien avancée.

Les deux hommes avaient été touchés dans le dos, de toute évidence par un tireur planqué sur le versant est. Sans doute tout près d'eux – six ou sept mètres, pas plus.

« Il faut chercher les douilles », dis-je.

Hemingway opina et descendit le versant est, gardant l'œil sur la ligne de crête mais examinant le sol à ses pieds. Il était de retour quelques minutes plus tard. « Le sable est remué en plusieurs endroits. Des traces de bottes, indistinctes. Pas de douilles.

— Notre tueur est soigneux », dis-je à voix basse. J'avais fait rouler le brun sur le dos pour fouiller les poches de sa tunique. Rien. Hemingway avait raison à propos des uniformes : modèle Wehrmacht, mais sans grade ni insigne de division. Bizarre.

Chaque homme avait reçu deux balles, la première au creux des reins, la seconde dans le torse. La balle qui avait transpercé le poumon du blond était ressortie au niveau de la poitrine, y ouvrant une plaie béante où les crabes s'étaient engouffrés, mais les deux projectiles qui avaient atteint le brun se trouvaient encore dans le cadavre. Je le fis rouler sur le ventre et fouillai les poches de son pantalon. Rien. Idem pour le blond. Les deux hommes portaient un pantalon de laine. S'ils avaient survécu, et n'avaient pas eu le temps de se changer, ils auraient été trempés de sueur.

« Pensez-vous qu'ils avaient l'intention de se changer après avoir retrouvé leur contact ? demanda Hemingway, comme s'il lisait dans mes pensées.

— Probablement. » Chaque homme était armé d'un Luger. Celui du blond était encore dans son étui ; le brun avait eu le temps de dégainer le sien avant d'être abattu – l'arme gisait dans l'herbe à trente centimètres de sa main. J'examinai les deux pistolets. Ni l'un ni l'autre n'avait servi.

La plupart des objets éparpillés autour d'eux ne méritaient pas un examen approfondi : une lanterne cassée ; une pelle pliante ; une boîte contenant des boussoles, des ustensiles de cuisine et une fusée de détresse ; un sac à dos avec des ponchos et deux paires de chaussures de ville noires ; deux baïonnettes modèle Wehrmacht, encore dans leur étui ; des cartes de la région, où Punta Roma était entourée au crayon gras. Mais il y avait aussi cette sacoche assez lourde. Je laissai à Hemingway le soin de l'ouvrir et de la fouiller. Il en sortit une liasse de documents protégés par des petits sacs étanches.

« Dieu tout-puissant », murmura l'écrivain. Il me montra une feuille. C'était la photocopie d'une carte nautique de Frenchman Bay, dans le Maine, annotée de la trajectoire du sous-marin U-1230, avec liste des arrêts proposés pour la matinée et l'après-midi, et indication précise du lieu où deux agents de l'Abwehr seraient débarqués la nuit venue : Peck's Point, sur Crab Tree Neck, au nord de Mount Desert Island.

« On verra ça tout à l'heure, lui dis-je. Je veux être sûr qu'il ne traîne aucune douille dans le coin. »

Soulagés à l'idée de nous éloigner des cadavres, nous avons fouillé les environs immédiats, décrivant à quatre pattes des cercles concentriques. Notre zone de recherche était circonscrite au nord par la petite plage au pied des falaises, à l'est par la baie et à l'ouest par notre abri dans la ravine. Hemingway ne s'était pas trompé. Il y avait des traces de bottes dans le sable, à cinq ou six mètres de distance sur le versant est, tout près de la ligne de crête, là où le tireur s'était planqué. Il était seul. Rien à tirer de ses traces. Aucune douille.

« Bien », fis-je. Nous étions revenus près de l'arbre, où régnait une puanteur insoutenable. « Nous examinerons le contenu de cette sacoche dans une minute. À mon avis, c'est la raison même de ce débarquement. Mais je dois d'abord vérifier quelque chose. » Je fis rouler le corps du blond sur le ventre. Ses bras étaient si raides que j'avais l'impression de manipuler un mannequin. Les impacts de balles, dans le dos et juste au-dessous de la ceinture, étaient moins spectaculaires que la plaie béante sur sa poitrine. Je lui ôtai sa tunique en laine grise et son maillot de corps, débouclai son ceinturon, le défis pour le tendre à Hemingway, et abaissai son pantalon, exposant le haut de ses fesses. Sa peau était très pâle, sauf là où le sang s'était accumulé le long de son échine durant la nuit. La chair y était quasiment noire.

J'ôtai ma chemise.

« Qu'est-ce que vous foutez, Lucas ? siffla Hemingway.

— Une minute. » J'ouvris mon couteau, attrapai la cuillère que j'avais prélevée dans nos affaires et entrepris de découper les chairs. Le cadavre était déjà gonflé de gaz bien avant le lever du soleil et sa peau tendue comme un tambour. Je savais que la balle avait poursuivi sa course vers le haut après être entrée au-dessus du coccyx, mais je dus creuser un bon moment avant de la trouver, enchâssée dans la troisième vertèbre sacrée. Ce fut là que les difficultés commencèrent – la lame de mon couteau, pourtant tranchante comme un scalpel, se retrouva salement émoussée, et je faillis casser la cuillère –, mais je parvins au bout du compte à extraire le projectile.

Après avoir essuyé mon couteau et mes mains, et jeté la cuillère irrémédiablement tordue, j'essuyai la balle avec mon mouchoir et l'examinai à la lumière du soleil. Sa tête avait été aplatie par les os, mais sa fusée noire était encore visible, ainsi que les rayures à sa base. J'en étais ravi. Je n'avais aucune envie de fouiller la cage thoracique de ce malheureux pour trouver une autre balle.

Je montrai celle-ci à Hemingway. Il me regardait fixement. « *Qui* êtes-vous, Lucas ? »

Je laissai passer cette question. « Neuf millimètres, dis-je en remettant ma chemise.

— Luger ? »

Je secouai la tête. « Fusée noire. Fusil automatique Schmeisser. »

Hemingway tiqua et considéra la balle. « Mais le tueur ne tirait pas en automatique.

— Exact. Mode manuel. Avec prudence. Une balle dans les reins pour chacun. Puis une balle dans le torse. Il a pris son temps.

— Une méthode des plus cruelles, dit Hemingway à voix basse, comme s'il s'adressait à lui-même. Pourquoi n'a-t-il pas visé la tête ?

— Il faisait nuit. » J'enveloppai la balle dans mon mouchoir, remis celui-ci dans ma poche. « Jetons un coup d'œil à ces documents.

— Entendu. Mais d'abord, éloignons-nous un peu. »

Le soleil se leva alors que nous étudions le contenu de la sacoche. Le premier document était la carte nautique de Frenchman Bay.

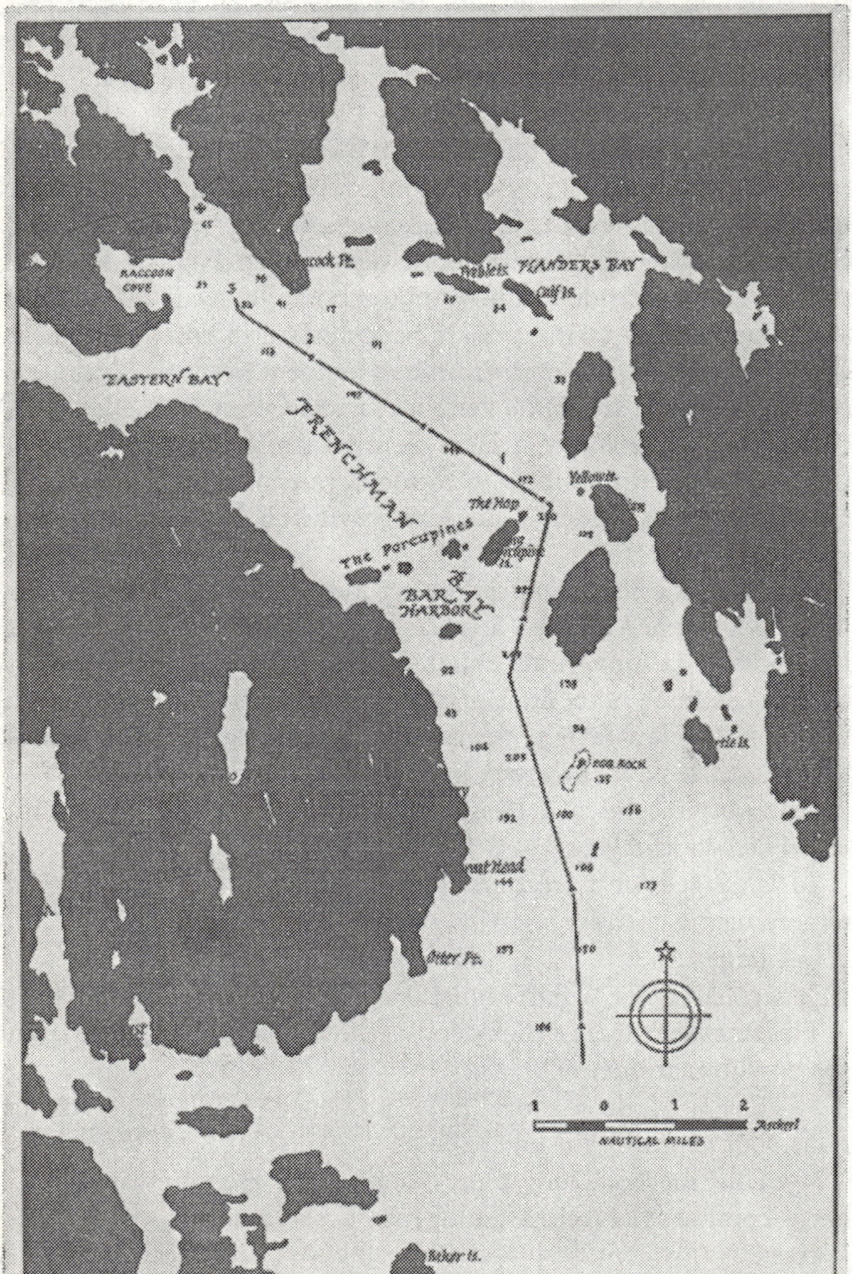

« C'est du bidon, n'est-ce pas ? dit Hemingway.

— Pourquoi donc ?

— C'est sûrement de... comment dites-vous, dans l'espionnage ? De la désinformation. Il n'y a aucune raison pour que deux agents allemands détiennent ce document lors d'une tentative d'infiltration, pas vrai ?

— Aucune, en effet. Sauf s'ils avaient pour mission de livrer ceci à quelqu'un. Remarquez qu'aucune date n'est donnée pour ce débarquement. S'il n'a pas déjà eu lieu, il est possible que ceci ne soit que l'avant-goût de quelque chose... que la communication de la date fasse l'objet d'une négociation. »

La photocopie suivante était nettement plus énigmatique :

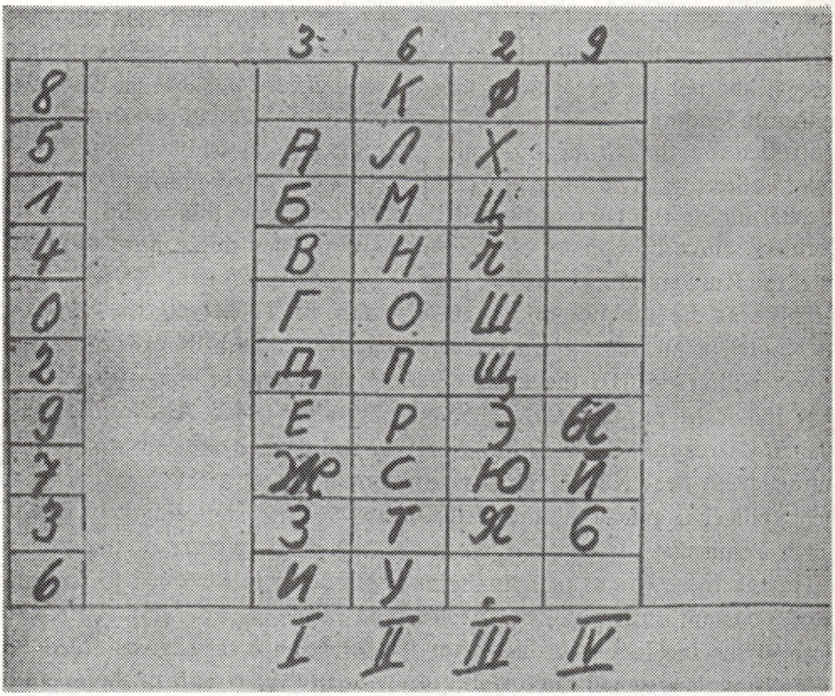

		3	6	2	9
8			К	Ф	
5		А	Л	Х	
1		Б	М	Ц	
4		В	Н	Ч	
0		Г	О	Ш	
2		Д	П	Щ	
9		Е	Р	Э	Ы
7		Ж	С	Ю	Й
3		З	Т	Я	Ь
6		И	У		
		I	II	III	IV

« Un code ? demanda Hemingway.

— Ça ressemble à une tentative allemande pour déchiffrer un code russe. Dans le coin figure la date du 5 mars 1942. C'est plutôt récent. Ce document émane du Groupe Nord de l'armée allemande, et il s'agit apparemment de l'interception d'une communication de la 122e Brigade soviétique.

— Est-ce que c'est important ?

— Comment diable le saurais-je ? »

Le document suivant provenait également du front de l'Est.

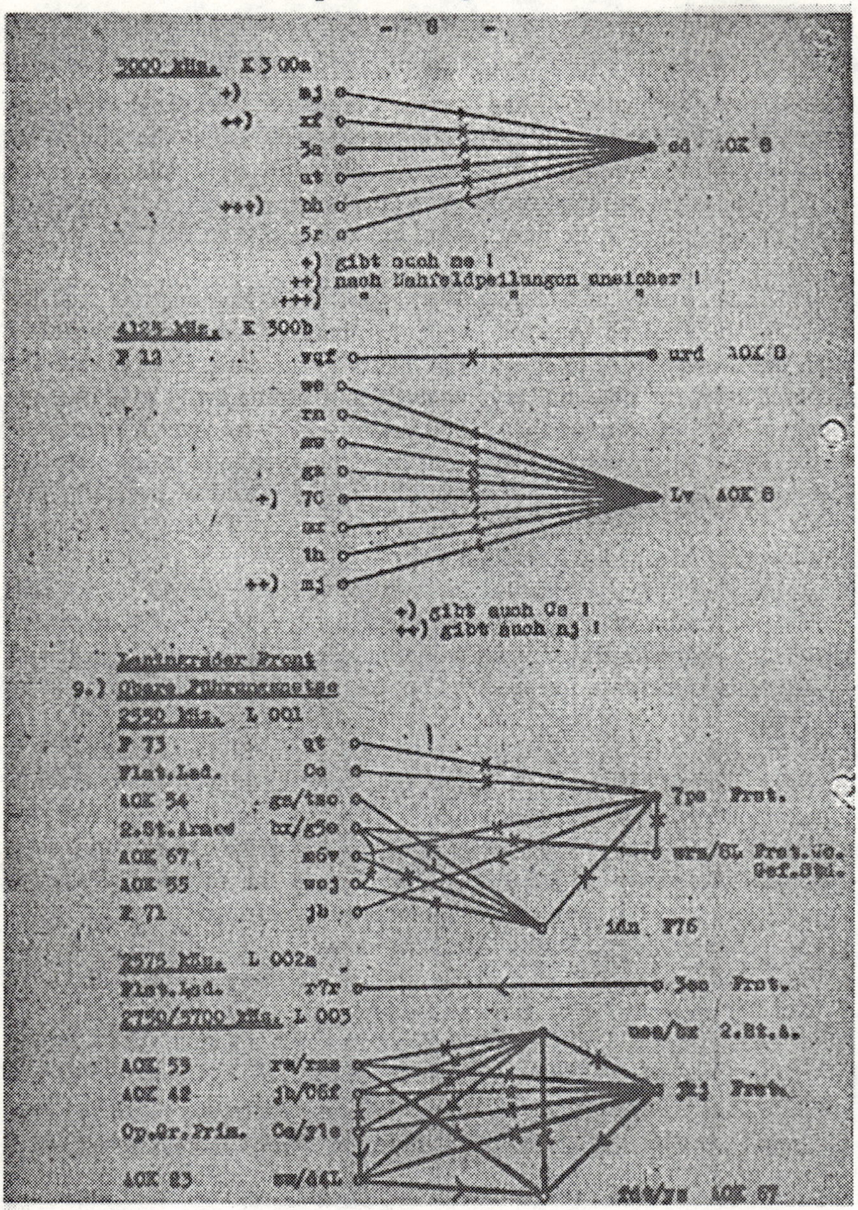

« Traduction ? demanda Hemingway. Je veux dire, je lis un peu l'allemand... "Front de Leningrad – Réseau du haut commandement" ? Mais que signifient ces chiffres ? Des kilohertz, ce sont des fréquence radio, n'est-ce pas ?

— En effet. On dirait une reconnaissance des réseaux de communication soviétiques effectuée récemment par les Allemands. Le réseau marqué K300a émet sur 3 000 kilohertz. Les Allemands localisent une station dont l'indicatif est *ed* et qui semble appartenir à la 8e Armée soviétique. L'autre réseau, marqué L001, émet à 2 550 kilohertz. Ceci est un diagramme des communications entre l'arrière, le front et les avant-postes de combat. Je pense que le champ de bataille proprement dit correspond au nœud marqué "8L". D'après ces notes, en bas à droite, ces stations appartiennent à la 55e Armée soviétique et à ce qu'ils appellent "2.St.A.", à savoir les Secondes Troupes de choc.

— À qui ce truc est-il destiné ?

— Je n'en ai aucune idée.

— Les services de renseignement américains seraient-ils intéressés par ces informations ? Les Soviétiques sont nos alliés, après tout.

— Les services de renseignements de l'armée, je ne sais pas, dis-je le plus sincèrement du monde. Probablement. Au bout d'un temps, la collecte d'informations finit par devenir une fin en soi. L'identité de celui que l'on espionne importe moins que la capacité de l'espionner. »

Hemingway gratta sa courte barbe, faisant choir quelques grains de sable. « Vous êtes un agent secret bien cynique, Lucas.

— Pléonasme. Regardez, cette photocopie semble provenir de la Crimée.

— Batteries ennemies localisées, lut Hemingway.

— Ça date de novembre dernier. Probablement au moment où on se battait au sud de Sébastopol.

— C'est donc un document allemand relatif aux positions soviétiques ?

— Mouais. Ce qu'on appelle un diagramme de positionnement visuel et auditif. Ils ont comptabilisé toutes les positions de l'artillerie russe, y compris celle-ci, identifiée par le dessin d'un navire. Apparemment, c'est celle qu'ils ont choisi de pilonner.

— Si l'on excepte la carte de Frenchman Bay, toutes ces informations concernent les Soviétiques », fit remarquer Hemingway.

Je sortis un autre document de son sachet étanche et le montrai à l'écrivain.

« Ceci n'est pas une photocopie, dis-je. C'est une page arrachée à un carnet de notes.

— Et alors ?

— C'est un document original provenant de l'Abwehr.

— Qu'est-ce que ça signifie ? »

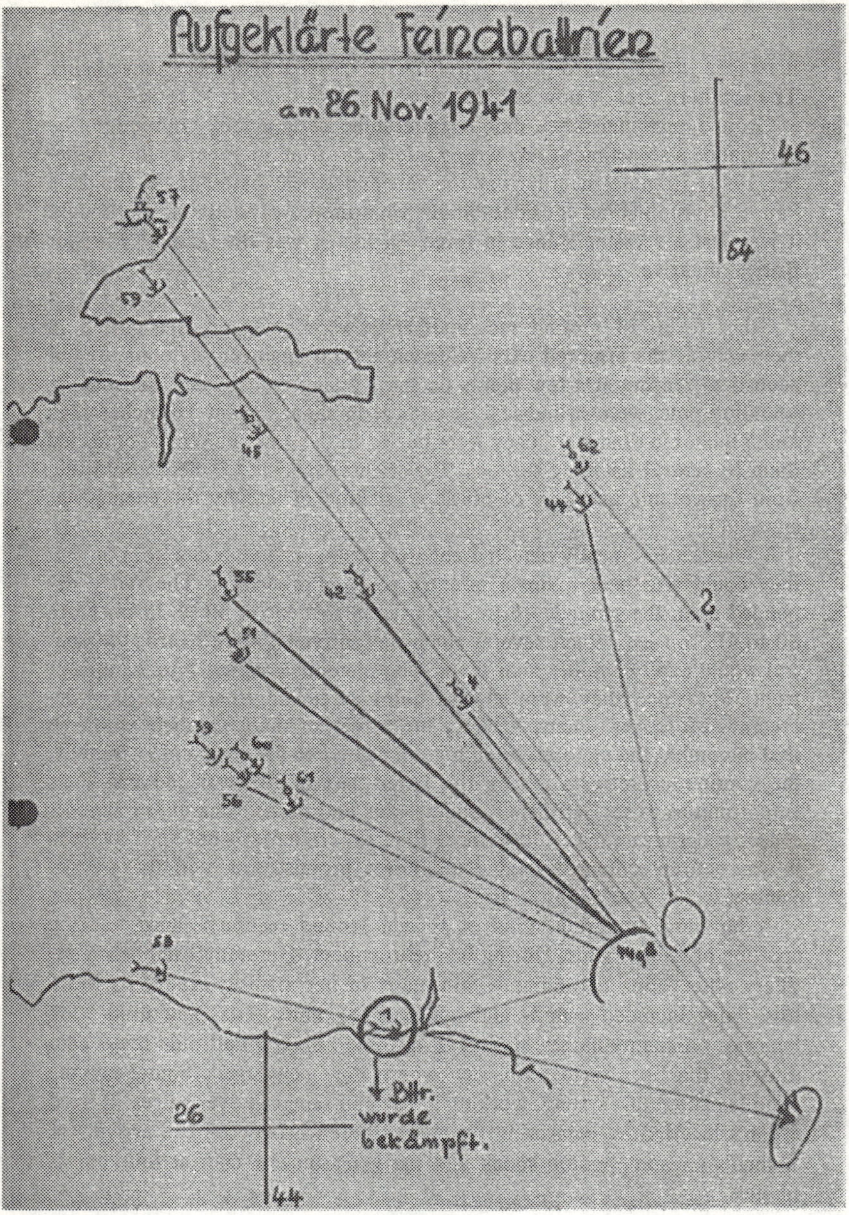

Je considérai un moment le document en question. « Je pense qu'il s'agit d'une liste des matricules figurant sur des tanks provenant de diverses usines soviétiques. Une façon pour l'Abwehr d'estimer la production russe en matière de chars d'assaut.

— Est-ce que ça a une signification quelconque ?

— Les données proprement dites, je n'en sais rien, mais leur présentation, oui.

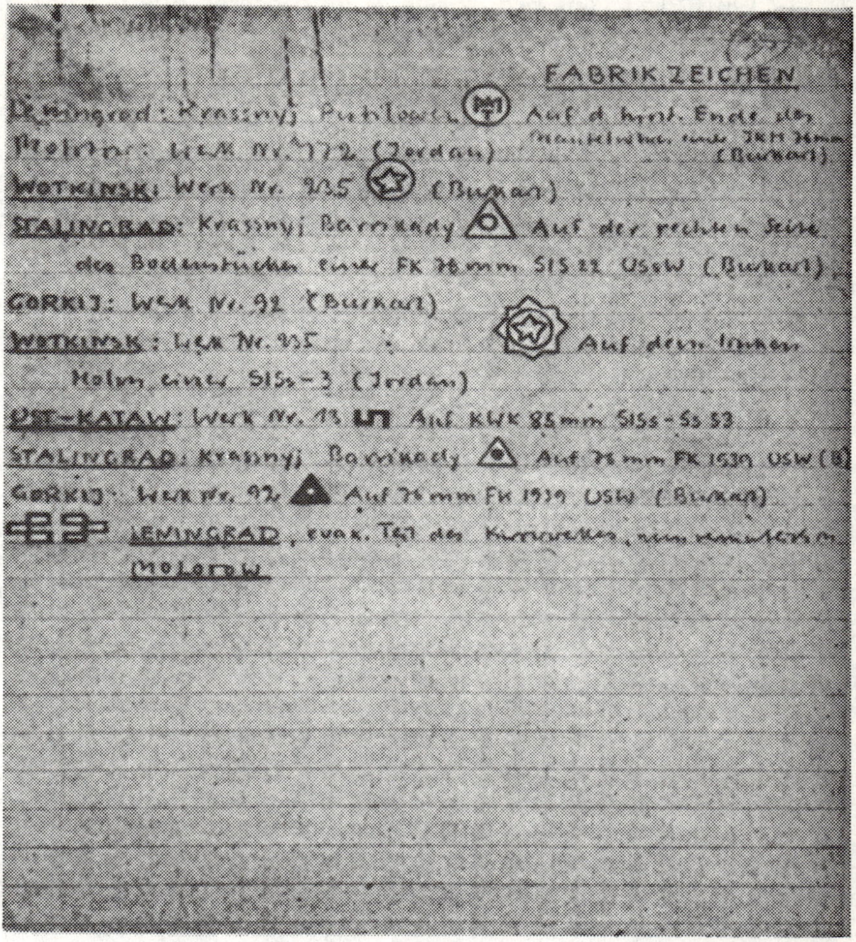

FABRIK ZEICHEN

Leningrad: Krassnyj Putilowez [illegible] (Burkart)

Podolsk: Werk Nr. 772 (Jordan)

WOTKINSK: Werk Nr. 235 (Burkart)

STALINGRAD: Krassnyj Barrikady Auf der rechten Seite des Bodenstückes einer FK 76 mm SIS 22 usw (Burkart)

GORKIJ: Werk Nr. 92 (Burkart)

WOTKINSK: Werk Nr. 235 Auf dem linken Holm einer SIS-3 (Jordan)

UST-KATAW: Werk Nr. 13 Auf KwK 85 mm SIS-S 53

STALINGRAD: Krassnyj Barrikady Auf 76 mm FK 1939 USW (B)

GORKIJ: Werk Nr. 92 Auf 76 mm FK 1939 USW (Burkart)

LENINGRAD, evak. Teil des Kirowwerkes, [illegible] MOLOTOW

— Que voulez-vous dire, Lucas ? » Soudain, l'écrivain se retourna pour jeter un coup d'œil en direction de l'arbre. Il y avait eu un bruit. « Les crabes de terre sont revenus, dit-il en changeant de position. En quoi la présentation de ce document est-elle importante ?

— C'est un document original provenant de l'Abwehr, répétai-je. En l'examinant, les services de renseignement britanniques ou américains en apprendraient plus sur le fonctionnement des services secrets de l'armée allemande que sur la production de tanks russes. »

Hemingway acquiesça. « Donc, on ne cherche pas seulement à fourguer des informations sur les Russes. Les sources allemandes sont elles aussi compromises.

— Oui. Et si vous pensez que ça ne concerne que le front de l'Est, regardez donc ceci. »

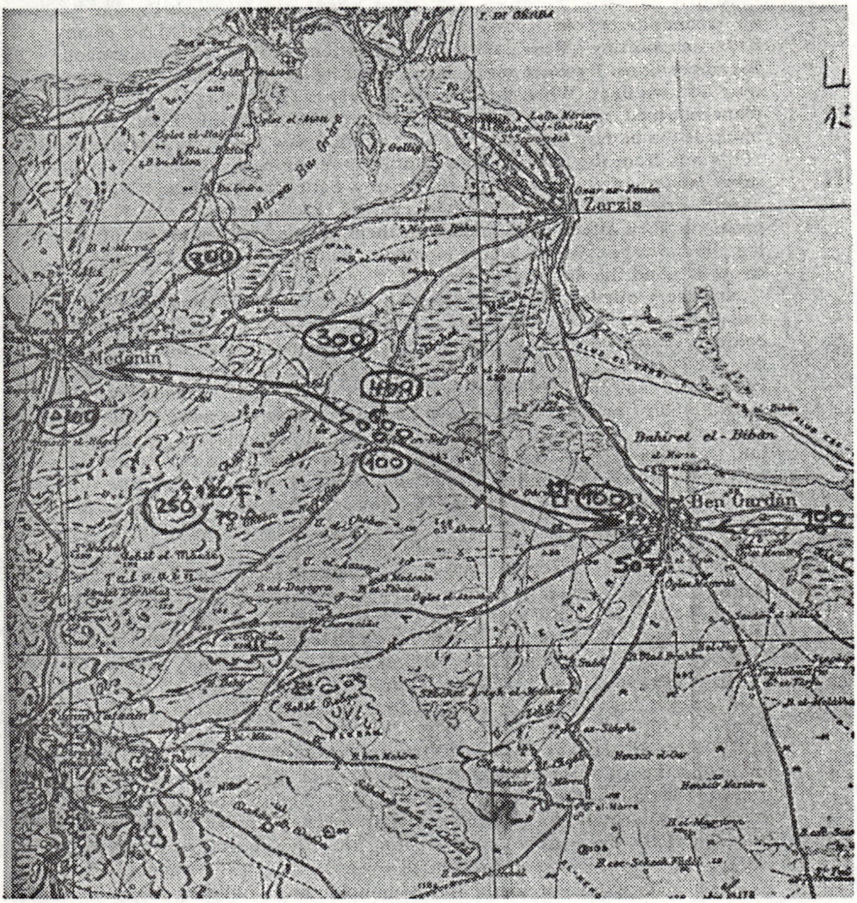

Le document suivant était le fruit d'une reconnaissance aérienne allemande de l'Afrique du Nord. Moins de six semaines auparavant, les journaux avaient parlé de la bataille qui s'était livrée dans le désert, à l'est de Ben Gardan.

Dans le ciel brillait un soleil de plomb. L'odeur de la mort était toute-puissante. Cela me rappela les conséquences des notes sur cette carte : des cadavres allemands et britanniques pourrissant sous le soleil du désert.

« J'arrive à déchiffrer ceci, dit Hemingway. Cinquante tanks au sud de Ben Gardan. Cent véhicules parqués à l'ouest de la ville. Cent véhicules alliés se déplaçant sur la route à l'est de la ville, dans les deux directions, et six cents sur la route à l'ouest. Mais quelle est l'utilité d'une carte vieille de deux mois ?

— Aucune idée.

— Et que pensez-vous de ceci, alors ? » Hemingway me tendit la copie carbone d'une page dactylographiée.

```
                 SECONDARY MONITORING UNIT SA-2
                    NORTH CHARLESTON, S. C.

UNIT CASE # SA-2-7-111446              WASHINGTON CASE # 56
              N. CHARLESTON, S. C.
DATE        : APRIL 5, 1942
OBSERVER    : F. STEWART JONES

CALL        : STATION CALLING "AOR" AND STATION ANSWERING TO "AOR".
FREQUENCY   : 14,550 & 14,560 KCS. AND 14,385 KCS., (MEASURED)
EMISSION    : A-1
BEARING     : NONE
RECORDING   : NONE            (PAGE5)

GMT
1713      (14,385 KC.) VVV OK OK GA GA K  VVV VVV VVV RR OK OK GA GA
          K  VVV VVV VVV VVV VVV - RRR QTC OK GA GA K
1714      (14,560 KC.) VVV VVVV - QSA3 PSE QSV K K
1715      (14,385 KC.)VVV VVV VVV VVV VVV VVV VVV VVV VVV VVV VVV
          VVV VVV VVV VVV OK OK OK VVV VVV VVV
1716     (14,560 KC.) RPT RPT RPT
1716      (14,385 KC.) OK QTC OK GA K VVV GA GA OK OK QTC OK
1718      (14,560 KC.) - - SRI RPT ALL KA  - YENOV (GROUP MISSING)
          ERILJ EOBRI PHEBR ENELE TIUNO ITAOQ GYOFB EEEE GYOFB
          XNMAY QTXNE INUDR TICHI MYYSH TXLXD FBL   MQRIX   NUS
1722      LRXFX YOEYE QAUNE GERXA SEION          AR CODE OF 3 OK? QSV K
1722      (14,385 KC.) VVV VVV VVV VVV VVV VVV VVV VVV VVV VVV VVV
          OK OK GA GA K
1722      (14,560 KC.) R GLAD GLAD NW KA KA DYRE DYRE ILIO ILIO
          SUA SUA ILL ILL - - GLDTG GLDTG TTELR TTESR XTSRI XTSRI
          IPEIN IPEBB TXAEX TXAEX GRLUD GRLUB EOZNO EOZNO ORAWB
          ORAWB FTNLN FTNLN SRREI SRREI FSIKE FSIKE SOIEU SOIEU
          SOELP SOELP SNERS SNERS LANNB LANNB NAXSA NAXSA GHISB
          GHISB ZARVO ZARVO BUERB BUERB NRAIA NRAIA PTFXN PTFXN
          AWERU AWERU SLNGB SLNBZ NEONE NEONE ZRNEO ZRNEO EENER
```

« Merde », fis-je. Impossible de se méprendre sur la signification de ce document. « Ceci est le compte rendu – provenant du FBI, de l'armée américaine ou des services de renseignement de la marine – de l'interception d'une communication entre des espions allemands et Hambourg. Il est daté du 5 avril. Code classique de l'Abwehr, fréquence de 14 560 kilocycles. Le récepteur de l'Abwehr envoie sa réponse sur 14 385 kilocycles. Regardez, ici, l'agent transmetteur a commis une erreur et a envoyé une série de points... ce groupe de *E*... pour la signaler. Ensuite, il a transmis le groupe correct.

— Vous pouvez déchiffrer ça ?

— Non.

— Pourquoi avez-vous dit “merde” ? » Hemingway me regardait d'un air grave sous la lumière accablante.

« Si ce document se trouvait dans la sacoche, il n'y a qu'une seule explication : ils voulaient montrer à... à la personne qu'ils devaient contacter... que l'Abwehr a accès à une source du FBI ou des services secrets de l'armée. Cette copie carbone a été obtenue, par un moyen qui reste à élucider, auprès d'une source américaine.

— Merde », fit Hemingway à son tour.

Exactement, songeai-je. *Le 5 avril, c'était au moment où Inga Arvad filait le parfait amour à Charleston avec le jeune enseigne John F. Kennedy, de l'ONI, juste avant que le* Southern Cross *n'appareille. Le fils de l'ambassadeur Joseph P. Kennedy.* « Merde, en effet, dis-je en m'essuyant les yeux pour en chasser le sable et la sueur. Qu'y a-t-il ? »

Hemingway parcourait en gloussant une épaisse liasse de feuillets dactylographiés. J'aperçus l'emblème du Troisième Reich sur leur en-tête et distinguai l'empreinte de la touche spéciale, à double éclair, dont étaient équipées les machines à écrire de la SS.

« Oh, pas grand-chose, dit Hemingway sans cesser de glousser. Une liste détaillée, dactylographiée avec soin, de tout le personnel de l'Abwehr affecté à Hambourg à la date du 1er avril 1942. Vous voulez connaître leur effectif d'officiers chargés du contre-espionnage ? Vingt-six hommes. Quatre conscrits. Quinze employés civils. Un responsable de l'entretien radio engagé par contrat. Vingt opérateurs radio. Soixante-douze employés affectés aux radios. Un photographe. Un sous-officier responsable du transport... je présume qu'il s'agit d'un chauffeur. Deux coursiers à bicyclette... Bon Dieu, Lucas. »

Je hochai la tête. « Rangez tout ça. Nous l'emportons.

— Et comment que nous l'emportons ! Il faut transmettre le tout au plus vite à l'ambassadeur Braden et aux autres... ce soir, si nous y arrivons.

— Non, dis-je fermement. Nous n'en ferons rien. »

Hemingway me fixa.

« Allons chercher le Leica, poursuivis-je. Il faut photographier les deux morts, leur matériel et la balle. Ensuite, il faudra déterrer leur radeau et le photographier à son tour. Puis l'enterrer de nouveau. Et enterrer ces deux types.

— Il faut faire venir ici les gens des services de renseignement de la marine.

— Non. Nous ne leur dirons rien. »

Hemingway ne discuta pas davantage. Il attendait que je précise ma pensée. L'espace d'une seconde, le vent tomba et la puanteur devint insoutenable.

« Je vous expliquerai à bord du *Lorraine*, quand nous aurons pris le large », dis-je.

Hemingway se contenta de faire oui de la tête, et on alla chercher l'appareil photo et les outils.

25

À notre arrivée, le *Pilar* était toujours ancré près de Cayo Confites et la plupart de ses passagers achevaient un petit déjeuner tardif autour d'un feu de camp.

Nous avions failli casser en deux le splendide *Lorraine* durant notre retour au key. Nous foncions à toute allure au milieu des embruns, soulevant des gerbes d'eau dans notre sillage, comme si nous cherchions à battre Satan à la course. La vedette de Tom Shevlin avait englouti tout son carburant, et les barils de réserve étaient bien entamés alors que nous n'étions pas encore en vue de l'îlot. Lorsque je fis remarquer ce gaspillage à Hemingway, il se contenta de répliquer : « Rien à foutre... les Cubains de Confites nous fileront de l'essence. »

L'écrivain me laissa prendre la barre durant le trajet. Tandis que nous quittions l'Enseñada Herradura, empruntant prudemment un passage entre les récifs et prenant de la vitesse à mesure que nous nous éloignions de Punta Roma, l'écrivain resta assis sur une banquette, le BAR chargé sur les genoux et le sac de grenades à fragmentation à ses pieds. Je ne lui posai pas de question, mais il devait espérer que le sous-marin de la nuit dernière allait surgir des eaux bleues du Gulf Stream tel un monstre marin venu des profondeurs glaciales. Cette image fut l'une de celles que je gardai d'Hemingway cet été-là : un chevalier mal rasé et fatigué guettant l'apparition du dragon tant espéré.

Aucun signe de sous-marin durant tout le trajet.

Les garçons et les hommes nous accueillirent autour du feu de camp.

« Comment s'est passé le voyage, Papa ? demanda Patrick.

— Vous avez trouvé une base de ravitaillement ? ajouta Gregory.

— Vous avez vu des sous-marins ? s'enquit Guest.

— On a vu des poissons volants, mais pas d'Allemands, déclara Gregory.

— Vous avez trouvé quelque chose d'important, Lucas et vous ? demanda Ibarlucia.

— On est contents que tu sois revenu, Papa », conclut Gregory.

Hemingway s'assit sur un tronc d'arbre, prit le gobelet de café fumant que lui tendait Guest et répondit : « Rien d'intéressant, les gars. Lucas et moi nous sommes baladés dans le chenal derrière Cayo Sabinas et nous avons exploré quelques criques sans trouver quoi que ce soit. On a dormi sur la plage la nuit dernière. Ça grouillait de bestioles.

— Où est Maria ? » demandai-je.

Ibarlucia désigna le *Pilar*, ancré à une vingtaine de mètres du rivage. « Don Saxon a eu une crise hier soir. Vomissements, diarrhée, tout le toutim. Il voulait rester à son poste, mais Gregorio a fini par l'installer sur une couchette, dans le compartiment avant, et Maria a passé la nuit avec lui. » Le pelotari me jeta un bref regard. « Pour le soigner, je veux dire. Il était vraiment mal en point.

— Comment se sent-il ce matin ? demandai-je.

— Il dort, répondit Winston Guest. Il y a deux ou trois heures, Gregorio et Maria nous ont rejoints à bord du *Tin Kid* pour prendre leur petit déjeuner. Elle est repartie pour s'occuper de Saxon. » L'athlète secoua la tête en signe d'admiration. « Cette fille a beau avoir peur de l'eau, elle s'est débrouillée comme un chef sur le dinghy. Si je tombe malade, je la veux pour infirmière.

— Je crois que je vais aller lui dire bonjour, déclarai-je.

— Elle devrait revenir dans pas longtemps, dit Patrick. On a prévu de lui montrer les récifs où on est allés pêcher hier. »

Je hochai la tête, me dirigeai vers la plage, ôtai ma chemise, mon pantalon et mes souliers crasseux et entrai dans le lagon vêtu de mes seuls sous-vêtements. Quoique déjà tiède, l'eau était agréable après la chaleur, le sang, le sable et la sueur qui avaient marqué la nuit et le matin. Je nageai vers le *Pilar*.

Maria fut surprise de me découvrir, presque nu et dégoulinant d'eau de mer. « José ! » Elle posa sa tasse de café, déboula de la coquerie et m'enserra dans ses bras. Puis elle rougit, recula d'un pas, regarda timidement mon slip qui collait à ma peau, jeta un coup d'œil par-dessus son épaule, en direction du compartiment avant, et dit : « Le *señor* Saxon s'est endormi, José, et le petit bateau est attaché ici, si tu... »

Je lui caressai les cheveux. « Je suis venu t'inviter à un pique-nique, Maria. »

Elle ouvrit de grands yeux, excitée comme une gamine. « Un pique-nique, José ? Mais on vient à peine de finir le petit déjeuner et... »

Je souris. « Ce n'est pas grave. Il nous faudra un certain temps pour nous rendre à l'endroit que je veux te montrer. On déjeunera là-bas. Prépare-nous quelque chose pendant que je vais chercher mon sac et que je m'habille. » Elle sourit, m'étreignit une nouvelle fois, et je lui donnai une claque sur les fesses alors qu'elle repartait vers la coquerie.

Dans le petit compartiment où étaient rangés les bagages, j'attrapai un short propre, une chemise en toile élimée et mes sandales de rechange. Puis je descendis dans le compartiment avant et secouai le marine pour le réveiller. « Vous vous sentez mieux ? lui demandai-je.

— Je me... sens... horriblement mal. » Saxon me regarda en plissant des yeux et fit claquer ses lèvres déshydratées. « Migraine. Comme une gueule de bois.

— Maria s'est occupée de vous cette nuit ?

— Ouais, elle... » L'opérateur radio se tut et soutint mon regard. « N'allez pas penser à mal, Lucas. Je vomissais tripes et boyaux. Je ne savais même plus où j'étais. Tout ce qu'elle a fait, c'est...

— Ouais. Vous avez intercepté des transmissions codées durant la patrouille d'hier ?

— Oui. » Le marine se prit la tête entre les mains. « Et une autre hier soir, après notre retour. Tard. Aux environs de minuit, je crois bien.

— Et vous avez réussi à la capter dans votre état ?

— Ouais. J'étais assis par terre dans la cabine radio, avec une cuvette entre les jambes et les écouteurs sur les oreilles. Hemingway n'a pas cessé de me répéter que je devais rester à l'écoute pendant la nuit.

— Vous l'avez notée ? »

Saxon me fixa une nouvelle fois. « Évidemment. C'est la seule notation de la page vingt-six du journal des transmissions. Je n'ai rien compris, bien entendu. Putain de nouveau code. »

Je lui posai une main sur l'épaule en guise d'adieu, puis me rendis dans la minuscule cabine radio. Le « journal des transmissions » – un carnet à spirale couvert de traces de doigts – se concluait par un échange entre un cuirassé britannique, au large de Bimini, et un cargo panaméen. La page vingt-six était manquante. Je retournai auprès de Saxon et le réveillai une nouvelle fois.

« Vous êtes sûr de l'avoir notée ? Il n'y a pas de page vingt-six.

— Impossible. Enfin, je crois bien... je me rappelle avoir noté quelque chose pendant que j'étais malade, mais je n'ai pas arraché *cette* page. Je ne le pense pas. Merde.

— Ne vous inquiétez pas pour ça. Vous ne vous rappelez aucun groupe de lettres ? »

Saxon secoua lentement la tête. Sous sa brosse militaire, son cuir chevelu était rougi par le soleil. « C'étaient des groupes de cinq lettres, je m'en souviens parfaitement. Douze ou treize groupes, je crois. Pas beaucoup de répétitions.

— Okay. Au fait, il n'y a pas de tonalité dans le récepteur.

— Bordel de merde. Cette saloperie de putain de machine de merde n'a pas arrêté de déconner durant toute la putain de journée d'hier. Saloperie de surplus de la marine à la con.

— D'accord. » *Ne jamais tenter de discuter avec un marine qui a la gueule de bois*, songeai-je.

Maria s'affairait toujours à préparer le panier pique-nique quand je regagnai la plage à bord du *Tin Kid* et demandai à Fuentes de m'amener jusqu'au *Lorraine*. Grâce aux soldats cubains, les réservoirs de la vedette furent bientôt pleins, et Maria m'attendait lorsque j'abordai à nouveau le *Pilar*.

« Le *señor* Saxon dort toujours », dit-elle. Procédant avec prudence, elle monta à bord de la vedette et posa le panier pique-nique au centre de la banquette arrière. Elle portait une robe propre, à carreaux bleus.

« Bien. » Je m'éloignai du bateau d'Hemingway, prenant la direction du passage entre les récifs. Patrick et Gregory hurlaient et gesticulaient sur la plage, de toute évidence contrariés par le départ de Maria, mais je me contentai de les saluer de la main.

« On peut vraiment faire ça, José ? demanda la jeune femme. Abandonner tout le monde par une aussi belle journée ? »

Je tendis une main vers elle, et elle vint jusqu'au siège du passager pour la saisir. « Ouaip, on peut. J'ai dit au *señor* Hemingway que je prenais une journée de congé. Je l'ai bien mérité. Et puis, le *Pilar* ne doit lever l'ancre qu'en fin d'après-midi. Nous serons rentrés largement à temps. » Elle me tenait toujours par la main lorsque je gagnai la haute mer et mis les gaz à plein régime.

Quoique toujours nerveuse à bord d'un bateau, Maria sembla se détendre au bout d'une demi-heure environ. Elle avait passé un foulard rouge sur sa tête, mais ses cheveux noirs volaient sous l'effet de la vitesse, et les embruns laissaient des perles sur le duvet de son avant-bras posé sur le plat-bord. La journée était splendide, le soleil déjà haut dans le ciel, et nous filions vers l'est à toute allure, secoués par les vagues sous notre étrave.

« Est-ce qu'on va très loin pour pique-niquer ? » Maria était tournée vers le sud, où la terre était réduite à une bande floue sur l'horizon.

« Non, pas très loin », dis-je en ralentissant. Une heure à peine nous séparait de la marée haute, mais le coin regorgeait de récifs dangereux. « C'est ici », dis-je en désignant le nord-est.

L'îlot ne faisait que six mètres de large et n'émergeait que d'une vingtaine de centimètres, cerné de toutes parts par les vagues du Gulf Stream.

Pendant que Maria me regardait comme si elle attendait la chute d'une plaisanterie, je m'approchai prudemment, jetant l'ancre de proue à environ six mètres de la plage. « José, ce n'est pas très haut et ça a l'air très dur... tous ces cailloux dans le sable.

— Ce n'est que le sommet d'un récif qui est exposé à marée basse. Il aura disparu dans... » Je consultai ma montre. « À peu près une heure. On a intérêt à descendre et à manger vite. »

Maria eut une moue de déception. « Je préférerais manger dans le bateau, José, si ça ne te dérange pas. Toute cette eau, ça m'inquiète. Je ne sais pas très bien nager, tu sais. »

Je haussai les épaules. « Comme tu voudras, fillette. »

Elle sortit du panier de copieux sandwiches au roastbeef accompagné de radis – l'un de mes préférés – et de la salade de pommes de terre, ainsi que plusieurs canettes de bière. Celles-ci étaient enveloppées dans des serviettes humides qui les tenaient au frais. Elle avait même apporté des verres, et ce ne fut pas sans cérémonie qu'elle nous servit.

Je levai mon verre pour la saluer, le posai soigneusement sur la nappe qu'elle avait étalée sur le compartiment moteur – je ne voulais pas laisser un rond sur l'acajou de Shevlin –, et à voix basse, dis en allemand : « Qu'as-tu donné à Saxon hier soir pour le rendre malade ? »

Maria me regarda sans comprendre, puis demanda en espagnol : « Qu'est-ce que tu viens de dire, José ? J'ai reconnu le nom du *señor* Saxon, mais... pourquoi m'as-tu parlé dans cette langue ? C'est de l'allemand ?

— Peu importe, répondis-je, toujours *auf Deutsch*. Je suppose que tu n'as pas conservé la page du journal des transmissions ? »

Elle me fixa, visiblement soucieuse, mais seulement parce que je baragouinais dans une langue qui lui était inconnue. Puis, soudain, elle eut un large sourire. « Tu me taquines, José, dit-elle en espagnol. Est-ce que tu me dis des mots doux ? »

Je souris et passai à l'anglais. « Je dis que je vais sans doute être obligé de te tuer si tu ne te mets pas à table, salope. Peut-être que je te tuerai quand même, pour ce que tu as fait au petit Santiago, mais ta seule chance de t'en tirer vivante est d'arrêter tes conneries et de parler. As-tu envoyé un message ce matin avant de saboter la radio ? »

Maria continua de me fixer, sans cesser de sourire, déconcertée plutôt qu'inquiète.

« D'accord, repris-je en allemand. Viens à l'arrière du bateau. J'ai des cadeaux pour toi. »

Elle ne sembla pas comprendre l'invitation, jusqu'à ce que je me lève et me dirige vers l'arrière du pont. Toujours souriante, elle accepta la main que je lui tendais, passa entre le siège et la console, et se dirigea d'un pas prudent vers la banquette arrière.

J'ouvris le compartiment secret et en sortis un couteau à lame incurvée que j'avais trouvé sur le cadavre de l'un des deux jeunes Allemands. « Tu reconnais cet objet, Maria ? »

Elle sourit de toutes ses dents, visiblement soulagée de m'entendre parler dans une langue qu'elle connaissait. « *Sí*, dit-elle, c'est un couteau pour trancher les cannes à sucre. On l'utilise au moment de la récolte.

— Très bien, dis-je en espagnol. Tu connais cet objet... mais tu ne connaissais pas l'expression "entre nous et la mer". Tu aurais dû la connaître, Maria. Et moi, j'aurais dû comprendre à ce moment-là. N'importe quelle petite Cubaine élevée près de la côte aurait entendu des adultes utiliser cette expression. Es-tu Espagnole, ou bien Allemande d'origine espagnole ? Tu maîtrises fort bien le dialecte cubain, au fait. »

Maria ouvrit des yeux interloqués. « Qu'est-ce que tu racontes, José ? Je...

— Si tu m'appelles José encore une fois, je risque d'être obligé de t'abattre plus tôt que prévu. » J'attrapai le .357 dans le compartiment secret et le braquai sur elle d'un geste désinvolte.

« *Sprechen Sie !* » ordonnai-je sèchement.

Maria releva vivement la tête, comme si je l'avais giflée.

Puis, lassé de ce petit numéro – le sien comme le mien –, je la giflai pour de bon. Assez violemment. Elle retomba sur la banquette, puis glissa sur le pont. Elle porta une main à sa joue et me fixa, la tête posée sur le plat-bord. Le couteau à canne était toujours là où je l'avais laissé, au milieu de la banquette arrière, plus près de moi que d'elle. Je tenais toujours le Magnum.

« D'accord, dis-je en anglais. Passons les choses en revue, et tu me corrigeras si je me trompe. Tu es l'un des deux membres du commando Todt de Becker. Panama. Depuis le début. Tu t'es infiltrée à Cuba il y a plusieurs mois. Si j'allais faire un tour dans ton village – comment s'appelle-t-il, déjà ? Palmarito, près de La Prueba, non loin de Santiago de Cuba –, je parie que personne n'y aurait entendu parler de la famille Marquez... en particulier une famille Marquez dont la fille se serait enfuie après avoir été violée par son frère. Mais peut-être que Maria Marquez a bien existé et que tu l'as assassinée. »

Maria continuait de masser sa joue rougie et de me regarder comme si je m'étais transformé en serpent venimeux.

« Bien, fis-je, repassant à l'allemand. Martin Kohler, le pauvre et stupide radio de l'Abwehr affecté au *Southern Cross*, se rend comme prévu au rendez-vous que tu lui as donné au bordel. Ou peut-être vient-il y retrouver le lieutenant Maldonado ? Peu importe. Tu attends le départ du policier cubain, tu tranches la gorge de Kohler... puis tu t'enfermes dans la salle de bains et te mets à hurler. Très astucieux, Maria. Hemingway et moi trouvons le carnet de notes que nous sommes censés trouver et tu t'infiltres dans la *finca*. Dieu du Ciel, quel jobard de merde j'ai fait ! »

Maria cilla, mais ne sourit pas en m'entendant prononcer le mot *Scheissköpf*.

« Tu étais déjà venue à la *finca*, bien entendu, poursuivis-je. Le soir de mon arrivée, quand tu nous as tiré dessus alors qu'on jouait aux cow-boys et aux Indiens dans la propriété de Frank Steinhart. Mais qui visais-tu, Maria ? Hemingway ? Ça n'a pas de sens. Moi ? Ça n'a pas de sens non plus, puisque vous teniez à ce que je sois là pour seconder cet amateur d'Hemingway dans cette histoire de fous. Il fallait que *quelqu'un* l'aide à décoder les transmissions radio et à survivre à toutes ses épreuves. Il fallait que *quelqu'un* l'aide à se trouver au bon endroit au bon moment pour qu'on puisse vous servir de coursiers et livrer ceci à son destinataire... »

J'attrapai la sacoche des Allemands et la jetai sur la banquette en cuir, à côté du couteau à canne. Maria la fixa comme une personne perdue dans le désert fixerait un verre d'eau bien fraîche.

« Maria, tu ferais mieux de baisser ta robe, dis-je en allemand. De la façon dont tu es assise, je vois ta culotte et même tes poils. »

Elle rougit violemment et tirailla sur sa robe. Puis elle se figea et me lança un regard noir, un regard où, pour la première fois, je lus de la haine.

« Ce n'est pas grave, dis-je en espagnol. Tu es très forte. La journée a été dure, c'est tout. »

Elle se leva pour aller s'asseoir dans le coin de la banquette, ignorant soigneusement le couteau et la sacoche placés entre nous. « *Señor* Lucas, dit-elle lentement, avec un accent cubain prononcé, vous vous trompez à mon sujet, je vous le jure sur l'âme de ma mère. Je *connais* quelques mots d'allemand et d'anglais... je les ai appris dans la maison de la madame où je...

— Tais-toi, dis-je posément. *Qui* visais-tu cette nuit à la *finca* ? Est-ce que ça faisait partie du scénario, est-ce que c'était pour que je m'intéresse à cette histoire ? Ou bien souhaitais-tu avertir... voire tuer... l'un des autres convives ? Un agent secret ? Britannique, peut-être ? Winston Guest ? »

Ses yeux demeuraient indéchiffrables.

Je haussai les épaules. « Tu étais donc infiltrée parmi nous, tu recueillais des informations par tous les moyens à ta portée et tu les transmettais au Hauptsturmführer Becker... c'était Becker ton contrôleur, n'est-ce pas ? »

Elle resta muette. Son visage aurait pu être taillé dans l'ivoire. Pas un muscle ne frémissait.

« D'accord, fis-je. Ensuite, tu as tué le petit Santiago. Sans doute avec le même couteau dont tu t'étais servie sur Kohler au bordel. Tu es douée pour le couteau, fillette. »

Elle ne daigna regarder ni le couteau à canne, ni le .357 qui reposait sur ma cuisse.

« Quand le lieutenant Maldonado s'est pointé à la *finca* au bout de plusieurs semaines de recherches, j'ai trouvé ça un peu trop commode, repris-je en anglais. Un poil trop astucieux, comme diraient les Anglais. Mais ça a marché... on t'a invitée pour cette croisière. Et ensuite, fillette ? Tu étais tout près de ta cible... si

Hemingway est bien ta cible. » J'observais les muscles autour de ses yeux, sans pouvoir en déduire quoi que ce soit. « Bien sûr que c'est lui, ta cible. Et moi aussi, sans doute. Mais quand devais-tu frapper ? Et pourquoi ? Une fois que nous aurions livré ces trucs... » Je tapotai la sacoche. « Allions-nous devenir gênants après avoir joué notre rôle ? Et pourquoi Columbia... ton équipier du commando Todt... a-t-il tué ces gamins allemands la nuit dernière ? On n'aurait pas pu leur demander de laisser ces documents là où nous avions toutes les chances de les trouver ? »

Maria porta une main à ses yeux, comme si elle allait se mettre à pleurer.

« Sans doute que non. Ces gamins recevaient leurs ordres de l'armée, de l'amiral Canaris. L'Abwehr ignore tout de ce qui se passe, n'est-ce pas, Maria ? Elle croit mener une opération à Cuba, et pendant ce temps, vous autres – toi, Becker, Himmler, feu Heydrich et le second membre du commando Todt –, vous en menez une autre. Une opération visant à trahir l'Abwehr. Mais la trahir auprès de qui... et pour quelle raison, Maria ? »

Elle sanglota doucement. « José... *señor* Lucas... je vous en supplie, croyez-moi. Je ne comprends rien à ce que vous dites. Je ne sais pas ce que...

— Ferme ta gueule. » Je plongeai une main dans le compartiment secret et en sortis l'objet enveloppé dans de la toile que j'avais trouvé dans le grenier à foin, la veille de notre départ. Je déballai le Remington .30-06 et le laissai choir sur le pont. Son viseur télescopique érafla l'acajou ciré. « C'était stupide de le cacher aussi près de toi, Maria, dis-je en allemand, utilisant un dialecte bavarois. D'un autre côté, tu risquais d'en avoir besoin assez vite, hein ? Ce sont tes spécialités, le fusil et le couteau ? Je sais que tu es un *Vertravensmann* et un *Todtägenten*, mais es-tu un de ces super-agents... un de ces *Grossägenten* qui nous faisaient tellement peur, au Bureau ?

— José... »

Je la giflai violemment du revers de la main. Sa tête bascula vers l'arrière, mais cette fois-ci elle ne tomba pas sur le pont. Pas plus qu'elle ne porta une main à sa joue rougie ou à ses lèvres en sang.

« Je t'ai dit que je te tuerais plus tôt que prévu si tu m'appelais encore José, murmurai-je en espagnol. Je ne plaisante pas. »

Elle acquiesça lentement.

« Dis-moi qui est l'autre membre du commando Todt, ordonnai-je sèchement. Delgado ? Quelqu'un d'autre ? »

La femme que j'avais longtemps appelée Maria se contenta de sourire. Elle ne répondit pas.

« Sais-tu comment j'ai fait parler Teddy Schlegel ? » dis-je en allemand. J'attrapai un long tournevis dans la boîte à outils rangée dans le compartiment arrière et le posai sur la banquette, à côté du couteau. « Avec une femme, les possibilités sont plus nombreuses. » Je la gratifiai d'un sourire carnassier.

Si la haine avait été une arme, son regard m'aurait tué.

« Tu vas tout me dire, déclarai-je en anglais. Y compris tous les détails de l'opération. Enlève ta robe. »

Elle releva vivement la tête. « Hein ? » dit-elle en espagnol.

Je l'agrippai par les poignets et l'obligeai à se lever. Je la lâchai de la main droite, passai le .357 à ma ceinture, et déchirai la robe sur toute sa longueur ; les boutons blancs s'envolèrent et allèrent rouler sur le pont, près du Remington déchargé. Puis je lâchai l'un des poignets de Maria et lui arrachai sa robe, la réduisant en lambeaux que je jetai par-dessus bord.

De sa main libre, elle tenta de me griffer les yeux. Une gifle l'envoya valser dans le coin de la banquette avant. Je n'avais pas manqué de remarquer à quel point ses soutiens-gorge et ses culottes étaient chastes – après tout, c'était une putain –, et c'était encore le cas aujourd'hui. Le coton blanc luisait sous l'éclat du soleil. Au-dessus du soutien-gorge, ses seins semblaient lourds, blancs et vulnérables, ses cuisses très pâles.

« D'accord, dis-je en me tournant vers le compartiment pour fouiller à l'intérieur. Une dernière chose à te montrer, et ensuite... »

Elle était rapide – plus rapide que je l'avais prévu. J'eus à peine le temps de pivoter sur moi-même et de lui enserrer le poignet droit pour éviter de me faire déchiqueter les reins par le couteau à canne. Si celui-ci avait eu une lame droite plutôt qu'incurvée, s'il s'était agi d'une dague plutôt que d'une petite machette, elle m'aurait terrassé.

Elle était aussi plus forte que je l'avais prévu. Toutes ces nuits passées à rouler sur les matelas et le sol de la chambre – prisonnier de l'étreinte amoureuse de ses cuisses et de ses bras – auraient dû me rendre plus avisé. Elle faillit réussir à dégager sa main droite, toujours refermée autour du couteau, et, de la gauche, chercha à s'emparer du .357 passé à ma ceinture.

Je dus utiliser mes deux mains pour lui faire lâcher le couteau. Il tomba sur le pont déjà bien encombré, mais Maria réussit à saisir le pistolet. D'un bond, elle se réfugia dans le coin et le pointa sur mon visage avant que j'aie eu le temps de réagir. Elle tenait l'arme des deux mains, les bras tendus, l'index sur la détente. Elle aurait tiré avant que je parvienne jusqu'à elle.

« Maria, dis-je d'une voix tremblante. Ou quel que soit ton nom... on peut encore s'entendre. Personne n'est au courant sauf moi, et je ne...

— *Schwachsinniger !* » gronda-t-elle, et elle pressa la détente. Le percuteur retomba sur une chambre vide. Je disposais d'une seconde pour réagir avant qu'elle fasse une nouvelle tentative, mais je ne bougeai pas. Le percuteur retomba à vide une deuxième fois. Une troisième.

« J'étais sûr de mon fait, dis-je en anglais. Mais il me fallait une confirmation. » J'avançai d'un pas et lui pris le pistolet déchargé.

Elle me décocha un coup de coude dans l'estomac et plongea vers le couteau.

Hoquetant, je l'agrippai par la taille et la tirai en arrière. Nos corps enlacés tombèrent sur la banquette, faisant tanguer la vedette. Maria tenta de me griffer les yeux, mais j'avais enfoui mon visage entre ses omoplates, et ses ongles n'éraflèrent que ma nuque. Je la poussai violemment vers le coin et me redressai en hâte.

Vive comme une panthère, Maria rebondit et se mit en position de combat. Son bras droit était rigide, sa main formait une manchette renforcée par son pouce replié. Elle avança d'un demi-pas et tenta un direct au ventre, espérant m'atteindre en dessous des côtes et me réduire le cœur en bouillie.

Je parai le coup de l'avant-bras gauche et lui décochai un crochet du droit au menton. Elle s'envola au-dessus du pont comme un sac de linge sale, et sa tête frappa le plat-bord en chrome, produisant un bruit sec évoquant une détonation. Elle s'affala de tout son long, les jambes écartées, luisante de sueur entre les seins et autour de sa chaste culotte blanche, les yeux papillonnants. L'agrippant par les poignets, je la giflai doucement pour la ranimer. Je ne l'avais pas frappée fort au point de la tuer ou de l'assommer, mais le choc sur le plat-bord avait dû l'amocher. Il y avait du sang sur le chrome.

Elle ouvrit les yeux.

« Je suppose que tu n'as pas conservé la page du journal des transmissions, dis-je. Tu es trop futée. Mais autant vérifier. » Je la soulevai d'une main et lui arrachai son soutien-gorge et sa culotte. Aucune trace de la page manquante. Je m'y attendais. Une partie de moi-même observait la scène tel un arbitre indifférent, tentant de déterminer si je jouissais de mes actes. La réponse était négative. J'avais l'impression que j'allais vomir d'un instant à l'autre.

« Okay, fis-je. C'est l'heure du pique-nique. » Je la hissai et la jetai par-dessus bord.

L'eau acheva de lui faire reprendre conscience, et elle battit des bras pour revenir près du bateau. J'attrapai la gaffe pour la repousser. Elle se retourna et franchit tant bien que mal les six mètres la séparant du minuscule key, se redressant une fois parvenue sur le sable et la roche du récif émergé. Quand elle se retourna pour me lancer un regard furibond, je vis l'eau salée goutter de ses cheveux sur ses seins et ses genoux.

Je rangeai la gaffe, le Remington, le couteau, la sacoche et le .357, levai l'ancre et jetai par-dessus bord les restes de notre pique-nique. Puis je lançai à Maria une gourde pleine d'eau. Elle l'attrapa d'une main, par la sangle.

Je fis démarrer le moteur et mis le cap à l'ouest. « Je retourne à Confites, lançai-je. Mettre de la teinture d'iode sur mes éraflures. La pleine mer est pour dans trente-cinq minutes. Le récif sera englouti sur toute sa hauteur et les courants sont plutôt violents, mais si tu arrives à enfoncer tes pieds dans le sable ou à les coincer dans le corail, peut-être que tu pourras t'accrocher par les orteils.

— José ! s'écria la femme sur l'îlot. Je ne sais pas nager !

— Ça n'a pas grande importance. Cayo Confites est à vingt-cinq milles d'ici. » Je désignai le sud. « Il y en a vingt jusqu'à la côte ou jusqu'à l'archipel de Camagüey. Les courants dominants pourraient te porter, mais il y a pas mal de requins dans le coin. Sans parler, bien entendu, de tous ces récifs qui risquent de te déchiqueter.

— Lucas ! hurla-t-elle.

— Réfléchis bien. Réfléchis à mes questions. Peut-être que je reviendrai quand tu commenceras à flotter. Le seul moyen de t'en sortir, c'est de me donner quelques réponses. Tu as envie de parler maintenant ? »

Elle me tourna le dos et contempla les vagues qui léchaient le key. Peu importait qui elle était, agent ennemi ou tueur impitoyable, elle avait un dos et des fesses splendides.

Je mis les gaz et fonçai vers l'ouest. J'attendis d'avoir parcouru deux milles pour prendre les jumelles et regarder derrière moi. Cayo Cerdo Perdido était déjà invisible, mais l'îlot ne devait pas être tout à fait submergé, car je distinguais la pâle silhouette de Maria sur fond de ciel bleu et de mer encore plus bleue. Je crois qu'elle regardait dans ma direction.

Le *Pilar* apparut à l'horizon, mouillant à l'endroit exact que nous avions choisi pour notre rendez-vous. Hemingway était seul à bord. Il descendit de la passerelle de pilotage et plaça une défense en kapok le long de la coque vert et noir pour la protéger d'une collision avec la vedette.

« Elle vous a dit quelque chose ? » demanda-t-il. S'aidant d'une gaffe, il accrocha le *Lorraine* à un étançon afin de l'immobiliser.

« Elle m'a traité de *Schwachsinniger* », répondis-je.

Hemingway ne trouvait pas ça drôle, et moi non plus.

« Tout le monde pense que nous sommes cinglés, aujourd'hui », reprit-il en se tournant dans la direction de Cayo Confites.

J'acquiesçai et me frottai la joue. Sans l'avoir prévu, je me retrouvais moi aussi avec une barbe de pirate. Je consultai ma montre. Mon estomac m'élançait là où elle l'avait frappé. Ou peut-être était-ce autre chose.

« Et maintenant ? demanda Hemingway

— Je n'ai pas l'intention de la tabasser et de la torturer davantage. » Ma voix semblait abattue à mes propres oreilles. « Je retournerai là-bas quand elle aura de l'eau autour des chevilles, mais si elle refuse toujours de parler, on devra la ramener à La Havane avec nous.

— Et qu'est-ce qu'on va faire d'elle ? La livrer à Maldonado et à la Police nationale ? À votre ami Delgado ?

— Je serai obligé de l'amener à l'antenne du FBI à La Havane. Leddy et ses collègues ne vont pas apprécier, et sans doute que nous ne saurons jamais quel était le but de l'opération Corbeau, mais ils l'arrêteront, ainsi que Becker. Peut-être que celui-ci les renseignera sur ses plans et ses effectifs.

— Ou peut-être pas », dit l'écrivain en fronçant les sourcils. Nous nous balancions toujours sur la mer couleur azur. « Peut-être que vos potes du Bureau savent déjà le fin mot de l'histoire. Peut-être que Xénophobie leur parlera des deux Allemands morts et de leur sacoche, peut-être qu'on sera obligés de refiler tous les documents au FBI sous peine d'être fusillés pour trahison, et peut-être que tout se passera comme ils l'avaient prévu, après tout. »

Je consultai ma montre une nouvelle fois. « Peut-être, oui. Mais une chose est sûre : si je ne retourne pas à Cayo Cerdo Perdido dans les minutes qui viennent, toute cette discussion deviendra purement théorique. Nous n'aurons aucune prisonnière à livrer. »

Je fis démarrer le moteur pendant qu'Hemingway repoussait la vedette et remontait la défense. « Hé ! lui lançai-je. Ce surnom... Xénophobie... c'était une de vos blagues, pas vrai ? Vous ne l'avez jamais crue, vous ne lui avez jamais fait confiance, n'est-ce pas ? Depuis le début.

— Évidemment », dit Hemingway, qui regagna sa passerelle de pilotage.

Je rattrapai le *Pilar* vingt minutes plus tard. Cayo Confites était encore derrière l'horizon, à l'ouest. Hemingway ralentit et me lança un regard furibond alors que je coupais le moteur de la vedette, mais il ne descendit pas de sa passerelle de pilotage.

« Où est-elle, Lucas ? Qu'avez-vous fait d'elle ? » Il fouillait du regard le pont du *Lorraine*, comme si j'avais planqué Maria sous les banquettes.

« Je ne lui ai rien fait, dis-je. Quand je suis arrivé là-bas, elle avait disparu.

— Disparu ? » répéta-t-il stupidement. Une main en visière, il scruta l'horizon à l'est, comme s'il allait la voir en train de fendre les eaux.

« Disparu, confirmai-je. Il restait encore quelques mètres carrés de terre ferme. Mais elle n'était plus là.

— Bordel de merde. » L'écrivain ôta son sombrero et se passa la main sur la bouche.

« J'ai fait plusieurs circuits au sud, entre le key et la côte, mais je n'ai rien trouvé. » Ma voix semblait de nouveau étrange à mes propres oreilles. « Elle a dû se mettre à nager.

— Je croyais qu'elle ne savait pas nager », lança-t-il depuis son perchoir.

Je lui adressai un regard furieux mais restai muet.

« Peut-être qu'un requin l'a attaquée », suggéra-t-il.

Je bus un peu d'eau à la gourde que j'avais retrouvée flottant sept ou huit cents mètres au sud de l'îlot. Je regrettais de ne pas avoir de whiskey à bord.

« Pensez-vous que l'U-Boot de la nuit dernière ait pu la recueillir ? » demanda Hemingway.

Cette hypothèse méritait réflexion. Elle n'était pas dénuée d'humour. Le capitaine de l'U-Boot, s'il avait vu dans son périscope une femme nue naufragée sur ce minuscule îlot, à vingt milles de la côte, ne pouvait pas savoir qu'il s'agissait d'un agent allemand. Si elle se trouvait effectivement à bord de ce sous-marin, dont l'équipage n'avait pas touché terre depuis plusieurs mois, ce qui lui arrivait en ce moment était infiniment plus désagréable que tout ce que j'aurais pu imaginer pour la faire parler. Certes, elle n'aurait pas manqué de s'identifier et d'expliquer sa situation, en allemand qui plus est, mais je ne pensais pas que cela aurait changé quoi que ce soit.

« Aucune chance, répondis-je finalement. Soit elle est partie à la nage, soit une vague l'a renversée et elle s'est noyée. »

Hemingway se tourna une nouvelle fois vers l'est et opina. « Avant que je parte, Saxon m'a dit qu'il avait jeté un coup d'œil à la radio.

— Et alors ?

— Elle a cassé un des tubes à vide. Comme nous n'avons pas de pièces de rechange, nous ne pouvons rien capter tant que nous ne serons pas rentrés pour remplacer cette saleté de tube. »

Je ne fis aucun commentaire. Le roulis et le spectacle du *Pilar* ballotté par les vagues me donnaient mal au ventre. D'un autre côté, ce n'était pas la première fois.

« D'accord, lançai-je, on va récupérer vos potes et vos gamins, et on rentre.

— Qu'est-ce qu'on leur dit à propos de Miss Maria ?

— Qu'elle avait le mal du pays et que je l'ai amenée jusqu'à la côte pour qu'elle puisse retourner dans son village. » Je me tournai vers le sud-est. C'était par là que se trouvait Palmarito, près de La Prueba.

« Nous n'aurons plus l'occasion de parler en privé », reprit Hemingway. Il avait recoiffé son sombrero, et de minuscules trapézoïdes de lumière constellaient son visage. « Que va-t-il se passer à notre retour, vu que nous n'allons pas livrer la sacoche comme prévu ? »

J'avalai une nouvelle gorgée d'eau, puis rebouchai la gourde et l'attachai au dossier du siège du pilote. Je m'essuyai les lèvres. L'éclat du soleil sur les vagues et sur le chrome me donnait le vertige. « En voyant que nous ne jouons pas notre rôle, soit ils annuleront l'opération et s'en iront, soit...

— Soit ?

— Soit ils enverront l'autre moitié de leur duo d'assassins s'occuper de nous.

— S'occuper de *moi*, vous voulez dire. »

Je haussai les épaules.

« On ne peut rien faire pour les en empêcher ? demanda Hemingway. Retrouver cet enfoiré de Hauptsturmführer Becker, par exemple ?

— On peut toujours essayer. Mais Becker a dû s'arranger pour être introuvable. Il va transmettre ses instructions à ses agents, et prendre ensuite le premier bateau pour le Brésil ou l'Allemagne. Peut-être est-il déjà parti.

— Vous pensez que c'était lui qui tenait la lanterne la nuit dernière ? Je crois que les deux gamins l'ont vu avant que le tireur les abatte. Ils se croyaient en sécurité. Vous pensez que c'est Becker qui a joué les Judas ?

— Ouais. Peut-être. Comment le saurais-je, bordel ?

— Ne prenez pas la mouche, Lucas. » Il se tourna une nouvelle fois vers l'est. « Ceci est contrariant.

— Quoi donc ? »

Il était solidement campé sur ses jambes, en équilibre malgré les mouvements du *Pilar*, un large sourire aux lèvres. « Maintenant, il faut trouver un nouveau nom pour ce petit key afin d'annoter nos cartes. Que dites-vous de Cayo Puta Perdida ? »

Je secouai la tête, fis démarrer le moteur et mis le cap au nord-nord-ouest.

26

Je n'avais jamais vraiment compris ce terme de « planque ». Comme l'expérience me l'avait appris, une planque n'a parfois rien d'un abri.

J'arrivai à l'heure dite et entrai sans prendre de précautions spéciales. Delgado se trouvait à sa place habituelle, assis à califourchon sur la chaise, arborant le demi-sourire méprisant qui lui était coutumier. Il avait bronzé et semblait s'ennuyer ferme. Son feutre blanc était posé sur la table, à côté d'une bouteille de bière mexicaine. De temps à autre, il en sirotait une gorgée. Il ne m'en proposa pas une goutte. Je m'assis et posai les mains sur la table.

« Alors ? Ça s'est bien passé, cette petite excursion ? » Sa voix était toujours aussi amusée, toujours aussi sarcastique.

« Oui.

— Vous emmenez les femmes et les enfants avec vous ces temps-ci, dit Delgado en me fixant de ses yeux perçants. Hemingway a-t-il définitivement renoncé à utiliser l'essence des contribuables au service du gouvernement ? »

Je haussai les épaules.

Delgado soupira et reposa la canette sur la table. « Bien, où est votre rapport ? »

Je lui montrai mes mains vides. « Il n'y a pas de rapport. Nous n'avons rien vu. Rien trouvé. Et comme la radio est en panne, nous n'avons rien entendu. »

Delgado me considéra en souriant. « Comment la radio est-elle tombée en panne, Lucas ?

— La faute à ce crétin de marine. Avec la fatigue et les coups de soleil, on a fini par rentrer.

— Et vous n'avez pas rédigé de rapport ?

— Je n'ai pas rédigé de rapport. »

Delgado secoua la tête au ralenti. « Lucas, Lucas, Lucas. »

J'attendis la suite.

Il vida sa canette. La bière devait être chaude. Il rota. « Enfin, soupira-t-il, je n'ai pas besoin de vous dire à quel point cette opération... ainsi que votre action... se sont révélées décevantes aux yeux de Mr. Ladd, du Directeur Hoover et des autres. »

Je restai muet.

Delgado pointa son pouce sur ma taille. « C'est pour une raison précise que vous vous baladez avec un .357 ?

— La Havane est une ville dangereuse », répliquai-je.

Il opina. « C'est volontairement que vous vous exposez à Hemingway, ou bien vous n'en avez plus rien à foutre ?

— C'est Hemingway qui n'en a plus rien à foutre. Il se fiche de savoir qui je suis, qui sont nos adversaires. Il en a marre de cette histoire d'Usine à forbans, marre de la chasse aux sous-marins.

— Nous aussi, fit Delgado, les yeux glacials.

— Qui est ce "nous" ? demandai-je en lui rendant son regard.

— Le Bureau. Vos employeurs. Les citoyens qui paient votre salaire.

— Les contribuables en ont marre de l'Usine à forbans ? »

Delgado ne daigna pas sourire. Ou disons plutôt que son demi-sourire ne s'altéra pas d'un iota. « Vous avez conscience, Lucas, que d'un jour à l'autre, on va vous retirer cette mission et vous convoquer à Washington pour vous demander des comptes ? »

Je haussai les épaules. « Je n'y vois pas d'inconvénient.

— Vous les verrez quand ce sera fini. » Pour la première fois, la voix de Delgado exprimait autre chose que le sarcasme. Une menace. Il poussa un nouveau soupir et se leva. Pour la cinquantième fois, je remarquai que l'étui de son pistolet était tantôt placé sous son épaule gauche, tantôt à sa ceinture, du côté gauche également, comme le mien la plupart du temps. Je me demandai comment il s'y prenait pour choisir la position de son arme chaque matin.

« Okay, fit-il avec un large sourire. Je crois bien qu'on en a fini ici, Lucas. Toute cette histoire n'était qu'un cirque depuis le début, et vous n'avez fait que la rendre plus clownesque. Une totale perte de temps, pour moi comme pour le Bureau. Je prends l'avion aujourd'hui ou demain, pour aller faire mon rapport. Je suis sûr que vous ne tarderez pas à avoir des nouvelles de Mr. Ladd ou du Directeur par les canaux habituels. »

Je hochai la tête, les yeux fixés sur ses mains. Il me tendit la droite.

« Sans rancune, Lucas ? Quoi qu'il arrive. »

Je lui serrai la main.

Laissant sa canette vide sur la table, Delgado se dirigea vers la porte, plissant les yeux à la lumière du soleil. « J'espère que ma prochaine mission me conduira dans un endroit moins chaud.

— Oui », fis-je.

Au moment de sortir, il marqua une pause, s'appuyant d'une main sur le montant de la porte. « Hé, comment va votre petite putain ? Je ne l'ai pas vue hier soir, quand vous êtes arrivés au port. »

Je me fendis d'un sourire poli. « Elle va très bien. Elle dormait dans le compartiment avant.

— Elle a le sommeil lourd pour ne pas avoir été réveillée par tout ce barouf.

— Oui. »

Delgado mit son chapeau blanc, en fit claquer le rebord et me salua en y portant un index. « Bonne chance pour votre prochain job, Lucas, quel qu'il soit. » Puis il s'en fut.

« Ouais », dis-je à la planque déserte.

Le dimanche 16 août, sachant qu'il était peut-être la cible d'un tueur de la sinistre Sicherheitsdienst, Hemingway donna une nouvelle réception autour de sa piscine. La plupart des habitués étaient présents : l'ambassadeur Braden, sa charmante épouse et leurs deux filles ; Bob Joyce et son épouse Jane ; Mr. et Mrs. Ellis Briggs, et leur deux enfants ; Winston Guest, vêtu d'un splendide blazer bleu et transformé du simple fait qu'il était bien peigné ; Patchi ; Sinsky ; le Kangourou ; le Prêtre noir ; un paquet d'amis de l'écrivains, pelotaris et autres sportifs ; les frères Herrera ; des membres du Club de tir de Cazadores tels Rodrigo Diáz, Mungo Peréz et Cucu Kohly ; Patrick, Gregory et une demi-douzaine de jeunes joueurs de base-ball... même Helga Sonneman fit une apparition, annonçant que le *Southern Cross* avait achevé ses essais dans la région et se préparait à gagner le Pérou.

Je n'avais pas le temps de faire la fête, ce qui tombait bien car je n'y avais pas été invité. La veille au soir, j'avais filé Delgado jusqu'à son hôtel, que j'avais surveillé durant toute la nuit, avant de le suivre jusqu'à l'aéroport le matin venu. Il avait pris le vol de onze heures à destination de Miami. D'après la guichetière, il avait acheté un billet pour la correspondance de Washington.

Ce qui ne voulait rien dire, naturellement. S'il était l'autre membre du commando Todt, peut-être avait-il cherché à me berner. S'il était un agent double, peut-être avait-il tout simplement décidé de quitter le pays, comme l'avait fait Schlegel. Et s'il était l'agent du FBI qu'il semblait être, peut-être se rendait-il au ministère de la Justice pour faire son rapport, ayant réussi à retourner Becker et constaté que j'avais échoué dans ma mission.

J'étais inquiet à l'idée de m'éloigner d'Hemingway, mais j'avais dressé une liste des dangers qui nous guettaient, et Delgado y figurait en première place. L'écrivain était tellement concentré sur sa réception dominicale qu'il ne remarqua même pas que des agents de l'Usine à forbans – ceux qui n'éclusaient pas son whiskey – ne cessaient d'aller et venir dans la propriété.

Le lieutenant Maldonado était numéro deux sur ma liste, mais on l'avait vu à La Havane durant les jours précédents, et j'avais ordonné aux garçons de café et aux rats de quai de le tenir à l'œil. J'avais posté des gamins à San Francisco de Paula, avec mission de foncer à la *finca* pour nous alerter si jamais ils apercevaient la voiture du policier sur la route nationale. Les autres agents de terrain de l'Usine à forbans devaient guetter l'apparition du Hauptsturmführer Johann Siegfried Becker à La Habana Vieja, à Cojímar, sur les docks, sur la côte et dans les lieux fréquentés par les sympathisants nazis. Je donnai à deux de nos meilleurs jeunes agents la somme de vingt-cinq dollars – une véritable fortune – pour qu'ils montent la garde à l'aéroport au cas où Delgado y ferait son apparition. Ils ne devaient surtout pas se faire repérer, les avertis-je, mais téléphoner à la *finca* ou accourir à motocyclette si jamais ils l'apercevaient.

Finalement, j'ordonnai à Don Saxon de me relayer à bord du *Pilar* afin d'assurer l'écoute radio vingt-quatre heures sur vingt-quatre. Le marine faillit se rebeller avant que je parvienne à le convaincre, et cet arrangement se révéla extrêmement contraignant – il me fallait autant de temps pour aller de la *finca* à Cojímar que pour me rendre à La Havane –, mais je n'avais guère le choix. Le seul matériel radio un peu sophistiqué dont nous disposions se trouvait à bord du *Pilar*.

Il y avait de grandes chances pour que nous ne captions aucune transmission, mais le *Southern Cross* était encore au port de La Havane, on avait signalé des sous-marins dans les parages de Cayo

Paraíso, et mon intuition me soufflait que Columbia allait être contacté par un émetteur local. Et en cette matière, je n'avais pas le choix.

La journée du lundi 17 août fut excessivement normale. Le lieutenant Maldonado faisait son travail de policier ; le Hauptsturmführer Becker demeurait invisible et introuvable ; aucun signe ni aucune trace de Delgado ; personne ne tenta de tuer Hemingway et ses fils lors du dernier concours de tir de la saison au Club de Cazadores ; la radio grésilla durant tout l'après-midi, et on ne captait que des échanges sans intérêt de la marine américaine ou des transmissions en allemand provenant du véritable champ de bataille, à plusieurs centaines de milles au nord de Cuba.

Puis, le mardi 18 août, peu après une heure du matin, je sursautai en entendant dans les écouteurs les bips familiers signalant une transmission par ondes courtes. Je prenais des notes avant même d'être réveillé. Une minute plus tard, à la lueur d'une lampe de poche, m'efforçant d'oublier les ronflements de Saxon dans le compartiment avant, je réalisai que le message capté était déchiffrable – il faisait référence à la page 198 de *Geopolitik*. Le signal était très fort, provenant de moins d'une trentaine de kilomètres. Sans doute était-il émis par un poste des plus puissants, près de La Havane ou à bord d'un bateau.

Il ne me fallut qu'une minute pour remplir la grille et traduire :

OPERATION CORBEAU ANNULEE JE REPETE ANNULEE

Mais ce message était rédigé dans le code suspect. Nous étions *censés* le déchiffrer. Vingt minutes plus tard, nouvelle transmission, en provenance du même poste, semblait-il. Mais, cette fois-ci, c'était le code numérique que j'avais obtenu de Schlegel. Il me fallut plus longtemps pour enregistrer ce message, le déchiffrer et le traduire de l'allemand :

COLUMBIA A U296 ET ADL HAMBOURG
29 AOUT BRIT SC122 DEPART PORT NY
3 SEPT. BRIT HX229 DEPART NY
SC122 [51 NAVIRES 13 COLONNES]
HX229 [38 NAVIRES 11 COLONNES]
POINT ALPHA SC122 67 D PUIS 49 D NORD 40 D EST
POINT ALPHA HX229 58 D PUIS 41 D NORD 28 D EST

C'était une information capitale, transmise depuis Cuba à un sous-marin croisant dans les Caraïbes, et de là à Hambourg. Le 29 août, un convoi britannique – SC122 – de cinquante et un navires voyageant en treize colonnes devait quitter le port de New York. Des informations similaires étaient fournies sur le convoi HX229, qui comptait trente-huit navires et partait le 3 septembre. Les deux dernières lignes décrivaient l'itinéraire des deux convois à partir du « Point Alpha » – un point de l'Atlantique Nord de toute évidence connu des U-Boots.

L'agent Columbia se trouvait toujours à Cuba et envoyait des informations vitales aux sous-marins nazis.

Vers trois heures du matin, je captai un nouveau message de Columbia, nettement plus long, chiffré au moyen du code numérique et destiné aux bureaux de la RSHA à Hambourg et à Berlin :

PRIORITE. AI AUTHENTIFIE PRECEDENTS RAPPORTS SUR PROCHAIN DEBARQUEMENT ALLIE EN FRANCE. NATURE DE L'OPERATION : LIMITEE AU DEBARQUEMENT D'UNE DIVISION. IL NE S'AGIT PAS JE REPETE IL NE S'AGIT PAS D'UNE INVASION A GRANDE ECHELLE. CIBLE : DIEPPE ET QG WEHRMACHT DE QUIBERVILLE. TROUPES 2E DIVISION CANADIENNE. COMMANDANT GENERAL CRERAR. NOM DE CODE : OPERATION RUTTER. DATE : INITIALEMENT PREVUE POUR 24 JUIN. REPOUSSEE CAUSE MAUVAIS TEMPS. PREVUE POUR PERIODE 19 21 AOUT. VERIFIER AVEC AFUS EN GB TRAFIC RADIO. DES CONFIRMATION ALERTEZ WEHRMACHT. POUR VOTRE INFORMATION PANAMA DISPARU. NE PAS INFORMER JE REPETE NE PAS INFORMER ABWEHR. COLUMBIA.

Les yeux rivés au carnet de notes, j'essuyai la sueur froide qui me maculait le front. La phrase « vérifier avec AFUS en GB trafic radio » faisait allusion aux *agentenfunkgerät*, aux agents opérant des émetteurs-récepteurs clandestins en Grande-Bretagne, qui devaient surveiller les communications de l'armée britannique. Ce qui signifiait que les Allemands avaient déchiffré au moins l'un des codes de l'armée ou de la marine britannique.

Saxon vint me remplacer vers quatre heures du matin. Je lui dis d'aller se recoucher. À 4 h 52, je captai le message suivant, relayé par un U-Boot croisant quelque part dans les Caraïbes :

CONTROLE A COLUMBIA. OKM DIT QUE SIGNAUX RN MENTIONNENT OPERATION JUBILE DEPUIS MAI. QUE SAVEZ-VOUS SUR JUBILE ?

Voilà qui confirmait mes soupçons. « OKM » signifiait *Oberkommando der Marine*, la marine allemande. « RN » devait être la Royal Navy. Les nazis avaient bel et bien déchiffré le code de la marine britannique. À 5 h 22, nouveau message, reçu cinq sur cinq, provenant d'un poste tout proche du *Pilar* :

CONFIRME JUBILE NOM ECRAN POUR OPERATION RUTTER. ORDRE DE BATAILLE INCLUS DANS PROCHAINE TRANSMISSION. ATTENDS INSTRUCTIONS. COLUMBIA.

Vingt minutes plus tard, un dernier message, plus bref, toujours en code numérique :

COLUMBIA BON TRAVAIL. CONTINUEZ TRANSMISSION A MESURE ARRIVEE INFORMATIONS. PREMIERE PARTIE OPERATION CORBEAU ACHEVEE. VOUS ETES AUTORISE A TUER GOETHE. BONNE CHANCE ET HEIL HITLER.

« Répétez-moi ça, dit Hemingway un peu plus tard ce mardi matin. Pourquoi pensez-vous que c'est moi qu'ils veulent tuer ?

— "Goethe." Nom de code transparent pour "écrivain"... et vous êtes le seul écrivain que je voie dans tout ce foutoir.

— Marty est un écrivain. Et son nom de jeune fille commence par un *G*.

— Et elle est à l'abri... ou donc, déjà ? En Guyane hollandaise.

— Pourquoi un nom de code aussi évident ? » grommela Hemingway.

Je secouai la tête. « Vous oubliez un détail : ce message a été transmis dans le code numérique de la SD AMT VI. Schlegel ne leur a pas encore dit qu'il avait mangé le morceau. En fait, il a sans doute été arrêté dès son arrivée au Brésil. Peut-être même qu'on l'a déjà jugé et exécuté à l'heure qu'il est. »

Hemingway avait l'air sceptique.

« En outre, repris-je, il nous suffit d'attendre quelques jours pour vérifier que les informations sur le raid de Dieppe sont fondées.

— Si elles le sont, dit Hemingway en palpant son oreille enflée, ça va être un vrai massacre.

— Ouais. Mais ça nous confirmera qu'ils ignorent encore que leur code numérique est compromis. Jamais ils ne courraient le risque de voir ce message communiqué au FBI, à l'OSS ou à l'ONI.

— Est-ce que nous *allons* le communiquer au FBI, à l'OSS ou à l'ONI ? »

Je secouai la tête une nouvelle fois. « À supposer que nous le fassions, ça ne servirait pas à grand-chose. Si les dates données sont exactes, nous ne disposerions au mieux que de trois jours pour faire annuler le raid. Difficile d'interrompre dans un tel délai une opération de cette envergure.

— Mais si ces Canadiens débarquent alors qu'ils sont attendus par la Wehrmacht... » Hemingway laissa sa phrase inachevée, et son regard se perdit bien au-delà de la salle de séjour de la *finca*.

J'acquiesçai. « C'est un problème avec lequel on doit constamment se colleter. Une chose est sûre : les stratèges américains et britanniques préfèrent que des navires soient coulés, et parfois que des batailles soient perdues, plutôt que de révéler qu'ils ont déchiffré des codes allemands ou japonais. Je le parierais. À long terme, c'est toujours payant.

— Pas pour ces pauvres Canadiens qui vont se faire hacher menu sur les plages de Dieppe, gronda Hemingway.

— Non », dis-je à voix basse.

Hemingway secoua la tête avec violence. « Vous exercez une profession puante, Lucas. Elle empeste la mort, la pourriture et les mensonges de vieillards.

— Oui. »

Il soupira et s'assit dans son fauteuil à fleurs. Boissy, le gros chat noir, sauta sur ses genoux et me lança un regard soupçonneux. Hemingway sirotait un Tom Collins à mon arrivée, mais les glaçons avaient fondu depuis. Il avala quand même une gorgée d'alcool tout en caressant le chat. « Alors, que faisons-nous, Lucas ? Comment nous assurons-nous que Gigi et Mouse ne courent aucun danger ?

— Quel que soit l'autre membre du commando Todt, c'est un professionnel. Je pense que les garçons ne risquent rien.

— Voilà qui est rassurant, répliqua-t-il d'un ton sarcastique. C'est un professionnel, donc je serai le seul à être tué. Sauf s'il décide de faire sauter la *finca* pendant que les enfants dorment dans leurs chambres.

— Non. Je pense que ça ressemblera à un accident. Un accident dont vous serez la seule victime.

— *Pourquoi ?* demanda sèchement Hemingway.

— Je n'en suis pas sûr. Ça fait partie de leur opération Corbeau... mais je ne comprends pas tout, pas encore. En tout cas, d'après le message, la première partie de l'opération est achevée. De toute évidence, on n'a pas besoin de vous pour la deuxième.

— Épatant. Écoutez, j'avais l'intention de prendre la mer plus tard dans la semaine, d'aller dans l'archipel de Camagüey pour filer le *Southern Cross* après son départ. Helga m'a dit que le capitaine avait décidé de faire le tour de l'Amérique du Sud plutôt que de passer par le canal et que le yacht devait faire escale à Kingston. Wolfer et moi, on a notre petite idée sur les bases de ravitaillement des U-Boots. On comptait s'assurer que le yacht quittait bien les eaux territoriales cubaines, puis contourner l'île par l'est avant de foncer sur Haïti, s'arrêter à Kingston, puis revenir à Cuba par la pointe ouest. Soit un voyage d'une semaine ou deux. Est-ce que je dois l'annuler ? »

Je réfléchis quelques instants. « Non, ça vaut peut-être mieux.

— Nous sommes sacrément visibles avec nos écriteaux du Muséum d'histoire naturelle, dit Hemingway d'un air songeur. Un sous-marin nazi pourrait nous repérer et nous couler. La SD aurait moins de peine à m'éliminer de cette façon.

— Je ne le pense pas. Les messages que nous avons captés étaient échangés par Columbia, Hambourg et un agent de la SD affecté sur un bâtiment allemand. À mon avis, aucun commandant de sous-marin n'a idée de votre rôle et de la nature de l'opération Corbeau. En pleine mer, vous seriez autant en sécurité que tous les autres petits bateaux de la région. »

Hemingway afficha une mine sinistre. « Dimanche, j'ai parlé à Bob Joyce et à deux ou trois gars des services de renseignement de la marine. Tout ceci est confidentiel, mais ils estiment que plus de quinze cents navires marchands alliés seront coulés cette année. Au rythme où vont les Allemands, ils torpilleront entre soixante-dix et quatre-vingts navires dans les Caraïbes rien que ce mois-ci et le mois prochain... soit entre deux et trois cents avant la fin de l'année. Et dire que Marty a pris la mer au milieu de ce carnage. » Il se tourna de nouveau vers moi. « Vous pensez que je dois emmener les garçons ?

— Que comptiez-vous faire d'eux dans le cas contraire ?

— Ils seraient restés ici, à la *finca*. Les domestiques sont là pour veiller sur eux, et Jane Joyce m'avait promis de venir de temps en temps pour voir si tout allait bien. »

Je me frottai la joue. J'avais dormi une heure ou deux avant de quitter Cojímar, mais j'étais recru de fatigue. Les événements des derniers jours et des dernières nuits se brouillaient dans mon esprit. *Cette situation est-elle susceptible de déboucher sur une prise d'otages ?* Je n'étais pas en mesure de répondre par la négative. « Il vaudrait mieux que vous les emmeniez avec vous, dis-je.

— D'accord. » Hemingway m'agrippa par le poignet. « Que *veulent* ces types, Lucas ? À part ma mort, je veux dire. »

J'attendis qu'il m'ait lâché. « Ils veulent que nous transmettions les documents que nous avons trouvés sur les deux cadavres. J'en suis persuadé.

— Et tant que nous ne le faisons pas, je ne cours aucun danger ?

— Je n'en suis pas sûr. Ce n'est qu'une intuition, mais je pense qu'ils ont l'intention de vous tuer, dans un cas comme dans l'autre.

— *Pourquoi ?* » demanda l'écrivain. Sa voix ne trahissait nulle angoisse, rien que de la curiosité.

Je secouai la tête une nouvelle fois.

Hemingway posa doucement le chat noir par terre et se dirigea vers la salle de bains, faisant claquer ses sandales. Avant de quitter la pièce, il se retourna vers moi. « Pour un agent de renseignement, Lucas, vous ne savez pas grand-chose. »

J'acquiesçai.

J'avais besoin d'un autre radio ou d'un autre moi-même. Les rapports de l'Usine à forbans affluèrent durant cette chaude journée – les allées et venues du lieutenant Maldonado à La Havane, l'invisibilité persistante de Becker, l'absence prolongée de Delgado à l'aéroport et dans les hôtels –, et je m'efforçai de me reposer un peu avant d'aller passer une nouvelle nuit à bord du *Pilar*. Je ne voulais pas laisser Hemingway tout seul. Il s'était mis à porter son pistolet calibre .22 à la ceinture pendant qu'il traînait dans la *finca*, mais n'eût été ce détail, il ne semblait pas se soucier des menaces de mort qui pesaient sur lui. Le soir venu, il enfila une chemise et un pantalon propres et alla au Floridita pour boire avec des amis.

Ils se débrouilleront pour que ça ressemble à un accident, me répétais-je. Et par conséquent, ils auront besoin de discrétion. Puis je pensai à la circulation à La Havane, et vis en esprit une voiture qui déboulait d'une ruelle et accomplissait la mission confiée à Columbia.

Ils voudront d'abord récupérer les documents, me répétais-je aussi. Comme nous n'osions pas les cacher à la *finca*, j'avais glissé la sacoche dans un sac de voyage passé autour de mon épaule. Durant la nuit, il était posé à mes pieds, dans la cabine radio du *Pilar*. Ce n'était guère subtil, mais je me rassurai en pensant que quiconque souhaitant s'en emparer serait obligé de s'occuper de moi avant de s'occuper d'Hemingway.

Ce qui ne devrait pas leur poser de problème, vu l'état qui est le tien en ce moment. J'étais vanné. J'avais emporté des pilules que j'avais sur moi depuis des années, et je les avalai chaque fois que je me sentais trop somnolent pour me concentrer sur les écouteurs.

Ce fut Don Saxon, en faction durant l'après-midi, qui intercepta le seul message du 18 août. Il envoya Fuentes en porter une transcription à la *finca*. Je reconnus le code numérique de la SD et allai déchiffrer le message au cottage. Quatorze lignes, détaillant les ordres de batailles des troupes canadiennes en partance pour Dieppe. La flottille, précisait le message, avait déjà appareillé, et le raid était imminent.

Le mercredi 19, la radio de La Havane nous apprit que les Britanniques avaient lancé une attaque sur la ville côtière de Dieppe. Six plages avaient été investies par les vaillantes forces alliées. Le speaker était très excité – peut-être était-ce l'ouverture tant attendue du Deuxième Front ! Les détails étaient rares, mais il s'agissait d'une opération d'envergure – les transports de troupes et les barges avaient débarqué plusieurs milliers de soldats canadiens, soutenus à terre par des chars et dans le ciel par des chasseurs de la RAF.

Le lendemain, le 20 août 1942, les bulletins, même censurés, ne pouvaient dissimuler la triste vérité : la tentative d'invasion avait tourné à la catastrophe. La plupart des soldats avaient été tués ou faits prisonniers. Les transports de troupes qui n'avaient pu battre en retraite à temps avaient été coulés, quand ils ne s'étaient pas échoués. Les chasseurs de la RAF avaient été décimés par des avions de la Luftwaffe envoyés dans les bases de la région avant le raid. Les six plages étaient encore jonchées de cadavres canadiens. Fous de joie, les nazis déclaraient que la *Festung Europa* était invincible, et ils invitaient les Britanniques et les Américains à récidiver.

« Je pense que c'est ce qu'on appelle une confirmation », dit Hemingway cet après-midi-là. Nous nous trouvions dans le cottage. Patrick et Gregory jouaient bruyamment dans la piscine. « Grâce à sa transmission de lundi, votre Columbia a dû acquérir un sacré statut à la SD AMT VI. » Hemingway me regarda droit dans les yeux. « Mais d'où tient-il ses informations, Joe ? Comment un agent allemand affecté à Cuba a-t-il pu mettre la main sur des renseignements aussi importants pour les Britanniques ?

— Excellente question. »

Cette nuit-là, vers une heure du matin, je sursautai en entendant une série de bips dans les écouteurs. Je dormais si profondément que j'avais raté le premier groupe de cinq lettres, mais l'émetteur eut l'obligeance de répéter son message à trois reprises, à une demi-heure d'intervalle.

Le code était celui de Kohler, le livre de référence l'anthologie de littérature allemande. Aucune transmission en code numérique ne suivit. J'allumai la petite ampoule de vingt watts fixée au-dessus de la table et contemplai le journal des transmissions.

COLUMBIA RENDEZ-VOUS AVEC PANAMA 0240 H 22 AOUT LA OU LA MORT PALE PENETRE DANS LES TAUDIS ET LES PALAIS ROYAUX SOUS L'OMBRE DE LA JUSTICE.

Il faisait chaud et humide dans la minuscule cabine – l'air qui s'infiltrait paresseusement par le hublot empestait le gasoil, les poissons morts et les égouts surchauffés –, mais une sueur glacée me baigna tandis que je lisais et relisais ce message.

Je ne croyais pas un seul instant que Panama – Maria – devait rencontrer Columbia à 2 h 40 le lendemain matin, mais le lieu choisi était des plus appropriés. De toute évidence, Columbia avait décrété qu'Hemingway et moi avions tué Maria. Peut-être nous soupçonnait-il également de détenir la clé du code numérique de la SD. Quoi qu'il en soit, j'étais censé porter ce message à l'écrivain, tout comme je lui avais porté les précédents, et tout comme nous nous étions trouvés sur les lieux du débarquement des deux Allemands, nous nous trouverions sur ceux de ce « rendez-vous » fatal. Sauf que, cette fois-ci, ce ne seraient pas des Allemands qui périraient.

Le vendredi matin, j'eus une discussion serrée avec Hemingway. Je ne lui avais pas parlé du dernier message. Nous étions au Floridita, en train de prendre un petit déjeuner composé d'œufs durs et de daiquiris. Le seul autre client était un vieil homme endormi sur son tabouret, à l'autre bout du comptoir.

« Écoutez, dit l'écrivain, le *Southern Cross* n'appareille pas avant dimanche. Pourquoi devrions-nous lever l'ancre ce soir ?

— J'ai un pressentiment, soufflai-je. Je pense qu'il vaut mieux que vous éloigniez les enfants pour le week-end. »

Hemingway saupoudra du sel sur son œuf et plissa le front. Sa barbe était devenue fournie au fil des semaines, mais là où elle ne poussait pas, sa peau était abîmée par le soleil. Son oreille semblait moins amochée. « Lucas, si vous préparez je ne sais quel acte de bravoure...

— Non. Je veux seulement pouvoir consacrer quelques jours à l'Usine à forbans sans avoir à m'inquiéter de votre sécurité et de la mienne. Il me sera plus facile de garder un profil bas si vous, les garçons et vos amis sont en mer. »

Il ne semblait toujours pas convaincu.

« Vous pouvez allez à Cayo Paraíso ou à Cayo Confites, et attendre le passage du yacht, repris-je. Sonneman vous a dit qu'il allait contourner l'île par l'est...

— Ce n'est peut-être pas la plus fiable des informatrices, maugréa Hemingway.

— Et alors ? Vous le rattraperez avant qu'il ait atteint Kingston, même s'il met le cap à l'ouest. Je dirai à vos agents de terrain d'ouvrir l'œil et nous vous contacterons sur le canal de la marine, ou alors nous appellerons Guantánamo et nous demanderons au capitaine de corvette Boyle de vous appeler avec son transmetteur surpuissant.

— Donc, vous voulez seulement rester ici une semaine ou deux ? »

Je me frottai les yeux. « J'ai besoin de vacances. »

Hemingway s'esclaffa. « Ce n'est pas faux, Lucas. Vous n'êtes pas beau à voir.

— *Gracias.*

— *¡ No hay de qué !* » Il avala la dernière bouchée de son œuf dur et en prit un autre. « Que faisons-nous si jamais vous avez besoin d'aide ?

— Même chose. Je vous contacterai avec la radio de Cojímar ou je demanderai à Bob Joyce d'autoriser une transmission depuis Guantánamo.

— Une transmission codée ? » Hemingway semblait fasciné par la cryptographie.

Je secouai la tête. « Saxon n'est pas assez doué pour ça. Nous utiliserons un code qui nous est personnel.

— C'est-à-dire ?

— Oh, si j'ai besoin d'aide, je vous dirai que les chats se sentent seuls et ont besoin d'être nourris. Si j'ai besoin de vous voir, je vous enverrai un message disant, par exemple : "Retrouvons-nous là où les Cubains hissent les couleurs."

— Cayo Confites.

— Ouais. Mais vous allez avoir beaucoup à faire si vous partez cette nuit. Vous allez être très occupé.

— Pourquoi "cette nuit" ? Pourquoi ne pas partir avant le soir ? »

J'achevai mon daiquiri. « Je tiens à ce que personne ne sache que vous êtes parti avant au moins demain. J'ai des choses à faire cette nuit.

— Des choses dont vous ne voulez pas me parler ?

— Des choses dont je veux vous parler plus tard. »

Hemingway commanda deux autres cocktails et deux autres assiettes d'œufs durs. « Okay, fit-il. Je rassemblerai Wolfer et les autres dans la journée, et je m'arrangerai pour lever l'ancre à la nuit tombée. Nous attendrons le *Southern Cross* à Confites. La plupart du matériel et des provisions sont déjà à bord, donc nous n'aurons pas trop de problèmes. Mais je n'aime pas ça.

— Vous partez un jour plus tôt, c'est tout. »

L'écrivain secoua la tête. « Je n'aime pas ça, je vous dis. Il y a quelque chose de pas net là-dessous. J'ai l'impression que nous ne nous reverrons plus jamais, Lucas... que l'un de nous, ou nous deux, n'allons pas tarder à mourir. »

Je me figeai, mon daiquiri à la main. « Voilà une drôle de remarque », dis-je à voix basse.

Soudain, Hemingway se fendit de son plus beau sourire. Il toucha mon verre avec le sien. « *Estamos copados, amigo*. Qu'ils aillent se faire foutre, tous autant qu'ils sont. »

Je trinquai et bus.

27

Le Cementerio de Cristóbal Colón est l'une des plus vastes nécropoles du monde. Grand comme une douzaine de pâtés de maisons, il se trouve au sud-ouest du district des hôtels et sépare les quartiers de Vedado et de Nueva Vedado. Pour y aller cette nuit-là, je fis le tour du port, restant au sud de La Habana Vieja et obliquant à l'ouest devant le Castillo del Príncipe.

Le cimetière avait été fondé vers 1860, lorsque toutes les cryptes des églises havanaises affichaient complet. D'après ce que m'avait dit Hemingway, le projet avait donné lieu à un concours d'architecture, remporté par un jeune Espagnol du nom de Calixto de Loira y Cardosa. Celui-ci s'était inspiré d'un motif médiéval, imaginant d'étroites allées en forme de croix conçues pour séparer les morts en fonction de leur classe sociale. Située à l'ouest de La Habana Vieja, dont les rues et les ruelles n'étaient pas plus larges que des sentiers, la gigantesque nécropole apparaissait comme une extension de la cité des vivants dans le royaume des morts. Toujours selon Hemingway, Calixto de Loira y Cardosa était mort subitement à l'âge de trente-deux ans, tout juste après avoir achevé ses plans, devenant l'un des premiers résidents de son œuvre. Cette histoire semblait amuser l'écrivain.

À l'entrée principale du Cementerio de Colón, l'inscription suivante – en latin – est gravée dans la pierre : LA MORT PÂLE PÉNÈTRE DANS LES TAUDIS ET LES PALAIS ROYAUX.

Le rendez-vous était pour 2 h 40. Je garai la Lincoln d'Hemingway dans une rue latérale et me dirigeai vers l'entrée est peu après une heure du matin. Toutes les portes du cimetière étaient fermées à clé, mais je repérai un arbre tout près de la haute grille et y grimpai, me laissant choir sur l'herbe à l'intérieur de l'enceinte. Je portais des vêtements foncés et un chapeau noir rabattu sur mon front. Le .357 était glissé dans un étui reposant sur ma hanche, mon couteau à cran d'arrêt lestait ma poche de pantalon et une des puissantes lampes torches du *Pilar* celle de ma veste. J'avais également prélevé sur le bateau une corde de dix mètres de long, qui était enroulée autour de mon épaule. Je ne savais pas encore à quoi elle me servirait – attacher un prisonnier, tendre un piège quelconque, escalader un obstacle –, mais il m'avait paru utile de l'emporter.

Quelques mois plus tôt, Hemingway avait évoqué devant moi cette étrange nécropole – les familles les plus importantes de La Havane avaient passé quatre-vingts ans à rivaliser de grandiloquence dans la construction de leurs monuments funéraires –, mais je fus néanmoins surpris par cette profusion d'architecture morbide. Évitant les grandes allées vides et silencieuses qui parcouraient le cimetière, je me cantonnai aux étroits passages entre les tombes, progressant dans un silence absolu. J'avais l'impression de me trouver dans une forêt de pierre éclairée par la lune : ce n'étaient que christs en croix me fixant d'un regard torturé, temples grecs alambiqués aux fresques et aux colonnes étincelantes, anges, séraphins et chérubins planant tels des vautours au-dessus des sépultures, madones surgissant des ténèbres enveloppées dans leurs linceuls, tendant vers moi des doigts qui ressemblaient à des revolvers, mausolées gothiques dont les grilles en fer forgé projetaient sur mon passage des ombres couleur d'encre, urnes omniprésentes, colonnes doriques par centaines derrière lesquelles se dissimulaient peut-être des assassins, et, imprégnant l'atmosphère, l'odeur douceâtre des fleurs pourrissantes.

Dans l'après-midi, j'avais acheté une carte du cimetière dans un office du tourisme. Je l'étudiai au clair de lune, hésitant à allumer ma lampe torche ne fût-ce qu'un instant. C'était exactement le genre de situation qu'un agent du SIS était censé éviter à tout prix : partir pour un rendez-vous qui cachait sûrement une embuscade, en territoire ennemi, sans aucune idée des forces en présence, en laissant l'initiative à l'adversaire.

Et puis merde. Je repliai la carte et poursuivis ma route. Je tombai sur un sarcophage sur lequel était allongé un homme, un chien assis à ses pieds. Un peu plus loin, un cavalier de jeu d'échecs, haut d'un peu plus d'un mètre, veillait sur la tombe d'un grand maître cubain. Bon, tout ceci figurait sur la carte... plus que quelques centaines de mètres avant le Monument aux étudiants en médecine. Je passai devant un monolithe noir et m'aperçus qu'il s'agissait d'une pierre tombale en forme de domino – un double trois. D'après les indications de la carte, la femme enterrée ici était une passionnée des dominos, morte d'une crise cardiaque au cours d'un tournoi des plus importants après avoir échoué à tirer un double trois. Je tournai à gauche. Non loin de la dame au domino se trouvait une tombe littéralement enfouie sous les fleurs. Il devait s'agir de la dernière demeure d'Amelia Goyre de la Hoz. Hemingway s'était fait un plaisir de me raconter son histoire. On l'avait enterrée en 1901, son fils reposant dans une petite sépulture à ses pieds ; des années plus tard, alors qu'on l'exhumait pour une raison indéterminée, on avait trouvé dans ses bras le squelette de l'enfant. Les Cubains adoraient ce genre d'histoire. Hemingway aussi. Des femmes venues de l'île tout entière se rendaient en pèlerinage sur ce tombeau – d'où la montagne de fleurs. L'odeur était celle de tous les funérariums que j'avais connus.

Le Monument aux étudiants en médecine se trouvait dans la plus ancienne section du cimetière. Plusieurs allées y menaient. En 1871, huit jeunes Cubains avaient été exécutés pour avoir profané la tombe d'un journaliste espagnol qui avait critiqué le mouvement indépendantiste naissant. Une statue représentant la Justice ornait l'édifice, mais elle ne portait aucun bandeau, et la balance qu'elle tenait dans sa main penchait nettement d'un côté. La transmission disait : « Là où la mort pâle pénètre dans les taudis et les palais royaux sous l'ombre de la justice. »

Il était 1 h 40. Il m'avait fallu une éternité pour localiser ce putain de monument, il m'en fallut une autre pour trouver une cachette.

Au bout de l'allée qui passait devant le Monument aux étudiants en médecine, je vis un mausolée de dix ou douze mètres de haut qui ressemblait au Taj Mahal en miniature. Ce truc était criblé de niches, chacune de ses façades, ainsi que ses toits, grouillait d'anges et de gargouilles, et un archange était planté au sommet de son dôme façon mosquée. Si j'arrivais à escalader le mur et à atteindre le premier toit, je pourrais me planquer derrière le parapet et avoir une vue imprenable sur le Monument aux étudiants en médecine, les allées, le carrefour et les nombreux passages environnants. D'un autre côté, au moment où le ou les assassins passeraient à l'action, je serais coincé à six ou sept mètres de haut, en mesure de leur tirer dessus mais pas de les poursuivre... mais j'avais ma corde, et elle me serait utile à ce moment-là. En la nouant autour d'une statue, je ne mettrais que dix secondes à descendre jusqu'au sol. Je me félicitai de ma présence d'esprit, me coulai dans l'ombre du mausolée et commençai à grimper.

Au bout de dix minutes d'effort, et d'un trou à mon pantalon, je réussis à me hisser sur le parapet de marbre. Trois mètres de corniche, puis un mur montant jusqu'au dôme, éclairé par la lune. Au-dessus de moi, les anges et les saints imploraient le Ciel. Le parapet n'était pas très haut – un peu plus d'un mètre au-dessus d'un rebord en marbre et de l'asphalte gravillonné, nettement plus prosaïque, du premier toit –, mais je pouvais me planquer derrière et observer les environs grâce aux jours décoratifs. Si nécessaire, je pouvais descendre sur le toit et élargir mon champ visuel.

Je lançai la corde autour du cou d'une statue de deux mètres de haut sur l'arête sud-est, et en enroulai l'autre extrémité avant de la dissimuler dans l'ombre. Puis je m'agenouillai près du rempart sud et scrutai la zone entourant le Monument aux étudiants en médecine. Plusieurs centaines de statues de marbre et de granite semblaient me fixer, telle une armée de morts pâles. Une tempête menaçait au nord. La lune était encore visible au firmament, mais des éclairs zébraient le ciel et le tonnerre grondait au-dessus de La Havane. Il était deux heures du matin.

Alors que je jetais un coup d'œil à ma montre, y lisant 2 h 32, j'entendis un bruit derrière moi. J'allais me retourner lorsque je sentis quelque chose de rond et de froid se poser sur ma nuque.

« Ne bougez pas d'un pouce, *señor* Lucas », dit le lieutenant Maldonado.

Bien joué, Joe, songeai-je. Cette pensée aurait dû être la dernière à me traverser l'esprit avant que celui-ci ne soit anéanti par une balle du Colt .44 à crosse d'ivoire de Maldonado. Je m'étais débrouillé pour choisir le même poste de tir que le lieutenant de la Police nationale, ne pas aller voir de l'autre côté du toit et rester sourd au bruit de ses pas, étouffé par les grondements du tonnerre. *Quel gâchis.* Il n'avait toujours pas tiré. Qu'est-ce qu'il attendait ?

« Pas un geste », chuchota Maldonado. J'entendis le cliquetis de son percuteur, sentis son haleine parfumée à l'ail. Enfonçant le canon de son arme dans ma nuque, il me fouilla de la main gauche, me subtilisa ma lampe et mon .357, et les jeta à l'autre bout du toit. De toute évidence, mon couteau lui semblait une arme trop risible. Je profitai de chaque seconde de répit pour maudire ma stupidité foncière.

Maldonado recula d'un pas. Je ne sentais plus le canon sur ma nuque, mais je savais que le .44 était toujours pointé dessus. « Retournez-vous très lentement et asseyez-vous sur vos mains, *señor* l'agent spécial Lucas. »

J'obéis, sentant le gravier me mâcher la paume des mains. Maldonado n'était pas en uniforme ; il portait une tenue semblable à la mienne, sauf qu'il avait une chemise bleue et une cravate. Comme je l'avais remarqué, les Cubains n'appréciaient guère le négligé vestimentaire. Ils étaient toujours un peu scandalisés par les shorts et les chemises d'Hemingway.

Réfléchis, Joe, réfléchis ! J'ordonnai à ma cervelle mollassonne d'oublier le soulagement que lui inspirait mon sursis et de se concentrer. Je remarquai que le policier était en chaussettes. Il avait dû laisser ses chaussures de l'autre côté du dôme afin de m'approcher le plus discrètement possible. Il s'était fatigué pour rien : le tonnerre était si violent qu'on aurait cru que la ville était bombardée par la Batterie des Douze Apôtres, qui se trouvait au Castillo El Morro, de l'autre côté de la baie. La lune jetait encore quelques feux, mais les nuages n'allaient pas tarder à l'occulter.

Maldonado avait mis un genou à terre, peut-être pour se dissimuler derrière le parapet sans perdre de vue les alentours. À moins qu'il n'ait préféré m'abattre en se mettant à genoux plutôt qu'en restant debout.

Concentre-toi. S'il ne t'a pas encore tué, c'est pour une bonne raison. Il n'a pas de chaussures – un avantage pour toi si tu arrives à l'approcher.

Une autre partie de mon esprit contra : *Tu es assis sur les mains et il braque un Colt sur ton visage. Tu n'arriveras jamais assez près de lui pour l'affronter à mains nues.*

La ferme ! Je m'obligeai à réfléchir alors même que mon corps réagissait comme il le faisait toujours sous la menace d'une arme : mon scrotum se contracta, ma peau se couvrit de chair de poule et j'éprouvai une violente envie de me planquer derrière quelque chose – n'importe quoi. Je m'efforçai de reprendre mes esprits. Pas le temps de paniquer.

« Êtes-vous seul, *señor* l'agent spécial Lucas ? » siffla le policier. On ne voyait que son menton en galoche et ses dents blanches sous l'ombre de son chapeau. « Êtes-vous venu tout seul ?

— Non, répondis-je. Hemingway et les autres sont en bas maintenant. »

Les dents de Maldonado accrochèrent un peu de lumière tandis qu'il souriait. « Vous mentez, *señor*. On m'a dit que vous viendriez seul, et vous êtes venu seul. »

Il n'attendait que moi. Juste au moment où je venais de parvenir à contrôler les battements de mon cœur, il s'emballa de nouveau. « Vous n'êtes pas Columbia, dis-je.

— Qui ça ? » rétorqua Maldonado d'un air indifférent.

Je souris. « Évidemment que vous n'êtes pas Columbia. Vous n'êtes qu'un crétin d'espingouin à la botte de ceux qui vous arrosent. Comme tous les *pendejos*. »

Son sourire se fit hésitant, puis s'élargit. « Vous cherchez à m'énerver, agent spécial Lucas. Pourquoi ? Souhaitez-vous mourir plus vite ? Ne vous inquiétez pas... ce ne sera pas long. »

Je haussai les épaules... ou tentai de le faire. Ce n'est pas facile quand on est assis sur ses mains. « Dites-moi au moins qui vous a ordonné de faire ça », demandai-je en laissant ma voix trembler un peu. Ce qui n'était pas difficile. « Delgado ? Becker ?

— Je ne te dirai rien, espèce d'enculeur de porcs de Nord-Américain. » En dépit de la pénombre, j'avais vu ses maxillaires frémir quand j'avais prononcé le nom de Becker. *C'est donc Becker.*

« Enculeur de porcs ? » répétai-je, ajoutant après une courte pause : « Qu'est-ce qu'on attend, Cheval fou ?

— Ne m'appelle pas comme ça. Ou ta mort sera plus pénible qu'il n'est nécessaire. » Le tonnerre grondait toujours. Je vis des éclairs tomber sur les bâtisses de La Habana Vieja, à un peu plus d'un kilomètre au nord-est.

Quels sont mes atouts ? m'interrogeai-je, m'obligeant à analyser froidement la situation. *Je n'en ai pas beaucoup. Vu la distance, il lui suffit d'une seule balle pour mettre un terme à la discussion, et il aura deux fois le temps de presser la détente avant que je puisse lui sauter dessus. Cependant, il s'est placé trop près de moi. Et il a mis un genou à terre – une position peu pratique en cas de brusque changement de la situation. Et il a l'habitude de brutaliser et de tuer des ivrognes, des adolescents, des lâches et des amateurs.*

Dans laquelle de ces catégories te ranges-tu ? demanda une autre partie de mon esprit. Je me décevais grandement moi-même. Pour la énième fois de ma vie et de ma carrière, je me demandai combien de millions, combien de milliards d'hommes avaient péri en se disant *Oh ! merde* et en maudissant leur propre stupidité. Ça devait remonter à l'âge des cavernes.

Je considérai la tempête qui s'approchait. Maldonado lui tournait le dos. Il entendait le tonnerre mais ne pouvait juger de la proximité des éclairs et des averses. Je levai les yeux vers le dôme au-dessus de lui. Pas de paratonnerre. Peut-être serait-il frappé par la foudre avant de m'avoir abattu.

C'est à peu près ta seule chance de t'en sortir, Joe. Je sentis le gravier me mordre la paume des mains. Je refermai les doigts dessus. Cette position était particulièrement pénible et dans deux ou trois minutes, j'aurais les main tout engourdies, mais je doutais d'avoir ne fût-ce que deux ou trois minutes à ma disposition.

Sans me quitter des yeux plus d'une fraction de seconde, Maldonado leva son poignet gauche et regarda sa montre. *C'est ça que nous attendons. 2 h 40, l'heure du rendez-vous.*

L'heure était sûrement passée. Peut-être avait-on ordonné à Maldonado de patienter quelques minutes avant de me tuer, pour s'assurer que personne ne m'avait accompagné. Je compris alors qu'il avait certainement planqué un fusil de l'autre côté du mur entourant le dôme. Il m'avait attendu ici, m'avait vu arriver, m'avait vu choisir le même endroit que lui et s'était caché de l'autre côté du toit pendant que j'escaladais à grand-peine le mausolée. Le Cubain avait dû se marrer.

« Quel type de fusil as-tu apporté ? » demandai-je en espagnol, sur le ton de la conversation.

Cette question parut le surprendre. Il plissa le front quelques instants, analysant l'éventuel avantage que je retirerais de sa réponse. Aucun, sembla-t-il décider. « Un Remington trente-zéro-six avec viseur télescopique. Parfait pour le clair de lune.

— Seigneur ! fis-je en me forçant à glousser. Est-ce que l'AMT VI les distribue comme si c'étaient des cartes syndicales ? J'ai confisqué le même à Panama avant de la tuer. »

Aucune réaction. Soit Maldonado était un acteur consommé, soit il ne connaissait pas ce nom de code. J'optai pour la seconde hypothèse. « Maria, je veux dire, ajoutai-je. J'ai trouvé son fusil avant de la noyer. »

Cette fois-ci, il eut une réaction. Il pinça les lèvres, et je vis son index se crisper sur la détente. « Tu as tué Maria ? » Le bruit de la tempête faillit étouffer sa voix. C'était peut-être ça qu'il attendait : la détonation serait inaudible une fois que la tempête serait au-dessus de nous.

« Évidemment que je l'ai tuée. » J'éclatai de rire. « Pourquoi aurais-je épargné cette salope ? »

J'espérais le mettre en rage, le pousser à réagir sans toutefois me tirer dessus, mais il se contenta de sourire une nouvelle fois.

« Pourquoi, en effet ? C'était une petite pétasse meurtrière. J'ai toujours dit au *señor* Becker qu'il vaudrait mieux l'arroser d'essence et y mettre le feu. » Il jeta un nouveau regard à sa montre, et son sourire s'élargit. « Vous êtes en état d'arrestation, *señor* l'agent spécial Lucas. » Son pouce s'écarta du percuteur du Colt.

« Pour quel motif ? » demandai-je, préférant poursuivre la conversation plutôt que de recevoir une balle dans le crâne. La pluie avançait sur les toits de La Habana Vieja, pareille à un rideau noir. Le clair de lune avait disparu, remplacé par la lueur saccadée des éclairs qui tombaient juste derrière les murs nord et est du cimetière. Le vacarme était tel que Maldonado aurait pu me tuer d'un coup de canon sans être entendu par d'éventuels passants.

« Pour le meurtre du *señor* Ernest Hemingway », dit le lieutenant en souriant de toutes ses dents. C'était une sentence de mort.

« Vous ne voulez pas les documents ? dis-je vivement, mon cœur battant la chamade. Becker ne vous a pas demandé de rapporter les documents allemands ? »

Maldonado marqua une pause. Je vis que son index avait appliqué à la détente la quasi totalité de la pression nécessaire. « C'est Hemingway qui a ces documents », dit-il. Un éclair frappa le sol à moins de cent mètres, et le tonnerre étouffa le dernier mot prononcé par le lieutenant.

Je secouai la tête et me préparai à élever la voix. Il ne pouvait pas connaître ce détail. Nous avions décidé qu'Hemingway conserverait la sacoche au moment d'embarquer sur le *Pilar*. Il aurait été trop risqué que je la trimballe partout pendant huit jours. « Non ! m'écriai-je. Ils sont dans ma voiture. Becker vous filera une prime si vous les lui apportez ! »

Il releva légèrement la tête et je vis la lueur qui éclairait ses yeux. Le lieutenant Maldonado était méchant, rusé, mais pas franchement intelligent. Il lui fallut quatre ou cinq secondes pour conclure que s'il avait une chance d'extorquer de l'argent à Becker en échange des documents, il n'avait pas besoin de m'épargner pour mettre la main dessus – à condition qu'ils se trouvent effectivement dans ma voiture. Il allait donc m'abattre, chercher ma voiture et s'emparer des documents.

Maldonado sourit et abaissa légèrement son arme – visant le cœur.

L'éclair ne frappa pas le dôme. Sans doute tomba-t-il sur la statue de la Justice, au-dessus du Monument aux étudiants en médecine. C'était encore mieux – cette statue était derrière moi, et Maldonado fut aveuglé pendant une ou deux secondes alors que le coup de tonnerre résonnait comme une explosion dans le mausolée.

Un bond sur la gauche, j'atterris sur mon épaule et je roule vers Maldonado. Il tire, mais la balle m'érafle l'épaule droite et s'écrase sur le parapet de marbre derrière moi. Au deuxième coup de feu, je me redresse d'un bond, et la balle m'effleure l'entrejambes, me brûlant l'intérieur de la cuisse. Alors que Maldonado déplie sa carcasse, je lui jette au visage les deux poignées de gravier. Sa troisième balle me poinçonne le lobe de l'oreille.

Des deux mains, je lui enserre le poignet droit, le forçant à baisser son arme, et je lui fauche les jambes d'un coup de pied. Nous nous effondrons tous les deux, mais je veille à tomber sur lui. Tel un soufflet de forge, il exhale une bouffée d'air chargée d'ail.

Poussant un grondement, Maldonado tente de me griffer le visage de la main gauche. Sans lui prêter attention, je lui brise le poignet droit, jette son arme à l'autre bout du toit. Mon .357 est maintenant plus près que son Colt.

Le Cubain hurle et se cabre violemment, me projetant contre le mur en marbre qui entoure le dôme à sa base. Nouveau hurlement, bordée de jurons en espagnol, et il se relève péniblement en serrant son poignet brisé. Je prends mon élan, m'imagine sur un terrain de football, prêt à envoyer la balle dans l'en-but, et je lui décoche un tel coup de pied dans les couilles qu'il se met carrément à léviter. Deux éclairs frappent la terre autour du dôme – le premier derrière nous, le second poignardant une croix brandie par un saint de marbre en contrebas. Le double coup de tonnerre ne parvient pas tout à fait à étouffer les cris et les geignements de Maldonado, qui s'affaisse tel un gigantesque accordéon. Son chapeau va rouler sur le toit.

Haletant, je ramassai le .357 Magnum et le glissai dans son étui sans quitter Maldonado des yeux. Peut-être avait-il planqué un flingue ou un cran d'arrêt dans sa manche. En ce cas, il valait mieux pour lui qu'il ait choisi la gauche. Sa main droite formait avec son avant-bras un angle incongru, et, tandis qu'il roulait sur lui-même, souffrant le martyre après mon coup bas, il tenait encore son poignet contre lui.

J'ouvris mon couteau et m'approchai du policier, lui coinçant la pomme d'Adam sous mon genou pour l'immobiliser de tout mon poids. La pluie s'abattit sur nous lorsque je me penchai sur lui et posai la lame juste au-dessous de son œil droit. La pointe affûtée entailla la chair sous le globe oculaire.

« Parle, ordonnai-je. Qui est allé tuer Hemingway ? »

Maldonado ouvrit la bouche, mais il était trop terrifié à l'idée de perdre son œil en remuant les mâchoires. Je relâchai la pression sur le couteau et soulevai légèrement mon genou, prêt à lui trancher la gorge sur-le-champ s'il tentait de se dégager.

Il n'en fit rien. Il se contenta de hoqueter et de gémir.

« La ferme. » Je découpai un lambeau de peau entre son oreille et la commissure de ses lèvres. « Qui est allé tuer Hemingway ? »

Maldonado hurla. Les éclairs s'éloignaient du cimetière, mais les échos du tonnerre résonnaient toujours sur la nécropole. Il secoua vigoureusement la tête.

« Qui est l'autre membre du commando Todt ? Combien sontils ? »

Nouveau gémissement.

« Parle. » La lame du couteau se rapprocha de son œil.

« Je ne sais pas, *señor*, je le jure. Je vous le jure. Je ne sais pas, je le jure. Je devais vous attendre... Becker m'a dit que vous viendriez seul... attendre dix minutes de plus avant de vous tuer... Si quelqu'un nous découvrait, je devais dire que vous aviez refusé d'obtempérer. Si personne ne nous entendait, je devais apporter votre corps quelque part sur la côte, demain après-midi...

— Où ça ?

— Quelque part à l'est. Près de Nuevitas. »

Nuevitas se trouvait au sud de l'archipel de Camagüey, là où Hemingway attendait à Cayo Confites.

« Qui t'a donné ces ordres ?

— Becker.

— En personne ?

— Non, non... Je vous en prie, n'appuyez pas si fort... la lame va m'entrer dans l'œil.

— *En personne ?*

— Non ! s'écria Maldonado. Par téléphone. Longue distance. Très longue distance.

— Depuis Cuba ?

— Je ne sais pas, *señor*. Je vous le jure.

— Est-ce que Delgado est dans le coup ?

— Qui est... Delgado ? » haleta Maldonado. De toute évidence, il cherchait une ouverture, tout comme je l'avais fait quelques instants plus tôt. Ses mains reposaient toujours contre ses flancs. J'accentuai le poids de mon genou sur sa gorge et posai la lame au coin de son globe oculaire, faisant couler quelques gouttes de sang.

« Si tu bouges le petit doigt, je fais sauter ton œil comme un vulgaire grain de raisin. »

Maldonado eut un hochement de tête à peine perspectible et plaqua ses mains sur le gravier.

Je lui décrivis Delgado d'une phrase.

Nouveau hochement de tête. « J'ai rencontré cet homme. Pour arranger des versements d'argent.

— Pour toi ?

— Oui... et pour la Police nationale cubaine.

— Dans quel but ? »

Le lieutenant secoua la tête avec prudence. « Nous nous occupons... des liaisons. De la sécurité.

— Pour qui ? Pour quelle raison ?

— Pour que les *gringos* et les Allemands puissent se voir en secret.

— Quels *gringos* ? Quels Allemands ? Becker ?

— Et d'autres. Je ne sais ni qui ni pourquoi. Je le jure devant Dieu... Non, *señor*, non ! »

Je me rendis compte que je n'aboutirais nulle part. « Quand Hemingway doit-il être tué ? » demandai-je. La pluie gouttait de mon nez et de mon menton, s'écrasait sur le visage de Maldonado.

« Je ne sais... » Le lieutenant poussa un hurlement : je venais de peser de tout mon poids sur sa poitrine. « Aujourd'hui ! s'écria-t-il en tentant de me labourer les joues de ses ongles. Dans la journée... samedi ! »

Je m'écartai de lui pour aller ramasser son Colt et ma lampe torche, lui tournant le dos une seconde en guettant un mouvement du coin de l'œil.

Il chercha à saisir quelque chose, mais ce n'était ni un flingue ni un cran d'arrêt. Bondissant sur ses pieds, Maldonado fonça vers le coin du toit et agrippa ma corde, passant par-dessus le mur alors que je mettais un genou à terre et le visais avec le .357.

Il avait oublié son poignet cassé. Il lâcha prise en poussant un premier hurlement, et un second précéda l'instant de l'impact. J'allai jusqu'au parapet et baissai les yeux. Maldonado n'était tombé que d'une hauteur de sept ou huit mètres, mais son torse avait atterri sur une dalle de marbre et ses jambes sur une urne de belle taille. L'une d'elles dessinait un angle écœurant.

Je fis le tour du dôme, trouvai le .30-06 du policier près d'une porte ouverte dans le mur, le ramassai et descendis un étroit escalier conduisant à l'intérieur du mausolée. Je trouvai la porte côté sud à la lueur de ma lampe. Le battant métallique grinça bruyamment lorsque je sortis. Il pleuvait encore, mais la lune commençait à émerger des nuages. Maldonado avait disparu.

Je le retrouvai près de la façade nord du mausolée, en train de ramper dans l'allée. Il avançait sur les coudes et sur son genou gauche. Sa main droite lui était inutile et sa jambe droite semblait souffrir d'une fracture. *Quelque chose* de blanc et de pointu avait déchiré le tissu noir de son pantalon et saillait au-dessus du genou. En m'entendant arriver derrière lui, il roula sur le dos en gémissant et porta une main à sa ceinture, braquant sur moi un petit pistolet luisant sous la pluie. Un Berretta calibre .25.

Je m'en emparai sans peine, dégainai mon .357, me plaçai à un mètre cinquante du lieutenant et calai son crâne dans ma ligne de mire. Je levai ma main gauche pour me protéger des éclats d'os et des bribes de cervelle. Maldonado ne fit pas un geste, ne broncha même pas, mais je le vis serrer les dents dans l'attente de ma balle.

« Merde », fis-je à voix basse. J'avançai d'un pas, le frappai violemment à la tempe avec le canon du .357. Sa tête alla rouler sur la pierre. Je lui palpai la gorge. Pouls précipité, mais tout compte fait normal. Puis je l'agrippai par le col de sa veste, le traînai à l'intérieur du mausolée et l'allongeai par terre entre deux sarcophages. Il y avait une grande clé en bronze dans la poche de sa veste. La porte du toit et celle du mausolée se fermaient de l'extérieur, évidemment, et je les fermai toutes les deux, puis jetai la clé parmi les statues avant de sortir du cimetière au pas de course.

Je consultai ma montre une fois que j'eus regagné la Lincoln d'Hemingway : 3 h 28. Que le temps passe vite quand on s'amuse !

Je violai toutes les limitations de vitesse, locales et nationales, sur la route de Cojímar. Il n'avait pas cessé de pleuvoir – la lune avait de nouveau disparu – et la chaussée était glissante et dangereuse. Au moins ne croisai-je aucune voiture. J'imaginais la conversation que j'aurais avec un flic cubain si jamais l'un d'eux avait l'idée de m'arrêter – j'avais un .357 passé à la ceinture, le fusil Remington et le Colt .44 d'un lieutenant de la Police nationale sur la banquette arrière et du sang sur mes vêtements et mon oreille. *Et puis merde*, songeai-je, *je lui filerai dix dollars américains et il n'insistera pas. On est à Cuba, après tout.*

Sept heures plus tôt, à la tombée du soir, le départ du *Pilar* avait offert un vif contraste avec l'appareillage de la semaine précédente. Personne n'était là pour le voir lever l'ancre, excepté quelques pêcheurs indifférents. Pour l'accompagner, Hemingway avait choisi Wolfer, Don Saxon, Fuentes, Sinsky, Roberto Herrera et les garçons. Patchi Ibarlucia aurait voulu se joindre à l'équipage, mais il était retenu à terre par un tournoi de pelote basque. Tout le monde – y compris les enfants – semblait grave et impressionné par ce départ nocturne.

« Que ferez-vous si vous avez besoin de moi et si vous ne pouvez pas me contacter par radio ? me demanda Hemingway alors que je lui tendais l'amarre de poupe. Et si j'ai trouvé quelque chose et que j'appelle Cojímar et Guantánamo, comment le saurez-vous ? »

Je lui désignai la vedette de Shevlin, amarrée elle aussi dans le port. « Je prendrai le *Lorraine*, si on a toujours le droit de l'utiliser.

— Vu les dégâts que vous avez faits sur le pont, je ne devrais pas vous le permettre », répliqua Hemingway, qui me lança quand même les clés.

Il me fallut une bonne minute pour me rappeler que le fusil de Maria avait éraflé l'acajou.

« Les réservoirs sont pleins, ajouta l'écrivain, et on a chargé deux barils supplémentaires. Mais soyez prudent. Tom est peut-être milliardaire, mais il est parfois sacrément radin. Ça m'étonnerait qu'il soit assuré. »

J'opinai. C'est à ce moment-là que nous avons décidé qu'Hemingway garderait la sacoche. Je la lui tendis pendant que Fuentes commençait à appareiller.

« Bonne chance, Joe », dit l'écrivain en se penchant au-dessus du bastingage pour me serrer la main.

J'arrivai aux quais de Cojímar peu de temps avant quatre heures du matin. Quelques pêcheurs se préparaient à sortir, et leurs bateaux étaient éclairés. Le *Lorraine* avait disparu.

Je m'appuyai au volant et frictionnai mon front brûlant. *Qu'est-ce que tu croyais, Joe ? Columbia a toujours eu une longueur d'avance sur toi. Sans doute a-t-il volé la vedette pendant que tu roulais vers le cimetière pour aller à ton rendez-vous.*

Ce qui signifie qu'il n'a peut-être qu'une demi-longueur d'avance.

Je parcourus le port du regard. Il n'y avait pas d'autres vedettes à Cojímar, rien que des bateaux de pêche, des dinghies, des skiffs, deux ou trois bateaux à moteur, quelques canots, deux canoës et un yacht de quatorze mètres appartenant à un Californien colérique, arrivé huit jours plus tôt de Bimini avec une avarie au moteur.

Le Lorraine *est rapide. Il arrivera avant le* Pilar *– quel que soit l'endroit où Columbia a tendu son embuscade. J'ai besoin d'un bateau rapide pour arriver là-bas avant midi.*

Là-bas, mais où ? À Nuevitas ? Je décidai de répondre à cette question après avoir trouvé un bateau.

Je regagnai la ville aussi vite que je l'avais quittée une demi-heure plus tôt. Il y avait quelques beaux bateaux au port de La Havane, et peut-être pourrais-je en faire démarrer un ; malheureusement, les propriétaires de beaux bateaux se méfient des voleurs, et ils ont l'habitude d'emporter une pièce maîtresse du moteur quand ils vont à terre – un peu comme vous emportez une tête de delco quand vous garez votre bagnole dans un quartier mal famé.

Mais le plus beau des bateaux n'avait pas jeté l'ancre au port. Le *Southern Cross* mouillait carrément dans la baie, prêt à partir pour son expédition en Amérique du Sud. Selon les derniers rapports des agents de l'Usine à forbans, datés de vendredi après-midi, le yacht devait appareiller lundi matin. S'il avait été retardé encore une fois, c'était parce que le nouveau radio avait disparu et qu'on ne l'avait retrouvé dans aucun des bars et des bordels les plus fréquentés. Cette fois-ci, le commandant était même prêt à engager un Cubain pour le remplacer. De toute évidence, le yacht avait des problèmes avec son personnel radio. Hemingway et moi avions évoqué l'incident, concluant que le seul agent allemand du bâtiment avait sans doute quitté le pays, comme Schlegel et Becker avant lui.

Je me garai devant le quai municipal, enjambai la chaîne qui en barrait l'accès, trouvai un canot à ma convenance, y jetai mon matériel et me mis à ramer en direction du gigantesque yacht. Même en pleine nuit, il était d'une splendeur immaculée, sa coque aérodynamique se trouvant illuminée par des projecteurs placés à la poupe et à la proue. Comme mon canot prenait l'eau, je posai mon sac et le Remington sur le banc de nage et les dissimulai sous une couverture écossaise prélevée dans la Lincoln. Tout en ramant, je me mis à chanter en espagnol d'une voix avinée.

Il était peut-être mal avisé de tenter de s'emparer du *Southern Cross*, à bord duquel se trouvaient cent seize officiers et hommes d'équipage en pleine forme, une trentaine de savants et pas mal de fusils et de mitraillettes. D'un autre côté, mon plan n'exigeait pas que je m'empare du *Southern Cross*.

Je dus élever la voix pour réveiller les gardes qui se trouvaient à bord du Chris-Craft placé entre le yacht et le rivage. Les deux hommes s'étaient allongés – l'un sur la banquette avant, l'autre sur la banquette arrière – et ronflaient si fort que je les entendais nettement en dépit du vacarme que je produisais. J'étais à moins de dix mètres d'eux lorsque le type à l'avant sursauta, émergea du sommeil et braqua un projecteur sur moi.

« Hé, *amigo*, ne fais pas ça ! lançai-je en espagnol d'une voix pâteuse. Ça me fait mal aux yeux. » Je continuai à ramer maladroitement.

« Faites demi-tour », dit le premier garde dans un espagnol lamentable teinté d'un fort accent *norteamericano*. « Ceci est une zone interdite. » Il avait l'air mal réveillé. Son équipier avait émergé lui aussi, et me regardait en se frottant les yeux. Ils ne voyaient qu'un homme seul dans un canot pourri. Un homme mal rasé, au visage à moitié dissimulé par un chapeau, aux vêtements froissés et tachés. L'une de ses oreilles était en sang. Un poivrot, selon toute évidence. Sa patache prenait l'eau.

« Zone interdite ? répétai-je d'une voix stupéfaite. Nous sommes dans le port de La Havane... le port de la capitale de mon pays, de mon peuple. Comment peut-il être zone interdite ? Je dois aller sur le bateau de pêche de mon cousin, sinon il partira sans moi. » Je continuai d'agiter les rames, me rapprochant du hors-bord à la façon d'un crabe.

Le garde secoua la tête. « Éloignez-vous, lança-t-il. Restez à deux cents mètres au moins du grand bateau blanc. Le bateau de pêche de votre cousin n'est pas par ici... »

Je fis oui de la tête, une main levée devant moi pour me protéger les yeux. Les quelques étoiles qui s'étaient insinuées entre les nuages avaient disparu, et le ciel pâlissait en dépit de la pluie. « Où est le bateau de mon cousin, vous dites ? » demandai-je, glissant sur les tolets et manquant m'effondrer sur le banc de nage. Chaque garde portait une mitraillette Thompson en bandoulière, mais il leur faudrait du temps pour la mettre en position de tir.

« Nom de Dieu ! » Le type de la banquette arrière s'empara d'une gaffe, bien décidé à ne pas me laisser emboutir leur splendide hors-bord.

« Pas un geste, ordonnai-je en anglais, en dégainant le Magnum et en le pointant sur eux. Éteignez ce putain de projecteur. »

Le garde placé à l'avant s'exécuta. Dans la pénombre, je vis les deux hommes se préparer à passer à l'action.

« Vous serez morts avant d'avoir eu le temps de viser. » Je relevai le percuteur du .357 et en pointai le canon sur une cible, puis sur l'autre. Le canot heurta le Chris-Craft. « Toi, devant, penche-toi au-dessus du pare-brise. Je veux voir tes deux mains. C'est bien. Toi... penche-toi sur la poupe. Encore un peu. C'est bien. »

Je jetai mon matériel dans la vedette et sautai sur la banquette avant. L'homme de poupe eut un geste mal inspiré, et je l'assommai alors qu'il se retournait. Le type penché sur le pare-brise jeta un regard par-dessus son épaule. « Si tu ne bouges pas, je ne frapperai pas », lui dis-je à voix basse.

Il secoua la tête.

Je m'emparai de leurs mitraillettes et les posai sur la banquette arrière ; puis, sous la menace de mon Magnum, le garde encore conscient traîna son équipier par-dessus le plat-bord. Il poussa un gémissement en atterrissant dans le canot.

D'un coup de gaffe, je poussai la petite embarcation au loin, puis je levai l'ancre de la main gauche, sans cesser de tenir en respect le garde encore conscient.

Celui-ci était vêtu d'un maillot de corps moulant qui laissait deviner sa musculature de culturiste. De toute évidence, il cherchait à sauver la face, fouillait ses souvenirs en quête d'une réplique de cinéma censée prouver qu'il n'avait pas peur de moi. « Vous ne vous en tirerez jamais », dit-il.

J'éclatai de rire, fis démarrer le moteur, vérifiai le niveau d'essence – aux trois quarts plein – et dis : « Je m'en suis déjà tiré. » Puis je logeai deux balles dans le petit canot.

Les deux hommes sursautèrent. Les projectiles évidés du .357 ouvrirent des trous impressionnants dans le bois pourri de la coque.

Le Chris-Craft était aussi splendide que coûteux – une petite merveille de six mètres cinquante, à deux moteurs, dont le pont avant n'était cloisonné que par une plaque en acajou placée derrière la banquette avant. Le compartiment moteur, long de deux bons mètres, était protégé par une coque d'acajou rehaussée de chrome. Je m'étais renseigné sur ce bateau après qu'Hemingway et moi l'avions vu en train de patrouiller. Il était flambant neuf – construit en 1938 ou 1939 – et équipé de deux moteurs Hercules à six cylindres de 131 CV, un modèle KBL et un modèle KBO – *O* pour rotation opposée. Les hélices tournaient en sens inverse, celle de bâbord vers la gauche et celle de tribord vers la droite, ce qui leur permettait d'obtenir des vitesses élevées et de compenser leurs moments respectifs. Les manœuvres étaient d'une facilité déconcertante, le bateau pouvant faire demi-tour sur sa propre longueur.

« Vous pouvez nager si vous en avez envie, lançai-je en élevant la voix pour couvrir le bruit des moteurs, mais comme vous le savez sans doute, les requins se pointent souvent avant l'aube pour manger les poissons autour des arrivées d'égout. Peut-être que le yacht n'abaissera pas son échelle à temps. À votre place, je rejoindrais le quai à la rame. »

Je mis les gaz et fonçai vers l'entrée du port. Je ne regardai qu'une seule fois derrière moi avant de prendre le large. La pluie tombait de nouveau à verse, mais je vis des lumières s'allumer à bord du *Southern Cross*. Le canot se dirigeait vers le quai, le culturiste ramant de toutes ses forces pendant que son camarade écopait l'eau avec ses mains.

28

La tempête était si violente, la consommation d'essence si importante, que je n'étais même pas sûr d'arriver jusqu'à Cayo Confites. J'adoptai un régime aussi élevé que possible, tout en veillant à ne pas me retrouver en panne sèche ni à briser la coque sur les vagues. Un second front, venu du nord-est, me tomba dessus, et je me retrouvai trempé jusqu'aux os vingt minutes après être sorti du port de La Havane. Durant le trajet, je fus contraint de me cramponner à la barre d'une main et au pare-brise de l'autre, scrutant le rideau de pluie et d'embruns quasi impénétrable, laissant derrière moi un sillage de précipitation filant vers le sud-est.

À l'heure qu'il était, tous les garde-côtes cubains devaient guetter l'audacieux bandit qui s'était emparé en plein port de La Havane du Chris-Craft de ces si sympathiques savants américains. Les garde-côtes en question étaient connus pour avoir mitraillé des réfugiés juifs venus d'Europe qui tentaient de débarquer sur l'île durant la nuit ; ils seraient ravis de pointer leurs calibre .50 sur un véritable bandit.

Vers dix heures du matin, j'aperçus deux garde-côtes – blanc et gris, longs de neuf ou dix mètres – en train de foncer vers l'ouest pour me couper la route. Je mis le cap au nord et les semai en me jetant dans un grain qui faillit me faire chavirer. Encore du temps et du carburant perdus. Dès que possible, je repartis vers le sud-est en mettant les gaz. Le bateau était si secoué que mes blessures me faisaient souffrir le martyre et que j'attrapai une migraine carabinée.

J'arrivai en vue de Cayo Confites vers 13 h 45. La jauge d'essence affichait zéro depuis dix milles nautiques et je n'avais pas de réserves. Comme je me dirigeais vers le lagon, je poussai un soupir de soulagement en constatant l'absence du *Pilar*. Puis je vis les tentes, le feu de camp éteint par la pluie et les hommes autour de la baraque, et mon cœur se serra.

Le moteur s'éteignit en crachotant alors que je passais entre les récifs. Le lieutenant cubain et ses hommes avaient saisi leurs fusils, des reliques de la guerre hispano-américaine, et Guest, Herrera et Fuentes s'étaient postés sur la plage avec leurs *niños* avant que quiconque pense à utiliser ses jumelles.

« C'est Lucas ! » hurla Winston Guest en faisant signe aux Cubains de baisser leurs armes. Pendant que je finissais mon approche à la rame – seule la force du courant de tempête me permettait de faire avancer la lourde embarcation de cette manière –, Sinsky, Saxon et les deux garçons sortirent des tentes pour rejoindre les autres au pas de course.

« Où est Papa ? s'écria Patrick.

— Qu'est-il arrivé au Lorraine ? » demanda Winston Guest. Il s'avança jusqu'au Chris-Craft pour m'aider à l'amener à bon port. « Où est Ernest ? »

Je descendis d'un bond sur la plage pendant qu'ils s'occupaient du bateau. Il n'avait pas cessé de pleuvoir, j'étais trempé d'eau salée et je grelottais de froid. Éprouvées par ma course précipitée, mes jambes refusaient de me porter. Lorsque je voulus prendre la parole, je ne réussis qu'à claquer des dents.

Sinsky alla me chercher une couverture et Fuentes un gobelet de café fumant. Les soldats cubains et l'équipage du *Pilar* se rassemblèrent autour de moi.

« Qu'est-il arrivé, Lucas ? demanda Gregory. Où est Papa ?

— Que veux-tu dire ? réussis-je à articuler. Comment le saurais-je ? »

Tout le monde se mit à parler en même temps. Saxon retourna dans la tente et en sortit avec une feuille de papier froissée. Je reconnus une page du journal des transmissions.

« Vers dix heures et demie, on a reçu ce message en morse sur le canal de la marine », me dit-il

HEMINGWAY – NECESSAIRE QUE NOUS NOUS VOYONS DANS LA BAIE PRES DE L'ENDROIT OU NOUS AVONS ENFOUI LES ARTEFACTS EUROPEENS. J'AI TROUVE LA SOLUTION. APPORTEZ LES DOCUMENTS. TOUT IRA BIEN. LES GARÇONS NE CRAIGNENT PLUS RIEN. VENEZ SEUL. JE SERAI A BORD DU LORRAINE – LUCAS.

« Ce n'est pas vous qui avez envoyé ça », dit Guest. Ce n'était pas une question.

Je secouai la tête et m'assis sur un siège pliant. *Columbia a toujours une longueur d'avance.* À présent, il allait avoir Hemingway *et* les documents de la sacoche. « A quelle heure est-il parti ? demandai-je.

— Environ un quart d'heure après la réception du message », répondit Sinsky.

Je les fixai sans rien dire, mais mon regard était éloquent. *Et vous l'avez laissé partir tout seul ?* « Il nous a dit que vous vous étiez mis d'accord tous les deux et qu'il devait aller seul au rendez-vous, protesta Herrera.

— Merde, merde, merde », fit Winston Guest. Il se laissa choir sur le sable. Je crus que ce colosse allait éclater en sanglots.

« Où est Papa ? » demanda Gregory. Personne ne lui répondit.

Je me redressai et ôtai la couverture passée sur mes épaules. « Gregorio, voulez-vous me préparer une thermos de café et quelques sandwiches ? Et les meilleures jumelles dont vous disposez, s'il vous plaît. Wolfer, Sinsky, Roberto, j'aurai besoin de votre aide pour faire le plein du Chris-Craft. Lieutenant, ai-je votre permission pour remplir les réservoirs et au moins un baril de réserve ?

— Certainement.

— Patrick, Gregory. Voulez-vous aller dans les tentes et me rapporter tous les chargeurs pour les *niños* que votre Papa a laissés ici ? Et deux des grenades qui sont dans la caisse verte ? Faites attention en les portant... il ne faut pas les dégoupiller. Merci.

— Nous venons avec vous, dit Winston Guest sur un ton qui n'admettait aucune contradiction.

— Non, répliquai-je, mettant un terme à toute discussion. Vous restez ici. »

Il pleuvait toujours lorsque j'arrivai en vue du phare de Punta Roma. J'avais pris le temps de démonter, nettoyer et remonter le Remington pendant que les autres faisaient le plein du Chris-Craft. Sinsky avait récupéré les Thompson trempées qui se trouvaient à bord et m'avait passé la sienne – nettoyée et chargée. Les garçons m'avaient donné six chargeurs et deux grenades dans un sachet étanche ; Fuentes m'avait apporté les sandwiches, le café et les jumelles dans un sac marin également étanche.

Alors que nous arrimions le baril de réserve sur le pont arrière, le lieutenant cubain s'approcha de moi. « *Señor* Lucas, dit-il d'une voix contrite, nous venons d'être informés par radio qu'un bateau dont la description correspond à celui-ci avait fait l'objet d'un vol à main armée. Nous avons ordre d'arrêter ou d'abattre le bandit si nous l'apercevons. »

J'opinai et regardai le militaire droit dans les yeux. « L'avez-vous aperçu, lieutenant ? »

Le Cubain soupira et écarta les bras. « Malheureusement non, *señor* Lucas. Mais je vais demander à mes hommes d'ouvrir l'œil durant le reste de la journée et toute la nuit.

— Voilà qui est sage, lieutenant. Je vous remercie.

— Pour le carburant, *señor* ? Il a été apporté ici pour le bénéfice du *señor* Hemingway.

— Je vous remercie pour tout », dis-je en tendant la main. Le lieutenant la serra avec fermeté.

« Que Dieu vous garde, *señor* Lucas. »

Alors que je filais vers le sud, je réfléchis à la décision que j'avais prise de laisser les autres sur l'îlot. Peut-être avais-je agi précipitamment... Saxon, Fuentes et Sinsky savaient se battre, et Herrera et Guest n'auraient pas hésité à sacrifier leur vie pour « Ernesto ». Quand on fonce vers le danger, il vaut mieux être six que tout seul.

Sauf que c'était faux. Si nous avions été six à bord du Chris-Craft, nous n'aurions pas manqué de nous gêner mutuellement, et la seule perspective de nous voir tirer tous en même temps suffisait à m'arracher une grimace. Ce serait un foutoir sans nom. De tout l'équipage du *Pilar*, seul Saxon avait suffisamment de discipline et d'expérience du combat pour être digne de confiance en cas d'urgence, et il n'était pas forcément disposé à accepter mes ordres. Ils avaient grommelé, protesté, mais ils avaient fini par me laisser partir seul quand je leur avais dit qu'une attaque massive et désordonnée risquait d'accroître les dangers qui pesaient sur la vie de Papa. En outre, avais-je suggéré, peut-être reviendrait-il sur le key pendant que je perdais du temps à le chercher, et il valait mieux qu'ils soient là où il leur avait ordonné de rester.

« S'il vous plaît, dites à Papa de revenir, Lucas », me demanda Patrick, en me regardant dans les yeux avec un sérieux digne d'un adulte.

Je hochai la tête et lui posai une main sur l'épaule, sans la moindre condescendance, comme je me serais comporté avec un homme dans un moment aussi grave que celui-ci.

Aucun signe du *Pilar* dans l'Enseñada Herradura ou le long de la côte, au nord comme au sud. Le bateau d'Hemingway était trop grand pour qu'il l'ait planqué parmi les mangroves, comme nous l'avions fait avec le *Lorraine*, mais je m'insinuai parmi les récifs et scrutai à la jumelle toutes les cachettes possibles. Sans succès.

La pluie s'était faite moins violente lorsque j'abordai le rivage, mais les vagues se jetaient furieusement sur les récifs de Punta Brava et les rochers situés en contrebas de Punta Jesus à l'est. Quelle sale journée ! La marée haute avait oblitéré la petite plage, et les vagues léchaient la falaise près du phare, là où les Allemands étaient enterrés. Alors que je m'escrimais à passer l'ouverture du bras de mer, une atroce puanteur parvint soudain à mes narines, en dépit du vent et de l'influence adoucissante de la pluie. Les crabes de terre, ou d'autres animaux plus gros, n'avaient apparemment pas chômé.

Puis je franchis l'obstacle et virai à tribord pour rester dans les limites de l'étroit chenal. Les rails, les baraques abandonnées et les quais affaissés apparurent à ma droite, *Los Doce Apostoles* à ma gauche. Je ralentis, soulevant une gerbe de boue, et saisis la Thompson, une main sur le chargeur. Au Castillo Morro, qui dominait le port de La Havane, les Douze Apôtres étaient des canons ; ici, ce n'étaient que de gros rochers où subsistaient des bâtisses abandonnées. Mais, en passant devant, j'eus l'impression que ces rochers, ces fenêtres obscures, étaient des viseurs braqués sur moi.

Et voilà le *Pilar* – ancré à l'ouest de l'îlot que les cartes du *Nokomis* baptisaient Cayo Largo – à une soixantaine de mètres du rivage ouest, en face de la colline rocheuse séparant la voie ferrée et les bâtiments désaffectés de la partie sud-est de la baie abritant l'ancien moulin, perdu au sein des cannes à sucre et des mauvaises herbes.

Je laissai le moteur tourner au ralenti pendant que j'examinais le bateau d'Hemingway à la jumelle. Pas un mouvement. Ma peau se hérissait dans l'attente de recevoir une balle tirée depuis le rivage, mais il ne se passa rien. Le *Pilar* n'était maintenu en place que par une ancre de proue et, lorsque le vent et le courant le déplacèrent de quelques centimètres, je vis que le *Lorraine* était amarré à sa coque. La vedette de Shevlin semblait vide, elle aussi.

Je débloquai le pare-brise et le rabattis sur la proue du Chris-

Craft. Puis je m'installai en position de tir sur la banquette, sortis le Remington de l'étui étanche que m'avait donné Guest, fis entrer une balle dans la chambre, passai la lanière autour de mon épaule gauche et examinai les bateaux avec le viseur télescopique. L'agrandissement, quoique moins important que celui fourni par les jumelles, me permettait néanmoins de percevoir le moindre mouvement.

Bizarre. Si Columbia était à bord du Lorraine *lors de l'arrivée d'Hemingway, soit il a rejoint le rivage à la nage, soit il est parti à bord d'un troisième bateau, soit il est encore sur le* Pilar.

Outre les rideaux de toile dont le pont était équipé côté tribord, sous la passerelle de pilotage, et les petits hublots près de ces rideaux, le *Pilar* avait un pare-brise qui s'ouvrait sur le devant du pont, trois volets en bois sur un côté du compartiment avant – fermés tous les trois –, une écoutille s'ouvrant au-dessus du compartiment principal, et une ouverture coulissante à son extrémité avant, au-dessus de la proue de huit mètres. Je les examinai tous tandis que le *Pilar* se balançait doucement sur les eaux. Les plats-bords étaient relativement bas côté poupe, mais pas assez pour que je voie si quelqu'un était allongé sur le pont. Lorsque les deux embarcations pivotèrent vers moi – le *Pilar* tournant autour de son ancre sous l'effet du courant et le *Lorraine*, dont l'amarre était attachée à un taquet près de la poupe, côté tribord, suivant le mouvement –, je vis qu'il n'y avait personne à la barre du *Pilar*, sur le pont, et que les banquettes de la vedette de Shevlin étaient inoccupées.

Plusieurs minutes s'écoulèrent. Des moustiques bourdonnèrent autour de ma tête, se posèrent sur mon visage et ma gorge, et commencèrent à festoyer. Je gardai la pose, le viseur dodelinant un peu sous l'effet du courant mais pas assez pour m'empêcher d'atteindre ma cible si nécessaire. Je portais les chaussures de ville, la chemise bleue et le pantalon déchiré que j'avais sur moi la nuit précédente. Ma veste reposait sur la banquette arrière. Mon .357 était glissé dans l'étui passé à ma ceinture et ma Thompson calée dans mon dos. D'autres minutes s'écoulèrent. Je ne tournais la tête que pour examiner le rivage à gauche et à droite, et, de temps à autre, pour jeter un coup d'œil derrière moi. Pas de mouvement. Aucun signe d'un autre bateau.

J'acquis peu à peu la conviction qu'Hemingway était blessé, qu'il gisait sur le pont de son bateau, en train de se vider de son sang, pendant que j'attendais qu'il se passe quelque chose, gaspillant un temps précieux et le laissant mourir. *Fais quelque chose !* hurlait mon imagination emballée. *N'importe quoi !*

Je la fis taire et restai immobile, me rappelant que je devais respirer normalement, battre des cils de temps en temps, ne bouger que pour empêcher mes membres de s'engourdir. J'apercevais ma montre derrière la lanière du fusil. Dix minutes passèrent. Dix-huit. Vingt-trois. Il se remit à pleuvoir. Quelques moustiques s'en furent. D'autres prirent leur place.

Soudain, une silhouette jaillit d'un bond du pont du *Pilar* et se jeta dans le *Lorraine*. Alors que l'homme défaisait l'amarre, je vérifiai qu'il ne s'agissait pas d'Hemingway – trop mince, trop petit, rasé de près. Tête nue, vêtu d'une chemise grise et d'un pantalon beige, il portait en bandoulière la sacoche des Allemands. Il tenait dans sa main droite un fusil automatique Schmeisser. Je tirai au moment précis où il faisait démarrer le moteur du *Lorraine*. Je vis son bras gauche tressauter, le pare-brise exploser, mais les mouvements conjugués des trois bateaux et une soudaine averse m'empêchèrent de vérifier que j'avais bien atteint ma cible.

Le *Lorraine* partit en trombe et disparut derrière Cayo Largo. Je me redressai, pris appui sur les charnières du pare-brise rabattu, guettant un mouvement à bord du *Pilar* et attendant que le *Lorraine* ait fait le tour de l'îlot. Columbia – si c'était bien lui – s'était engagé dans une impasse : de ce côté-ci de la baie, l'eau était bourbeuse et sa profondeur inférieure à trente centimètres.

Dix secondes plus tard, le *Lorraine* surgit au coin de l'île, fendant les bancs de sable et de boue pour foncer vers le chenal situé derrière. L'homme tenait la barre de la main gauche, celle que j'avais cru toucher, et, de la droite, tirait sur moi avec son fusil mitrailleur. Je vis plusieurs impacts et sentis le Chris-Craft vibrer sous les balles, mais sans prendre le temps d'y prêter attention, je m'efforçai de me camper sur mes jambes et tirai à mon tour. Une fois, deux fois, trois fois.

Ma première balle fit exploser le projecteur près de la main du pilote. La deuxième rata sa cible. La troisième catapulta l'homme sur le pont, derrière son siège.

Le *Lorraine* fonçait à toute vitesse. Je mis les gaz et fis virer de bord le Chris-Craft, sans cesser de surveiller le *Pilar*. Un tireur embusqué à son bord n'aurait eu aucune peine à m'abattre. Rien à signaler.

Je vis l'homme à la chemise grise frétiller sur le pont comme un gros poisson tandis que le *Lorraine* remontait le chenal à vive allure, passant entre les rangées de piquets à moitié immergés. Quoique blessé, il tentait de se relever, de reprendre la barre. J'actionnai à fond les deux moteurs et le suivis en zigzaguant, cherchant à ne pas le perdre de vue et à éviter les projectiles de son fusil mitrailleur, qu'il avait réussi à récupérer. L'un d'eux fracassa mon pare-brise droit. Un autre laboura le dossier de la banquette près de moi. Deux ou trois autres se logèrent dans le baril arrimé à l'arrière, et je sentis aussitôt une forte odeur d'essence. Il n'y eut ni explosion ni incendie.

Le *Lorraine* semblait connaître le chemin de la sortie et fonçait vers le bras de mer à une vitesse de trente-cinq nœuds. Mais je gagnais du terrain, frôlant dangereusement les bancs de boue à ma droite – si je heurtais un banc de sable digne de ce nom, je serais éjecté hors du Chris-Craft –, et lâchai le Remington en faveur de la Thompson, dont je vidai le chargeur sur le *Lorraine* alors que je m'en approchais par bâbord.

L'homme sursauta, se mit à danser comme une marionnette mal manipulée et tomba sur le plat-bord côté tribord. J'éjectai mon chargeur vide, en insérai un autre et me remis à tirer, pour m'interrompre quand je vis le rivage foncer sur les deux bateaux.

Je fis passer l'hélice bâbord en marche arrière et virai sèchement de bord, projetant sur la berge une gigantesque gerbe d'eau et évitant la collision d'un cheveu. Le *Lorraine* poursuivit sa course, comme résolu à fendre l'obstacle rocheux pour gagner la haute mer. Je coupai le moteur et me retournai juste à temps pour voir la vedette se fracasser sur le rivage.

Le haut du splendide bateau de Shevlin se déchira et s'envola dans un nuage de verre, de chrome, d'acajou et de câbles tandis que la coque – brisée en deux mais toujours propulsée par le moteur hurlant – labourait le sable, la roche et les herbes avant de se pulvériser sur le coteau où nous avions enterré les Allemands. Des flammes jaillirent çà et là, mais il n'y eut pas d'explosion L'air empestait l'essence.

Le corps de l'homme, projeté à une distance de vingt mètres, était tombé sur le ventre près du chenal central. Il flottait bras et jambes écartés, et son sang se mêlait aux tourbillons de boue.

Je fis demi-tour et avançai prudemment, prêt à faire parler la Thompson. Au bout de trois minutes, il ne bougeait toujours pas, excepté quand le courant le faisait doucement ballotter. La sacoche avait été éjectée, elle aussi, et il y avait des feuilles de papier un peu partout dans les arbres et dans l'eau. *Bon débarras.* Une fois que je fus assez près de l'homme, je vis sa colonne vertébrale à travers des lambeaux de peau et de tissu.

Je posai la mitraillette sur la banquette, attrapai la gaffe et m'efforçai de retourner le cadavre sur le dos.

Vierge de toute blessure, son visage affichait une expression de stupéfaction absolue. Tel serait le sort de la plupart d'entre nous. Je m'abaissai, l'agrippai par ses cheveux et le col de sa chemise, et le hissai à bord. L'eau et le sang coulèrent sur le pont ciré du Chris-Craft et gargouillèrent dans les dalots.

Cet homme m'était inconnu. Il avait un visage pâle et émacié ; une barbe naissante ; des cheveux courts et drus ; et des yeux d'un bleu étincelant qui se voilaient déjà. Mes balles l'avaient atteint au torse et au bas-ventre. Sur son bras gauche, à la saignée du coude, je vis l'estafilade laissée par la première balle du Remington et, à son flanc, une plaie causée par la deuxième, celle qui l'avait catapulté hors de son siège. L'impact de la vedette sur la roche lui avait quasiment sectionné le bras droit.

Je lui fouillai les poches. À ma grande surprise, j'y trouvai un portefeuille. Une carte, vierge de toute photographie, l'identifiait comme étant le major Kurt Friedrich Daufeldt, de la SS, officier de la *Sicherheitsdienst*, la SD, section AMT VI. Une note dactylographiée, à en-tête de la SS, précisait que le major Daufeldt accomplissait une importante mission secrète pour le Troisième Reich et que toutes les forces du Reich, qu'elles relèvent de l'armée, de la sécurité ou des services de renseignement, étaient tenues de lui apporter aide et coopération. Heil Hitler ! Cette note était signée par le Reichsführer Heinrich Himmler, par le général de corps d'armée SS Reinhard Heydrich, directeur de la Sicherheitspolizei, et par le major SS Walter Schellenberg, directeur de la RSHA AMT VI.

Eh bien, ça y est. Je glissai la carte d'identité et la lettre de mission dans ma poche, puis considérai le visage sans vie de l'inconnu. « Salut, Columbia », dis-je. Il ne devait pas y avoir à Cuba quantité d'agents de ce rang et porteurs d'un document signé par les trois chefs suprêmes de la SD. L'un de ceux-ci venait d'être tué en Tchécoslovaquie, mais la puissance qu'un tel document conférait à ce cadavre le rendait presque unique en son genre. Quelle qu'ait été la nature de l'opération Corbeau, il s'agissait d'une mission des plus importantes, approuvée par le sommet de la hiérarchie nazie. Sans doute n'avait-il pas ces documents sur lui quand il travaillait dans la clandestinité, mais peut-être se préparait-il à quitter Cuba dès le soir, après s'être occupé d'Hemingway, et tenait-il à avoir sur lui ses lettres de créance. « Adieu, Columbia, dis-je. Herr major Daufeldt. *Auf wiedersehen.* »

Le cadavre ne répondit pas. La pluie avait presque cessé de tomber, mais une légère bruine baignait son visage tourné vers le ciel.

Je coupai le moteur et examinai les dommages subis par le Chris-Craft. Le baril de réserve avait été touché à trois reprises, et il y avait de l'essence partout. Ce qui était préoccupant. Seule la chance avait prévenu une explosion – sous l'effet d'un impact de balle ou de la chaleur dégagée par le moteur. Le bateau n'était équipé que d'une minuscule boîte à gants, et j'y trouvai quelques chiffons, un petit seau et un rouleau de bande adhésive. Après avoir fait rouler le baril jusqu'à ce que les trous soient tournés vers le haut et l'avoir arrimé dans cette position, je m'efforçai de les boucher avec la bande adhésive, puis j'épongeai l'essence avec les chiffons, que je jetai ensuite par-dessus bord. Je poursuivis cette tâche avec la chemise du mort, puis j'emplis le seau d'eau de mer afin de nettoyer le pont et les banquettes, ne m'arrêtant que lorsque l'odeur d'essence eut presque disparu. Je vérifiai l'eau de sentine, conclus qu'elle n'était quasiment pas polluée par l'essence et que l'effet des vapeurs serait négligeable, puis la vidai avec la petite pompe. Le Chris-Craft n'explosa pas.

Dépêche-toi ! me hurlait mon subconscient. *Hemingway est peut-être blessé ou mourant.* Mais bon, je ne lui serais d'aucune utilité si je faisais exploser la vedette à quelques centaines de mètres de lui.

Une fois la sentine vide et les vapeurs d'essence dispersées, je rampai vers l'avant, traînai le corps du major Daufeldt au-dessus du compartiment moteur et le coinçai sur le pont arrière, sous le baril d'essence. Puis j'achevai d'éponger le sang qui maculait le pont avant.

De nouveau à pied d'œuvre, j'examinai le *Pilar* à la jumelle. Toujours aucun mouvement. Mais je n'en avais perçu aucun avant que le major Daufeldt tente une sortie.

Je mis le cap à l'ouest, abordant le bateau d'Hemingway par la poupe, le .357 à la main, évitant soigneusement bancs de boue et de sable. Mon angle de vue me permettait d'examiner le pont et l'entrée du compartiment avant. Rien à signaler. Arrivé à cinq ou six mètres de distance, je me dressai de toute ma taille et découvris le pont presque jusqu'à la banquette de poupe.

Un corps y gisait sur le ventre. Ce short, ces jambes écartées, ce torse massif sous un tee-shirt aux manches déchirées, ce cou de taureau, ces cheveux courts, cette barbe... C'était Hemingway. Sa tempe et sa nuque étaient couvertes de sang, du sang épais qui semblait frémir à la cadence des mouvements du *Pilar*. Apparemment, il ne respirait pas.

« Merde », murmurai-je tandis que le Chris-Craft s'approchait du *Pilar* par tribord et venait heurter doucement sa coque. Pas un mouvement, pas un bruit en provenance du compartiment avant. Le rideau était tendu et le pare-brise rabattu côté gauche, au-dessus de la barre. Hemingway devait être à la barre quand il avait été touché, mais *quelqu'un* avait jeté l'ancre de proue.

Columbia... Daufeldt... avait abattu l'écrivain depuis le rivage, puis il était venu ici à bord du *Lorraine* et avait jeté l'ancre du *Pilar*.

Peut-être. Je m'amarrai au taquet tribord, celui qui avait été utilisé pour le *Lorraine*, attendis que le Chris-Craft se soit stabilisé et montai à bord du bateau d'Hemingway, tenant le Magnum de la main droite, la gauche serrée sur une grenade, les yeux fixés sur les marches du compartiment avant et l'écoutille visible au-dessus du château supérieur, derrière le pare-brise rabattu. Rien à signaler. Hormis le bruit des vagues.

Je jetai en hâte un coup d'œil à Hemingway. Il avait perdu beaucoup de sang, et un lambeau de cuir chevelu arraché exposait l'os sur sa tempe et derrière son oreille. Le mouvement du bateau m'empêchait de voir s'il respirait encore. Son oreille, enflée sous l'effet de mes coups, était inondée de sang. Je regrettai une nouvelle fois de m'être battu avec lui.

Alors que je me retournais vers le pont, et vers le compartiment plongé dans les ténèbres, un pistolet en surgit. Je levai mon .357. Trop tard. J'entendis trois détonations, sèches, et sentis deux balles se loger dans mon torse, puis – comme je pivotais sur moi-même, m'efforçant toujours de lever mon arme – une troisième, bien plus horrible, se planta dans mon flanc gauche.

Laissant choir pistolet et grenade, je m'effondrai sur une banquette, puis passai par-dessus bord, victime imprévue des aménagements qu'Hemingway avait pratiqués sur sa poupe afin de hisser plus facilement les belles prises. En tombant à l'eau, j'entendis un éclaboussement dans le lointain. J'ignore si les ténèbres qui m'engloutirent étaient celles de l'inconscience ou celles de l'eau, mais je sombrai, quoi qu'il en fût, vers un fond bourbeux.

29

« Bon sang, Lucas, ne meurs pas. Ne meurs pas, pas tout de suite. »

Quelqu'un me giflait. Avec violence. Cette douleur n'était rien comparée aux tisons rougeoyants qui me taraudaient le torse et le bras droit, vraiment rien comparée au chalumeau qui m'embrasait le flanc gauche, mais elle m'empêchait de sombrer une nouvelle fois dans les ténèbres lénifiantes de la noyade et de la mort. Je m'obligeai à remonter à la surface et à ouvrir les yeux.

Delgado sourit et se carra sur son siège. « Bien, fit-il. Tu pourras mourir dans une minute. D'abord, j'ai deux ou trois questions à te poser. » Il était assis sur un tabouret pliant qu'il avait installé au milieu du pont du *Pilar*. Le corps d'Hemingway gisait toujours à ma gauche, son visage baignant dans une mare de sang. Celle-ci s'était élargie. Delgado portait un pantalon blanc crasseux, des sandales de marin et un maillot de corps. Ses bras et ses épaules étaient bronzés et musculeux. Il tenait dans sa main le pistolet calibre .22 d'Hemingway et se tapotait le genou avec le canon tout en me regardant lever la tête et plisser les yeux pour mieux voir.

Je me jetai sur lui, prêt à le saisir avant qu'il ait eu le temps de lever son arme. Ma tête fut rejetée en arrière, ma vision s'obscurcit, et je faillis succomber à la douleur. J'avais les bras liés derrière le dos et je sentis le métal mordre mes poignets. Mon esprit tournait au ralenti, comme si mes pensées étaient figées dans de la mélasse, mais je me rendis compte que j'étais assis sur la banquette côté tribord et que Delgado m'avait passé les menottes, m'attachant à la main courante en cuivre qui décorait le plat-bord à cet endroit. L'eau gouttait de mes vêtements et imprégnait mes chaussures. Je ne la considérais qu'avec un intérêt minime, ne réagissant presque pas lorsque je m'aperçus qu'elle était en grande partie teintée de rouge. Je saignais abondamment. Delgado avait dû me repêcher et me ranimer presque aussitôt après m'avoir descendu.

Il se remit à l'ouvrage, m'assenant un coup de canon sur la tempe. Je m'efforçai de me focaliser sur lui et d'écouter ce qu'il disait.

« ... sont les documents, Lucas ? Les documents de l'Abwehr ? Dis-moi où ils se trouvent, et je te laisserai te rendormir. Tu as ma promesse. »

Je tentai de lui répondre. Je devais m'être blessé au visage en tombant par-dessus bord, car j'avais les lèvres fendues et tuméfiées. À moins que Delgado ne m'ait giflé plus longtemps que je ne le croyais. Je fis une nouvelle tentative.

« ... dans... la... baie. C'est Daufeldt... qui les avait. »

Poussant un gloussement, Delgado pêcha dans sa poche la carte d'identité et la lettre de mission, à présent trempées, du major SS. « Non, Lucas. Et Daufeldt, c'est moi. Si je t'ai repêché, c'est en partie parce que j'avais besoin de ceci ce soir. J'ai aussi besoin des documents de l'Abwehr. Où Hemingway les a-t-il planqués ? »

Je secouai la tête. Une violente douleur irradia mon bras droit et mon flanc gauche, et je vis des taches noires danser dans mon champ visuel. « Dans la... baie et... sur la... plage. Après... l'explosion... du *Lorraine*. »

Delgado me gifla. « *Concentre-toi*, Lucas. Hemingway avait la sacoche sur lui, sinon je ne l'aurais pas tué. Mais elle contenait un manuscrit à la con, pas les documents de l'Abwehr. Kruger n'avait pas les vrais documents sur lui quand il a fait sa sortie. Où sont-ils ? »

Je mobilisai toutes les ressources de mon énergie pour lever la tête et fixer Delgado. « Qui... est Kruger ? »

Il eut un rictus. « Le sergent Kruger, de la SS. Loyal opérateur radio du *Southern Cross*. Tu viens de le récupérer dans la baie, Lucas. Alors, où Hemingway a-t-il caché ces putains de documents ? »

Je secouai la tête, la laissai retomber. « Major... Daufeldt. Papiers. »

Delgado m'empoigna les cheveux pour me relever la tête et se pencha sur moi. « Écoute bien, Lucas. Le major Daufeldt, c'est *moi*. On avait besoin d'une diversion à ton arrivée. J'ai persuadé cette mauviette de sergent Kruger de prendre le Schmeisser et de tenter une sortie à bord du *Lorraine*. J'ai supposé que tu allais l'abattre. Ces papiers sont les *miens*. Mais où sont les documents ?

— Est-ce qu'Hemingway... est vivant ? » articulai-je.

Delgado jeta un regard machinal par-dessus son épaule. Des mouches tournaient autour du crâne sanguinolent d'Hemingway, et il baignait dans son sang jusqu'aux épaules. « Je n'en sais rien. Et je m'en fous. S'il est encore vivant, ce n'est plus pour très longtemps. » Il se retourna vers moi et sourit. « Il a eu un accident de bateau. S'est cogné la tête en échouant le *Pilar* sur un banc de sable. Je me suis servi de la gaffe, mais il aurait pu se faire ça sur un coin de meuble. Quand je l'aurai jeté par-dessus bord, je prendrai soin de nettoyer la gaffe. Puis j'échouerai ce bateau sur un banc de sable. Une fois que son cadavre aura séjourné quelque temps dans l'eau, on ne pourra pas déduire grand-chose de sa blessure. »

Je m'efforçai de me redresser et de faire coulisser mes poignets dans les menottes. Delgado les avait serrées si fort qu'elles me coupaient la circulation. Je ne pouvais plus sentir mes doigts. Mais peut-être était-ce une conséquence de l'hémorragie... mes mains étaient tout engourdies. Mon sang imprégnait ma chemise, mon pantalon, mes chaussures et la banquette en cuir. Je tentai de me concentrer – sur Delgado, mais aussi sur mon propre corps. Je me rappelai trois impacts de balle : les deux premières s'étaient logées dans mon bras et dans mon torse, ou dans mon épaule droite, la troisième – la plus dangereuse – dans mon flanc gauche. Je baissai les yeux. Une chemise déchirée, imbibée de sang en quantité. Ça ne m'apprenait pas grand-chose. Il s'était servi du .22. Voilà qui me redonnait espoir. Mais ma douleur, la quantité de sang que je perdais, ma faiblesse croissante étaient autant de mauvais signes. L'un ou l'autre des petits projectiles pouvait avoir touché un organe vital.

« Est-ce que tu m'écoutes, Lucas ? »

Je m'efforçai de nouveau d'accommoder. « Comment ?

— Comment quoi ?

— Comment avez-vous fait pour avoir Hemingway ? »

Soupir de Delgado. « Est-ce qu'on est arrivés au moment du film où je te révèle tout avant de te laisser mourir ? Ou mieux encore, avant de te laisser t'échapper ? »

Je sentis les menottes me mordre les chairs et sus que je ne pourrais pas m'échapper. Même si je réussissais à dégager mes mains, même si elles recouvraient leur intégrité, j'étais trop grièvement blessé, trop affaibli pour faire quoi que ce soit. J'envisageai de saisir Delgado avec mes jambes, mais après les avoir fait bouger de quelques centimètres, je constatai qu'elles étaient presque sans force. Peut-être réussirais-je à lui enserrer la taille et à le coincer pendant quelques secondes, mais je serais incapable de maintenir mon étreinte très longtemps, et il n'avait qu'à lever le .22 pour m'abattre. Je décidai de conserver le peu de force qui me restait et d'attendre qu'une occasion se présente. *Une occasion de quoi faire, Joe ?* La voix qui résonnait dans mon crâne était aussi lasse que cynique. Je fixai Delgado et luttai pour ne pas perdre conscience.

« D'accord, fit-il. Je te dis comment j'ai fait pour avoir Hemingway, et toi, tu me dis où il a pu cacher les documents de l'Abwehr. »

J'acquiesçai, même si je savais pertinemment qu'il tenait toutes les cartes en main et n'avait pas besoin de me dire quoi que ce soit. Dans mon esprit embrumé surgit soudain une idée : l'arrogance de Delgado était peut-être mon seul espoir. Il avait eu beau se fendre d'un commentaire sarcastique sur les clichés de cinéma, je savais qu'à l'instar de la plupart des personnages de film, il brûlait d'envie de se pavaner devant sa victime. Hemingway avait peut-être raison ; peut-être que la fiction – même la fiction cinématographique – était plus vraie que la vie.

« On a laissé le *Lorraine* dériver ici, près de l'îlot, dit Delgado en affichant son demi-sourire si irritant. Le sergent Kruger était à son bord, gisant sur le ventre, apparemment blessé et inconscient. Il portait alors ta chemise verte, Lucas. »

Sans doute pris-je un air interloqué, car Delgado se mit à glousser. « C'est Elsa qui nous l'avait procurée.

— Elsa ? »

Delgado secoua la tête, à la façon d'un adulte ayant affaire à un enfant un peu borné. « Maria. Peu importe. Tout à l'heure, tu me diras peut-être comment tu l'as tuée, mais ce n'est pas important pour le moment. Tu veux entendre la suite de l'histoire ? »

J'attendis.

« Donc, pendant que ton plumitif te hélait et amarrait le *Lorraine* à son bateau, j'ai quitté l'îlot à la nage, je suis monté à bord derrière lui, armé du Schmeisser, je lui ai confisqué son .22, et voilà le travail. » Il secoua la tête une nouvelle fois. « Mais ce connard a voulu me résister. Il a tenté de m'arracher le Schmeisser. J'aurais pu le descendre ou le tuer à mains nues, bien entendu

– c'était le plan numéro un, destiné à faire croire que c'était toi qui l'avais tué –, mais tant que le lieutenant Maldonado n'avait pas apporté ton cadavre à Nuevitas, on devait se débrouiller pour que ça *ressemble* à un accident. Alors, pendant que le sergent maîtrisait Hemingway, je lui ai défoncé le crâne d'un coup de gaffe. À ce moment-là, comprends-moi bien, on croyait qu'il avait les documents de l'Abwehr avec lui, puisqu'on avait vu la sacoche. Mais la sacoche ne contenait qu'un manuscrit à la con, une histoire de couple qui baise un peu partout en France. Alors, pendant que Kruger surveillait ton pote qui pissait le sang, j'ai fouillé le bateau de fond en comble. Et c'est à ce moment-là que tu es accouru à la rescousse, Lucas. Et j'estime m'être conduit de façon plutôt héroïque en t'envoyant le pauvre sergent Kruger, armé de mon Schmeisser, pendant que je t'attendais avec le joujou d'Hemingway en guise d'arme. J'avais seulement l'intention de te blesser pour que tu te tiennes tranquille, de récupérer mes papiers et de dénicher les documents, mais comme tu as bougé en tombant, ma troisième balle te sera sans doute fatale. Désolé. Fin de l'histoire. Où sont les documents ? »

Je secouai la tête. Je crus que le vent s'était levé et faisait bruire les palmiers sur l'îlot tout proche, mais je me rendis compte que ce bruit était un bourdonnement qui m'emplissait le crâne. « Je veux... en savoir... davantage, dis-je d'une voix qui sonnait bizarrement à mes propres oreilles. Je ne... comprends pas. Les documents. Becker. Les soldats allemands abattus. L'opération Corbeau. Pourquoi ? Dans quel but ? Je ne comprends pas. »

Delgado acquiesça d'un air affable. « Je sais bien que tu ne comprends pas, Lucas. C'est une des raisons pour lesquelles tu as été sélectionné. Astucieux... mais pas *trop* astucieux. Mais nous n'avons plus le temps de bavarder, j'en ai peur, et même si nous l'avions, je te dirais que dalle. » Il leva le .22 et me visa entre les deux yeux. « Où sont les documents de l'Abwehr ?

— Va te faire foutre », lançai-je. Et j'attendis.

Les lèvres de Delgado se retroussèrent d'un iota. « Un dur de dur, dit-il en haussant les épaules. Ça me fait de la peine de te le dire, Joe, mais je n'ai plus vraiment besoin des documents de l'Abwehr à présent. On peut s'en procurer bien d'autres à la même source. L'autre camp a déjà effectué sa livraison initiale, et maintenant que le robinet est ouvert, j'ai tout le temps de distiller d'autres informations sur l'Abwehr. Après ce qui s'est passé à

Punta Roma, ils ont confiance en nous. Et ils ne le regretteront pas.

— Qui ne le regrettera pas ? » demandai-je stupidement. *Tu as juste assez de force dans les jambes pour tenter le coup une fois, et une seule... et le moment semble bien choisi, Joe.* Mais Delgado, qui avait reculé son siège d'une cinquantaine de centimètres, était hors de portée.

Il secoua la tête. « Désolé, Lucas. Plus le temps. Adieu, mon vieux. »

La gueule noire du canon du .22 monopolisait presque toute mon attention, mais je perçus un mouvement du coin de l'œil lorsque Hemingway se dressa sur ses genoux, puis, poussant un gémissement déchirant, sur ses pieds.

Delgado abaissa son arme et pivota d'un quart de tour sur son tabouret. « Oh, merde », fit-il d'un air las. Il se leva et observa patiemment Hemingway qui, à présent debout, vacillait sur ses jambes, tel un ivrogne, sur le pont ensanglanté de son *Pilar* bien-aimé. Le visage de l'écrivain était aussi blanc que le nuage solitaire qui flottait dans le ciel derrière lui. Tandis que Delgado le considérait, j'espérai – une seconde fois – que son arrogance allait l'emporter sur son instinct de tueur.

« Félicitations, dit Delgado en reculant d'un pas pour s'écarter de cette apparition. Tu es vraiment un dur à cuire, mon salaud. Ce coup aurait tué n'importe qui. »

Hemingway chancela et s'assouplit les mains, se concentrant visiblement sur le petit tableau que nous composions, Delgado et moi.

Il est trop loin de Delgado, me dis-je, sentant mon cœur battre si fort que je redoutai l'approche imminente de la mort. Le sang semblait couler bien trop librement de mon flanc gauche. *Il est trop loin. Ce qui n'a aucune importance car, même s'il était en pleine forme, Delgado serait capable de le tuer à mains nues.*

Soupir de Delgado. « Retour au plan numéro un, on dirait. L'écrivain retrouvé mort près du cadavre de l'agent double qui l'a abattu. » Il leva le .22 et le pointa sur le torse massif d'Hemingway.

Me tassant sur la banquette pour prendre mon élan, m'efforçant d'ignorer les vagues de douleur qui déferlent sur moi, je détends mes jambes de toutes mes forces, décochant à Delgado un coup de pied dans les reins. L'agent secret, projeté vers l'avant, réussit à recouvrer l'équilibre, mais Hemingway, poussant un grognement bestial, a le temps de l'enserrer dans ses bras puissants.

« Foutredieu ! » Delgado s'esclaffe et se dégage d'un atémi qui frappe le bras gauche d'Hemingway à la base du biceps. Puis il cale le canon de son pistolet sous la mâchoire de l'écrivain.

Poussant un nouveau grognement, celui-ci agrippe des deux mains le bras droit de Delgado, l'obligeant à abaisser son arme. Delgado pourrait terrasser Hemingway d'une manchette dans le dos assenée de la main gauche, mais il comprend à cet instant que son adversaire s'efforce de pointer sa propre arme sur lui, aussi décide-t-il de lui enserrer le poignet droit, faisant levier sur ses bras pour éloigner le pistolet. Celui-ci reste immobile entre les deux hommes, son canon dressé vers le ciel dans les quelques centimètres d'espace séparant les deux visages inondés de sueur.

Je me love sur moi-même, luttant contre le vertige qui s'empare de moi, prêt à frapper une nouvelle fois si Delgado se rapproche, mais les deux hommes se lancent dans une gigue endiablée et maladroite qui les conduit loin de moi sur le pont.

De toute évidence, c'est Delgado le plus expérimenté en matière de combat à mains nues, mais il a les deux mains occupées, il a besoin de ses deux jambes pour conserver son équilibre, et Hemingway tire parti de toute la masse de son torse pour tenter de le faire tomber. L'écrivain lutte pour sa vie. Delgado, lui, attend seulement une occasion de tirer. Le facteur décisif, c'est le doigt de Delgado sur la détente, les deux mains d'Hemingway étant refermées autour du poignet de Delgado. Quelle que soit la cible potentielle du canon, seul Delgado peut décider de presser la détente.

Les deux colosses poursuivent leur danse, rebondissant sur la toile tendue sur un côté, heurtant violemment la barre, atterrissant sur le plat-bord puis regagnant le centre du pont. Hemingway force le canon à se pointer sur le visage de Delgado, mais cela ne fait aucune différence ; le doigt de l'agent secret reste en position. Nouveau pas de danse, et c'est maintenant sur l'écrivain que le canon se braque.

Avant que Delgado ait le temps de tirer, Hemingway penche la tête sur la droite, hors de la ligne de mire, grogne et charge. Le canon se pointe vers le ciel. Les deux hommes s'écrasent sur l'échelle menant à la passerelle de pilotage. Vif comme l'éclair, Delgado change de main, saisissant le pistolet de la gauche pour augmenter l'effet de levier, oblige le canon à se pointer sur le visage d'Hemingway.

Celui-ci lui décoche un coup de boule et change la position de ses mains, courant le risque d'être abattu pendant la fraction de seconde qui lui est nécessaire pour effectuer cette manœuvre. Les deux hommes reprennent leur danse de plantigrades, glissant sur le pont couvert de sang, mais la main droite d'Hemingway enserre à présent le pistolet, son index s'est glissé sous le pontet, logé au-dessus de celui de Delgado.

Delgado frappe : un coup de genou dans les couilles. Hemingway laisse échapper un grognement mais tient bon, ne relâche pas son effort, alors même que Delgado profite de cette seconde de faiblesse pour déplacer sa main gauche sur le canon, l'amenant sous le menton de son adversaire. Les yeux d'Hemingway cherchent à voir ce qui se passe. Impossible de déloger le canon. Hoquetant, une esquisse de sourire aux lèvres, Delgado enfonce le canon dans le cou d'Hemingway, relève le percuteur, presse la détente.

Hemingway a fait glisser sa main de cinq interminables centimètres avant même que Delgado soit passé à l'action. Le percuteur retombe, s'écrasant sur la dernière phalange de l'auriculaire d'Hemingway, la chair, l'os et l'ongle empêchant le métal de toucher l'amorce.

Delgado tire violemment sur l'arme pour la dégager, prélevant au passage un lambeau de chair sur le petit doigt de l'écrivain, et les deux hommes se mettent à tournoyer, manquent entrer en collision, se redressent et s'écrasent de nouveau sur l'échelle. Ils se trouvent à deux mètres de moi. Il m'est impossible de les atteindre, même du bout du pied. Je sens mes forces me quitter en même temps que le sang qui imbibe la banquette, et mes jambes s'affaissent.

Delgado a libéré le percuteur pour une nouvelle tentative, mais ce faisant, il a par inadvertance pointé le canon sur lui-même. La main gauche d'Hemingway s'en empare, le fait pivoter lentement. Delgado libère sa main, veut saisir le canon lui aussi, mais c'est Hemingway qui a l'avantage, et il ne lui laisse aucune prise. Je pense à des garçons composant des équipes de base-ball en empoignant la batte à tour de rôle jusqu'à ce que l'un d'eux ne puisse plus refermer sa main dessus.

Je ne vois plus le canon du .22, seulement la main gauche de Delgado refermée sur celle d'Hemingway, leurs mains droites se trouvant plus bas, l'index de Delgado sur la détente, l'index d'Hemingway recouvrant celui de Delgado.

Hemingway retrousse les lèvres, exhibant toutes ses dents. Les tendons saillent comme des cordes sur son cou sanguinolent. Le canon se loge sous le menton de Delgado, s'enfonce dans les chairs tendres.

Delgado rejette la tête en arrière, plus vite que je ne l'aurais cru possible, mais l'un des barreaux de l'échelle lui coince le crâne et l'empêche de bouger. Hemingway enfonce un peu plus le canon dans la chair de Delgado.

Celui-ci hurle alors – en silence –, pas de peur, mais à la façon d'un parachutiste se préparant à quitter l'abri d'un transport de troupes pour plonger dans le vent et les ténèbres. Les deux hommes bandent tous leurs muscles.

Le doigt d'Hemingway presse celui de Delgado sur la détente.

Cela faisait quelque temps que des taches noires dansaient dans mon champ visuel, et, l'espace d'une minute, elles se fondirent les unes dans les autres pour se refermer sur moi. Lorsque je recouvrai ma vision, Hemingway avait lâché le pistolet et était le seul homme debout, chancelant au-dessus du corps de Delgado effondré contre l'échelle. Le cuir chevelu d'Hemingway était dans un tel état qu'on aurait juré que c'était lui, et non pas Delgado, qui avait reçu une balle dans la tête. Le projectile n'était pas ressorti. À en juger par le sang qui coulait à flots des yeux, du nez et des oreilles de Delgado, sans parler de son cou réduit en charpie, la balle de .22 lui avait traversé le palais avant de ricocher à plusieurs reprises sur sa boîte crânienne.

Hemingway, qui considérait le cadavre, se retourna ensuite vers moi avec une expression que je n'oublierai jamais. On ne pouvait pas parler de triomphe, ni de regret, ni d'un simple choc, encore moins de soif de sang – je ne peux qu'évoquer le regard détaché d'un observateur redoutablement intelligent. Hemingway était en train *d'enregistrer* la scène : non seulement le spectacle qu'il avait sous les yeux, mais aussi les odeurs, le faible balancement du *Pilar*, la douce brise de l'après-midi, les cris des mouettes volant au-dessus du bras de mer, et même sa propre douleur et ses propres réactions. En particulier ses propres réactions.

Puis ses yeux se posèrent sur moi et il s'approcha. Les taches noires qui dansaient dans mon champ visuel se massèrent une nouvelle fois, et je me sentis partir, comme si les menottes avaient glissé de mes poignets, comme si j'étais libre... libre de sombrer dans ces ténèbres lénifiantes, libre de dériver loin de tout ceci, libre enfin de trouver le repos.

Si je revins à moi, ce fut à cause des gifles – encore – et de cette voix impérieuse, la voix de ténor d'Hemingway, qui me disait : « Bon sang, Lucas, ne meurs pas. Ne meurs pas, fiston. »

Je fis de mon mieux pour lui obéir.

30

En fin de compte, ce furent les frères Herrera qui me sauvèrent sans doute la vie. Roberto Herrera n'avait pas l'expérience médicale de son frère aîné, mais ses connaissances lui suffirent à me maintenir en vie jusqu'à notre arrivée à Cojímar, où le Dr José Luis Herrera Sotolongo nous attendait avec un ami chirurgien. Et ce fut aussi Ernest Hemingway qui me maintint en vie.

Je ne me rappelle que des bribes des événements qui suivirent la mort de Delgado. Hemingway me raconta plus tard que son premier réflexe avait été d'embarquer à bord du Chris-Craft – grâce à lui, nous aurions rejoint Cayo Confites, puis Cojímar, bien plus vite qu'avec le *Pilar*. Mais, après qu'il eut attrapé la trousse de premiers secours, m'eut administré des sulfamides et eut pansé mes blessures, je m'évanouis pendant quelques minutes, reprenant conscience alors qu'il allait me transporter dans la vedette.

« Non, non, marmonnai-je en lui agrippant le bras. Bateau... volé.

— Je le sais, répliqua-t-il sèchement. C'est un des patrouilleurs du *Southern Cross*. Aucune importance.

— Si. Les garde-côtes cubains sont à sa recherche. Ils risquent de tirer d'abord et de poser des questions ensuite. »

Hemingway marqua une pause. Il connaissait les garde-côtes et leur réputation d'excités de la gâchette. « Vous êtes un agent fédéral, dit-il finalement. FBI et... comment appelez-vous ce machin ?... SIS. Vous avez réquisitionné ce bateau dans le cadre d'une enquête. »

Je secouai la tête. « Plus... maintenant. Plus d'agent fédéral. Prison. » Je lui racontai brièvement mon rendez-vous nocturne avec le lieutenant Maldonado.

Hemingway m'allongea sur la banquette du *Pilar* et s'assit. Il se palpa le crâne. Il se l'était enveloppé d'un bandage évoquant un turban, mais la gaze était déjà tout imbibée de sang. Il devait souffrir le martyre. « Oui, fit-il. Ça nous poserait des problèmes si on vous conduisait à l'hôpital à bord de ce Chris-Craft volé. Les gens du *Southern Cross* risquent de porter plainte, et même si Maldonado est mort, son patron – Juanito le Témoin de Jéhovah – savait probablement qu'il avait ordre de vous tuer. »

Je secouai la tête une nouvelle fois, faisant éclore devant mes yeux un blizzard de taches noires. « Pas d'hôpital. »

Hemingway opina. « Si nous prenons le *Pilar*, nous pouvons envoyer un message radio et demander au Dr Herrera Sotolongo de nous attendre. Voire donner rendez-vous à un autre médecin à Nuevitas ou ailleurs sur la côte.

— Delgado n'a pas détruit la radio ? » demandai-je. Savourant le confort de la banquette bâbord, je contemplais le ciel d'azur. Tous les nuages s'étaient enfuis. La tempête était passée.

« Non, dit l'écrivain. Je viens de vérifier. Il a dû vouloir l'utiliser et constater qu'elle ne fonctionnait pas.

— En panne ? » articulai-je, me sentant à nouveau partir. Je me rappelai soudain qu'Hemingway m'avait injecté une ampoule de morphine de l'armée trouvée dans la trousse de premiers secours. Pas étonnant que je sois dans les vapes.

Il voulut secouer la tête, gémit doucement et dit : « Non. J'ai sorti quelques tubes à vide et les ai planqués. J'avais besoin de place. »

Je le fixai en plissant les yeux. Soit les eaux de la baie commençaient à s'agiter, soit j'étais pris de vertige. « De place ? »

Hemingway brandit une liasse de feuillets dans une chemise en carton. « Les documents de l'Abwehr. J'ai pensé qu'il valait mieux les planquer quelque part avant d'aller vous retrouver à Bahía Manatí. Bonne idée que j'ai eue là. » Il palpa doucement le bandage sur son crâne et regarda autour de lui. « D'accord. On va partir avec le *Pilar*.

— Photos, dis-je. Il faut prendre des photos. Et nous débarrasser des cadavres.

— Ce coin est en train de devenir un putain de cimetière nazi », grommela Hemingway.

Je me rappelle vaguement l'avoir vu accomplir ces sinistres corvées : étendre les deux cadavres, les photographier sous tous les angles avec le Leica, photographier le Chris-Craft, puis installer les deux cadavres à bord de celui-ci, le faire démarrer, faire reculer le *Pilar* et loger quatre balles de .357 dans le baril toujours arrimé sur la vedette. L'odeur de l'essence me ranima un peu lorsque le carburant coula de nouveau sur le pont du splendide bateau, puis Hemingway rapprocha le *Pilar*, craqua une allumette pour embraser un chiffon imbibé d'essence, en lequel je reconnus vaguement ma chemise verte, puis jeta le brandon sur le Chris-Craft.

La fleur écarlate qui entra en éclosion sur la poupe vint roussir la peinture de la coque du *Pilar*. Sur la passerelle de pilotage, Hemingway leva une main pour se protéger le visage et mit les gaz, faisant prendre de la vitesse à son bateau tout en veillant à suivre l'étroit chenal pour s'éloigner de Cayo Largo. Je me redressai le temps de jeter un dernier regard en arrière. Cela me suffit amplement. Le Chris-Craft était englouti par les flammes, ainsi que les corps de Delgado – *du major Daufeldt*, rectifiai-je mentalement – à l'avant et du sergent Kruger à l'arrière. Nous étions à une soixantaine de mètres de là lorsque le réservoir principal et le baril explosèrent, projetant sur toute la baie des morceaux d'acajou rougeoyant et de chrome brûlant. Quelques palmiers prirent feu sur l'îlot, mais ils avaient été tellement trempés par l'averse qu'ils eurent vite fait de s'éteindre, et le souffle du feu de joie ne fit frémir que des palmes noircies. Quelques escarbilles atterrirent sur le pont du *Pilar*, mais j'étais trop faible pour me lever et les jeter par-dessus bord, et Hemingway trop occupé à piloter sur la passerelle. Elles continuèrent de crépiter jusqu'à ce que nous ayons gagné le bras de mer – où une odeur de cadavre flottait toujours au niveau de la pointe –, puis franchi les récifs et mis le cap à l'ouest-nord-ouest, vers les eaux profondes du Gulf Stream.

Hemingway descendit l'échelle maculée de sang, attrapa la gaffe également ensanglantée pour se débarrasser des escarbilles, utilisa l'extincteur de la coquerie pour éteindre un début d'incendie sur une toile, puis vint s'enquérir de mon état. La mer était encore agitée, et chaque vague éveillait dans mon corps de nouvelles souffrances, mais le miracle de la morphine les rendait merveilleusement lointaines. Je constatai distraitement qu'Hemingway était livide et tremblait de tous ses membres, et compris que sa blessure était douloureuse au point qu'il aurait pu prendre, lui aussi, une dose de morphine. Mais il ne pouvait se permettre ce luxe : il devait nous ramener chez nous.

« Lucas, dit-il en secouant mon épaule indemne, j'ai contacté Confites pour leur dire qu'on avait eu un accident et qu'ils devaient préparer leur trousse de secours. Roberto a de bonnes notions de secourisme. Il saura ce qu'il faut faire. »

Je fermai les yeux et acquiesçai.

« ... saloperies de documents », disait Hemingway. Je compris qu'il devait tenir les papiers de l'Abwehr. « Savez-vous ce que Delgado voulait qu'on en fasse ? Quel est le fin mot de l'histoire ?

— Sais pas, marmonnai-je. Mais... ai une théorie. »

J'avais les yeux fermés, mais je sentais qu'Hemingway attendait la suite pendant que le *Pilar* filait vers l'ouest.

« Vous le dirai, déclarai-je. Vous le dirai... si je survis.

— Alors, survivez, répliqua l'écrivain. Je veux savoir. »

L'opération fut effectuée dans la discrétion, au domicile du Dr Herrera Sotolongo, situé au sommet d'une colline à quelques kilomètres de la *finca*. La première balle de .22 tirée par Delgado avait traversé les chairs de mon bras droit, ressortant sans faire de dégâts ni toucher un muscle ou une artère d'importance. La deuxième avait pénétré mon épaule droite, me brisant la clavicule et achevant sa course sous mon omoplate, où elle était restée enkystée. Le Dr Herrera Sotolongo et son ami chirurgien, le Dr Alvarez, me dirent par la suite qu'ils auraient presque pu l'extraire à la main. En traversant les chairs, la balle avait causé une hémorragie interne, mais sans gravité.

La troisième balle avait été la plus méchante. Elle m'avait touché au flanc gauche, en suivant une trajectoire qui aurait dû la conduire à mon cœur, mais elle avait ricoché sur une côte, me découpant une tranche de poumon, et avait achevé sa course à un millimètre de ma colonne vertébrale. « Impressionnant pour un calibre vingt-deux, déclara plus tard le Dr Herrera Sotolongo. Si le gentleman avait utilisé le Schmeisser que vous m'avez décrit... eh bien...

— Il aimait charger son Schmeisser avec des balles rayées à tête évidée », précisai-je.

Le médecin se frotta le menton. « S'il l'avait fait, nous ne serions pas en train d'avoir cette conversation, *señor* Lucas. Maintenant, allongez-vous et dormez un peu. »

Je dormais beaucoup. Trois jours après l'opération, on me transféra de la maison du bon docteur au cottage de la *finca*. Là, j'eus droit à un régime strict de pilules, de piqûres et de sommeil. Le médecin et le chirurgien venaient fréquemment à mon chevet, pour se féliciter de leur travail et s'émerveiller du caractère bénin des dommages qu'avaient infligés à mon corps tous ces petits bouts de métal.

Hemingway garda également le lit pendant deux jours après que son ami eut recousu son cuir chevelu. Le médecin partageait l'avis émis par Delgado. « Vous êtes un véritable dur à cuire, Ernesto. Et je vous dis cela avec tout le respect et tout l'amour que je vous dois.

— Ouais », fit Hemingway. Il était assis sur mon lit, vêtu d'une robe de chambre. Nous étions tous les trois – l'écrivain, le médecin et l'ex-espion – en train d'avaler une « dose médicinale » de gin pur. « Je n'arrête pas de me défoncer le crâne. Depuis ma plus tendre enfance. Une putain de lucarne m'est tombée sur la tête à Paris, quand Bumby n'était qu'un bébé. J'ai vu double pendant huit jours. Et je me suis souvent cogné par la suite, en général sur la tronche. Mais le plus grave de mes accidents est survenu en 1930, le jour où je me suis retrouvé dans un fossé alors que je roulais sur la route de Billings. Votre bras droit, Lucas, ce n'est rien à côté du mien ce jour-là. L'intérieur ressemblait à ces morceaux d'élan qu'on doit jeter quand on le dresse parce qu'ils sont impropres à la consommation. Un peu comme votre cage thoracique quand je l'ai arrosée aux sulfamides à bord du *Pilar*.

— Passionnant, dis-je. On ne pourrait pas changer de sujet ? Comment se porte Mrs. Hemingway ? »

Il haussa les épaules. « Un bref message m'attendait à notre retour. Elle a visité Paramaribo, dans le Surinam. D'après elle, il n'y a rien là-bas, à part des bancs de sable, des coups de chaleur et des GI's qui s'emmerdent. Elle a vu la Guyane hollandaise et la Guyane française, cette colonie pénitentiaire, et elle pensait rentrer à la maison, mais elle a acheté une carte du coin et ça l'a fait changer d'avis.

— Qu'y avait-il sur cette carte, Ernesto ? demanda le Dr Herrera Sotolongo.

— Rien. D'après elle, la carte est quasiment vierge, à l'exception de la capitale, de quelques comptoirs sur la côte et de quelques rivières. Le fleuve – le Saramcoca – termine sa course à Paramaribo après avoir traversé un espace blanc et vert. Le vert, c'est la jungle. Le blanc, l'inconnu. Une ligne bleue qui fait des méandres à travers le blanc et le vert, jusqu'à une petite croix qui, selon Marty, marque le point où a péri l'explorateur qui est allé le plus loin. Au-delà de cette croix, même le fleuve est inexploré...

ce n'est qu'une ligne en pointillés bleus tracée au petit bonheur la chance. Elle a engagé un Noir du coin, un dénommé Harold, pour la conduire en amont, là où les pointillés bleus sinuent dans l'espace blanc. »

Le Dr Herrera Sotolongo soupira. « Il y a beaucoup de maladies dans cette région, j'en ai peur. Tout le monde a la malaria et la dysenterie indigène, mais la dengue y est aussi endémique – ça vous donne des crampes à vous briser les os. Très, très douloureux. Et comme la malaria, la dengue ne vous lâche pas avant plusieurs années. »

Hemingway opina d'un air las. « Marty va l'attraper. Tôt ou tard, elle attrape tout ce qui traîne. Elle n'utilise jamais de moustiquaire, boit l'eau de la rivière, mange les fruits du coin et se demande ensuite comment elle a fait pour être malade. Moi, je n'attrape jamais rien, je le crains. » Il palpa prudemment le nouveau bandage de son crâne. « Sauf des coups sur la tronche », ajouta-t-il.

Le Dr Herrera Sotolongo leva son verre de gin pour porter un toast. « À la *señora* Gellhorn. À Mrs. Hemingway. »

Je l'imitai, ainsi que l'écrivain.

« À la *señora* Gellhorn. À Mrs. Hemingway », répéta celui-ci, et il vida son verre d'un trait.

Évidemment, tout le monde voulait savoir ce qui s'était passé. Seul Gregorio Fuentes s'abstint de nous interroger à propos de nos blessures, du Chris-Craft disparu, de la destruction du *Lorraine* et du mystérieux message radio qui avait fixé notre rendez-vous. Selon toute probabilité, le petit Cubain avait décidé que si son patron avait envie qu'il soit mis au courant des détails, il les lui donnerait en temps et en heure. Le reste de l'équipage, ainsi que le personnel de la *finca*, nous harcelait de questions. « Tout ça est confidentiel », avait grondé Hemingway le premier jour, et telle fut notre seule réponse au cours des jours suivants. Tout le monde – y compris les deux garçons – dut jurer de garder secrets les récents événements, notamment le sort du Chris-Craft, ce qui n'alla pas sans quelques protestations.

« Qu'est-ce que je vais pouvoir raconter à Tom Shevlin quand il reviendra ? demanda Hemingway pendant la dernière semaine d'août. S'il me demande de lui rembourser sa vedette, je suis foutu. Si seulement on pouvait envoyer la facture à la marine ou au FBI. »

Nous avions envisagé de faire un rapport complet à Braden ou au colonel Thomasson, décidant en fin de compte de ne rien dire à personne. Nous étions toujours tracassés par l'énigme de l'opération Corbeau et des documents de l'Abwehr. « Faites prêter serment à Shevlin et dites-lui tout, suggérai-je. Peut-être qu'il sera fier d'avoir servi son pays.

— Vous pensez qu'il regrettera de n'avoir eu qu'une vedette de six mètres cinquante à offrir à sa patrie ?

— Peut-être », fis-je, dubitatif.

Hemingway se prit la tête entre les mains. « Quel gâchis, un si beau bateau. Vous vous rappelez le projecteur de proue intégré au taquet ? Et la petite sirène qui servait de figure de proue ? Et ces instruments, tous fabriqués par l'artisan qui a créé ces merveilleux bateaux Gar Wood durant les années 20 ? Et la barre Deusenberg, et...

— Suffit. Je ne me sens pas très bien. »

Hemingway acquiesça, les mains toujours sur les tempes. « Enfin, Tom est un homme généreux doublé d'un patriote. Et si on n'arrive pas à le convaincre de nous pardonner en exploitant ses faiblesses, on n'aura qu'à le fusiller. »

Le lundi 31 août, alors que je dégustais un potage froid, assis dans le lit du cottage, Hemingway entra et dit : « Vous avez deux visiteurs. »

Je dus paraître interloqué.

« Un dandy british et un nain dans un complet à deux cents dollars, reprit l'écrivain. Je leur ai dit qu'ils avaient le droit de vous parler, mais à la seule condition que je puisse assister à l'entretien.

— Ça me convient parfaitement. » Et je posai le plateau sur la table de chevet.

On fit les présentations, on alla chercher des chaises, et Hemingway demanda à l'un des boys de servir du whiskey à tout le monde. Nous avons échangé des banalités jusqu'à ce que le boy soit revenu avec les verres et la bouteille, puis reparti. Je vis Hemingway jauger du regard le dandy british et le nain en complet à deux cents dollars pendant que le commodore Ian Fleming et Wallace Beta Phillips lui rendaient la pareille. L'un et l'autre semblèrent satisfaits de leur examen ; Hemingway restait apparemment dubitatif.

« Ravi que vous ayez survécu à toutes ces épreuves, mon garçon », dit Fleming pour la troisième fois. En tant que sujet de conversation, mes blessures commençaient à sentir le réchauffé.

« Pouvons-nous parler à présent de ce qui a causé mes blessures, ainsi que de tout le reste ? » demandai-je.

Fleming et Phillips se tournèrent vers Hemingway.

« Tout va bien, dit celui-ci d'un ton ferme. Je suis de la famille. En outre, j'ai eu droit à mon content de plaies et de bosses, moi aussi. » Il toucha du doigt son crâne toujours bandé. « J'aimerais bien savoir pourquoi. »

Les deux visiteurs échangèrent un regard et opinèrent du chef. Il faisait une chaleur torride, et j'étais en sueur dans mon pyjama. Hemingway portait une guayabera, un short et des sandales, mais lui aussi transpirait abondamment. Fleming suait poliment dans son blazer tropical en laine – où la laine semblait l'emporter sur le tropical. Seul Wallace Beta Phillips paraissait serein. Le petit homme chauve avait l'air si pimpant, si à l'aise dans son costume impeccablement coupé, qu'on aurait pu croire qu'il faisait vingt degrés et non plus de trente dans cette pièce étouffante.

Je décidai d'approfondir les présentations afin qu'Hemingway se fasse une idée plus précise des règles du jeu. « Ian travaille avec les gars du MI-6 britannique. Sur ce continent, il a souvent collaboré avec la BSC de William Stephenson. »

Adressant un hochement de tête poli à Hemingway, le Britannique à la longue figure alluma une cigarette. Je vis l'écrivain plisser le front en découvrant le fume-cigarette, signe d'affectation à ses yeux.

« Mr. Phillips travaillait pour l'*Office of Naval Intelligence*, poursuivis-je, mais il est désormais affecté au COI de Bill Donovan.

— À l'OSS, maintenant, Joseph, corrigea Phillips à voix basse.

— Ouais, mes excuses. Mais je croyais que vous aviez été muté à Londres, Mr. Phillips.

— En effet. » Le sourire du petit homme avait sur moi l'effet contraire de celui de Delgado – il me détendait et le rendait sympathique à mes yeux. Le sourire de Delgado m'avait donné envie de le tuer.

Hemingway s'en est chargé à ta place. Je secouai la tête – à cette heure de la journée, les analgésiques me rendaient quelque peu somnolent.

« Je suis venu ici pour bavarder avec vous », reprit Phillips. Il adressa un signe de tête à Hemingway. « Avec vous deux.

— Alors, dites-nous tout, répliqua l'écrivain. Mais peut-être avez-vous besoin de savoir ce qui s'est passé la semaine dernière ? »

Ian Fleming ôta son fume-cigarette de sa bouche et tapota sa cigarette sur le cendrier posé à côté de mon plateau. « Nous en avons une idée assez précise, mais nous serions ravis d'avoir des détails sur les derniers instants du major Daufeldt. »

Hemingway me jeta un coup d'œil. Je fis oui de la tête. Il leur fit un compte rendu succinct de l'affrontement.

« Et le lieutenant Maldonado ? » demanda Wallace Beta Phillips.

Je décrivis notre rencontre au Cementerio de Colón.

« Mais le lieutenant a survécu ? » intervint Fleming.

J'acquiesçai. L'Usine à forbans nous avait amplement renseignés sur son sort. « Le lendemain en fin de journée, des femmes venues fleurir la tombe d'Amelia Goyre de la Hoz l'ont entendu crier dans le mausolée. Maldonado a été évacué sur l'hôpital de La Havane, où on a réussi à sauver sa jambe et où il a passé vingt-quatre heures sous haute protection.

— Pourquoi donc ? s'enquit Mr. Phillips.

— Selon sa version des faits, répondit Hemingway, le lieutenant a surpris dix criminels phalangistes alors qu'ils allaient profaner le Monument aux étudiants en médecine. Il a réussi à les mettre en fuite, mais la Police nationale cubaine redoute des représailles. Maldonado est le héros de la semaine à La Havane... du moins pour ceux qui ne le connaissent pas.

— Pensez-vous qu'il tentera de se venger, mon garçon ? demanda Fleming en se tournant vers moi.

— Non. Dans cette histoire, Maldonado n'était qu'un simple exécutant. Il a été arrosé à la fois par la SD et le FBI. Il n'a pas pu accomplir l'une des missions qu'on lui avait confiées, voilà tout. Il n'y a aucune raison pour qu'il fasse une nouvelle tentative. En outre, la rumeur prétend qu'il aura besoin de béquilles pendant les mois à venir.

— Bon, fit Hemingway. Maintenant, j'aimerais bien entendre quelques explications. Lucas m'affirme qu'il comprend le plus gros de cette histoire, mais il refuse de m'en dire davantage. »

Je me calai sur mon oreiller. « Je m'attendais à ce que nous ayons cet entretien. Je pense qu'il serait plus simple qu'un autre que moi éclaire les zones d'ombre. »

Ian Fleming parut surpris. « Vous attendiez notre visite ?

— Au moins celle de Mr. Phillips. Mais je pensais que l'un de vos amis serait également présent, Ian. Après tout, c'étaient vos secrets qui faisaient l'objet de cet échange.

— Quels secrets ? demanda Hemingway. Vous voulez parler des convois britanniques et du raid sur Dieppe ? »

Mr. Phillips joignit les mains et eut un nouveau sourire. « Pourquoi ne nous exposez-vous pas vos hypothèses, Joseph ? Nous les compléterons quand cela se révélera nécessaire.

— Entendu. » J'attrapai un verre d'eau et en bus une gorgée. Au-dehors, l'alizé faisait frissonner les palmiers. Le parfum des hortensias de Gellhorn parvenait à mes narines. « À mon avis, voici ce qui s'est passé.

« De toute évidence, la SD a passé un marché avec le contre-espionnage américain... presque certainement avec le FBI, probablement avec Mr. Hoover en personne. Selon toute apparence, la SD et l'Abwehr travaillaient en étroite collaboration au Brésil, au Mexique et à Cuba. Teddy Schlegel et les autres agents de l'Abwehr, parmi lesquels ces malheureux soldats qui se sont fait descendre sur la plage, n'avaient aucune idée de ce qui se passait en réalité.

— À savoir ? souffla Fleming, en prenant la pose avec son fume-cigarette et en esquissant un sourire.

— À savoir que la SD – Becker, Maria, Delgado, Kruger et leurs maîtres – trahissait l'ensemble du réseau de l'Abwehr sur le continent américain, et sans doute aussi en Europe. »

Hemingway palpa son bandage. Sa barbe avait encore poussé. « Un service secret nazi en trahissant un autre ? Ça n'a aucun sens. Leur ennemi, c'est *nous*.

— Mr. Phillips, dis-je, sans doute pourrez-vous expliquer ceci mieux que moi. »

L'homme chauve se tapota les doigts et hocha la tête. « En fait, Mr. Hemingway, les États-Unis et leurs divers services d'espionnage et de contre-espionnage sont loin de figurer au premier rang de la liste des ennemis de la SD.

— Vous voulez dire que la Grande-Bretagne et l'Union soviétique sont mieux classées ? rétorqua Hemingway.

— À l'échelon international, oui, sans aucun doute, acquiesça Phillips, mais le principal ennemi de la Sicherheitsdienst n'est autre que... l'Abwehr. » Il marqua une pause pour siroter son whiskey. « Comme Joseph vous l'a certainement expliqué, Mr. Hemingway, le service baptisé SD AMT VI est un département de la RSHA nazie, la même agence qui englobe la Gestapo et la SS, et qui, en ce moment même, s'affaire à créer et à administrer dans l'Europe occupée des camps de concentration et d'extermination.

— Himmler », souffla Hemingway.

Mr. Phillips acquiesça une nouvelle fois. « Le Reichsführer Heinrich Himmler. Sans doute l'homme le plus maléfique de la planète. »

Les sourcils noirs d'Hemingway se haussèrent légèrement sous son bandage. « Plus maléfique qu'Adolf Hitler ? »

Ian Fleming tapota sa cigarette sur le cendrier et se pencha en avant. « Adolf Hitler imagine des cauchemars, Mr. Hemingway. Le Reichsführer Himmler se charge de les transformer en réalité.

— Nous avons reçu des informations dignes de foi, reprit Mr. Phillips, selon lesquelles, en ce moment même, des juifs sont déportés dans des camps d'extermination... pas des camps de concentration, mais de gigantesques institutions administrées par la SS dans le seul but de détruire la race juive... et la quantité de victimes est telle que le monde civilisé refuserait d'y croire. »

Hemingway semblait à la fois intéressé et écœuré. « Mais quel est le rapport avec Delgado, Maria, l'Usine à forbans et moi-même ?

— Selon toute apparence, dit Mr. Phillips, l'amiral Canaris de l'Abwehr, le service de renseignement de l'armée, le Reichsführer Himmler de la RSHA et feu le général de corps d'armée Reinhard Heydrich de la SD s'entendaient à merveille et collaboraient ardemment à l'avènement du Reich de mille ans. En privé, bien entendu, Canaris n'avait que mépris pour ces nazis, et Himmler et Heydrich œuvraient depuis longtemps pour détruire l'agence et la réputation de Canaris.

— En livrant tous ces documents de l'Abwehr au FBI, intervins-je. Avant cela, le représentant local de la SD – Becker – avait détruit les réseaux de l'Abwehr au Brésil et en Amérique du Sud. Delgado et lui se sont arrangés pour transmettre des documents secrets de l'Abwehr au FBI par notre intermédiaire. Nous étions censés les remettre à Delgado, qui devait les envoyer ensuite à Hoover. »

Hemingway secoua la tête. « Ça n'a toujours aucun sens. Si Delgado avait déjà accès à Hoover... s'il travaillait pour lui, bon sang... il n'avait besoin ni de l'Usine à forbans ni de nous-mêmes pour servir de coursiers.

— Mais bien sûr que si, mon vieux, dit Fleming en gloussant.

L'homme que vous connaissiez sous le nom de Delgado avait déjà pris les dispositions nécessaires pour faire transiter ces documents par la Police nationale cubaine, et lorsque votre Usine à forbans a vu le jour ce printemps, tout le monde – Delgado ; J. Edgar Hoover ; Heydrich ; le colonel Walter Schellenberg, directeur du Département VI ; Himmler lui-même – a sauté sur l'occasion. Un réseau d'espions amateurs en contact avec toutes les grandes agences de contre-espionnage américaines, ayant l'aval de l'ambassadeur des États-Unis en personne... et dont le quartier général ne se trouve qu'à quatre-vingt dix milles nautiques des côtes américaines. C'était parfait.

— Parfait, répéta Hemingway d'un air songeur. Vous voulez dire que nous... l'Usine à forbans, Lucas, moi-même... devions faire office de pigeons si les choses tournaient à l'aigre ?

— Précisément, dit Mr. Phillips. Pour ce que nous en savons, J. Edgar Hoover était terrifié par les conséquences possibles de sa bévue de l'hiver dernier, lors de l'affaire Popov. Le FBI avait obtenu des informations dignes de foi prouvant que les Japonais avaient l'intention d'attaquer Pearl Harbor, et ce plusieurs *semaines* avant la date fatidique, mais Hoover et ses hommes n'avaient rien fait pour les exploiter. William Donovan a pu le confirmer. Hoover redoutait que le président Roosevelt soit mis au courant et restreigne les compétences du FBI en matière de contre-espionnage, ou encore, la pire des hypothèses à ses yeux, l'oblige à démissionner de son poste de directeur du FBI.

— Mr. Hoover préférerait mourir, murmurai-je.

— Exactement, acquiesça Mr. Phillips. Et c'est pour cela qu'il a décidé d'exécuter le plan que le major Daufeldt... votre Delgado... lui avait proposé. Le plan de la SD. Le plan d'Himmler. »

Je levai la main comme un écolier. « Mais qui est... qui était exactement Delgado ? Je veux dire, je sais qu'il était le major Kurt Friedrich Daufeldt, de la SS, mais *qui* était-il ? »

Ian Fleming écrasa sa cigarette dans le cendrier après l'avoir ôtée de son fume-cigarette. Son visage et le ton de sa voix étaient plus sérieux que d'ordinaire. « Pour ce que nous en savons, mon garçon, Daufeldt était l'agent secret le plus capable de tout l'effort de guerre allemand. » Il adressa à l'écrivain un sourire ironique. « Ce qui ne signifie pas grand-chose, Mr. Hemingway. Les nazis ont toujours fait preuve d'une incompétence extraordinaire en matière de collecte et d'analyse de renseignements.

— Une autre des raisons pour lesquelles Himmler et les autres dirigeants de la SD n'avaient aucun scrupule à l'idée de lâcher l'Abwehr, renchérit Mr. Phillips. La plupart des opérations menées par cette agence tournent à la catastrophe. Elle est un peu plus compétente sur le théâtre des opérations de l'Est, mais les nazis étaient sûrs que le directeur Hoover s'abstiendrait de communiquer aux Russes les renseignements que l'Abwehr avait rassemblés sur eux.

— Dans ce cas, pourquoi souhaitait-il les obtenir ? » Hemingway sourit de sa propre naïveté. « Il veut avoir une longueur d'avance sur les communistes, c'est ça ?

— Précisément, répondit Mr. Phillips.

— Je pense que Mr. Hoover craint davantage les communistes que les Japs ou les nazis, dis-je.

— Cette guerre est fort contrariante aux yeux de notre ami Edgar, dit Fleming. Il veut s'en débarrasser au plus vite afin de se lancer dans la *véritable* guerre.

— Contre les Soviétiques », dit Hemingway.

Ian Fleming sourit de toutes ses dents jaunes et déchaussées. « Contre la conspiration communiste internationale dans son ensemble. »

Je levai la main une nouvelle fois. « Excusez-moi, mais personne n'a répondu à ma question. *Qui* était Delgado ?

— Oui, fit Mr. Phillips. Qui, en effet ? Rappelez-vous, Joseph, que je vous ai suggéré il y a quelques semaines que votre Mr. Delgado n'était autre que le mythique agent spécial D. Le gentleman théoriquement responsable de la mort de John Dillinger, de Baby Face Nelson et autres personnages embarrassants de notre grande nation. Un genre d'agent *très* spécial au service du directeur Hoover.

— Et c'était lui ? demandai-je.

— Nous le pensons, dit l'homme chauve. En fait, nous n'avons aucune idée de sa véritable identité. Lorsqu'il a attiré l'attention du directeur Hoover, en 1933, Delgado était connu sous le nom de Jerry "Dutch" Fredericks, truand et indicateur du FBI originaire de Philadelphie. Nous pensons aujourd'hui qu'il n'était pas né à Philadelphie mais s'était infiltré aux États-Unis sur ordre de Himmler.

— Il devait être très jeune, remarquai-je.

— Il avait vingt-six ans lorsque le directeur Hoover l'a recruté pour... euh... pour ses opérations spéciales. Votre agent spécial D parlait couramment l'anglais, l'allemand et l'espagnol, et il était fort à l'aise dans ces trois cultures, ainsi que dans la culture de ce qu'on appelle la Mafia et, plus généralement, la pègre américaine. En 1937, la mort de Dillinger et celle de ses compères menaçant de le placer sous les feux des projecteurs, Mr. Fredericks s'est rendu en Espagne, où il a travaillé pour le compte des fascistes et utilisé pour la première fois le nom de Delgado. Nous avons pu prouver qu'il se trouvait à Berlin en 1939, sous l'identité du major Kurt Friedrich Daufeldt. Mais, comme je l'ai dit, il nous est impossible de dire si c'était là son véritable nom.

— Il n'a pas chômé, dit Hemingway.

— En effet, acquiesça Mr. Phillips. Le printemps dernier, lorsque Delgado/Fredericks/Daufeldt a fait son apparition à Cuba, cela nous a inquiétés, naturellement. Ou plutôt, devrais-je dire, cela a inquiété Mr. Stephenson, le commandant Fleming, le MI-6 et la BSC. Ils nous ont informés de la présence et des activités de notre ami Delgado. » Il adressa un signe de tête à Fleming.

Celui-ci sourit. « Nous ne savions pas exactement ce que mijotaient Daufeldt et Becker, comprenez-le bien, mais nous ne pensions pas que cela servirait les intérêts de notre camp.

— Vous ne vous trompiez pas, intervins-je. Le directeur Hoover leur avait vendu des informations relatives à des convois et des mouvements de troupes *britanniques*. »

Hemingway me fixa, se tourna vers les deux autres, puis me fixa à nouveau. « Le FBI échangeait des secrets *britanniques* contre des documents de l'Abwehr ?

— Naturellement, mon vieux, dit Fleming avec un petit rire. Vous ne croyez quand même pas que le directeur du *Federal Bureau of Investigations* allait payer ses informateurs allemands avec des secrets *américains* ? Enfin, bon Dieu, cet homme est un authentique *patriote* ! »

Hemingway croisa les bras et grimaça. « C'est difficile à croire. Et pourquoi Hoover voudrait-il *me* tuer ?

— Delgado voulait nous tuer tous les deux. » Je sentais s'atténuer l'effet des analgésiques. Si je gagnais en clarté d'esprit, la douleur qui me taraudait le dos et le flanc m'empêchait de me concentrer comme je le souhaitais. « Mais je ne pense pas que Hoover avait décidé de notre mort.

— Ce n'est pas son style, en fait, murmura Ian Fleming. Vous deviez jouer le rôle du pigeon... ou celui d'un petit pigeonnier... si jamais ce trafic d'informations venait à être découvert, mais je pense qu'Edgar aurait hésité à éliminer l'un de vous. Il aurait certainement préféré vous faire comparaître devant une Commission d'enquête du Sénat sur l'infiltration communiste, et vous auriez été discrédités ou jetés en prison.

— Une telle commission n'existe pas, ce serait de la chasse aux sorcières, protesta Hemingway.

— Attendez encore quelques années, mon cher. Attendez encore quelques années.

— C'est la SD qui a décidé que nous devions mourir, déclaraije. Himmler et Hoover pouvaient se faire mutuellement confiance, car leur accord devait rester secret sous peine de compromettre leur position et leur pouvoir. Mais nous en savions trop. Après avoir reçu les documents de l'Abwehr et les avoir transmis à Hoover via Delgado, nous n'étions plus d'aucune utilité.

— Mais nous ne les avons *pas* transmis, dit Hemingway, les bras toujours croisés, l'œil mauvais.

— Non, en effet. Mais ça n'avait pas grande importance. Nous nous étions trouvés au bon endroit au bon moment. Si nécessaire, Delgado pouvait reproduire la plupart de ces documents. Et après notre élimination, la Police nationale cubaine aurait endossé le rôle d'intermédiaire. Il fallait seulement que nous *paraissions* coupables en cas d'enquête. »

Mr. Phillips posa son verre vide. « Ce qui aurait sûrement été le cas, puisqu'on vous aurait retrouvés morts, dans une position permettant de conclure que vous vous étiez entre-tués, non loin de l'endroit où étaient enterrés les deux soldats allemands. Et n'oubliez pas le malheureux lieutenant de la Police cubaine, victime de la brutalité de Joseph. »

Ian Fleming alluma une nouvelle cigarette. « Ce que nous n'avions pas prévu, c'est que Delgado assassinerait deux de ses propres hommes.

— Donc, c'est bien lui qui a tué les soldats allemands sur la plage ? demanda Hemingway.

— Oh, cela ne fait quasiment aucun doute. » Sourire de Fleming. « Ce soir-là, quelques-uns de nos hommes ont suivi MM. Delgado et Becker de La Havane jusqu'à la ville de Manatí, mais ils ont malheureusement perdu leur trace sur ce que nous savons maintenant être la voie ferrée abandonnée menant à la baie de Manatí. Je pense que ces deux jeunes soldats s'attendaient à trouver le Hauptsturmführer Becker sur la plage, et qu'il s'est éclairé avec sa propre lanterne pour les rassurer, quelques secondes à peine avant que Delgado ne les abatte avec son cher petit

Schmeisser. C'était pour eux la meilleure façon de s'assurer que les documents tomberaient dans vos mains avides, ne croyez-vous pas ? »

Je cherchai une position plus confortable. En vain. « Tant que nous en sommes à nouer les fils, parlons un peu de Maria. Qui était-elle ?

— Un agent de la SD, mon garçon, dit Ian Fleming entre deux bouffées de tabac. Le second membre du commando Todt ayant pour mission de vous éliminer, vous et Mr. Hemingway, une fois que vous auriez joué votre rôle dans cette histoire.

— Nom de Dieu, je le *sais*, Ian, m'emportai-je. Je veux dire : *qui* était-elle ? »

Mr. Phillips croisa les jambes, caressant de l'index le pli impeccable de son pantalon. « Voilà peut-être la plus grande énigme de toutes celles que nous avons à élucider, Joseph. Nous ne le savons pas, tout simplement. Peut-être une citoyenne allemande élevée en Espagne. Ou une excellente linguiste. Une réussite exceptionnelle en matière d'infiltration. C'est le cauchemar de tous les directeurs de services secrets.

— C'était, rectifiai-je. À moins que vous ayez des raisons de croire qu'elle a survécu à son naufrage sur Cayo Puta Perdida.

— Cayo *quoi* ? » s'exclama Ian Fleming, visiblement choqué.

Mr. Phillips secoua la tête. « Navré. Nous n'avons aucune information dans ce sens. Malheureusement, les agents de l'OSS présents sur cette île sont trop peu nombreux et surchargés de travail. Mais nous resterons vigilants au cas où cette dame referait son apparition.

— Delgado l'a appelée "Elsa", dis-je.

— Ah ! » Mr. Phillips prit dans sa poche un petit carnet relié de cuir. Il y rédigea une note avec un stylo à plume en argent.

« Et les documents de l'Abwehr ? » demandai-je.

Mr. Phillips me sourit. « Mr. Donovan et l'OSS seraient ravis de vous en débarrasser, Joseph. Naturellement, nous ne songeons pas un instant à les communiquer à Mr. Hoover ou au FBI... ou alors de façon discrète, bien entendu, si nous y étions obligés, au cas où le directeur tenterait une nouvelle fois de détruire notre agence, comme il s'est acharné à le faire ces derniers mois. Et nous aimerions bien obtenir des copies des photographies que vous avez prises, celles des deux soldats allemands et des cadavres de Delgado et de Kruger, ainsi que... si cela ne vous dérange pas trop... des dépositions certifiées et rédigées de votre main – qui resteront confidentielles, je vous l'assure – décrivant les événements dont vous avez été les témoins et les épreuves que vous avez endurées. »

Je me tournai vers Hemingway. Il acquiesça. « Entendu », dis-je. En dépit de la douleur qui envahissait maintenant mon corps tout entier, je ne pus m'empêcher de sourire. « Le directeur va être remis à sa place, hein ? »

Wallace Beta Phillips me rendit mon sourire. « Certes, mais au nom de la sécurité et des intérêts des États-Unis d'Amérique. À l'avenir, peut-être vaudrait-il mieux que l'OSS soit seul responsable de la collecte de renseignements à l'étranger. Et peut-être vaudrait-il mieux que le directeur d'une organisation aussi puissante que le FBI voie ses activités placées sous un contrôle... euh... *discret*. »

Je réfléchis quelques instants à cette éventualité. Il m'était impossible de m'y opposer.

« Bien, bien, bien. » Fleming, de toute évidence prêt à prendre congé, écrasa sa seconde cigarette et vida son verre de whiskey. « Il semble que nous ayons noué tous les fils qui dépassaient, comme vous dites. Toutes les questions qui se posaient à nous ont trouvé une réponse.

— Sauf une », dit Hemingway.

Les deux visiteurs attendirent qu'il poursuive.

« Qu'allons-nous faire à présent, Lucas et moi ? dit l'écrivain d'un air farouche. Joe n'a plus de boulot. Il n'a même plus de patrie, bon sang. Je suis sûr que Hoover se débrouillerait pour lui rendre la vie infernale s'il essayait de conserver son poste ou tout simplement de retourner aux États-Unis. Imaginez seulement les tracasseries que lui ferait subir le fisc. »

Ian Fleming plissa le front. « Oui, certes, il est exact que...

— Et *moi* ? reprit Hemingway. Cette saloperie de fisc m'a déjà dans le collimateur. Et si vous dites vrai à propos des méthodes préférées de Hoover, il va m'accuser d'être un communiste dès que la guerre sera finie et que les Russes cesseront d'être nos alliés. Peut-être même qu'il a déjà commencé à rassembler des informations dans ce sens, bon sang. »

Mon regard croisa ceux de Phillips et Fleming. Nous avions tous vu le dossier d'Hemingway. Ses éléments les plus anciens dataient d'une dizaine d'années.

« Vos remarques sont fort pertinentes, Mr. Hemingway, dit Mr. Phillips, mais je puis vous assurer que Mr. Donovan et ceux d'entre nous qui occupent une position... euh... influente à l'OSS ne permettront pas au directeur Hoover de passer sa colère sur vous. Une raison supplémentaire pour que vous rédigiez ces dépositions.

— Et n'oubliez pas que vous êtes un écrivain mondialement respecté, renchérit Ian Fleming. Si Hoover est avide de célébrité, il redoute celle des autres et le pouvoir qu'elle leur confère.

— Et votre résidence principale est à Cuba, dis-je à Hemingway. Cela devrait le faire hésiter si jamais il a l'occasion de tenter quelque chose.

— Ne vous faites pas de souci, conclut Mr. Phillips. Comme Joseph l'a si spirituellement dit il y a quelques minutes, le directeur Hoover va être "remis à sa place". Et notre agence fera tout ce qui est en son pouvoir pour qu'il y reste. En fait, Mr. Hemingway, si jamais vous avez besoin d'un service... »

Hemingway regarda le petit homme en silence. Au bout d'un temps, il dit : « Bien, entendu, voilà qui est quelque peu rassurant. Mais, dès que mon épouse aura fini de chercher ce qu'il y a au-delà de la petite croix sur la carte vierge, je lui demanderai d'aller faire un tour à Washington pour dîner avec son amie Eleanor et prier la vieille dans le fauteuil roulant de bien tenir ce chien-là en laisse.

— La croix sur la carte vierge ? » Les yeux de Fleming faisaient des allers-retours entre Hemingway et moi-même, comme si nous venions soudain d'émettre des messages codés. « La vieille ? Le fauteuil roulant ? Quel chien ?

— Peu importe, Ian. » Mr. Phillips gloussa. « Je vous expliquerai tout cela sur la route de l'aéroport. »

Tout le monde se leva, sauf moi-même, naturellement. Je regardai les trois hommes et comptai les minutes me séparant de la prochaine absorption d'analgésiques.

« Joseph ? dit Mr. Phillips. Puis-je vous exposer la véritable raison de ma visite ?

— Bien sûr. » Je pensais à la vérité que venait d'énoncer Hemingway : je ne pourrais jamais rentrer aux États-Unis, ni continuer de travailler dans le contre-espionnage. Ce n'était pas une révélation pour moi – je le savais depuis le jour où j'avais décidé de tout dire à Hemingway et de travailler pour lui plutôt que pour mes véritables maîtres –, mais en dépit de la migraine que m'infligeait la morphine et des vagues de douleur qui déferlaient sur moi, cela m'attristait.

« Mr. Donovan est très impressionné par... euh... l'ingéniosité dont vous avez fait preuve dans cette affaire, Joseph. Il aimerait vous rencontrer et discuter avec vous de l'éventualité d'un nouvel emploi.

— Quelque part à l'étranger, je présume, dis-je d'une voix atone.

— Oui, bien sûr, dit Mr. Phillips en souriant. Mais c'est là que notre agence effectue son travail, n'est-ce pas ? Pensez-vous qu'il vous serait possible de vous rendre aux Bermudes dans quinze jours ? Naturellement, il faut que votre état de santé vous le permette.

— Bien sûr, répétai-je. Pourquoi les Bermudes ? » C'était une possession britannique.

« En fait, mon garçon, intervint Fleming, si des dispositions ont été prises pour que Mr. Donovan s'entretienne avec vous aux Bermudes, c'est parce que Mr. Stephenson souhaiterait également avoir une conversation avec vous avant que vous ne preniez une décision concernant la proposition de l'OSS. Il valait mieux que William... notre William... reste sur le territoire britannique en attendant que le directeur Hoover ait digéré son inévitable contrariété, si vous voyez ce que je veux dire.

— Mr. Stephenson ? répétai-je stupidement. Il veut me parler ?

— Les possibilités qui s'offrent à vous sont des plus excitantes, mon vieux, dit Fleming. Et quand cette guerre sera finie, une fois qu'Adolf, Tojo, Benito et tous ces monstres seront... comme nous ne cessons de le dire aujourd'hui... "remis à leur place", d'autres défis se présenteront à nous. Et la Grande-Bretagne est un lieu de résidence fort agréable pour un jeune Américain touchant un bon salaire.

— Travailler pour le MI-6 ? » Je devais avoir l'air parfaitement stupide.

Mr. Phillips sourit et tira sur la manche de Fleming. « Il est inutile que vous vous décidiez aujourd'hui, Joseph. Venez nous voir aux Bermudes dans quinze jours... ou dès que vous serez en état de faire le voyage. Mr. Donovan est impatient de faire votre connaissance. »

Hemingway accompagna les deux hommes jusqu'à l'allée. Assis sur mon lit, irrité par mes pansements, à moitié suffocant de douleur, je secouai la tête sous l'effet de la stupéfaction. *Travailler pour ce putain de MI-6 ?* Quelques minutes plus tard, Hemingway revint avec mes pilules d'analgésique.

« Vous ne devriez pas mélanger ces trucs avec l'alcool, vous savez.

— Je sais. »

Il me tendit mes deux pilules et un verre de whiskey. Lui-même s'en était servi un. Il le leva quand j'eus avalé les pilules. « *Estamos copados*, dit-il. Mais en attendant : que la confusion s'empare de nos ennemis !

— Que la confusion s'empare de nos ennemis », répétai-je. Et je bus.

31

Ce fut lors de ma dernière sortie en mer avec Hemingway qu'on débusqua enfin un sous-marin.

Quand les années ont passé, on a peine à se souvenir que l'on était jadis un jeune homme robuste et résistant. Mais *j'étais* jeune et robuste. Et je guérissais vite, en dépit de quelques rechutes, sans doute dues à la chaleur inhabituelle de cet été cubain de 1942. Chaque matin, Hemingway me rejoignait au cottage avec des journaux, nous buvions un café ensemble et lisions – lui dans un fauteuil, moi le plus souvent allongé sur le lit, même si, début septembre, j'étais déjà capable de rester assis une heure ou deux par jour.

Les nouvelles du front étaient toujours mauvaises. Le maréchal Rommel inaugura le mois de septembre en donnant l'assaut aux forces britanniques en Égypte. En Espagne, le général Franco, le vieil ennemi d'Hemingway, congédia les membres de son cabinet pour instaurer dans son pays un régime fasciste et dictatorial, accélérant la plongée de l'Europe dans la longue nuit de la tyrannie. Les Allemands lancèrent leur offensive sur Stalingrad – bombardiers Stuka, tanks par milliers et fantassins par centaines de milliers –, faisant presque aussitôt céder les lignes russes. Apparemment, la chute de Stalingrad et de toute l'Union soviétique n'était plus qu'une question de temps. Aux États-Unis, la commission Baruch anticipait un « effondrement total de l'économie civile et militaire » du fait de la pénurie de caoutchouc, les Japonais s'étant emparés de toutes les régions productrices d'hévéa en Asie et dans le Pacifique Sud. Quant à la guerre en mer, on apprit que les Allemands avaient déjà envoyé par le fond plus de cinq millions de tonnes de marchandise alliée, que leurs sous-marins coulaient un de nos navires toutes les quatre heures et qu'ils en construisaient plus vite que les bâtiments et les avions alliés ne pouvaient les détruire. Avant la fin de la guerre, on compterait quatre cents U-Boots en activité dans l'Atlantique Nord.

Durant la deuxième semaine de septembre, Patrick devait s'envoler pour New Milford, Connecticut, afin de poursuivre sa scolarité dans une école catholique du nom de Canterbury. Entre les nouvelles du front, la dépression consécutive aux événements de cet été, les migraines qui tourmentaient Hemingway et l'imminente dissolution de sa famille provisoire, l'écrivain était de fort méchante humeur. Les garçons et les hommes qui fréquentaient la *finca* s'en rendirent compte et, dès la première semaine de septembre, il régna sur les lieux une ambiance guère propice au convalescent que j'étais. Comme toujours, ce fut Hemingway lui-même qui tenta de remonter le moral à tout le monde – d'abord en organisant des tournois de base-ball compliqués au Club de Cazadores, tournois au cours desquels il insista pour tenir la batte à plusieurs reprises, puis en mettant sur pied la croisière d'adieu de l'opération Sans-ami, qui consistait à embarquer tout le monde à bord du *Pilar* pour longer la côte pendant quatre jours, faire halte à Cayo Confites afin que les garçons puissent dire adieu aux soldats cubains et revenir en pêchant le long de la côte.

Le Dr Herrera Sotolongo me déconseilla d'être du voyage – le roulis et le tangage suffiraient à déchirer mes agrafes, insista-t-il –, mais je lui fis remarquer que je devais moi aussi partir la semaine suivante et que rien au monde ne me ferait rester à la *finca* pendant cette croisière.

Nous avons quitté Cojímar le dimanche 6 septembre, très tôt dans la matinée. J'insistai pour franchir la passerelle par mes propres moyens, mais j'étais si épuisé en montant à bord, je l'avoue, que je fus ravi de pouvoir m'asseoir. Non seulement Hemingway avait insisté pour qu'on m'octroie la grande couchette du compartiment avant, mais il avait apporté un des grands fauteuils à fleurs du salon de la *finca* et, aidé par ses fils, il l'installa sur le pont, l'arrimant solidement à la même main courante à laquelle j'avais été menotté quinze jours plus tôt, de sorte que je pouvais m'y asseoir en posant mes jambes sur la banquette sans craindre de glisser sur le pont. J'étais un peu gêné d'être ainsi bichonné, mais je fis contre mauvaise fortune bon cœur.

Le temps fut splendide quatre jours durant. Outre les garçons et moi-même, Hemingway avait invité Wolfer, Sinsky, Patchi,

Roberto Herrera, l'indispensable Gregorio Fuentes et le frère de Roberto, le Dr Herrera Sotolongo, qui devait veiller à ce que je ne gâche pas la fête en mourant bêtement. Toujours désireux de se faire pardonner son erreur, Guest chargea tellement de casiers de bière à bord du bateau que même les compartiments secrets étaient bourrés de canettes. Hemingway, Fuentes et Ibarlucia avaient passé toute la semaine à fabriquer un explosif anti-sous-marin baptisé tout simplement la Bombe, dont la présence à bord, paradoxalement, accentuait notre impression d'être en vacances. Cette Bombe, consistant en un paquet de poudre amorcé par plusieurs grenades, le tout empaqueté dans une coque métallique munie de petites poignées qui la faisaient ressembler à une poubelle miniature, était – selon Hemingway – capable de pulvériser le kiosque de tout sous-marin passant à notre portée. Le terme « portée » était cependant tout relatif. Après plusieurs essais, où l'on utilisa des cailloux et du sable à la place des grenades et de la poudre, il s'avéra que même des athlètes comme Guest et Ibarlucia ne pouvaient lancer la Bombe que sur une distance de douze mètres, par beau temps et par vent favorable.

« Bien, pas de problème, grommela Hemingway. On serrera le sous-marin de près, de si près qu'il ne pourra utiliser ni ses torpilles ni son artillerie, et il sera à notre portée. » Cependant, avant que nous ne levions l'ancre pour notre croisière d'adieu, on put voir Hemingway et ses fils expérimenter divers modèles de catapultes, fabriqués avec des branches d'arbres et des chambres à air, afin d'augmenter la portée de la Bombe.

Lors de notre premier jour en mer, Fuentes interrompit notre déjeuner en criant : « Poisson, Papa ! Poisson à tribord ! » Hemingway mâchonnait un sandwich sur la passerelle de pilotage, mais il le jeta par-dessus bord, lâcha la barre et descendit l'échelle alors que le poisson, d'un coup de tête, délogeait l'appât du balancier. L'écrivain laissa filer la ligne, qui disparut en vibrant dans les eaux bleues du Gulf Stream, et se mit à chanter : « Un chimpanzé, deux chimpanzés, trois chimpanzés... », jusqu'à ce que, arrivé à « quinze chimpanzés », le monstre morde à l'hameçon.

La lutte entre l'homme et le poisson ne dura que dix-huit minutes, mais elles furent des plus excitantes. Nous étions tous massés autour d'Hemingway pour l'encourager, et le Dr Herrera Sotolongo dut m'ordonner de me rasseoir et de me calmer, de peur que mes blessures et mes incisions ne se rouvrent. Le marlin pesait six cents livres et, sous mes yeux, Fuentes découpa quelques filets dans sa masse gigantesque, avant de jeter le reste de la carcasse par-dessus bord en guise d'appât. Douze minutes plus tard, Fuentes lançait à nouveau son appel : « Poisson ! Poisson ! » Hemingway fut le premier arrivé et, cette fois-ci, il ne compta que « cinq chimpanzés » avant que le poisson morde à l'hameçon.

Cette lutte-ci fut bien plus longue, et le marlin bondit au-dessus des eaux une bonne centaine de fois, nous arrachant des cris d'admiration devant sa beauté, sa puissance et sa volonté de survivre. Lorsqu'Hemingway finit par en triompher, il ordonna à Fuentes de décrocher l'hameçon et de le relâcher.

Gregory, Patrick, Guest, Ibarlucia et le Dr Herrera Sotolongo protestèrent vivement, mais l'écrivain ne se laissa pas fléchir. Pendant que Fuentes s'escrimait avec l'hameçon, les deux garçons demandèrent que le marlin soit hissé à bord au moins le temps de le photographier. « Je m'en vais dans trois jours, Papa, dit Patrick d'une voix presque geignarde. Je veux garder un souvenir de lui. »

Hemingway posa sa grosse main sur l'épaule de son fils. « Tu ne l'oublieras pas, Mouse. Aucun de nous ne l'oubliera. Nous nous souviendrons toujours de ses bonds. On ne peut capturer une telle beauté sur une photographie. Je préfère le relâcher, lui rendre sa vie et sa joie de vivre, plutôt que de "l'immortaliser" sur une image grenue. Ce qu'il y a de meilleur en ce monde ne peut être capturé. La seule façon d'immortaliser quoi que ce soit, c'est de l'apprécier quand ça nous arrive. »

Patrick hocha la tête en signe d'assentiment, mais il boudait encore plusieurs heures après le départ du grand poisson. « Cette photo aurait bien décoré le mur de mon dortoir », marmonna-t-il ce soir-là, alors que nous savourions nos steaks de marlin. Hemingway ne prêta pas attention à cette remarque et lui passa la salade de pommes de terre.

Le deuxième jour, le *Pilar* fit halte près d'un requin-baleine de vingt mètres de long, qui semblait paresser à la surface de l'eau et nous guettait de son œil rond sans paraître redouter notre approche ni désirer nous fuir, même lorsque Fuentes lui taquina le flanc avec une rame.

« Seigneur, dit le second, ce poisson est énorme.

— Ouais, fit Hemingway. Le sous-marin que nous allons débusquer durant ce voyage sera environ trois fois plus grand. »

Ce soir-là, nous jetions l'ancre au large de Cayo Confites. Hemingway et ses fils dormirent à la belle étoile, une fois leurs duvets installés sur le pont au-dessus de mon compartiment, et avant de m'endormir, je les entendis par l'écoutille ouverte parler d'étoiles et de constellations durant un long moment. L'hiver précédent, l'écrivain avait offert à Patrick un télescope de prix, et son aîné lui montrait l'Étoile polaire, le Baudrier d'Orion et une bonne vingtaine d'autres constellations.

La journée du lendemain commença mal, Hemingway ayant envoyé le *Pilar* buter sur un écueil à l'ouest de Cayo Confites. Il fit aussitôt machine arrière, mais nous avions entendu un bruit des plus horribles et, d'humeur massacrante, nous avons dû fouiller tous les recoins du bateau, ouvrant trappes et écoutilles en quête d'une voie d'eau. Tout était sec. J'observai le visage d'Hemingway durant tout ce remue-ménage, et je vis à quel point il était secoué. Comme Gregory l'avait dit quelques semaines plus tôt : « Le *Pilar* est ce que Papa aime le plus au monde, je crois, après nous, bien sûr, et puis ses chats, et puis Martha. »

Les choses s'arrangèrent un peu plus tard, alors que nous prenions notre petit déjeuner, quand Hemingway nous lança : « Tout le monde sur le pont, *amigos* ! On dirait un schooner échoué sur un récif ! »

En fait, le schooner n'était pas échoué, mais ancré dans un lagon entouré de récifs. C'était le *Margarita*, de La Havane, et Hemingway connaissait très bien le frère de son capitaine. Son équipage pêchait à la senne. L'écrivain fit aussitôt monter ses fils à bord, les présenta au capitaine et s'arrangea pour que Patrick et Gregory passent la journée à aider les marins, qui entouraient le récif avec un immense filet traîné par trois doris. Le reste de l'équipage pêcha à bord du *Pilar* et observa le travail à la senne, les pêcheurs et les garçons peinant pour ramener le gigantesque filet, Patrick ou Gregory plongeant de temps à autre pour le dégager du corail. Lorsque cette tâche fut achevée, on vit quantité de tortues et de requins fuir les eaux autour du récif, tandis que pompanos, vivaneaux, carangues, barracudas et petits espadons voiliers frétillaient dans la fraîcheur du soir.

Ce soir-là, tout l'équipage du *Pilar* fut invité à dîner par le capitaine du *Margarita*. Seuls le Dr Herrera Sotolongo et moi-même devions rester à bord. Le médecin avait l'habitude – rare chez un Cubain – de se coucher tôt, et le simple fait d'avoir observé les activités de la journée m'avait épuisé. Alors que je m'endormais, j'entendis les rires qui, à bord du schooner, saluaient les toasts alambiqués qu'Hemingway déclamait dans son espagnol correct mais un tantinet livresque.

Le lendemain matin, alors que nous avions pris le chemin du retour, Winston Guest lança depuis la passerelle de pilotage : « Sous-marin ! Sous-marin ! »

Hemingway et ses fils le rejoignirent en cinq secondes, et le reste de l'équipage se pressa sur le pont.

« Où ça ? » demanda l'écrivain. Il portait un tee-shirt troué, un short et sa casquette à grande visière. Il pouvait désormais se dispenser de bandages, mais en levant les yeux vers lui, je distinguai les endroits où le médecin lui avait recousu le cuir chevelu.

« Dix degrés à tribord avant. » La voix de Guest, qui se voulait d'une impassibilité toute militaire, tremblait néanmoins d'excitation. « Distance : neuf cents mètres environ. Il vient juste de faire surface. »

Hemingway leva ses jumelles, les rabaissa au bout de quelques secondes et dit d'une voix posée : « Aux postes de combat. Sans se presser. Déplacez-vous normalement. Patrick, continue de pêcher. Amène le poisson qui a mordu. Ne regarde pas le sous-marin.

— C'est un barracuda, Papa, mais...

— Reste avec ton poisson, Mouse, coupa Hemingway. Gigi va aller chercher ton Lee-Enfield trois-zéro-trois. Gregorio, veuillez attraper les *niños* et vérifier le niveau d'huile du moteur auxiliaire. Patchi, Roberto, s'il vous plaît, descendez chercher la Bombe et le sac de grenades. »

Tout le monde tenta de se conduire normalement mais dès que Gregory fut hors de vue, on l'entendit courir comme un dératé et renverser divers objets, puis attraper le vieux Mannlicher de sa mère et le Lee-Enfield de son frère, qu'il chargea avec une telle précipitation qu'il répandit plusieurs cartouches sur le pont.

« Je descends chercher ma trousse de premiers secours, dit le Dr Herrera Sotolongo.

— Nom de Dieu ! s'exclama Winston Guest, les jumelles collées aux yeux et la bouche grande ouverte. Il est aussi grand qu'un cuirassé. Aussi grand qu'un porte-avions, bordel ! »

J'avais réussi à m'extirper de mon fauteuil pour m'accouder au plat-bord côté tribord, feignant de regarder Patrick aux prises avec son barracuda mais cherchant en réalité à apercevoir le sous-marin parmi les vagues qui scintillaient sous les feux du soleil matinal. Il *semblait* gigantesque. L'eau coulait des alvéoles de sa superstructure et gouttait de sa tourelle comme une fontaine d'écume. Je n'avais pas besoin de jumelles pour distinguer son immense canon, protégé par une bâche.

« Lucas, murmura Hemingway, regagnez votre siège, voulez-vous ? Les Allemands tenteront *forcément* de nous aborder s'ils voient sur le pont arrière un type maigre comme un clou assis dans un fauteuil à fleurs. Un tel spectacle éveillerait même la curiosité d'un nazi. Que tout le monde essaie d'avoir l'air calme. Nous n'avons aucune idée de la puissance de leurs jumelles. »

Hemingway mit les gaz, passa la barre à Wolfer et descendit pour aider Roberto et Patchi à transporter la Bombe jusqu'à la passerelle de pilotage. Fuentes apporta les mitraillettes, bien rangées dans leurs étuis doublés de laine en suint, et les accrocha à la rambarde de la passerelle de pilotage. Le *Pilar* avait mis le cap sur l'U-Boot, une toile tendue au-dessus du pont supérieur, de sorte que la Bombe était invisible aux yeux d'un sous-marinier, quelle que soit la puissance de ses jumelles. L'écrivain et Fuentes s'activèrent sur l'engin explosif, réglant les amorces, plaçant les goupilles, ou quelque chose d'approchant. Soudain, je vis en esprit la Bombe explosant par erreur à bord du *Pilar*, nous envoyant tous *ad patres*.

« Mon Dieu ! fit Guest, qui examinait le sous-marin à la jumelle. Il est *énorme*.

— Peut-être, mais pas plus que tout à l'heure, dit Hemingway en s'emparant des jumelles. Wolfer, reprit-il au bout d'une minute en les rendant à l'intéressé, nous ne nous rapprochons *pas* de lui. Il *s'éloigne* de nous. » En dépit des efforts qu'il faisait pour contrôler sa voix, sa colère était nettement perceptible. « Il ne se contente pas de *s'éloigner*, il s'éloigne *à toute pompe*. » Il se pencha vers l'arrière et lança à Fuentes, qui avait ouvert la trappe du compartiment moteur : « Bon sang, Gregorio, on ne peut pas aller plus vite ? »

Le petit homme écarta les bras en signe d'impuissance. « Le bateau file à douze nœuds, Ernesto. Avec tous ces passagers et tout ce carburant, il ne peut pas faire mieux.

— Peut-être qu'on devrait jeter certaines personnes par-dessus bord », gronda Hemingway. Il reprit les jumelles. Plus personne ne se souciait d'éveiller l'attention. Patrick et Gregory s'étaient postés à la proue : l'aîné à tribord, avec son antique Lee-Enfield ; le cadet à bâbord, avec le Mannlicher Schoenaauer. Trempés par les embruns, ils souriaient comme des jeunes loups.

« Merde, fit Hemingway à voix basse. Il file dans la direction opposée. Il doit bien être à treize cents mètres maintenant. » Soudain, il éclata de rire et se tourna vers Ibarlucia. « Patchi, vous pouvez lancer la Bombe à cette distance ? »

Le pelotari sourit de toutes ses dents blanches. « Si vous me l'ordonnez, Papa, je tenterai le coup. »

Hemingway tapa sur l'épaule de son ami. Tout le monde commença à se détendre. Le sous-marin continua de prendre le large, maintenant le cap au nord-nord-ouest, laissant un sillage blanc sur la mer d'huile.

Comme si on leur avait lancé un signal, tous les occupants du bateau – moi-même y compris – se mirent à lancer des injures et des quolibets, en espagnol et en anglais. Ibarlucia avait bondi sur la proue et, les jambes écartées, il leva les poings et s'écria : « Revenez vous battre, fils de putes, espèces de lâches ! »

Cinq minutes plus tard, le sous-marin n'était plus qu'un point à l'horizon nord-ouest. Au bout de huit minutes, il avait disparu.

« Lucas, dit Hemingway en descendant de la passerelle de pilotage, accompagnez-moi en bas si vous en avez envie. Nous allons signaler la présence de ce sous-marin et donner sa dernière position, son cap et sa vitesse. Peut-être qu'un cuirassé américain croise dans les parages, ou peut-être qu'on lui enverra un avion de Camagüey. »

Je le suivis dans la cabine radio. Une fois que le message eut été transmis et répété pendant une dizaine de minutes, Hemingway murmura : « Je ne voulais pas le serrer de trop près, de toute façon. Pas avec Gigi et Mouse à bord. »

Je me tournai vers lui. Nous transpirions à grosses gouttes dans la petite cabine étouffante. On entendit le moteur changer de régime lorsque Guest rétrograda et vira pour retrouver notre cap initial.

« Je parierais que la plupart de ces sous-mariniers ne sont que des gamins, eux aussi, reprit Hemingway. Merde, on ne peut pas parler de la guerre sans tomber dans les clichés. Sherman a dit tout ce qu'il y avait à dire sur le sujet. La guerre est nécessaire... parfois. Peut-être. Mais je me le demande, Lucas, je me le demande. »

Soudain, les deux garçons arrivèrent en courant : le sous-marin allait-il revenir ? Ils l'espéraient bien ! Devraient-ils se comporter différemment la prochaine fois ?

Une fois dans la coquerie, Hemingway leur passa à chacun un bras autour des épaules. « Vous vous êtes bien conduits, leur dit-il. Très bien conduits. » Sa voix prit soudain de l'ampleur, évoquant celle d'un orateur, d'un speaker de la radio ou de FDR soi-même. « Quant à moi, les gars, il faudra que quelqu'un se batte à ma place sur les plages, dans les collines et dans les bordels. Le 7 décembre, jour d'infamie, sera vengé par des hommes plus jeunes. Bon sang, prépare-moi un gin-tonic, veux-tu, Gig ? On rentre à la maison. »

32

Patrick partit pour l'école le vendredi 11 septembre. Le lundi 14, Gregory devait aller retrouver sa mère avant d'en faire autant. Je pris l'avion pour les Bermudes le samedi 12 septembre.

« Tous mes garçons s'en vont », grommela Hemingway le jeudi soir, alors que, pour la dernière fois, nous amarrions le *Pilar* au quai de Cojímar.

Je ne pus que le regarder sans rien dire.

Le Dr Herrera Sotolongo et le Dr Alvarez, le chirurgien, vinrent m'examiner le vendredi soir. Ils me recommandèrent quinze jours de repos avant tout nouveau déplacement. Je leur confirmai que je partais le lendemain. Les deux médecins me souhaitèrent bonne chance, tout en précisant qu'ils n'auraient pas ma mort sur la conscience.

Hemingway proposa de me conduire à l'aéroport le samedi matin. « Juan refuse de se mettre en roue libre quand je le lui demande, expliqua-t-il. Il gaspille mon essence. »

L'aéroport José Martí n'était pas bien loin, mais Hemingway parla durant presque tout le trajet.

« Tom Shevlin est revenu en ville, dit-il.

— Aïe.

— Non, tout va bien. Il s'avère que le *Lorraine* était bel et bien assuré. Tom n'est pas trop fâché. Et puis, comme il va sans doute divorcer, il aurait été obligé de changer le nom de sa vedette.

— Tant mieux, dis-je. Enfin, je pense. »

Suivirent quelques minutes de silence.

« J'ai décidé de renoncer à diriger l'Usine à forbans, dit-il soudain.

— Vous allez arrêter les opérations ? » Cette décision me semblait raisonnable. Le réseau d'espions amateurs avait bien rempli son rôle de paratonnerre.

Hemingway m'adressa un rictus sans quitter la route des yeux. « Fichtre non, je n'arrête rien. Je n'ai jamais envisagé d'arrêter. Je veux consacrer plus de temps à l'opération Sans-ami, voilà tout.

— Chasser les sous-marins.

— *Capturer* des sous-marins. *Couler* des sous-marins.

— Alors, qui va s'occuper de l'Usine à forbans ? » À l'idée qu'il puisse me demander de rester ici pour accomplir cette tâche, j'eus une bouffée d'espoir teinté de nausée. Décidément, j'étais fort populaire – Bill Donovan et William Stephenson ne se rendaient-ils pas aux Bermudes dans le seul but de me rencontrer ? Et maintenant, ceci. En sabotant ma mission et en recevant trois balles dans le buffet, j'avais vraiment fait avancer ma carrière, m'avisai-je.

« J'ai décidé de demander à mon ami Gustavo Durán de venir ici pour s'en charger, répondit Hemingway. Je vous ai parlé de Gustavo. J'ai dit à Bob Joyce, à l'ambassade, qu'il me fallait un véritable pro pour diriger les opérations. »

Hemingway m'avait effectivement parlé de Durán. L'ex-lieutenant-colonel Gustavo Durán avait fait la connaissance de l'écrivain à Paris, durant les années 20, alors que Durán était étudiant en musique, critique d'art et compositeur. Lorsque Hemingway s'était rendu en Espagne, au printemps 1937, Durán commandait la 69e Division à Torréjon de Ardoz et à Loeches, à l'est de Madrid. Les deux amis s'étaient retrouvés, et Hemingway admirait tellement l'artiste devenu soldat qu'il n'était pas loin de le vénérer comme un héros. En fait, il m'avait confié que l'un des personnages de *Pour qui sonne le glas* était fortement inspiré de Durán. Après la visite d'Ingrid Bergman, au mois de mai, Hemingway m'avait raconté qu'il s'était démené pour que Durán soit engagé comme conseiller technique sur le tournage de l'adaptation cinématographique de son roman, mais le réalisateur – Sam Wood – avait « une trouille bleue de la Menace rouge » et avait refusé d'engager l'Espagnol, qui n'avait pourtant jamais été membre du Parti communiste. Comme Durán traversait une période difficile, Hemingway lui avait envoyé un chèque de mille dollars en guise de compensation. Ce chèque lui avait été promptement retourné.

Je sentis ma blessure me tirailler le flanc. Ce fut seulement plus tard que je compris que ce n'était pas elle qui était à blâmer.

« Gustavo sera parfait, poursuivait Hemingway. J'ai déjà obtenu le feu vert d'Ellis Briggs et de l'ambassadeur Braden, et Bob Joyce a envoyé une note confidentielle au ministère des Affaires étrangères. J'ai tenu à ce qu'elle soit confidentielle, car nous ne voulons pas que J. Edgar Adolf Hoover soit mis au courant.

— Non, fis-je.

— En ce moment, Gustavo se trouve dans le New Hampshire, en train de faire les démarches pour être naturalisé américain. La note de Joyce devrait accélérer la procédure, sans parler de quelques autres initiatives de mon cru. Je lui ai envoyé un câble l'autre jour, mais je suis presque sûr qu'il acceptera ma proposition. Il a accompli un excellent travail de renseignement en Espagne. Il devrait arriver ici début novembre, et sa femme le rejoindra peu après. Je lui donnerai le cottage. Il pourra y diriger les opérations, et ils y habiteront tous les deux.

— Excellente idée.

— Ouais. » Plus aucune parole ne fut prononcée jusqu'à notre arrivée à l'aéroport.

Hemingway insista pour porter mon sac de voyage et m'accompagner durant les formalités de départ. Nous nous sommes bientôt retrouvés sur le tarmac, où nous attendait un DC-4 au fuselage argenté, dont les passagers patientaient devant une échelle d'embarquement.

« Eh bien, merde, Lucas », dit-il en me tendant la main.

Je la lui serrai et récupérai mon sac.

Je me dirigeais vers l'avion, dont le moteur bâbord venait de démarrer, lorsque Hemingway cria quelque chose derrière moi.

« Pardon ? dis-je en me retournant.

— Je disais que vous serez obligé de revenir à Cuba un de ces jours, Lucas.

— Pourquoi donc ?

— Pour la revanche ! » lança-t-il en élevant la voix.

Je m'arrêtai et mis ma main en porte-voix. « Pourquoi ? Vous voulez essayer de reprendre votre titre ?

— Le reprendre ? » L'écrivain sourit de toutes ses dents, dont la blancheur était accentuée par sa barbe noire. « Je ne l'ai jamais perdu, nom de Dieu ! »

Je hochai la tête et me dirigeai vers l'échelle. Après avoir donné mon billet à l'hôtesse et réajusté la bandoulière de mon sac, je me retournai pour lancer un dernier au revoir. Hemingway avait regagné le terminal, et la foule de Cubains et de militaires m'empêcha de le repérer. Je ne devais plus jamais le revoir.

33

J'ai transcrit les quelques conversations que j'ai eues avec Hemingway à propos de l'écriture. Je me souviens surtout de notre échange sur la falaise, au-dessus de Punta Roma, la nuit où nous attendions les infiltrateurs allemands, mais je me rappelle de temps à autre notre conversation à bord du *Pilar*, le soir de son quarante-troisième anniversaire. Cependant, ce sont d'autres commentaires qui me reviennent à présent en mémoire. Ce n'était pas à moi qu'il les adressait, mais au Dr Herrera Sotolongo, en compagnie duquel il était assis au bord de la piscine de la *finca*. Je me trouvais non loin et là et j'ai tout entendu.

Le médecin avait demandé à Hemingway comment un écrivain savait que le moment était venu de terminer un livre.

« Même si vous avez une violente envie d'en finir avec cette corvée, répondit Hemingway, il y a une partie de vous-même qui souhaite que ça ne s'arrête jamais. Vous n'avez pas envie de dire adieu aux personnages. Vous ne voulez pas que la voix qui murmure dans votre crâne décide de se taire, vous privant du langage, du dialecte spécial dans lequel est écrit le livre. C'est comme voir mourir un ami.

— Je crois que je comprends, dit le médecin d'un air dubitatif.

— Vous vous rappelez, il y a deux ans, quand j'ai refusé de me faire couper les cheveux avant d'avoir fini *Pour qui sonne le glas* ?

— Oui. Vous étiez affreux avec ces cheveux longs.

— Eh bien, j'ai achevé ce maudit livre vers le 13 juillet, mais j'ai quand même continué d'y travailler jusqu'à mon anniversaire. J'ai ajouté deux chapitres en guise d'épilogue, où je décrivais la rencontre entre Karkov et le général Golz après l'échec de l'offensive de Ségovie, et leur retour à Madrid en voiture, puis tout un chapitre dans lequel Andrés allait voir Pilar et le camp abandonné de Pablo, où il contemplait le pont détruit dans la gorge... ce genre de foutaise.

— Pourquoi était-ce de la foutaise, Ernesto ? demanda le Dr Herrera Sotolongo. Ce n'était pas intéressant ?

— Ce n'était pas nécessaire, répliqua l'écrivain en sirotant son Tom Collins. Mais j'ai emporté mon manuscrit à New York, en plein milieu de l'été le plus torride depuis la Création, et j'ai bossé dessus à l'hôtel Barclay, comme une sardine aveugle dans une friterie, d'où j'envoyais deux cents pages par jour chez Scribner's grâce à un gamin que j'avais engagé comme coursier. Gustavo Durán m'a rendu visite avec Bonte, sa nouvelle fiancée, et je lui ai fait relire les épreuves pour m'assurer que j'avais mis les accents où il fallait dans les mots en espagnol et que ma grammaire était correcte.

— Et elle l'était ? demanda le médecin, l'air amusé.

— En gros, oui, grommela Hemingway. Mais là où je veux en venir, c'est que Max, mon directeur littéraire, a adoré le roman, y compris cet épilogue à rallonge que je n'aurais jamais dû rajouter. Comme à son habitude, Perkins m'a dit qu'il adorait le livre et a gardé ses critiques pour plus tard, attendant le moment où je me serais calmé. Fin août, Scribner's m'a demandé de couper une scène où Robert Jordan se branlait...

— Se branlait ? répéta le Dr Herrera Sotolongo.

— Se masturbait. » Hemingway eut un large sourire. « Commettait le péché d'onanisme. Mais, quoi qu'il en soit, Max n'a fait aucune remarque sur cet épilogue inutile. Finalement, quand la pression est retombée, je me suis rendu compte que Perkins m'envoyait les messages subliminaux qui lui étaient coutumiers. "Si j'adore les derniers chapitres, Ernest, disait-il, c'est parce que, naturellement, je suis curieux de savoir ce qui se passe ensuite, mais en réalité, le livre s'achève lorsque Jordan s'allonge sur les aiguilles de pin pour attendre la mort, là où il se trouvait soixante-huit heures plus tôt, dans la séquence d'ouverture du chapitre premier. C'est une merveilleuse symétrie, Ernest. Le cercle qui se referme."

« Alors, je lui ai dit : "D'accord, Max. Laisse tomber les deux derniers chapitres."

— Les épilogues sont donc inutiles ? » demanda le médecin.

Hemingway se gratta la barbe en contemplant ses fils qui jouaient dans la piscine. « Ils sont comme la vie, José Luis, dit-il finalement. La vie continue jusqu'à ce qu'on meure... les choses se suivent, l'une après l'autre. Un roman a une structure. Un roman a un équilibre, une direction, que n'a pas la vie. Un roman sait quand il doit s'arrêter. »

Le médecin avait hoché la tête en signe d'assentiment, mais je ne pense pas qu'il ait compris.

Quand j'ai décidé de rédiger ce récit, j'ai compris qu'Hemingway avait raison, cette nuit-là à Punta Roma, quand il comparait une bonne histoire à l'aperçu d'un périscope de sous-marin. Par la suite, il devait déclarer qu'un roman était semblable à un iceberg – sept huitièmes de sa masse devaient demeurer invisibles. Je *savais* que c'était là la meilleure façon d'écrire notre petite histoire, mais je savais aussi que je ne serais jamais assez bon pour y parvenir. Jamais je n'aurais le talent de l'artiste zen, qui n'a besoin pour représenter un faucon que de poser une touche de bleu sur sa toile. La seule façon que j'avais de raconter cette histoire, c'était d'adopter la méthode qu'Hemingway avait critiquée à Punta Roma : rassembler tous les faits, tous les détails, et les faire défiler dans le livre comme un chef de guerre fait défiler ses prisonniers dans la capitale, laissant au lecteur le soin de trier le bon grain de l'ivraie.

D'où l'épilogue maladroit qui suit.

Comme l'avait prévu Hemingway, Martha Gellhorn a attrapé la dengue lors de son périple sur le fleuve en pointillés du Surinam. Elle a été frappée d'une fièvre si violente, si douloureuse, que lors de son dernier jour à Paramaribo, elle a tenté de se lever à la force des bras, ses jambes refusant de lui obéir, a glissé et s'est fracturé le poignet. Elle l'a à peine remarqué, se contentant de l'envelopper avec de la bande adhésive avant de s'envoler loin de cet enfer.

Néanmoins, après avoir reçu un câble de son mari, elle est directement partie à Washington pour aller dîner à la Maison-Blanche. La conversation que Gellhorn a eue avec le président et son épouse a contribué à protéger Hemingway de la colère de J. Edgar Hoover, comme en attestent ces notes, auxquelles je n'ai eu accès que récemment – une cinquantaine d'années après les faits –, grâce au *Freedom of Information Act*.

NOTE CONFIDENTIELLE
DE : DIRECTEUR DU FBI J. EDGAR HOOVER
À : AGENT LEDDY, FBI
17 DÉCEMBRE 1942

Toutes les informations dont vous disposez relativement au peu de fiabilité d'Ernest Hemingway en tant qu'informateur peuvent être discrètement portées à la connaissance de l'ambassadeur Braden. À cet égard, vous êtes prié de vous rappeler qu'Hemingway a récemment donné des informations relatives au ravitaillement des sous-marins dans les Caraïbes qui se sont révélées erronées. Je désire que vous me transmettiez le plus tôt possible un compte rendu de votre conversation avec l'ambassadeur Braden à propos d'Ernest Hemingway, de ses assistants et de ses activités.

NOTE CONFIDENTIELLE
DE : AGENT D. M. LADD, FBI
À : DIRECTEUR DU FBI J. EDGAR HOOVER
17 DÉCEMBRE 1942

Hemingway a été accusé d'avoir des sympathies communistes, bien que, comme nous en avons été informés, il ait nié et continue de nier vigoureusement avoir des sympathies ou des affiliations communistes. Hemingway est réputé entretenir des relations amicales avec l'ambassadeur Braden et avoir la confiance totale de celui-ci.

L'ambassadeur Braden, comme vous le savez, est un individu fort impulsif et, apparemment, il se « tracasse » depuis quelque temps à propos de certains officiels cubains qui se seraient rendus coupables de corruption.

L'agent Leddy (antenne de La Havane) rapporte qu'Hemingway a élargi ses activités et que ses informateurs et lui-même transmettent en ce moment à l'ambassade des informations relatives à la subversion en général. Mr. Leddy a déclaré que les activités d'Hemingway lui causaient certains soucis et qu'elles risquaient de se révéler extrêmement embarrassantes si rien n'était fait pour y mettre un terme.

Mr. Leddy estime qu'Hemingway a entamé une enquête d'envergure sur des officiels cubains ayant des liens étroits avec le gouvernement cubain, parmi lesquels le général Manuel Benites Valdes, chef de la Police nationale cubaine ; l'agent Leddy est « sûr que les Cubains finiront par s'en rendre compte si Hemingway continue ses opérations, et que de sérieux ennuis en résulteront ».

Mr. Leddy déclare qu'il peut faire remarquer à l'ambassadeur qu'il – Leddy – n'a pas été en mesure de contrôler les rapports d'Hemingway relatifs à la corruption au sein du gouvernement cubain ; qu'il ne pense pas que des agents du Bureau devraient s'impliquer dans une telle enquête, celle-ci ne relevant pas de notre juridiction mais uniquement de celle des Cubains ; que si nous devions nous y impliquer, cela nous conduirait à être tous chassés de Cuba « avec armes et bagages ».

L'agent Leddy déclare qu'il peut faire prendre conscience à l'ambassadeur du grave danger qu'il y a à laisser la bride sur le cou à un informateur comme Hemingway et que la situation présente risque de conduire à de graves ennuis. Mr. Leddy déclare que, bien que l'ambassadeur apprécie Hemingway et ait toute confiance en lui, il pense qu'il – Leddy – peut persuader l'ambassadeur de mettre un terme au rôle d'informateur d'Hemingway.

Mr. Leddy déclare qu'il est en mesure de faire comprendre à l'ambassadeur qu'Hemingway ne se contente pas d'être un informateur ; qu'il est en train de développer sa propre organisation d'investigation, laquelle échappe à tout contrôle.

NOTE CONFIDENTIELLE
DE : DIRECTEUR DU FBI J. EDGAR HOOVER
À : AGENTS TAMM ET LADD
19 DÉCEMBRE 1942

Concernant l'utilisation d'Hemingway par l'ambassadeur des États-Unis à Cuba : j'ai bien entendu conscience du caractère peu désirable de ce type de connexion ou de relation. Hemingway est très certainement, à mes yeux, le pire des candidats à une telle utilisation. Son jugement est peu fiable, et si sa sobriété est telle qu'elle était il y a quelques années, cela le rend encore plus douteux. Cependant, je ne pense pas que nous devions engager une quelconque action, ni que notre représentant à La Havane doive approcher l'ambassadeur à ce propos. L'ambassadeur est du genre tête brûlée, et il ne fait aucun doute à mes yeux qu'il informerait sur-le-champ Hemingway de toute objection émise par le FBI. Hemingway n'apprécie guère le FBI et se lancerait sans aucun doute dans une campagne de dénigrement. Rappelez-vous que, lors d'un récent entretien que j'ai eu avec le président, il m'a indiqué qu'Hemingway lui avait transmis un message par l'entremise d'une amie commune (Martha Gellhorn), et qu'Hemingway insistait pour qu'un million et demi de dollars soient versés aux autorités cubaines afin qu'elles puissent prendre soin des personnes internées.

Je ne pense pas que ce problème affecte directement nos relations, tant qu'Hemingway ne nous transmet pas ses rapports et que nous n'avons pas directement affaire à lui. Nous pouvons cependant accepter toute information émanant de lui qui nous sera transmise par l'ambassadeur.

NOTE CONFIDENTIELLE
DE : AGENT LEDDY, FBI [ANTENNE DE LA HAVANE]
À : DIRECTEUR DU FBI J. EDGAR HOOVER
21 AVRIL 1943

Le soussigné a été avisé confidentiellement par un employé de l'ambassade que l'organisation d'Hemingway a été dissoute et ses opérations terminées en date du 1er avril 1943. Cette décision a été prise par l'ambassadeur des États-Unis sans qu'il ait consulté ni avisé les représentants du *Federal Bureau of Investigation*. Un rapport complet sur l'organisation de Mr. Hemingway et sur ses activités est en préparation, et il sera transmis au Bureau sans tarder.

NOTE CONFIDENTIELLE
DE : AGENT D. M. LADD, FBI
À : DIRECTEUR DU FBI J. EDGAR HOOVER
27 AVRIL 1943

> Mr. Hemingway a eu des liens avec diverses organisations cryptocommunistes et a soutenu activement la cause loyaliste en Espagne. En dépit de ses activités, le Bureau n'a reçu aucune information susceptible de prouver ses liens avec le Parti communiste, ni d'indiquer qu'il est ou a été un membre du Parti. Ses actes, toutefois, prouvent qu'il a des tendances « libérales » et qu'il pourrait considérer avec sympathie la philosophie politique communiste. En ce moment, il est censé accomplir une opération navale ultrasecrète pour le compte de la marine. Dans le cadre de cette mission, la marine paierait les frais de fonctionnement du bateau d'Hemingway, et lui fournirait des armes et des cartes maritimes de la région de Cuba. Le Bureau n'a effectué aucune enquête sur Hemingway, mais son nom est apparu dans le cadre d'autres enquêtes menées par le Bureau, et diverses informations le concernant ont été volontairement fournies par un grand nombre de sources.

Gellhorn a fini par demander le divorce fin 1944. Elle était le plus souvent restée à la *finca* durant l'année 1943 et jusqu'au printemps 1944, pendant qu'Hemingway passait le plus clair de son temps à chasser le sous-marin à bord du *Pilar*. Dans une lettre qu'il lui a envoyée alors qu'elle se trouvait à Londres, Hemingway se plaint que la *finca* déserte est plus déprimante que les limbes. Lorsqu'elle est revenue à Cuba, leurs querelles sont devenues de plus en plus violentes, leurs réconciliations de moins en moins convaincantes. Cela faisait deux ans que Gellhorn mettait son mari au défi de cesser de « jouer à la guerre » et de partir pour le front en tant que correspondant, mais son époux avait préféré rester à Cuba avec son bateau, ses amis, ses chats et sa *finca*. En fin de compte, lorsqu'il a relevé le défi en mars 1944, ce fut d'une façon qu'elle ne devait jamais lui pardonner. N'importe quel magazine américain aurait engagé Ernest Hemingway comme correspondant de guerre. Il est allé proposer ses services à *Collier's*, celui pour lequel travaillait Gellhorn. Comme, à l'époque, chaque magazine ne pouvait payer et accréditer qu'*un seul* correspondant de guerre, Hemingway a été le premier à partir en Europe. Lorsque Gellhorn lui a dit qu'elle était prête à l'accompagner en tant que journaliste indépendante, Hemingway lui a affirmé que les femmes étaient interdites à bord des avions militaires, ce qui était un pur mensonge. Gellhorn a appris par la suite que l'actrice Gertrude Lawrence avait passé la totalité du vol assise à côté d'Hemingway.

Celui-ci est parti pour Londres le 17 mai 1944, plaisantant avec Miss Lawrence à propos des œufs frais qu'elle apportait à ses amis britanniques et proposant de confectionner des *pancakes* pour tout le monde dès l'atterrissage. Il en voulait toujours à sa femme, a-t-il déclaré, qui avait refusé de dire au revoir à son chat préféré en quittant la *finca*. Martha Gellhorn était partie le 13 mai, seul passager à bord d'un navire transportant de la dynamite. Le convoi a subi de lourdes pertes durant les douze jours de traversée.

Les amis du couple n'ont guère été surpris en apprenant leur séparation, puis leur divorce.

La première de l'adaptation cinématographique de *Pour qui sonne le glas*, interprétée par Ingrid Bergman et Gary Cooper, a eu lieu le 10 juillet 1943. Le film était très beau à regarder – autant que Bergman avec ses cheveux courts –, mais la critique et le public lui ont reproché d'être à la fois trop lent et trop long. En fait, il n'y avait pas vraiment d'atomes crochus entre Cooper et Bergman. Des années plus tard, on devait surtout se souvenir du film à petit budget, au scénario confus et rédigé à la hâte, qu'elle avait tourné en attendant de savoir si elle serait engagée dans *Pour qui sonne le glas*. Un film intitulé *Casablanca*.

Gustavo Durán est venu s'établir à Cuba et a pris la direction de l'Usine à forbans jusqu'à ce que celle-ci soit dissoute par consentement mutuel en avril 1943, mais son épouse et lui ont eu plusieurs querelles avec Hemingway et Gellhorn, et les Durán ont bientôt quitté le cottage pour aller habiter à l'hôtel Ambos Mundos. Dès l'été 1943, Gustavo Durán travaillait comme agent de renseignement pour l'ambassadeur Braden, et le couple était la coqueluche de La Havane.

Après la guerre, Durán et l'ambassadeur Braden ont été accusés de communisme et ont dû comparaître devant la Commission d'enquête sur les activités anti-américaines. « Le vrai gauchiste, c'est Hemingway, a déclaré Durán devant le Sénat. Et c'est chez Hemingway que j'ai fait la connaissance de Braden. »

Spruille Braden, bouleversé d'être accusé de trahison après tant d'années de bons et loyaux services, a lui aussi affirmé qu'Ernest Hemingway était le seul Américain communiste de Cuba. Puis il a regagné en hâte La Havane pour implorer le pardon de l'écrivain. « Il m'a dit qu'il était navré – qu'il avait dû mentir pour ne pas perdre son boulot –, il s'est confondu en excuses et il avait l'air sincère, a confié celui-ci au Dr Herrera Sotolongo. Alors, je lui ai pardonné. »

Bob Joyce, l'agent de liaison d'Hemingway avec l'ambassade, a quitté son poste pour entrer dans l'OSS environ huit mois après moi. Je ne l'ai revu qu'une seule fois, un an plus tard, en Europe, mais nous étions dans la soute d'un Dakota camouflé, prêts à être parachutés en Europe de l'Est, nos visages étaient noircis au brou de noix, et je ne pense pas qu'il m'ait reconnu.

Je n'ai jamais revu Gregory et Patrick Hemingway. Gigi est devenu un médecin des plus respectés, comme son grand-père. Patrick est devenu chasseur de fauves en Afrique, mais il est retourné aux États-Unis, où il s'est fait connaître comme défenseur de l'environnement.

Bizarrement, c'est le fils aîné d'Hemingway, John – le « Bumby » que je n'avais pas eu l'occasion de rencontrer à La Havane –, que j'ai croisé à Hammelburg, en Allemagne, en janvier 1945.

John H. Hemingway était entré à l'OSS en juillet 1944. Trois mois plus tard, Bumby était parachuté en France, au Bosquet d'Orb, à cinquante kilomètres au nord de Montpellier. Sa mission était d'enseigner aux maquisards l'art d'infiltrer les positions ennemies. Fin octobre, alors qu'il effectuait une reconnaissance dans la vallée du Rhône avec un capitaine de l'armée américaine et un maquisard français, ils ont été attaqués par une unité de l'Alpenjäger. Le Français a été tué d'une balle dans le ventre ; Bumby et le capitaine Justin Green ont été blessés. Au cours de leur interrogatoire, dirigé par un officier autrichien responsable de l'unité de chasseurs alpins, celui-ci s'est rendu compte qu'il avait bien connu Ernest, Hadley et Bumby, alors âgé de deux ans, à Schrüns en 1925. Il a mis un terme à l'interrogatoire et envoyé le jeune Hemingway, qui perdait son sang en abondance, dans un hôpital alsacien, lui sauvant probablement la vie.

Mon commando avait pour mission de favoriser l'évasion des militaires détenus au camp de Hammelburg. Le jeune John

Hemingway s'est bien évadé cette nuit-là, mais il a été repris quatre jours plus tard et incarcéré au Stalag Luft III de Nuremberg. Son père a vécu dans l'angoisse jusqu'au printemps 1945, où Bumby a été libéré après avoir été officiellement porté disparu, ayant survécu à plus de six mois passés dans divers camps où la nourriture se faisait de plus en plus rare. Il s'est envolé pour Cuba en juin 1945, pour y retrouver son père, ses frères et Mary Welsh, la nouvelle femme de son père.

Le lieutenant Maldonado a retrouvé son poste à la Police nationale cubaine, mais il a boitillé jusqu'à la fin de ses jours. Quelques années avant qu'Hemingway quitte Cuba pour toujours, Maldonado a effectué une patrouille non loin de la *finca* et, dit-on, tué Black Dog, le chien préféré de l'écrivain à l'époque, lui défonçant le crâne avec la crosse de son fusil.

Durant la fin de règne de Batista, Maldonado est devenu célèbre pour sa violence et sa brutalité, parcourant les provinces dans une jeep Willys et tirant sur les gens au hasard. Mais il n'avait pas lié son sort au bon dictateur. *Caballo Loco* a été arrêté par le gouvernement révolutionnaire en 1959, devenant le dernier des officiers cubains de Batista à être jugé. Tout le monde était sûr que le colossal tueur serait pendu, et durant son procès public, Maldonado n'a cessé de sangloter, jusqu'à ce que son adjoint et coaccusé, un homme au visage mangé par la petite vérole, se lève en pleine séance et lui lance : « Hé, mon vieux, arrête de pleurnicher comme une putain. Tu as massacré et moi aussi. »

L'adjoint a été condamné à la pendaison. À la surprise générale, Maldonado n'a écopé que de trente ans de prison. Ce verdict a déclenché de véritables émeutes, les Cubains exigeant du gouvernement révolutionnaire qu'il organise un nouveau procès et condamne Maldonado à la peine capitale. Mais, cette semaine-là, Fidel Castro a ordonné que l'on mette un terme aux exécutions des officiers de Batista reconnus coupables de meurtre.

Hemingway se trouvait encore à Cuba, et il a confié à un ami : « Il va mourir de vieillesse, nom de Dieu. C'est comme ça qu'il va finir. Pour le bien de la ville et de tout le pays, il vaudrait mieux qu'il soit mort et enterré. » On dit qu'Hemingway s'est porté volontaire pour presser la détente.

Marlene Dietrich, peut-être parce qu'elle était allemande de naissance, s'est placée au premier rang des célébrités hollywoodiennes assurant la distraction des troupes américaines. En 1943, elle a ouvert à Hollywood une cantine destinée aux soldats en partance pour le front. C'était le seul endroit où les GI's pouvaient voir des vedettes du cinéma préparer le café, faire cuire des beignets, et laver des poêles et des casseroles. Dietrich insistait toujours pour que poêles et casseroles soient impeccables.

En 1944 et 1945, elle est partie en Europe avec le show itinérant de l'armée, devenant l'une des artistes les plus appréciées des soldats. Surtout, je pense, à cause de ses jambes. Et de sa voix. Et de la sexualité qui flottait autour d'elle comme un nuage d'encens. Même à cinquante mètres par temps de brouillard, un GI admirant Dietrich en train de chanter et de danser ne risquait pas de la confondre avec la fille des voisins.

J'ai eu l'occasion de la voir sur scène en France, mais je suis sûr qu'elle ne m'a ni remarqué ni reconnu. Outre le fait qu'il y avait plusieurs centaines de soldats et de civils dans la salle, j'étais déguisé en paysan français et arborais une barbe broussailleuse.

Dietrich a fêté la libération de Paris avec Hemingway quand il a « libéré » le Ritz, en buvant avec lui les meilleurs champagnes de la cave de cet hôtel. Elle a fait état à plusieurs reprises de l'amour et de la loyauté qu'il lui inspirait, et elle a été bouleversée quand il s'est suicidé en 1961.

Winston Guest s'est fait plutôt discret durant les années qui ont suivi. En 1961, l'année de la mort d'Hemingway, il était propriétaire de Guest Aerovias de Mexico, SA, la plus petite des trois compagnies aériennes internationales du Mexique. Nous avons souvent utilisé ses lignes pour les opérations clandestines de la CIA pendant les années 60.

Après la révolution cubaine, Sinsky – Juan Dunabeitia – a refusé de suivre son employeur, la compagnie maritime Ward Line, qui regagnait les États-Unis. Il est retourné en Espagne, où il est devenu fournisseur d'équipement maritime, et où il est décédé par la suite.

Gregorio Fuentes a fêté son centième anniversaire à Cuba, en 1997.

Durant les années 60, alors que j'étais en poste à Berlin, j'ai appris l'existence d'un agent soviétique de sexe féminin, proche de la quarantaine, qui avait fait ses premières armes dans le réseau d'espionnage nazi de Reinhard Gehlen. Celui-ci était le service secret allemand le plus efficace, le plus compétent, de la Seconde Guerre mondiale.

Cette femme a éveillé mon intérêt pour les raisons suivantes : elle s'appelait Elsa Halder, c'était une cousine éloignée de feu Erwin Rommel, elle ne ressemblait pas du tout à une aryenne – cheveux noirs, yeux noirs, teint basané –, elle avait grandi dans la famille d'un diplomate allemand affecté en Espagne pendant les années 30, et – c'était là le plus intéressant de l'histoire – elle avait fait partie de l'équipe de natation allemande durant les Jeux de 1936 et avait remporté une médaille de bronze. Sa spécialité était les courses longue distance.

Je n'ai jamais tenté d'en savoir plus sur elle et sur ses activités, et je ne l'ai jamais croisée dans le cadre de mon travail.

Le Reichsführer Heinrich Himmler n'a jamais renoncé à sa quête de pouvoir absolu au sein de la communauté de l'espionnage nazie et du Troisième Reich en général. À l'OSS, nous étions sûrs qu'Himmler, non content d'entretenir l'ambition de devenir l'adjoint du Führer, souhaitait remplacer Hitler le moment venu. Cette perspective nous faisait froid dans le dos et décuplait notre énergie.

Durant l'année 1943, Himmler et ses acolytes de la RSHA SD AMT VI ont cherché par tous les moyens à discréditer l'amiral Canaris et son Abwehr. En janvier 1943, Himmler a nommé Ernst Kaltenbrunner directeur de la RSHA, et la première décision de Kaltenbrunner a été de désigner le colonel Walter Schellenberg – concepteur de l'opération Corbeau à Cuba, avec Himmler et Heydrich – responsable du Département VI. La tâche prioritaire de Kaltenbrunner et de Schellenberg était de détruire l'Abwehr.

Ils ont eu leur chance en janvier 1944. À l'issue d'une complexe machination de la SD, le Dr Erich Vermehren, un membre de l'Abwehr affecté à Istanbul, s'est livré aux Britanniques. Le 10 février, ces derniers – guidés par William Stephenson et Ian Fleming au MI-6 – ont confirmé la défection de Vermehren.

Hitler est entré en rage. Deux jours plus tard, le Führer signait un décret abolissant l'Abwehr en tant qu'organisation indépendante, en faisant un service subordonné à la RSHA et donnant à Heinrich Himmler le contrôle absolu sur tous les services de renseignements extérieurs. Canaris a aussitôt été relevé des fonctions qu'il occupait depuis neuf ans.

Plus tard cette année-là, après l'échec du complot visant à assassiner Hitler, Schellenberg en personne a arrêté l'amiral Canaris, dont le seul crime était peut-être d'avoir eu vent du complot et de ne pas en avoir informé Hitler. L'ancien chef du service secret de l'armée a été conduit dans un abattoir et suspendu à plusieurs reprises à un crochet de boucher, les bras liés derrière le dos par du fil de fer. L'exécution de tous les conspirateurs a été filmée, et Adolf Hitler a passé des soirées entières à regarder ces films sans se lasser.

Theodor Schlegel avait été arrêté durant l'été 1942, dès son retour au Brésil. Delgado et Becker s'étaient arrangés pour que tous les agents de l'Abwehr affectés en Amérique du Sud soient éliminés, en vue de leur remplacement par des hommes de la SD. En octobre de la même année, Schlegel et six de ses associés ont comparu devant le Tribunal de Seguranca Nacional brésilien. Schlegel a été condamné à quatorze ans de prison.

Le Hauptsturmführer Johann Siegfried Becker avait fui pour le Brésil le lendemain du jour où Delgado avait tué les deux soldats allemands à Punta Roma, et il est resté en activité pendant deux ans et demi, mettant sur pied des réseaux de la SD destinés à remplacer ceux de l'Abwehr, créant des problèmes aux services alliés sans obtenir beaucoup de résultats concrets, et il n'a été arrêté qu'en avril 1945, quelques semaines à peine avant l'effondrement du Troisième Reich et le suicide d'Hitler.

J. Edgar Hoover est décédé le mardi 2 mai 1972, ayant acquis le statut d'icône nationale à défaut de celui de héros national.

C'était l'année de mes soixante ans ; j'étais chef de l'antenne de la CIA à Calcutta. Un fonctionnaire vieillissant songeant à la retraite. Cela faisait trente ans que je n'avais pas remis les pieds aux États-Unis.

Lorsque j'ai appris la mort de Hoover au milieu de la nuit, par la ligne sécurisée, j'ai décroché un autre téléphone pour appeler l'un de mes amis à Langley, en Virginie. Mon ami a contacté une taupe que nous avions placée au Bureau depuis des années et qui, à son tour, a pris les dispositions nécessaires pour que L. Patrick Gray, le directeur par intérim du FBI, reçoive une certaine lettre. Celle-ci lui a été envoyée via le ministère de la Justice afin qu'elle ne soit pas interceptée par les acolytes de Hoover. Elle était estampillée : « PERSONNEL – À REMETTRE AU DESTINATAIRE EN MAINS PROPRES ». L. Patrick Gray l'a lue le 4 mai 1972.

Voici comment débutait cette lettre : « Aussitôt après avoir été informé du décès de Hoover, Clyde Tolson a téléphoné au quartier général du FBI depuis la résidence de Hoover, sans doute pour contacter J.P. Mohr. Tolson a donné l'ordre d'évacuer tous les dossiers confidentiels conservés dans le bureau de Hoover. À 11 heures, tous ces dossiers se trouvaient dans la résidence de Tolson. Leur présente localisation est inconnue. Le point le plus important est le suivant : J.P. Mohr vous a menti en affirmant que ces dossiers n'avaient jamais existé... Ils existent. Et des choses vous sont sciemment dissimulées. »

Le directeur par intérim L. Patrick Gray a aussitôt transmis cette lettre au laboratoire du FBI à fin d'analyse. Le labo n'a pu l'informer que des points suivants : deux machines à écrire différentes avaient été utilisées pour sa rédaction, une Smith-Corona, à caractères élite, pour l'enveloppe, et une IBM, à caractères pica, pour la lettre proprement dite ; ni l'enveloppe ni la lettre ne portait des traces d'eau ; la lettre proprement dite était une copie, obtenue par reproduction électrostatique plutôt que par photocopie.

Gray a exigé des explications du directeur adjoint Mohr, qui lui a répété que les prétendus dossiers confidentiels n'existaient pas et n'avaient jamais existé. Gray lui a répondu par une note personnelle ainsi libellée : « Je vous crois ! »

Miss Gandy, secrétaire personnelle de Hoover depuis cinquante-quatre ans, avait placé cent soixante-quatre dossiers privés dans des cartons de déménagement, qui avaient été transportés au domicile de Clyde Tolson, puis au sous-sol de celui de J Edgar Hoover, sis 30e Place Nord-Ouest. On perd leur trace par la suite.

Mon ami de Langley m'a de nouveau contacté à Calcutta le 21 juin 1972. Son nom ne vous est sans doute pas inconnu. Il s'est rendu célèbre pour avoir éliminé plusieurs taupes infiltrées dans la CIA. Il détestait les taupes soviétiques, mais il méprisait tout autant celles du FBI. Certains le qualifiaient de paranoïaque. Il avait été l'ami de Donovan aux premiers temps de l'OSS et avait travaillé plusieurs années avec moi au Bureau spécial affecté aux Britanniques et aux Israéliens. Nous avions tous deux dîné avec Kim Philby avant que cet agent double s'enfuie à Moscou. Nous avions tous deux juré de ne plus jamais commettre ce genre d'erreur.

« Je les ai, m'a dit mon ami cette nuit-là sur la ligne sécurisée.

— Tous ?

— Tous. Ils sont entreposés à l'endroit dont nous étions convenus. »

Je suis resté silencieux quelques instants. Après toutes ces années, je pouvais rentrer chez moi si je le souhaitais.

« C'est une lecture des plus intéressantes, a repris mon ami. Si nous devions les rendre publics, plus rien ne serait pareil à Washington.

— Plus rien ne serait pareil nulle part.

— À bientôt, a dit mon ami.

— C'est ça. »

Et j'ai reposé tout doucement le téléphone.

34

Je ne suis pas rentré aux États-Unis en 1972, ni fin 1977, lorsque j'ai quitté l'Agence pour prendre ma retraite.

Je suis rentré chez moi il y a quatre jours ; presque cinquante-six ans, jour pour jour, après avoir quitté le pays, m'envolant de Miami pour gagner La Havane et y rencontrer un homme du nom d'Ernest Hemingway.

Personne n'envisage de devenir un vieillard, de voir ses amis tomber l'un après l'autre sur le bord de la route, mais tel a été mon destin. Je vais sur mes quatre-vingt-six ans. Durant ma jeunesse, j'ai été blessé par balle à quatre reprises, j'ai survécu à deux graves accidents d'automobile et à une spectaculaire catastrophe aérienne, j'ai été perdu en mer pendant quatre jours et quatre nuits dans le golfe du Bengale, et j'ai passé une semaine à errer dans l'Himalaya en plein milieu de l'hiver. J'ai survécu à tout cela. Uniquement grâce à la chance. La plupart des choses s'expliquent par la chance.

Et la chance m'a lâché il y a dix mois à peine. Mon chauffeur m'a conduit à Madrid, pour un de mes examens de santé semestriels ; mon médecin, qui ressemble à un ancêtre bien qu'il n'ait que soixante-deux ans, se moque toujours de la régularité de nos rencontres. Et moi de lui répliquer : « Ça fait belle lurette que les médecins espagnols ont cessé de faire des visites à domicile. »

Mais ce jour-là, en août dernier, il n'avait pas le cœur à se moquer. Il m'a expliqué la situation, en termes techniques puis d'une façon accessible à un profane. « Si vous étiez plus jeune, m'a-t-il dit avec une tristesse non feinte, nous tenterions une opération. Mais à quatre-vingt-cinq ans... »

Je lui ai donné une tape sur l'épaule. « Est-ce que j'ai un an devant moi ? » ai-je demandé. Un jour, Hemingway m'avait confié qu'il lui fallait un an pour écrire un roman.

« Je crains que non, mon ami, a répondu le médecin.

— Neuf mois, alors ? » Contrairement aux livres d'Hemingway, le mien ne serait pas une œuvre de génie, de sorte que je parviendrais certainement à l'écrire en neuf mois. Cette durée évoquait en moi des idées de grossesse.

« Neuf mois, oui, peut-être », a dit le médecin.

Ce soir-là, en regagnant ma maison dans les collines, j'ai demandé à mon chauffeur de s'arrêter devant une papeterie afin que j'achète quelques ramettes pour mon imprimante laser.

En 1961, lorsque j'ai appris la mort d'Hemingway, j'ai décidé de raconter un jour les quelques mois que nous avions passés ensemble durant l'été 1942. La semaine dernière, presque trente-sept ans après avoir fait cette promesse, j'ai achevé le premier jet de ce livre. Je sais que je devrais le réécrire en profondeur, le peaufiner, mais j'ai bien peur que ce soit impossible. D'une certaine façon, j'ai l'impression de truander la discipline, ce qui n'est pas pour me déplaire.

Je n'ai commencé à lire des œuvres de fiction qu'après la Seconde Guerre mondiale. J'ai commencé par Homère, et il m'a fallu une décennie pour arriver à Charles Dickens et à Dostoïevski. Ce n'est qu'en 1974 que j'ai ouvert un livre d'Hemingway. J'ai entamé la lecture du *Soleil se lève aussi* la semaine où Nixon a démissionné de la présidence.

Je perçois nettement les faiblesses de la prose empruntée d'Hemingway et de ses positions philosophiques, encore plus empruntées. Parfois, en particulier dans ses derniers livres comme *Au-delà du fleuve et sous les arbres*, les critiques ont raison : le style d'Hemingway n'est plus qu'une parodie de ce qu'il était.

Mais quand il était bon, ah !.... Là, en effet, on trouvait le génie dont il m'avait parlé cette nuit-là, sur la colline au-dessus du phare de Punta Roma.

C'est dans les nouvelles que j'entends le mieux la voix d'Ernest Hemingway. C'est dans ses nouvelles que j'entrevois le faucon dans la touche de bleu qui figure le ciel. C'est là que j'entr'aperçois... même pas un périscope... mais l'infime soupçon du sillage d'un périscope sur les eaux bleues du Gulf Stream, et qu'aussitôt, je vois, j'entends et je sens les machines du sous-marin, la sueur de son équipage, et la terreur de ces deux garçons qui vont bientôt débarquer et mourir sur le rivage.

Comme j'ai eu tout le loisir de le regretter durant ces neuf derniers mois, il est difficile de lire quand on passe de dix à douze heures par jour à écrire. Je me demande comment les vrais écrivains résolvent ce problème. Je me rappelle qu'Hemingway lisait à toute heure du jour et de la nuit – près de sa piscine, pendant les repas, à bord du *Pilar*. Peut-être avait-il un délai de livraison moins contraignant.

Les États-Unis d'Amérique ont complètement changé. Plus rien n'y est semblable à mes souvenirs.

Ce nouveau paysage est familier, naturellement, grâce aux magazines, aux journaux, à la télévision, à CNN, aux milliers de films disponibles en cassette vidéo et en disque laser, et – plus récemment – à l'internet. Mais tout a changé.

J'ai appelé l'un des rares amis que j'ai encore à l'Agence – un jeunot que j'avais formé lors de mes dernières années de service et qui est devenu l'un des membres les plus élevés de la hiérarchie – et lui ai demandé un ultime service. Il a hésité, puis a fini par m'envoyer un paquet par Federal Express : le passeport, usagé et couvert de tampons, où un autre nom que le mien figure sous ma photographie ; les cartes de crédits, dont une American Express Gold ; le permis de conduire, la carte de Sécurité sociale et diverses paperasses, dont un permis de pêche. Mon ami a le sens de l'humour. D'un autre côté, il sait pas mal de choses sur moi et a estimé que la brièveté de mon séjour ne me permettrait pas de faire beaucoup de bêtises. Le permis de pêche expirerait à peu près en même temps que moi.

Je suis entré aux États-Unis en passant par Toronto et, inspiré par le démon de la perversité, j'ai loué une voiture pour me rendre dans l'Idaho. C'était très agréable de me remettre à conduire – même si, à mon humble avis, on ne devrait pas autoriser un borgne de quatre-vingt-cinq ans à prendre le volant –, mais rouler sur une autoroute américaine a vraiment été une nouvelle expérience pour moi. C'est tellement plus vaste, tellement plus vide qu'une autobahn.

J'ai acheté une arme à Spearfish, dans le Dakota du Sud. J'ai dû patienter quelque temps pendant que l'on vérifiait que mon casier judiciaire était vierge, mais cela ne me dérangeait pas. Le voyage m'avait fatigué, et le médicament que je prenais me fatiguait encore plus. Mais il m'avait permis de faire ce voyage. Il s'agit d'un produit des plus puissants, qu'aucune agence de régulation n'a encore homologué, mais il est extrêmement efficace. Si je devais en prendre pendant plus d'un mois, je n'y survivrais pas, mais cela n'est pas un problème.

Quelques jours plus tard, l'armurier m'a téléphoné à mon motel pour me dire que l'arme était à ma disposition. Le nom qui figure sur mon passeport est celui d'un citoyen honnête et respectueux des lois, sans casier judiciaire ni dossier psychiatrique.

Mon choix s'était porté sur un Sig Sauer .38, car je n'avais jamais possédé ni utilisé ce modèle, dans le cadre de mon travail ou dans d'autres circonstances. Comparé aux pistolets à canon long de ma jeunesse, il a l'air petit, carré et compact. Cela fait deux décennies que je n'ai pas porté une arme.

Je suis arrivé à Ketchum hier. La ville a dû s'agrandir depuis l'hiver 1959, date à laquelle Hemingway et son épouse y avaient acheté une maison, mais elle a toujours l'aspect d'une ville minière. J'ai trouvé sans peine le restaurant Christiana, où Hemingway avait repéré les agents du FBI qui le surveillaient, exigeant que ses convives et lui-même partent sans finir leur repas. J'ai loué une chambre de motel non loin de là, puis je me suis rendu chez un marchand de vins et liqueurs. J'ai acheté un coffret cadeau Chivas Regal, contenant deux verres à whisky frappés de l'emblème Chivas.

La maison est toujours là. Son aspect est tout à fait banal : c'est un chalet à un étage, au toit fortement incliné et aux façades de béton mal dégrossi. L'allée gravillonnée a été pavée depuis l'époque d'Hemingway, et d'autres maisons ont été construites sur la colline, qui n'était sans doute couverte que de fourrés quand l'écrivain vivait ici, mais la vue est la même : des pics escarpés au nord et, au sud, le double méandre de la Big Wood River filant vers l'est.

Hier soir, alors que je roulais en ville avant de regagner mon motel, j'ai trouvé une piste déserte, deux ornières parallèles s'enfonçant parmi les fourrés, qui semble traverser toute l'étendue des hauts plateaux avant de disparaître dans la brume au pied des montagnes. C'est là que je me rendrai cet après-midi, après avoir visité le cimetière. Mon portable Toshiba est rangé dans ma Taurus de location, et je n'oublierai pas de sauvegarder ces dernières pages sur une disquette avant d'éteindre l'ordinateur et d'aller me promener dans les fourrés.

La tombe d'Hemingway se trouve entre deux superbes pins qui font face aux monts Sawtooth. La vue est à couper le souffle – en particulier par une belle journée de printemps comme celle-ci, où les sommets sont encore enneigés. Trois personnes se trouvaient sur les lieux, et j'ai dû patienter une demi-heure dans la Taurus avant leur départ. Je n'avais jamais pensé que la dernière demeure d'Hemingway puisse être une attraction touristique.

Quand les visiteurs sont partis, j'apporte le coffret cadeau Chivas sur la tombe. Comme j'ai oublié mes lunettes, je ne parviens pas à déchiffrer tout ce qui est gravé sur la stèle, mais je distingue son nom, ainsi que les dates de sa naissance et de sa mort.

En dépit de la chaleur du soleil, j'ai les mains glacées et ne parviens qu'à grand-peine à déballer le coffret. La capsule de la bouteille me pose elle aussi des problèmes. Quelle plaie que d'être vieux et malade !

Il y a quelques minutes, j'ai posé les deux verres de liquide ambré près de la pierre tombale. Les rayons du soleil transforment le whisky en or liquide.

J'ai toujours détesté les scènes, dans les films, où un crétin prononce un long soliloque devant une tombe. Ça sonne faux. C'est une facilité. Je n'aurais jamais mis les pieds à Ketchum si j'avais pu me rendre à Cuba... peut-être à la *finca*, qui est aujourd'hui devenue un musée, avec le *Pilar* achevant de pourrir dans la cour. Mais je n'étais pas d'attaque pour faire ce voyage. Ce qui me contrarie à l'idée de quitter ce monde, c'est, entre autres choses, de savoir que Castro va me survivre. J'espère que ce ne sera pas plusieurs mois ou plusieurs années.

Je lève le premier verre. « Que la confusion s'empare de nos ennemis », dis-je à voix basse, et je bois d'un trait le whisky doré.

Je lève le second verre. « *Estamos copados*, dis-je. *Estamos copados, Papa.* »

POSTFACE

L'incroyable histoire des aventures d'Ernest Hemingway, chasseur d'espions et de sous-marins à Cuba durant la Seconde Guerre mondiale, que je raconte dans ce roman est – à mon humble avis – d'autant plus incroyable qu'elle est vraie à quatre-vingt-quinze pour cent.

Cela faisait déjà quelques années que j'avais envie d'écrire une version romanesque des aventures cubaines d'Hemingway, ayant remarqué la brièveté avec laquelle ses nombreux biographes traitaient la période allant de mai 1942 à avril 1943. Le discours qu'ils tenaient ressemblait en général à ceci : « Au cours de l'année qui suivit l'entrée en guerre de l'Amérique, Hemingway resta chez lui à Cuba alors que son épouse et ses amis se faisaient soldats ou correspondants de guerre. Durant cette époque, Hemingway organisa un réseau de contre-espionnage, baptisé l'Usine à forbans et composé de vieux camarades de la guerre d'Espagne, de barmans, de prostituées, de contrebandiers, de pêcheurs, de prêtres et autres amis. En outre, il persuada l'ambassadeur des États-Unis d'armer son bateau, le *Pilar*, dans le but d'attirer un sous-marin à la surface afin de l'attaquer à la grenade et aux armes à feu. Il ne réussit pas à couler un seul sous-marin allemand, et son réseau d'espions fut démantelé en 1943. »

Ce que les biographes ne disent *pas*, c'est que les activités d'Hemingway, intégrées au volumineux dossier que le FBI lui consacrait depuis les années 30, sont toujours classées secrètes. Ce que nous *savons* sur cette période, durant laquelle l'écrivain dirigea l'Usine à forbans et l'opération maritime baptisée Sans-ami, c'est que le FBI s'inquiétait des lièvres levés par Hemingway et ses amis, à savoir les opérations d'espionnage menées à Cuba et autour de Cuba, et plus précisément la corruption qui gangrenait le gouvernement cubain et la Police nationale. En outre, ce que les biographies – hormis les plus récentes – n'expliquent *pas* à propos de cette période, c'est qu'elle semble à l'origine de la violente paranoïa qui marqua les dernières années d'Hemingway – durant lesquelles l'écrivain était convaincu d'être surveillé par le FBI. Et la vérité, c'est qu'Hemingway était *bel et bien* surveillé par le FBI.

Ce livre est une exploration fictive de cette période et de ses secrets, qui nous restent encore inconnus, mais ce que nous en connaissons est déjà étonnant en soi. Voici quelques-uns des détails de l'intrigue basés sur des faits attestés :

J. Edgar Hoover et le FBI avaient été avertis de l'attaque japonaise sur Pearl Harbor, mais ils n'ont pas exploité cette information à cause de querelles intestines opposant les agences de renseignement américaines.

L'Usine à forbans d'Hemingway a mis au jour un véritable nid d'intrigue et de corruption à Cuba.

Le jeune Ian Fleming, qui devait plus tard créer le personnage de James Bond, se livrait à cette époque à des activités d'espionnage aux États-Unis et au Canada.

C'est durant cette période que se sont forgés de solides liens d'amitié entre Hemingway et des célébrités telles que Gary Cooper, Marlene Dietrich et Ingrid Bergman.

La quasi-totalité des espions et des activités d'espionnage décrits dans ce livre sont de véritables personnes et de véritables opérations – aussi absurde et aussi mélodramatique que cela puisse paraître.

Toutes les notes internes du FBI figurant dans ce livre sont authentiques et reproduites textuellement.

La surveillance exercée par le FBI sur le jeune lieutenant John F. Kennedy et sa maîtresse Inga Arvad, soupçonnée d'espionnage pour le compte des Allemands, est conforme à la vérité historique.

Les transcriptions de leurs conversations, enregistrées par le FBI lors de leurs rencontres et de leurs échanges téléphoniques, sont reproduites textuellement.

La surveillance illégale exercée par le FBI sur le vice-président des États-Unis et sur la Première Dame, Eleanor Roosevelt, est conforme à la vérité historique.

La Viking Fund – organisation philanthropique basée à New York dont le but était l'exploration des ruines incas – a bien existé, et le FBI a bien enquêté sur ses supposés liens avec les nazis.

Le *Southern Cross*, ce yacht de quatre-vingt-dix mètres équipé par un espion nazi et offert à la Viking Fund, a bien existé, et le FBI le soupçonnait de ravitailler des sous-marins allemands.

Les violentes querelles intestines opposant J. Edgar Hoover à des agences rivales telles que l'OSS et la BSC britannique – souvent aux dépens de l'effort de guerre – sont attestées, et ont conduit Hoover à arrêter des agents de l'OSS entrés par effraction dans l'ambassade d'Espagne à New York.

Les complots ourdis par Himmler et Heydrich, des services de renseignement nazis, dans le but de piéger et de discréditer l'amiral Canaris et son agence de l'Abwehr sont conformes à la vérité historique et ont eu pour conséquence le démantèlement de l'Abwehr par Hitler. Canaris fut en fin de compte torturé et exécuté.

Le complot ourdi par la BSC dans le but d'assassiner Heydrich est conforme à la vérité historique et fut élaboré au Camp X.

Le Camp X a bien existé.

Les détails de l'opération Sans-ami, montée par Hemingway dans le but de capturer et de couler un sous-marin allemand en faisant passer le *Pilar* pour un navire d'exploration du Muséum d'histoire naturelle, sont conformes à la vérité historique.

Les espions allemands opérant en Amérique du Sud mentionnés dans ce livre ont bien existé, et leur sort fut tel qu'il est décrit dans ces pages.

L'incident, digne des Marx Brothers, où l'on voit des agents nazis débarquer à Long Island et le FBI refuser de les prendre au sérieux alors même qu'ils tentent de se livrer à ses responsables, est conforme à la vérité historique et aussi délirant que je le raconte dans ces pages.

Les extraits du journal de bord du *Pilar*, rédigés lors de ses patrouilles en quête de sous-marins, sont reproduits textuellement.

La grande majorité des dialogues entre Hemingway et divers personnages historiques est basée sur des comptes rendus attestés, et *tous* les commentaires – adressés au personnage fictif de Joe Lucas – relatifs à l'écriture, à la guerre, à l'opposition fiction/réalité, et cetera, sont inspirés des propres commentaires et des propres écrits d'Hemingway.

L'incident au cours duquel Hemingway prit en chasse un sous-marin allemand est conforme à la vérité historique et décrit avec fidélité.

La description du fonctionnement de l'Usine à forbans est elle aussi fidèle à la réalité.

Les craintes bien réelles que le FBI inspirait à Hemingway durant ses dernières années et les détails de son suicide sont conformes à la vérité historique – ainsi que les raisons, en grande partie secrètes, de l'intérêt que lui manifestait encore le FBI. Ces faits récemment mis au jour ont été confirmés par des entretiens récents, de nouvelles informations biographiques et des documents internes du FBI portés à la connaissance du public grâce au *Freedom of Information Act*.

Bien que l'intrigue de ce livre soit en grande partie fictive, l'immense majorité de ses détails, de ses personnages, de ses incidents, de ses dialogues et des opérations de guerre qui y sont décrites est authentique. J'ai pris un grand plaisir à mêler ces faits d'apparence fictive à l'essence « plus vraie que nature » de la fiction pour créer ce livre, et j'espère que le lecteur aura pris autant de plaisir à le découvrir.

Dan Simmons
Colline du Gritche
Windwalker, Colorado

GLOSSAIRE DES TERMES ET DES ACRONYMES EN USAGE DANS LES SERVICES D'ESPIONNAGE

ALLEMAGNE

Abwehr : service de renseignement de l'armée allemande – la plus ancienne des diverses agences allemandes –, dirigé en 1942 par l'amiral Wilhelm Canaris. Bien qu'Hitler ait donné pour instruction à l'Abwehr de collaborer avec la SD/RSHA, la police politique nazie dirigée par Heinrich Himmler, les deux services étaient des ennemis mortels.

RSHA : agence de sécurité intérieure du Reich – *Reichssicherheithaumtamt* – dirigée par Heinrich Himmler. Celui-ci, qui était également à la tête de la SS et plus tard de la SD, avait pour priorité la destruction de Canaris et de son réseau de l'Abwehr : les opérations d'espionnage et de contre-espionnage étaient accessoires.

SD : *Sicherhetsdienst.* Division espionnage et contre-espionnage de la RSHA d'Himmler, dirigée (jusqu'à son assassinat en mai 1942) par Reinhard Heydrich, l'impitoyable protégé d'Himmler. À la mort d'Heydrich, Himmler a pris lui-même les commandes de la SD, ainsi que de la SS et de l'ensemble de la RSHA.

AMT VI : « Département 6 » – division de la SD affectée aux missions d'espionnage à l'étranger.

Département D4 de l'AMT VI : section de la SD en charge de l'espionnage politique en Amérique latine, dirigée par le Grüppenleiter Theodor Päffgen.

SS : *Schützstaffel*. Unité nazie créée à l'origine pour assurer la protection rapprochée d'Adolf Hitler et dont les responsabilités, sous le commandement d'Himmler, furent considérablement élargies pour inclure la collecte de renseignements, la sécurité intérieure, les actions de police et l'extermination des indésirables. On trouve encore en Allemagne d'antiques machines à écrire pourvues de la touche « aux deux éclairs » caractéristique du matériel SS.

Gestapo : la sinistre police secrète du Troisième Reich. En fait l'AMT IV, contrôlée par Himmler.

Marine Nachrichtendiest : service de renseignement de la marine allemande. Tout comme l'Abwehr, il s'agissait d'une agence militaire indépendante, échappant au contrôle de l'aile politique nazie.

Vertrauensmann : agent secret de l'Abwehr, ou « V-mann ».

Micropunkt : microfilm utilisé par les agents de l'Abwehr, mis au point par l'Institut de technologie de Dresde.

GRANDE-BRETAGNE

MI-6 : agence de renseignement extérieure.

MI-5 : agence de renseignement intérieure et de contre-espionnage.

Programme XX : littéralement « *Double Cross* » (trahison) – programme extrêmement efficace des services britanniques dont le but était de « retourner » les agents ennemis. À la fin de la guerre, tous les agents allemands présents en Angleterre travaillaient pour le compte des Britanniques.

NID : *Naval Intelligence Division.* Dirigée par l'amiral John Godfrey, responsable du recrutement de Ian Fleming, jeune homme dissolu qui excellait dans l'espionnage et parvint au grade de commodore.

Unité d'assaut n° 30 : l'une des idées aussi extravagantes qu'efficaces de Ian Fleming – un commando de criminels et de réfractaires entraînés pour accomplir d'improbables missions derrière les lignes ennemies. Servit plus tard de base au film *Les Douze Salopards.*

BSC : *British Security Coordination.* Branche du MI-6, basée à New York, dont le but était de mener des actions de contre-espionnage sur le continent américain. Avant le 7 décembre 1941, son principal objectif était d'inciter les États-Unis à entrer en guerre. La BSC était dirigée par William Donovan, nom de code « Intrépide », sans doute le meilleur agent secret de la Seconde Guerre mondiale.

Camp X : centre d'entraînement et de commandement établi par la BSC près d'Oshawa, au Canada. De nombreux agents de contre-espionnage du FBI/SIS y furent entraînés par des experts britanniques. Le complot ourdi pour assassiner Reinhard Heydrich, le chef de la SD allemande, fut élaboré au Camp X.

ÉTATS-UNIS

FBI : *Federal Bureau of Investigation.* J. Edgar Hoover, directeur.

SIS : *Special Intelligence Service* : service de contre-espionnage du FBI, créé durant la guerre, plus particulièrement chargé des opérations en Amérique latine (le service où est affecté « Joe Lucas »).

COI : *Coordinator Of Intelligence* – agence américaine de renseignement et de contre-espionnage, créée et dirigée par William « Wild Bill » Donovan. Le COI (qui devait devenir l'OSS et, plus tard, la CIA) était connu pour ses opérations audacieuses et pour ses correspondants « improbables » – tels Marlene Dietrich, Julia Child, divers écrivains américains, et cetera.

OSS : *Office of Strategic Services* : nouvelle dénomination du COI de Donovan à partir de juin 1942. Suivant les termes d'un accord passé cette année-là, l'OSS était responsable des « renseignements extérieurs » – c'est-à-dire de l'espionnage à l'étranger – alors que le FBI/SIS conservait sa juridiction sur toutes les opérations de contre-espionnage sur le continent américain. En réalité, les deux agences s'opposaient en permanence. L'objectif de J. Edgar Hoover n'était rien moins que le contrôle total de tous les services de renseignement américains, sur le territoire national comme à l'étranger.

CIA : *Central Intelligence Agency* : descendante directe de l'OSS, l'une des nombreuses agences chargées aujourd'hui de collecter des renseignements pour le compte du gouvernement américain. Bill Casey, directeur de la CIA durant l'administration Reagan, était un protégé de Bill Donovan.

ONI : *Office of Naval Intelligence*, service de renseignement de la marine américaine. Début 1942, l'ONI se préoccupait d'une liaison extra-conjugale entre l'un de ses jeunes officiers de Washington – John F. Kennedy – et une femme plus âgée que lui, soupçonnée d'être un agent secret nazi. Kennedy fut finalement envoyé dans le Pacifique.

En 1941-42, la branche « Amérique latine » de l'ONI était dirigée par un nain bossu du nom de Wallace Beta Phillips, un authentique maître-espion qui finit par quitter l'agence, ses efforts de coopération avec la BSC étant constamment compromis par le FBI. Il devait par la suite entrer à l'OSS.

G2 : service de renseignement de l'armée américaine. En 1942, le G2 consacrait le plus clair de son temps et de son énergie à surveiller, espionner et harceler des ennemis potentiels aussi vraisemblables que le vice-président des États-Unis, un ancien ministre des Affaires étrangères, Eleanor Roosevelt et le jeune lieutenant John F. Kennedy.

SDI : *State Department Intelligence* : service de renseignement du ministère des Affaires étrangères.

URSS

NKVD : *Narodnii Kommissariat Vnutrennikh Del* – Commissariat du peuple aux affaires intérieures – le service de renseignement de Staline, police politique *de facto*, dirigé par le psychopathe Lavrenti Beria.

Guépéou : police secrète intérieure soviétique jusqu'en 1935, devenue plus tard le MVD.

AUTRES PAYS

DOPS : *Delgacio Especial de Ordem Politica et Social* : police politique brésilienne, spécialisée dans le contre-espionnage, souvent en liaison avec le FBI/SIS.

ILLUSTRATIONS

Achevé d'imprimer en avril 2000
sur presse Cameron
par ***Bussière Camedan Imprimeries***
à Saint-Amand-Montrond (Cher)
pour les éditions FLAMMARION

— N° d'édit. : FF782301. — N° d'imp. : 001762/1. —
Dépôt légal : avril 2000.

Imprimé en France